上海市哲学社会科学规划课题

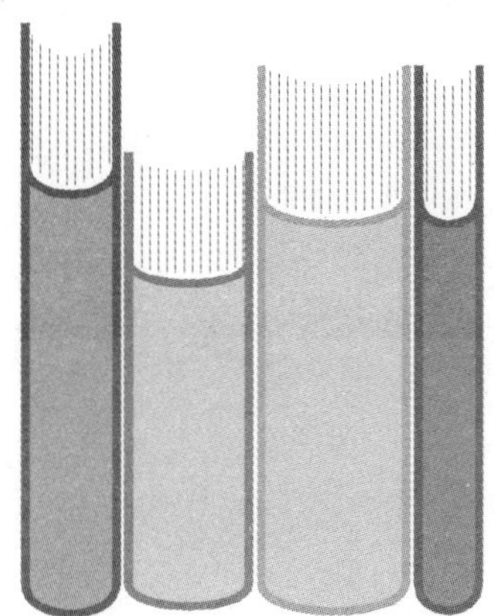

Shanghai Studies in the World: a Bibliography

海外上海研究书目（1845–2005）

主　编　印永清　胡小菁
副主编　严　明　周　健

上 海 辞 书 出 版 社

上海高校都市文化E-研究院规划项目

主　　编：印永清　胡小菁
副主编：严　明　周　健
编撰人：印永清　胡小菁　严　明
周　健　梁　甦　李朝民
邓利萍

目　录

序

熊月之

近代以来，上海研究备受国际国内学者重视，书以千计，文以万计，满坑满谷，姹紫嫣红，单改革开放以来30年间，英文世界出版的有关上海史著作、博士论文就在三百部以上，远远超过对中国其他城市研究的成果数量。

每一学科的昌盛，都有其背后的缘由。上海史如此红火，乃至有“上海学”之称，考其原因，不外有三：

一是有关。过去上海有中国最大租界,居住过来自五六十个国家的十多万侨民，与世界各地联系密切，关联度高。今天上海是正在崛起的中国第一大城市，负载着建设“四个中心”、实现“四个率先”的时代重任,担当着在改革开放伟业中创榛辟莽、夺隘闯关的先锋角色，在中国、东方及整个世界格局中份额巨大，意义特别。欲谋发展，先知中国；欲知中国，先知上海，成为全球众多人士的共识。于是，上海成为全国、全球瞩目的焦点。

二是有味。东西文化在这里会面，色泽斑斓的异质文化在这里交织。你可以说她是冒险家的乐园，我可以说她是创业者的圣地；你可以说她是帝国主义侵略中国的桥头堡，我可以说她是反对帝国主义侵略的前哨地；你可以说她是黑色染缸，我可以说她是红色摇篮；你可以说她摩登，我可以说她传统，如此等等，不一而足，完全相反的命题都可以言之成理，言之有据。你能想象出一个有三个不同政权、三个司法系统、三个警察系统，并行两种不同电压、两种不同系统的电话号码、两种不同宽度的电车轨道、流通十几种不同货币的城市吗？绝对想象不出，纽约不是，孟买不是，香港也不是，寰宇难觅，旷古未见，但上海曾经是。横看成岭侧成峰，远近高低各不同，斑驳陆离，匪夷所思。上海内涵如此丰富、深邃、有味、有趣，自然长期、持久、广泛、强烈地吸引着海内外研究者的眼球。这是凝结在上海城市历史文脉之中、不时散发出奇异光彩的独特魅力。

三是有料。上海资料极其丰富，浩如烟海，这是满足研究兴趣的重要前提。近代上海是中国出版中心、报刊中心，各种图书、杂志、报纸中保留的上海史信息如恒河沙数，难以估量。这里是最早将西方数目字管理方式移植进来的城市，工部局、公董局、海关、银行、各大企业，都有严格的档案制度，留下的上海史资料横无际涯，深不可测，直到现在，谁都说不清到底有多少架多少箱多少卷多少册多少字。单是城建档案、道契档案，就有好多架好多箱尘封虫蛀，没有人看过查过。至于收藏在英国、法国、日本、美国的上海史资料，那更是有待探索的浩瀚星空，到现在连最基本的综合普查也没人做过。前些年，已故的美国学者魏斐德教授，利用辗转流传到美国的上海警务处等资料，写出《上海警察》、《上海歹土》等著作，其史料之丰富、重要、罕见，令国际上海史同行浩叹久之，想不到美国还有那么多那么重要的上海史资料。

有关、有味、有料三者相得益彰，霭气缭绕，氤氤氲氲，共同蔚成国际范围内的上海史研究热。学术研究本有围观效应、雪球效应，研究的人越多，成果越多，感兴趣、凑热闹的人就越多，范围越扩越大，影响越来越广。这是学术热点形成的内在规律。上个世纪90年代，美国曾经开过一个关于中国城市史的讨论会，题目是"关于上海以外中国城市史讨论会"，意思是不要一开会就老是上海上海的，讨论一下其他城市如何！结果，讨论其他城市仍然要与上海对比，仍然绕不开上海，因为，上海史已经成为一个谁也否认不了的参照体系，想绕开本身就意味着已经无法绕开。

繁盛的上海史研究，呼唤着上海史书目的问世。书目之于学术研究，如渡河之津梁，旅行之地图，起辨章学术、考镜源流、导航指路作用。诚如清儒王鸣盛所言，"目录之学，学中第一紧要事，必从此问途，方能得其门而入"。早在1929年，从事上海外文文献整理的王际昌、罗志如两位先生，就编制过《上海社会研究参考书录》，收录1843—1926年间上海商埠、港口、政治沿革方面的资料，附有统计表及地图五十来幅，录书七百多种。后来，从事上海史研究的前辈学者胡道静先生，编制过一份《三个收藏记述上海的西文书籍的目录》，收书二百多种，其中有许多是近代上海早期出版品，反映了上海开埠初期的历史。"文革"前，上海图书馆编写关于上海地方文献的内部书目，中文、外文各一部，外文部分名为《上海地方资料西文著者目录》，收书七百余种。前些年，德国学者、法国学者，还有上海档案馆的学者，也编过类似的资料目录。这些书目，为上海史研究提供了很大的便利。但是，随着时间的推移，史料发现和披露日益繁多，研究成果成批涌现，原有的书目已经不敷使用。学术界亟盼能有搜罗更丰、内容更新、检索更便的目录书出现。

编写目录书向来是造福他人、劳累自己的苦差，金针度人，为人作嫁，也是对编者有很高学养要求的难差，在追求论文著作GDP、工具书不算研究成果的时代，甘于编写目录书、制作渡人之舟的学者难得一见。笔者在从事上海史研究的时候，也曾发愿做此工作，笔者所在的上海史研究团队也在这方面作过一些努力，在编纂《海外上海学》的时候注意搜罗有关文献书目，在编纂《上海大辞典》时，对海外上海研究书目下过一些功夫，做过有关附录，但自觉学养不够，目击有限，搜罗不广，挂漏极多，未能单独成书。就在此时，在一次学术讨论会上，得遇印永清先生，承蒙告知，他们已经编就《海外上海研究书目》，我大喜过望，亟盼此书早日面世。永清先生嘱我为序，我岂止是乐于从命！

本书收录自上海开埠至2005年160年间海外出版的以上海为主要研究对象的文献目录，包括英文、法文、德文等西文文献，也包括日文文献，还有部分海外驻国内机构出版的外文文献。其他语种的上海研究文献只要翻译成英、法、德、日文的，也尽可能收录，如瑞典文、丹麦文等。全书收录文献四千多种。这是第一部跨度如此之长、涉及如此之广的上海外文文献书目。本书内容极其广泛，举凡历史沿革、自然环境、地理风貌、气候灾害、物产资源、人文社会、文化发展，都有收录。文献类型，除了文史哲一类的习见图书，对于统计、手册、条例、规章，以及一些已经整理出版的档案资料、会议录、信件、年报、年鉴、名录、地图、照片等，也尽量收录。

永清先生出身于图书馆专业，熟谙目录学家法，课题组成员也多为目录学行家里手，且学有专攻。全书著录内容和格式，悉依国家著录标准，著录项目包括编号、书名、作者、版本、出版地、出版者、出版年、页码等。对于同一本书的其他版本、译本，则在提要内说明。书后附有西文和日文的著作者名称索引。此书的编写，充分考虑读者需要，堪称以读者为本。让读者最称方便、最感恩惠的是，书中对于每种文献的著录，都尽可能附注文献收藏情况。编过工具书的学者都知道，释文中每增加一条要素，工作量都会成倍增加。仅在释文中注明收藏单位，寥寥三五字，那后面就要多流多少辛勤的汗水！当然，任何目录书都难免遗珠之憾，何况涉及全世界那么多国家和地区、那么多文种、且不断有新文献发现的学科！有鉴于此，对于书中缺少俄文、韩文等文献，读者就不会苛责求全了。

总之，这是一部搜罗广博、内容丰赡、精心编纂、前所未有的海外上海文献目录书，对于了解上海、研究上海、理清上海历史文脉、弘扬上海城市精神都大有帮助的工具书，是一部必将受到上海史学界和一切希望了解上海历史的各界人士热忱欢迎的好书！作为一名多年从事上海历史研究的从业人员，我先睹为快，敷此数言，以表示敬意与谢意，并乐为推介。

于上海社会科学院

2008 年 3 月 29 日

自　序

印永清

一

中国人研究学问有一个好的传统，就是重视学术的积累和它的渊源发展，所谓“辨章学术、考镜源流”，表现在读书治学上，就是重视书目。中国学人历来有编书目的传统，自西汉刘向、刘歆编撰《别录》、《七略》以来，每个时代都有书目问世，形成了一种良好的风气。古人读书先读书目,老师开课教学生也得先为学生开书目，指示治学门径。这种书目发展到后来就成为导读书目，在敦煌遗书中发现的“唐末士子读书目”，就是现在发现的最早的一份推荐书目。此后又有元代程端礼的《程氏家塾读书分年日程》，明代陆世仪在《思辨录》中所开的《十年诵读书目》、《十年讲贯书目》与《十年涉猎书目》,清代李颙的《读书次第》、龙启瑞的《经籍举要》、张之洞的《书目答问》等。到清代乾嘉之时，治学先治目录，读书必懂版本，已成为一种共识，一种风气。一些大学者也不厌其烦地在文献的海洋中“条其篇目，撮其旨意”，为后人的治学做奠基石。

受前辈的影响和熏陶，我在考虑学术研究的思想和精神时，一直认为，做学问有三个重要的条件，一是正确的指导思想和观点，二是科学的研究方法，三是充足的文献资料。读书先读书目，这是读书中的科学方法，治学必须积累资料，这是研究中的科学方法，而积累资料又得从书目开始，可见书目的重要性了。对于社会科学研究者来说，文献资料更具有重要的地位。

二

中国人研究历史，分别从时空两个方面着手，从“时间”方面来说，国家有通史，家族有族谱，个人有年谱;从“空间”方面来说，则有地方志，如府志，州志等，如果更加细分的话还有镇志、村志、山志、水经等，此外还有其他的一些资料，形成了庞大的地方文献。这些文献对于区域研究而言，其重要性是不言而喻的。但由于历史的变迁和地域的分散，这些珍贵的文献散佚各处，给研究者带来不便。为了有效地利用这些海量的地方文献，积极地收集整理和科学地编制地方文献书目，就成了一件极其重要的事情。

所谓地方文献是指以某一地域为记载中心，横贯历史，将该地域中有关的社会生活、地理地貌、气候环境、风土民情、名胜古迹、人物故事、物产资源以及疆域分界等内容作为研究对象的文献。文献工作者通过一定的方法将收集整理的地方文献编制成目录，称为地方文献书目。

地方文献书目是对地域研究成果的历史总结，是一个地方社会文化事业的重要标志，反映了社会研究的现状和水平。地方文献书目能够集中提供一个地区的全面材料，真实地反映该地域的历史变迁及现实状况，使人们能够充分利用地方资源为当前的社会建设服务。

地方文献书目的编制发端于北齐、北周之间，两宋时得到了发展，明清时形成了一定的规模，而自民国以来，一直有许多学者兢兢业业地在做这项工作。

由于历史的局限，古代的地方文献书目很少能形成独立的著作，大多仅依附于某一文献的篇目之中，如通史和地方志中的“艺文志”和“经籍志”等。明清两代修纂的地方志无论是通志、府志，还是县志，均列有“艺文”一栏。今人熊月之先生编撰的《上海通史》等著作中，也列有上海的地方文献目录。

直到明万历间祁承爜编著《两浙著作考》四十六卷，才开始有了系统的地方文献专目，专撰一书以述一方著作，内有解题及叙录序跋。明末曹学佺作《蜀中著作记》六卷，采辑四川人的著述编为此目，每种书叙述作者生平和著作内容，确见原书的，并录其序跋，按四部分类排列，其不足为未标明存佚情况。该书体例对后世地方文献的编目影响很大。

专门的地方文献目录具有取材丰富、收录全面、著录详尽、考证精确、编排得体等特点，有很大的学术价值。历史上比较著名的地方文献目录有孙诒让的《温州经籍志》三十一卷、外编二卷、辨误一卷；胡宗楙的《金华经籍志》二十四卷、外编一卷、存疑一卷、辨误一卷；项元勋的《台州经籍志》四十卷等。这些书目按四部排列，每书著录书名、卷数，并有著者的姓名、时代、籍贯，存者略注其版本，存佚不确或没有见到的则注“今未见”，确定已佚的则注以“今佚”。在书名下，注明出处，以存著录的源流；在著者名下，或考订其出身和事历，或录各书序跋及诸家对这一书的评论。这些书目反映出一地区文化思想发展的脉络，因此具有一定的参考价值。

自从改革开放以来，上海研究正在不断走向深入，出现了可喜的现象，许多新的成果不断涌现，但就目前国内出版的某些上海研究著作来说，仍有遗憾：主要是研究缺乏新材料，从文献引文中，我们可以看出许多著作所引的文献几乎相同。出现上述问题的原因很多，但其中有一点却是不容置疑的，这就是对上海历史文献知之不深，用之不多，尤其是对外文文献的利用率更低。这其中除了个人的原因之外，缺少一本详细的外文上海文献书目，也是一个很重要的因素。我们不但对那些散藏在世界各地的上海文献资料缺少整理和研究，即使对于国内现存的外文上海文献资料，也没有一个系统的收集，缺乏一本完整详细的上海地方文献书目，这对于上海研究来说，乃是一大憾事。

三

上海自元至元二十九年（1292 年）置县至今，已有 700 多年的历史，若从上海的前身华亭（今松江区）建县算起，从唐天宝十年（751 年）至今则有 1250 多年的历史，仅仅是从建制上来说，上海也沉淀了深厚的历史文化。

上海也是一座著名的国际大都市，是东西方文化交汇所在。上海的研究历来备受学术界关注，自 19 世纪初以来，随着中国沿海门户的开放，特别是在上海设立租界以后，外国人大量来沪，上海的对外联系和交流日益频繁，涌现了大量历史纪实文献和档案资料，一些海外学者对上海更是情有独钟，做了长期的研究，涌现出大量成果，这些文献对于上海研究无疑有一定的促进意义。

海外上海历史文献是一个非常宝贵、非常丰富的资源库，也是一片有待进一步开发的肥沃土地。这些文献综合地反映了上海各方面情况，特别在社会变迁和经济生活等方面，其中的许多原始数据，具有重要参考价值。

从学术发展的历史来说，早期的海外上海文献是弥足珍贵的文化遗产，反映了上海开埠以来城市发展的脉络，保存了早期许多上海乃至中国的重要资料。从已知的这些海外上海文献来看，西方的上海研究热似乎比国内来得更早，研究内容也比较广泛，角度新颖，体现了西方研究上海的水平。

然而，迄今为止学术界对这些散藏在世界各地的资料尚缺少完整系统的整理，即使对于国内现存的外文上海研究资料，也因为它们年代较远，馆藏分散，没有一份比较详尽的书目。当然，这项工作仅仅依靠个人的力量，很难对其做详细的调查。民国以来，前人如胡道静等虽然做了一些整理工作，但相对于这批庞大的文献来说，实在还有很多工作要做。

四

就作为历史文献的整理与研究者而言，我们企图从文献学的角度出发，编制一份比较完备的书目，从一个侧面去反映海外学者的研究特点以及上海研究的历史和现状。我们本着为社会主义物质文明、政治文明、精神文明和和谐社会服务的精神，力图从历史文化积累的角度出发，深入研究 100 多年以来海外研究上海的成果，整理出一个比较详尽的文献书目，努力推动“上海学”乃至海外“中国学”的研究，为上海的发展提供理论依据。

本书收录 1845 年至 2005 年海外出版的外文上海文献，这些文献的来源主要有以下几个方面：一是我们在国外大学访学时所得，对于当地图书馆所收录的上海文献一一过目，收集了部分书目资料。我的侄女印颖在德国攻读硕士之余，为我收集了所有德文版的上海文献。胡小菁女士在日本工作过一段时间，对日本的汉学文献比较熟悉。二是我们充分利用了前人编制的外文上海文献书目，如上海图书馆编制的馆藏上海外文书目和胡道静先生编的三份书目等，在经过考证核对以后予以采纳。

三是对专家学者在研究过程中所利用过的引文文献，加以收集整理，经过反复核实，采纳了其中一部分。第四,最主要的是我们对一些大图书馆进行了详尽的文献调查，国内如中国国家图书馆、上海图书馆；国外如澳大利亚国家图书馆、美国国会图书馆、英国苏格兰国家图书馆、日本国立国会图书馆等以及一些大学图书馆的资源，如加拿大麦吉尔大学图书馆、英国牛津大学图书馆等。对于一些国外汉学专业机构如汉学研究所、亚洲研究所、东亚图书馆等的收藏品，如会议录、访问报告、研究报告、调查报告、口述记录等，也加以充分的注意。日文的文献我们还参考了日本上海史研究会以及东洋文库的资料。

就我们调查结果而言，现在有目录记载的外文上海文献，截止 2005 年底，在 4000 种以上。因为我们的调查在文种方面，还局限于英文、法文、德文、日文等，对于其他一些语种如俄文、韩文等，暂时还没有调查；虽然我们估计这类语种的上海文献不会太多，但就目前所知也有一些，只能留待以后补充了。

为了便于国内的读者阅读和检索，全部文献按内容共分 14 类，分别是：历史，政治、法律，列强入侵、对外交往、外侨生活，经济，社会生活、风俗、宗教，语言与文化，城市建设与管理，地理与环境，科研、教育、体育、医疗卫生，人物传记、回忆录，年鉴手册、书目名录，地图，图片中的上海，其他，以及最后附录的文学艺术作品。

历史类的文献主要包括通史及各个时期的史料汇编和理论研究，而专业史入各类，如经济史入经济类，社会史入社会类。

列强入侵、对外交往、外侨生活类，收录文献主要包括三个方面，一是外国人在上海生活情况的描写和研究，以及他们自己的回忆录；二是有关外敌入侵上海，或在上海发生的涉外战争；三是反映上海与外国关系，以及外国团体和组织在上海情况的文献。

社会生活、风俗、宗教类的内容比较多。社会生活与习俗主要包括反映儿童、青年、老年、妇女、家庭、社会习俗、婚姻等方面的著作。对于宗教类的文献，本书目收录了比较多的有关上海早期天主教和基督教的文献。

语言文化类收录了一部分研究沪语的书。

地理与环境类的文献除了收录自然地理、生物、特产以外，还收录了一些游记作品。

图片中的上海所收录的文献，主要是反映上海的摄影作品，以及含有上海内容的明信片集等。

对于某些来源信息不足无法分类者入其他类。

本书目所附录的文学艺术作品是指以上海为背景或反映上海生活的有代表性的小说、散文等作品。

为了便于读者从作者（个人与团体）或文献研究的对象（人物与团体）的角度查阅所有的文献，我们在书后还附有西文和日文的“人名与团体名称索引”。

条目的著录项目包括：书名、著者、版本、出版地、出版者、出版年、载体形态、提要（或简介）、馆藏代码等。提要（或简介）是根据书目信息择其要者所作提示性的说明，特别是一些有关文献与作者的背景资料。对综合性文献中涉及上海内容的章节、文献篇目尽可能作分析著录。有些年代已经久远的著作，则根据可能情况，考证后著录。

五

我对于地方文献的兴趣可以追溯至上世纪80年代中期。1985年，复旦大学图书馆新馆落成，时任图书馆馆长的贾植芳教授设宴招待有关人士，我当时在上海大学文学院图书馆工作，馆长斯宝昶带我一起去赴宴。斯馆长是中文系教授、作家，和贾植芳馆长是文学同道又是老朋友，又因为同是“胡风分子”备受磨难，两个馆长碰在一起格外亲热，话语当中不免有些忆旧。因为都是新任图书馆馆长，所以除了文学以外，也谈图书馆的作用。席间谈话中贾植芳先生多次谈到地方文献的作用，也很重视书目的编制。

斯宝昶馆长长期以来一直以“胡风一般分子”的身份在上海图书馆劳动，除了打扫卫生、修挖防空洞等事外，也曾去编目，并和同事一起整理有关上海的地方文献，所以对编制上海的书目很有感情，并把这种感情深深地传染给我，而我也是从这一天起，开始对地方文献书目有了兴趣。在斯馆长离开图书馆和我告别的时候，他送给我一样礼物，这就是他参与整理和编制的《上海地方资料中文书名目录》（初稿），牛皮纸的封面，油印的内页，厚厚的两大册。这是我当时见到的最完备的中文上海文献目录，可惜当时没能出版。不久，我也离开了上海大学文学院到了华东师大，虽然工作单位换了，但是想要编制一本上海文献书目的愿望一直停留心头，挥之不去。

1995年，我在华东师大图书馆看到一本《台湾研究中文书目》（社会科学之部），又重新勾起了我编制书目的欲望，并陆陆续续地收集着资料。

2001年，我有机会到香港各大学访问月余，得到浸会大学图书馆的很大帮助。那里的大学图书馆有很多外文资料，我利用晚上的时间，将许多有关上海研究的外文书目资料复印回来。

2006年，当《上海市哲学社会科学“十一五”规划2006年课题指南》发布时，我想应该具备了做这个课题的条件了，于是上报了课题，获得了上海市哲学社会科学规划办公室的立项。随后在华东师范大学社科处和图书馆的大力支持下，在上海图书馆同仁的协助下，由华东师大的胡小菁副研究员、周健副研究员、严明馆员，上海图书馆的梁甦副研究员、李朝民副研究员等组成《海外上海研究书目》课题组，由我任项目负责人。课题组的人员大多是中青年专家，具有较高的研究水平，熟悉书目的编制和科学的检索方法，对上海研究又有浓厚的兴趣。尤其是胡小菁副研究员，是国内公认的编目专家，在图书馆学理论和实践上，都有很深的造诣，因此对于完成这个课题，我充满了信心。

课题组着重从文化积累的角度出发，努力推动“上海学”乃至海外“中国学”的研究，为上海的发展提供历史借鉴和理论依据。经过两年多来大家的艰苦努力，这部著作终于正式出版了，这是我非常欣慰的。而在这两年中，不经意间，坊上又有多部上海研究的著作出现，上海研究的热潮指日可待。刘禹锡诗云“晴空一鹤排云上，便引诗情到碧霄”，这正可谓当下上海研究的生动写照。

当然由于各方面的局限，我们所做的工作还是初步的，还很不完善，好在我们这个课题组的研究人员绝大部分是青壮年，只要假以时日，在各种条件具备的前提下，一定可以编出一部更好更完善的《海外上海研究书目》。

印永清于华东师大逸夫楼

2008 年 3 月 9 日

引论：海外上海研究的历史发展与特点

印永清

内容提要：

本文主要有三个方面内容，一是对海外上海研究的研究，包括海外上海研究的渊源及其意义，海外上海研究的发展历史与内容特点，海外上海研究的学术价值；二是对海外上海文献的研究，包括海外上海文献类型的研究，海外上海文献整理与收藏的概况；三是有关日本上海研究及其文献的概述。

研究一个地区的发展趋势，首先就要了解该地区的历史，不了解一个城市历史的发展规律，就不能把握未来城市发展的脉搏。要了解历史，最重要的就是要掌握文献资料，要研究文献资料。

中国是一个文献大国，历来重视文献的积累。在漫长的历史发展过程中，几乎每一个地区都留下了丰富的文献宝藏。从一个国家的层面来讲，有通史、通鉴，一部二十四史，反映了中国清以前封建社会的基本情况。而从一个地区来讲，反映当地社会历史演变的文献主要是方志，此外还有家谱、年谱等。这些文献是中国文化重要的组成部分。

上海在它的发展历史中也积累了不少地方文献资料。上海师大图书馆 1987 年编印的《上海方志资料考录》，收录了 1141 种上海地方文献，其中宋元明清的方志就有近百种、民国时期 101 种，新中国成立至今 864 种。[1] 据 2007 年统计，上海的地方志文献有 1249 种，增加了 100 多种，其中大多数是新编制的专志，可见地方文献的编制工作已经受到了有关方面的重视。[2]

但是近代上海的变迁及现代化历程，带有很强的国际性。近代中国自从第一次鸦片战争以后，在帝国主义列强的逼迫下五口通商、门户开放，上海成了西方列强进入中国的重要据点。回顾近代上海的历史，其实就是中国半殖民地、半封建社会的缩影，外来势力和文化的表现在上海得到了淋漓尽致的反映。一些西方的官员、传教士、商人和学者在注意中国情况的时候，往往把眼光投向东海之滨的上海，其中原因很多，但最重要的一条就是上海已经在客观上把自己的历史和地位同东西方

[1] 上海师范大学图书馆编著. 上海方志资料考录. 上海：上海书店，1987. p524.

[2] 陈金林，徐恭时. 上海方志通考. 上海：上海辞书出版社，2007. p439.

列强紧紧地联系在一起，代表了中国现代化的方向和趋势。上海的地理位置和经济影响使得它自觉或不自觉地处于中西文化交汇的中心，而租界的形成和发展，使这种文化的交汇更加明显。

从学术研究的角度来说，西方汉学家为适应 19 世纪末以来的变化，将他们的研究重点从中国古典文化逐步转移到现实的应用上来。特别是后起的美国，更加重视政治经济与社会发展的研究，重视地区文化和经济现状。在此背景下，产生了一大批研究上海的文献。

（一）海外上海研究的渊源

外国人了解上海，主要是在 1843 年以后，但实际上在明代中期以后海外就已经开始了对上海的注意，一些商人和西方传教士以及日本的走私者一直在觊觎上海。而从清代开始，这种有目的有计划的了解力度不断加强。在探讨海外上海研究的历史渊源时，我们认为它发端于三个方面：

第一，海外上海研究发端于列强的商业需要

清顺治十二年（1655 年）清廷为了断绝大陆与台湾的海上联系，宣布海禁，直到康熙二十二年（1683 年）台湾收复，才于二十四年解除海禁，并在上海设立了江海关，成了全国除广州以外最主要的航运商业贸易基地。由于上海独特的地理位置，外国人开始把上海划入主要的商业通道。乾隆二十二年（1757 年）清廷再次下令禁止洋船进入浙江沿海，全国只开放广州一个口岸，上海港依旧封闭。

但是从 19 世纪开始西方已经进入了资本主义发展的时代，他们要求开拓市场、发展全球贸易。特别是英国，正在积极开展远东贸易，清廷仅仅开放广州一个口岸，是远远不能满足他们需要的，因此，开辟新的通商口岸，成了主要任务。在这个背景下，上海自然而然地成了他们关注的重点对象，一些商业机构开始了对上海的考察和研究，这其中不得不提到东印度公司了。英国东印度公司成立于 1600 年，以后通过阴谋和战争，占领和统治了今孟加拉和印度、新加坡、缅甸（部分地区）等国，由一个商业强权机构变成了一个政治军事强权机构。但是到了 1830 年以后，东印度公司在英国国内的地位被削弱，为了公司的利益，它必须开辟新的商业地盘，上海就成了它的考察目标。

1831 年东印度公司雇用了一个“中国通”，即普鲁士传教士郭士立（C.Gützlaff）随中国货船探查中国沿海各港口，并记录了各港口的航海路线、水域情况和风土人情，上海也在其中。

1832 年（清道光十二年）6 月 20 日，东印度公司职员林赛（Hugh Hamilton Lindsay, 1802—1881）率“阿美士德”号进入上海县域，他们在上海沿海及崇明岛收集政治、军事、经济情报，甚至测量黄浦江水道、详细统计每周来往上海港的各地商船等贸易情报，并整理成文，报告东印度公司。

英国植物学家福钧（Robert Fortune, 1812—1880）受英国皇家园艺学会和东印度公司的派遣，1843 年后多次来沪考察植物与港口航道的情况，1847 年他在伦敦出版了《华北诸省漫记》（Three years wanderings in the northern provinces of China），全书收集资料丰富，共有406页。从现在已知的情况来看，这本书是西方研究上海历史中有版本著录的最早的一本书。作者在书中对上海以及江南一带的植物、外侨在上海的生活、上海的自然经济与金融等情况均有所述及。此书还刊载了英国驻香港总督兼任驻华全权公使并商务监督戴维斯（Jonh Francis Davis，1795—1890）第一次考察上海、宁波等四个港口城市的报告。

东印度公司解体以后，其他一些国家的商业机构也为了各自的经济利益，从不同的角度对上海进行了研究。如日本在沪经济团体上海商同会在1882年出版了《上海商業雜報》；日本在上海的情报机构日清贸易研究所在1892年出版了《清国通商綜覧》，该书关于上海港口的调查有240页之多。

从上述记载可以看出，最初的海外上海研究是有关商业公司为了在上海打开市场而做的情报调研，这些调研材料是海外上海研究之始。

第二，海外上海研究发端于传教需要

如果说东印度公司等商业机构对上海的调查还仅仅偏重于商业经济和地理概貌，那么稍后一些传教士的登陆上海滩，则对上海进行了更为全面的深入研究。为了做好传道工作，传教士尤其着重于对上海历史文化和社会生活的研究，许多重要的文献都是出于他们之手。

早在1608年，意大利天主教传教士郭居静（Lazare Cattaneo，1560—1640）就来到上海，以后又有毕方济（François Sambiasi，1582—1649）、谢务禄（Alvarez de Semedo，1585—1658）、罗如望（Jean de Rocha，1566—1623）等传教士来沪传教。这些第一批来沪的西方传教士对上海充满了好奇，不断地在深入了解上海，写了一些个人的见闻，在一些教会的历史书刊中发表。

1849年，美国传教士裨治文（Elijah Coleman Bridgman，1801—1861）在其创办并主编的《中国丛报》上发表长篇文章《上海见闻》，详细地介绍了上海城市各方面的情况，还介绍了上海传教士的情况。

1850年，英国传教士麦都思（Walter Henry Medhurst，麦华陀，1796—1857）出版了《上海及其近郊概述》（General description of Shanghae and its environs）。作者1843年到上海，开设有墨海书馆（Mission Press）。他在这本书中介绍了上海的环境、历史，包括面积、人口、物产、政治制度、风土人情等。部分资料选自上海县志，还有一些是作者自己的考察。书中对于开埠初期上海外侨情况、上海县城居民情况也有所反映。这是海外对上海最早比较有系统的研究专著。

传教士H. Lang将其在美国基督教长老会的演讲整理成书，于1875年出版，题名为《从社会角度看上海》（Shanghai considered socially）。

传教士对上海的研究领域广泛，涉及到城市的各个方面，尤其偏重于人文历史文化，他们写作了许多宣传上海的小册子，使得更多的人了解上海。如上海教会组织牧师写了《上海手册》（Shanghai: a handbook for travellers and residents to the chief objects of interest in and around the foreign settlement and native city），约于1903年出版。本书是为到上海旅游或准备居住在上海的外国人专门编写的指南，除综合介绍了上海城市的历史、文化特点外，对上海的风景和城市设施也进行了介绍，可以让旅行者看到上海的各个方面。书中附有各种统计表格及地图。特别对于在上海流行的“洋泾浜英语”给予了充分的重视。此书多次修订、重版，影响相当广泛，是上海旅行指南中内容最完整的一本。

这一类的文献对于传教士在上海的生活和工作情况也有深入的反映，有些文献还刊载了传教士生活的照片。

除此之外，一些在华传教士大会的文件也得到整理出版，由于许多教会组织的领导机构设立在上海，所以在这些教会的文献中较多地记载了传教士在上海活动的记录，如《中国基督教年鉴》（The China Christian Year Book）等。

第三，海外上海研究发端于租界建设的需要

1854 年以后，由于华洋分处状态的结束，租界的管理和建设得到了重视。租界当局在城市管理上，引进了西方比较成熟的经验，特别是一些公用设施得到了建设，如电车、煤气、自来水、电话等，上海的租界市面繁荣，城市的现代化建设初露端倪。因此，总结、研究和介绍上海面貌的文献日益增多。尤其是 1857 年以后，随着外国人大量来到上海，租界乃至整个上海成了冒险家的乐园，许多外国人向往到上海来淘金，外来人口猛增。综合有关人口研究资料，我们知道 1846 年外国人在上海人数为 120 人，到 1851 年已经达到 265 人，5 年时间翻了一倍。[1] 而从 1890 年以后，上海西侨人口的增加比较明显。据统计，1895 年公共租界的外侨人数已由 3673 人增长到 4684 人，1900 年达到 6774 人。到 1910 年，上海两租界的外侨人口已有 15012 人。[2] 而在这期间进进出出的外国人不计其数。他们需要了解上海，熟悉上海，适应租界的生活方式，更好地在上海得到发展。这种对上海社会信息的迫切需要，导致了上海外文文献的大量出现。

在海外最初的上海研究中，对于租界的介绍和研究可以说是早期研究中的一个主流。试举几个例子来说明：1845 年 11 月上海道台宫慕久同英国驻沪领事巴富尔商定了一份租地协议，一般称其为《上海土地章程》（Land regulations and by-laws for the foreign settlements of Shanghai, north of the Yang-King-Pang），又称《租地章程》、《地皮章程》。后历经修改，又称为《上海英法美租界租地章程》、《上海洋泾浜北首租界章程》等，1869 年出版，这是上海最早的有关租界土地问题的文献。

1882 年，法国巴黎又出版了《法国在远东；上海法租界》（La France dans l'Extreme-Orient; La Concession française de Changhai）一书。

以后，有关租界政治法律的文献大量增多，如《上海会审公廨报告》（Report on the Mixed Court at Shanghae）、《1868 年上海英美租界租地人会议录》（Minutes

[1] 蒯世勋等编. 上海公共租界史稿. 上海：上海人民出版社，1980. p50.

[2] 邹依仁. 旧上海人口变迁的研究. 上海：上海人民出版社，1980. p92.

of a meeting of renters of land on the English and American settlements, 1868)、《上海领事公堂》(The Court of Consuls) 等。

在这以后的 100 多年中，海内外积累了相当庞大的反映上海研究和当时上海社会实情的外文文献资料，形成了上海研究的宝贵信息库。这些散落在世界各地的上海文献，不但反映了西方侵入中国的历史，也反映了近百年来上海社会演变、经济发展、政治运动、文化冲突等诸方面的史实。深入研究百年来围绕上海而形成的大量有特色的外文上海文献，特别是参考改革开放以后国外对上海研究的成果，对我们建设一个崭新的上海，促使上海尽快成为国际经济中心、金融中心、贸易中心和航运中心，有着积极的意义。

但是很遗憾，从总体上说，在上海研究的各类文献中，利用率最低的恐怕就是这一批数量庞大的外文文献了。虽然这批文献的历史价值和学术价值都非常高，但由于各种原因，至今为止没有一份完整的目录，一大批文献只能尘封在历史中，并没有能够物尽其用。

(二)海外上海研究的意义

对于研究者来说，掌握大量的文献资料，是深入研究的一个重要前提，所以旧时学者曾经强调“上天入地找材料”。但以前有很长一段时间，内地的学者不太注意海外的的研究情况和外文的文献资料，尤其是文科学者，将眼光局限在本国本地区的文献范围内。在上海研究的过程中,也有这种情况。有些学者重视国内的文献、忽略国外的文献，重视现在的文献、忽略历史的文献，重视理论的论述，忽略数据的统计和分析。

海外上海研究是上海研究的重要组成部分，它反映了海外学者对城市研究的最新成果，表现了国际上从“汉学”到“中国学”研究的转变过程；它从一个侧面反映了上海发展的轨迹；它客观记录了对上海自然科学研究的历史；它又是对国内上海研究的补充和扩展。无论在研究的内容、角度还是在研究的方法上，海外的研究都有许多方面值得我们参考。

第一，海外上海研究反映了海外中国学研究的战略延伸和转移——从传统的古代文化研究延伸到区域研究。

由于上海在中国近现代乃至当代历史上的重要地位和巨大影响，数百年来上海研究一直是海外中国学研究的一个重要组成部分。“中国学”在很长一段时间内被称为“汉学”。研究侧重于中国的历史文化、文学艺术和医学。张西平教授称呼它为“传教士汉学时期”。他认为,对国外汉学研究主要有两种意见:一种称为“汉学”(Sinology)，主要是指国外对中国传统文化的研究；另一种意见认为应称“中国学”(Chinese studies)，即国外对当代中国的研究。[1]

前期的西方汉学家主要是入华传教士，他们从中国经书着手，研究中国的传统

---

[1] 张西平. 汉学研究三题. 中华读书报，2003-5-21.

文化，对于儒学、考古、医学、地理学等特别感兴趣。他们中的有些人中文程度比较高，有些研究文献用中文发表。例如利玛窦一生就有多部中文著作，其中收入《四库全书》的就有两种，另《四库全书》存目亦见录两种。

但是，自从 20 世纪区域研究兴起以后，海外汉学研究之风为之一变，西方人对中国感兴趣的除了旧有的传统文化以外，还延伸到对近代乃至当代中国的社会结构、经济发展、政治影响等各个方面，特别是对中国的一些城市和重要地区加强了研究而有所成就。“中国学”这个词应运而生，这也反映了时代的进步。

应该引起我们重视的是，在当今世界城市化蓬勃推进的时代，具有“世界都市”（global city）概念的大城市正逐渐成为现代人思想文化、资本、技术、社会实践以及人口转移和交换的枢纽，世界特大城市在一个国家和地区内政治、经济乃至文化影响方向所起的作用，正在被学者们广泛地认识，特大城市本身的各种现象和它发展的原因也越来越引起重视。上海的国际化研究就是在这种背景下产生的。

从上海的历史发展来看，西方对上海的研究从雏形到成熟、从零星到规模、从表象到内在的过程也就是上海走向世界的过程，是上海城市日益国际化的过程。

从现存的外文上海文献来看，海外对上海城市发展的研究已成为中国学研究的重要内容，海外上海研究的内容、方法和成果不但开阔了国内研究者的眼界，而且还推进了上海研究向纵深发展，尤其是西方学者在某些领域的研究，弥补了国内学术界的研究空白，同时对我们的研究方法也提出了挑战。港台学者最先受到这种影响，如有些学者能够从民国时期上海的个别杂志着手，进而研究二三十年代上海市民的生活，就是一例。[1]

自第二次世界大战以来，海外的区域研究正成为近代学术研究的一个重要范畴。如果我们站在更高的角度来看，海外上海研究无疑是上海研究整体中的一个重要组成部分，不能分割开来。而且，海内外的两种研究也有互补之处，共同的交流，可以相得益彰。这也充分地说明了今天在经济全球化的趋势下，文化与学术的研究有着国际性的特征。

第二，海外上海研究是对国内上海研究的补充和扩展。

国内的上海研究和国外的同类区域研究相比，有许多不同，这是因为不同的历史环境和社会影响，使人对同一件事情产生了不同的看法。在当代外国摄影家的都市摄影作品里，我们常常看到一些极其平凡的事物和人物，却被他们挖掘出不少新的含义，从而引起人们的震撼。我们所忽视的一些人物和社会现象，在海外学者的眼里，却成了研究的重点。多年以前，胡道静先生也曾经注意到了这个问题，他举了一个例子来说明此事。他说有许多事情，在以往的本国文字记录里，或是不详细，或是竟没有提及，“比如十七世纪初年，天主教在上海开教及其布道的状况，在县

---

[1] Ye, Xiaoqing. The Dianshizhai pictorial: Shanghai urban life, 1884-1898. Ann Arbor: Center for Chinese Studies, Univ. of Michigan, 2003. p249.

志里仅些微地说到，而在法国则保存了详细的记录。徐文定公（光启）的孙女甘弟大，比利时国司铎柏应理（Philippus Couplets）曾为她宣教的活动写下详细的传记，而在本国文字的记录里，则难找到关于她的叙述。”[1]

西方学者看问题的视角与我们多有不同，学术研究的内容多样化，不拘一格，很多我们没有注意到的问题，却成了他们研究的重点对象。特别对于社会生活、城市发展、行业经济、教育卫生、对外关系等方面的问题，更有着充分的研究。要弄清海外上海研究和内地上海研究的特点，必须对两者的研究情况有个比较。

就拿研究者所必须依赖的历史文献来说，本地学者重视旧方志的史料和历史的陈述，但旧方志的编写对现代城市研究来说有许多缺陷，无论是在它的体系还是在内容和叙述方法上，有时很难充分反映现代城市的面貌和内在本质。从总的方面来说，旧方志偏重于上海城乡的历史，重点依然在地方沿革、风俗、人物等，对于城市结构、上海与外国的联系、外国人在上海的活动、上海各行各业的经济发展等，旧方志由于本身的局限性，涉及甚少，不能确切地反映上海城市现代化的历程。

而在外文的上海研究文献中，则加强了对城市本身的叙述。在研究方法上，不但重视历史的陈述，还比较注意理论的分析和数据的引用，研究的内容几乎涉及到上海各方面，不局限于文史之中。即使对于历史的叙述，西方学者在体例和内容的安排上，都和中国传统的方志写法有所不同。例如 1909 年出版的《上海通商史》（Historic Shanghai），不仅仅是纵向的历史叙述，如上海的开放过程等，从横向上来说，作者还着重研究了租界发展的原因，太平天国对上海的影响，以及上海都市的环境等。全书还配有 28 幅插图和人物肖像照片可供参考。

蓝宁与库寿龄写的《上海史》（The history of Shanghai），内容也非常广泛，涉及上海地理、历史沿革，租界、城市发展、社会特点、经济状况等，书末附有 1854—1900 年的工部局历届董事会名单，书中另配有 39 幅照片。

又如对于上海的犹太人，在过去的中文文献中，很少见到对他们的研究，而外国人对此研究较多，如《上海犹太难民社区，1938—1945》（Japanese, Nazis, and Jews, the Jewish refugee community of Shanghai, 1938-1945）、《上海避难：第二次世界大战犹太人回忆录》（Shanghai refuge: a memoir of the World War II Jewish ghetto）等。又比如关于上海教会的文献，外文的占了绝大多数。从这个角度上讲，中外文两种上海文献在内容上可以互补。

西方学者还注意对某一个特定时期的追踪研究，如 1893 年出版的《1843—1893 年的上海》（Shanghai, 1843-1893: the model settlement, its youth, its jubilee），主要记述上海开埠 50 年来的城区变化，尤其反映了租界的社会变迁、经济发展等。

西方的学术机构和学者也十分关注上海史料的整理与研究，一些学者不但收集了有关政治革命方面的资料，而且花费了一定的力量收集整理或翻译出版上海经

[1] 胡道静. 三个收藏记述上海的西文书籍的目录. 见：禹贡（半月刊）第六卷第六期，1936. p57.

济、法律、社会生活、城市管理、卫生医疗等各方面的统计报告、条令、规章、制度、手册等，有些资料的专业程度很强，如1939年出版的《上海国际红十字会报告》（Report of the Shanghai International Red Cross）；1947年出版的《上海运输总报告》（A general report on transport in Shanghai）以及《上海医业指南》（The medical directory of Shanghai）等等。

第三，海外上海研究反映了世界对上海的价值评估。

海外上海研究是世界众多学者100多年来对上海研究的心得成果，反映了他们对上海的基本看法。由于每个人的价值观不同，看问题的眼光也不同，不可能有一个共同的评估体系。但因为海外上海研究的时间长，范围跨度大，作者来源广，将这些要素综合起来看，还是可以得出一个比较正确的参考意见。比如内地学者对近代上海的劳资纠纷、工人罢工充分重视，而海外研究机构则对上海工人的生活状态更感兴趣。例如北平社会调查所1931年出版的《上海工人生活程度的一个研究》，主要研究了上海产业工人的经济收入，家庭支出、主要消费项目的情况，文献对30年代工人生活的评估，还是比较科学的。海外学者对这类书常常给以很大关注，除了有英文译本（A study of the standard of living of working families in Shanghai）在海外流行以外，其内容也被海外研究者所引用。

又如1941年出版的《经济上海：政治人质》（Economic Shanghai: hostage to politics, 1937—1941）一书，主要研究抗战初期上海的经济状态，即通常所说的孤岛时期上海的城市情况，对于当时上海的经济影响进行了特别的评估，说明由于日本的侵略，严重阻碍了上海经济的发展和生存，导致上海商业中心与金融中心地位的下跌。作者认为上海的生命与外部世界有着密切联系，如果没有这一点，就没有上海的特殊地位。

（三）海外上海研究的发展历史

海外上海研究发展的历史可以分成三个时期，即晚清时期、民国时期和建国后时期。

晚清时期包括两个阶段：第一阶段是从上海开埠至甲午中日战争，这是上海研究的起步，属于初期的萌芽阶段，表现为对城市表象的叙述和实地的考察；第二阶段是从甲午战争至民国建立，这时的上海口岸开放已五十多年，一些对历史的回顾总结和理论研究的文献出现，这是上海研究的初创阶段。

民国时期的海外上海研究也包括两个阶段：第一阶段是从民国建立至1937年抗日战争全面爆发时为止，这是海外上海研究的高潮阶段，也是早期上海研究史上成果产生最多的阶段，为后来的研究打下了坚实的基础；第二阶段是从1938年至1949年，它延续了二三十年代上海研究的热潮，但力度有所减退，当时国内国际都处于战争时期，无暇顾及学术研究，这期间出现的一些上海研究成果大都是涉及抗日战争和第二次世界大战，因此可以说是战争时期的上海研究阶段。

建国后的海外上海研究也可分成两个阶段：第一阶段是从建国至“文革”，这一时期的海外上海研究由于当时的世界正处于冷战时期，西方对中国一直进行经济封锁和政治压制，中国被排斥于联合国之外，海外学术界对中国知之甚少，海外的上海研究正处于历史低谷，这时期的研究成果数量极少，处于衰退阶段；第二阶段是从改革开放一直延续至今的三十年，是上海研究的繁荣阶段，出现了许多高质量的研究成果。

为了说明上海各个发展时期海外对它研究的程度和成果，我们将 1845 年起至 2005 年止的 1971 种西文文献进行分析列表。我们认为一定时期文献研究的类别和数量，反映了海外上海研究的发展过程，是历史的一面镜子，从中可以窥见近百年来上海文献的概况。

表 1：海外上海研究的历史分期以及相关文献的数量

历史阶段	历史分期	文献数量（种）	比例
晚清（1843—1911）	第一阶段（1845—1895）：萌芽阶段	201	10.2%
	第二阶段（1896—1911）：初创阶段	187	9.5%
民国（1912—1949）	第三阶段（1912—1937）：繁荣阶段	720	36.5%
	第四阶段（1938—1949）：战争阶段	218	11.1%
新中国（1949—2005）	第五阶段（1950—1978）：低潮阶段	98	5.0%
	第六阶段（1979—2005）：高潮阶段	547	27.7%
合计		1971	100%

（说明：作者在写作本文时共收集到西文上海研究文献 1971 种，此文写毕后收录文献略有增加，包括 1845—2005 年共 1994 种，类目也略有调整。本文统计数字仍以最初 1971 种为基准。）

1. 晚清时期的海外上海研究

晚清时期的海外上海研究有两个阶段，即萌芽阶段和初创阶段。共有研究成果 388 种，占海外上海研究总数的 19.7%。萌芽阶段的上海文献属于初创，时间范围在 1843 年至 1895 年之间，即从上海开埠至甲午中日战争时期，也是上海的租界建立与发展的时期。当时的上海正处在第一次鸦片战争和甲午中日战争之间，这两次战争对中国与外国的联系意义重大，外国人也就是在这两次战争以后对上海的认识有了重大进展。

研究的背景

1843 年上海正式开埠以后，由于它位居中国海岸线之中，领浩浩长江出海，背靠中国辽阔腹地，所以引起了东西方列强的兴趣。西方各种商业机构和教会组织，纷纷派人来上海考察调研，有关上海的各种研究资料也紧随着出现。但这些资料还是非常零碎的，大多是见闻录，还只是散见于其他方面的文献之中，并没有形成有分量的介绍上海的专著。

随着中国门户的不断开放，上海由于它的优越地理位置，使得中国沿海的贸易重心从广州移到这里，长江三角洲原来以苏杭为中心的繁荣地带也逐渐转移到上海，过去人们称上海为“小苏州”，后来人们称苏州为“小上海”，就反映了这种变化的过程。随着上海的经济影响日趋增大，在更广泛的层面上引起了世界的注意。外国人为了各种目的，漂洋过海来到上海，收集情报，了解当地民俗民风，寻找更大的发展机遇。因此在上海，一时聚集了来自各地的东西洋人，其中，除了一部分官员和商行雇员比较长期住在上海外，大部分为短期逗留。许多人来上海旅游，实际上是考察，或者为他人作咨询，或者为自己今后来沪做准备。

随着上海的不断发展，尤其是租界的建立，在短短的数十年中，来沪考察的外国人数年年在增加，其中还有相当一部分的人比较长期地居住在上海，如租界管理人员、教会人员、学校的外籍教师，新闻界、医疗卫生界、商界等都有外国人在上海积极活动。正由于上海吸引了如此多的外侨注意，对上海的研究就形成了一种必然。

研究的内容

在这一历史阶段的海外上海研究中，其研究的重点是上海的历史文化，从已知的研究文献中，据我们粗略的估计，1896 年以前的海外上海文献大约有 200 余种，而早期出版的有关上海人文方面的文献（包括政治、法律、社会、外侨生活）却比较多，有 100 余种，几乎占了该阶段文献出版量的一半，反映出初期海外对上海的研究侧重于对上海社会生活和文化历史的描绘。不过，这类文献大多偏重于一般的介绍，各种文献的区别在于详略和角度的不同。

在其他类目的研究中，有关经济类的文献有 25 种，城市建设与管理类的文献有 23 种，主要是反映租界内的城市公共设施和工部局的有关制度和措施。有关上海自然地理的文献有 23 种。此外，关于上海早期公共卫生和科研教育等方面的文献有 22 种，这些文献总数在 92 种，占该阶段文献总量的 46% 左右。

值得注意的是，在最初的海外上海文献中，自然地理的研究也是占了很大分量的，即使在一些历史文化类著作中，也有一定的篇幅介绍上海的自然环境和地理特点。如 1889 年出版的 J.W. MacLellan 的《上海史话》（The story of Shanghai: from the opening of the port to foreign trade），就用了一章的篇幅来叙述上海的自然地理。

甚至一些普及性的著作，也有专章介绍上海的地理风貌，如这一段时间大量出版的上海指南类图书，还附录有地图等，供读者参考。尤其是有关上海城市的摄影照片也开始出现，这在国内早期的上海研究著作中是极为少见的，如美国国会图书馆将收藏的上海一些档案性质图片编成《上海及吴淞江全景》（A general view of Shanghai, and the Wusung River）。该份档案文献由 10 张上海照片组成，为后人提供了一份珍贵的视觉资料。

在这一时期，一些有一定研究深度的有关上海地理的专著开始出现，如 1894 年出版的《上海港未来发展的地质研究》（The future of the port of Shanghai: a geological study）等。

此外，在上海早期研究中，关于上海地图的出版也较引人注意。

表 2：萌芽阶段（1845—1895）海外上海文献的内容分布

研究内容	文献种数	文献数量排序
经济	25	1
城市建设与管理	23	2
自然地理与环境	23	3
科研、教育、体育、医疗卫生	22	4
历史	21	5
地图	18	6
社会生活、风俗、宗教	16	7
政治、法律	15	8
语言与文化	10	9
年鉴手册、书目名录	8	10
图片中的上海	7	11
其他	6	12
列强入侵、对外交往、外侨生活	5	13
文学艺术作品	3	14
人物传记、回忆录	1	15
总计	203	

表 3：初创阶段（1896—1911）海外上海文献的内容分布

研究内容	文献种数	文献数量排序
城市建设与管理	36	1
自然地理与环境	27	2
地图	26	3
经济	20	4
社会生活、风俗、宗教	17	5
科研、教育、体育、医疗卫生	16	6
历史	14	7
政治、法律	12	8
语言与文化	11	9
年鉴手册、书目名录	9	10
列强入侵、对外交往、外侨生活	5	11
人物传记、回忆录	3	12
图片中的上海	3	13
其他	1	14
文学艺术作品	1	15
总计	201	

1896年以后海外上海文献出版了201种，其中数量最多的两类文献是城市建设与管理、自然地理与环境，这说明了自1896年到民国建立这一段时间，租界的建设到了一个新的规模。

2. 民国时期的海外上海研究

到了民国时期，由于上海经济文化的高度发展，它在国内和东亚的地位日显重要；同时由于上海的商业贸易迅速走向海外，带动了旅游和文化的对外交流，海外各种职业各种身份的人云集上海，使得东西方列强对上海的研究进入了一个繁荣时期。

从研究成果的数量总体上来说，民国时期的上海西文文献最多，共有938种，占海外上海研究总数的47.6%；而36.5%的文献产生在1912—1937年之间，即二三十年代。这个时期是近代中国学术史上的一个高潮，中国许多重要的学术著作和学术大师也都产生在这个时期。无独有偶，在海外上海研究的历史上，这也是一个学术研究的高峰期。在国际学术界似乎也出现过这种情况，当时在欧洲，科技和工业进入到一个高速发展时期。在国际环境上，又正处于两次世界大战中的间隔期，生活相对安宁，有利于科学的研究。海外上海研究这时的发展，也同我国学术史的发展脉络相一致，可以称得上是上海研究的黄金时期。而到了第二次世界大战及以后几年，国内的内战以及世界局势影响了上海的研究，上海文献骤然减少。

在民国初期的海外上海研究中，美国占了一定的比重。这是由于上海在环太平洋圈中的重要地理位置，引起了美国汉学界的充分注意，在政府和一些研究基金的支持下，一些中国问题的研究机构由此而设。尤其是一些大学，逐步将传统的汉学研究转移到现实的应用研究上来，正如朱政惠先生和杜维明先生所说，美国中国问题研究的代表性特征是以研究现当代为主[1]。在这种战略思想的引导下，美国上海研究的人员骤然增多，研究文献也大量产生。

这一阶段西方对上海的研究水平有了很大的提高，对上海历史的研究和现状的分析在相当程度上已经很成熟和老练了。这其中出现了一部分有代表性的文献，如美国圣公会传教士、教育家，上海圣约翰大学校长卜舫济（F.L. Hawks Pott，1864—1947）1928年出版了《上海简史》(A short history of Shanghai)，全书共10章，详细叙述了上海近代的历史，为同类书中影响最广泛的一种。

一些西方研究者还深入到对城市内部结构的研究上来，其中有一个重要的原因，就是上海在20世纪初开始了城市建设的现代化运动。正像有些研究者所说，上海在20—30年代正处于第一个现代化运动时期[2]。理解和阐述在东方这块神秘的土地上进行的现代化历程，就成了中外学者的共同兴趣，大量的文献因此而产生。

除了学者对上海的发展产生浓厚的兴趣外，一些官员也在从事上海的研究，如

[1] 朱政惠. 美国中国学史研究：海外中国学探索的理论与实践. 上海：上海古籍出版社，2004，p63.

[2] 忻平. 从上海发现历史：现代化进程中的上海人及其社会生活. 上海：上海人民出版社，1996. p1.

阿乐满（Norwood F. Allman，1893—1987）就是其中的一位。他在1916年以美国驻华公使馆见习翻译身份来华。20年代初曾先后出任美国驻沪领事、公共租界会审公廨陪审推事等职，后脱离外交界，在上海开起了律师行。但他同时还是位社会活动家，曾任万国商团美国骑兵队队长、上海扶轮社社长、公共租界工部局董事等职，他1943年出版的《上海律师》（Shanghai lawyer）一书具有一定的影响。

这一阶段的上海研究在内容上比较偏重于经济事务和城市建设，对社会生活和教育卫生也很重视，文献量很大。

到了民国后期，由于受到战争的影响，海外对上海的研究整个处于低潮时期。但是一些反映日本侵沪战争的文献值得注意，这些文献从正反两方面揭示了日本侵华战争的罪行，特别在日文文献中，关于战争的记载特别多，从一些文献中，可以清楚地看到日本军国主义发动侵华战争的阴谋，此外还有一些则是上海与二战有关的文献。

表4：民国初期（1912—1937）海外上海文献的内容分布

研究内容	文献种数	文献数量排序
经济	108	1
科研、教育、体育、医疗卫生	85	2
城市建设与管理	84	3
社会生活、风俗宗教	77	4
自然地理与环境	65	5
列强入侵、对外交往、外侨生活	64	6
政治、法律	54	7
年鉴手册、书目名录	49	8
文学艺术作品	28	9
地图	28	10
历史	21	11
图片中的上海	21	12
语言与文化	19	13
人物传记、回忆录	9	14
其他	8	15
总计	720	

3. 新中国时期的海外上海研究

二战后，世界形势发生了很大的变化，战后中国的重建，两大阵营冷战的开始等等，这些问题对战后世界新的格局有着重要的影响，海外对现当代中国问题的研究也进入了一个新的时期。尤其是美国，缘于它本身战略利益的调整，远东尤其是中国，成了它战略布局的一个重心，因此，战后在海外上海文献中，美国成为主角。

新中国初期的十几年中，由于海外对社会主义新中国缺乏了解，特别是冷战时期西方国家对中国的封锁，使得这一阶段海外对上海的研究陷入低潮，当时西方学者所需要的上海资料，主要通过香港获得，非常有限，极大地阻碍了上海研究的发展，该时期出版的上海文献仅百余种，而且以历史类题材为主。

从60年代中期“文化大革命”开始，作为“革命”中心点的上海，又引起了海外研究者的广泛重视，从“文革”到改革开放这一阶段是海外新一轮上海研究的准备期，是一个高潮产生前的潜伏期，如果没有这一个阶段的准备，那么就没有80年代以后的高潮。

而在改革开放以后，世界对上海的研究达到了高潮。在中国，没有一个城市的研究会引起不同国家不同学者如此强烈的注意，新的研究成果不断出现，大量的文献由此而产生。因此上海地方史研究专家唐振常先生曾感叹说：“上海史研究，似乎成了今之显学。专题研究文章，已成洋洋大观；通史出版，供不应求；各项专门史，相继问世，有关的工具书和资料整理，亦陆续见于市场。研究队伍日益扩大……”[1]

随着改革开放的不断深入，上海研究更是出现了可喜的现象，一批有分量的学术著作相继出版，特别是《上海通史》和《上海通志》的出版，标志着上海的研究进入了新的阶段。熊月之先生说：“1978年以后，随着社会科学、人文科学的繁荣，上海史的研究受到中国学术界特别是上海学术界的高度重视，成果相当繁富，既有通论性、专题性著作，又有资料汇编和工具书。在理论建设、方法创新方面，也有重要进展。”[2] 据我们初步的统计，该时期海外出版的西文文献共547种，达到全部文献的27.73%；在理论研究的深度上，该时期的研究远远超过了民国时期。而且，这股研究的热潮并没有停顿下来的趋势，它还在延伸，相信在不久的将来，一定会有更多的研究著作出现。

与此同时，上海学术界对海外上海文献也开始了整理和研究，一批有价值的外文文献被翻译成中文。尤其是上海社会科学院和上海古籍出版社合作，自2003年以来陆续推出了一套“上海史研究译丛”，该套“译丛”精选当今海内外一流学者有关近现代上海史研究的经典之作，可读性和学术性兼具，并由国内专家翻译。丛书内容涉及上海道台、警察、妓女、工业家、侨民、同乡会、救火会、上海苏北人等众生相。如总论性的研究性著作有《海外上海学》（熊月之、周武）、《上海的外国人：1842—1949》（熊月之、马学强）；个案的研究有《1927—1937年的上海》（法·安克强）、《近代上海的公共性与国家》（日·小浜正子）、《上海歹土：战时恐怖活动与城市犯罪》（美·魏斐德）、《上海妓女：19—20世纪中国的卖淫与性》（法·安克强）、《上海警察，1927—1937》（美·魏裴德）、《苏北人在上海，1850—1980》（美·韩起澜）等。

对于国内外上海研究的热潮，熊月之先生说：“上海史研究学者遍布世界各地，上海史国际会议接二连三，上海史研究成果极其丰富，一句话，上海史研究早已越

[1] 施宣圆. 上海700年上海. 上海：上海人民出版社，2000. p1.

[2] 熊月之. 上海通史：导论. 上海：上海人民出版社，1999. p171.

出上海，跨出中国成为国际学术界的热门课题。”[1]

为了进一步提高上海研究的整体水品，有一些学者对此也提出了很好的建议，例如姜义华先生认为，上海研究目前受到资料与信息的制约还很突出。无论是历史档案，还是现实状况，还远不能充分利用。口述资料还很贫乏。音像资料还没有得到足够重视。需要建设上海文献资料中心、信息中心。资料要尽可能丰富；信息要尽可能快速、准确；检索和利用要尽可能便捷。应当首先建成上海市内资料收藏与检索的网络，根据相应的法规，使这些资料能够得到有效的利用。资料与信息的水准，不仅是整个研究的基础，而且是整个研究所达到的水准的一个重要标志[2]。为了推动新一轮上海研究的高潮，对 100 多年来上海文献资料的发展历史作一个梳理，是十分必要的。

熊月之先生、周武先生等人首先做了这项工作，在熊月之先生主编的《上海通史》中，就回顾了上海研究的历史，整理了中外文的上海文献目录。周武先生的《海外上海学著作目录》共收集书目 230 种，而其中 1977 年以后出版的图书就有 158 种。

（四）海外上海研究的内容特点

1. 研究内容广泛、细致、深入

西方对中国的研究一开始就以欧洲的模式为主，研究重点在于中国历史文化和语言，大多数早期来华的西方学者受到中国优秀文化的吸引，企图从中国的历史发展中来研究世界文明的进程和历史发展的规律，表现在有一段时期，西方对中国的文字和考古如敦煌研究等特别感兴趣。但是在上海研究上，西方学者结合上海的特点，一开始就注意 19 世纪以来上海城市现代化过程的研究，几乎所有的研究都围绕这个主题，即使是语言的研究，也把沪语同英语作比较，重点研究洋泾浜英语的表现特点。

分析 150 年来西方上海研究的脉络，还是可以看出一些端倪。在第二次世界大战以前，研究的重点主要集中在历史、政治和经济三大领域。而在二战以后，研究的领域除了上述的三个方面以外，还特别加强了法律、城市结构和发展、城市社会生活的研究，包括对城市各阶层的研究，以及对妇女生活和地位的研究等。

海外学者对历史，无论是区域的历史还是整个中国的历史，一直是重点关心的问题，但随着时代的不同，研究历史的侧重面也有了不同。如果说，二战以前海外学者对上海历史的研究比较偏重于描述的层面，那么二战以后就比较偏重于分析的层面。这种分析表现在两个方面，一是注重了城市发展与社会变迁的历史，除了依旧保持对租界的重点研究以外，还加强了城市发展史的研究，如 Stella Dong 于 2000 年出版的《上海：一个堕落城市的兴衰》（Shanghai: the rise and fall of a decadent city），就包含了这种意思。还有一些学者将上海城市的变化同全球的

---

[1] 熊月之，周武：海外上海学. 上海：上海古籍出版社，2004. p1.

[2] 姜义华：深化与拓展上海研究的十条建议.www.zisi.net/htm/xzwj/jyhwj/2006-01-21-34738.htm

发展联系起来看，如 Jeffrey N. Wasserstrom 于 2004 年出版的《上海：全球化城市》（Shanghai: global city）将上海作为全球化城市之一来研究，着重点在于城市的变革。二是一般的通史类著作不再是研究的趋势，而是将研究深入到某一个阶段剖析其中的变化和规律，进而找出影响当代中国的各种因素。例如对“文革”历史的研究，Yarong Jiang 和 Davis Ashley 于 2000 年出版的著作《毛在新中国的孩子》（Mao's children in the new China: voices from the Red Guard generation），通过对 27 名当年的红卫兵的访谈实录，探讨 20 年来中国社会的巨大变迁及对他们个人生活经历的深刻影响。

西方学者在研究上海经济发展时，比较注意个案的研究，以期从中找出规律性的东西。例如 1931 年出版的《中国慎昌洋行的历史与组织（1906—1931 年）》（Anderson Meyer & Company of China: its history, its organization today historical and descriptive sketches, 1906 to 1931）一书着重研究了 1906 年到 1931 年间中国慎昌洋行的变迁过程与机构组织。该书通过慎昌洋行在上海的历史演变，从一个侧面反映了外商在上海的活动。作者福开森中文名字叫福茂生，1888 年来华，来往于南京、上海、北京等地，活动面颇广，也是美国慎昌洋行股东。甚至某些西方学者对上海的蔬菜也感兴趣，如 Bernard E. Read 和 W. Wagner 于 1940 年出版了《上海蔬菜》（Shanghai vegetables）一书。

在 30 年代，上海的社会生活发生了很大的变化，对于这种变化，西方学者给予了很大的关注，一些有关妇女、教会、职业、工资等方面的著作开始出现，例如 1930 年出版的《上海闸北、虹口、浦东地区教堂所办工业中的妇女》（Women in industry in the Chapei, Hongkew and Pootung districts of Shanghai）一书，就研究了这些地区教堂所办工业中的妇女生活状况。《1930—1934 年上海工资率研究》（A study of wage rates in Shanghai, 1930-1934）一书则研究了 1930—1934 年上海工资变化的情况。

2. 重视对租界的研究

上海是一个因租界而突然崛起的城市，曹聚仁先生指出：“近百年的上海，乃是城外的历史，而不是城内的历史，真是附庸蔚为大国，一部租界史，就把上海变成了世界的城市。”[1] 从上海开埠 100 多年来的实际情况来看，上海从一个县城演变成世界著名的现代化都市，也是在租界发展后才逐步繁荣起来的。陈旭麓先生指出：“研究近代上海是研究中国的一把钥匙；研究租界，又是解剖近代上海的一把钥匙。”[2] 从这个意义上来说，上海的城市发展与租界共存。自 1850 年以后，英法美租界相继在上海设立，从此，对于租界的种种研究，海外学者就一直没有停顿过，几乎每一本研究上海历史的文献都将对租界的描述作为一个重要的部分。

---

[1] 曹聚仁：上海春秋. 上海：上海人民出版社，1996. p9.

[2] 陈旭麓：上海租界与中国近代社会新陈代谢. 见：陈旭麓学术文存. 上海人民出版社，1990. p713.

最初有关上海租界的外文文献主要是一些资料的收集与整理，如 1866 年出版的《上海英美租界租地人会议记录》(Land renters' meeting: minutes of a meeting of renters of land on the English and American settlements, held pursuant to notice)、1869 年出版的《洋泾浜北首上海外人租界章程及规则》(Land regulations and by-laws for the foreign settlements of Shanghai, north of the Yang-King-Pang)、1881 年 W. MacFarlane 出版的《上海外人租界与华界素描》(Sketches in the foreign settlements and native city of Shanghai) 等，这些文献都是属于资料类文献，谈不上什么研究，仅仅是记录而已，但可作为研究租界发展历史之用。直到 1882 年研究上海租界的专著《法国在远东;上海法租界》正式问世，才将租界研究推向深入。

不但海外的出版机构有兴趣出版研究租界的文献，一些设立在上海的外国出版机构也出版了一些类似的文献,如上海文汇报社 1904 年出版了《上海领事公堂》等。

除了对租界进行深入的理论研究之外，一些有关租界生活的个人回忆录，以及作者亲闻录等叙述性的文献也开始出现，如 1906 年在英国伦敦出版的《上海模范租界居住三十年生活忆旧》(Personal reminiscences of thirty years' residence in the model settlement Shanghai, 1870-1900), 1938 年出版的《上海公共租界六十周年纪念》(The diamond jubilee of the International Settlement of Shanghai) 等。

这些文献使得海外对上海租界的研究形成了一股力量，并努力使这种研究从政府职员的档案记录走向个人的感受和理论探讨。

在这里要特别指出的是，在早期的租界研究中，法国的学者无疑是研究的重要力量。他们对租界的研究似乎情有独钟，一些有分量的著作大多是法国人撰写的，而且，法国人对上海租界研究的兴趣一直不减。一直到 20 世纪末，一些法国来沪的访问学者都将租界作为自己研究的课题。

1882 年《法国在远东；上海法租界》一书问世后，1896 年法国人又在巴黎出版了一本《远东两处法国人居留地的起源：上海和宁波》(Les origines de deux etablissements francais dans l'Extreme-Orient, Chang-hai–Ning-po)，将该研究推向深入。1929 年法国巴黎出版了一本很有分量的租界研究著作，这就是梅朋、傅立德著的《上海法租界史》(Histoire de la concession française de Changhai)，全书共 10 章 458 页，叙述 1844 年至 1875 年间法租界的设立和扩张过程，法租界的市政管理，以及法租界内商业情况，公董局沿革等。这是早期法租界历史研究中一本最有理论深度、内容翔实的重要著作。以后还有一些著作如 Louis Des Courtils 在 1934 年出版的《上海法租界》(La concession française de Changhaï) 等。

3. 重视研究上海城市社会结构和经济发展的动因

西方学者对于近百年来上海城市的社会结构和社会矛盾的研究一直是比较感兴趣的，上海的社会结构从传统的封建社会结构转变为一个资本主义的半殖民地的城市社会结构，这个很大的历史变化是从 1843 年上海开埠以后才逐渐产生的，以后一直影响着上海乃至全国的发展。但上海的城市社会结构和社会矛盾的表现既不同于海外大城市的模式，也不同于中国内地城市社会的表现模式，它有自己鲜明的特色，所以引起了海外学者的充分关注。

西方人对上海城市社会结构和社会矛盾的研究主要表现在三个方面：

一是对社会阶层结构的研究，西方学者尤其侧重于对上海中产阶级和工人阶级的研究，如谢诺的《1919—1927 年中国的工人运动》(Le mouvement ouvrier chinois de 1919 à 1927) 该书原为作者的博士论文，以研究上海的工人罢工为主，对于研究上海工人运动和上海工人阶级的状况有一定贡献。

当然，也有一部分学者对于上海的青红帮感兴趣。如《上海青帮》(The Shanghai Green Gang: politics and organized crime, 1919-1937) 一书介绍了上海青帮的历史、青帮重要的人物及其活动，着重研究了青帮的活跃与民国时期上海特殊政治格局之间的关系、法租界社会管理的特点与青帮活动的关系。

二是对上海政治结构的研究，如《上海道台研究》(The Shanghai taotai)，该书考察了上海道台这一特殊的群体，反映了 19 世纪中后期中国对内、对外政策的演变，中央与地方关系的变化，分析了上海社会结构与社会关系的变化，说明了上海道台在处理外交事务的权力、能力的特点。还有如《上海警察》等书，都对上海的社会政治结构进行了研究。

三是对经济结构的研究，特别对上海的产业结构、就业结构、城乡结构等倍感兴趣，出版了相当数量的文献。如 1938 年出版的《上海的工业、航运与贸易》(Shanghai its port, industries, shipping and trade)，1942 年出版的《上海社会与工业问题：专论上海工部局的管理和协调作用》(Social and industrial problems of Shanghai: with special reference to the administrative and regulatory work of the Shanghai Municipal Council)。后一书的作者辛德为澳大利亚人，1933 年任上海公共租界工部局新设的总办处工业社会股主任。1940 年该股升格为工业社会处，仍由其担任处长，这份研究的部分内容具有很高的参考价值。

4. 重视 20 世纪二三十年代上海的研究

20 世纪二三十年代上海的历史和发展，是上海建县以来 700 多年历史中最重要的一段历程，它在上海研究史上有着很重要的地位。这是一个上海人引为自豪的年代，它的许多历史痕迹至今尚在。西方人对这段历史也比较重视，不但在当时产生了许多相关的文献，就是到了后来，许多研究者还钟情于该时代，作了许多有益的广泛的研究，企图从该时代的研究中找到上海发展的规律和特性。

西方学者当时非常注意该时期上海政治、社会、经济、文化的研究，他们充满了对这个发展迅速的东方大都市的好奇。许多西方人认为，二三十年代的上海，已经成为东方的巴黎，一些人甚至把上海作为淘金的圣地，冒险家的乐园，地产大王沙逊在上海滩成功的例子，一时成为海上美谈。上海成为传奇都市，吸引着各种身份、各种职业的洋人。海外环球航行家如果没有到过上海便不能算完。她的名字令人想起神秘、冒险和各种放纵。在那些航向远东的船上，人们用“东方妓女”这样的故事来蛊惑乘客。他们描述横行不法的中国强盗，永不关门的夜总会和有售海洛因的旅馆。他们熟稔地谈论军阀、间谍战、国际军火交易和在上海妓院的特别享乐。为了适应海外这股上海热，一些普及性的上海文献大量出现，例如当时海外出版了不少有关上海的旅游景点、风土人情、社会民俗、法律经济等各类著作。

但是在对二三十年代上海的研究过程中，西方人也在深入地探讨上海城市变迁的过程，讨论上海繁华的原因，研究各国在上海的政策，分析上海的政治力量和政治结构，他们对上海各个阶层的经济状况和力量似乎特别感兴趣，出版了一些比较有分量的文献。

法国里昂第二大学东亚研究所所长、历史学教授安克强（Christian Henriot），对二三十年代的中国和上海的状况有过深入的研究，出版有《1927 年国共两党的决裂》、《国民党中国的市政政策》等书。1983 年他在法国新索邦大学递交的博士论文就是《1927—1937 年的上海：市政权、地方性和现代化》（Shanghai, 1927-1937: Municipal Power, Locality, and Modernization），1991 年出版法文版，1993 年加州大学在伦敦出版英文版。安克强重视对该时代上海社会政治力量和经济文化的综合研究，这本著作对上海发展史上起着重要作用的十年历史，进行了有益的探讨，比较深入地分析了 30 年代上海的市政、法律、政治结构，是一本研究上海 30 年代宏观面的书。

此外，一些学者还研究了旧上海的警察、银行、市场、妓女、苏北移民、黑社会等。他们对上海多角度的研究，常常独辟蹊径，通过一个侧面，来反映上海的社会文化和政治经济。

美国加州伯克利大学历史系教授魏斐德的著作《上海警察，1927—1937》（Policing Shanghai 1927-1937），以翔实的史料、缜密的思辨和娴熟的叙述技巧，完整地再现了二三十年代上海旧警察的历史，既动态地分析了它的来龙去脉，又深入地探讨了国民政府时期上海警政最终走向失败的深层原因，并从警政的角度揭示了上海城市的复杂性。

有些研究还将二三十年代的上海和西方同时期的一些特大城市进行比较研究，例如《罪恶的 20 年代》（Die sündigen 20er Jahre）一书，用文学的笔法描写了 20 世纪 20 年代世界上三个主要的城市：柏林、巴黎和上海的面貌，揭示了那个年代这些大城市的通病即毒品泛滥、性生活糜烂，谴责了资本主义发展过程中城市生活的负面现象。

一些学者在研究远东国际关系史时，也把上海作为一个重要的部分特别加以研究，如马士（Hosea Ballou Morse）和宓亨利（Harley Farnsworth MacNair）的著作《远东国际关系史》（Far Eastern international relations）就有许多内容涉及到上海。

在美国内布拉斯加林肯大学任教的柯博文在哈佛大学出版了一本《上海资本家与国民政府（1927—1937）》（The Shanghai Capitalists and the Nationalist Government, 1927-1937），该书用了三章的篇幅，对宋子文与上海经济的关系作了详尽的阐述。除了对上海的经济有较深的研究外，对社会生活和文化也表现了浓厚的兴趣。

在二三十年代，由于上海经济的繁荣，有关上海经济的研究著作和统计资料也大量出版，其中有一些是对外商企业的描述和研究，至今仍有参考价值。

5. 保存了上海发展中的一些稀有资料，特别重视对地图的研究

由于早期海外学者在上海的活动范围比较大，接触的事物也很多，特别是由于他们观察问题的角度不同，有一些国人认为不重要的事物，在他们看来是重要的，所以加以详细记录并给予一定研究。如 1906 年出版的《上海模范租界居住三十年生活忆旧》，全书共 16 章，是一本带研究性的回忆录。作者戴义思（Charles M. Dyce, 泰斯）1870 年来上海从事贸易，以后长期生活在上海。本书记事时间约在 1870—1900 年之间，反映了上海西方人的生活和工作情形，特别对于三十年间上海西方人的人口变化，妇女人数及生活，上海对外茶叶贸易等都使用了第一手资料。此外对于上海外侨的体育活动也有详细描述。

又如 1932 年出版的《论日本在上海的不宣而战》（Symposium on Japan's undeclared war in Shanghai: with a chronological list of events in Shanghai since January 18, 1932），这是一本有关日本侵略者 1932 年 1 月 28 日在上海发动战争的文献，揭露了日本人侵略上海的罪恶事实。该书的第二部分是日本侵略上海战争的官方文件，书中还有战争期间上海方面损失的资料可供参考。

1939 年出版的《上海不动产的生财之道》（The Profitable Path of Shanghai Realty），此书有一节几乎为它书所无，这就是上海经济发展和犹太侨民的关系。再如 1932 年出版的《上海郊区漫步》（Shanghai Country Walks），这又是世上少见之书，主要研究 30 年代上海郊区地理经济、风土人情等方面的情况。虽然这些著作是 1949 年以前外国人对上海的研究，但有许多材料却是第一手的。由于上海特殊的对外历史关系，一些外国研究人员长期待在上海，他们利用了租界当局的档案材料和外国公司的文件，利用了记者深入第一线的采访资料，以及一些来华外人的回忆、笔记、日记、信件等，具有很大的参考价值。

值得注意的是海外的一些地理工作者以及军方绘图人员，为了研究的方便和战争的需要，还绘制出版了一些上海地图，这也是中文文献中比较少见的。中国古代的历史学家虽然把制度和地理作为研究的重点，但往往忽视了地图的说明和绘制，因此在传统的史书中，比较缺乏精确的地图。上海最早的地图出现在方志里，明崇祯三年（1630 年）初刻的《松江府志》（方岳贡等人纂修）就搜集了 27 幅地图，当时的松江府管辖尚有华亭县、上海县、青浦县、金山卫等地，因此，方志中尚有华亭县境图、上海县境图、上海县城图、青浦县城图、金山卫图、黄浦图、上海县水利图等。清代修纂的各种《松江府志》中，也都绘有华亭、青浦、上海等县境图。但这些地图对于现代的研究者来说是很不够的，在地理位置、地形地貌等方面的描绘不十分准确，地形是山水画式的，各要素间的比例不正确，海则一律作波浪状。

海外对上海地图的研究和出版伴随着列强的入侵而不断加强，鸦片战争前就有人来上海测量黄浦江水道、制作地图，以后一些传教士等相继绘制了上海地图。1860 年以后，随着海外对上海的进一步了解，用近代科学的方法绘制的地图频频出现在文献中，例如 1866 年英国出版了《上海英租界图》(Plan of the English Settlement at Shanghae) 等。

20 世纪初，西方的一些学者在他们的研究文献中，非常注意利用最新出版的地图，有一些研究者还自己绘制简易的地图。1904 年左右出版的 William Berol 所著《贝洛上海指南》(Berol' guide to Shanghai in particular and China in general) 就附录有上海地图 (比例尺 1000 英尺 ： 1 英寸)。在一本有关上海土地租借使用权问题的文献中，也附有上海地界地图。[1]

海外上海文献中所反映的地图范围相当广泛，其中还有军事地图。1865 年英国出版了《上海周边地区军事计划》(Military plan of the country around Shanghai from surveys made in 1862, 63, 64, 65)，此书记录了英国戈登镇压太平天国起义的事实。戈登凭借他 1862—1865 年期间对上海的了解，制作了这份上海及周边区域的军事地图，图中详细标注了这期间获得的上海及周边区域市镇及道路信息，还特别标注了该区域内的主要运河信息，对于了解当初的战争，有重要的参考作用。

6. 注意对上海自然地理的研究

在上海原有的中文文字记载中，无论是方志地理还是历史研究，比较偏重于人文科学的记载，对于自然科学的记述，相对较弱，因此有关上海地形地貌、海洋气象、动物植物等方面的文献极少。即使有一些自然科学的文献，书目编制者因过多地注意文史类著作，侧重于学术思想上的考镜源流，而对于自然科学的著作，认为是雕虫小技，不加重视。西方学者乃至东方日本的学者却对于科技著作是十分热心，做了许多研究，也出版了不少的文献，尤其是涉及上海地形、地貌、气候、地图等方面的文献，可补中文著作之不足。

例如关于上海的气象情况，在中国传统的方志史书中最多是概况的描写，而在外文中却有详细的报告。法国天主教耶稣会于 1872 年 (清同治十一年) 建成徐家汇观象台，创建了气象、地磁、天文、地震等 4 个方面的业务考察活动，它是我国较早的一个气象机构，多年来一直从事上海气象的观察与研究，也积累了一批上海的气象文献。上海气象档案馆收藏了一本《徐家汇观象台概述 (1840—1924 年)》(L'Observatoire de Zi-Ka-Wei, 1840-1924)的书，该书为法文打字文稿，未具名和日期，也未公开出版。该书记述了徐家汇天文台 80 多年的历史，这些记录对研究世界科学史、中国科学史和中国气象史具有较高的参考价值。而《徐家汇观象台科学工作五十年 (1873—1926 年)》(L'Observatoire de Zi-Ka-Wei Cinquante Ans de Travail

[1] Godfrey, C.H.. Some notes on tenure of land in Shanghai. Shanghai: The Shanghai Society of Engineers & Architects, 1913.

Scientifque, 1873-1926）一书，除了文字记载，还附有 50 幅插图。

上海是个沿海城市，主要的自然灾害就是海上来的台风（飓风），在外文的上海文献中，对于这方面的记录与研究，给我们提供了珍贵的原始资料。如 1879 年（清光绪五年）上海徐家汇土山湾印书馆出版的《1879 年 7 月 31 日的飓风》（Le Typhoon du 31 Juillet 1879）一书，由时任徐家汇天文台台长的能恩斯（Marc Dechevrens）所著，是徐家汇观象台用近代气象科学理论研究光绪五年六月十三日影响上海的一次台风的分析报告，是最早关于台风的论著之一，有英文版和法文版两种。

又如劳积勋所著《一九一五年七月二十八日之飓风》（The typhoon of July 28th 1915: the Chinhai typhoon and its effects at Shanghai），对 1915 年 7 月 28 日登陆上海的一次百年一遇的台风作了详细的个例分析，并载有台风袭击上海和遭受灾害的实景照片。该文具有很高的研究价值。其他还有如《1880 年中国海上的飓风》（The typhoons of the Chinese seas in the year 1880）、《1881 年中国海上的飓风》（The typhoons of the Chinese seas in the year 1881）、《上海气候的气象因素》（The meteorological elements of the climate of Shanghai）等。

为何外文文献中有如此之多的气象资料呢？这主要是因为 19 世纪的上海海路航运是它与外国联系的主要通道，许多外国商人或是官员和传教士，都是乘船到上海的，海上气候的变化对于航海者的安全有很大影响，所以非常关注台风和气候的影响。法国人因此在上海徐家汇建立了天文气象台，密切关注上海的气象，并及时发布有关消息。

关于上海地区磁场磁震的研究，中文史料中极少见到，而在西文文献中却有，如《徐家汇等地及陆家浜的磁震》（Pulsations magnetiques a Zi-Ka-Weietc, a lu-kia-Pqrg），《陆家浜磁场观察》（Lu-Kia-Pang observatoire magnetique）等。

在其他一些领域中西方学者也进行了有意义的研究，如对鸟类的研究，则有 1922 年出版的《上海鸟类观察》（Les oiseaux de Chang-Hai: observations ornithologiques（1913-1920）），等等。

（五）海外上海研究的学术特点

1. 海外上海研究的角度具有独特性和新颖性

中外学者由于文化的差异，对于城市研究的角度往往也有差异，西方人看上海的眼光有自己的独特性。他们往往从社会学、经济学、政治学等各个方面对上海进行多角度的研究，勾勒出百年上海的草图，有些虽然并不十分精确，但毕竟是首开风气的有益尝试。

例如美国密歇根大学中国研究中心出版的 Nicholas R. Clifford 著《上海 1925：城市民族主义和保卫治外法权》（Shanghai, 1925: Urban Nationalism and the Defense of Foreign Privilege），从上海城市的民族主义和外国特权的冲突这一点上来分析 1925 年的上海形势。

波士顿大学国际关系系 Joseph Fewsmith 在 1985 年出版的《中华民国的党派、国家和地方精英》（Party, state, and local elites in republican China）一书中，对 1890 年至 1930 年的上海商业组织和政治进行了研究。弗吉尼亚大学的 Bruce L. Reynolds 曾经研究过中国及上海的纺织工业，写过专题论文《The East Asian "textile cluster" trade, 1868-1973: a comparative-advantage interpretation》。

即使对一些重大题材如政治和国际关系史的研究，海外文献也有自己的着眼点。法国白吉尔（Marie-Claire Bergère）在 1986 年出版的《中国资产阶级的黄金时代，1911-1937》（L'âge d'or de la bourgeoisie chinoise, 1911-1937），以 1915—1927 年这十多年间上海资产阶级的活动情况，分析了资产阶级、政府与现代化的关系。作者以上海资产阶级为研究对象，把他们作为中国资产阶级的代表，认为在 1915—1927 年间，是中国政府政权削弱，资产阶级鼎盛发展的时期，资产阶级体现出一种充满活力的自发精神。这种研究对我们内地学者来说，应该有所启发。在国际关系史的研究上，也有一些角度新颖的著作出现，如《上海和第三帝国的政治》（Shanghai und die Politik des Dritten Reiches）一书，作者 Astrid Freyeisen 将上海放在另一种政治体系中来研究，给人以耳目一新的感觉。

近些年海外学者包括一些居住在海外的华裔学者开始注意从社会生活的角度来研究上海作家。如 Gregory B. Lee 的作品《Dai Wangshu: the life and poetry of a Chinese modernist》，描写了中国现代著名的诗人戴望舒的生活，这种写法给人以启示。李欧梵的英文著作《上海摩登：一种新都市文化在中国：1930—1945》，不但描写了上海都市生活的各个层面，还着力研究了都市生活对于上海六位著名作家：刘呐鸥、穆时英、施蛰存、邵洵美、叶灵凤和张爱玲的影响，此书洋溢着上海的独特风味。

海外的研究者一直对上海的社会生活和文化表现出浓厚的兴趣。Ezra Block 1996 年在哈佛做的学年论文就是关于 30 年代《良友画报》的（Modeling modernity: The Liangyou huabao）。

海外的研究者善于从各个角度描绘上海，视野宽阔，观点新颖，作者不拘泥于政治历史与革命运动所谓的重大题材，他们抓住社会典型事例，进行立体的、综合的研究，取得了很好的效果。

2. 海外上海研究的内容有较强的学术价值和历史价值

西方学者对上海的研究并不仅仅局限于历史表象的描述，而是试图从现象背后找出一种规律，甚或对其发生发展的内因作理论上的诠释，虽然并不十分精确，但毕竟是一种有益的尝试。他们往往喜欢抓住城市的一个局部，对其进行深入的挖掘。比如对妇女史的研究，早期国内作者的研究大多是通史一类（其中有很多内容涉及上海的妇女），例如梁占梅的《中国妇女奋斗史话》、谈社英的《中国妇女运动通史》、郭箴一的《中国妇女问题》、绿荷的《中国妇女生活》、陈东原的《中国妇女生活史》等都属于整体研究。

而海外学者却从一个局部来研究上海妇女，如1930年出版的《上海闸北、虹口、浦东地区教堂所办工业中的妇女》，法国的Jacqueline Nivardy以上海出版的《妇女杂志》作为研究对象写作博士论文，台湾大学的周叙琪先生在1994年就以上海的《妇女杂志》为背景，写了长达247页的硕士论文[1]。加拿大麦吉尔大学教授Francesca Dal Lago女士1996年宣读了一篇论文“How ‘Modern’ is the Modern Woman? Crossed Legs and Modernity in 1930s Shanghai Calendar Posters, Pictorial Magazines and Cartoons”，以老上海月份牌上的妇女形象，作为上海的“新女性”来进行研究。从细微处着手，抓住一个城市文化生活的一个侧面，从而反映一个时代的面貌，这种研究方法值得借鉴。

以上这些比较专门的研究，容易做得细致和深入。

3. 善于从社会生活史的角度来研究上海

中国旧时的历史研究者过多地着重历史演变中的政治军事因素，往往注意制度、人物、政治沿革、军事活动等等方面，而忽视了社会生活的调查与研究，忽视了社会各个阶层的经济生活，如很少有专门研究知识分子的著作；对于城市社会生活的细节，国内的研究者常常不经意地忽视，海外上海研究者却比较注意这方面的内容，他们的研究正好与本土人员的研究互补。例如1993年出版的《顺从、抗拒和合作：上海沦陷后知识分子的选择（1937—1945年）》（Passivity, resistance, and collaboration: intellectual choices in occupied Shanghai, 1937-1945），本书以被日本占领后的上海为背景，描绘了上海知识分子的生活。作者认为面对战后被日本占领的局面，上海知识分子表现出一种复杂和不明确的道德选择，即表现为无私的抵抗和不知羞耻的合作。

又如1920年出版的《上海：旅游者与居民手册》（Shanghai: a handbook for travellers and residents），其中记录了许多上海社会史料，如1919年上海几家大旅馆的住宿费，Palace Hotel是一家豪华旅馆，1907年开放，有屋顶花园，每天8美金；Astor House规模比前者更大，单人房8—25美金一天，双人房16—30美金一天。法国饭店算是便宜的，一天仅4美金。

类似这些书的还有1944年出版的《上海公共租界里的生活与劳工》（Life and labour in Shanghai：a decade of labour and social administration in the International Settlement），1928年出版的《土山湾孤儿院》（Orphelinat de T' ou-se-we），1930年出版的《上海生活指数》（The cost of living index number in Shanghai），1942年出版的《上海生活》（Shanghai life）等。

4. 用比较的方法来研究问题

国内的一些上海研究者，往往将上海作为一个孤立的单独体进行单项的线性研究，虽然有时候也可研究得很深，但缺乏某种立体的影响。海外研究者往往采用比

[1] 周叙琪. 一九一〇——一九二〇年代都会新妇女生活风貌：以《妇女杂志》为分析实例. 台湾大学，1996.

较的方法进行综合性的多角度的城市研究，取得了一定的成果。这种比较研究通常表现在三个方面：

第一，是将上海与国外同等类别同等级别的特大城市进行比较，进而找出东西方大城市的异同。例如，《从巴黎到上海》（De Paris a Shanghai）一书，作者采用比较的方法，将巴黎和上海两城的城市生活、社会状态进行比较研究，使人们对这个昔日中国的小巴黎有了深刻的认识。还有一些学者将上海与纽约、东京、大阪、新加坡、香港等城市进行比较研究。

第二，是将上海与邻近城市进行比较研究，特别是与长江三角洲城市群中的其他城市进行比较研究。因为在某种意义上来说，同一城市群中的城市，具有相近的地理特性，有某些共性，例如在气候、物产、语言、民俗等诸方面都比较接近。通过对地理位置相近城市群的研究，可以从一个侧面反映上海历史发展的特点。从许多文献中我们可以看出海外研究者常常把上海与一组地理方位相近的城市放在同一个坐标体系中研究，从中找出一些规律性的东西。

例如牛津大学出版社 1998 年出版的《上海和长江三角洲：一个城市的复兴》（Shanghai and the Yangtze Delta: a city reborn），该书将上海这个重要的历史名城和长江三角洲区域的历史、文化、政治、政体、地理、自然资源、人文资源及经济发展情况综合起来进行研究。又如纽约州立大学出版社 1993 年出版的论文集《帝国晚期的江南城市》（Cities of Jiangnan Cities in Imperial China），汇集了美国、澳大利亚、意大利和日本学者对中国长江下游苏州、杭州、扬州和上海等城市的研究，体现了当前国外中国区域城市研究的最新方法和视角。有些学者甚至将研究的范围延伸出去，将上海与长江沿岸及沿海地区各城市如南京、重庆等城市进行比较研究。例如 1939 年出版的太平洋国际学会国际研究系列报告中有一本《上海和天津》（Shanghai and Tientsin: with special reference to foreign interests），通过对上海与天津两个中国沿海最大港口城市的比较研究，分析不同地理位置和受不同社会政治影响的城市，在经济上的不同作用和地位。又如伦敦在 1908 年出版了《二十世纪香港、上海及中国其他通商口岸志》（Twentieth century impressions of Hongkong, Shanghai, and other treaty ports of China），记叙了包括上海在内的中国沿海众多通商口岸城市的政治、经济、社会生活等多方面情况。其中有关上海的内容共有 324 页，照片有 900 余幅，记录了当时上海城市建筑、公园、菜场、学校、居民生活等真实情况，对于一些上海有名的人物及买办也有照片，如严复、盛宣怀、沈敦和、朱葆三、叶澄衷、席裕成、邬挺生、虞洽卿等。

5. 注意从局部看全局，常常截取时间或空间的一个横断面来研究整体

旧时中国学者研究历史重在通观，表现在对于通史的传统和强调，民国时期出版的《上海通》是一例，近十几年来大陆出版的著作，也大多在“通”字上下功夫，如《上海史》、《上海近代史》、《上海通史》、《上海七百年》等。通史类著作当然非常重要，像《上海通史》、《上海通志》这类书，是上海文献的重要成果和里程碑。

但这两部书出版以后，此下几十年的路怎么走？再写通史类的著作已属多余，而截取某一历史层面作细致深入的剖析和研究，应当是可以采取的。

西方学者在研究上海的历史发展和社会演变时，既注意了整体的研究，也非常重视某一时段的研究，他们往往选择一些重要的时间节点，以解剖麻雀的手法，对在历史发展过程中有着里程碑意义的重要年代，进行深入地研究，取得了一定成绩。例如密歇根大学 1979 年出版的《1925 年的上海：城市民族主义与外国特权的保护》一书，就是选择"五卅运动"发生的那一年作为切入点，抓住上海城市的民族主义和外国特权的严重冲突这个当时的主要矛盾，进行研究分析。

也有一些海外早期的学者，通过研究上海的某一个地区，进一步了解整个上海。例如在甲午战争之前，就有海外学者注意到了崇明这个岛屿地理位置的重要，虽然当时的崇明岛在行政关系上，还是隶属于江苏太仓，但它与上海的关系非常密切。1892 年，《长江口的崇明岛》（L'Ile de Tsong-Ming: A l'embouchure du Yang-Tse-Kiang）一书出版。又如在 19 世纪 80 年代，英国已经有人注意到了上海的浦东，那时在伦敦出版了一本书，题名就是《浦东通讯（1885—1886）》（Lettres sur la P'ou-tong〔1885-86〕）。

当代上海学者在做同类研究的时候，已经注意到了这个问题。余醒民先生就以 1862 年为切入点，研究了 1843 年以来上海的社会演变情况，对活跃在当时上海政坛上的一些人物如李鸿章、王韬等，也有比较深入的分析。[1]

6. 附录含有丰富的信息量，收集了许多散失的资料

海外上海研究人员非常注意资料的收集，他们的研究建立在扎实的调查研究上，对一些历史材料和数据下了一番整理和分析的工夫。海外出版的一些上海研究文献大多有附录，包括参考文献和各种索引，十分有利于其他学者的研究，许多参考文献实际上是本课题研究的一个详尽书目，提供了许多信息。例如 1995 年出版的《上海：从市镇到通商口岸（1074—1858 年）》（Shanghai: from market town to treaty port, 1074-1858），该书研究开埠前后的上海历史，共 12 章，附录有关中外研究上海的文献二百多种。

7. 以照片和图片来说明问题

中国传统的学术研究比较重视文字的叙述，而忽略了图片等视觉形象的说明。旧时一些学者在研究历史时常常注重事件和人物的追踪，而对于统计数字和照片相对忽略，一直没有将照片置于学术研究的家族之中。其实，在历史研究中，形象资料的作用是非常巨大的，有些模糊说不清的问题，一张图片可以解决问题。照片不但为我们提供了研究的依据，而且为我们保存了珍贵的历史资料。海外一些研究者深入上海城市的各个角落所拍摄的照片，不但对于那个时代的研究提供了有力的证据，也为后人的研究提供了重要的线索。

[1] 余醒民. 上海，1862年. 上海：上海人民出版社，1991.

西方学者在研究上海城市的变迁中，一直重视图片的作用，在许多外文文献中保存了大量重要的历史照片，客观而形象地反映了历史的真相。例如1907年出版的《远东的海港》(Seaports of the Far East) 介绍了四个远东海港城市，上海就是其中之一。书里面有许多稀见照片，如晚清的上海妇女、早期的上海棉纺厂、造船厂的船坞等等。

这类图片文献大致有三种情况：第一种是纯图片集的上海文献，文字只是一种简要的说明。例如1937年“八一三”淞沪抗战结束后不久出版的《炮火下的上海：上海不宣而战的图片记录》(Shanghai under fire: a pictorial record of Shanghai's undeclared war) 是一本反映日本侵略上海的图片记录文献，为大美晚报摄影记者的摄影作品，该书有400多张照片，如战时伤员所原是上海的一家著名夜总会，照片中有中国军人在治伤，有上海妇女为伤病员服务的情景。又如2003年出版的《上海：内战结束前夕的照片》(Assignment, Shanghai: photographs on the eve of revolution，中译本题名《内战结束的前夜：美国〈生活〉杂志记者镜头下的中国》)，这本有关上海内战结束前夕的照片集反映了中国内战时期的难民、乞丐、儿童、妓女、士兵等人的生活状况，记录了一个时代的转折。

这类画册的内容非常广泛，有反映1910—1930年上海马路的照片，体现了中西生活的差异，如《上海的马路：照片中的中西生活（1910—1930年）》(In den Strassen von Shanghai: chinesisches und westliches Leben in Fotografien, 1910-1930)；有反映上海普通居民及其日常生活的画册，如2000年出版的《中国上海印象》(Views of Shanghai, China) 的图片内容包括了上海的住宅、居家生活、工人画像、交通和自行车流、商店橱窗、建筑和城市发展、商业大厦和街道（包括南京路），还有黄浦江及上海的港口。

第二种是为了形象地配合文字的阐述，在书中附加的插图。例如裘昔司（C.A. Montalto de Jesus）在1909年出版的《上海通商史》，全书有插图28幅之多，其中有反映太平天国时期的照片，有英兵当时掠夺中国人财产的图片，还有一些当时的人物相片，如戈登等。

（六）海外上海文献的类型

我们要检索利用外文的上海文献资料，必须对于这些资料的类型要有个大致的了解。海外上海文献由于其出版时间、出版机构和出版国别的不同，形式比较复杂。如果按照出版的渠道来分，可以分成三类，一类是公开出版物，即有正规出版社公开发行的文献；另一类则是内部出版物，这一部分比较复杂，大致有二种情况，一是机关团体印刷发行的文献，一是个人自印本研究资料；第三类是没有出版印刷的文献，如抄本、稿本等。如果按文献的出版形式来看，笼统的说则有专著、年鉴手册、图籍、统计资料、论文等。论文也是上海研究的重要文献，有普通的报刊论文、会议论文和学位论文三种，其中尤以博士论文为重要的文献。本课题不收单篇的论文文献，仅收录有关的论文集和单独出版的硕博士论文。

从文献学的角度看，西方上海文献呈现多样性，几乎各种体裁的文献都出现在上海研究的领域中。下面我们就几种常见类型的文献做一些说明。

1. 专著

海外专门研究上海的著作数量上不少，如 1909 年的《上海通商史》、1929 年的《上海法租界史》、1875 年的《从社会角度看上海》等。

但我们必须注意到另一种情况，即在海外中国学研究中，尤其是早期的研究，其研究的主体不是上海，书名中也没有“上海”两个字，但书中有很重要的一部分内容涉及到上海，本书也选择重要者把它归入到上海文献中，可以为研究上海文献的专家学者提供一个很重要的信息源。这类著作很多，有的涉及上海的内容相当多，有的虽少一些，但都有参考的价值。如《1913 年中国的二次革命》（The second revolution in China, 1913: my adventures of the fighting around Shanghai），讲述民国初年发生的“二次革命”。全书围绕上海而展开，其中有关上海红十字会的材料，在他书中不多见。又如《中国人民的命运：当代中国素描》（Chinese destinies: sketches of present-day China）一书中，有一章专写上海，讲到白俄妇女在俄国十月革命后流浪到上海当妓女等社会情况。

2. 调查与研究报告

在海外上海文献中，出现了相当数量的调查统计资料和研究报告，其中有一些独立单位的调查统计资料，也有一个行业一个地区的资料。这些资料在中文著作中大多是没有的，如《中国政府工厂法可行性研究——上海地区初步调查》（Study of the applicability of the factory act of the Chinese government: a preliminary survey of the Shanghai area），《中国基督教教育报告（1921—1922 年）》（Christian education in China: Report of 1921-22）、《上海中华协会报告（1909—1916 年）》（China Association（Shanghai）: Reports）等等。

3. 年鉴手册与指南目录

海外学者或者机构一直很重视工具书的编撰和出版，他们重视对各种资料的系统收集与研究整理，并把它作为研究和治学的工具。在 100 多年来已经正式出版的外文上海文献中，工具书占了一定的比重，这些工具书无论是当时还是今天，都对研究者提供了重要的参考作用。

例如各种版本和行业的上海年鉴和上海手册等资料性工具书，就详细地收罗了当时上海城市的相关数据，为后人提供了宝贵的信息源。这些工具书都是很重要的上海早期历史文献，而到了 20 世纪末上海改革开放以后，各种经济手册、统计资料、投资指南更是应运而生。

下面对几种主要类型的工具书作一介绍：

（1）年鉴

中国现代形式的年鉴是辛亥革命以后从国外传入的，到 20 世纪 30 年代以后国内年鉴的出版才有所增加。年鉴具有很强的信息价值与历史作用，可以为中国的文化宝库积累珍贵史料，所以一直受到文献出版界的重视。

在外文上海文献中，年鉴具有相当重要的作用。上海最早的年鉴是 1854 年编就的《上海年鉴》(Shanghai almanac)，以后每年都有新版。这是外商上海字林洋行早期编辑出版的有关上海开埠初期的年鉴，综合反映了上海的政治、经济、市政等概况。又如 1918 年出版的《中国语言与上海地志学会年鉴》(Sprache und Landeskunde Schanghai) 等，都是可供参考的重要文献。

虽然有一些年鉴并不以“上海”冠名，但因为它包含了很多的上海资料，我们也可以将它当作上海文献来看待。例如《中国基督教年鉴》就是，因为民国时期中国基督教协会等一些全国性的组织都设立在上海，许多重要活动和会议都在上海召开，因此年鉴中有许多上海基督教的史料可供参考。

（2）指南

“指南”是一种编排灵活、内容丰富、更为常用的工具书，如 1934—1935 年出版的《上海指南》(All about Shanghai and environs) 共 17 章，是为初到上海的外国旅游者特别是西方人写的通俗图书。介绍了上海的历史沿革、政治结构、商业、人口、娱乐业、华人生活、通讯、金融、旅游、宗教、艺术等各个方面的情况。作者认为上海是世界第六大城市，上海的城市景观中西混合、美丑并存，反差强烈，对外国人很有吸引力。

另外还有更多的指南类文献，如 1911 年巴黎出版的上海旅游指南《上海及蓝河谷》(Chang-hai et la vallée du fleuve Bleu)，介绍了上海地区的旅游服务信息，书中有一张上海及周边城市地图（ Chang-hai et environs ）; 1940 年 American Express Company 出版的《上海指南》(Guide to Shanghai)也是一例，在这里就不一一细述了。

（3）制度手册、行业条例和规章制度

有关这一方面的资料在外文文献中特别多，内容包括政治、经济、社会、教育等各方面。例如综合性的手册有 1937 年出版的《上海工部局市内情报手册》(《Handbook of municipal information，1929)。

有些历史学家侧重于制度的研究，认为制度的变迁客观地反映了社会的变迁，反映了社会的结构变化。上海文献中保存了许多的行业条例和规章制度，反映了各行各业的管理和逐步成长的历史，例如 1918 年出版的《上海公共租界工部局华人、外人建筑新屋条例》(Rules with respect to new foreign and Chinese buildings in Shanghai) 一书，对于了解民国初年上海的房地产市场很有益处。

类似的还有警察条例、城市管理的各种条例，都是研究上海的重要文献。

有关上海的章程和规则文献也是特别的多，尤其是在租界的管理方面，更是制定了许多规章规则。例如 1869 年出版的《洋泾浜北首上海外人租界章程及附则》等。

（4）会议记录

作为重要档案文件的会议记录，绝大部分是内部的、保密的，由档案馆（室）负责保管。但是有一些会议记录，由于具有重要的研究价值，有关方面给以整理出版，因此，在公开出版发行的一些外文上海文献中，我们可以见到一部分会议资料。例如 1866 年出版的《上海英美租界租地人会议记录》（Land renters' meeting: minutes of a meeting of renters of land on the English and American settlements, held pursuant to notice）就是一份重要的会议文件。1947 年出版的《1947 年上海社会福利会议事录》（Proceedings of the Social Welfare Conference March 24-29, 1947 Shanghai）也客观反映抗战胜利后上海市政府关于福利事业的态度、计划和打算等，有利于我们进一步了解当时上海福利事业的情况。

（5）法律法规

这一方面的外文文献，主要是租界当局为了管理而制定的一系列法律法规，也有一些是经济活动中所需要遵守的法律条款，例如 1914 年出版的《上海万国商团法规》（Regulations for the Shanghai Volunteer Corps），1918 年出版的《1905—1916 年法庭规则》（Rules of court 1905-1916）等。

（6）名录

晚清乃至民国初年上海本土出版的人名录、行名录比较少，上海本地的一些出版机构最初不太重视这类统计资料，20 年代以后，才开始逐渐地注意起来，出版了一些类似的书。但如果要查阅早期的商行名录、人名录，中文的文献资料恐怕不够，而外文文献却为我们提供了丰富的名录资料，举例如下：

如查早期中国商行的名录可看《中国行名录》（The China Hong list），原名《字林西报行名录》（North China Desk Hong list），该书内容还包括 1850 年在上海的外国定居者名单以及电话总机户名；如要查个人的资料，可以查 1933 年出版的《上海与华北名人录》（Men of Shanghai and North China）；如查上海总会的会员名单，可以查阅《上海总会会员录（1921 年）》（List of members of the Shanghai Club, 1921）；甚至还可以查上海跑马厅上的一些常客，了解他们赌马的情况，如《上海跑马名人录》（Celebrities of the Shanghai turf）；如果有人要了解上海早期电话用户的情况，可以查 1928 年出版的《上海华洋德律风公司用户表（1928 年 4 月 1 日）》（Subscribers' list: April 1, 1928）。

（7）统计与报告

除了上述的文献类型以外，海外上海文献中还有大量的政治经济统计资料。由于这些统计资料保存了大量的原始数据，记录了当时社会变迁过程中的真实情况，因而为研究者所重视，如 1928 出版的《上海特别市罢工停业统计》（Annual report on labor strikes in Greater Shanghai）。

此外还有各种有价值的报告和各种类型的年报，如 1889 年出版的《跨越苏州河口的外白渡桥的计划与预估报告》（Reports on the plans and estimates for the proposed Garden Bridge across the mouth of the Soochow Creek）。又如 1939 年出版的《上海法租界警务处年报》（Concession française de Changhai, Services de police: rapport annuel 1939）等。

4. 档案资料

档案资料也是上海研究的重要文献，本书目由于受体例限制，对上海和海外各机关没有整理过的档案文献没有收录，对已经整理并正式出版的档案文献，尽可能地收录。为了使读者了解外文上海档案文献的情况，在此做一简要介绍。

有关上海的外文档案资料除了少部分整理出版外，大多属于非正式出版物。这部分内容不仅数量庞大，而且内容丰富，有海关进出口的原始记录，有租界的人口统计，有工部局的城市建设档案，有土地契约、租赁合同，户口演变，租税征收记录，布告谕示等。

关于现存的上海外文档案文献，主要有四种：

第一种是工部局的档案；

第二种是学校机关团体等保存的外文档案，特别是教会学校、教会医院和宗教团体所保存的档案资料，反映了这些单位的历史；

第三种是各类图书馆保存的档案文献，尤其是大型的公共图书馆和学术研究机关的图书馆，如上海图书馆、上海社科院图书馆等；

第四种是档案馆保存的外文档案，如上海档案馆等。

以上这些资料除了在上海有关方面如上海档案馆、海关等保存以外，还有许多散藏在国外，如巴黎的档案馆和图书馆等机构就保存着相当数量的上海法租界档案。

上海古籍出版社曾经出版了《工部局董事会会议录》一书，共28册，中译文近700万字，由上海市档案馆翻译。这是一套珍贵的文献史料，也是一部反映上海租界历史的重要资料集。该书完整记录上海公共租界（包括其前身英租界）管理机构工部局董事会历次会议情况的会议录，从1854年7月17日工部局成立后召开的第一次会议，到1943年12月17日工部局解散前举行的最后一次会议，历时近90年。

除了工部局的档案资料以外，海关的档案资料也很可观，因为上海是一个海港城市，进出口贸易量特别大。由于上海海关庞杂的业务与非业务活动，也由于近代海关有意识地收集各地政治、经济、军事、文化等各方面情报，海关档案的内容与价值已超过海关史研究自身需要。因此，海关档案文献对于上海的研究有着重要的意义。

对于这批海关档案的整理，已经开始受到学界的重视。中国社科院近代史所陈霞飞曾经主编了《中国海关密档》，汤象龙根据清代军机处档案编制的《中国近代海关税收和分配统计》，徐雪筠等人根据海关十年报告和贸易报告编译而成的《上海近代社会经济发展概况（1882—1931）》、《海关十年报告》等都是对一批极富研究价值的档案资料进行的整理，取得了很好的社会效果。

当然，对于整个外文上海档案资料来说，这仅仅是其中的很小一部分，还有大量的整理工作需要我们去做。上海海关的档案材料浩如烟海，平铺排列可达1.8公里长，而且有相当一部分是英文、日文资料，在编辑《上海海关志》时外文阅卷和翻译就达1700卷。

5. 旅游小册子

在普及性的文献中，最多的是属于城市简介、旅游指南一类的小册子。上海自从门户开放以后，大量的海外游客到上海来旅游观光，特别在1880年到1918年之间，由于上海城市的繁荣，生活的安宁，一时成了西方人眼中最迷人的城市和冒险家的乐园。在这种背景下，一艘艘远洋轮带着各种各样动机的西方人来到上海，他们需要了解上海的一切，旅游指南类的小册子应运而生，如1909年的《上海导游》(Information for travellers landing at Shanghai)，并附上海租界图。

到了上世纪80年代以后，上海的旅游魅力依旧如此，虽然其中的内涵有了很大变化，但商业利润，风土人情成了主要的吸引力。以此为出发点，一些新的旅游手册、风土人情、社会民俗类的小册子忽然如雨后春笋般地冒了出来，给普通游客和在沪商人很大方便。

对这些小册子，我们认为早期的旅游指南由于保存了大量晚清民国时期的上海第一手资料，而这些资料有些已经散佚，对于历史研究来说，还是有相当参考价值的，可供治社会经济史时参考。而最近几十年新出版的旅游指南读物，历史价值就少了一些。如日本曾出版了许多上海旅游指南的小册子，内容简单，并无史料价值可言。因此在收录这类文献的时候，一般多收录早期的，少收晚期的，尤其是雷同的文献。

(七)海外上海文献的整理与收藏

由于海外上海文献的出版渠道较多，其中既有各个国家按照自己的习惯印刷的出版物，又有外国人在上海设立的出版机构所发行的文献，五花八门，很难得出一个正确的统计数字，造成了整理与收藏的不便，但国内外还是陆续地有人在做这件事。

自20世纪以来，海外就有人在做汉学研究的目录，例如法国人就曾在1905年出版了5大册的汉学书目。不过当时许多学者所做的研究大多是综合性的研究，并没有把上海的文献作为专题列开，也没有学者专门统计过上海文献的数量。

海外的上海文献到底有多少呢？就目前现存的西方上海文献数量而言，要拿出一个确切的数字，的确是一件困难的事，需要各方面作一个长期的收集和调查。上海图书馆"文革"以前曾经编过一本相关的西文上海资料目录，收录图书700多种，周武先生也做了一些收集统计工作，他的收录有200多种。[1] 剔除其中重复者，两者相加不到900种。

我们现在通过对一些海内外大型图书馆馆藏情况的调查，对海外上海文献的总量作了一个初步估计，其中不涉及到档案资料，总数在4000种左右。

1. 团体机关对上海文献的收集与整理

关于海外上海文献的整理与研究工作，民国时期国内就已经有人在做，但都是

[1] 周武. 西方上海学著作目录. 见：熊月之、周武. 海外上海学. 上海：上海古籍出版社，2004. p427.

断断续续、规模很小。

1932 年 7 月上海正式成立了上海通志馆，在建馆之初就决定新编上海史，当时对如何选取材料就有两种看法，一种意见是说，应该把一切人类在上海活动的历史以及上海的自然历史都记录进去。[1] 这样，就必须充分注意外国人在上海的活动以及外国人研究上海的文献，但这一部分的文献量极大，它不仅包括大量的外文书报杂志，还包括大量的档案材料。通志馆虽然仅仅保存了一小部分西文的上海资料，但还必须花费人力精力做这件事。

1936 年成立的上海博物馆有一个历史部，也注重于收集上海历史文献，它在 1936 年 8 月收进了一套用英法俄三种文字编写的上海指南，经上海通志馆整理，手抄了一部目录，并被保存了下来。

建国以前，上海有一个中华民国海关图书馆，当时它收藏了比较多的有关记述上海海关以及对外贸易等事迹的西文书籍，也进行了整理编目。

还有一家是皇家亚洲文会北中国支会图书馆，也收藏有很多西文上海书籍，即使是这些有限的外文资料，上海通志馆的人也充分利用，把它用来编撰有关的上海史著作。

近些年来上海的一些图书馆，将文献的收集与开发利用结合在一起，给上海文献研究者提供了不少方便。如上海图书馆正在做上海图片的收集与整理工作，他们建设了一个上海文献的图片数据库，名为“上海图典”，将中外文献中保存的 8837 幅图片分缩略图、小图、大图展示出来，通过图片再现百年上海发展的历史进程。

西方最近几年也建立了一些有关上海文献的专门网站，其中一个比较做得好的是由法国里昂第二大学东亚研究所（Institut d’Asie Orientale）和美国加州伯克利大学中国研究中心（Center for Chinese Studies of the University of California, Berkeley）合作建立的网站：“虚拟上海：上海城市空间”（Virtual Shanghai: Shanghai Urban Space in Time，http://virtualshanghai.ish-lyon.cnrs.fr/）。该网站资料很丰富，它的特色资源是上海历史照片、相关研究文章等。该项目是始于 2000 年的合作项目，主要基于上海的历史照片，将上海历史照片以及地图文献数字化，试图追溯上海建成到现在的历史，但其重点侧重在 19—20 世纪的历史。网站的栏目设置有：文件、图片、地图、参考文献、图片目录、总览、检索等。有图片 11148 张，标有 GIS 信息的图片 1483 张，文章数千篇，地图 270 张，最早标明年份的是一张 1855 年彩色的外国人定居点图（Ground plan of the Foreign Settement at Shanghai - North of the Yang Kang Pang Canal）（根据 2007 年 10 月 25 日的访问数据）。

2. 私人收藏

有关西方上海研究文献的整理工作，外国也有私人在做。

海外早期有一位笔名叫作“白侠客氏”的人编辑了一套西文上海文库，关于这

[1] 胡道静. 三个收藏记述上海的西文书籍的目录. 见：禹贡（半月刊）第六卷第六期，1936. p57.

套文库的具体情况，尚不得知。据胡道静先生说，在 1935 年 10 月，法蕊士夫人（Mrs. Frazer）在上海举办了“老上海展览会”，其中也有外文上海文献资料的展览。当时有一位上海文献收藏专家白侠客（S.B. Bosack），多年以来，他依靠个人的力量，收集了不少西文上海的文献资料，其中包括整套的报告书以及早期的地图和上海图片，都是稀见的珍贵资料。当时的上海通志馆极想获得这套资料，可惜因财力关系，最终放弃了。但当时通志馆在考虑收购这套资料的时候，还是手抄了一份目录，这份目录给保存了下来，这就是“白侠客文库”。[1]

另外有一位澳洲人叫莫利逊（G.E. Morrison）。他在清光绪二十三年（1897 年）开始为《泰晤士报》驻北京通讯员，足迹遍布中国各省，民国初年担任总统府顾问，在中国二十余年，成为中国通。他曾经发愿要收集世界上用欧洲文字写成的有关远东各个国家的书籍，经过不断努力，收藏不断丰富，成就了“莫利逊文库”。该文库收藏图书 25000 多种，期刊 100 多种，其中大多是有关中国和上海的书籍。后来该套文库被日本岩琦男爵所得，成为后来的东洋文库。

这些原始文献现在依旧在国外，但这些图书中有关上海的资料，我们尽力录入本书，对于可以查到馆藏地址的，我们尽量将其记录。

3. 海外上海文献的收藏

海外上海文献国内和国外都有收藏，国内主要是在国家图书馆和上海图书馆，此外上海社科院和高校图书馆也收藏了一部分。

在国外，收藏上海文献较多的国家和地区主要是欧洲、美国和日本。中国的香港地区也有收藏，不过数量并不大。

法国是最早研究上海的西方国家之一。法国人早在 1870 年就在上海创办《上海新闻》报，1872 年法国人又创办《上海差报》，1886 年创办《上海回声报》，1927 年法文《上海日报》又在法租界发行。法租界还出版了一些年度公报之类的书籍。法国对上海的研究一直相当活跃，尤其对上海租界和上海工运史和上海资产阶级研究得很深很细。这也源于法国的上海文献收藏。法国收藏上海文献比较多的城市是巴黎，里昂和波尔多。作为文化和政治中心，巴黎有很多机构收藏中文文献，比如：法国国家图书馆、法兰西学院、新索邦大学（巴黎第三大学）、巴黎第七大学、巴黎东方语言文化学院等学术性机构，而像蓬皮杜中心这样的非研究教学机构也收藏了不少中文图书，法国的一些汉学研究所也收藏了一些上海文献。法国收藏的上海文献中有特色的是档案文献，收藏在法国档案馆里。

英国人对上海的研究也很可观，从早期到当代都有一批重要的著作问世，有些已经翻译成中文，如《上海通商史》等。英国收藏上海文献的主要地方是伦敦和牛津大学、剑桥大学，还有苏格兰国家图书馆。

美国汉学开始于 1840 年以后新教传教士的入华，耶鲁大学很早就建立了汉学

[1] 胡道静. 三个收藏记述上海的西文书籍的目录. 见：禹贡（半月刊）第六卷第六期，1936. p57.

系，19 世纪哈佛大学又创立“哈佛燕京学社”，收藏了大量中国文献。

美国的中文文献收藏（包括上海文献）主要集中在成立于 1800 年的美国国会图书馆，目前，美国国会图书馆亚洲部中文分部的中文藏书量在西方国家排名第一，中文书籍达 48 万册，是美国最早收集中国图书的图书馆，也是中国之外最大中文书籍收藏馆之一。

美国还有多所大学收藏上海文献，这些文献奠定了美国上海学的研究。近些年来，美国对上海的重要研究成果不断涌现，体现了很强的实力。

美国的中国研究机构如东亚研究会等，也收藏了一部分文献。

此外，澳大利亚国家图书馆，加拿大麦吉尔大学图书馆，德国通用图书馆网（Gemeinsamer Bibliotheksverbund, GBV），也收藏有一定数量的上海文献。

德国汉学起步比较晚，直到 1912 年在柏林大学才成立了汉学研究所，并有了专职的教授席位。但德国汉学发展较快，如由在中国生活近三十年的卫礼贤（Richard Wilhelm, 1873—1930）所创办的法兰克福“中国学社”等。德国的上海文献相对较少，主要收藏在各大图书馆中。

荷兰于 1875 年在莱顿大学设立了第一个汉学席位，1890 年由法国著名汉学家考狄（Henri Cordier, 1849—1925）和莱顿大学首位汉学教授薛力赫（Gustave Schlegel）共同创立的《通报》成为西方第一份汉学的专业刊物，但其收藏的上海文献数量相对较少。

瑞典汉学文献的收藏主要在哥德堡大学，该大学很早就设立了东亚语言与文化学学科。

（八）日本的上海研究

1. 日本研究上海的概况

有些学者认为，在海外上海文献中，美国是主要的力量，这从研究的深度来说是对的，但是从研究的广度来说，或者从研究的文献数量来说，日本无疑是占据第一位的。有关上海的日本文献在海外各国中，就数量而言，无疑是最多的。据我们现在的初步估计，日文上海文献总数大概在 2000 种左右，相当于西方上海文献的总和，这还不算那些简单的背景介绍资料，如旅游小册子、单幅或数幅的旅游图片、生活指南等。

2. 日本研究上海的历史和过程

自元明两代以来，日本人就已经开始注意了上海，1843 年上海开埠以后，日本对上海的研究进入一个高潮，研究的广度和深度都比以前提高，特别是到了民国以后，由于战争的需要，对上海的研究更加系统。

日本之所以花大力气来研究上海，首先就是商业和经济利益的驱使。早在十五六世纪，上海曾多次遭受倭寇侵袭，尤其是 1552—1556 年（明嘉靖三十一至三十五年），倭寇入侵更是频繁，烧杀抢掠无恶不作，上海为此特地修筑县城高墙。1862 年，来自日本长崎的帆船“千岁丸”访问上海，这是日本开国后的第一艘访华船，其任务是与中国进行交涉和开展贸易活动。日本驻沪的官方机构，也由最初的“开店社”逐渐升格为“上海日本总领事馆”。1875 年 2 月 17 日，日本第一家近代化大企业三菱轮船公司在上海开业，开通了两国间的班轮。1878—1893 年，日本人在沪开设的商店、企业、银行已有 30 家。到了 20 世纪 20—30 年代，上海已成为日本在华最大商贸、航运及制造业的投资中心。三井、三菱等大商业垄断集团几乎都在上海设有分号或办事处。上海又是日本在华的纺织业中心，日本 8 大纺织株式会社先后打入上海，上海全市纱锭数 199.4 万锭，其中日商工厂有 103.4 万锭，占 51.8%；纺机 5900 台，日商有 2700 台，占 48.4%，雇佣华工 6 万余人。沪上经营汇兑之外国银行共 20 家，其中日本 6 家，英国 4 家，美国 3 家，法国 2 家，荷兰 2 家，其他 3 家，日本居首位。日本在沪的综合经济实力明显上升，与英美几乎并驾齐驱，上海成为日本对华投资最集中的地区之一，拥有在华日资的 24%，占有中日贸易总额的 30.8%。为了在最大程度上保证日本的经济利益，无论是官方还是财团都加强了对上海社会、政治、经济、军事的研究，一大批上海文献由此产生。

其次，由于在语言和地理上的接近，日本的上海文献具有明显的优势。

第三，由于上海的地理位置和国际上的紧密联系，上海成了日本人收集情报的大本营，日本对上海的研究更深更细。由于上海在国际上的地位，在第一次世界大战后，上海成了远东的一个重镇，这里也是东西方信息的交汇中心，各国的情报人员频频在这里活动，日本出于自己的战略需要，十分注意对上海的研究。日本有许多情报机关在收集上海的资料，或在上海收集其他国家的情报。

第四，上海是日本人学习西方的桥梁。从历史上看，上海也是日本通往西方的桥梁，日本人当年乘船赴西欧留学必经上海、香港等地。自明治维新以来，日本人对上海始终有着浓厚的兴趣，他们将上海看作是了解西方文化的窗口。

日本早期的上海研究，就将收集情报放在首位。1878 年，日本人岸田吟香在上海设立“乐善堂”分号，此外还在汉口等地开设分店。1881 年玄洋社在日本九州的福冈成立，岸田吟香成为其骨干成员。他以上海、汉口两地的乐善堂药号为掩护，专门收集上海及长江流域的经济、军事情报。1884 年，玄洋社在上海昆山路建起东洋学馆。1927 年国民政府定都南京，上海的战略地位更趋显要，日本军、政、经三方都加强了对上海的研究。

明治十九年（1887 年），日军大本营参谋部陆军中尉荒尾精被派到上海，深入研究我国的情况。在日本对中国战争准备日益加紧之际，荒尾精深感实现日本帝国大陆政策决非少数人所能胜任，必须培养、训练一大批热心经营中国大陆的人才。1890 年 9 月，荒尾精在日本军方的支持下，获取了 4 万元补助费，在上海建立了“日清贸易研究所”，这是日本军部最早在中国进行秘密情报活动的组织。该所以所收集的大量资料，编成《清国通商綜覧》。

抗日战争期间日本在上海的情报调查研究到了高峰，一些情报机关打着学术机构的招牌，进行情报收集。如属于内阁情报局系统的东亚政治经济研究所，设于百老汇大楼内，出版《常识半月刊》；另有上海东亚调查会，由每日新闻社社长深町作次主持，设于北四川路346号。这些机构编制的上海文献大多是最新的数据和动态。

在日文上海文献中有一些是南满洲铁道株式会社（简称“满铁”）出版的，该社有一个调查课情报班，主要调查中国和上海经济资源情况。

日本外务省情报部系统也有许多调查文献问世，这些文献的调查者有上海兴亚报国会、东亚同文会上海支部、上海市政研究会等。

3. 几个主要的研究机构

上海兴亚院

民国时期，日本人在上海的研究机关除了纯属军情系统外，还有许多是以经济活动为掩护的，如日本兴亚院华中联络部。“兴亚院”设于北四川路底汉璧礼男童公学（今复兴中学）内，是直属日本内阁对华殖民机构兴亚院的派出机构，对上海和华中的主要产业和所有重要物资进行调查。他们的一些调查文献实际上是帮助了军国主义的侵略行为。如1940年的兴亚院华中联络部有关上海犹太人秘密调查报告（《上海ニ於ケル猶太人ノ状況：主トシテ歐洲避難猶太人》）。该书调查了避难犹太人来沪状况及在上海的生活状况，上海犹太人人口问题以及在沪犹太人的宗教和经济力现状。

满铁上海事务所

南满洲铁道株式会社是20世纪上半期日本设在中国的殖民侵略机构。它设立多门类的调查机关，对中国的政治经济和风俗习惯进行调查，为日本侵华活动服务。满铁调查部的总部设在大连，上海设有事务所。调查部里，网罗了不少“中国通”、“俄国通”，统称“特约人员”，其中不少人是专家。该机构的调查报告，内容涉及政治、经济、军事、社会、文化、自然资源等各方面。举例如下：

《上海租界（含滬西地區）内工場調查表》，滿鐵上海事務所，1939

《物資统制軍票工作ノ現狀：三角地带内占據地區經濟概況調查報告》，芝池靖夫著，1940.12

《上海特別市嘉定区農村実態調查報告書》（四册），滿鐵上海事務所调查室编，1939—1940，《满铁调查研究资料》33

《江蘇省松江県農村実態調查報告書》，滿鐵上海事務所调查室编，1940，《满铁调查研究资料》48

上海市政研究会

1941年6月1日由在沪日本人创建，主要研究上海公共租界内的情况。

上海历史地理研究会

上海历史地理研究会是由居住在上海的日本同人组成的团体，研究会的机关刊物为《上海文献》，该刊的发刊词指出：“自明治维新前夕以来，对日本来说，‘研究上海’是因为上海一直起着了解西方文化的窗口作用，舍此角度由日本人对上海作一地理及文化史上的研究尚不多见，尤其是在上海本地，更是绝无仅有的事情。”由此强调了刊行《上海文献》杂志的意义所在。

《上海文献》第一辑的目录列有芦泽骏之助的《上海古迹研究》、冲田一的《上海史话》、坂田敏雄的《明治年间上海邦人医界史》和资料等，从而显示了该会成员欲从历史的角度阐明上海的日本人社会形成的过程和所作的努力。

上海东亚同文书院

上海东亚同文书院是日本在 1901 年创立的，前身是日清贸易研究所和南京同文书院。它是以进行“中国学”研究为专务的高等学府，学生五千左右，基本上都是日本人，中国人仅数百，学生毕业以后，分别派到军队、外交、工商企业界等服务。其办学的一大特色，即是组织历届学生对中国进行的长达四十余年的实地调查。在 1901—1945 年间，东亚同文书院的学生五千余人先后参与调查，旅行线路 700 余条，遍及除西藏以外的中国所有省区。东亚同文书院学生的大旅行，从时间上说，每次历时二至三个月，从地域上说，跨三四个省区。每期学生分成几个组，每个组选定一条路线，并拟定旅行时准备调查的事项。数十年下来，调查范围无所不包，覆盖面遍及中国全国，旅行最远处西北到达新疆，东南及于沿海。调查的内容涉及地理、工业、商业、社会、经济、政治等多方面，从地方政府的施政范围到一般农民的生活习俗，从钱庄的汇兑方式到穴居的具体形态，事无巨细，只要有特点的东西，一律认真记述在旅行日记里。成果除了调查报告书，还有各种旅行报告。1943 年出版的《大陸紀行:東亞同文書院大学学生調查大旅行誌》和 1991 年的《大陸大旅行秘話:東亞同文書院学生》两书，对 1910 年到 1942 年日人的调查旅行进行了比较详细的描述。

上海史研究会

日本学者在 1990 年成立的一个纯粹的民间学术团体，由日本各学校、研究机构中对上海史有兴趣的学者自愿组成。定期举行读书会、研讨会，组织课题，出版论文集和各种著作。来自日本各地的学者自筹经费，参加活动，一直持续到现在，从未间断。

日本上海史研究会编有《上海人物誌》(东方书店出版)，比较详细地记录了活动在上海社会各个层面的各种代表人物。

4. 日文上海文献的主要内容

从内容上审视它，主要集中在四个方面：

(1) 政治经济军事社会调查资料和研究报告

如《上海南京視察報告概要》(日本経済聯盟会)、《上海事情》(北海道庁内務部)、《上海情報》(警保局外事課)等。

(2) 关于上海租界与在沪日本侨民的文献

如《上海共同租界法規全書》、《上海租界概論》、《上海日本人各路聯合會の沿革と事蹟》、《上海日本女學學校校友會會滙》、《上海居留民团三十五周年記念誌》等。

（3）关于上海历史和风俗习惯的文献

如《上海の文化》、《上海生活》、《上海風俗誌》等。

（4）关于侵华战争的文献

尤其是反映上海“一·二八”抗日事件和“八·一三”上海事变的文献，如:《上海事变写真帖》、《上海事変戦記》、《上海激戦十日間》等。

以上这些内容的文献反映了日本研究上海近现代政治经济、文化教育、社会历史发展、侵华历史和在沪侨民等方面的成果。

日本上海文献收藏最多的是日本国会图书馆和日本东洋文库，日本上海史研究会有一个上海文献书目，反映了部分图书馆的收藏。在国内，上海图书馆收藏较全，该馆收藏旧版日文文献（1949 年前）有 8 万余册，其中 90% 是图书，10% 是日文旧期刊，内含许多有关上海的日文文献。

编　例

（一）收录文献的内容范围

本书目主要收录海外以上海为主要研究或论述对象的外文文献，论著与史料并重，其中也包括少量华人学者在海外用外文发表的有关文献。这些文献包括专著、论文集、会议录、研究报告、地图等，并附文学艺术作品，内容涉及上海的社会人文、历史事件、文化艺术、科学技术以及自然环境、地理风貌、气候灾害、物产资源，以及外国人在上海的活动等。对于不以上海为主要研究对象、但较多涉及上海（例如有专章）的专著，以及含有较多或比较重要的上海研究文章的会议录、论文集等，也选择性收录。

本书目共收录文献 4092 种，其中西文文献 1994 种，日文文献 2098 种。

（二）收录文献的语种范围

本书目主要收录在中国大陆以外发表的以英语、德语、法语和日语撰写的有关上海的文献，以及 1949 年以前外国在华出版机构和机关团体如英文《文汇报》(Shanghai Mercury)、工部局等以上述语种出版的有关上海的文献，其中含少量上海市政府机构或社会团体的英文出版物。有些已经翻译成中文的外文著作，考虑到检索原文的需要，也加以收录。对于台湾、香港、澳门地区及海外华人以上述语种发表的上海研究文献，也在收录范围之内。

本书目不包含 1949 年以后大陆机构在国外出版的有关介绍宣传上海的文献，也不包括被译成外文的中文文献。

（三）收录文献的出版时间范围和涵盖地域范围

本书目收录文献的出版时间范围上起 1845 年，下迄 2005 年。

本书目收录文献涵盖的地域范围主要包括：上海地区，以及在自然区划、行政区划历史演变过程中与上海地区有着密切关系的临近省市，如江苏、浙江，以及长江流域地区。行政区划以本书目编纂时国务院批准设立的为准。

（四）收录文献的类型

本书目收录的文献类型包括单行本文献（一般指公开出版物，也包括早期机构内部的印刷物，以及抄本、稿本、影印本等）、丛书或其中的一种、地图（地图集，以及早期独立出版的具有历史文献价值的单张地图）、画册、摄影集（含少量未出版的单张照片或其合集）等。本书目不收报刊文章及未经出版的学位论文。

（五）正文的编排

本书目正文按西文部分与日文部分分别编排。

原文献的译本不单独列条目，相关信息载于原文献的提要 / 简介后。日文部分含少量找不到原文献信息的译本。

西文部分与日文部分按统一的分类、标准排列，共分 15 类。分别是：

1．历史

2．政治、法律

3．列强入侵、对外交往、外侨生活

4．经济

5．社会生活、风俗、宗教

6．语言与文化

7．城市建设与管理

8．地理与环境

9．科研、教育、体育、医疗卫生

10．人物传记、回忆录

11．年鉴手册、书目名录

12．地图

13．图片中的上海

14．其他

附：文学艺术作品

在每一类目下，再按照文献出版的年代先后次序排列，相同年代的条目，按照题名的字顺排列。对于出版年份不明的文献，按推测年份排列；无法推测年份的，放在该类目的最前面，因为这些文献大多问世年代较早。

（六）著录项目及著录方式

本书目的一般著录项目为：

[条目编号] 题名 / 作者 .-- 版本 .-- 出版地：出版者，出版年 .-- 页码 / 册数等 .

提要 / 简介 [收藏机构代号]

著录项目说明：

1．条目编号

西文部分从 0001 开始，日文部分从 5001 开始，顺序编号。

2．题名

部分文献没有题名，或题名信息不完整，依从来源记录将这部分题名用方括号括起。偶见原题名拼写有误的，在错误拼写后用“[sic]”指出，如：Twelwe [sic] years of observations made at Zi-Ka-Wei。

3．作者

作者一般采用文献上的署名，题名页以外出现的作者列于方括号中。西文部分在署名后的方括号中注明“pseud.”的，为笔名（pseudonym），如知道真名，在其后给出。日文部分直接在署名后加方括号给出真名。

西文文献作者超过 3 个时，只著录第一个，以 ... [et al.] 标记省略。

为节省篇幅，对西文的责任方式说明采用了一些通用缩写，如：comp.=compiler(s) 或 compliled，ed.=editor(s) 或 edited，hrsg.=herausgegeben，Hrsg.=Herausgeber，illus.=illustration(s) 或 illustrated，introd.= introduce 或 introduction。

责任方式按题名页顺序表示，如：ed. by Christopher Howe；又如：I.I. Kounin, managing ed.。部分条目遵从来源信息，列有作者身份，如 Captain W.S. Moore。

4. 版本

本书目对一种文献只列一个条目，一般采用首次出版的英、德、法、日四种语言的版本。在找不到首次出版版本详细信息的情况下，采用能找到的最早版本。首个版本或能找到的最早版本的信息著录在"版本"部分。西文部分采用通用缩写，如：rev.=revised，engl.=enlarged，ed.=edition。

如有多个版本，其他版本（含其他语种译本）在"提要 / 简介"的最后部分说明。同一出版社的不同版本只著录出版年。各不同版本信息间以"；"分隔。1950 年前的版本，除出版信息外，有页码信息时附页码信息。

同一语种的其他版本用"其他版本"作引导语，其他语种的译本分别用"中译本"、"英译本"等作引导语。

5. 出版地

出版地依据文献上的名称形式著录，如德国科隆分别有 Köln（德语形式）和 Cologne（英语形式）两种不同形式。

同名的地名，在地名后附加国名，或者美国、加拿大、澳大利亚和英国的州（省、郡）名，以逗号分隔，州名等以通行的缩写形式表示。如 Cambridge 有 Cambridge, Eng.（英格兰的剑桥）和 Cambridge, MA（马萨诸塞州的坎布里奇）。

日文中不常见的小地名，以括号标注大地名，如：三潴町 (福岡県)。

多个出版地之间用分号分隔。推测的出版地用方括号括起表示。

6. 出版社

为节省篇幅，对西文出版社采用了一些通用缩写，如：Co.=Company，Ed.=Édition(s)，Impr.= Imprimerie，Pr.=Press，Pub.= Publishing 或 Publications 或 Published，Verl.=Verlag，Univ.=University 或 Universite。Limited/Ltd 及 GmbH 通常省略。

多个出版社之间用分号分隔。文献上未标明出版者、由来源记录编制者推测的，用方括号括起。部分日语文献由个人出版的，依来源记录，用"[私家版]"表示。没有出版者或出版者不详时，用 [n.p.] 表示。

7. 出版年

出版年统一采用公元纪年。

跨年度出版的多卷书或连续出版物著录起讫年。起始年或结束年不详的，以空格表示，如“1925- ”表示 1925 年开始出版。

出版年不详或有误的，用方括号给出推测的出版年，供读者参考。例如：

[19--?] 表明估计为 20 世纪出版；

[192-?] 表明估计为 1920 年代出版；

[1929?] 表明估计为 1929 年出版；

[ca.1864-1867] 表明估计于 1864-1867 年之间出版；

1828[1928?] 说明文献上的出版年明显有误，括号中为推测的出版年。

无出版年或出版年不详而无法估计的，也用 [n.p.] 表示。

8．页码 / 册数等

文献页码等按照下列方式著录。

（1）单册图书：

如页码整体是连贯的，用 p. 标示总页数，如：245p. ；

如分多段标页码、未标页或页数不明的，统一用“1v.”表示；

抽印本等不是从 1 开始计页码的，提供书上标示页码，如：p.330-550 ；

日文文献单面印刷的，页数用“枚”表示，如：72 枚。

（2）多卷图书：

以 v. 表示卷数，如：4v. ；

如多卷页码连续，在卷数后标明总页数，如：3v. (319p.) ；

卷数不明时，单用一个 v. 表示；

多卷合订，合订前卷数在括号中表示，如 40 卷合订为 6 册，表示为：6v. (40v.)。

（3）其他文献：

如地图、照片，西文条目分别用“map”、“photo”表示，日文条目用“枚”表示；缩微胶卷等用 reel ；等等。

部分条目含有插图、尺寸及附件信息。

（1）插图：

插图信息记录在页码后，不同类型间以逗号分隔，如：233p., 図版 , 地図 , 表 16 枚。

（2）尺寸：

尺寸一般用厘米（cm），少数按来源记录标示为英寸（in. 或 inch）。如 1 幅高 31 厘米、宽 60 厘米的地图，表示为：1 map ; 31x60cm。

（3）附件：

文献带有附件的，记录在本部分末。如带有 1 张 8 厘米光盘，表示为：+ 1 CD (8cm)。

9．提要 / 简介

部分条目含有提要 / 简介，内容包括三个部分：

（1）题名的大致翻译。凡用书名号括起的是中译本的题名，或者文献原有中文题名（如《上海摩登》）。对于大多数没有中译本的文献，条目中提供的翻译题名主要是对文献内容和主题作一简要提示，不作为读者引用的依据。

（2）作者、文献内容的简要介绍、所属丛书。日文部分还较多提供相关目次，以“目次”或“部分目次”作引导语。1949 年前的地图尽可能提供比例尺。

（3）出版情况。包括其他版本、其他语种译本等信息（著录方式同“4．版本”）。

10．收藏机构代号

条目最后标注收藏本文献的图书馆或联合目录的代号，用方括号括起，“/”后的是“提要 / 简介”中提到的其他版本的收藏机构。代号全称见《文献收藏机构代码表》。如 [ACO/S] 表示该文献由澳大利亚国家图书馆 (A)、美国国会图书馆 (C)、牛津大学图书馆 (O) 收藏，苏格兰国家图书馆 (S) 收藏有其他版本。

（七）索引和收藏机构代码

为了便于查检，本书目正文后附《人名与团体名称索引》，索引项既包括文献的责任者（作者），也包括文献着重论述的部分对象。

另于正文前设《文献收藏机构代码表》。

（八）其他

部分西文条目来自印刷书目，由于印刷原因且出版年代较久，个别文字有遗漏和不清。

部分条目法语和德语字母没有使用变音符号，一般均遵从来源记录，未予更改。

日文条目的汉字一般采用“新字体”（简体字）。偶见原系统无法录入的汉字，经查找仍未明确的，标记为“〓”。

文献收藏机构代码表

本书目收录的文献一部分来自上海图书馆编《上海地方资料西文著者目录》和胡道静编《三个收藏记述上海的西文书籍的目录》，而大部分文献信息则通过翻检原书和文献联合目录、检索国内外图书馆馆藏目录和相关研究机构的馆藏文献获取。为方便读者深入研究，本书目在各条目末以代号标注相应的收藏机构。

收藏机构代号、机构全称和文献目录访问网址如下：

国：中国国家图书馆
http://opac.nlc.gov.cn/

上：上海图书馆
http://ipac.library.sh.cn/

A：澳大利亚国家图书馆（NLA, National Library of Australia）
http://catalogue.nla.gov.au/

C：美国国会图书馆（LC, Library of Congress）
http://catalog.loc.gov/

G：德国通用图书馆网（GBV, Gemeinsamer Bibliotheksverbund）
http://www.gbv.de/vgm/

M：加拿大麦吉尔大学图书馆（McGill University Library）
http://catalogue.mcgill.ca/

O：英国牛津大学图书馆（OLIS, Oxford Libraries Information System）
http://library.ox.ac.uk/

S：英国苏格兰国家图书馆（NLS, National Library of Scotland）
http://main-cat.nls.uk/

日:日本国立国会图书馆
http://opac.ndl.go.jp/

东:东洋文库（日本語図書検索）
http://www3.toyo-bunko.or.jp/open/WasyoQueryInput.html

研:日本上海史研究会（书目）
http://www.ricoh.co.jp/net-messena/ACADEMIA/SHANGHAI/bibliography.htm
（说明:该会并非图书馆或文献收藏机构，但其网站收集了大量上海史研究文献）

V :虚拟上海（Virtual Shanghai）
http://virtualshanghai.ish-lyon.cnrs.fr/ 或 http://www.virtualshanghai.net/
（说明:本书目中收入该网站上的数字化旧地图，包括西文与日文）

西文书目

1. 历史

[0001] Three years wanderings in the northern provinces of China: including a visit to the tea, silk, and cotton countries; with an account of the agriculture and horticulture of the Chinese, new plants, etc / Robert Fortune.-- London: J. Murray, 1847.-- 406p.

华北诸省漫记。本书作者福钧（1812-1880）为英国植物学家，曾受英国皇家园艺学会派遣多次访华。书中对于上海的植物、外侨在上海的生活、上海的经济、金融等情况也有述及。此书还刊载了英国香港总督兼驻华全权公使并商务监督戴维斯（旧译德庇时）第一次考察上海、宁波等四个港口城市的报告。此书是海外最早涉及上海历史的图书之一。其他版本：2nd ed.-- 1847.-- 420p.; Shanghai: Univ. Pr., 1935.-- 375p.; New York: Garland, 1979.-- 406p.; London: Mildmay, 1987.-- 406p.; London: K. Paul, 2001.-- 420p. **[ACO / S]**

[0002] General description of Shanghae and its environs, extracted from native authorities / Walter Henry Medhurst.-- Shanghae: Printed at the Mission Pr., 1850.-- 168p.

上海及其近郊概述。本书作者麦都思（1796-1857）为英国传教士，1843 年到上海，开设有墨海书馆（Mission Press）。本书介绍了上海的环境、历史，包括面积、人口、物产、政治制度、风土人情等。部分资料选自上海县志，还有一些是作者自己的考察。书中对于开埠初期上海外侨情况、上海县城居民情况也有所反映。 **[国上 CO]**

[0003] Various pamphlets relating to Shanghai: 1. Carolus: The great currency question or the rise and fall of Mexico. 1856. 2. Administration of affairs at the port of Shanghai. 1854. 3. Rules of the Shanghai debating society. 1865. 4. Corespondence on the better government of Shanghai. 1862.-- Changhai: Zi-Ka-Wei, [n. p.].-- 1v.

上海时事短评杂辑。 **[上]**

[0004] Life in China / Rev. C. Milne.-- [n. p.], 1857.-- 715p.

在华生活。本书作者美魏茶（1815-1853）为英国教士，在华多年。书中有一章关于上海，含一张 1857 年上海及郊区的地图。

[0005] Correspondence with the Chamber of Commerce at Shanghae respecting the revision of the Treaty of Tien-Tsin / presented to both Houses of Parliament by command of Her Majesty, 1869.-- London: Printed by Harrison and Sons, 1869.-- 9p.

英国外交部就修改《天津条约》与上海英商公会的通信。1869 年提交英国议会。属于丛书：1857-1859 年间，与额尔金伯爵到中国和日本的特殊使命相关的通信（Correspondence relative to the Earl of Elgin's special missions to China and Japan, 1857-1859）。 [上]

[0006] Suppression of the Taiping Rebellion in the departments around Shanghai.-- Shanghai: Kelly & Walsh, 1871.-- 94p.

在上海周边地区镇压太平天国起义。 [上]

[0007] Correspondence respecting the state of the Woosung Bar, near Shanghae / presented to both Houses of Parliament by command of Her Majesty, 1874.-- London: Printed by Harrison and Sons, 1874.-- 10p.

英国外交部关于吴淞口状况的通信。1874 年提交英国议会。 [上]

[0008] The province of Shanghai / A. Fauvel.-- Hongkong: "China Mail" Office, 1875.-- 13p.

上海。重印自：China Review. [上]

[0009] Lettres sur la P'ou-tong (1885-86) / Gandar.-- London: [n. p.], 188-.-- 27p.

浦东通讯（1885–1886 年）。 [上]

[0010] La France dans l'Extreme-Orient; La Concession française de Changhai / Ernest Millot.-- 2e ed.-- Paris: Challamel, 1882.-- 24p.

法国在远东；上海法租界。摘自：Bulletin de la "Societe Academique Indo-Chinoise", 1881 [上]

[0011] Les français à Changhaï en 1853-1855: Épisodes du siège de Changhaï par les impériaux / M. Arthur Millac.-- Paris: E. Leroux, 1884.-- 53p.

法国人在上海（1853–1855 年） [国 C]

[0012] The story of Shanghai: from the opening of the port to foreign trade / J. W. MacLellan.-- New York: North China Daily News & Herald, 1889.-- 1v.

上海开埠成为外贸口岸的故事。本书通称《上海史话》,共 8 章,分别叙述了上海的形成和地理概况,上海口岸开放前后的历史,以及青浦教案、早期的市政工作、小刀会、太平天国起义和现代上海。本书还反映了上海外侨的生活、教会与传教士在上海的活动、上海建筑物的变迁等。书中使用了一些外国商行未曾公开的资料,并有作者亲历体验。 **[国上]**

[0013] L'Ile de Tsong-Ming: A l'embouchure du Yang-Tse-Kiang / Henri Havret.-- Changhai: Mission Catholique, 1892.-- 59p.

长江口的崇明岛。本书作者夏鸣雷(号殷其,1848-1901)为法国耶稣会士,1874 年来华,后调上海徐家汇任教区长。在徐家汇开始出版《汉学杂编》(Variétés Sinologiques)丛刊。其他版本: 1901.-- 60p. **[上]**

[0014] Shanghai, 1843-1893: the model settlement, its youth, its jubilee.-- Shanghai: Shanghai Mercury, 1893.-- 96p.

上海: 1843–1893 年。本书内容从 1843 年上海开埠开始一直到 1893 年,记叙了该段时期上海的历史变化、经济发展等情况。此外还记叙了上海开埠 50 周年的庆祝活动。有 1849 年和 1893 年的外滩及其他照片。 **[国上]**

[0015] The jubilee of Shanghai, 1843-1893: Shanghai: past and present, and a full account of the proceedings on the 17th and 18th November, 1893.-- Shanghai: North-China Herald, 1893.-- 45p.

上海五十年: 1843–1893 年。本书是对上海开埠 50 年来的回顾,内容来自《字林西报》1893 年 11 月 17-18 日两天的有关报道。 **[国上 C]**

[0016] Les origines de deux etablissements français dans l'extreme-Orient, Chang-hai--Ning-po / documents inedits publies avec une introd. et des notes par Henri Cordier...-- Paris: [n. p.], 1896.-- 76p.

远东两处法国人居留地的起源: 上海和宁波。本书编者考狄(又名: 高亨利、高第,1849-1925)为法国汉学家,1869-1876 年在华,曾任职于上海美商旗昌洋行(Russell and Co.)。 **[上 ACG]**

[0017] Geschichte von Shanghai / C. Fink.-- [n. p.], 190-?.-- 1v.

上海史

[0018] Correspondence respecting the evacuation of Shanghae / Great Britain Foreign Office.-- London: HMSO, 1902.-- 16p.

英国外交部关于从上海撤军的通信。属于系列报告：China; 1902, no. 3. [国上]

[0019] Shanghai by night and day.-- Shanghai: Shanghai Mercury, [1902?].-- 168p.

上海日夜。本书出版年不详，记事止于1902年，由文汇报社汇集该报介绍上海城市建设及社会生活的文章共31篇而成，另有照片24幅，多为有代表性的城市景观。文字内容涉及上海的历史、城市管理、工部局、巡捕房、万国商团、浦东、消防、公园、赛马、体育、教育、旅游等各方面。 [上]

[0020] The Battle of "Muddy Flat" 1854 (Being an Historical Sketch of that Famous Occurrence, written specially for the Jubilee Commemoration thereof at Shanghai, April 1904; with some Added Particulars Relating to the Shanghai Volunteer Corps).-- Shanghai: North-China Herald, 1904.-- 17p.

1854年"泥城之战"。本书为1904年4月纪念著名的"泥城之战"50周年所写的历史回顾。附上海万国商团介绍。 [上]

[0021] The riot in Shanghai, on December 18th, 1905.-- Shanghai: Pub. by the North-China Daily News & Herald by permission of the Municipal Council, 1906.-- 31p.

上海的暴乱(1905年12月18日)。其他题名：The Shanghai riot of 18th December 1905。重印自《字林西报》的报道与评论。 [A]

[0022] The rise of Shanghai / C. A. Montalto de Jesus.-- Shanghai: Shanghai Mercury, 1906.-- 28p.

上海的兴起 [上C]

[0023] Seaports of the Far East.-- Allister Macmillan, ed.-- London: Collingridge, 1907.-- 300p.

远东的海港。本书介绍了四座远东海港城市，上海为其中之一。书中有许多稀见资料，还有大量照片，如晚清的上海妇女、早期的上海棉纺厂、造船厂的船坞等等。其他版本：1923.-- 528p.; 1925.-- 530p.; 2nd ed.-- 1925.-- 529p. [上]

[0024] Twentieth century impressions of Hongkong, Shanghai, and other treaty ports of China: their history, people, commerce, industries, and resources / ed. -in-chief, Arnold Wright...; assistant ed., H. A. Cartwright.-- London: Lloyds Greater Britain Pub., 1908.-- 848p.

二十世纪香港、上海及中国其他通商口岸志。本书记叙了包括上海在内的中国沿海众多通商口岸城市的政治、经济、社会生活等多方面情况。其中有关上海的内容共有 324 页,照片 900 余幅。记录了当时上海城市建筑、公园、菜场、学校、居民生活等真实情况,对于一些上海有名的人物及买办也有照片,如严复、盛宣怀、沈敦和、朱葆三、叶澄衷、席裕成、邬挺生、虞洽卿等。 **[上 AC]**

[0025] Historic Shanghai / C. A. Montalto de Jesus.-- Shanghai: Shanghai Mercury, 1909.-- 257p.

《上海通商史》。本书共 10 章,分别叙述了上海的开埠历史、租界的情况、太平天国对上海的影响,以及上海市政的演化等。全书有插图 28 幅,其中包括当时人物如英国洋枪队首领戈登等的像片。中译本:(英)裘昔司原著,程灏译述 .-- 上海:商务印书馆,民国 4 年 .-- 91p. **[国上 CO]**

[0026] Shanghai de la Sua Colonia Italiana (History of the Italian Colony in Shanghai).-- Italian Chamber of Commerce, 1911.-- 47p.

上海意大利租界史。本书有插图。

[0027] Shanghai and the rebellion.-- Shanghai: North-China Daily News, 1913.-- 116p.

上海与造反 **[上]**

[0028] The second revolution in China, 1913: my adventures of the fighting around Shanghai, the Arsenal, Woosung forts / St. Piero Rudinger.-- [Shanghai]: Shanghai Mercury, 1914.-- 177p.

1913 年中国的二次革命。本书叙述作者鲁定格在 1913 年爆发的孙中山讨伐袁世凯战争(即"二次革命")中的亲历见闻。全书围绕上海而展开,主要记叙在上海江南制造局及吴淞炮台的战斗情况。附录有守卫江南制造局的海军中将郑汝成传记,中国红十字会在上海战争期间工作的报道,以及由斯塔福·考克斯(Stafford M. Cox)撰写的中国红十字会报告。 **[上 ACO]**

[0029] Some notes on the history and folk lore of old Shanghai / Rev. A. P. Parker.-- [n. p.], 1916.-- 1v.

老上海历史与民间传说

[0030] Some pages in the history of Shanghai, 1842-1856: a paper read before the China Society on May 23, 1916 / W. R. Carles.-- London: East and West, Ltd., 1916.-- 20p.

1842–1856 年上海史片断 **[A]**

[0031] The history of Shanghai / G. Lanning, S. Couling; vol. 2 by S. Couling.-- Shanghai: For the Shanghai Municipal Council by Kelly & Walsh, 1920.-- 2v.

上海史。本书作者英国人蓝宁(1852-1920),长期任上海西童书院院长,1920 年本书未完成即去世,后由英国人、上海麦伦书院院长库寿龄(1859-1922)续编。本书 2 卷 53 章,是最早有关上海的通史类著作,内容涉及上海地理、历史沿革,租界、城市发展、社会特点、经济状况等。卷末附有 1854-1900 年的工部局历届董事会名单。书中另附有 39 幅照片和地图。其他版本:1921-1923; Taipei: Ch'eng Wen Pub. Co., 1973 **[上/国 ACGO]**

[0032] A short history of Shanghai / J. D. Clark.-- Shanghai: Shanghai Mercury, 1921.-- 67p.

上海简史 **[上]**

[0033] Souvenir de Zi-Ka-Wei, 1926.-- Shanghai: T'ou-Se-We Pr., 1926.-- 1v.

徐家汇纪念册(1926 年) **[上]**

[0034] A short history of Shanghai: being an account of the growth and development of the international settlement / F. L. Hawks Pott... with seven illus. and one map.-- Shanghai: Kelly & Walsh, 1928.-- 336p.

上海简史:公共租界的发展和成长。本书作者美国人卜舫济(1864-1947)曾长期担任上海圣约翰大学校长。本书共 10 章,主要叙述了开埠前的上海历史、租界的设立及发展、小刀会占领上海、1854 年土地章程、太平天国时期的上海、辛亥革命等重大事项。此书为同类书中影响最广泛的一种,也译称《上海租界史略》。书中有一张 1855 年上海地图,列出建筑物名称及位置。其他版本:New York: AMS Pr., 1973.-- 336p. 日译本:上海の歴史:上海租界発達史 / 帆足計、浜谷満雄訳 -- 東京:白揚社,1940;東京:大空社,2002;上海史 / 土方定一、橋本八男共訳 .-- 東京:生活社,1940、1941 **[国上 ACGO] [V]**

[0035] Von Kanton bis Schanghai 1926-1927 / Asiaticus.-- Wien: Agis Verl., 1928.-- 351p.

从广州到上海(1926–1927 年)。日译本:広東から上海へ:支那革命記 / 別府重夫訳 .-- 東京:上野書店,1929

[0036] Histoire de la concession française de Changhai / Ch. B. -Maybon, Jean

Fredet.-- Paris: Plon, 1929.-- 458p.

《上海法租界史》。本书共 10 章，叙述 1844 年至 1875 年间法租界的设立和扩张过程，法租界的市政管理，以及法租界内商业情况，公董局沿革等。这是早期法租界历史研究文献中最有理论深度且内容翔实的一部重要著作。第 24-25 页有一张上海港及上海城区图（Plan du port et de la ville de Changhai）。其他版本：New York: AMS Pr., 1975.-- 458p. 中译本：（法）梅朋、傅立德著，倪静兰译 .-- 上海译文出版社，1983；上海社会科学院出版社，2007 **[国上 ACO] [V]**

[0037] The status of Shanghai: a historical review of the international settlement, its future development and possibilities through Sino-foreign co-operation / Ching-Lin Hsia... [under the auspices of the China Council of the Institute of Pacific Relations].-- Shanghai: Kelly & Walsh, 1929.-- 202p.

上海的地位：公共租界的历史考察，其未来发展及中外合作的可能性。本书作者夏景林。全书共分 9 章，叙述了上海历史沿革的大致状况，叙事起自鸦片战争以后，尤其是外国租界建立以后的上海发展情况。本书对上海工部局、会审公廨和公共租界的现状与发展都作了简明扼要的介绍。本书为 1929 年太平洋国际学会（Institute of Pacific Relations）在日本京都召开的第三次会议文件之 11，属 20 年代出版的"了解世界"丛书之一。其他版本：Taipei: Ch'eng Wen Pub. Co., 1971.-- 202p. **[国上 ACO]**

[0038] Data papers on China 1931.-- Shanghai: China Council, Institute of Pacific Relations, [n. p.].-- 1v.

1931 年有关中国的参考资料。本书为 1931 年 10 月 21 日到 11 月 4 日召开的第四次太平洋国际学会双年会文章。其他版本：Taipei: China Pr., 1973 **[上]**

[0039] Memel und Shanghai / Otto Eibuschitz.-- [Wien: O. Eibuschitz], 1932.-- 20p.

梅梅尔和上海

[0040] Schanghai / Magyar [pseud.].-- Berlin: Tribunal-Verl., 1932.-- 16p.

上海

[0041] Shanghai country walks / E. S. Wilkinson.-- Shanghai: North China Daily News & Herald, 1932.-- 113p.

上海郊区漫步。本书共 13 章，介绍了 20 世纪 30 年代上海郊区的乡土地理情况，如第六章是在七宝漫游，介绍了七宝的风土人情。附有上海近郊地图和古迹照片。其他版本：2nd ed.-- 1934.-- 150p.（有 2 版序和说明） **[上 / 国]**

[0042] Changhaï et le destin de la Chine / Andrée Viollis, Henri Rohrer.-- Paris: R. A. Corrêa, 1933.-- 258p.

上海和中国的命运 **[国上 C]**

[0043] La Concession française de Changhaï / Louis Des Courtils.-- Paris: Recueil Sirey (société anonyme), 1934.-- 230p.

上海法租界。本书有地图。 **[上 C]**

[0044] Development of Greater Shanghai and World Olympiad, 1936.-- Shanghai: Far East Magazine, 1936.-- 200p.

大上海的发展与 1936 年奥运会。本书同时为期刊专号: Far East magazine, v. III, no. 1-2, 1936 **[上]**

[0045] The Shanghai problem / William Crane Johnstone.-- Stanford, CA: Stanford Univ. Pr., 1937.-- 326p.

上海问题。本书共分为两大部分 15 章,第一部分讲述了上海的历史,尤其对于公共租界和法租界的政府管理和市政建设提出了看法,对于大上海的建设计划也有述及。第二部分主要论述存在问题,如工业生产和劳动力问题等。书后附有参考书目和索引。其他版本: Westport, Conn. : Hyperion Pr., 1973.-- 326p. **[国上 AGO / C]**

[0046] The diamond jubilee of the International Settlement of Shanghai.-- I. I. Kounin, managing ed.; Alex Yaron, art ed.-- Shanghai: Post Mercury, 1938.-- 278p.

上海公共租界六十周年纪念。其他版本: 1940.-- 270p. **[上 / C]**

[0047] Shanghai and Tientsin: with special reference to foreign interests / comp. by F. C. Jones; introd. by Harold M. Vinacke.-- San Francisco: American Council, Institute of Pacific Relations, 1939.-- 182p.

上海和天津。本书作者琼斯(生卒年不详)为英国人,曾任太平洋国际学会研究员,"九一八"事变后曾来华从事调查研究。本书是对上海与天津两个中国沿海港口城市的比较研究。属太平洋国际学会国际研究系列报告。其他版本: London: Oxford Univ. Pr., 1940.-- 182p.; New York: American council, Institute of Pacific relations, 1940.-- 182p. **[M / 国上 ACO]**

[0048] Scenes in Shanghai areas during the Japanese invasion.-- Shanghai: See Tsze Hao., [n. p.].-- 32p.

日人侵占时期的上海实况。 **[上]**

[0049] Shanghai: city for sale / Ernest O.-- Hauser.-- New York: Harcourt, Brace and Co., 1940.-- 323p.

《出卖上海滩》。本书是一部简明的上海租界史，全书共 15 章，按时间顺序叙述上海社会场景以及在上海的外国人生活工作情况。记述上海自近代开埠以来，直到 1937 年淞沪之战，外国侨民撤离为止的近百年上海发展史。在 1949 年以前出版的上海研究诸多图书中，本书具有一定的影响。其他版本：Shanghai: Chinese-American Pub., 1940.-- 323p. 法译本：Blancs et jaunes à Chang-Hai / tr. de l'anglais par Maurice Beerblock.-- Paris: La Nouvelle édition, 1945; Shanghai: Cité à vendre. Paris: Valmonde, 1999. 日译本：大帮の都上海 / 佐藤弘訳 .-- 東京：高山書院，1940；東京：大空社，2002. 中译本：（美）霍塞著，越裔译 .-- 上海书店出版社，2000 **[上 G / 国 MO]**

[0050] Shanghai: key to modern China / Rhoads Murphey.-- Cambridge, MA: Harvard Univ. Pr., 1953.-- 232p.

《上海：现代中国的钥匙》。本书共 11 章，分别讲述了上海的政治、人口、地理、位置、外贸、交通、港口、食品供应与工业制造，反映了上海自 1843 年开埠以来到 1949 年解放为止的上海城市发展的历程。作者将城市发展置于政治、经济、地理、历史等多种因素的有机联系中去考察，并且将上海与海内外城市进行比较，从而勾勒出上海的城市特色。中译本：（美）墨菲著，上海社会科学院历史研究所编译 .-- 上海人民出版社，1986 **[国上 ACGMO]**

[0051] Shanghai and beyond / Percy Finch.-- New York: Scribner, 1953.-- 357p.

上海与外界 **[ACG]**

[0052] La Concession française de Changhai: ouverture de la Chine aux occidentaux / Jacques Prieux.-- Nanterre: Académie Européenne du Livre, 1957.-- 84p.

上海法租界：中国向西方开放的窗口。其他版本：1993 **[国]**

[0053] Dopoguerra a Shanghai / Francesco Maris Taliani.-- München: Garzanti, 1958.-- 256p.

战后在上海。书名为意大利文。本书作者为意大利外交官，在第二次世界大战中出使中国，意大利退出轴心国集团后，被关入日本集中营。 **[上]**

[0054] Yellow Creek: the story of Shanghai / James Vivian Davidson-Houston.-- London: Putnam, 1962.-- 205p.

黄浦江：上海的故事。其他版本：Philadelphia: Dufour Editions, 1964 **[国 ACO]**

[0055] Shanghai saga / John Pal.-- [London]: Jarrolds, 1963.-- 232p.

上海传奇 **[国 ACGO]**

[0056] Shanghai century; or, Tungsha Flat to Soochow Creek / Captain W. J. Moore.-- Ilfracombe: Stockwell, 1966.-- 155p.

上海世纪 **[国 ACO]**

[0057] A place in time / Georges Spunt.-- New York: Putnam, 1968.-- 377p.

本书研究两次世界大战中上海的状况与发展。其他版本: London: Michael Joseph, 1969 **[AC / O]**

[0058] The fall of Shanghai / Noel Barber.-- New York: Coward, McCann & Geoghegan, 1979.-- 248p.

上海的沦陷。本书有关第三次国内革命战争时期上海的历史。其他版本: The fall of Shanghai: the Communist take-over in 1949.-- London: Macmillan, 1979

[上 C / 国 AO]

[0059] Shanghai, revolution and development in an Asian metropolis / ed. by Christopher Howe.-- New York: Cambridge Univ. Pr., 1981.-- 444p.

上海,一个亚洲大都市的革命与发展。本书为会议论文集,收录 12 篇文章,分别论述了 1919-1979 年上海的政治、经济和文化生活。全书分 5 个部分,第一部分为 1919-1949 年的上海发展情况;第二部分为上海的政治生活;第三部分为经济发展和生活水平;第四部分为 1949-1966 年的上海郊区;第五部分为文化与思想。内中有一篇文章专门分析了上海工人从 1930-1973 年期间生活水平的变化。

[图上 ACGMO]

[0060] In search of old Shanghai / Pan Ling.-- Hong Kong: Joint Pub., 1982.-- 143p.

找寻旧上海。本书内容包括八个部分,分别介绍了黄浦江、外滩、南京路、华界、法租界及杂录等。作者潘林 1945 年出生于上海,对老上海情有独钟,用 10 页的篇幅写了对老上海的感觉。本书对资料来源也有说明,书后附索引,并附地图多幅。

[国 ACO]

[0061] Old Shanghai: gangsters in paradise / Pan Ling.-- Hong Kong: Heinemann Asia, 1984.-- 239p.

旧上海:帮会的天堂。其他版本: Singapore: Heinemenn Asia, 1993 **[国 CGO]**

[0062] China: Shanghai und der Süden / Ferdinand Ranft.-- [Hamburg: Hoffmann u. Campe], 1986.-- 166p.

中国：上海及南方

[0063] L'âge d'or de la bourgeoisie chinoise, 1911-1937 / Marie-Claire Bergère.-- [Paris]: Flammarion, 1986.-- 370p.

《**中国资产阶级的黄金时代,1911–1937**》。本书为上海史研究论文集,是法国乃至欧洲重要的上海历史研究著作。作者白吉尔以1915-1927年这十多年间上海资产阶级的活动情况,分析了资产阶级、政府与现代化的关系,认为该时期是中国政府权威削弱、资产阶级鼎盛发展的时期。此书以中国资产阶级为研究对象,但书中所用实例,几乎都来自上海,作者把上海资产阶级作为中国资产阶级的代表,认为在1915-1927年间是中国政府政权削弱、资产阶级鼎盛发展的时期,资产阶级体现出一种充满活力的自发精神。英译本:The golden age of the Chinese bourgeoisie, 1911-1937.-- Paris: Editions de la Maison des sciences de l'homme; Cambridge [England]: Cambridge Univ. Pr., 1989. 中译本:(法)白吉尔著,张富强、许世芬译 .-- 上海人民出版社,1994

[国 GO / 国 CGM]

[0064] Shanghai: crucible of modern China / Betty Peh-T'i Wei.-- Hong Kong; New York: Oxford Univ. Pr., 1987.-- 299p.

上海:近代中国的熔炉。本书共14章,从上海开埠前的历史讲起,述及鸦片战争后上海作为贸易港的开放、外国租界的设立、国际大都市的形成、上海的外国人、革命的启蒙阶段、1911年的辛亥革命、上海的知识分子与政治动乱等,对1945年以后的上海也有评论。书后附有书目索引和专业语汇。 **[国上 ACGMOS]**

[0065] Shanghai a geographical, historical and contemporary study / George Morgan.-- Scarborough, Ont. : See Hear Now! Media, 1989.-- 3 col. filmstrips, 3 sound cassettes, 1 exercise booklet and 1 teacher's guide.

上海地理、历史与当代研究。本书为中学教学参考资料。

[0066] Shanghai: Collision point of cultures, 1918-1939 / Harriet Sergeant.-- 1st American ed.-- New York: Crown, 1990.-- 371p.

上海:文化的碰撞点(1918–1939年)。本书回顾了1918-1939年间上海的历史,主要探讨了当时的文化冲突。其他版本:London: J. Cape, 1991; London: John Murrary, 1998; 2002. 日译本:上海:魔都100年の興亡/ハリエット·サージェント〔著〕,浅沼昭子訳 .-- 東京,新潮社,1996 **[国 C / 上 GOS]**

[0067] China: Shanghai und der Süden.-- Hamburg: Hoffmann u. Campe, 1991.-- 106p.

中国：上海及南方

[0068] Shanghai, 1927-1937: élites locales et modernisation dans la Chine nationaliste / Christian Henriot.-- Paris: Ed. de l'École des hautes études en sciences sociales; Vente et diffusion, CID, 1991.-- 342p.

《1927–1937 年的上海：市政权、地方性和现代化》。本书探讨30年代上海的市政、法律、政治力量，对上海的社会经济和文化进行了综合研究，是一本研究上海30年代宏观层面的书。原为巴黎第三（新索邦）大学1983年博士学位论文，题名：Le Gouvernement municipal de Shanghai, 1927-1937. 英译本：Shanghai, 1927-1937: municipal power, locality, and modernization / translated by Noel Castelino.-- London: Univ. of California Pr., 1993. 中译本：（法）安克强著，张培德、辛文锋、肖庆璋译.-- 上海古籍出版社，2004 **[国上 GO]**

[0069] Shanghai sojourners / ed. by Frederic Wakeman, Jr., Wen-hsin Yeh.-- Berkeley, CA: Institute of East Asian Studies, Univ. of California, Berkeley, Center for Chinese Studies, 1992.-- 362p.

上海寄居者。本书是一本重要的论文集，编辑魏斐德与叶文心是著名的上海研究专家。本书内容涉及到旧上海的银行、市场、妓女、苏北移民、黑社会等各个方面。 **[国 GMO]**

[0070] Cities of Jiangnan Cities in Imperial China / ed. by Linda Cooke Johnson.-- Albany: State Univ. of New York Pr., 1993.-- 310p.

《帝国晚期的江南城市》。本书汇集了美国、澳大利亚、意大利和日本学者对中国长江下游苏州、杭州、扬州和上海等城市的研究，体现了当今国外中国区域城市研究的新方法和视角。中译本：（美）林达·约翰逊主编，成一农译.-- 上海人民出版社，2005 **[O]**

[0071] Old Shanghai / Betty Peh-T'i Wei.-- New York: Oxford Univ. Pr., 1993.-- 65p.

老上海。有关上海历史的通俗读物，集中反映了19世纪晚期到20世纪早期上海历史上的这段兴盛时期。书中描绘了中国人和外国人在上海的生活，讲述了歹徒、商人、银行家、艺术家、政治活动家、传教士、普通劳动者的故事，反映了中国政治和社会变革的过程。 **[国上 CGOS]**

[0072] Shanghai: a century of change in photographs, 1843-1949 / Lynn Pan with Xue Liyong and Qian Zonghao.-- Hong Kong: Hai Feng Pub., 1993.-- 150p.

上海：照片中的世纪变迁（1843–1949 年）。其他版本：2000 **[A / 上]**

[0073] Globalisierung der Großtädte um die Jahrtausendwende: Phasenabgrenzung, Charakteristika, Rahmenbedingungen und Perspektiven / Wu Zhiqiang.-- Berlin: Technische Univ., Univ. -Bibliothek, Abt. Publikationen, 1994.-- 173p.

世纪之交大城市的全球化：阶段性、特点、框架条件和展望。原为柏林工业大学（Techn. Univ. Berlin）1994年博士学位论文。 **[G]**

[0074] Shanghai: from market town to treaty port, 1074-1858 / Linda Cooke Johnson.-- Stanford, CA: Stanford Univ. Pr., 1995.-- 440p.

上海：从市镇到通商口岸（1074–1858年）。本书研究开埠前后的上海历史，共12章，包括长江三角洲的早期城市，棉花与上海县的发展，明清时代的上海，会馆对上海的建设，贸易与商业，英国人的到来，上海的国际化，小刀会在上海，外国人对海关的控制，上海社会的两重性等。本书作者访问过上海，对研究的对象下了一番考察工夫，并参考了二百多种中外研究上海的文献。 **[国上 ACGMOS]**

[0075] Another history: essays on China from a European perspective / Mark Elvin.-- Sydney: Wild Peony Pty Ltd., 1996.-- 389p.

另一个历史：从欧洲看中国。本书作者比较系统地研究晚清上海的历史，对于上海会审公廨、上海县城、上海的士绅民主、上海的市政、辛亥革命在上海的情况都有比较深入的研究，这些研究成果部分反映在此论文集中。论文集收录的文章大多与上海有关，如："市镇与水路：1480-1910年的上海县"等。 **[AO]**

[0076] Auto-organization within Chinese society: a historical view / Timothy Brook.-- Toronto: Univ. of Toronto-York Univ. Joint Centre for Asia Pacific Studies, 1996.-- 36p.

中国社会的独立组织：一份历史的考察 **[AM]**

[0077] The Shanghai Badlands: wartime terrorism and urban crime, 1937-1941 / Frederic Wakeman, Jr.-- New York: Cambridge Univ. Pr., 1996.-- 227p.

《上海歹土：战时恐怖活动与城市犯罪，1937–1941》。本书叙述1937年至1941年，日本侵略军、汪伪傀儡政权、外国租界当局、国民党政府等各种势力在上海形成的复杂而又紧张的关系。描述了当时经常发生在上海的恐怖暗杀，以及赌博等城市犯罪的活动。本书以独特的视角、翔实的材料、深入浅出的语言，生动再现了上海这一段特殊而又艰难的岁月。中译本：（美）魏斐德著，芮传明译.-- 上海古籍出版社，2003 **[国 ACGMO]**

[0078] Annäherungen an Shanghai / Hans Stumpfeldt.-- Hamburg: Hamburger

Sinologische Ges., 1998.-- 47p.

靠近上海

[0079] Secret war in Shanghai / Bernard Wasserstein.-- London: Profile, 1998.-- 354p.

上海的秘密战争。护封附加题名：Treachery, subversion and collaboration in the Second World War（第二次世界大战中的背信弃义、颠覆和合作）。其他版本：1999; Boston: Houghton Mifflin, 1999 **[AMO / 国 CSG]**

[0080] Shanghai: electric and lurid city: an anthology / selected and ed. by Barbara Baker.-- New York: Oxford Univ. Pr., 1998.-- 298p.

上海文选：一个摩登与魔幻的城市。本书收录了50多篇有关上海的节选文章，内容涉及面广，涵盖了公元前700年，直至20世纪末。这些文章选自长篇小说、传记、信件、日记、诗歌以及短篇小说，并配有插图和照片，向读者展示了一幅生动的上海历史画卷。 **[国上 CGOS]**

[0081] Shanghai and the Yangtze Delta: a city reborn / ed. by Brian Hook.-- New York: Oxford Univ. Pr., 1998.-- 188p.

上海和长江三角洲：一个城市的复兴。本书介绍上海这个重要的历史名城和长江三角洲区域的历史、文化、政治、政体、地理、自然资源、人文资源及经济发展情况。本书为中国省市系列丛书第三册，该丛书每册集中介绍一个省。 **[国上 CGMOS]**

[0082] Shanghai années 30: plaisirs et violences / Christian Henriot, Alain Roux.-- Paris: Ed. Autrement, 1998.-- 190p.

30年代的上海：娱乐和暴力。本书属《纪念文集》之50，回顾了1928-1937年这段特殊历史时期的上海以及中国的历史。 **[GO]**

[0083] Wartime Shanghai / ed. by Wen-hsin Yeh.-- New York: Routledge, 1998.-- 198p.

战时上海。本书是海外出版的中国学者散文集，反映了1937-1945年日本占领期间上海租界内的生活状况。书中涉及了日本左翼分子的活动、中国的资本家、中国的电影、地下抵抗运动以及警方活动等。 **[国 ACGMOS]**

[0084] Les lauriers de Shanghai: des concessions internationales à la métropole moderne / Laurent Metzger.-- Genève: Olizane, 1999.-- 217p.

上海：从租界到现代化大都市 **[国上 O]**

[0085] Mao's children in the new China: voices from the Red Guard

generation / Yarong Jiang, Davis Ashley.-- New York: Routledge, 2000.-- 177p.

毛在新中国的孩子们：红卫兵一代的叙述。本书作者之一是上海人，1987 年离开上海。作者于 1994 年和 1996 年在上海选择了 42 个"老三届"作访谈，探讨"文革"结束 20 年来上海和整个中国社会的巨大变迁及对他们个人生活经历的深刻影响。本书收录了其中的 27 人，包括管理者、研究者、教师、编辑、作家、私营业主及无业者等，如上海著名作家王小鹰。访谈者中有 12 位谈到他们的"上山下乡"经历。

[国 ACMO]

[0086] Shanghai: the rise and fall of a decadent city / Stella Dong.-- New York: William Morrow, 2000.-- 318p.

上海：一个堕落城市的兴衰。其他版本：Shanghai, 1842-1949: the rise and fall of a decadent city.-- [New York]: Perennial, 2001 **[国上 AGM]**

[0087] Histoire de Shanghai / Marie-Claire Bergère.-- Fayard, 2002.-- 520p.

上海史 **[国 GO]**

[0088] Shanghai: Hamburgs Partnerstadt in China / Institut für Asienkunde, Hamburg; Landeszentrale für Politische Bildung, Hamburg. [Red. : Brunhild Staiger].-- Hamburg: Landeszentrale fur Politische Bildung, 2002.-- 144p.

上海：汉堡在中国的友好城市 **[CG]**

[0089] Shanghai: global city / Jeffrey N. Wasserstrom.-- London: RoutledgeCurzon, 2004.-- 224p.

上海：全球化城市。本书为系列丛书《亚洲的主要城市，亚洲的变革》之一，介绍了上海变革的历史。 **[AG]**

[0090] Shanghai and the Yangzi Delta / text and photos by Eric N.-- Danielson.-- Singapore: Times Editions, 2004.-- 335p.

上海与长江三角洲 **[上]**

[0091] Le roman de Shanghai / Bernard Debré.-- Monaco: Rocher, 2005.-- 221p.

上海故事 **[国]**

[0092] Shanghai girl gets all dressed up / Beverley Jackson.-- Toronto: Ten Speed Pr., 2005.-- 152p.

上海女孩打扮起来。本书记述 20 世纪 30 年代的上海。 **[CGMO]**

2. 政治、法律

[0093] Land regulations and by-laws for the foreign settlements of Shanghai, north of the Yang-King-Pang / Shanghai Municipal Council.-- Shanghai: North-China Herald, 1869.-- 49p.

洋泾浜北首上海外人租界章程及附则。又名：Land regulations and bye-laws for the foreign settlements of Shanghai。1845 年 11 月上海道台宫慕久同英国驻沪领事巴富尔商定的租地协议，一般称为《上海土地章程》，又称《租地章程》、《地皮章程》。后历经修改，有称为《上海英法美租界租地章程》、《上海洋泾浜北首租界章程》等，其名称虽异，内容均一脉相承。其他版本：1870; 1879; 1881; 1882; 1884; 1889; 1898.-- 44p.; 1873-98; 1907.-- 20p.; Commercial Press, 1926.-- 47, [55] p.（中英双语）; 1845-1930

[上/国 C]

[0094] Rules & regulations for the Chinese Department of the Shanghai Municipal Police Force.-- Shanghai: Tung Hing Printer, [n. p.].-- 40p.

上海工部局警务处华警规章 [国]

[0095] Shanghai Municipal Police, instructions and conditions of practice for the 45 "Colt" automatic pistol / W. E. Fairbairn.-- Shanghai: [n. p.].-- 40p.

上海警察 45 柯尔特式自动手枪使用须知 [上]

[0096] Commandements militaires: L'usage des agents chinois de la garde Municipale française de Shanghai.-- S. ed.-- Shanghai: [n. p.].-- 1v.

上海法租界公董局警务处华籍警的任用及有关军令 [上]

[0097] Mixed Court papers / C. Alabaster, H. B. M's acting Vice Consul.-- [n. p.], [ca. 1864-1867].-- 23p.

会审公廨记录。本书含 111 条成文法和一个关于量刑的附录。

[0098] Land renters' meeting: minutes of a meeting of renters of land on the English and American settlements, held pursuant to notice / Shanghai Land Renters.-- [Shanghai]: F. & C. Walsh, 1866.-- 19p.

上海英美租界租地人会议记录 [C]

[0099] Minutes of a special meeting of land renters, held at H. B. M. 's

consulate, on Friday, the 9th, Monday, the 12th, Tuesday, the 13th, and Saturday, the 17th March, 1866, to consider, discuss, and amend the code of "Proposed revised land regulations" for the foreign settlement of Shanghai.-- [Shanghai: n. p.], 1866.-- 16p.

1866 年租地人特别会议记录。会议于 1866 年 3 月在英国领事馆召开，讨论修改上海外人租界租地章程。 [C]

[0100] Proposed revised land regulations for the foreign settlement of Shanghai / Shanghai Land Renters.-- [Shanghai]: F. & C. Walsh, 1866.-- 24p.

上海外人租界土地章程拟议修订稿 [C]

[0101] Revised land regulations for the foreign settlement of Shanghai: approved by the Land Renters at a special meeting held on the 9th, 12th, 13th & 17th March 1866.-- [Shanghai]: Land Renters, 1866.-- 1v.

上海外人租界土地章程修订稿。在 1866 年 3 月举行的租地人特别会议上通过。 [C]

[0102] Minutes of a meeting of renters of land on the English and American settlements, 1868.-- Shanghai: North-China Herald, 1869.-- 28p.

1868 年上海英美租界租地人会议录 [上]

[0103] The Mixed Court at Shanghai.-- Shanghai: [n. p.].-- 29p.

上海会审公廨 [上]

[0104] Land list Shanghai, The Consulate / Shanghai British Consulate General.-- [n. p.], 1871-1936.-- 51v.

上海英国总领事馆土地册 [上]

[0105] Standing orders of the Council for the foreign settlements of Shanghai, north of the Yang-King-Pang / Shanghai Municipal Council.-- Shanghai: Kelly & Walsh, 1871.-- 68p.

洋泾浜北首上海外人租界工部局议事规程。本章程与其他关于土地章程（Land regulations）的小册子合订。其他版本：1898.-- 37p. [上]

[0106] Correspondence with the French Municipal Council regarding the width of the Yang-king-ping Creek.-- Shanghai Municipal Council, 1873.-- 19p.

上海公共租界工部局就洋泾浜宽度问题与法租界公董局的通信

[0107] Regulations for the United States Consular Courts in China: with table of fees as prescribed by the decree of April 23, 1864 / United States Dept. of State.-- Shanghai: Lane, Crawford, 1874.-- 60p.

美国在华领事法庭条例 [C]

[0108] Report of the Committee to revise the land regulations as per Resolution passed at a special meeting of ratepayers on the 18th June 1874, with remarks by the Council.-- [n. p.], 1875.-- 1v.

修改土地章程委员会报告。1874 年 6 月 18 日在纳税人特别会议上通过。

[0109] Treaties between the Empire of China and foreign powers together with regulations for the conduct of foreign trade, conventions, agreements, regulations, etc / ed. by William Frederick Mayers.-- 1st ed.-- Shanghai: North-China Herald, 1877.-- 354p.

大清帝国与外国列强间条约，及对外贸易章程、协定、规章等。本书作者梅辉立（1831-1878）为英国人，1859 年来华，1871-1878 年任英国使馆汉务参赞，死于上海。梅辉立颇多关于中国的著述。其他版本：5th ed.-- 8th October, 1903; Shanghai: North-China Herald, 1906.-- 354p.

[0110] Report on the Mixed Court at Shanghae / Great Britain Foreign Office.-- London: HMSO, 1881.-- 5p.

上海会审公廨报告。本报告 1881 年提交给英国议会国。属于系列报告：China; 1881, No. 1. [国上]

[0111] Shanghai, Meeting of Ratepayers Committee to revise the land regulations: report of the Committee appointed to revise the land regulations under resolution passed at the special meeting of ratepayers held on the 12th Nov. 1879, together with draft of proposed municipal regulations and by laws / F. B. Ferbes, etc.-- Shanghai: North-China Daily News, 1881.-- 68p.

上海纳税人会修改土地章程委员会报告。1879 年 11 月 12 日在纳税人特别会议上通过。附拟议中的市政条例及附则草案。 [上]

[0112] Land regulations: together with draft of proposed municipal regulations and by-laws / Shanghai Land Renters.-- Pekini: Typis Pe-t'ang, 1882.-- 55p.

土地章程 [C]

[0113] Rules and regulations for the guidance and instruction of the Shanghai Municipal Police Force.-- Shanghai: [n. p.], 1881.-- 44p.

上海工部局警务处规章条例指南。其他版本: Shanghai: North-China Herald Office, 1884.-- 70p. [国上]

[0114] The land question / John Dudgeon, M. D., C. M., of Peding.-- London: [n. p.], 1886.-- 1v.

土地问题。本书作者德贞(又名:德约翰,1837-1901)曾任英国驻华使馆医师,后任北京英国教会医院院长。

[0115] Special report on the delimitation of the boundaries of Hongkew on the American settlement at Shanghai / Shanghai Municipal Council.-- Shanghai: North-China Daily Herald Office., 1893.-- 26p.

上海虹口美租界边界划定专题报告。附照片 2 张。 [上]

[0116] Police guide and regulations / Shanghai Municipal Council.-- Shanghai: Kelly & Walsh, 1896.-- 146p.

警察指南及规章 [国]

[0117] Rules with respect to new Chinese buildings / Shanghai Municipal Council.-- [n. p.], 1901.-- 9p.

华人建筑新屋条例

[0118] The Boxer rising: a history of the Boxer trouble in China.-- 2nd ed.-- Printed at the Shanghai Mercury, August, 1901.-- 174p.

义和团。原载: Shanghai Mercury.

[0119] Provisional rules defining the respective jurisdiction of the Mixed Courts of the International and French Settlements at Shanghae / Great Britain Foreign Office.-- London: HMSO, 1903.-- 1p.

确定上海公共租界、法租界会审公廨管辖范围的临时规则。属于系列报告: China; 1903, no. 2. [国]

[0120] Rules with respect to new foreign buildings / Shanghai Municipal Council.-- [n. p.], 1903.-- 53p.

外人建筑新屋条例

[0121] Memorandum of duties of foreign, Indian and native employes / Shanghai Municipal Council.-- Shanghai: China Pr., 1904.-- 72p.

外籍、印度籍与本地雇员职责备忘录 [上]

[0122] Regulations for the United States Consular Courts in China: with table of fees, as prescribed by the Decree of April 23, 1864; to which is added a set of forms as used in the United States Consulate General and the Act of July, 1870.-- Shanghai: China Printing Co., 1904.-- 70p.

美国在华领事法庭条例 [C]

[0123] The Court of Consuls: Silas Aaron Hardoon versus The Council for the Foreign Community of Shanghai.-- Shanghai: Shanghai Mercury, 1904.-- 31p.

上海领事公堂 [上]

[0124] In his Britannic majesty's Supreme Court for China and Corea. Shanghai, 23rd October, 1905.-- [n. p.], 190-?.-- 13p.

管辖中国和朝鲜的英国皇家高等法院(上海,1905年10月23日) [上]

[0125] Proposals for amending the provisional regulations governing the registration of trade marks.-- English version.-- Shanghai: Deutsche Vereinigung, German Printing and Pub. House, 1905.-- 58p.

关于修订商标注册管理暂行规定的建议

[0126] H. B. M. 's Supreme Court, Shanghai, November 13, 1908, before F. S. A. Bourne. Esq., acting judge, and a jury composed of Messrs. E. R. Morriss, F. E. Glanville, K. D. Stewart, H. Veitch and H. E. Campbell.-- Shanghai: [n. p.], 1908.-- 36p.

上海英国皇家高等法院审案(1908年11月13日) [上]

[0127] Handbook containing municipal land regulations, bye-laws, conditions attaching to the issue of licenses, police regulations and police memoranda / Shanghai Municipal Council.-- Shanghai: Kelly & Walsh, 1908.-- 142p.

含土地章程、警察条例等的手册 [国]

[0128] Land registration in Shanghai: evidence of Mr. E. S. A. Bourne, Asst. Judge H. B. M. Supreme Court, taken in Chambers: A. Dalies v. A. E. Algar and P. M. Beasley, 21 April 1908.-- [n. p.].-- 1v.

上海土地登记案(1908年4月21日)

[0129] Rex v. H. D. O'Shea: Shanghai H. B. M. 's Supreme Court, November 13, 1908.-- Shanghai: Reuters, 1908.-- 36p.

上海英国皇家高等法院审案(1908年11月13日) [上]

[0130] La Chine politique et économique: Rapport du Bureau de Shanghai paru dans Chine et Belgique / L. Dumonceau, comte de Bergendal.-- Shanghai: Sociéte d'études sino-belge, 1909.-- 22p.

中国政治与经济

[0131] Land registration: the establishment of a Central Office for registration of land in Shanghai and its surroundings.-- Shanghai Municipal Council, 1911.-- 16p.

土地登记:建立上海及周边土地登记的中心公所

[0132] Papers regarding a court case in Shanghai.-- Shanghai: T'ou-Se-We Pr., 1911-1917.-- 1 folder.

上海某诉讼案件文件。本案双方分别是葡萄牙驻上海领事阿米戈(Exmo Amigo)与葡萄牙律师达·席尔瓦(C. J. da Silva)和美时洋行(Carter, Macy and Co.),包括往来信件。打字机打印本。 [A]

[0133] Mémoire sur l'enregistrement de la propriété fonciere a Shanghai / Joseph Hers.-- [n. p.], 1912.-- 83p.

上海土地所有权记录 [国]

[0134] Memoradum on settlement extension with maps.-- Shanghai Municipal Council, 1912.-- 1v.

关于租界扩张的备忘录。附地图。

[0135] Some notes on tenure of land in Shanghai / C. H. Godfrey.-- Shanghai: Shanghai Society of Engineers & Architects, 1913.-- 44p.

上海土地使用权说明。本书汇聚了一些有关上海土地租借使用权问题的函件。

有地图。 [上]

[0136] Regulations for the Shanghai Volunteer Corps / Shanghai Municipal Council.-- Shanghai: John Fowler, 1914.-- 38p.

上海万国商团法规。其他版本: North China Daily News & Herald, 1922.--181p. [国]

[0137] Satzungen der Deutschen Gemeinde in Schanghai: Festgestellt in d. Generalversammlg vom 22. Mai 1914.-- [Shanghai: n. p.], 1914.-- 11p.

[0138] Schanghai: ein ueberblick ueber seine verfassung, verwaltung und rechtspflege / Max Gerhard Pernitzsch.-- Schanghai: Deutsche vereinigung Schanghai, 1914.-- 55p.

上海的法规、行政与司法概览 [C]

[0139] Manual of self-defence / Shanghai Municipal Police.-- Shanghai: China Pub. & Printing Co., 1915.-- 103p.

警察自卫手册 [国]

[0140] New building rules (Draft).-- Shanghai Municipal Council, 1916.-- 62p.

新建筑条例(草案)

[0141] Handbook of local regulations: including land regulations, by-laws, municipal regulations and other information, license conditions, permits, and raffic and tramway regulations / Shanghai Municipal Council.-- Printed by Kelly & Walsh, 1918.-- 136p.

地方法规手册

[0142] Regulations for the United States consular courts in China: with a set of the court forms used in the American Consular Court at Shanghai and the Act of July 1, 1870 / United States Dept. of State.-- Washington, DC: Government Printing Office, 1918.-- 64p.

美国在华领事法庭条例。内容引自: Shanghai: China Printing Co., 1904 [C]

[0143] Rules of court 1905-1916 / W. B. Kennett.-- Shanghai: North-China Daily News & Herald, 1918.-- 309p.

1905–1916 年法庭规则 [上]

[0144] Rules with respect to new foreign and Chinese buildings in Shanghai / Shanghai Municipal Council.-- Shanghai: Kelly & Walsh, 1918.-- 100p.

上海外人、华人建筑新屋条例。本书与《上海华人筑屋条例》(Rules with respect to Chinese buildings in Shanghai)合订。 [上]

[0145] List des terrsins enregistres au Consulat General de France.-- Changhai: Impr. Municipale, 1919.-- 36p.

上海法国总领事馆注册土地表 [上]

[0146] Suggested draft of a law relating to trade marks / comp. by a Special Joint Committee of the China Association and the British Chamber of Commerce.-- Shanghai: [n. p.], 1919.-- 25p.

商标法建议草案

[0147] The law of enemy property in China: reports of the cases decided in H. M. Supreme Court for China in 1917, 1918 and 1919, together with an introductory note by Sir H. de Sausmarez, Judge of H. B. M. Supreme Court for China.-- Shanghai Mercury, 1919.-- 55p.

在华敌产法：英国皇家在华高等法院 1917、1918、1919 年案例报告

[0148] Schiedsgerichts-ordnung der Deutschen Gemeinde Schanghai.-- [n. p.], 192-?.-- 8p.

[0149] Satzung der Deutschen Gemeinde in Schanghai.-- [n. p.], 1924?.-- 25p

[0150] A report of the proceedings of the International Commission of Judges.-- [Shanghai: n. p., 1925?].-- [211]p.

六国调查沪案委员会会议报告。本书包括六国调查沪案委员会第 1-13 次会议的报告，各报告独立编页码。该委员会受美国、比利时、英国、丹麦、法国和其他政府的请求，由在北京的美国、英国和日本外交官代表指派，来沪调查“五卅惨案”。根据 1925 年 10 月《文汇报》(Shanghai Mercury)内容重印。 [国 C]

[0151] Documents on the Shanghai case: a summary of the events growing out of the shooting in Shanghai on May 30, 1925 and running throuth June, together with the more important official documents and non-official statements relating to this subject.-- Beijing: Peking Leader Pr., 1925.-- 1v.

上海事件文献。本书简要介绍了 1925 年 5 月 30 日的枪击事件及 6 月的后续发展,包括与"五卅惨案"相关的重要官方文献及非官方陈述。 [国]

[0152] Handbook of licence conditions / Shanghai Municipal Council.-- Shanghai: Kelly & Walsh, 1925-.-- v.

许可证发放条件手册。其他版本:1925; 1928 [上]

[0153] La Cour mixte de la Concession internationale de Shanghai.-- Pékin: A. Nachbaur, 1925.-- 29p.

上海会审公廨

[0154] La crise nationaliste chinoise les incidents de Shanghai / Wai Yu.-- Pékin: A. Nachbaur, 1925.-- 99p.

上海事件引发中国民族主义危机。本书论述"五卅惨案"。 [国 C]

[0155] Shanghai: its Mixed Court and Council: material relating to the history of the Shanghai Municipal Council and the history, practice, and statistics of the International Mixed Court: Chinese modern law and Shanghai municipal land regulations and bye-laws governing the life in the settlement / A. M. Kotenev.-- Shanghai: North-China Daily News & Herald, 1925.-- 588p.

上海会审公廨与工部局。本书作者郭泰纳夫为俄国人,1921 年来华,1922 年进入工部局警务处任巡捕,被派至会审公廨任俄语译员,后升至巡长。在会审公廨工作期间,进行上海租界历史的研究,写成此书及 1927 年出版的《上海市政当局与华人》(Shanghai: its municipality and the Chinese)。其他版本:Taipei: Ch'eng Wen Pub. Co., 1968.-- 558p. [国上 ACMO]

[0156] Shanghai incident, May 30, 1925 / International Commission of Judges; Elias Finley Johnson.-- [n. p.].-- 8reports.

上海事件:1925 年 5 月 30 日。本书为六国调查沪案委员会报告集。该委员会是应美国、比利时、英国、丹麦、法国和其他国家政府外交代表的请求,由美、英、日在北京的外交代表选定,调查 1925 年上海"五卅事件"。

[0157] The Nanking Road tragedy: verbatim report of the trial of persons arrested in connection with the affairs of May 30 and June 1, 1925, at the International Mixed Court, Shanghai.-- Shanghai: Chung Hua Book, 1925.-- 415p.

南京路的悲剧。本书为上海会审公廨审讯"五卅惨案"被捕人员的速记报告,指控 Yang 及其他上海大学的学生煽动支持共产主义、反外国的骚乱，导致多人死亡。

[上]

[0158] Trial of rioters at the Mixed Court Shanghai: a verbatim report of the trial of the Chinese arrested during the riot of May 30, 1925, at the International Mixed Court, Shanghai, on June 2, 3, 9, 10 and 11 ….-- Shanghai: North China Daily News & Herald, 1925.-- 24p.

上海会审公廨审判暴徒。本书为上海会审公廨审讯“五卅惨案”被捕华人的速记报告。《字林西报》及“Supreme Court & Consular Gazette”增刊。

[0159] Analysis of strikes in China, from 1918 to 1926.-- Shanghai: Bureau of Industrial & Commercial Information, [n. p.].-- 55p.

1918–1926 年间中国各次罢工剖视 [上]

[0160] New China: report of an investigation. Part II, Labour conditions and labour organizations, 1926 / C. L'Estrange Malene.-- London: Independent Labour Party Publication Dept., 1926.-- 24p.

新中国调查报告，第二部分：劳工情况与劳工组织（1926 年） [上]

[0161] Police guide and regulations, 1936 / Shanghai Municipal Council; comp. by W. H. Widdowson.-- Shanghai: Kelly & Walsh, 1926.-- 383p.

1936 年警察指南与条例。其他版本：Shanghai: Municipal Goal Pr. Dept., 1938.-- 619p. [上]

[0162] The Joint Committee of Shanghai Women's Organizations: statement of the work of the Committee directed toward the regulation of child labour in Shanghai, 1921-26.-- Shanghai: Joint Committee of Shanghai Women's Organizations, 1927.-- 1v.

上海各界妇女联合会关于 1921–1926 年上海童工条例的工作声明 [A]

[0163] The rendition of the International Mixed Court at Shanghai / Menley O. Hudson.-- Shanghai: [n. p.], 1927.-- 1v.

关于上海公共租界会审公廨的说明。重印自：American Journal of International Law, v. 21, no. 3.-- p.451-472, 1927 [上]

[0164] Wie die chinesische Revolution zugrunde gerichtet wurde:

Brief aus Schanghai, gerichtet an d. Exekutiv-Komitee d. Kommunist. Internationale, von Stalin unterschlagen / Hugo Urbahns.-- Berlin: Verl. d. "Fahne d. Kommunismus", 1927.-- 32p

其他版本：Milano: Feltrinelli, 1967

[0165] Annual report on labor strikes in Greater Shanghai / Bureau of Social Affairs, The City Government of Greater Shanghai.-- [n. p.], 1928.-- 1v.

《上海特别市罢工停业统计》。上海特别市社会局编。中英双语。

[0166] Development of extraterritoriality in China / George Williams Keaton.-- London: Longmans, 1928.-- 2v.

治外法权在中国的发展 [上]

[0167] The International Settlement in Shanghai, and The Mixed and Provisional Courts at Shanghai / Manley O. Hudson.-- Peking: Peking Leader Pr., 1928.-- 42p.

上海的公共租界及其会审公廨和临时法院。重印自：American journal of international law, July, 1927 [C]

[0168] Industrial Disputes (not including strikes and lockouts), Greater Shanghai / Bureau of Social Affairs, The City Government of Greater Shanghai.-- [n. p.], 1929.-- 1v.

大上海劳资纠纷(不包括罢工和停业)。上海特别市社会局编。中英双语。

[0169] L'administration de la justice aux étrangers en Chine / Song Kouo Tchou.-- Paris: Les Presses Modernes, 1929.-- 144p.

外国人在中国的司法行政。原为巴黎大学 1929 年博士学位论文。 [国 C]

[0170] Agreement between His Majesty's government in the United Kingdom and the Brazilian, Netherlands, Norwegian, and United States governments and the Chinese government relating to the Chinese courts in the international settlement at Shanghai.-- London: HMSO, 1930.-- 1v.

英国、巴西、荷兰、挪威及美国政府与中国政府关于上海公共租界华人法院的协议。 [国 C]

[0171] Strikes and lockouts, Greater Shanghai, 1929.-- Shanghai: Bureau of Social

Affairs, 1930.-- 1v.

《上海特别市罢工停业统计：民国十八年》。上海特别市社会局编。中英双语。其他版本：1929.-- 70p.；重印本：Washington, DC: Center for Chinese Research Materials, Association of Research Libraries, 1982?.-- 1v. [上]

[0172] The bye-laws, regulations, etc. of the Municipality of Greater Shanghai.-- Shanghai: British Chamber of Commerce, 1930.-- 97p.

上海市法规条例 [上]

[0173] Consular registration of land in Shanghai and its effect / H. M. Cumine.-- Shanghai: [n. p.], 1931.-- 46p.

上海土地领事登记及其影响。打字机打印本。 [上]

[0174] Customs reference library, Republic of China: by-laws and extracts from regulations.-- [n. p.], 1931.-- 1v.

中华民国海关参考文库：法规和规章摘录

[0175] Registration of land in Shanghai / read by Mr. H. M. Cumine, F. I. A. A. before the Shanghai Land Valuers and Surveyors' Society on March 6th, 1931.-- Shanghai: [n. p.], 1931.-- 34p.

上海土地登记。1931 年 3 月 6 日在上海土地估价师和测量师协会会议上宣读。打字机打印本。 [上]

[0176] Shanghai, Concession française, Conseil d'administration municipale: role de la propriete fonciere.-- Shanghai: Concession française, Conseil d'administration municipale, 1931-.-- v.

上海法租界公董局土地条例。版本：1931-32, 1934, 1935, 1941 [上]

[0177] Shanghai, Concession française, Conseil d'administration municipale: plan cadastral.-- Shanghai: Impr. de T'ou-Se-We, 1931-.-- v.

上海法租界公董局地籍图。版本：1931-32, 1933, 1934, 1941 [上]

[0178] Some native documents pertaining to the land in Shanghai / H. M. Cumine.-- Shanghai: [n. p.], 1931.-- 1v.

有关上海土地的本地文件 [上]

[0179] Study of the applicability of the factory act of the Chinese

government: a preliminary survey of the Shanghai area / Ta Chen.-- Shanghai: China Institute of Scientific Management, 1931.-- 91p.

中国政府工厂法可行性研究：上海地区初步调查 [上]

[0180] Chinese courts in the International Settlement at Shanghai.-- Washington, DC: Government Printing Office, 1932.-- 9p.

上海公共租界华人法院。其他版本：1933.-- 5p. [C]

[0181] The anti-Japanese boycott movement in China (from October 1931 to January, 1932.) / The Press Union, comp.-- Shanghai: The Press Union, [n. p.].-- 66p.

中国的抵制日货运动(从 1931 年 10 月到 1932 年 1 月) [上]

[0182] The telephone in Shanghai police work / W. Miles.-- Shanghai: North-China Daily News, 1932.-- 10p.

上海警务电话 [上]

[0183] Exchanges of notes between the Governments of the United Kingdom, Brazil, France, Netherlands, Norway and the United States and the Chinese Government renewing the agreement and exchange of notes of February 17, 1930 relating to the Chinese Courts in the International Settlement at Shanghai (with declaration)Nanking, February 8 to 12, 1933.-- London: HMSO, 1933.-- 6p.

英国、巴西、法国、荷兰、挪威及美国政府与中国政府续签关于上海公共租界华人法院协议的换文。属于英国外交部(Foreign Office)丛书：Treaty series; 1933, no. 20. [国]

[0184] Strikes and lockouts in Shanghai since 1918.-- Shanghai: Bureau of Social Affairs, 1933.-- 115, 180p.

《近十五年来上海之罢工停业》(1918 年以来)。上海特别市社会局编。中英双语。 [上]

[0185] The labour movement and labour legislation in China / Lin Tung-Hai.-- Shanghai: China United Pr., 1933.-- 252p.

中国工人运动与劳工法 [上]

[0186] Rules with respect to new foreign buildings in Shanghai.-- Shanghai:

Shanghai Municipal Council, 1934.-- 89p.

上海外人建筑新屋条例。其他版本：1937.-- 1v. [上]

[0187] The Council's regulations and the standing orders of the Shanghai Volunteer Corps, also the extra standing orders for the Russian detachment of the Shanghai Volunteer Corps, Jan. 1, 1934.-- Shanghai: North-China Daily News & Herald, 1934.-- 93p.

工部局万国商团章程与议事规则，及 1934 年 1 月 1 日关于万国商团俄国队的特别议事规则 [上]

[0188] Code of criminal procedure of the Republic of China / promulgated by the Nationalist Government, July 28, 1928. [Shanghai, Municipal Gaol Printing Department, 1930?].-- Kelsterbach: Shanghai Municipal Council, 1935.-- 113p.

中华民国刑事诉讼法 [O]

[0189] The Code of criminal procedure of the Republic of China and the Court aggreement relating to the Chinese courts in the international settlement of Shanghai, China / translated by the Legal Department of the Shanghai Municipal council.-- Shanghai: Commercial Pr., 1936.-- 140, 140, 141-239p.

中华民国刑事诉讼法及上海公共租界华人法院相关协定。由工部局法律处翻译。 [上 ACO]

[0190] List of land at Shanghai registered at the American Consulate General.-- Shanghai: Consulate General, 1937 / 1940 / 1941.-- 1v.

美国总领事馆上海土地注册表 [上]

[0191] Shanghai Municipal Police guide and regulations / comp. by inspector W. H. Widdowson, Shanghai: [n. p.], 1938.-- 619p.

上海工部局警务处指南与条例 [上]

[0192] Concession française de Changhai, Services de police: rapport annuel 1939.-- Shanghai: [n. p.].-- 21p.

上海法租界警务处年报（1939 年） [上]

[0193] Police française de Changhai: 1937-1939.-- London: Nissen & Parker; Changhai: Imprimé par la Maison Josepho, 1939?.-- 1v.

上海法国巡捕(1937–1939 年) [上]

[0194] Les titres de location perpétuelle sur les concessions de Shanghai / Tchang Teng-Ti …[et al].-- Paris: Recueil Sirey, 1940.-- 178p.

上海租界永久位置名称。其他版本: Tientsin: Hautes études, Universite l'Aurore, 1940.-- 178p. [上/C]

[0195] Inspection and presentation of medals, Nov. 28.-- Shanghai: Shanghai Municipal Police, 1941.-- 1v.

上海工部局警务处关于证章的检验与发给。(1941 年 11 月 28 日) [上]

[0196] Shanghai lawyer / Norwood F. Allman.-- New York: Whittlesey House, 1943.-- 283p.

上海律师。本书作者阿乐满 (1893—1987) 为美国人,1921-1923 年在上海公共租界会审公廨任陪审推事。1922 年在上海与人合组律师事务所自行开业。太平洋战争爆发时,适在香港,被日军拘押在赤柱集中营。1942 年 8 月被遣返美国,此书即返美后出版。 [国上 O]

[0197] The Chinese labor movement / Nym Wales.-- New York: John Day Co., 1945.-- 235p.

中国劳工运动。本书作者即美国记者埃德加·斯诺夫人(Helen (Foster) Snow)。其他版本: Freeport, NY: Books for Libraries Pr., 1970.-- 235p. [上 C/A]

[0198] The Young China Party.-- Shanghai: Central Executive Committee, 1945.-- 34p.

中国青年党 [A]

[0199] Proceedings of the Social Welfare Conference March 24-29, 1947 Shanghai / sponsored by Chinese National Relief & Rehabilitation Administration and United Nations Relief & Rehabilitation Administration with the participation of the Ministry of Social Affairs.-- Shanghai: [n. p.], 1947.-- 189p.

社会福利会议事录。会议于 1947 年 3 月 24-29 日在上海召开。 [上]

[0200] Le mouvement ouvrier chinois de 1919 à 1927 / Jean Chesneaux.-- Paris: Mouton, 1962.-- 652p.

1919–1927 年中国的工人运动。本书以研究上海的工人罢工为主,对于研究上海工人运动和上海工人阶级的状况有参考价值。原为博士学位论文。英译本: The Chinese labor movement from 1919 to 1927. Stanford: Stanford Univ. Pr., 1968 [ACO]

[0201] Die Lage der Arbeiter in der Baumwollindustrie Shanghais insbesondere in den englischen Fabriken / Chung-Ping Yen, Jürgen Kuczynski, Wolfgang Jonas.-- Berlin: Akademie-Verl., 1964.-- 255p.

上海英资棉纺业工人状况。本书属英殖民帝国工人状况史之二（Die Geschichte der Lage der Arbeiter im englischen Kolonialreich II）。 **[国]**

[0202] La bourgeoisie chinoise et la révolution de 1911 / Marie-Claire Bergère.-- Paris: Mouton, 1968.-- 155p.

中国资产阶级与辛亥革命。本书探讨了1911年的辛亥革命与新型城市变革的相互关系，以及辛亥革命与资产阶级发展之间的关系。作者白吉尔认为长江三角洲尤其是上海地区是中国唯一经济变化最为深刻的地区，也是资产阶级能够得到迅速发展的地区。

[0203] Modern China's search for a political form / ed. by Jack Gray.-- London: Issued under the auspices of the Royal Institute of International Affairs [by] Oxford Univ. Pr., 1969.-- 379p.

近代中国政治结构研究。本书为论文集，收录了一些有关上海研究的文章，例如写于1967年的"上海士绅民主1905-1914"（The Gentry Democracy in Shanghai, 1905-1914 / Mark Elvin），主要研究了1905年到1914年间上海上流社会的民主。 **[ACOS]**

[0204] Shanghai journal: an eyewitness account of the Cultural Revolution / Neale Hunter.-- New York: Praeger, 1969.-- 311p.

上海日记：目击"文化大革命"。本书记叙了上海"文革"从发生到发展的几个重要过程，对于上海初期的学生运动、北京红卫兵来沪串联、上海工人的参与、解放日报事件、安亭事件、"一月风暴"和造反派的活动、上海公社的成立等，都有叙述。文中所应用的资料许多都是"文革"中的出版物和小报，书后还附录有"文革"中上海红卫兵报纸和组织活动的原始资料。其他版本：Boston: 1971; Oxford: Oxford Univ. Pr., 1988.-- 311p.（作者新写导言） **[国上 AM / O]**

[0205] The Communist conquest of Shanghai: a warning to the West / Paolo Alberto Rossi; introd. and epilogue by Anthony Kubek.-- [Arlington, VA]: Twin Circle Pub. Co., 1970.-- 170p.

共产主义征服上海：对西方的警告 **[CM]**

[0206] Der bewaffnete Aufstand: Versuch einer theoretischen Darstellung

/ A. Neuberg.-- Frankfurt: Europäische Verl. -Anst., 1971.-- 304p.

武装起义：对其理论阐述的尝试

[0207] Early Chinese revolutionaries: Radical Intellectuals in Shanghai and Chekiang, 1902-1911 / Mary Backus Rankin.-- Cambridge, MA: Harvard Univ. Pr., 1971.-- 340p.

中国早期的革命：上海和浙江的激进知识分子(1902–1911年) [ACOS]

[0208] The May fourth movement in Shanghai: the making of a social movement in modern China / Joseph T. Chen.-- Leiden: Brill, 1971.-- 221p.

"五四运动"在上海 [国上 ACGMO]

[0209] Die Januarrevolution von Schanghai / hrsg. von Zentralbüro der Kommunistischen Partei Deutschlands / Marxisten-Leninisten.-- Berlin: Neuer Arbeiterverl, 1972.-- 167p.

上海的"一月革命"

[0210] Red shadows over Shanghai / Mariano Ezpeleta; with a foreword by Diosdado Macapagal.-- Quezon City: ZITA Pub. Corp., 1972.-- 212p.

红色笼罩下的上海。本书反映上海的共产主义运动历史。 [AC]

[0211] Urban mass movement in action: the May thirteenth movement in Shanghai / Ku Hung-Ting.-- [Singapore]: Institute of Humanities and Social Sciences, College of Graduate Studies, Nanyang Univ., 1977.-- 36, 4p.

上海5. 13运动。本书论述上海的工人罢工运动。 [C]

[0212] Chang Ch'un-Ch'iao and Shanghai's January Revolution / Andrew G. Walder.-- Ann Arbor: Center for Chinese Studies, Univ. of Michigan, 1978.-- 150p.

张春桥与上海"一月革命" [国 CGMO]

[0213] Shanghai, 1925: urban nationalism and the defense of foreign privilege / Nicholas R. Clifford.-- Ann Arbor: Center for Chinese Studies, Univ. of Michigan, 1979.-- 125p.

上海1925：城市民族主义和保卫治外法权。本书以1925年上海"五卅运动"为背景，共分五个部分：1925年上海的形势、1925年6月上海的谈判、1925年7-12月上海的运动等。书后有字汇和书目。 [国上 CGMO]

[0214] The Shanghai capitalists and the Nationalist government, 1927-1937 / Parks M. Coble, Jr.-- Cambridge, MA: Council on East Asian Studies, Harvard Univ., 1980.-- 357p.

上海资本家与国民政府(1927–1937年)。本书系统研究了1927至1937年上海资本家与南京政府之间的关系。作者认为,在南京政府统治的十年间,上海资本家并没有发展成为一个独立自主的政治力量,南京政府是极其不能容忍一个具有了强大政治势力的资本家阶级存在的。政府企图从政治上压制城市资产阶级,在经济上并没有采取保护民族资本发展的政策。南京政府所要做的就是把上海的商业团体和资本家作为自己的附庸。书中披露了南京政府对先施公司经理欧炳光、棉纺资本家许宝箴等人的勒索,对宋子文与上海资本家的关系,以及1930年代的白银危机都有叙述。其他版本:1986 **[国CGMOS]**

[0215] Class and social stratification in post-revolution China / ed. by James L. Watson.-- Cambridge [Eng.]; New York: Cambridge Univ. Pr., 1984.-- 289p.

后革命时代中国的阶级和社会阶层。本书为文集,其中包含"上海资产阶级激进主义"(Bourgeois Radicalism in Shanghai / Lynn T. White.-- p.142-174)。 **[ACOS]**

[0216] The gang of four and Shanghai: a study of three campaigns / Mark D. Napier.-- Nathan, Qld. : School of Modern Asian Studies, Griffith Univ., 1984.-- 57p.

"四人帮"与上海 **[AC]**

[0217] Shanghai haven / George Reinisch. McKinnon, Vic. : G. Reinisch, 1987.-- 104p.

上海天堂。本书论述有关上海历史上的政治难民。 **[A]**

[0218] Shanghai municipal police file, 1929-1945.-- [Wilmington, Del.]: Scholarly Resources, 1989?.-- 67 microfilm reels.

上海工部局警务处文档(1929–1945年)。本批文件共有67卷缩微胶卷,收录了在上海公共租界划分前由英国市政警察管理的大宗档案资料。工部局警务处的一个特殊部门负责提供有关上海外贸商务环境的信息,该部门的主要责任是收集政治示威、罢工、劳工和社会动乱的情报,外国和外交颠覆活动情报以及公共租界和中国政府区域争端方面的情报。这些文件涵盖的时期为1894-1945年。而这个特警部门提供了1929-1945年间最全面的内容。大多数文件都含有对特定题目的各种来源的资料。文件内容包括:驻沪白俄移民的情报以及生平资料、登记卡和证书;由外国开办的纺织厂虐待中国工人而引发的游行示威;劳工活动,包括对工会组织的描述及其同中国共产党或中间人员联系的暗号;对涉嫌中间分子的调查,包括中共情报人员的报告,苏联间谍活动和中国共产党的报告以及因日本威胁而引发的上海民族救亡

运动的材料。 [O]

[0219] The Shanghai taotai: linkage man in a changing society, 1843-90 / Leung Yuen-sang.-- Honolulu: Univ. of Hawaii Pr., 1990.-- 237p.

《上海道台研究：转变社会中之联系人物，1843–1890》。本书考察了上海道台这一特殊的群体，反映了19世纪中后期中国对内、对外政策的演变，中央与地方的变化，分析了上海社会结构与社会关系的变化，说明了上海道台在处理外交事务上的权力、能力与不同时期的特点。中译本：梁元生著，陈同译 .-- 上海古籍出版社，2003 **[国 GO]**

[0220] Student protests in twentieth-century China: the view from Shanghai / Jeffrey N. Wasserstrom.-- Stanford, CA: Stanford Univ. Pr., 1991.-- 428p.

从上海看20世纪中国的学生抗议。本书以上海为视角，通过对20世纪学生运动的分析重新审视了中国20世纪各个时期（包括晚清、民国和新中国时期）的历史，用中国学和比较学的方法阐释了各个历史时期学生抗议活动的外部和内部因素，并与俄罗斯、美国和欧洲的学生运动做了分析比较。 **[国 CGMO]**

[0221] Worm-eaten hinges: tensions and turmoil in Shanghai, 1988-9 / Joan Grant.-- Melbourne: Hyland House Pub., 1991.-- 154p.

虫蚀铰链：紧张和动荡在上海（1988–1989年）。 **[国]**

[0222] Order and discipline in China: the Shanghai Mixed Court 1911-27 / Thomas B. Stephens; foreword by Dan Fenno Henderson.-- London: Univ. of Washington Pr., 1992.-- 159p.

中国的秩序和纪律：上海会审公廨（1911–1927年） **[国 MO]**

[0223] Le Shanghai ouvrier des années trente: coolies, gangsters et syndicalistes / Alain Roux.-- Paris: Ed. L'Harmattan, 1993.-- 334p.

30年代的上海劳工：苦力、帮会和工会 **[国 CGO]**

[0224] Passivity, resistance, and collaboration: intellectual choices in occupied Shanghai, 1937-1945 / Poshek Fu.-- Stanford, CA: Stanford Univ. Pr., 1993.-- 261p.

顺从、抗拒和合作：上海沦陷时期知识分子的选择（1937–1945年）。本书以被日本占领后的上海为背景，描绘了上海知识分子的生活。作者认为面对战后被日本占领的局面，上海知识分子表现出一种复杂和不明确的道德选择，即表现为无私的抵

抗和不知羞耻的合作。原为斯坦福大学 1989 年博士学位论文。 **[国 ACGMO]**

[0225] Records of the Shanghai Municipal Police, 1894-1949 / prepared by Jo Ann Williamson... [et al.]-- Washington, DC: National Archives and Records Administration, 1993.-- 185p.

上海工部局警务处(巡捕房)记录,1894–1949。属于丛书:国家档案馆缩微出版物(National Archives microfilm publications);内容来自美国中央情报局的 Record Group 263。 **[C]**

[0226] Shanghai on strike: the politics of Chinese labor / Elizabeth J. Perry.-- Stanford, CA: Stanford Univ. Pr., 1993.-- 327p.

《上海罢工:中国工人政治研究》。本书主要研究上海工人罢工的历史,叙述了在"五四运动"、"五卅运动"、三次武装起义时期和内战时期上海工人的罢工情况。本书在广泛吸收欧美工人问题研究成果的基础上,将工人政治放在比较的角度加以研究。以一种更普遍的眼光关注罢工、工会、政党等问题,探讨了工人的文化与生活状况,为人们展示了一幅 20 世纪上半叶中国工人丰富多彩的画卷。本书曾获费正清奖。中译本:(美)裴宜理著,刘平译 .-- 江苏人民出版社,2001 **[国 GMO]**

[0227] Grèves et politique à Shanghai: Les désillusions 1927-1932 / Alain Roux.-- Paris: Ed. de l'École des hautes études en sciences sociales, 1995.-- 408p.

上海的罢工和政治(1927–1932 年)。本书有汉语术语表及索引。据作者博士学位论文第一部分删节修订,原题名:Ouvriers et ouvrières de Shanghai au temps du Guomindang (1927-1949)。 **[国 GO]**

[0228] Policing Shanghai 1927-1937 / Frederic Wakeman, Jr.-- London: Univ. of California Pr., 1995.-- 507p.

《上海警察,1927–1937》。本书以翔实的史料、缜密的思辨和娴熟的叙述技巧,完整地再现了上海旧警察的历史,既动态地分析了它的来龙去脉,又深入地探讨了国民政府上海警政最终走向失败的深层原因,并从警政的角度揭示了上海城市的复杂性。中译本:(美)魏斐德著,章红等译 .-- 上海古籍出版社,2004 **[国 GMO]**

[0229] Privatization of urban land in Shanghai / Li Ling Hin.-- Hong Kong: Hong Kong Univ. Pr., 1996.-- 190p.

上海城市土地私有化 **[国 GO]**

[0230] The Shanghai Green Gang: politics and organized crime, 1919-

1937 / Brian G. Martin.-- London: Univ. of California Pr., 1996.-- 314p.

《**上海青帮**》。本书介绍了上海青帮的历史、青帮重要的人物及其活动,着重研究了青帮的活跃与民国时期上海特殊政治格局之间的关系、法租界社会管理的特点与青帮活动的关系。基于作者在澳大利亚国立大学的博士学位论文。中译本:(澳)布赖恩·马丁著,周育民等译 .-- 上海三联书店,2002 **[国 GMO]**

[0231] Proletarian power: Shanghai in the Cultural Revolution / Elizabeth J. Perry, Li Xun.-- Boulder, CO: Westview Pr., 1997.-- 249p.

无产阶级的力量:"文化大革命"中的上海。本书共七章,主要研究"文化大革命"时期的上海问题,而又着重研究了工总司、赤卫队、经济主义组织、红卫兵、市委写作组的活动与特点等。对上海工人造反派的主要领导人王洪文、潘国平等进行介绍和分析,对上海"文革"时期的重要历史事件,也有具体讨论。 **[国 ACGMOS]**

[0232] Shanghai, 30. Mai 1925: die chinesische Revolution / Jürgen Osterhammel.-- München: Deutscher Taschenbuch Verl., 1997.-- 276p.

上海,1925 年 5 月 30 日:中国革命。本书研究"五卅惨案"。 **[上 O]**

[0233] Underground: the Shanghai Communist Party and the politics of survival, 1927-1937 / Patricia Stranahan.-- Oxford: Rowman & Littlefield, 1998.-- 289p.

地下:上海共产党及生存政治(1927–1937 年) **[国 GMO]**

[0234] Urban land reform in China / Li Ling Hin.-- New York: St. Martin's Pr., 1999.-- 214p.

中国城市土地改革。本书以上海的土地制度为例,研究了中国的城市土地改革。本书结论部分研究了土地改革运动对中国向市场经济过渡影响的基本原理。 **[国 COSA]**

[0235] A road is made: Communism in Shanghai 1920-1927 / S. A. Smith.-- Honolulu: Univ. of Hawaii Pr., 2000.-- 315p.

开天辟地:共产主义在上海(1920–1927 年)。其他版本:Richmond: Curzon, 2000 **[CGMOS]**

[0236] Like cattle and horses: nationalism and labor in Shanghai, 1895-1927 / S. A. Smith.-- Durham [NC]: Duke Univ. Pr., 2002.-- 366p.

做牛做马:上海的民族主义和劳工(1895–1927 年) **[国 ACGMO]**

[0237] Social policy reform in Hong Kong and Shanghai: a tale of two cities / Linda Wong, Lynn White, Gui Shixun, ed.-- London: M. E. Sharpe, 2004.-- 292p.
香港和上海的社会政策改革：双城记 **[国 GMO]**

[0238] The management of human resources in Shanghai: a case study of policy responses to employment and unemployment in the People's Republic of China / G. O. M. Lee, M. Warner.-- Cambridge [Eng.]: Judge Institute of Management, 2004.-- 24p.
上海的人力资源管理：中国就业和失业对策个案研究 **[OS]**

[0239] Public problems - private solutions? : globalizing cities in the south / ed. by Klaus Segbers, Simon Raiser, Krister Volkmann.-- Aldershot: Ashgate, 2005.-- 434p.
公共问题，私营解决方案？ ：南方的全球化城市 **[A]**

3. 列强入侵、对外交往、外侨生活

[0240] Souvenir of the Shanghai Defence Forces. V. 1.-- Shanghai: North-China Daily News, [n. p.].-- 24p.
上海守军回忆录(卷一) **[国上]**

[0241] Treaties with China.-- [n. p.].-- 448p.
与中国的条约

[0242] The Englishman in China.-- London: Ohay, 1860.-- 272p.
英国人在中国 **[上]**

[0243] The foreigner in China / Lucius N. Wheeler.-- Chicago: Griggs, 1881.-- 268p.
在华外人。本书作者裴来尔(1839-1893)为美国教士，曾多次来华，传教多年。
[上]

[0244] English life in China / Henry Knollys.-- London: Smith, 1885.-- 333p.
英国生活方式在中国 **[上]**

[0245] The Royal visit to Shanghai.-- Shanghai: [n. p.], 1890.-- 18p.
1890 年英国王子访问上海 **[上]**

[0246] Queen Victoria's diamond jubilee at Shanghai.-- Shanghai Mercury, 1897.-- 87p.

上海庆祝维多利亚女王在位六十年活动。本书有 34 张照片。

[0247] Documents diplomatiques. Évacuation de Shanghaï, 1900-1903 / Ministère des affaires étrangères.-- Paris: Impr. Nationale, 1903.-- 27p.

外交文件：从上海撤军（1900–1903 年） [国 CG]

[0248] Etude sur la garnison anglaise de Shanghaï et les corps indigènes de l'Inde.-- Paris: H. Charles-Lavauzelle, 1904.-- 30p.

英国在上海的驻军及印度土著步兵团研究。本书有关印度贾特人第十步兵团在上海参与镇压义和团运动。

[0249] Israel's messenger: official organ of the Shanghai Zionist Association.-- Shanghai: Shanghai Zionist Association, 1904-.-- v.

以色列传讯报：上海犹太复国协会官方宣传工具。本刊为上海犹太复国协会和犹太民族基金中国委员会（Jewish National Fund Commission for China）官方期刊。 [C]

[0250] The international relations of the Chinese Empire / Hosea Ballou Morse.-- London: Longmans, Green, and Co., 1910-1918.-- 3v.

《中华帝国对外关系史》。本书第一卷出版于 1910 年，其余两卷在 1918 年出版。虽然不是研究上海的专著，但其中涉及上海在中国对外关系中的地位、作用等。其他版本：Shanghai: Kelly & Walsh, 1910-1918; New York: Paragon Book Gallery, 1971; Taipei: Ch'eng Wen Pub. Co., 1978. 中译本：（美）马士著，张汇文等译.-- 上海书店，2006 [ACOS]

[0251] Liste Chronologique des consuls de France a Chang-hai et apercu de leur principaux travaux (1848-1912) / Tcho-Yn Tchang.-- Changhai: Impr. de T'ou-Se-We, 1912.-- 112, 38p.

上海法国领事馆大事记（1848 – 1912 年）。中法双语。 [上]

[0252] Shanghai war book: being a register of many of the Britons and some of their allies on service from China, with a few of those from Japan, including a roll of honour, also a list of patriotic funds / S. Hammond, comp.-- Shanghai: Sparke Insurance, [1916].-- 63p.

上海战纪 [上]

[0253] American Club, Shanghai, China / comp. by W. A. Adams.-- Shanghai: Kelly & Walsh, 1921.-- 167p.

上海美国总会。本书为美国人写的最早一本关于在上海生活与工作的美国侨民和情况的书,书中还涉及到上海美国籍工商界人士的一些情况。 [上]

[0254] La concession française d'autrefois: [B. Edan, Chancelier et Consul de France à Changhai (1850-1861)fondateur de la Municipalité française] / d'après des documents d'archives inédits; Charles B. Maybon.-- Peking: A. Nachbaur, 1924.-- 57p.

过去的法租界:公董局创始人、法国驻沪领事爱棠。本书为作者 1924 年 9 月 29 日的演讲,主办者为上海法文协会(Comité de Changhai of the Alliance Française)。 [C]

[0255] The golden age of China: papers of the American Woman's Club of Shanghai / Mrs. Gereldine Townsend Fitch & others.-- Shanghai: Literary Dept. of the American Woman's Club of Shanghai, 1925.-- v. 3.

中国的黄金时代:上海美国妇女公会论文集 [上]

[0256] Foreign rights and interest in China / Westel Woodburg Willoughby.-- Rev. & enl. ed.-- Baltimore [MD]: Johns Hopkins, 1927.-- 2v.

外人在华权益。本书作者韦罗璧(1867-1945)为美国人。1916-1917 年在华任北洋政府宪法顾问,20 年代曾多次任中国出席国际会议代表团的顾问,著有多部与中国相关的政治学著作。 [上]

[0257] The Chinese Puzzle / Arthur Ransome, with a foreword by the Rt. Hon. David Lloyd George, M. P.-- London: G. Allen & Unwin, 1927.-- 189p.

中国之谜。本书主要研究中国的问题及英国对华关系,但也涉及有关上海的人文社会情况。 [ACOS]

[0258] Far Eastern international relations / Hosea Ballou Morse, Harley Farnsworth MacNair.-- Shanghai: Commercial Pr., 1928.-- 1128p.

《远东国际关系史》。本书有许多内容涉及到上海。其他版本:Boston: Houghton Mifflin, 1931.-- 846p.; New York: Russell & Russell, 1967, 2v. (1128p.) 日译本:極東國際關係史(上卷)/喜入虎太郎,淺野晃譯 .-- 東京:生活社,1941(昭和 16).中译本:(美)B. B. 马士、H. F. 宓亨利著,姚曾廙等译 .-- 商务印书馆,1975.-- 2 册;上海书店

出版社,1998.-- 1 册。 [A / C]

[0259] Anspräche bei der Befreiungsfeier der Rheinlande, Dienstag, d, 1. Juli 1930 abends 6 Uhr im Garten des Deutschen Gemeindehauses Shanghai / Ewald Krüger.-- [Shanghai: Deutsches Evang. Pfarramt], 1930.-- 10p.

在庆祝莱茵兰解放活动中的讲话。1930 年 6 月 30 日最后一批法国占领军撤出莱茵兰,莱茵兰成为非军事区。这是作者 1930 年 7 月 1 日在上海德国侨界集会上发表的演讲。

[0260] A month of reign of terror in Shanghai: what the foreigners see, say and think from January 28 to February 27, 1932 / Shanghai: China Weekly Herald, 1932?.-- 23p.

上海恐怖统治一月:外国人所看、所说、所思(1932 年 1 月 28 日到 2 月 27 日)。本书有关 1932 年"一·二八"日本入侵上海事件。内容取自《字林西报》与《大美晚报》。 [上 CO]

[0261] Anti-foreign activities of school faculties in China.-- Tokyo: League of Nations Association of Japan, 1932.-- 39p.

中国学校职员的排外活动。日本国际联盟协会出版。 [CG]

[0262] Anti-Japanese economic disruption movement in Shanghai: after the outbreak of the Manchurian Incident (I).-- Tokyo: League of Nations Association of Japan1932.-- 15p.

反日经济破坏运动在上海:满洲事变爆发后(一)。本书记述 1931 年东北的奉天事件后,发生在上海的经济上的反日活动。日本国际联盟协会出版。

[0263] Aspects of anti-Japanese movements in China.-- Shanghai: Japanese Chamber of Commerce, Shanghai, 1932.-- 1v.

中国的反日运动。上海日本商工会议所出版。 [C]

[0264] Current comment on events in China / H. G. W. Woodhead.-- [Dairen?]: South Manchuria Railway Co., 1932?.-- 99p.

中国时事评论。本书作者伍德海(1883-1959)为英国人,1902 年来华,任《字林西报》记者。后在中国各地任报纸主笔,1930-1941 年为《大美晚报》写文章,兼编《东方时务月报》(Oriental Affairs)。有关中国的著述颇丰。本书以日本和中国在中国东北及上海的冲突为背景。其他版本:Shanghai: issued quarterly by the Shanghai

Evening Post and Mercury, 1931 **[C / 上]**

[0265] Die Wahrheit über Shanghai; der angrif der Weltleitung gegen das letzte freie Volk Japan / Alfred Stoss.-- [Hamburg: Selbstverlag, 1932.-- 24p.

上海事变的真相; 对抗日军的进攻。本书有关 1932 年 "一 · 二八事变"。

[0266] Eighty-eight years of commercial progress ruined: Shanghai shelled and bombed / Sargent Key.-- Shanghai: North-China Daily News, 1932.-- 162p.

八十八年商业发展毁于一旦: 上海被炮击及轰炸。本书汇编了外国观察员就上海 "一 · 二八事变" 的局势为美英主要报纸(包括《大美晚报》、《大陆报》、《字林西报》等)撰写的社论和报告。 **[上 CM]**

[0267] Forward-China: recollections on Chinese heroism during the siege of Shanghai and Woosung / Chao-Haun Oong; translated by Ai-Fang Y. Lin.-- Shanghai: China Aero Inst., 1932.-- 58p.

《淞沪血战回忆录》。本书作者翁照垣是 1932 年淞沪抗战时的旅长。本书据其战事日记整理而成,分 "战事的酝酿"、"'一 · 二八' 之战"、"停战和停战以后"、"吴淞一月" 等七部分。译自中文版: 翁照垣述,罗吟圃记 .-- 上海: 申报月刊社,1933.-- 130p. 曾分期在《申报月刊》第一卷第三至六号上发表过。影印本: 台北: 文海出版社,1981 **[上]**

[0268] Hell over Shanghai: how long before the whole world is a Chapei?.-- Moscow: Co-operative Pub. Society of Foreign Workers in the U. S. S. R, 1932.-- 13p.

地狱上海: 整个世界变成闸北要多久? 。本书反映了 1932 年日本入侵上海时的情况。其他版本: New York: Workers Library Publishers, 1932; London: Modern Books, [193-?] **[A]**

[0269] Hölle über Schanghai: Augenzeugen berichten / Tscha-de.-- Hamburg: Carl Hoym Nachf. Louis Cahnbley, 1932.-- 14p.

上海战火目击报告

[0270] Information and opinion concerning the Japanese invasion of Manchuria and Shanghai, from sources other than Chinese / ed. by K. N. Lei.-- Shanghai: Shanghai Bar Association, 1932.-- 445p.

日本入侵满洲和上海,来自中国以外的信息与舆论 **[国上 CM]**

[0271] Japanese invasion of Shanghai (January 28-March 7, 1932): a record of facts / Shanghai Secretariat.-- [Shanghaï]: Shanghai Secretariat, 1932.-- 11p.
日本入侵上海事实记录(1932年1月28日到3月7日) [C]

[0272] Le conflit Sino Japonais 1931-1932 / Pierre Paquier.-- [n. p.].-- 148p.
1931–1932年的中日冲突 [上]

[0273] Le conflit sino-japonais: histoire des operations militaires en Mandchourie et à Changhai en 1931 et 1932, le mouvement japonophobe chinois / Motosada Zumoto.-- Tokyo: [n. p.], 1932.-- 427p.
中日冲突:1931年及1932年在满洲和上海的军事行动史

[0274] Le conflit sino-japonais: la situation à Shanghaï, vue par les observateurs neutres ... / Association pour la légitime défense des droits du Japon.-- Genéve: [Impr. Kundig], 1932.-- 30p.
中日冲突:中立观察员在上海看到的情况。本书描述1932年日本入侵上海的情况。

[0275] Mémorandum sur les agissements provocateurs et hostiles des japonais hors de trois provinces de l'Est, dans des villes chinoises autres que Changhaï et Tientsin.-- Peiping: [n. p.], 1932.-- 19p.
日本在东三省及上海和天津挑衅备忘录

[0276] Mémorandum sur les décisions prises par le Gouvernement chinois au début de l'incidnet de Changhaï.-- Peiping: [n. p.], 1932.-- 9p.
中国政府对上海事变初期的备忘录

[0277] Official documents relating to Japan's undeclared war in Shanghai / Chuen-Hua Lowe.-- Shanghai: Chinese Chamber of Commerce, 1932.-- 77p.
有关日本在上海不宣而战的官方文件 [上M]

[0278] Rapports de témoins oculaires: l'enfer de Changhaï / Tscha-De.-- Paris: Bureau d'éditions, 1932.-- 15p.
目击者的报告:地狱上海

[0279] Reports to the League of Nations by the committee of representatives

at Shanghai of certain states members of the League Council appointed to report on events in Shanghai and neighbourhood, Shanghai, February 6 and 12, 1932.-- London: HMSO, 1932.-- 10p.

国联领事委员会(Consular Committee to Report on Events at Shanghai)就"一·二八事变"于1932年2月6日和12日提交给国际联盟的两个报告 [C]

[0280] Sino-Japanese hostilities in the Shanghai area, January-March, 1932. Report of the Special Insurance Committee and Messrs. Nielsen & Malcolm, secretaries, on the circumstances connected with the claims made against insurance companies.-- Shanghai: Nielson & Malcolm, 1932.-- 62p.

1932年1–3月中日在上海地区的战争:保险特别委员会和三义工程所关于向保险公司索赔情况的报告 [上]

[0281] Symposium on Japan's undeclared war in Shanghai: with a chronological list of events in Shanghai since January 18, 1932 / Kwei Chungshu & others.-- Shanghai: Chinese Chamber of Commerce, 1932.-- 207p.

论日本在上海的不宣而战。本书是有关日本侵略者1932年1月28日在上海发动战争的译丛。全书第一部分为上海战争及其分支;第二部分是日本侵略上海战争的官方文件,其中有关战争期间上海方面损失的资料可供参考。 [上 CO]

[0282] The Japanese invasion and China's defence / Chih-yüan Wang; publicity director, Liang-li T'ang.-- China United Pr., 1932.-- 72p.

日本入侵与中国抵抗。本书附地图。其他版本:Shanghai: Publicity Department of the 19th Route Army, 1932.-- 72p. [C/上]

[0283] The League and Shanghai: the fourth phase of the Chinese-Japanese conflict, January 1-April 30, 1932 / Geneva Research Center.-- Geneva: Geneva Research Center, 1932.-- 104p.

国联与上海:中日冲突的第四阶段(1932年1月1日到4月30日) [C]

[0284] The Shanghai incident and its facts, March 25th, 1932 / Japanese Chamber of Commerce, San Francisco, Foreign Relations Committee.-- San Francisco: Japanese Chamber of Commerce, San Francisco, Foreign Relations Committee, [1932?].-- 15p.

上海事变及其事实(1932年3月25日)

[0285] The Shanghai incident and the Imperial Japanese Navy.-- Tokyo: Navy

Dept., 1932.-- 36p.

上海事变与日本海军

[0286] The Shanghai incident misrepresented: Shanghai editors draw attention to incorrect reports in American newspapers.-- Shanghai: The Press Union, 1932.-- 10p.

曲解的上海事变：上海编辑提请注意美国报纸的不正确报道 [AC]

[0287] The Shanghai incident, the League of Nations, etc / Tokyo Rotary Club.-- Japan: [n. p.], 1932.-- 66p.

上海事变、国联及其他

[0288] The Shanghai incident.-- Shanghai: Press Union, 1932.-- 45p.

上海事变 [上AO]

[0289] The Shanghai incident: communiques.-- [Shanghai: Consulate, 1932-].-- v.

上海事变公报。上海日本总领事馆出版。 [C]

[0290] The Sino-Japanese war in Shanghai.-- Shanghai: North-China Daily News & Herald, 1932.-- 1v.

上海中日之战 [上]

[0291] The statement of the Japanese government on the Shanghai incident / Japan Consulate, New York.-- [New York? : n. p.], 1932?.-- 5p.

日本政府对上海事变的声明

[0292] Chapei in flames: terror in workers' Shanghai and after?.-- New York: Workers'Library Publishers, 1933?.-- [18]p.

战火中的闸北。本书论述 1932 年"一·二八事变"。 [M]

[0293] Far Eastern front / Edgar Snow.-- New York: H. Smith & R. Haas, 1933.-- 1v.

远东前线。本书作者埃德加·斯诺(又名：史诺、施诺、施乐，1905-1972)为美国记者，1928 年来华，任上海《密勒氏评论报》特约记者。1929 年应孙科邀请游历全中国，1936 年访问延安。其他版本：London: Jarrolds, 1934. 日译本：極東戦線：一九三一～三四满州事变·上海事変から満州国まで / 梶谷善久訳 .-- 東京：筑摩書房，1973; 1987

[0294] Plain speaking on Japan: a collection of articles on the Sino-Japanese conflict originally published in the "Shanghai Evening Post and Mercury" under the column, "As a Chinese sees it" / Kwei Chungshu.-- Shanghai: Commercial Pr., 1933.-- 229p.

平心静气说日本。本书是《大美晚报》专栏“作为一个中国人如何看”（As a Chinese sees it）上有关中日冲突文章的汇编。 [国]

[0295] Achtung!: Asien marschiert! / Roland Strunk.-- Berlin: Drei masken Verl., 1934.-- 1v.

注意！亚洲进军！本书论述中日在上海与中国东北的冲突。 [CO]

[0296] Ledger listing in handwriting persons registered at the Polish consulate in Shanghai, 1934-1941, on the basis of documents issued by Polish authorities.-- Hong Kong: Jardine, 1934-1941.-- 194, 194p.

波兰驻上海领事馆保存的手写分户总账(1934–1941年)：基于波兰领事馆档案。该账目档案中每本分户总账相对的两页包括13个栏目。除人名外，分户总账包括：登记的日期；职业；宗教信仰；出生地和出生日；婚姻状况；在波兰的永久居住地以及亲属的地址(这栏很少提供内容)；在领事区的居住地；注册的文件信息(通常指护照)；配偶和孩子的姓名、年龄和出生地；护照的有效期；注释(如：“移民美国”、“回到波兰”、“死亡”等)。大约包括1600个条目。 [C]

[0297] Personnel des Consulats, Changhai.-- [n. p.], 1934.-- 1v.

驻上海领馆工作人员。其他版本：1935.-- 39p.

[0298] July 4th--American Legion supplement [no. 158, v. 58].-- Shanghai: [n. p.], 1935.-- 48p.

7月4日。本书介绍在沪美国人国庆活动。《美国军团杂志》（American Legion）增刊, no. 158, v. 58. [C]

[0299] American university men in China / American University Club of Shanghai.-- Shanghai: Comacrib Pr., 1936.-- 233p.

美国大学生在中国 [上]

[0300] Russians in Shanghai / V. D. Jiganoff.-- Shanghai: Jiganoff, 1936.-- 330p.

上海的俄侨。本书主要研究了俄国十月革命后流亡到上海的部分俄国贵族侨民和俄裔犹太人的生活情况。 [上]

[0301] Comment le Japon fut amené a combattre Changhaï.-- [Tokyo]: Association des affaires etrangéres du Japon, 1937.-- 63p.

日本为何攻击上海。日本外事协会出版。

[0302] Four months of war: a pen and picture record of the hostilities between Japan and China in and around Shanghai, from August 9th till December 20th, 1937, from the press of "North China Daily News".-- Shanghai: North-China Daily News & Herald, 1937.-- 1v.

沪战四月。本书为 1937 年 8 月 9 日到 12 月 30 日中日在上海冲突的文字和图片记录,内容来自《字林西报》。 **[上]**

[0303] Japanese actions in contravention of the Nine Power Pact since the Mukden incident.-- Hankow: China Information Committee, 1937.-- 58p.

"九·一八"事变以来日本违反《九国公约》的行动 **[A]**

[0304] Japan's case in the Shanghai hostilities.-- [Tokyo]: Foreign Affairs Association of Japan; Kenkyusha, 1937.-- 13p.

上海之战中的日本立场。日本外事协会出版。 **[上 AC]**

[0305] Japan's War in China: beginning July 7, 1937 to July 6, 1939.-- Shanghai: China Weekly Review, 1937-1939.-- 4v.

日本在华之战(1937 年 7 月 7 日至 1939 年 7 月 6 日)。有地图。 **[上]**

[0306] Japan's war in China complete day-to-day record of outstanding events.-- Shanghai: China Weekly Review, 1937-.-- v.

日本在华之战大事记。版本:July 7, 1937 - July 6, 1939 **[上]**

[0307] Shanghai: the paradise of adventurers / G. E. Miller [pseudonym] diplomat.-- New York: Orsay Pub. House, 1937.-- 307p.

《上海:冒险家的乐园》。本书为报告文学集,根据领事馆职员提供的材料编成,反映了 20 世纪 30 年代各国冒险家在上海的生活。日译本:上海租界 / 市木亮訳 .-- 東京:昭和書房,1940. 中译本:爱狄密勒著,包玉珂编译 .-- 上海文化出版社,1986 **[上 ACO]**

[0308] Shanghai's refugee problem.-- Shanghai: Shanghai Citizen's League, 1937?.-- 15p.

上海的难民问题 **[C]**

[0309] Shanghai's schemozzle / Sapajou, R. T. Peyton-Griffin.-- Shanghai: North-China Daily News & Herald, 1937-38.-- 2v.

上海之难。本书记述 1937-1945 年中日战争期间上海的情形。其他题名: Sapajou & In Parenthesis observe the war; Shanghai incident; Shanghai 1937。原载:《字林西报》。重印版: Hong Kong: China Economic Review Publishing, 2007

[0310] Shanghai's undeclared war: [An illustrated factual recording of the Shanghai hostilities, 1937] / George C. Bruce.-- Shanghai: Mercury Pr., 1937.-- 88, 116p.

上海的不宣而战。本书主要章节以日记的形式记事,特别在 1937 年 8 月 13 日战争爆发以后记录特别详细,战争当天就用了两页的篇幅记录全天发生在上海的事情。该书有照片 400 多幅,如战时伤员所妇女救护伤员的情景等。其他版本: 4th ed.-- 1938.-- 116p. **[上 C]**

[0311] Souvenir programme of the Shanghai celebrations of the coronation of His Most Excellent Majesty George the Sixth, May 12th, 1937.-- Shanghai: Willow Pattern Pr., 1937.-- 1v.

上海庆祝英皇乔治六世加冕仪式(1937 年 5 月 12 日) **[上]**

[0312] The Sino-Japanese war 1937: an account of military operations / Percy Chen.-- Shanghai: China Information Service, 1937.-- 124p.

1937 年中日之战 **[上]**

[0313] Why the fighting in Shanghai / Foreign Affairs Association of Japan.-- Tokyo: Foreign Affairs Association of Japan, 1937.-- 54p.

上海之战的成因。日本外事协会出版。其他版本题名: Why Japan had to fight in Shanghai. **[上 ACG]**

[0314] Japan and Shanghai / Shuhsi Hsü; prepared under the auspices of the Council of International Affairs, Chunking.-- Shanghai: Kelly & Walsh, 1938.-- 104p.

《日本与上海》 **[上 ACGMOS]**

[0315] La bataille de Shanghaï: Les mauvais bergers / R. d'Auxion de Ruffé.-- Paris: Berger-Levrault, 1938.-- 258p.

上海战事。本书附有地图。 **[上]**

[0316] Netherlands Jubilee supplement, forty years' reign of wisdom,

Queen Wilhelmina 1898-1938.-- Shanghai: The China Pr., 1938.-- 74p.

《大陆报》荷兰威廉明娜女王在位四十年（1898–1938）纪念附刊 [上]

[0317] Prises de vues à Shanghai: octobre-novembre 1937: choses vues inédites / Robert de Thomasson.-- Paris: [n. p.], 1938.-- [277]-347p.

1937年10–11月的上海

[0318] The Story of "The Jacquinot Zone", Shanghai, China / Robert Jacquinot de Besange.-- Shanghai: Nantao Area Supervisory Committee, 1938.-- 1v.

上海"饶家驹区"的故事。本书记述法国传教士饶家驹神父于抗战时期在上海设置的难民区。 [上 O]

[0319] Emigranten Adressbuch für Shanghai: mit einem Anhang Branchen-Register.-- Hong Kong: Old China Hand Pr., 1995.-- 155p.

上海移民名录：附行业登记。本书为在上海的犹太人名录，包括为躲避大屠杀而到上海的犹太难民、犹太商人。附关于上海犹太难民社区的新书目及其他英语新资料。影印自：Shanghai: New Star Company, 1939

[0320] Interim report of the Shanghai Special Insurance Committee, Sino-Japanese Hostilities (1937) for the period 7th July, 1937 to 31st Dec / Nielsen & Malcolm comp.-- Shanghai: Nielson & Maloolm, 1939.-- 33, 18, 11p.

上海保险业特别委员会就1937年7月7日到12月31日中日之战的临时报告。本书附有地图。 [上]

[0321] La Zone Jacquinot: Changhaï, 1937-1939 / Robert Jacquinot de Besange.-- [Changhaï: n. p., 1939?].-- 81p.

上海饶家驹区（1937–1939年）。本书记述法国传教士饶家驹神父于抗战时期在上海设置的难民区。

[0322] Luftkampf über Schanghai / Tanaka Hokusai.-- Gütersloh: C. Bertelsmann, 1939?.-- 32p.

上海空战。本书为日本侵华空中行动的个人记述。缩微平片版：Munchen: K. G. Saur, 2003

[0323] Foreign devils in the flowery kingdom / Carl Crow; illus. by Esther Brock Bird.-- New York: Harper & Brothers, 1940.-- 340p.

在华的洋鬼子。本书作者克劳(1883-1945)为美国人,曾长期生活在上海,创办并编辑《大美晚报》。本书涉及在沪外国人生活。其他版本:London: Hamilton, 1941.-- 340p. **[上 AC / OS]**

[0324] Jewish refugees in Shanghai / Anna Ginsbourg.-- Shanghai: China Weekly Review, 1941?.-- 32p.

犹太难民在上海 **[上 AC]**

[0325] Drei Jahre Immigration in Shanghai / Heinz Ganther.-- Shanghai: Modern Times, 1942.-- 150p.

三年来上海的移民。本书论述上海的犹太移民。

[0326] The greater east Asia war: its cause and aims, with Shanghai proclamations.-- Shanghai: Domei News Agency, 1942?.-- 60p.

大东亚之战:原因、目的及上海宣言。本书为 1941 年 12 月 8 日到 1942 年 1 月 20 日在上海地区的日本陆军和海军发布的最高指令。 **[上 C]**

[0327] The standard of living of Western foreign salaried employees in Shanghai / Shanghai Municipal Council.-- Shanghai: Shanghai Municipal Council, 1942.-- 67p.

上海西籍雇员的生活水平 **[上]**

[0328] My experiences in the Japanese occupation of Shanghai / H. G. W. Woodhead.-- London: China Society, 1943.-- 17p.

我在日本占领下上海的个人经历。本书记述 1932 年的"一·二八事变"。 **[O]**

[0329] Americans and American firms in China: directory.-- Shanghai: Shanghai Evening Post & Mercury, 1946.-- 170p.

在华美国人与美国商行指南 **[上]**

[0330] Despatches from United States Consuls in Shanghai, 1847-1906.-- Washington, DC: National Archives, 1947.-- 53 microfilm reels.

来自上海美国领事馆的急件(1847–1906 年)。本缩微出版物收录 1847 年 3 月 1 日到 1906 年 8 月 8 日美国领事官员发至美国国务院的信息。 **[A]**

[0331] Shanghai Jewish almanac.-- Shanghai: Shanghai Echo, 1947.-- 1v.

上海犹太年鉴

[0332] Isra"el a Shanghai / J. Dehergne, S. J.-- [Shanghai: n. p.], 1948.-- p.270-301

以色列人在上海。摘自：Universite l'Aurore serie III, Tome IX, No. 35. [上]

[0333] A shamrock up a bamboo tree: the story of eight years behind the 8-ball in Shanghai, 1941-49 / Cedric Patrick O'Leary.-- New York: Exposition Pr., 1956.-- 235p.

竹树上的三叶草：上海八年困境(1941–1949年) [上AC]

[0334] Damals in Schanghai / Julius Rudolf Kaim.-- München: Prestel, 1963.-- 125p.

彼时在上海 [C]

[0335] Tanz mal Jude!: von Dachau bis Shanghai; meine Erlebnisse in den Konzentrationslagern Dachau, Buchenwald, Getto Shanghai 1933-1948 / Hugo Burkhard.-- Nürnberg: Reichenbach, 1967.-- 207p.

从达豪到上海。作者记述自己1933-1948年间，在达豪集中营、布痕瓦尔德集中营及上海犹太人区的经历。 [CG]

[0336] The war years at Shanghai, 1941-45-48 / Arch Carey.-- New York: Vantage Pr., 1967.-- 339p.

战争年代的上海：1941–1945–1948 [AC]

[0337] Japanese, Nazis and Jews: the Jewish refugee community of Shanghai, 1938-1945 / David Kranzler.-- New York: Yashiva Univ. Pr., 1974.-- 644p.

日本人、纳粹党人和犹太人：1938–1945年的上海犹太难民社区。本书主要讲述第二次世界大战时在德国纳粹迫害下，犹太难民流浪到上海的生活情况。附有较详尽的关于犹太人研究的书目。据作者犹太大学(Yeshiva University)1971年学位论文修订。其他版本：Japanese, Nazis & Jews.-- 1976; Hoboken, NJ: KTAV Pub. House, 1988. 中译本：上海犹太难民社区，1938-1945 /（美）克兰茨勒著，许步曾译 .-- 上海三联书店，1991

[0338] Grundzüge der deutsch-chinesischen Beziehungen / Fritz van Briessen.-- Darmstadt: Wiss. Buchges, 1977.-- 206p.

德中关系的基本特征

[0339] Shanghai and Manchuria, 1932: recollections of a war correspondent / A. T. Steele.-- Tempe: Center for Asian Studies, Arizona State Univ., 1977.-- 45p.

1932 年的上海与满洲：一个战地记者的记录 [ACGO]

[0340] The outsiders: the Western experience in India and China / Rhoads Murphey.-- Ann Arbor: Univ. of Michigan Pr., 1977.-- 299p.

局外人：印度和中国的西方经验。本书中有上海在近代中国发展中的作用与经验的论述，在某些章节中还以上海为例来反映中印两国对西方经验的认同过程。 [ACO]

[0341] Russian emigré life in Shanghai / Valentine Vassilievich Fedoulenko.-- Glen Rock, NJ: Microfilming Corporation of America, 1978.-- 1v.

在上海的白俄生活。本书由俄语访谈译成英语，属加州大学伯克利分校之"俄国移民口述历史文库"。 [S]

[0342] The fugu plan: the untold story of the Japanese and the Jews during World War II / Marvin Tokayer, Mary Swartz.-- New York: Paddington Pr., 1979.-- 287p.

《河豚鱼计划：第二次世界大战期间日本人与犹太人的秘密交往史》。本书以1939-1945 年第二次世界大战为背景，论述了在上海的犹太人的政纲和政体、上海和日本的政纲和政体以及日本人与犹太人的秘密交往史。其他版本：Feltham: Hamlyn Paperbacks, 1981; New York: Weatherhill, 1996: Jerusalem: Gefen Pub. House, 2004. 中译本：(美)托克耶、斯沃茨著，龚方震等译 .-- 上海三联书店，1992 [GOS / 国 ACM]

[0343] Mourir pour Shanghai; et, La Chine en folie / Albert Londres; préface et bibliographie par Francis Lacassin.-- Paris: Union Générale d'Editions, 1984.-- 315p.

濒死的上海；疯狂的中国。本书由法国著名记者阿尔贝·郎德早年的二篇调查与报道合订而成。《濒死的上海》写于 1932 年，是对"一·二八"日本入侵上海事件的调查与报道。《疯狂的中国》论述 1922 年的中国。 [国]

[0344] Shanghai: Stadt über dem Meer / hrsg. von Siegfried Englert, Folker Reichert.-- Heidelberg: Heidelberger Verl. -Anst. u. Dr., 1985.-- 244p.

上海，一座海上的城市。其他版本：hrsg. von Folker Reichert, Siegfried Englert.-- Winter, Programm Heidelberger Verl. -Anst., 1996 [G]

[0345] Journalisten im Shanghaier Exil 1939-1949 / Wilfried Seywald.-- Salzburg: Neugebauer, 1987.-- 375p.

在上海流亡的记者(1939–1949 年)。原为维也纳新闻与传播研究所(Wien, Inst. für Publizistik u. Kommunikationswiss.)1986 年博士学位论文，题名：Deutschsprachiger

Exiljournalismus in Shanghai 1939-1949。 [CG]

[0346] Les échanges Canada-Chine: l'exemple Montréal-Shanghai / École nationale d'administration publique (GERFI).-- [Montréal]: École nationale d'administration publique (GERFI), 1987.-- 112p.

加拿大－中国交流：蒙特利尔和上海的例子。本书为国际考察、研究、教育集团（GERFI）在亚太基金会与加拿大外贸和技术发展部、外交部合作下于1987年举办的GERFI学术会议的会议录。

[0347] Operation--Torah rescue: the escape of the Mirrer Yeshiva from war-torn Poland to Shanghai, China / Yecheskel Leitner.-- New York: Feldheim Publishers, 1987.-- 151p.

行动——律法书救援。本书记述米尔若神学院从饱受战争蹂躏的波兰迁往上海的经过。 [C]

[0348] Shanghai year: a Westerner's life in the new China / Peter Brigg.-- San Bernardino, CA: Borgo Pr., 1987.-- 115p.

上海一年：一个西方人在新中国的生活。其他版本：Mercer Island, Wash. : Starmont House, 1987 [国C]

[0349] Spoilt children of empire: Westerners in Shanghai and the Chinese revolution of the 1920s / Nicholas R. Clifford.-- London: Univ. Pr. of New England, 1991.-- 361p.

帝国被宠坏的孩子：上海洋人和20年代中国革命。本书主要讲述1920年代西方人在上海的活动，包括当时外国人的人口情况。 [国GMO]

[0350] Changing Shanghai's "Mind": publicity, reform and the British in Shanghai, 1928-1931: a lecture given at a meeting of the China Society on March 20th, 1991 / Robert A. Bickers.-- London: China Society, 1992.-- 29p.

改变上海之"心"：宣传、改革及英国人在上海（1928–1931年）。本书为作者1991年3月20日在中国学会会议上的演讲。 [ACO]

[0351] Japan's struggle with internationalism: Japan, China and the League of Nations, 1931-3 / Ian Nish.-- New York: K. Paul International, 1992.-- 286p.

日本与国际的冲突：日本、中国和国联（1931–1933年）。本书涉及1931年的奉天事件及1932年日本入侵上海的历史。其他版本：1993; 2000 [国C/AOG]

[0352] Escape to Shanghai: a Jewish community in China / James R. Ross.-- Oxford: Maxwell Macmillan International, 1994.-- 298p.

逃往上海：中国的犹太社区 [国 GO]

[0353] Shanghai on the métro: spies, intrigue, and the French between the Wars / Michael B. Miller.-- Berkeley, CA: Univ. of California Pr., 1994.-- 448p.

上海地下活动：二次世界大战期间法国的间谍活动。本书记述了两次世界大战之间法国的对外关系和在上海的间谍活动。

[0354] Colonialism lumpenization revolution / Rajendra Prasad.-- Delhi: Ajanta Pub., 1995-.-- v.

本书反映1850-1914年间亚洲殖民城市的历史，包括印度受到殖民影响的历史、中国所受外来文化的影响、上海沦为殖民地期间的经济状况以及印度殖民港口城市加尔各答的经济状况。第1卷《加尔各答与上海的社会，1850-1914年》，含统计数据表。 [ACG]

[0355] Flucht nach Shanghai: vom überleben österreichischer Juden in einer asiatischen Metropole, 1938-1949: zweite Gedenkdienst-Tagung, 26.-28. Mai 1995 / Bildungshaus St. Virgil.-- [Salzburg]: Bildungshaus St. Virgil, 1995.-- 19p.

逃亡上海：奥地利犹太人在亚洲的大都市（1938–1949年）。1995年5月26-28日，正值第二次世界大战结束50周年之时，在奥地利萨尔茨堡召开了"逃亡上海，奥地利犹太人避难东方大都市"国际学术研讨会，本书为此次会议的会议录。

[0356] Heroism and survival: three significant exhibitions to commemorate the fiftieth anniversary of the end of the Second World War and the liberation of the concentration camps / Bnai Brith.-- Raoul Wallenberg Unit.-- East St. Kilda, Vic. : Raoul Wallenberg Unit of Bnai Brith, 1995.-- 14p.

英勇事迹和历史遗物：纪念第二次世界大战和集中营解放五十周年的三次重要展览。本书介绍1995年7月16-27日在澳大利亚维多利亚Caulfield艺术大厦举办的"纪念第二次世界大战和集中营解放五十周年展览"，关于今生活于维多利亚的犹太大屠杀幸存者，以及他们在上海——犹太人最后的避难所的情况。 [A]

[0357] Japan and Britain in Shanghai, 1925-31 / Harumi Goto-Shibata.-- New York: St. Martin's Pr.; Basingstoke: Macmillan, 1995.-- 196p.

上海的日英关系（1925–1931年）。本书共7章，以第一次世界大战后远东的形势和上海公共租界为背景，研究了"五卅运动"后日本和英国在上海的政策和关系。

另有基于本书的日文图书：上海をめぐる日英関係,1925-1932 年：日英同盟後の協調と対抗 / 後藤春美 .-- 東京大学出版会,2006 **[国上 CGOS]**

[0358] Bürgermeister Dr. Henning Voscherau besucht Shanghai mit Hamburger Wirtschaftsdelegation: 21. - 23. Mai 1996; 10 Jahre Städtepartnerschaft / Freie und Hansestadt Hamburg, Staatliche Pressestelle.-- Hamburg: [n. p.], 1996.-- 1v.

本书为汉堡、上海两市结为友好城市 10 周年之际,市长福舍劳博士率商务代表团于 1996 年 5 月 21-23 日访问上海的新闻报道。 **[G]**

[0359] China through Western eyes: manuscript records of traders, travellers, missionaries and diplomats, 1792-1942.-- Marlborough, Eng. : Adam Matthew Pub., 1996.-- 15 microfilm reels.

西方人眼中的中国：商人、旅行者、传教士和外交官的手稿记录（1792–1942 年）。本缩微出版物包括杜克大学威廉 · R. 帕金斯图书馆收藏的从 18 世纪后期到 20 世纪早期,英美商人、旅游者、传教士、记者和外交官的日记、信件、照片和剪贴簿。第三部分 "The Papers of J. A. Thomas, 1905-1923",收集了烟草企业家、慈善家和汉学家托马斯（1862-1940）的信件、论文及印刷材料。托马斯曾任职英美烟草公司,其一生中的很长时间都在中国度过,作品中的信件反映了他在中国期间的生活。 **[国 A]**

[0360] Flucht in die Freiheit: 50 Jahre nach Schliessung des Ghettos Hongkew und der Rückkehr der Emigranten: Schanghai als Exil staatenloser Juden und NS-Gegner, Chinas Exilanten in Europa / Hajo Jahn.-- [Wuppertal: Else-Lasker-Schüler-Ges.], 1997.-- 44p.

逃向自由：虹口犹太难民隔离区关闭和流亡者返回 50 周年：上海作为欧洲无国籍犹太人及纳粹反对者的流亡地；中国人流亡欧洲

[0361] La France en Chine (1843-1943) / textes réunis par Jacques Weber.-- Nantes: Ouest Ed., 1997.-- 268p.

法国在中国（1843–1943 年）。本书含中国的法语教学史、法国与中国的外交及领事事务史、法国在中国的传教史、法国军队在中国的历史以及中法关系资料等,其中包括在上海的历史。

[0362] Leben im Wartesaal: Exil in Shanghai, 1938-1947 / Hrsg., Amnon Barzel.-- Berlin: Jüdisches Museum im Stadtmuseum Berlin, 1997.-- 128p.

等候厅的生活：流亡在上海（1938–1947 年）。本书为展览目录,该展览于 1997

年7月4日到8月24日展出于柏林犹太博物馆（Jüdisches Museum Berlin）。 [CGO]

[0363] Etre juif en Chine: l'histoire extraordinaire des communautés de Kaifeng et de Shanghai / Nadine Perront.-- Paris: A. Michel, 1998.-- 221p.

犹太人在中国：开封和上海。本书作者曾翻译了上海文史馆编著的《旧上海的烟赌娼》（Shanghai: opium, jeu, prostitution. Arles: Éditions Philippe Picquier, 1992; 2002）。 [国 O]

[0364] Zwischen Theben und Shanghai: jüdische Exilanten in China - chinesische Exilanten in Europa; Almanach zum V. Else-Lasker-Schüler-Forum "Flucht in die Freiheit" / hrsg. von Hajo Jahn; Else-Lasker-Schüler-Gesellschaft, Wuppertal.-- Berlin: Oberbaum, 1998.-- 255p.

在德温和上海之间：犹太人在中国，中国人在欧洲。本书记述1937-1947年间犹太人和中国人在异国他乡的情况。 [G]

[0365] Far from wheré: Jewish journeys from Shanghai to Australia / Antonia Finnane.-- Carlton, Vic. : Melbourne Univ. Pr., 1999.-- 267p.

遥远的地方？犹太人从上海到澳大利亚之旅 [国 ACGO]

[0366] Les français de Shanghai 1849-1949 / Guy Brossollet.-- Paris: Belin, 1999.-- 350p.

法国人在上海（1849–1949年） [国 CG]

[0367] Exil Shanghai 1938-1947: jüdisches Leben in der Emigration / Georg Armbrüster, Michael Kohlstruck, Sonja Mühlberger (Hrsg.).-- Teetz: Hentrich & Hentrich, 2000.-- 272p.

流放上海（1938–1947年）：犹太人的流亡生活。本书为文集，其中有二篇为英语。 [CG]

[0368] Shanghai und die Politik des Dritten Reiches / Astrid Freyeisen.-- Würzburg: Königshausen & Neumann, 2000.-- 544p.

上海和第三帝国的政治。原为维尔茨堡大学（Univ. Würzburg）1998年博士学位论文。 [GO]

[0369] "Little Vienna" in Asien: Exil in Shanghai II.-- Wien: Zwischenwelt, 2001.-- 87p.

亚洲"小维也纳"：流亡在上海 II。期刊专辑：Zwischenwelt, Jg. 18, Nr. 2 (August

2001)

[0370] China's trial by fire: the Shanghai war of 1932 / Donald A. Jordan.-- Ann Arbor: Univ. of Michigan Pr., 2001.-- 309p.

中国经受战火考验：1932 年上海之战。本书记述日本 1932 年入侵上海。

[国 GMO]

[0371] Port of last resort: diaspora communities of Shanghai / Marcia Reynders Ristaino.-- Stanford, CA: Stanford Univ. Pr., 2001.-- 369p.

最后的避风港：上海的犹太人社区 **[国上 GMO]**

[0372] Le Paris de l'Orient: présence française à Shanghai, 1849-1946: [exposition... présentée par le musée Albert-Kahn du 19 février au 16 juin 2002] / Jeanne Beausoleil, Isabelle Nathan, Marianne Lepolard.-- Paris: Les Archives du ministére des Affaires étrangères et le musée départemental Albert-Kahn, 2002.-- 294p.

东方巴黎：法国人在上海(1849–1946 年)。本书为展览目录,该展览 2002 年 2 月 19 日到 6 月 16 日展出于阿尔贝 - 卡恩博物馆。

[0373] From the rivers of Babylon to the Whangpoo: a century of Sephardi Jewish life in Shanghai / Maisie J. Meyer.-- Oxford: Univ. Pr. of America, 2003.-- 331p.

从巴比伦河到黄浦江：塞法迪犹太人在上海一个世纪的生活史 **[GMO]**

[0374] The last refuge: the story of Jewish refugees in Shanghai / Noxi Productions; a film by Xiao-hong Cheng and Noriko Sawada; written by Xiao-hong Cheng.-- Teaneck, NJ: Ergo Media, 2003, 2004.-- 1 videodisc (50 min. 35 sec.)

最后的避难所：犹太难民在上海的故事。教育影片。 **[M]**

[0375] In the shadow of the rising sun: Shanghai under Japanese occupation / ed. by Christian Henriot, Wen-Hsin Yeh.-- Cambridge [Eng.]: Cambridge Univ. Pr., 2004.-- 392p.

在太阳旗的阴影下：日本占领下的上海 **[国上 GMOS]**

[0376] Les canonnières françaises du Yang-tsé: de Shanghai à Chongqing, 1900-1941 / Hervé Barbier.-- Paris: Indes savantes, 2004.-- 286p.

法国人沿长江而上：从上海到重庆(1900–1941 年)

[0377] Shanghai ghetto / Rebel Child Productions; produced, ed., and directed by Dana

Janklowicz-Mann and Amir Mann.-- [New York]: [distributed by] New Video Group, 2005.-- 1 videodisc (95 min.)

上海犹太人。文献资料影片。 [M]

[0378] Shanghai remembered: stories of Jews who escaped to Shanghai from Nazi Europe.-- comp. and ed. by Berl Falbaum.-- Royal Oak, MI: Momentum Books, 2005.-- 220p.

从纳粹欧洲逃到上海的犹太人的故事 [A]

4. 经济

[0379] Dollar sterling and yen exchange tables / Chugai Shuppan-Sha.-- Kobe: [n. p.].-- 220p.

汇率换算表 [上]

[0380] Dollars and / or Yen into sterling and vice versa exchange tables.-- Shanghai: Kelly & Walsh, [n. p.].-- v.

汇率兑换表。版本：From ls. 1d. To 1s. 6. 31 / 32d; From 1s. 2d. To 1s. 2. 31 / 32d; From 1s. 6d. To 3s. 4d. [上]

[0381] Freight tariff from Shanghai area.-- [n. p.].-- 56p.

上海地区运费率 [上]

[0382] Tariff of the Shanghai Fire Insurance Association and Shanghai Insurance Association.-- Shanghai: [n. p.].-- 3v.

上海火险协会与上海保险协会保险费。散页合订。 [上]

[0383] The Shanghai Exchange Brokers' Association: Correspondence, reproposed, reduced brokerage.-- Shanghai: Shanghai Exchange Brokers' Association, [n. p.].-- 13p.

上海交易经纪人协会通讯 [上]

[0384] Returns of trade at the ports of Canton, Amoy, and Shanghai: for the year 1844 received / Great Britain Foreign Office.-- London: HMSO, 1845.-- 33p.

有关1844年广州、厦门和上海等港口的贸易情况。英国外交部1845年7月向英国议会提交的报告。 [国上]

[0385] Chinese commercial guide, consisting of a collection of details and regulations respecting foreign trade with China / Samuel Wells Williams.-- 4th ed.-- Canton: Chinese Repository, 1856.-- 376p.

中国商业指南。本书含外国与中国进行贸易的细节与规章。作者卫廉士(又名:卫三畏,1812-1884)为传教士出身的美国外交官,1833 年来华,至 1877 年回美,关于中国的著述颇丰。 [上]

[0386] Handelsbericht an das Kaufmännische Direktorium in St. Gallen, über Shanghai in China: Erstattet... im September 1860 / Rudolph Lindau.-- St. Gallen: [n. p.], 1861.-- 8p.

圣加伦贸易理事会关于上海的商务报告(1860 年 9 月)

[0387] The Chinese commercial guide: containing treaties, tariffs, regulations, tables, etc., useful in the trade to China and Eastern Asia; with an appendix of sailing directions for those seas and coasts / Samuel Wells Williams.-- Hong Kong: Shortrede., 1863.-- 266p.

中国商业指南。本书含与中国及东亚贸易相关的条约、关税、规章等,并附这些国家海域和沿岸航行的说明。 [上]

[0388] Parliamentary papers, China 1865: Commercial reports from Her Majesty' consuls in China, 1862-64 / Great Britain Foreign Office.-- London: Harrison, 1865.-- 223p.

英国驻华领事商务报告(1862–1864 年) [上]

[0389] Tables for calculating exchanges between England India and China in sterling ruppees and dollars, with tables of arbitrated rates of exchange and prices of bullion, extended to meet the requirements of Shanghae rates / Henry Rutter.-- London: Effingham Wilson, Royal Exchange, 1867.-- 419p.

以英镑、卢比和美元计算的印度与中国间汇率表 [上]

[0390] The foreign commissioners of the Chinese treaty ports: Reports on trade by the Foreign Commissioners at the Ports in China open by treaty to Foreign Trade for the year 1866 / Foreign Office, Gt. Britain.-- London: Harrison & Sons, 1868.-- 328p.

1866 年中国各通商口岸英国国外事务官商务报告 [上]

[0391] Report of the delegates of the Shanghae General Chamber of Commerce on the trade of the upper Yang Tsze River / presented to Parliament by Her Majesty's command.-- [London]: House of Commons, 1870.-- 67p.

上海外商总会代表就长江上游贸易向英国议会提交的报告。属于丛书：1857-1859年间，与额尔金伯爵到中国和日本的特殊使命相关的通信（Correspondence relative to the Earl of Elgin's special missions to China and Japan, 1857-1859） [上]

[0392] Shanghai statistics of imports: manufactured goods, metals and opium.-- Shanghai: Da Costa & Co., 1872.-- 1v.

上海进口统计：制造品、金属及鸦片 [国]

[0393] Returns of trade at the treaty ports in China: for the year 1872. Pt. 1, Abstracts of trade and customs revenue statistics, from 1864 to 1873.-- Shanghai: Customs, 1873.-- 1v.

1872年中国各商埠贸易赢利：第一部分，1864–1873年各通商口岸贸易与关税统计摘要 [上]

[0394] Statistics of trade at the port of Shanghai, for the period 1863-1872.-- Shanghai: Printed at the Imperial Maritime Customs Pr., 1873.-- 20p.

1863–1872年上海港贸易统计 [C]

[0395] Six essays on the trade of Shanghai.-- Shanghai: Gazette, 1874.-- 73p.

上海贸易论文六篇。本书中的资料经常被引用。 [上]

[0396] History of the Shanghai Recreation Fund, from 1860-1882... with an account of the Shanghai driving course of 1862 (new the Bubbling Well Road) and of the Public Garden.-- Shanghai: Printed at the Celestial Empire, 1882.-- 198p.

1860–1882年间西人上海运动事业基金董事会的历史。本书中有1862年上海驱车大道（后为静安寺路）和黄浦公园的建造情况。 [国]

[0397] Staatliche und wirtschaftliche Verhaltnisse von China im Jahre 1880, mit besonderer Rucksicht auf Shanghai / Joseph Haas.-- Wien: Druck der kaiserlich-koniglichen Hof- und Staatsdruckerei, 1882.-- 48p.

1880年中国特别是上海的政治经济状况。本书作者夏士（1847-1896）为奥国人，1867年来华，在上海德商洋行任职，后任奥国驻沪总领事。 [上]

[0398] Shanghai price current and market report: No. 440 (3rd Jan. 1883) to No. 544 (29th Dec. 1886).-- Shanghai: Shanghai General Chamber of Commerce, 1883-1886.-- 1v.

上海物价通货与市场报告。No. 440-544（1883 年 1 月 3 日 -1886 年 12 月 29 日） [上]

[0399] Weekly share report / B. Ruttunjee, comp.-- Shanghai: [n. p.], 1890-1895.-- 1v.

No. 13-239（1890 年 9 月 25 日 -1895 年 4 月 10 日）。 [国]

[0400] Description of a cotton mill at Shanghai.-- Shanghai: [n. p.], 1898.-- 5p.

上海某纱厂概况 [上]

[0401] Shanghai exchange taels: for the conversion of taels into dollars and dollars into taels from 71. 5 to... 9.-- Shanghai: Kelly & Walsh, 1898.-- 42p.

上海银两与银元的兑换 [上]

[0402] Memorandum on a new monetary system for China: report of the Commission on International Exchange of the United States of America.-- Shanghai: [n. p.], 1903.-- 51p.

中国新货币体系备忘录：美国国际汇兑委员会报告。本书有中文翻译。

[0403] The Shanghai Gold Mining Company, Limited, of Nova Scotia: incorporated under the Nova Scotia Companies' Act: capital stock.-- [Halifax, NS: n. p. 1903?].-- 1 microfiche (26 fr.)

新斯科舍的上海黄金矿业有限公司 [M]

[0404] Report of the committee of the Shanghai General of Chamber of Commerce.-- Shanghai: Shanghai General Chamber of Commerce, 1904-.-- v.

上海外商总会报告。版本：1904, 1921, 1922, 1923, 1924, 1927, 1939, 1940 [上]

[0405] Banking and prices in China / Joseph Edkins.-- Shanghai: Presbyterian Mission Pr., 1905.-- 286p.

中国的银行业与价格。本书作者艾约瑟（1823-1905）为英国教士，汉学家。1848 年来华，任伦敦会驻上海代理人，后在各地传教。1880 年被中国海关总税务司赫德聘为海关翻译，初任职于北京、后到上海，直至去世。艾约瑟关于中国的著述颇丰。其他版本：London: Westminster, 1905.-- 266p. [上]

[0406] Report of the committee appointed by the Philippine Commission to investigate the use of opium and the traffic therein and the rules, ordinances and laws regulating such use and traffic in Japan, Formosa, Shanghai, Hongkong, Saigon, Singapore, Burmah, Java, and the Philippine Islands. / Bureau of Insular Affairs, War Department.-- Washington, DC: Government Printing Office, 1905.-- 310p.

菲律宾委员会所属鸦片调查委员会的调查报告：日本、台湾、上海、香港、西贡、新加坡、缅甸、爪哇及菲律宾的鸦片使用与交易及其相关规章、条例及法律。美国政府菲律宾委员会所属鸦片调查委员会报告。其他版本：Use of opium and traffic therein: Message from the President of the United States, transmitting the report of the committee appointed by the Philippine Commission to investigate the use of opium and the traffic therein, and the rules, ordinances, and laws regulating such use and traffic in Japan, Formosa, Shanghai, Hongkong, Saigon, Singapore, Burma, Java, and the Philippine Islands, and inclosing a letter from the Secretary of War... 1906.-- 283p. **[C]**

[0407] Shanghaï: situation economique en 1904 / M. D. Siffert.-- Bruxelles: P. Weissenbruch, 1905.-- 1v.

上海1904年经济状况。本书作者薛福德（1858-？）于1901-1920年间任比利时驻上海总领事，期间有15年为上海领事团首席领事。

[0408] Decennial reports on the trade, navigation, industries, etc., of the ports open to foreign commerce in China, and on the condition and development of the treaty port provinces, 1892-1901.-- Shanghai; London: King, 1906.-- 2v.

中国对外通商口岸十年来贸易、航运、工业报告（1892–1901年）。其他版本：Shanghai: Customs, 1906.-- 601p. **[上]**

[0409] Report for the year... on the trade of Shanghai / Great Britain Foreign Office.-- London: HMSO, 1906-1914.-- v.

上海贸易报告。属于丛书：英国外交部大使与领事报告年度系列（Great Britain. Foreign Office. Diplomatic and consular reports. Annual series）。有各年版本：year 1901-04, 1906.-- 19p.; year 1905, 1906.-- 11p.; year 1906, 1907.-- 17p.; year 1909, 1910.-- 22p.; year 1910, 1911.-- 25p.; year 1911, 1912.-- 31p.; year 1912, 1913.-- 22p.; year 1913, 1914.-- 27p. **[国]**

[0410] Dollars or taels and sterling exchange tables, at different rates,

from 2s to 3s. 8d.-- Shanghai: Kelly & Walsh, 1907.-- 1v.

汇率兑换表。其他版本：1916.-- 313p.; 1921.-- 214p. [上]

[0411] History of the Shanghai Recreation Fund, from 1860 to 1906: with an account of the Shanghai Driving Course of 1862 (Now the Bubbling Well Road)and the Public garden.-- Shanghai: North-China Daily News, 1907.-- 112p.

1860–1906 年间西人上海运动事业基金会的历史。本书中有静安寺路和黄浦公园的建造情况。 [国上]

[0412] Uniform national currency for China.-- Shanghai General Chamber of Commerce, 1908.-- 8p.

中国的统一国家货币

[0413] C. Melchers & Co., Bremen: Melchers & Co., Hongkong, Kanton, Schanghai, Hankow, Tientsin, Chinkiang, Ichang, Tringtau.-- Berlin: [n. p.], 1909.-- 54p.

不来梅美最时洋行：美最时洋行在香港、广州、上海、汉口、天津、镇江、宜昌、青岛等地办事处或分行

[0414] Notes on money matters with special reference to China.-- Shanghai: [n. p.], 1910.-- 196p.

中国的货币问题。原载：National Review.

[0415] Nicolas Tsu-Engineer, boiler maker, shipbuilder and general contractor- Shanghai.-- Shanghai: [n. p.], 1911.-- 116p.

上海求新制造机器轮船厂。该厂是 20 世纪初中国机器工业中设备最完善的企业，由朱志尧创办。 [上]

[0416] Exchange tables: varying by 16th of a Penny.-- Shanghai: North-China Daily News, 1913.-- 1v.

汇率换算表 [上]

[0417] China stock and share handbook / comp. by H. E. Morriss & C. R. Maguire.-- Shanghai: North-China Daily News & Herald, 1914-.-- v.

中国证券股票手册。版本：1914-1915, 1917, 1925-1926, 1929-1932 [上]

[0418] Shanghai Volunteer Corps 1853-1914: the laying of the Commemoration Stone of the New Drill Hall and the past history of the Corps.-- N. C. D. N, 1914.-- 24p.

万国商团史(1853–1914年)。本书有插图。

[0419] China currency and proposed Shanghai Municipal Currency.-- [n. p.], 1916.-- 21p.

中国货币和拟议中的上海工部局货币

[0420] Exchange calcu... with tables of equivalents / comp. Harry Owen White; by William A. Rivers.-- Shanghai: Kelly & Walsh, 1916.-- 86p.

1916年别发洋行汇率换算表 [上]

[0421] Trade with China: report upon the conditions and prospects of British trade in China / Thomas M. Ansough.-- [London: Borad of Trade, 1916].-- 234p.

英国在华贸易。本书附有地图。 [上]

[0422] A record of exchange: Bar Silver, T. T. 4 m / s credit: from 1890 to 1918 / H. F. Bell.-- [n. p.], 1919.-- 86p.

汇率记录:银锭(1890–1918年)

[0423] Commercial handbook of China / Julean Arnold.-- Washington, DC: Government Printing Office, 1919.-- 1v.

中国商务手册。本手册作者安立德(又名:安立得,1875-1946)曾任美国驻上海副领事兼会审公廨陪审官,后长期担任驻华商务参赞。Vol. I.

[0424] Conference of British Chambers of Commerce in China and Hong Kong, held in the Supreme Court, Shanghai, November 5th-8th, 1919.-- [n. p.].-- 101p.

中国和香港英商公会会议。1919年11月5-8日在上海英国在华高等法院召开。

[0425] Exchange tables / The Chekiang Industrial Bank.-- Nantes: [n. p.], 1919.-- 1v.

浙江兴业银行兑换表 [上]

[0426] Foreign financial control in China / T. W. Overlach.-- New York: Macmillan, 1919.-- 295p.

外人对华的财政金融控制 [上]

[0427] Conference of British Chambers of Commerce in China & Hongkong, Nov. 3rd-6th, 1920, Shanghai: Verbatim Report.-- Shanghai: Kelly & Walsh, 1920.-- 95p.

中国和香港英商公会会议记录。1920 年 11 月 3-6 日在上海英国在华高等法院召开。 [上]

[0428] The opium monopoly / Ellen N. La Motte.-- New York: The Macmillan Company, 1920, 84p.

鸦片垄断。本书论述世界各地的鸦片贸易,全书共 16 章,其中第 9 章专论上海、第 15 章论中国的鸦片贸易史。 [ACO]

[0429] An analysis of the accounts of the principal Chinese Banks / Bank of China, Research Dept.-- Shanghai: Bank of China, 1921-31, 1932, 1934, 1933.-- v.

中国各主要银行账目分析。(1921-1934 年) [上]

[0430] Chinese economic trees / Young Chun Woon.-- Shanghai: Commercial Pr., 1921.-- 309p.

中国经济谱 [上]

[0431] American company, S. V. C., 1921-1922 / R. F. Wilner & others.-- Shanghai: American Co., S. V. C., 1922.-- 73p.

上海万国商团中的美国队(1921–1922 年) [上]

[0432] China and Far Fast, finance and commerce year book, 1921-22 / ed. by Edwin J. Dingle, F. L. Pratt.-- [n. p.].-- 1v.

中国和远东财政商业年鉴(1921–1922 年)

[0433] The history of the Shanghai Volunteer Corps from 1853 to 1922.-- N. C. D. N., 1922.-- 84p.

上海万国商团史(1853–1922 年)。本书附有插图。

[0434] Where to shop in Shanghai.-- Hong Kong and Shanghai Hotels, 1922.-- 40p.

购物在上海

[0435] The Shanghai market prices report. Jan. -March, 1923 [-Oct. -Dec. 1933] / National Tariff Commission.-- Shanghai: National Tariff Commission, 1923-[1934?].-- 6v. (40v.)

上海市场物价报告。(1923 年第一季度到 1933 年第四季度) [上 C]

[0436] American trade-marks, trade names, copyright and patents in China / Robert T. Bryan.-- Shanghai: Millard, 1924.-- 26p.

美国在华之商标、商名、版权及专利权。本书作者博良生于上海,为沪江大学创办人美籍传教士万应远之子,1917-1928 年间在上海与多名外籍律师合组律师事务所,并任东吴大学法学院教授及美国在华法院律师。 [上]

[0437] Kelly & Walsh's exchange tables.-- Shanghai: Kelly & Walsh, 1924-.-- v.

别发洋行汇率兑换表。版本: 1924.-- 247p.; 1927.-- 321p.; 1931.-- 449p.; 1933.-- 448p.; 1933.-- 216p.; ?.-- 128p.; ?.-- 446p. [上]

[0438] Report of the Child Labour Commission.-- Shanghai: Executive Council for the Foreign Settlement of Shanghai, 1924.-- p.259-282.

童工委员会报告。发表于: The Municipal Gazette, vol. 17, no. 927 (July 19, 1924) [A]

[0439] Der Kaufherr von Shanghai / Norbert Jacques.-- Berlin: Verl. Ullstein, 1925.-- 289p.

上海豪商 [上]

[0440] Explanations of the index numbers of import and export prices in Shanghai.-- Shanghai: Shanghai Bureau of Markets, 1925.-- 110p.

上海进出口货物价格指数释义 [上]

[0441] Guide to Shanghai rubber companies / David Arakie.-- Shanghai: Capital & Trade, 1925.-- 48p.

上海橡胶业指南 [上]

[0442] Index numbers of supplementary import prices in Shanghai ... / Bureau of Markets.-- Shanghai: Commercial Pr., 1925.-- 63p.

上海补充进口价格指数 [C]

[0443] Monthly report on prices and price indexes in Shanghai / Bureau of markets.-- Shanghai: Commercial Pr., 1925-.-- v.

上海物价与物价指数月报 [C]

[0444] The index number of customs import prices in Shanghai.-- Shanghai: Bureau of Markets, 1925.-- 1v.

上海海关进口价格指数 [C]

[0445] The international business guide and directory: embodying "The China Middle and Far East business guide and directory", 1925-1926.-- Shanghai: China Directory, 1925.-- 832p.

国际商业指南 [上]

[0446] The Shanghai wholesale price index number / Bureau of Markets.-- Shanghai: Commercial Pr., 1925.-- 55, 75p.

上海批发物价指数 [C]

[0447] China: a commercial and industrial handbook.-- Washington, DC: Dept. of Commerce, 1926.-- 814p.

中国工商手册。又名：Commercial handbook of China。 [上]

[0448] British Chamber of Commerce Shanghai / Chinese Language School.-- [n. p.], 1927.-- 42p.

上海英商公会 [上]

[0449] Review of the Bullion, exchange and financial markets, Shanghai, 1928 / Eduard Kann.-- London: [n. p.], 1929.-- 37p.

上海金银、外汇与金融市场评论（1928年）。本书作者耿爱德（1880-1962）为奥地利人，1901年来华，在各地银行任职。1925年在上海交易所做经纪人，抗日战争前主办上海《金融商业报》（Finance and Commerce）周刊，战后赴美国。重印自：Chinese Economic Journal。其他版本：1927.-- 33p. [上]

[0450] Shanghai realty: the position at the close of 1926 / John Stauffer Potter.-- [Shanghai]: Asia Realty Co., 1927?.-- 22p.

上海房地产：1926年底的情况 [C]

[0451] Exchange tables: U. S. dollars and sterling into yen and vice versa.-- Shanghai: Commercial Equipment, 1929.-- 94p.

汇率换算表 [上]

[0452] Foreign investments in China / D. K. Lieu.-- China: Bureau of Statistice, Legislative Yuan, National Gov't of China, 1929.-- 131p.

外人在华投资。其他版本：1931.-- 53p. [上]

[0453] The index numbers of earnings of the factory laborers in greater Shanghai, July-December, 1928.-- [Shanghai]: Shanghai Bureau of Social Affairs, 1929.-- 1v.

《上海特别市工资指数之试编》。（1928 年 7-12 月）。上海特别市社会局编。中英双语。 **[CO]**

[0454] The Shanghai raw silk market / Ralph E. Buchanan.-- New York: Silk Association of American, 1929.-- 76p.

上海生丝市场 [上]

[0455] Facts about the Park-Hotel.-- [n. p.].-- 20p.

国际饭店概况

[0456] Minutes of the Tariff Board of Enquiry and Appeal.-- Shanghai: The Hospital, 1930-32.-- v.

关税咨议局备忘录 [上]

[0457] Rapport Sur la situation Economique en Chine: presente a l'Assemblee Generale du 20 Juin 1930 / M. Pierre Dupuy; Chambre de commerce française de Chine.-- Shanghai: Impr. Commerciale, 1930.-- 17p.

向法国商会大会递交的有关中国经济情况的报告。（1930 年 6 月 20 日）。其他版本：19 Juin 1931.-- 30p.; 10 Juin 1932 par M. J. Donné.-- 15p.; 22 Juin 1933 par M. J. Donné.-- 17p.; 1938-1940.-- 17p. [上]

[0458] Report by the British Chamber of Commerce, Shanghai / British Economic Mission of the Far East.-- Shanghai: National Adventis Agency, 1930-1931.-- v.

英国远东经济团：上海英商公会报告。其他版本：Piece goods Engineering Miscellaneous: 1930, 1931 [上]

[0459] The Comacrib industrial and commercial manual: a combined manual of business houses and traveller's and tourist's guide for the Far East.-- Shanghai: Commercial & Credit Information Bureau, 1930-.-- v.

商务工商手册。版本：1930, 1935, 1936 [上]

[0460] The cost of living index number in Shanghai / National Tariff Commission.-- Shanghai: [Printed at Thomas Chu & Sons], 1930.-- 28p.

上海生活指数 [C]

[0461] The cost of living index number in Shanghai.-- Shanghai: National Tariff Commission, 1930.-- 48p.

上海生活指数 [上]

[0462] A study of the standard of living of working families in Shanghai / Simon Yang, L. K. Tao.-- Peiping: Institute of Social Research, 1931.-- 86p.

上海工人家庭生活水平研究。本书主要研究了上海产业工人的经济收入、家庭支出、主要消费项目的情况，对于当时的物价水平和市民生活状况，有详细的反映。改译自中文版：上海工人生活程度的一个研究 .-- 北平：社会调查所，1930；其他版本：New York: Garland Pub., 1982.-- 86, 56p. [国 AO / 上 CG]

[0463] Anderson Meyer & Company of China: its history, its organization today historical and descriptive sketches, 1906 to 1931 / Charles J. Ferguson, ed.-- Shanghai: Kelly & Walsh, 1931.-- 247p.

中国慎昌洋行的历史与组织（1906–1931 年） [上]

[0464] Chinese labour: an economic and statistical survey of the labour conditions and labour movement in China / Fang Fu-An.-- Shanghai: Kelly & Walsh, 1931.-- 185p.

中国劳工：中国劳动条件和劳工运动的经济和统计调查。基于作者 1930 年完成的燕京大学学位论文：Shanghai labor: a statistical study of 285 labor families in Shanghai。 [上]

[0465] Exchange tables at different rates, from 6d. Téls.-- Shanghai: Kelly & Walsh, 1931.-- 64p.

别发洋行汇率换算表。其他版本：new & enl. ed.-- 1933.-- 448p. [上]

[0466] Industries / Franklin Lien Ho.-- Shanghai: China Institute of Pacific Relations, 1931.-- 52p.

产业 [上]

[0467] Statistics of China's foreign trade, 1864-1928 / C. Yang, H. B. Han & others.-- National Research Institute of Social Sciences, Academia Sinica, 1931.-- 1v.

中国外贸统计(1864–1928年)。中英双语。

[0468] Statistics of China's foreign trade, 1912-1930.-- Research Dept, Bank of China，1931.-- 1v.

中国外贸统计(1912–1930年)。中英双语。

[0469] The revision of price index numbers.-- Shanghai: National Tariff Commission, 1931.-- 22, 30p.

上海物价指数的修订 [C]

[0470] The Shanghai tael / John Parke Young.-- [London: n. p.], 1931.-- p.682-84

上海银两。重印自：American Economic Review, v. 21, no. 4, 1931 [上]

[0471] Wages and hours of labor, greater Shanghai 1929 / Shanghai Bureau of Social Affairs.-- Shanghai: Commercial Pr., 1931.-- 139, 153p.

《上海特别市工资和工作时间(民国十八年度)》。上海市政府社会局编。中英双语。 [上]

[0472] Weights and measurements of cargo exported from Shanghai and North China / Syndey C. Riggs.-- Rev. ed.-- Shanghai: Official Measure's Office, 1931.-- 165p.

从上海和华北出口的货物度量衡。其他版本：Hong Kong: Mackinnon Mackengie, 1948.-- 165p. [上]

[0473] China in the grip of Japanese drug traffickers: memorandum presented to the Commission of Inquiry of the League of Nations by the National Anti-Opium Association of China.-- Shanghai: Bureau of Foreign Trade, 1932?.-- 16p.

日本药商控制下的中国：中华国民拒毒会向国联调查委员会提出的备忘录 [上]

[0474] Die Shanghaier goldbörse, ihre währungspolitische und

weltwirtschaftliche bedeutung. / Liang-Zung Chang …Berlin-Charlottenburg: G. Hoffmann, 1932.-- 85p.

上海黄金交易所，其货币政策及对全球经济的重要性 [国]

[0475] Étude sur le marché monétaire de Changhai au début du XXe siècle / Chen Shao-Teh.-- Paris: Librarie Russe et française, 1932.-- 494p.

20世纪初上海通货市场研究。原为巴黎大学1932年博士学位论文。重印本：New York: Garland, 1982 [国上/AC]

[0476] The cost of living index numbers of laborers: Greater Shanghai, January 1926-December 1931.-- Shanghai: Bureau of Social Affairs, City Government of Greater Shanghai, 1932.-- 1v.

《上海市工人生活费指数：民国十五年至二十年》。上海市政府社会局编。中英双语。 [CO]

[0477] The gilds of China: with an account of the gild merchant or co-hong of Canton / Hosea Ballou Morse.-- 2nd ed.-- Shanghai: Kelly & Walsh, 1932.-- 111p.

中国的同业公会 [上]

[0478] The Utopian contract; or, Ta Tung Jen Yuch / Shan Wu.-- Shanghai: Utopian Association, 1932.-- 83p.

大同银号 [上]

[0479] A handbook of Chinese Trade Customs / Chow Kwong-Shu.-- Shanghai: Far Eastern Pr., [1933].-- 236p.

中国贸易手册

[0480] A preliminary report on Shanghai industrialization / D. K. Lieu.-- Shanghai: Printed at the American Presbyterian Mission Pr., 1933.-- 68p.

上海工业化研究初步报告。本报告是上海工业化研究系列报告第一部分，由太平洋国际学会资助。 [国上MO]

[0481] An analysis of Shanghai commodity prices 1923-1932 / Bank of China, Research Dept.-- Shanghai: Bank of China, 1933.-- 352p.

上海物价分析（1923–1932年） [上]

[0482] Foreign investments in China / Charles Frederick Remer.-- New York: Macmillan, 1933.-- 708p.

外人在华投资。本书作者雷麦(又名：利玛、林茂，1889-1972)为美国人，1913-1925 年任上海圣约翰大学经济学教授。 [上]

[0483] Le travail industriel des femmes et des enfants en Chine / Simine Wang.-- Paris: A. Pedone, 1933.-- 298p.

中国女工与童工 [上]

[0484] Shanghai Power Company to Hongkong and Shanghai Banking Corporation trustee, mortgage and deed of trust, dated as of Feb. 1, 1933.-- Shanghai: Kelly & Walsh, 1933.-- 131p.

1933 年 2 月 1 日上海电力公司向汇丰银行借贷资料 [上]

[0485] The silk reeling industry in Shanghai / D. K. Lieu.-- Shanghai: China Institute of Pacific Relations, 1933.-- 142p.

上海缫丝工业。本报告是上海工业化研究系列报告第二部分，由太平洋国际学会资助。 **[上 CGMO]**

[0486] A report on the revision of the index numbers of import prices in Shanghai / National Tariff Commission.-- Shanghai: National Tariff Commission, 1934.-- 10p.

上海进口价格指数修改报告 [上]

[0487] A study of wage rates in Shanghai, 1930-1934 / Tsai Cheng-Ya.-- Shanghai: Commercial Pr., [n. p.].-- 510p.

上海工资率研究(1930–1934 年) [上]

[0488] Basic prices of commodities in the index numbers of the wholesale, export and import prices of Shanghai.-- Shanghai: National Tariff Commission, 1934.-- 15p.

上海货物批发基价与进出口货价指数 [上]

[0489] Industrial disputes in Shanghai since 1928.-- Shanghai: Bureau of Social Affairs, 1934.-- 252p.

《近五年来上海之劳资纠纷》。上海市政府社会局编。中英双语。又名：Industrial Disputes in Shanghai from 1928 to 1932。 [上]

[0490] Jardine, Matheson & Co., afterwards Jardine, Matheson & Co., Limited: an outline of the history of a China house for a hundred years, 1832-1932.-- Hong Kong: [n. p.], 1934.-- 87p.

怡和洋行在华百年概述（1832–1932 年）。有地图。 [上]

[0491] Le port de Changhai, étude économique / Siang-Suen Ts'ien.-- Lyon: Bose fréres, M. & L. Riou, 1934.-- 164p.

上海港经济研究 [国]

[0492] Price index numbers in Shanghai ending December, 1933.-- Shanghai: National Tariff Commission, 1934.-- 15p.

上海物价指数（截至 1933 年 12 月） [上]

[0493] Shanghai export code 1934.-- Shanghai: Carlowitz & Co., 1934.-- 1v.

上海出口规则（1934 年） [上]

[0494] Shanghai stocks and shares, June, 1934 / comp. by J. P. Bisset … [et al.].-- Shanghai: North China Daily News & Herald, 1934.-- 103p.

上海证券股票（1934 年 6 月） [上]

[0495] Standard of living of Shanghai laborers … / Shanghai Bureau of Social Affairs.-- [Shanghai]: Chung Hwa Book Co., 1934.-- 186p.

上海劳工生活水平。上海市政府社会局编。 [CO]

[0496] The employment situation and living conditions for Americans in Shanghai, China / United States Consulate, Shanghai.-- [Shanghai: n. p.], 1934.-- 1p.

美国人在沪就业情况和生活条件 [C]

[0497] The textile industries of China, their present position and future possibilities / Aldred Farrer Barker, K. C. Barker.-- Shanghai: Chiao-Tung Univ., 1934.-- 224p.

中国纺织工业的当前处境与发展可能性 [上]

[0498] China importers and exporters directory.-- Shanghai: Bureau of Foreign Trade, 1935-.-- v.

中国进出口商行名录。版本：1935, 1936, 1937 [上]

[0499] Études sur le marché du change de Changaï et ses relations avec la balance des comptes de la Chine / Kwok-Ko Lai.-- Lyon: Bose fréres, M. & L. Riou, 1935.-- 191p.

上海汇率市场及其与中国的国际收支平衡关系的研究 [C]

[0500] Exchange tables and financial information book / Francis Chang.-- Shanghai: [n. p.], 1935.-- 1v.

汇率兑换表与金融情报 [上]

[0501] Report on the rubber industry / Maritime Customs.-- sterotype copy.-- [Paris: n. p.], 1935.-- 85p.

橡胶工业报告 [上]

[0502] Statistics of China's foreign trade by ports 1900-1933 / Bureau of Foreign Trade, Ministry of Industry, comp.-- Shanghai: Commercial Pr., 1935.-- 273p.

中国各港口对外贸易统计(1900–1933年)。其他版本: 1935.-- 1v. [上]

[0503] Statistics of China's foreign trade by ports 1912-1930 / Bureau of Foreign Trade, Ministry of Industry, comp.-- Shanghai: Commercial Pr., 1935.-- 133p.

中国各港口对外贸易统计(1912–1930年) [上]

[0504] Wage Rates in Shanghai / Bureau of Social Affairs, The City Government of Greater Shanghai.-- [n. p.], 1935.-- 178p.

《上海市之工资率》。上海市政府社会局编。中英双语。

[0505] China annual economic report for 1935.-- Shanghai: Office of the American Commercial Attache, 1936.-- 61p.

中国经济年度报告(1935年) [上]

[0506] Insurance in China / S. H. Peek.-- Shanghai: [n. p.].-- 1v.

中国的保险事业。重印自: China Year Book, 1936 / ed. by H. G. W. Woodhead. [上]

[0507] Shanghai commercial and shopping pocket guide / Joseph W. Keimach, comp. & ed.-- Shanghai: Kwang Hsueh Pub. House, 1936 ed.-- 449p.

上海商业与购货袖珍指南 [上]

[0508] Statistics of foreign trade of different Chinese ports with various countries (1919, 1927-31) / Chien Tsai, Yu-Kwei Cheng.-- Shanghai: Commercial Pr., 1936.-- 427p.

中国各港口对外贸易统计。(1919 年、1927-1931 年) [上]

[0509] The growth and industrialization of Shanghai / D. K. Lieu.-- Shanghai: China Institute of Economic and Statistical Research, 1936.-- 473p.

上海成长与工业化。本书是中国经济统计研究学会的一份研究报告,反映了早期上海的工业化过程。 [国上 CG]

[0510] Index numbers of wholesale prices in Shanghai: classified by stages of production.-- Shanghai: National Tariff Commission, 1937.-- 16p.

上海批发价指数 [上]

[0511] Shanghai annual returns of foreign trade, 1936- …: analysis of imports and exports.-- Shanghai: Statistical Dept. of the Inspectorate General of Customs, 1937-.-- v.

上海外贸进出口统计年报 [C]

[0512] Shanghai foods / Bernard E. Read, Lee Wei Yung, Ch'eng Jih Kuang.-- Shanghai: Chinese Medical Association, 1937.-- 105p.

上海食品。本书作者之一伊博恩(1887-1949)为英国教士,青年时代来华,1935 年起在上海雷士德医学研究院从事研究工作。其他版本: 2nd ed.-- 1940.-- 119p.; 4th ed.-- 1948.-- 117p. [上]

[0513] The China shipping manual 1937-38.-- Shanghai: Jardine Matheson, 1937.-- 228p.

中国航运手册(1937–1938 年) [上]

[0514] The coins of Shanghai / A. M. Tracey Woodward.-- Shanghai: [n. p.], 1937.-- p.64-78.

上海铸币。重印自: China Journal, v. 27, no. 2, p.64-78 [上]

[0515] 25 mobillizations of the S. V. C.-- Shanghai: Shanghai Voluneer Corps, 1938.-- 1v.

上海万国商团二十五次动员 [上]

[0516] Carlowitz & Co. catalog "L. l" for laboratory accessories.-- Shanghai:

Carlowitz & Co., 1938.-- 120p.

礼和洋行实验室用品目录 [上]

[0517] Eighty five years of the Shanghai Volunteer Corps / I. I. Kounin, comp.-- Shanghai: Cosmopolitan Pr., 1938.-- 282p.

上海万国商团八十五年 [上]

[0518] Jahresbericht und übersicht über die Tätigkeit des Vorstandes und Beirats der Deutschen Handelskammer Shanghai für das Geschäftsjahr, 1937-1938.-- [n. p.], 1938.-- 15p.

上海德国商会董事会和顾问委员会经营活动年报及活动概况(1937–1938年)

[0519] Shanghai its port, industries, shipping and trade / Carl A. Bowman.-- Shanghai: National Adventis Agency, 1938.-- 329p.

上海的港口、工业、航运与贸易 [上]

[0520] Common food fishes of Shanghai / Bernard Emms Read.-- Shanghai: North China Branch of the Royal Asiatic Society, 1939.-- 52p.

上海一般鱼类食品 [上C]

[0521] Exchange tables: sterling into Chinese dollars, U. S. dollars into Chinese dollars.-- Shanghai: Commercial Equipment, 1939.-- 1v.

汇率兑换表。其他版本:1940 [上]

[0522] Exchange tables.-- Shanghai: Shanghai Economical Research Association, 1939.-- 73p.

汇率换算表 [上]

[0523] Rules of North-China Daily News & Herald Ltd. Staff provident fund.-- Shanghai: North-China Daily News & Herald, 1939.-- 5p.

字林西报社同仁准备基金条例 [上]

[0524] Shanghai's financial problems in war time / Percy Chu.-- Shanghai: [n. p.], 1939.-- 17p.

战时上海财政金融问题。重印自:Finance & Commerce, April 12, 1939 [上]

[0525] The profitable path of Shanghai realty / Arthur & Theodore Sopher.--

Shanghai: Shanghai Times, 1939.-- 415p.

上海不动产的生财之道。本书有一节涉及上海经济发展和犹太侨民的关系。日译本：上海に於ける不動産事情 / 英修道抄訳 .-- 上海：恒産東京出張所，1943 [上]

[0526] A brief history of the Shanghai Branch of the National City Bank of New York, 1900-1932 / Candido Emilio de Lopes e Ozorio.-- Shanghai: National City Bank of New York, Shanghai Branch, 1940.-- 23p.

花旗银行上海分行简史 [上]

[0527] Shanghai: general report on loss of contents of Koo Tien Cheng Cotton Gains and / or Shanghai press packing? Premises, nos. Q20 & Q30. In Lane no. 1086 Chengtu Road, Shanghai fire of Apr. 11th, 1940 / Chinese Auctioneering Company.-- Shanghai: [n. p.], 1940.-- 9p.

Koo Tien Cheng 棉花仓库与上海打包公司火灾损失报告书。1940 年 4 月 11 日火灾发生于成都路 1086 弄。 [上]

[0528] Shanghai vegetables / Bernard E. Read, W. Wagner.-- Shanghai: China Journal, 1940.-- 31p.

上海蔬菜 [上]

[0529] The practical exchange tables / N. H. Wang.-- Shanghai: San Tai, 1940.-- 19p.

实用兑换表 [上]

[0530] Valuation tables / S. T. Chen.-- Shanghai: Tai Ping Insurance Co. Pr., 1940.-- 1v.

估价表(太平保险公司) [上]

[0531] Economic Shanghai: hostage to politics, 1937-1941 / Robert W. Barnett.-- New York: International Secretariat, Institute of Pacific Relations, 1941.-- 210p.

经济上海：政治人质(1937–1941 年)。本书主要研究抗战初期上海的经济状态，即通常所说的孤岛时期上海的城市情况，对于当时上海的经济影响进行了特别的评估，说明由于日本的侵略，严重阻碍了上海经济的发展和生存，导致上海商业中心与金融中心地位的下跌。作者认为上海的生存与外部世界有着密切联系，如果没有这一点，就没有上海的特殊地位。日译本：戦時下の上海経済 / R. W. バーネット著，東亜研究所譯編 .-- 東京：東亜研究所，1942 [国上 ACGMO]

[0532] Japanese trade directory of Shanghai.-- 1940-1 ed.-- Shanghai: Japanese

Chamber of Commerce, Shanghai, 1941.-- 107p.

日本在沪贸易指南 [上 C]

[0533] Social and industrial problems of Shanghai: with special reference to the administrative and regulatory work of the Shanghai Municipal Council / Eleanor M. Hinder.-- New York: International Secretariat, Institute of Pacific Relations, 1942.-- 74p.

上海社会与工业问题：专论上海工部局的管理和协调作用。本书作者辛德为澳大利亚人，1933 年任上海工部局新设的总办处工业社会股主任。1940 年该股升格为工业社会处，仍由其担任处长，为工部局中唯一的高级女职员。该研究发表在上海，当时日本刚卷入与美国、英国和荷兰的战争。该报告的部分内容具有永久性的价值，因为其内容在战后时期对于官员和其他人员都具有参考价值，而且它还是早先有关上海经济状况出版物的补充。重印本：New York: AMS Pr., 1978 [国上 AC]

[0534] Le systeme Wei Wah: Ses origines et son Evolution a Shanghai / Yong-Siang Tcheng.-- Changhai: [n. p.], 1943.-- 138p.

汇划制度在上海的起源与演进 [上]

[0535] Vues generales sur l'industrie de la soie en Chine / Ling Fou-Tcheou.-- Changhai: [n. p.], 1943.-- 105p.

中国丝绸业概况 [上]

[0536] Cathay Mansions Inventory 1945.-- Shanghai: Cathay Mansions, 1945.-- 291p.

华懋公寓一览（1945 年） [上]

[0537] The status of aliens and foreign enterprise in China / Tieh-yai Wang.-- Chungking: China Institute of Pacific Relations., 1945.-- 59p.

在华外人企业状况 [上]

[0538] Shanghai money market / Shinwei Peng.-- New York: Sino-International Economic Research Center, 1946.-- 56p.

上海货币市场 [上]

[0539] "Jardines" and the EWO interests.-- Hong Kong: Jardine, 1947.-- 52p.

怡和洋行赢利状况 [上]

[0540] A general report on transport in Shanghai / A. Pollock.-- Shanghai: Shanghai Electric Construction Co., 1947.-- 33p.

上海运输总报告 [上]

[0541] Financial plan for extension program / M. H. Pai.-- Shanghai: Yangtse Power Co., 1947.-- 10p.

扬子动力公司扩展业务的财政计划 [上]

[0542] Quarterly statement showing names of importers, commodities, and amount of exchange granted from July to Sept. 1947 / Shanghai Export-Import Board.-- Shanghai: [n. p.], 1947.-- 92p.

上海进出口局季报(1947年7–9月) [上]

[0543] The directory of banks and native banks of Shanghai / ed. by the United Credit Information Office.-- Shanghai: [United Credit Information Office], 1947.-- 631p.

上海银行与钱庄名录 [上]

[0544] Chinese Navy Kiangnan Dockyard / Howard Q. Mar.-- Shanghai: Chinese Navy Kiangnan Dockyard, 1948.-- 20p.

中国海军江南造船所 [上]

[0545] General report on the city-wide rationing program, enforced by the Shanghai Food Committee in Mar. 1948.-- Shanghai: Information Dept., [n. p.].-- 49p.

上海食品委员会全市口粮规划执行报告(1948年3月) [上]

[0546] The Shanghai commercial directory 1948 to 1949.-- Shanghai: Municipal Chamber of Commerce, 1948.-- 902p.

上海商业指南(1948–1949年) [上]

[0547] The Shanghai Securities Exchange, annual report 1947.-- Shanghai: [n. p.], 1948.-- 34p.

上海证券交易所年报(1947年) [上]

[0548] Economic regulations currently in force in Shanghai.-- Shanghai: Independent Translation, 1949.-- 50p.

上海现行经济条例 [上]

[0549] Far Eastern Freight conference No. 4: Freight tariff from Shanghai area.-- Shanghai: Tariff Cancels, 1951.-- 47p.

上海地区的货运税 [上]

[0550] Trade and diplomacy on the China Coast: the opening of the treaty ports 1842-1845 / John King Fairbank.-- Cambridge, MA: Harvard Univ. Pr., 1956.-- 2v.

中国沿海的贸易和外交：开放通商口岸(1842–1845年)。本书作者费正清(1907-1991)为美国著名的中国通。书中许多部分讲到上海的对外贸易及其在中国外交中的地位。 [上]

[0551] Shanghai episode: the end of Western commerce in Shanghai / Lucian Taire.-- Hong Kong: Rainbow Pr., 1957.-- 111p.

上海插曲：西方商业在上海的终结。其他版本：1958. 日译本：上海エピソード：国際都市てんやわんや物語 / 脇山康之助訳 .-- 東京：鏡浦書房，1958 [上/AO]

[0552] China's early industrialization: Sheng Hsuan-huai (1844-1916)and Mandarin enterprise / Albert Feuerwerker.-- Cambridge, MA: Harvard Univ. Pr., 1958.-- 311p.

《中国早期工业化：盛宣怀(1844–1916)和官督商办企业》。其他版本：Atheneum College ed. New York: Atheneum, 1970. 中译本：(美)费维恺著，虞和平译 .-- 中国社会科学出版社，1990 [ACOS]

[0553] Condition of Shanghai's industry and some of its problems / Chih-Ch'eng Liu.-- New York: U. S. Joint Pub.-- Research Service, 1958.-- 15p.

上海工业现状与问题 [C]

[0554] The Chinese inflation, 1937-1949 / Shun-Hsin Chou.-- New York: Columbia Univ. Pr., 1963.-- 319p.

中国的通货膨胀(1937–1949年) [ACOS]

[0555] Une crise financiére à Shanghai à la fin de l'ancien régime: textes presentes / traduits et annotes par M. -C. Bergere.-- Paris: Mouton, 1964.-- 84p.

清末上海的金融危机。本书为法国著名汉学家白吉尔对晚清上海经济研究的早期著作，她的研究方向是中国资产阶级。其他版本：1962；2nd ed.-- 1964 [国ACO]

[0556] Wayfoong: the Hongkong and Shanghai Banking Corporation; a study of East Asia's transformation, political, financial, and economic, during the last hundred years / Maurice Collis; art ed., Charles Rosner.-- London: Faber and Faber, 1965.-- 269p.

汇丰银行及近百年东亚政治、金融、经济变迁的研究 **[国 ACGMO]**

[0557] The treaty ports and China's modernization: what went wrong? / Rhoads Murphey.-- Ann Arbor: Center for Chinese Studies, Univ. of Michigan, 1970.-- 73p.

通商口岸与中国的近代化 **[O]**

[0558] Shanghai old-style banks (ch'ien-chuang), 1800-1935: a traditional institution in a changing society / Andrea Lee McElderry.-- Ann Arbor: Center for Chinese Studies, Univ. of Michigan, 1976.-- 230p.

上海的钱庄(1800–1935 年):变迁社会中的传统机构 **[国 CMO]**

[0559] Careers in Shanghai: the social guidance of personal energies in a developing Chinese city, 1949-1966 / Lynn T. White III.-- Berkeley, CA: Univ. of California Pr., 1978.-- 249p.

上海职业(1949–1966 年) **[国 GMOS]**

[0560] Party, state, and local elites in republican China: merchant organizations and politics in Shanghai, 1890-1930 / Joseph Fewsmith.-- Honolulu: Univ. of Hawaii Pr., 1985.-- 275p.

中华民国的党派、国家和地方精英:上海的商业组织和政治(1890–1930 年)。本书包括三个部分,第一部分关于 1895-1925 年间上海商人组织的政治率性的变化;第二部分是对中国经验的比较判断,以国家的政体作为官方制度的例子来说明;第三部分是用比较的方法来观察中国的经验。 **[国 MO]**

[0561] Schanghai: eine Weltstadt öffnet sich / Werner Handke.-- Hamburg: Institut für Asienkunde, 1986.-- 157p.

上海,一个正在开放的国际大都市。本书有关上海的经济与产业。英德双语。 **[CGO]**

[0562] Shanghai: Chinas Tor zur Welt / Institut für Asienkunde; [die Autoren, Erhard Louven, Peter Schier, Brunhild Staiger].-- Hamburg: Landeszentrale für Politische Bildung, 1986.-- 118p.

上海：中国通往世界的大门。其他版本：Hamburg: Brockmeyer, 1989.-- 111p.
[C / G]

[0563] Sisters and strangers: women in the Shanghai cotton mills, 1919-1949 / Emily Honig.-- Stanford, CA: Stanford Univ. Pr., 1986.-- 299p.

《**上海纱厂女工,1919–1949**》。本书研究上海纱厂女工在上海的社会地位、劳动状况及其在民国时期各种政治斗争中的表现。以 1919 年到 1949 年上海大量纺织厂生产与发展的历史为背景,叙述了上海纺织女工的生活情况和生产情况,以及纺织厂的罢工。 [国 ACMO]

[0564] The China Trade, 1600-1860 / Patrick Conner.-- Brighton: Royal Pavilion, Art Gallery & Musuem, 1986.-- 158p.

中国贸易(1600–1860 年)

[0565] Law and business practice in Shanghai / Ellen R. Eliasoph.-- Chicago: Longman, 1987.-- 228p.

上海法律与商业实务 [M]

[0566] Emigrant entrepreneurs: Shanghai industrialists in Hong Kong / Wong Siu-Lun.-- New York: Oxford Univ. Pr., 1988.-- 244p.

《**移民企业家：香港的上海工业家**》。本书作者为香港大学教授,长期研究上海移民,并作了大量的社会调查。本书共 8 章,内容包括工业化与上海人、精英人物的移民、工业技术和资源、商业观念、地域主义和竞争策略、家庭主义和工业企业等,讲述了一群上海纺织家在香港建立自己的经济王国的故事。中译本：黄绍伦著,张秀莉译 .-- 上海古籍出版社,2003 [上 ACGO]

[0567] Le réveil de Shanghai: stratégies économiques, 1949-2000 / Guilhem Fabre, Michel Cartier.-- Paris: La Documentation française, 1988.-- 67p.

上海警钟：经济战略(1949–2000 年)

[0568] Technological innovation in China: the case of the Shanghai semiconductor industry / Denis Fred Simon, Detlef Rehn.-- Cambridge, MA: Ballinger, 1988.-- 206p.

中国的技术创新：以上海半导体工业为例 [国 GO]

[0569] Shanghai dans les annees 1980: etudes urbaines / sous la direction de

Christian Henriot.-- [Lyon: Univ. Jean Moulin Lyon III, Centre Rhonalpin de Recherche sur l'Exreme-Orient Contemporain, 1989?].-- 181p.

20 世纪 80 年代的上海：城市研究。本书为里昂第三大学当代中国研究小组成员的文集，介绍中国的自由港，包括上海的社会、经济状况，同时还介绍了辽宁省大连市。 **[国 ACO]**

[0570] Shanghai shanghaied? : uneven taxes in reform China / Lynn T. White III.-- [Hong Kong]: Centre of Asian Studies, Univ. of Hong Kong, 1989.-- 105p.

上海被胁迫？中国改革的不平衡税收 **[ACO]**

[0571] Shanghais Wirtschaft im Wandel: mit Spitzentechnologien ins 21. Jahrhundert / Detlef Rehn.-- Hamburg: Institut für Asienkunde, 1990.-- 201p.

上海的经济转型：21 世纪的高科技 **[国 ACGO]**

[0572] Establishing a land market in Shanghai: a discussion paper / David E. Dowall.-- [Berkeley, CA]: Institute of Urban and Regional Development, Univ. of California at Berkeley, 1991.-- 26p.

建立上海的土地市场。本书主要研究上海的经济状况及上海的土地市场化。 **[C]**

[0573] L'émergence du transport informel dans l'espace économique de Shanghai / Luc Perrier, Claude Comtois.-- Montréal: Centre de recherche sur les transports, Univ. de Montréal, 1991.-- 26p.

上海经济中非正规运输的出现

[0574] The Shanghai stock market and China's financial reform / John Wong.-- Singapore: Institute of East Asian Philosophies, 1991.-- 19p.

上海证券市场与中国金融改革。属于东亚哲学研究所丛书(IEAP internal study paper; no. 1)。东亚哲学研究所为新加坡国立大学东亚研究所前身。

[0575] The changing shape of municipal finance in China: a case study based on Shanghai / Nick Devas.-- Birmingham: Development Administration Group, 1992.-- 25p.

中国城市金融的变化：以上海为例 **[O]**

[0576] Shanghai, l'Asie: un immense marché à courtiser / Québec (Province).--

Ministère des affaires internationales.-- [Québec]: Gouvernement du Québec, Ministère des affaires internationales, 1993?.-- 65p.

上海,亚洲:一个有利可图的巨大市场。本书由加拿大魁北克省国际商务部亚洲分部编写,介绍了该省与中国之间的国际贸易情况、1976-2000年中国的经济状况,着重介绍了中国上海——一个巨大的出口市场。

[0577] Comment vendre et s'implanter à Shanghaï / [Centre français du commerce extérieur; Thieffry & Associés].-- Paris: Thieffry & Associés, 1994.-- 299p.

如何在上海销售并迁往上海。其他版本: 2e ed., 1999; 3e ed., 2003 [国]

[0578] Die Asien-Strategie der AEG-Aktiengesellschaft am Beispiel "VR China" - besondere Aspekte des Metro-Shanghai-Projektes / Stefan Töpelmann, Katja Störk.-- Berlin: Ostasiatisches Seminar, Freie Univ., 1994.-- 32p.

德国通用电气公司的亚洲战略,以中国尤其是上海地铁项目为例

[0579] Der Lebensmittelhandel in der V. R. China mit Schwerpunkt auf Beijing und Shanghai: die Chancen deutscher Lebensmittelexporteure in der V. R. China / CMA Centrale Marketinggesellschaft der Deutschen Agrarwirtschaft...-- Bonn: CMA, 1995.-- 91p.

上海和北京的食品贸易:德国食品出口商在华机遇

[0580] Die Entwicklung des Kapitalmarktes in der VR China: eine Analyse der Wertpapiermärkte in Shanghai und Shenzhen / Angela Reif.-- Stuttgart: Verlagsgeschellschaft Internationales Recht, 1995.-- 110p.

中国资本市场的发展:上海和深圳证券市场分析

[0581] La réforme des entreprises en Chine: les industries shanghaiennes entre État et marché / Christian Henriot, Shi Lu.-- Paris: Ed. L'Harmattan, 1996.-- 281p.

中国的企业改革:在国家和市场之间的上海工业 [国 O]

[0582] Le marché du BTP à Shanghaï / David Ung.-- Paris: CFCE, 1996.-- 64p.

BTP在上海的市场。属于丛书: Direction des relations économiques extérieures; Centre français du commerce extérieur. Poste d'expansion économique de Shanghaï.

[0583] Les Sociétés de conseil à Shanghai / Marie Briere.-- Paris: CFCE, 1996.-- 41p.

咨询公司在上海。属于丛书: Direction des relations économiques extérieures;

Centre français du commerce extérieur. Poste d'expansion économique de Shanghaï.

[0584] Shanghai: Chinas Tor zur Welt / hrsg. von Institut für Asienkunde; [Redaktion, Brunhild Staiger]Hamburg: Institut für Asienkunde, 1996.-- 113p.

上海：中国通往世界的大门。其他版本：1997 **[CG]**

[0585] Shanghai's role in the economic development of China: reform of foreign trade and investment / Gang Tian.-- Westport, CT: Praeger, 1996.-- 226p.

在中国经济发展中上海所扮演的角色：外贸改革与投资。 **[国上 ACGMO]**

[0586] Urban women's employment and unemployment in an age of transition from state-led to market-led economy 1978-1995: a case study of Shanghai, China / Dong Weizhen.-- The Hague: Institute of Social Studies, 1996.-- 44p.

从国家主导过渡到市场主导经济过程中城市妇女的就业与失业（1978–1995年）：上海个案研究 **[AO]**

[0587] VR China, Standort Yangtse-Delta: Shanghai, Jiangsu, Anhui, Zhejiang / Hans-Peter Hüssen.-- Köln: BfAI, 1996.-- 169p.

长江三角洲：上海、江苏、安徽、浙江

[0588] China investment guide: Shanghai: establishing and operating a business / London: Economist Intelligence Unit, 1997.-- 164p.

中国投资指南：上海 **[AO]**

[0589] Etat et entreprises en Chine: XIXe - XXe siècles: le Chantier Naval de Jiangnan, 1865-1937 / Christine Cornet.-- Paris: AP Editions Arguments, 1997.-- 186p.

中国19到20世纪的官办企业：江南制造局（1865–1937年） **[国]**

[0590] La nouvelle zone de Pudong à Shanghai: six ans aprés / Hélène Hovasse.-- Paris: CFCE, 1997.-- 55p.

上海浦东新区：六年之后。属于丛书：Direction des relations économiques extérieures; Centre français du commerce extérieur. Poste d'expansion économique de Shanghaï.

[0591] Rekrutierung und Qualifizierung von Fachkräften für die direkten und indirekten Prozessbereiche im Rahmen von Technologie-Transfer-

Projekten im Automobilsektor in der VR China: [untersucht am Beispiel Shanghai-Volkswagen] / Ming-Dong Liu.-- Bremen: ITB, 1997.-- 279p.

中国汽车行业技术转让项目中招募与培训熟练员工：以“上海大众”为例。原为不来梅大学(Univ. Bremen)1997年博士学位论文。

[0592] The dynamics of urban growth in three Chinese cities / Shahid Yusuf, Weiping Wu.-- [Oxford]: Oxford Univ. Pr., 1997.-- 229p.

三座中国城市的动态发展。本书论述上海、天津和广州的工业化与城市化进程。
[国 GMOS]

[0593] The financial centre of Hong Kong on the eve of its handover to the People's Republic of China: with particular comparative reference to the financial centres of Singapore and Shanghai / Torsten Störmer.-- Hamburg: Abera-Verl. Meyer, 1997.-- 133p.

回归前的香港金融中心：与新加坡和上海金融中心的比较 [G]

[0594] Business environment and opportunities in China: Shanghai and its surrounding region / Li Choy Chong; with a foreword by Georges Fischer.-- Wiesbaden: Dt. Univ. -Verl., 1998.-- 143p.

中国的商业环境和机遇：上海及其周边区域 [G]

[0595] Comment créer une Société à Shanghai / Christelle Chansavang, Olivier Biltz.-- Paris: CFCE, 1998.-- 59p.

如何在上海创建公司。属于丛书：Direction des relations économiques extérieures; Centre français du commerce extérieur. Poste d'expansion économique de Shanghaï.

[0596] Distribution et consommation à Shanghai / De Levis Mirepoix, Hélène Hovasse.-- Paris: CFCE, 1998.-- 34p.

上海的销售与消费。属于丛书：Direction des relations économiques extérieures; Centre français du commerce extérieur. Poste d'expansion économique de Shanghaï.

[0597] Evolution du coût de la vie pour les expatriés à Shanghai / Christelle Chansavang, Olivier Biltz.-- Paris: CFCE, 1998.-- 30p.

上海外籍人士生活费趋势。属于丛书：Direction des relations économiques extérieures; Centre français du commerce extérieur. Poste d'expansion économique de Shanghaï.

[0598] Ouvrir un bureau de représentation à Shanghai / Christelle Chansavang, Olivier Biltz.-- Paris: CFCE, 1998.-- 58p.

在上海开设代表处。属于丛书：Direction des relations économiques extérieures; Centre français du commerce extérieur. Poste d'expansion économique de Shanghaï.

[0599] Schanghai: das China von Morgen / Werner Handke.-- Göttingen: Cuvillier, 1998.-- 273p.

上海：中国的明天 **[G]**

[0600] Singapore Shanghai business directory.-- [Singapore]: Longkin Consultants & Publishers, 1998-.-- v.

新加坡沪苏商业指南。中英双语。

[0601] The dragon's head: Shanghai, China's emerging megacity / ed. by Harold D. Foster, David Chuenyan Lai, Naisheng Zhou.-- Victoria, BC: Western Geographical Pr., 1998.-- 317p.

龙头：上海，中国崛起的大城市 **[国 MO]**

[0602] The trading crowd: an ethnography of the Shanghai stock market / Ellen Hertz.-- New York: Cambridge Univ. Pr., 1998.-- 238p.

交易群体：对上海股票交易市场的人种志研究。本书作者将人种志的方法应用于上海股票市场及其投资者的研究，探究了国家所起的主要作用，研究结果表明上海的股票市场是与西方股票市场很不相同的市场。其他版本：2000 **[国 CGMOS]**

[0603] Der deutsche Mittelstand in Ostasien: chancenlos?: Eine empirische Untersuchung der Deutschen Industrie- & Handelszentren (DIHZ)in Yokohama, Shanghai und Singapur / Peter Fuhl.-- Hagen: ISL-Verl, 1999.-- 208p.

德国中小企业在东亚没有机会？德国工业和贸易中心在横滨、上海、新加坡的经验。原为柏林自由大学（Freie Univ. Berlin）1999年博士学位论文。 **[G]**

[0604] Does foreign direct investment lead growth: evidence from Shanghai / Gary Gang Tian, Jordan Shan.-- [Kingswood, NSW]: Univ. of Western Sydney, Nepean, School of Economics and Finance, 1999.-- 20p.

外国直接投资引领增长：来自上海的证据。本书以上海为例，讨论外商直接投资能否导致经济增长。 **[A]**

[0605] Industrielle Beziehungen Chinas am Scheideweg: der wirtschaftlich-soziale Strukturwandel und das Beispiel von VW Shanghai / Xiaowei Yuan.-- Frankfurt: Bund-Verl., 1999.-- 222p.

处于十字路口的中国劳资关系：社会经济结构调整，以“上海大众”为例。原为蒂宾根大学（Univ. Tübingen）1998 年博士学位论文。 **[G]**

[0606] Inventing Nanjing Road: commercial culture in Shanghai, 1900-1945 / ed. by Sherman Cochran.-- Ithaca, NY: East Asia Program, Cornell Univ., 1999.-- 252p.

创造南京路：上海商业文化（1900–1945 年） **[国 AGMO]**

[0607] Modalities for environmental assessment: country studies on flood loss reduction in Bangladesh, urban development and environmental protection in Shanghai, China and fishery resources development and management in Samoa / Economic and Social Commission for Asia and the Pacific.-- New York: United Nations, 1999.-- 270p.

环境评估方式：减少孟加拉国水灾损失、上海的城市发展与环境保护、萨摩亚渔业资源开发与管理 **[G]**

[0608] Conflict and cooperation in Sino-British business, 1860-1911: the impact of pro-British commercial network in Shanghai / Eiichi Motono.-- New York: St.-- Martin's Pr.; Basingstoke: Macmillan in association with St Antony's College, Oxford, 2000.-- 229p.

中英商务活动中的冲突与合作：上海英国商业网的影响（1860–1911 年）。本书论述清朝晚期中国传统商业秩序瓦解的原因，认为 19 世纪 80 年代英国商业网络在中国的发展起到了很大作用。通过对 1856 年爆发的“亚罗”号事件后中英各种商业冲突的分析，阐明了英国商业网络产生的时间和地点以及对中国社会带来的影响。改编自作者的牛津大学博士学位论文。 **[国 CGOS]**

[0609] Encountering Chinese networks, Western, Japanese, and Chinese corporations in China, 1880-1937 / Sherman Cochran.-- Berkeley, CA: Univ. of California Pr., 2000.-- 257p.

《大公司与关系网：中国境内的西方、日本和华商大企业（1880–1937）》。本书研究晚清和民国时代，外国各种企业总部是如何来上海发展的，分析了影响中国商业发展的企业和社会网络之间的相互关系。中译本：（美）高家龙著，程麟荪译 .-- 上海：上海社会科学院出版社，2002 **[国上 ACOS]**

[0610] Reise einer Wirtschaftsdelegation in die Volksrepublik China: unter Leitung von Herrn Minister Dr. Peter Fischer, 24. April bis 1. Mai 1999, Reisebericht / Niedersächsisches Ministerium für Wirtschaft, Technologie und Verkehr.-- Hannover: Nds. Ministerium für Wirtschaft, Technologie und Verkehr, Referat Außnwirtschaft, EU-Angelegenheiten, 2000.-- 269p.

下萨克森州经济、技术及交通部长菲舍尔博士率领的商业代表团在中国(1999年4月24日到5月1日) **[G]**

[0611] Shanghai: à la croisée des chemins du monde / Joël Le Quément.-- Paris: Ed. l'Harmattan, 2000.-- 155p.

上海:处于世界的十字路口。本书有关上海的经济状况。其他版本:2e ed.-- 2002.-- 207p. **[国 G]**

[0612] Wirtschaftsethik in China am Fallbeispiel von Shanghaier Protestanten: zwischen Marx und Mammon / Katrin Fiedler.-- Hamburg: Institut für Asienkunde, 2000.-- 234p.

以上海基督徒为例的中国经济伦理学:在马克思和金钱之间 **[CGO]**

[0613] A tale of three cities: the competitiveness of Hong Kong, Shanghai and Singapore in the era of globalization / Yue-Man Yeung.-- [Hong Kong]: Shanghai-Hong Kong Development Institute [and] Hong Kong Insitute of Asia-Pacific Studies, 2001.-- 33p.

三城记:全球化时代香港、上海和新加坡的竞争

[0614] Economic transition in the People's Republic of China and foreign investment activities: the transfer of know-how to the Chinese economy through transnational corporations; the case of Shanghai / Peter Werner.-- Frankfurt: Lang, 2001.-- 243p.

中国的经济转变和国外投资活动:通过跨国合作使国外技术引进到中国,以上海为例 **[G]**

[0615] Going public in China: Handlungsempfehlung für die Börseneinführung in Shanghai oder Hong Kong / Claudia Vortmüller.-- Bern: Haupt, 2001.-- 257p.

在中国上市:对于在上海或者香港上市的建议。原为特里尔大学(Univ. Trier)1998年博士学位论文。

[0616] Magnetbahn Transrapid in Schanghai: überschlägige Abschätzung wirtschaftlicher Folgen für die Bundesrepublik / Helmut Maier.-- Berlin: Fachhochsch. für Wirtschaft, 2001.-- [20]p.

上海磁浮列车：对德国经济产生影响的粗略估计

[0617] New Shanghai: the rocky rebirth of China's legendary city / Pamela Yatsko.-- New York: Wiley, 2001.-- 298p.

新上海：中国传奇都市的艰难复兴。本书描写了上海的伟大复兴，讨论了上海如何在不到十年的时间中，从一个被外界遗忘的工业城市发展成为一个拥有布满玻璃幕墙的摩天大楼、现代化的工厂和巨大的迪斯科舞厅的耀眼大都市。外国投资者再一次聚集到上海，上海被普遍认为是和纽约、东京和香港同等重要的国际金融中心。日译本：新上海 / パメラ · ヤツコ著，徳川家広訳 .-- 東京：集英社インターナショナル，2003 **[国 ACGO]**

[0618] Open doors: Vilhelm Meyer and the establishment of General Electric in China / Christopher Bo Bramsen.-- Richmond: Curzon, 2001.-- 352p.

敞开大门：马易尔和中国通用电气的建立。丹麦商人马易尔 20 世纪初在上海创办慎昌洋行（Anderson, Meyer & Co.），1925 年慎昌洋行被通用电气公司兼并。

[国 AG]

[0619] Shanghai: Wirtschaftszentrum im 21. Jahrhundert; Ergebnisse einer Studienreise des Ostasien-Instituts der Heinrich-Heine-Universität Düsseldorf nach Shanghai vom 24. 09. bis 01. 10. 2000 / Christian Theisen.-- Düsseldorf: Theisen, 2001.-- 200p.

上海：21 世纪的经济中心。杜塞尔多夫的海因里希 - 海涅大学东亚研究所 2000 年 9 月 24 日到 10 月 1 日在上海学术之旅的成果。

[0620] Shanghai rising: emergence of China's New York? / Lu Hanchao.-- Singapore: East Asian Institute, National University of Singapore, 2001.-- 20p.

上海崛起：中国的纽约浮现? 属于新加坡国立大学东亚研究所丛书（EAI background brief; no. 91）。

[0621] Shanghai rising in a globalizing world / Shahid Yusef, Weiping Wu.-- Washington, DC: World Bank, Development Research Group, 2001.-- 40p.

上海在全球的崛起。本书认为中国经济如能持续保持现有的发展速度，能够持续开放并保持其竞争力，几十年后中国将与美国势均力敌。上海如能保持其在中国的领先地位，能在工业、住房、基础设施、生活质量及其他方面获得持续的发展，这个东亚城市必将成为与纽约、伦敦、东京相当的全球中心。 [AO]

[0622] Soziale Transformation und soziale Ungleichheit: die Industriebeschäftigten in Shanghai / Hao Wang.-- Oxford: Peter Lang, 2001.-- 297p.

社会改革和社会不公：上海的产业工人。原为科隆大学（Univ. zu Köln）2000年博士学位论文。 [GO]

[0623] Visite du Premier ministre Jean Chrétien et d'équipe Canada à Beijing, à Shanghai et à Hong Kong du 9 au 18 février 2001: cahier d'information.-- [Ottawa]: Ministére des affaires Étrangères et du commerce international, 2001.-- 61, 59p.

加拿大总理克雷蒂安及加拿大代表团访问北京、上海和香港概述（2001年2月9–18日）

[0624] Western capitalism in China: a history of the Shanghai Stock Exchange / W. A. Thomas.-- Aldershot: Ashgate, 2001.-- 328p.

西方资本主义在中国：上海证券交易所的历史 [国 CGOS]

[0625] Doing business in Shanghai.-- Singapore: China Knowledge Press, 2002.-- 398p.

在上海做生意。其他版本：2004

[0626] Good practice study in Shanghai on employment services for the informal economy / Jude Howell.-- Geneva: ILO, 2002.-- 24p.

上海非正规经济部门就业服务的优良实践研究

[0627] How is Shanghai coping with the ageing problem? / Peng Xizhe.-- Singapore: East Asian Institute, National University of Singapore, 2002.-- 15p.

上海如何应对老龄化问题？属于新加坡国立大学东亚研究所丛书（EAI background brief; no. 115）。

[0628] Residential mobility and social capital in urban Shanghai / Gina Lai, Yat-Ming Siu.-- Hong Kong: Centre for China Urban and Regional Studies, Hong Kong Baptist Univ., 2002.-- 26p.

上海市区的住宅流动性和社会资本 [O]

[0629] A history of modern Shanghai banking: the rise and decline of China's finance capitalism / Zhaojin Ji.-- London: M. E. Sharpe, 2003.-- 325p.

现代上海银行业务史：中国金融资本主义的兴衰 **[国 AGMO]**

[0630] Chinese capitalists in Japan's new order: the occupied lower Yangzi, 1937-1945 / Parks M. Coble.-- London: Univ. of California Pr., 2003.-- 296p.

日本新秩序下的中国资本家：被占领的长江下游（1937–1945 年） **[国 GO]**

[0631] Marketing strategy for Shanghai New Asia Snack Co. Ltd / Yiming Tang, Jinhua Ma.-- Sydney: Macquarie Graduate School of Management, 2003.-- 14p.

上海新亚快餐有限公司的营销战略 **[A]**

[0632] Shanghai in transition: changing perspectives and social contours of a Chinese metropolis / Jos Gamble.-- London: RoutledgeCurzon, 2003.-- 250p.

转型中的上海：中国大都市的社会概况和发展前景。本书通过对上海周边的移民潮、资本流和大量的媒体资料的研究，阐述了这些活动对过渡期经济的作用。书中还介绍了"上海人"概念的变迁、消费需求的产生以及对推动社会新阶层产生的作用。 **[国上 AGOS]**

[0633] Vom Ruhrpott nach Shanghai: wie das Essener Unternehmen RWE in weniger als einem Jahrzehnt zum Global Player wurde und den Weg in Asiens Millionenstädte fand / Peter Schnabel.-- Essen: Asienstiftung, 2003.-- 57p.

从鲁尔工业区到上海：埃森市的莱茵 – 威斯特伐利亚电力公司是如何在不到 10 年间在亚洲的大城市中成为全球玩家的

[0634] Gute Stimmung: Shanghai bleibt erste Adresse.-- Münster: OWC-Verl. für Außenwirtschaft, 2004.-- 50p.

好氛围：上海保持第一

[0635] Gutenberg in Shanghai: Chinese print capitalism, 1876-1937 / Christopher A. Reed.-- Vancouver, BC: UBC Pr., 2004.-- 391p.

《谷腾堡在上海：中国印刷资本业的发展一八七六 – 一九三七年》。本书封面印有中文题名。其他版本：Honolulu: Univ. of Hawai'i Pr., 2004 **[CGM / 国]**

[0636] Institutionen und regionales Wirtschaftswachstum am Beipiel Shanghai / Bindong Sun.-- Berlin: Techn. Univ. Berlin, 2004.-- 295p.

机构和区域经济发展：以上海为例。原为柏林工业大学（Techn. Univ. Berlin）2004年博士学位论文。 [G]

[0637] Selling happiness: calendar posters and visual culture in early twentieth-century Shanghai / Ellen Johnston Laing.-- Honolulu: Univ. of Hawaii Pr., 2004.-- 305p.

销售快乐：20世纪早期上海的月份牌广告与视觉文化 [国GMO]

[0638] Feasibility study report on private power project for additional construction of the environmental friendly energy infrastructure plan at the site of Shanghai World Expo / Dengen Kaihatsu Kabushiki Kaisha.-- [Japan]: Ministry of Economy, Trade and Industry, 2005.-- 1v.

关于上海世界博览会会址环境友好能源基础设施计划中私营电力附加建设项目的可行性研究报告 [ACG]

[0639] International linkages of the Chinese stock exchanges: a multivariate GARCH analysis / Hong Li.-- Kingston upon Thames: Faculty of Human Sciences, Kingston Univ., 2005.-- 30p.

中国股票交易所的国际联系：多元GARCH模型分析 [O]

[0640] Sustaining urban growth through innovative capacity: Bejing and Shanghai in comparison / Wang Jici, Tong Xin.-- [Washington, DC]: World Bank, Development Research Group, 2005.-- 52p.

创新带来城市可持续发展：北京和上海的对比研究。本书通过采访和调查获取的数据，研究了创新对北京和上海各个层面所带来的影响。北京是外国公司在中国的首选地，但上海便利的生活设施和令人愉快的文化氛围，使得外国雇员更喜欢上海。上海虽然在知识创新和创新型企业的启动方面落后于北京，但上海在技术革新的商业化和创新型文化产业的发展方面领先于北京。 [国ACO]

[0641] The Shanghai residential real estate market / John Wong, Lionel Ho.-- Singapore: East Asian Institute, National University of Singapore, 2005.-- 15p.

上海住宅房地产市场。属于新加坡国立大学东亚研究所丛书（EAI background brief; no. 266）。

5. 社会生活、风俗、宗教

[0642] Histoire de la mission du Kiangnan / J. de la Serviere, S. J.-- [n. p.].-- 1v.

江南传教区史

[0643] La vie réelle en Chine (Chang-Hai) / Paul Antonini.-- Paris: Letouzey et Ané, [n. p.].-- 348p.

中国的现实生活(上海) [国]

[0644] The refugee problems in Shanghai / R. Cecil Robertson.-- Shanghai: Oriental Affairs, [n. p.].-- 8p.

上海难民问题 [上]

[0645] Rules of the course, rules and regulations for riding boys and mafoos and stable regulations.-- Shanghai: Shanghai Race Club, [n. p.].-- 12p.

上海跑马总会规章制度 [上]

[0646] A charge delivered to the Anglican clergy in Trinity Church at Shanghae, on March 16th, 1860 / George Smith.-- Shanghae: Printed at the North-China Herald Office, 1860.-- 19p.

本书作者施密士(1833-1891)为英国长老会教士,1858-1891 年在中国传教。其他版本:根据大英博物馆原件影印,属于丛书:The nineteenth century books on China; no. 7. 1. 617. [国]

[0647] Une visite a l'orphelinat de T'ou-Se-We.-- Changhai: Zi-Ka-Wei, [n. p.].-- 1v.

土山湾孤儿院参观记 [上]

[0648] Shanghai considered socially: a lecture / H. Lang.-- Shanghai: American Presbyterian Mission Pr., 1875.-- 60p.

从社会角度看上海。本书是作者在美国基督教长老会的演讲。其他版本:1873.-- 60p. [国上 C]

[0649] Bye-laws of the Northern Lodge of China, no. 570, Shanghai, under the constitution of the United States Lodge of Ancient, Free, and Accepted Masons of England.-- Shanghai: North China Herald Office, 1878.-- 35p. [国]

上海共济会中国北方会所(编号570)规章

[0650] Records of the General Conference of the Protestant Missionaries of China, held at Shanghai, May 10-24, 1877 / Shanghai: American Presbyterian Mission Pr., 1878.-- 492p.

中国新教传教士大会记录。会议于1877年5月10-24日在上海召开,为第一次传教士大会。 [上]

[0651] Sketches in the foreign settlements and native city of Shanghai / W. MacFarlane.-- Shanghai: [n. p.], 1881.-- 113p.

上海外人租界与华界素描。重印自:Shanghai Mercury。 [国上]

[0652] Annales domus Zi-Ka-Wei S. J. pars prims. 1847-1860 / A. Sica.-- Shanghai: E. Jusdem Soc. Missionario (Lithogr.), 1884.-- 199p.

耶稣会徐家汇天主堂年鉴。第一部分(1847-1860年)。 [上]

[0653] Christian progress in China, gleaning from the writings and speeches of many workers / Arnold Foster.-- Religious Tract Subject, 1889.-- 255p.

基督教在中国的发展。本书作者富世德(1846-1919)为英国教士,1871年来华,在各地传教。本书内容取自不同著作与演讲。

[0654] Records of the General Conference of the Protestant Missionaries of China, held at Shanghai, May 7-20, 1890.-- Shanghai: American Presbyterian Mission Pr., 1890.-- 744p.

中国新教传教士大会记录。会议于1890年5月7-20日在上海召开,为第二次传教士大会。 [上]

[0655] La province du Ngan-Hoei / Henri Havret.-- Changhai: Mission Catholique, 1893.-- 130p.

南汇教区。有地图。其他版本:1903.-- 124p. [上MO/A]

[0656] Sketches in and around Shanghai, etc / John D. Clark.-- Shanghai: Printed at the "Shanghai Mercury" and "Celestial Empire" Offices, 1894.-- 183p.

上海市区及周边概略。本书作者开乐凯(1840-1922)为英国人,1873年到上海经商,1879年创办《文汇报》(Shanghai Mercury)。本书由在《文汇报》上连载的有关上海历史和社会生活、城市概况的34篇文章汇编而成,内容涉及到上海的各个方

面,并有插图 10 余幅。 [国上 O]

[0657] Minutes of a regular communications, held at the Masonic Hall, Shanghai, on 1896.-- Shanghai: District Grand Lodge of Northern China, 1896.-- 20p.

共济会常务理事会议事录。会议 1896 年在上海共济会堂召开。 [上]

[0658] The China mission hand-book.-- 1st issue.-- American Presbyterian Mission Pr., 1896.-- 334p.

中国传教手册。有地图。

[0659] Rambles round Shanghai / William R. Kahler.-- Shanghai: [n. p.], 1899.-- 196p.

上海漫步。本书属于通俗类的书籍,比较简单地介绍了上海概况。但由于它出版较早,对了解早期上海的社会经济和生活情况有一定的参考意义。其他版本: 2nd ed.-- Shanghai: The Union, 1905.-- 206p. [国/上]

[0660] A sacred heart procession in Tsang-Ka-Leu, near Shanghai, China / Rev. A. Pierre, S. J.-- [n. p.], 19--?.-- 1v.

浦东张家楼圣心游行 [上]

[0661] Convent of the Sacred Heart Shanghai.-- Shanghai: [n. p.], 19--?.-- 1v.

上海圣心会修道院 [上]

[0662] Freemasonry in Shanghai and Northern China / F. M. Gratton.-- 2nd ed.-- Shanghai: [n. p.], 1900.-- 167p.

上海与华北的共济会 [上]

[0663] From Shan-si to Shanghai: a story of the journeyings of a band of missionaires of the China inland mission / Elsie G. Gauntlett.-- London: [n. p., 1900].-- 1v.

从山西到上海: 中国内陆传教团传教士的旅行故事 [O]

[0664] Rescue work in Shanghai.-- [n. p.], 19--?.-- 3p.

上海的救援工作 [上]

[0665] Report of the Chinese Tract Society, 1902.-- Printed at the Shanghais Daily Office, 1903.-- 54, 28p.

中国圣教书会报告(1902 年)

[0666] International Red Cross Society of Shanghai report.-- Shanghai: [n. p.], 1904-1906.-- 1v.

万国红十字会上海支会报告 [上]

[0667] Officers, members and rules and by-laws of the Shanghai Club, no. 3, the bund, corrected to the 1st June, 1904.-- Shanghai: North-China Daily News & Herald, 1904.-- 28p.

上海总会职员、会员及各种规章条例(1904 年 6 月 1 日修订)。 [上]

[0668] Records, China centenary missionary conference held at Shanghai, April 25 to May 8, 1907 / Gilbert McIntosh, ed.-- Shanghai: Centenary Conference Committee, 1907.-- 823p.

中国传教百年会议记录。会议于 1907 年 4 月 25 日到 5 月 8 日在上海举行。纪念英国传教士马礼逊来华传教一百周年。 [上]

[0669] Annual report Chinese Young Men's Christian Association, 1908.-- Shanghai: Impr. de la Municipalite française, 1908.-- 10p.

中国基督教青年会年报(1908 年) [上]

[0670] International Opium Conference: reports of the proceedings, February 1st to February 26th, 1909.-- [n. p.].-- 2v. (118, 372p.)

万国禁烟会会议录(1909 年 2 月 1–26 日)。本报告英法双语。第二册为代表团报告,含地图及统计图表。

[0671] Report of the International Opium Commission, Shanghai, China, February 1 to February 26, 1909.-- Shanghai: North-China Daily News & Herald, 1909.-- 2v. (117, 372p.)

上海万国禁烟会报告(1909 年 2 月 1–26 日)。本报告两册,分别是:Report of the proceedings; Report of the delegations. 又名:Report of the Commission, Feb. 1 to 26, 1909。 [上]

[0672] Survey of the missionary occupation of China / Thos Cochrane.-- Shanghai: Christian Literature soo. For China, 1913.-- 372p.

教会入侵中国记 [上]

[0673] The history of freemasonry in Shanghai and northern China / from the records comp. by Bro. F. M. Gratton, P. D. G. W., 1894; brought up-to-date (1913)and enlarged by the authority of right worshipful brother Robt. S. Ivy; published under the approval of the principals of the various masonic bodies in the district.-- Tientsin: North China Printing and Pub. Co., 1913.-- 312p.

上海与华北共济会史 [上]

[0674] Lettres des RR. PP. Visiteurs de la mission de Shanghai.-- [Shanghai: n. p.], 1914-1947.-- 24p.

上海教区巡视神父的信件 [上]

[0675] L'orphelinat de T'ou-Se-We: son histoire, son etat present / J. De la Serviere.-- Shanghai: Impr. de l'Orphelinat de T'ou-Se-We, 1914.-- 47p.

土山湾孤儿院的历史与现状 [上]

[0676] L'orphelinat de T'ou-Se-We, 1864-1914: a visit to the Orphanage of T'u Se Wei.-- [n. p.].-- 1v.

土山湾孤儿院(1864–1914年):土山湾孤儿院访问记。属于丛书:T'ou-Se-We; nos. 1-3.

[0677] The Zi-Ka-Wei Orphanage / D. J. Kavanagh.-- San Francisco: Barry, 1915.-- 24p.

徐家汇孤儿院 [上]

[0678] Directory of protestant missions in China.-- Shanghai: Kwang Hsueh Pub. House, 1916-.-- v.

中国新教教会指南。版本:1916, 1917, 1919, 1920, 1921, 1923, 1924, 1925, 1926, 1927, 1930 [上]

[0679] The China Christian year book.-- Shanghai: Christian Literature Society, 1916-.-- v.

中国基督教年鉴。版本:1916, 1919, 1923, 1926, 1928-29, 1931, 1932-33, 1934-35, 1936-37, 1938-39 [上]

[0680] The house that Jack built: a modern version: a remarkable temperance story of Shanghai / Charles Ridgway.-- Yokohama: Fukuin Printing, 1917.-- 129p.

杰克所建的房子(现代版):一个了不起的上海禁酒故事

[0681] A guide to important mission stations in Eastern China / ed. by Paul

Hutchinson.-- Shanghai: Mission Book Co., 1920.-- 184p.

华东重要布道区指南。本书作者胡金生（1890-1956）为美国教士，1914 年来华，1916-1921 年任上海《兴华报》（Christian Advocate）编辑，兼管美以美会全部在华出版事务。

[0682] Mission de Shanghai, & c. (brochures diverses).-- S. ed.-- Shanghai: [n. p.], 1920-1939.-- v.

上海教区。小册子，1920-1939 年。 [上]

[0683] The first quarter century of the Y. M. C. A. in China, 1895-1920 / D. Willard Lyon.-- Association Pr. of China, 1920.-- 15p.

基督教青年会在中国的首个二十五年（1895–1920 年）。本书作者来会理（1870-1949）为美国人，1895 年来华，在天津创办首个基督教青年会，后在上海、北京等地组织基督教青年会。1934 年退休回国。

[0684] Rules of the Masonic Club, Shanghai.-- Shanghai: Shanghai Mercury, 1921.-- 34p.

上海共济总会规章条例 [上]

[0685] Mission de Shanghai (documents divers).-- S. ed.-- [n. p.].-- 1v.

上海教区文献。（1922-1939 年） [上]

[0686] National Christian Council of China: Annual Report.-- [n. p.], 1922-.-- v.

中华全国基督教协进会年报。版本：1922-1923, 1924-1925, 1925-1926, 1926-1927 [上]

[0687] Le chemin de Changhaï (la traité des blanches en Asie) / Henry Champly.-- Paris: Ed. Jules Tallandiaer, 1923.-- 254p.

通向上海之路：亚洲的白奴贸易。本书有关亚洲尤其是东亚贩卖白人妇女进行卖淫的活动。英译本：The road to Shanghai: white slave traffic in Asia.-- Shanghai: Villard, 192-?. 英译本另有：translated from the French by Warre B. Wells, London, John Long, [1934].-- 283p.; 1938.-- 252p. [上]

[0688] Der Menschenhändler von Schanghai.-- Leipzig: Ostra-Verl., 1925.-- 47p.

上海的人贩子。属于丛书：Frank Allan, der Rächer der Enterbten; Bd. 265.

[0689] Oeuvre des catechumenats.-- [n. p.], 1925.-- 1v.

上海教区文献(Mission de Shanghai〔documents〕)。摘自:Relations de Chine, Oct. 1925 [上]

[0690] Projects in Y. M. C. A. work / J. C. Clark.-- Association Pr. of China, 1926.-- 64p.

基督教青年会工作计划

[0691] The Young Men's Christian Association and the future of China.-- Publication Dept., National Committee Y. M. C. A. 's of China, 1926.-- 93p.

基督教青年会与中国未来

[0692] Y. M. C. A. : volunteer service / J. H. Geldart.-- Shanghai: Association Pr. of China, 1926.-- 42p.

基督教青年会志愿者服务

[0693] A National Christian Council of China.-- Shanghai: Strother, 1927.-- 13p.

中华全国基督教协进会 [上]

[0694] Bulletin / Joint Committee of Shanghai Women's Organizations.-- [Shanghai]: Asia Realty Co., 1927-.-- v.

上海各界妇女联合会通讯 [C]

[0695] De Paris a Shanghai / Luc Dano.-- Paris: Ed. de la Pensee Latine, 1927.-- 158p.

从巴黎到上海。本书采用比较的方法,将巴黎和上海两城的城市生活、社会状态进行对比研究。 [上]

[0696] International Walking Competition at Shanghai, Sunday, Nov. 27th, 1927.-- Shanghai: North-China Daily News & Herald, 1927.-- 5p.

上海国际竞走比赛。比赛日期:1927 年 11 月 27 日星期日。 [上]

[0697] The racing record (form at a glance).-- Shanghai: Shanghai Race Club, 1927-.-- v.

上海跑马总会跑马记录。版本:Jan. 1927; First half year 1929; Jan. 1st to Apr. 26th 1931 [上]

[0698] Un orphelin de T'ou-Se-We: Le Frere Joseph Yang (1853-1926) / J. de Lapparent.-- Shanghai: T'ou-Se-We Pr., 1927.-- 8p.

土山湾孤儿院：杨春荣(1853–1926)。孔明道神父撰。杨春荣，字乐山(Yue Shan)，耶稣会中国籍会士，1853年出生，1875年入修院学习，1886年晋辅理修士。摘自：Relations de Chine。 [上]

[0699] Constitution, bylaws and toster of the Rotary Club of Shanghai.-- Shanghai: [n. p.], 1828[1928?].-- 62p.

上海扶轮社规章制度 [上]

[0700] Orphelinat de T'ou-Se-We, atelier d'oufevrerie; objects de Culte, 1928.-- Shanghai: T'ou-Se-We Pr., 1928.-- 111p.

土山湾孤儿院 [上]

[0701] Shanghai Football Association: laws of the Association and rules governing its competitions.-- Shanghai: Information Dept., 1929.-- 39p.

上海足球联合会(西联会)章程及比赛规则 [上]

[0702] A complete record of racing at Shanghai, Kiangwan and Yangtszepoo for ....-- Shanghai: Shanghai Race Club, 1930-.-- v.

上海跑马总会跑马记录：上海、江湾和杨树浦。版本：1930, 1932, 1933, 1934, 1935, 1936, 1937-38, 1939-40 [上]

[0703] A history of the Shanghai Paper Hunt Club, 1863-1930: with complete records of hunts, hunt handicaps, steeplechases and point-to-points / C. Noel Davis...; illus. by Edmund Toeg in line and colour; with six maps of the riding country in and around Shanghai and numerous photographs.-- Shanghai: Kelly & Walsh, 1930.-- 173p.

上海猎纸会史(1863–1930年)。附插图、地图和照片。 [国上O]

[0704] Centenaire de l'erection de la confrerie de l'heure sainte / A. Haouisee.-- Shanghai: [n. p.], 1930.-- 2p

上海教区文献(Mission de Shanghai〔documents〕)。 [上]

[0705] Conferentia de actione catholica data die 10 septembris occasione congressus nationalis actionis catholicae sinensis, a sua Exc. Msgr. Haouisee, V. A. Shanghai.-- Shanghai: [n. p.], 19--?.-- 10p.

上海教区文献(Mission de Shanghai〔documents〕)。 [上]

[0706] Deutsche Evangelische Kirche zu Schanghai: 1900 - 1930; [Erinnerungsblatt zum letzten Gottesdienst ausgegeben].-- Schanghai: [Deutsches evangelisches Pfarramt], 1930.-- 4p.

上海的德国新教教会(1900–1930年)

[0707] Memorandum and articles of association and bye-laws of the Country Club Shanghai.-- Shanghai: North-China Daily News & Herald; The China Pr., 1930.-- 64p.

斜桥总会备忘录 [上]

[0708] Women in industry in the Chapei, Hongkew and Pootung districts of Shanghai / comp. by Chung Shou Ching and May Bagwell.-- Shanghai: Y. W. C. A., 1930.-- 28p.

上海闸北、虹口、浦东地区教堂所办工业中的妇女。其他版本: Shanghai: National Committee, 1931.-- 28p. [上]

[0709] China Young Men's Christian Associations Year Book.-- [n. p.], 1931-1935.-- 5v.

中国基督教青年会年鉴

[0710] Chinese-Foreign Famine Relief Committee Shanghai: annual report of operations: 1931, 1933, 1934, 1937, 1939.-- Shanghai: [n. p.], 1931-39.-- v.

华洋义赈会年报: 1931, 1933, 1934, 1937, 1939 [上]

[0711] The Shanghai spectator.-- [Shanghai]: Shanghai Spectator, Inc., 1931-.-- v.

上海观众。有关体育运动的连续出版物。 [C]

[0712] Lettre / [A. Haouisee].-- Shanghai: [n. p.], 1932.-- 2p.

惠济良主教信件。上海教区文献(Mission de Shanghai〔documents〕)。 [上]

[0713] Lettre circulaire de S. Exc. Mgr A. Haouisee S. J. aux fideles du vicariat sur les devoirs de l'heure presente et specialement sur la charite envers les blesses et les refugies.-- Shanghai: [n. p.], 1932.-- 2p.

惠济良主教就对伤员与难民进行慈善救助给代牧区教友的信。上海教区文献(Mission de Shanghai〔documents〕)。 [上]

[0714] Some aspects of work accomplished by the Relief Society for Shanghai War Refugees.-- Shanghai: Relief Society for Shanghai War Refugees, 1932.-- 24p.

上海战时难民救济会工作 [上]

[0715] Apostleship of prayer / [A. Haouisee].-- Shanghai: [n. p.], 1933.-- 1p.

上海教区文献(Mission de Shanghai〔documents〕)。 [上]

[0716] Chinese destinies: sketches of present-day China / Agnes Smedley.-- New York: Vanguard Pr., 1933.-- 315p.

中国人的命运:当代中国素描。本书作者史沫特莱(又译斯美特莲,1894-1950)为美国人,1928年以德国《法兰克福日报》特派记者身份首次来华。本书有一章专写上海,讲到白俄妇女在"十月革命"后流浪到上海充当妓女等社会情况。其他版本:London: Hurst & Blackett, 1934.-- 284p.; Westport, Conn. : Hyperion Pr., 1977.-- 315p.; Beijing: Foreign Languages Pr., 2003.-- 281p. 德译本:Chinesische Schicksale: Skizzen aus dem China von heute.-- Moskau: Verlagsgenossenschaft Ausländischer Arbeiter in der UdSSR, 1934.-- 116p.; China Blutet: Vom Sterben des alten China.-- London: Michael Joseph, 1936.-- 8v. [C / AOS]

[0717] Lettre / [A. Haouisee].-- Shanghai: [n. p.], 1933.-- 2p.

惠济良主教信件。上海教区文献(Mission de Shanghai〔documents〕)。 [上]

[0718] Memorandum and articles of association of the Shanghai Cricket Club.-- Shanghai: Shanghai Cricket Club, 1933.-- 44p.

上海板球总会备忘录 [上]

[0719] National Christian Council of China: Biennial report.-- [n. p.], 1933-.-- v.

中华全国基督教协进会双年刊。版本:1933-35, 1937-1946 [上]

[0720] Audacious angles on China; with The diary of a Shanghai baby / Elsie McCormick.-- New York: Appleton-Century, 1934.-- 306p.

大胆地观察中国,附:一个上海小孩的日记。所附《一个上海小孩的日记》另有多个独立版本。 [上 / A]

[0721] Lettre du R. P. A. Lambert S. J., provincial de Paris, aux PP. & FF. de la mission de Shanghai apres sa visite.-- Zi-Ka-Wei, Shanghai: Impr. de T'ou-Se-We, 1934.-- 20p.

耶稣会巴黎省会长朗贝尔访问上海后给上海教区神父和教友的信件。上海教区文献(Mission de Shanghai〔documents〕)。 [上]

[0722] Shanghai Yacht Club 1868-1934: a history of the club written from the North-China Herald & published as a souvenir at the opening of the eight of House in Minghong reach on the eighth of July 1934.-- Shanghai: North-China Daily News & Herald, 1934.-- 52p.

上海飘艇总会(1868–1934 年) [上]

[0723] Sidelights on Shanghai / L. Z. Yuan.-- Shanghai: Mercury Pr., 1934.-- 142p.

上海侧影 [上]

[0724] A history of southern Baptist work in Shanghai, from 1847 to 1935 / Miss Willie H. Kelly.-- [n. p.].-- 1v.

南方浸会在上海工作的历史(1847–1935 年)。本书专为上海市通志馆作。

[0725] Lettre circulaire / [A. Haouisee].-- Shanghai: [n. p.], 1935.-- 4p.

惠济良主教信件。上海教区文献(Mission de Shanghai〔documents〕)。 [上]

[0726] Oeuvres de la mission de Shanghai 1935-36, 1938-42.-- Zikawe [Shanghai]: Mission Catholique, 1935-42.-- 1v.

上海教区活动(1935–1936 年,1938–1942 年)。其他版本: 1936-37.-- 3p. [上]

[0727] Shanghai: sketches of present-day Shanghai / R. Barz.-- Centurion Print Co., 1935?.-- 199p.

上海:当今上海素描 [上]

[0728] Social pathology in China: a source book for the study of livelihood, health and the family / Herbert D. Lamson.-- Shanghai: Commercial Pr., 1935.-- 607p.

中国社会病理学:生计、健康与家庭研究资料

[0729] The catholic review, Shanghai.-- [Shanghai: Catholic Review], 1935-1939.-- 16v.

上海基督教评论。1941-1949 年改名: The Catholic review.-- 18v. [上]

[0730] The history, constitution, by-laws and list of members of the Naturalists' Club of Shanghai.-- Shanghai: [n. p.], 1935.-- 12p.

上海自然学家俱乐部的历史、章程、议事规则及成员名录。属于：Bulletin of the Shanghai Naturalists' Club。 [上]

[0731] A concise history of the Mercantile Marine Officers' Association and Club / Syd. S. Kemp, comp.-- Shanghai: Mercantile Marine Officers' Association and Club, 1936.-- 207p.

大副总会简史 [上]

[0732] An intensive study of the Fu Shin and the Tsung Sung refugee camps in Shanghai / Swen Lan Cheng.-- Shanghai: Univ. of Shanghai Library, 1936.-- 107p.

上海两难民营研究。本书在抗战前夕出版，记录了上海 Fu Shin 和 Tsung Sung 难民营的具体情况，对了解上海难民营的建立和管理过程有参考作用。 [上]

[0733] Constitution, rules and by-Laws of the Shanghai Yacht Club, as adopted by special resolution at extraordinary General Meeting, 7th May, 1936.-- Shanghai: North-China Daily News & Herald, 1936.-- 48p.

上海飘艇总会规章制度汇编 [上]

[0734] Der Schmuggler von Schanghai: Erzählg / Max Goot.-- Leipzig: Dietsch, 1936.-- 63p.

上海走私者

[0735] Notes historiques sur les du Pu-Tong, Sous-Prefecture de Changhai 1881-82 / Gandar.-- London: [n. p.], [1936?].-- 98p.

浦东基督教史事记（1881–1882 年）。手稿。其他版本：London.-- 94p.; 2v.; Changhai.-- 1v.; 3v. [上]

[0736] Proceedings of first district conference, Eighty-first district, Shanghai China, Apr. 13, 14, 15, 1936.-- Shanghai: Rotary International, 1936.-- 103p.

国际扶轮社上海地区第一次会议报告（1936 年 4 月 13–15 日） [上]

[0737] Shanghai: high lights, low lights, tael lights / Maurine Karns, Pat Patterson.-- Shanghai: Tridon Pr., 1936.-- 52p.

上海形形色色 [上 C]

[0738] Status missionis Shanghai, provinciae Eraoeiae societatis Jesu,

anno.-- Shanghai: Zi-Ka-Wei, 1936-.-- v.

耶稣会上海教区情况。版本：1936-37, 1938-39, 1939-40, 1940-41, 1942-43, 1943-44, 1944-45, 1945-46, 1946-47 [上]

[0739] The Automobile Club of China: handbook.-- Shanghai: Automobile Club of China, 1936 / 1937.-- 1v.

中国汽车偕行社手册。附地图。 [上]

[0740] A guide to Catholic Shanghai.-- Shanghai: T'ou-Se-We Pr., 1937.-- 78p.

上海天主教指南 [上]

[0741] Constitution and regulations (of the Pullers' Mutual Aid Association of Shanghai).-- Shanghai: [n. p.].-- 34p.

上海人力车夫互助会章程 [上]

[0742] Lettre / [A. Haouisee].-- Shanghai: [n. p.], 1937.-- 1p.

惠济良主教信件。上海教区文献(Mission de Shanghai〔documents〕)。 [上]

[0743] Shanghai races.-- Shanghai: Shanghai Race Club, 1937-1938.-- v.

上海跑马 [上]

[0744] Statistical report on the work of the Pullers' Mutual Aid Association of Shanghai, 1936-1937.-- Shanghai: [n. p.], 1937

上海人力车夫互助会工作统计报告(1936–1937年)。其他版本：1937-1938

[0745] Une lettre de Mgr Haouisee.-- Shanghai: [n. p.], 1937.-- 4p.

惠济良主教信件。上海教区文献(Mission de Shanghai〔documents〕)。 [上]

[0746] ... Schanghai: hölle des ostens / Jean Fontenoy.-- Bern: Verl. Hallwag, 1938.-- 216p.

上海，东方魔都 [国]

[0747] Annual report International Relief Committee: 1937-1938.-- Shanghai: Zih Zung, 1938.-- 1v.

上海国际救济会年报(1937–1938年)。日译本：上海国際救済会年報 .-- 興亞院政務部，1940.-- 180p.; 另收录于：中国占領地の社会事業 .-- 近現代資料刊行会企画

編集 .-- 東京: 近現代資料刊行会,2005 [上]

[0748] Devoir des parents / [A. Haouisee].-- Shanghai: [n. p.], 1938.-- 8p.

父母的责任。上海教区文献(Mission de Shanghai〔documents〕)。 [上]

[0749] Lettre du Rév. père provincial aux pères et frères de la mission de Shanghai / F. M. Datin.-- Shanghai: [n. p.], 1938.-- 3p.

给上海教区神父和教友的信件 [上]

[0750] Lettres des peres Visiteurs de la mission de Shanghai.-- [Shanghai: n. p.], 1938-1947.-- 17p.

上海教区巡视神父的信件 [上]

[0751] Recherches sur l'origine du carmel de T'ou-Se-We / E. Molnar.-- Changhai: Zi-Ka-Wei, 1938.-- 1v.

土山湾托钵僧的渊源 [上]

[0752] Sampan pidgin: being a history of the Shanghai Rowing Club / N. M. W. Harris.-- Shanghai: Merchantile, 1938.-- 188p.

上海划船总会史 [上]

[0753] Shanghai Rugby Union Football Club: report of the general committee and accounts for the season 1937-8.-- Shanghai: Shanghai Rugby Union Football Club, 1938.-- 21p.

上海勒掰别球总会: 总务委员会报告及 1937–1938 赛季账目。当年的橄榄球俱乐部。 [上]

[0754] Shanghai secret, récit / Jean Fontenoy.-- Paris: Ed. Bernard Grasset, 1938.-- 232p.

秘密上海。英译本: The secret Shanghai.-- New York: Grey-hill press, [1939]; 日译本: 秘密の上海 / 市木亮訳 .-- 東京: 教材社,1938 [上 C]

[0755] Six months report as of February 15th, 1938.-- Shanghai: International Relief Committee, 1938.-- 57p.

《上海国际救济会六个月工作报告: 26年8月13日至27年2月15日止》。中文版: 上海国际救济会,1938 [上]

[0756] Status dioeceseos de Shanghai, 1938-39, 1943-46, 1950-51.-- Shanghai: T. S. W. Miss. Cath, 1938-1950.-- 5v.

上海教区现状。版本：1938-1939, 1943-1946, 1950-1951 [上]

[0757] The educational work of the Catholic China Mission (1929-1939) / T. Carroll.-- Shanghai: Zi-Ka-Wei, 1939.-- 153p.

中国天主教会的教育工作（1929–1939 年） [上]

[0758] Commentaire du catéchisme moyen du Vicariat de Shanghai livre du maitre / Mgr Haouisée.-- Shanghai: Impr. de T'ou-Se-We, 1940.-- 240p.

上海代牧区主教所作的教义问答注释 [上]

[0759] International Relief Committee, Shanghai refugee relief work: final report.-- Shanghai: International Relief Committee, 1940.-- 1v.

上海国际救济会难民救济工作：最终报告 [上]

[0760] La mission de Shanghai / P. Etienne Cesbron-Lavau.-- Zi-Ka-Wei, Changhai: [n. p.], 1940.-- p.31-78

上海教区。摘自：Bellarmino, 3 Dec. 1940 [上]

[0761] Le "Lao-Daong", La plus vieille eglise de Changhai, L'eglise de la "zone" / L. Bugnicourt.-- Changhai: T'ou-Se-We Pr., 1940.-- 1v.

老堂—上海最早的天主教堂。摘自：Revue Nationale Chinoise, Vol. XXXVIII no. 125 [上]

[0762] Lettre / [A. Haouisee].-- Shanghai: [n. p.], 1940.-- 1p.

惠济良主教信件。上海教区文献（Mission de Shanghai〔documents〕）。 [上]

[0763] Refuges relief work: final report.-- Shanghai: International Relief Committee, 1940.-- 57, 69p.

上海国际救济会难民救济工作报告 [上]

[0764] Shanghai Wheelers: Sixth Cycle Race Meeting, Kiaochow Park, Sunday, April 28th, 1940.-- Shanghai: Shanghai Wheelers, 1940.-- 1v.

上海自行车俱乐部第 6 次赛会。比赛 1940 年 4 月 28 日星期日在胶州公园举行。 [上]

[0765] The black hole of Shanghai: an inside story of kidnapping / Sien-Bing Wong.-- Shanghai: China Critic Pub., [1940?].-- 62p.

上海牢窟：绑票内幕 [上]

[0766] Spring regatta, Sunday, June 1st 1941 held at Tung-Ka-Doo Wharf on the Whangpoo River, Shanghai.-- Shanghai: Shanghai Rowing Club, 1941.-- 32p.

上海划船总会春季赛艇会。比赛 1941 年 6 月 1 日星期日在黄浦江董家渡码头举行。 [上]

[0767] A qui appartiennent les etablissements des missions catholiques "T'ien Tchou t'ang"? / Andreas Bonnicon.-- Shanghai: T'ou-Se-We Pr., 1942.-- 1p.

天主堂属于谁？。上海教区文献（Mission de Shanghai〔documents〕）。 [上]

[0768] Aux peres et freres S. J. du vicariat apostolique de Shanghai / [A. Haouisee].-- [Shanghai: n. p.], 1942.-- 11p.

致上海代牧区教士与教友。上海教区文献（Mission de Shanghai〔documents〕）。 [上]

[0769] Lettre pastorale a l'occasion du centenaire de la mission du Kiangnan a notre clerge et a nos fideles / [A. Haouisee].-- Shanghai: [n. p.], 1942.-- 16p.

惠济良主教为江南传教区百年纪念致教士和教友函。上海教区文献（Mission de Shanghai〔documents〕）。 [上]

[0770] Un mot de votre eveque pour le jour du centenaire de la mission du Kiangnan, 12 juillet 1942 / [A. Haouisee].-- Shanghai: [n. p.], 1942.-- 3p.

江南传教区百年纪念（1942 年 7 月 12 日）。上海教区文献（Mission de Shanghai〔documents〕）。 [上]

[0771] Life and labour in Shanghai: a decade of labour and social administration in the International Settlement / Eleanor M. Hinder.-- 2nd ed.-- New York: International Secretariat, Institute of Pacific Relations, 1944.-- 143p.

上海的生活与劳动：公共租界劳动与社会管理十年。第 1 版题名：Life and Labour in Shanghai's International settlement: problems of administration and reform

[国上 ACMO]

[0772] Feuille annuelle des oeuvres du vicariat apostolique de Shanghai, 1945-1946.-- [n. p.], 194-?.-- 1p.

上海代牧区年度工作(1945–1946年) [上]

[0773] La Chine du Yang-tsé; Shanghai, les villes du Han, le Moyen fleuve, I-Chang, le Haut-fleuve, Chungking / R. de Meurville.-- Paris: Payot, 1946.-- 157p.

中国的长江：上海、宜昌、重庆。本书讲述长江流域的社会生活与风俗。

[0774] L'homme de Chang-hai / François Bear.-- Paris: Ed. Defense de la France, 1946.-- 228p.

上海人 [上]

[0775] North-China Daily News. Christmas Supplement.-- Shanghai: North-China Daily News, 1946.-- 16p.

《字林西报》圣诞节附刊 [上]

[0776] North-China Daily News. Double Tenth supplement.-- Shanghai: North-China Daily News, 1946.-- 24p.

《字林西报》"双十节"附刊。其他版本：1947.-- 32p. [上]

[0777] Shanghai Evening Post & Mercury: Merry Christmas.-- Shanghai: Shanghai Evening Post & Mercury, 1946-.-- v.

《大美晚报》圣诞节特刊。版本：1946, 1947 [上]

[0778] Shanghai Evening Post & Mercury: Special Double Tenth edition.-- Shanghai: Shanghai Evening Post & Mercury, 1946-.-- v.

《大美晚报》"双十节"特刊。版本：1946, 1947, 1948 [上]

[0779] Shanghai To-day supplement.-- Shanghai: The China Pr., 1946.-- 62p.

大陆报"今日上海"附刊 [上]

[0780] Swords of silence: Chinese secret societies-past and present / Garl Glick, Hong Sheng-Hwa.-- London: McGraw, 1947.-- 292p.

无声之剑：中国秘密团体今昔 [上]

[0781] Bulletin of the Harvard Club of Shanghai.-- Shanghai: The China Pr., 1948.-- 62p.

上海哈佛总会会报 [上]

[0782] Shanghai children's program.-- Shanghai: China Welfare Fund, 1948.-- 16p.

上海儿童计划 [上]

[0783] Annuaire de L'Eglise Catholique en Chine 1949 / Bureau Sinologique de Zi-Ka-Wei.-- Shanghai: Impr. de T'ou-Se-We, 1949.-- 1v.

中国天主堂年鉴(1949年) [上]

[0784] China ohne Zopf / Walter Than; Photos, Brüder Basch.-- Wien: Danubia-Verl., 1949.-- 171p.

中国无辫子。本书讲述上海的社会生活与风俗。 [国]

[0785] Constitution and regulations of the M. W. Grand Lodge of Free and Accepted Masons of China, adopted January 16, 1949.-- Shanghai: M. W. Grand Lodge of Free and Accepted Masons of China, 1949.-- 60p.

中国共济会章程条例。1949年1月16日批准。 [上]

[0786] Les enfants dans la ville: chronique de la vie chrétienne à Shanghaï, 1949-1955 / Jean A. Lefeuvre.-- Paris: Témoignage chrétien, 1956.-- 366p.

城市中的孩子：上海基督徒生活纪事(1949–1955年)。其他版本：5e ed.-- 1957.-- 366p.; 1962年版改名：Shanghaï: les enfants dans la ville: vie chrétienne à Shanghaï et perspectives sur l'Église de Chine 1949-1961 [C/国]

[0787] The Shanghai gesture / Archer Taylor.-- Helsinki: Suomalainen Tiedeakatemia (Academia Scientiarum Fennica), 1956.-- 76p.

上海风光 [CMO]

[0788] Springtime in Shanghai / Mabel Waln Smith.-- London: Harrap, 1957.-- 215p.

上海之春。本书讲述上海的社会生活与风俗。 [国上ACO]

[0789] Das Restaurant in Schanghai: Anmerkungen zur Aufführung vom Autor / Hans Pfeiffer.-- Leipzig: VEB Hofmeister, 1959.-- 41p.

上海的餐厅：作者手记

[0790] Through encouragement of the Scriptures: recollections of ten years in Communist Shanghai / Helen Willis.-- Kowloon, [Hong Kong]: Christian Book Room, 1961.-- 214p.

凭借圣经的鼓励：回忆在共产主义上海的十年。其他版本：1963 [M / 国 C]

[0791] Shanghaï: les enfants dans la ville: vie chrétienne à Shanghaï et perspectives sur l'Église de Chine 1949-1961 / Jean Lefeuvre.-- [Tournai, Belgium]: Casterman, 1962.-- 254p.

上海：城市中的孩子：上海的基督徒生活及中国教会的前途（1949–1961 年）。先前版本题名：Les enfants dans la ville: chronique de la vie chrétienne à Shanghaï, 1949-1955 [C]

[0792] Last moments of a world / Margaret Gaan.-- London: Heinemann, 1978.-- 273p.

世界的最后时刻。本书讲述上海的社会生活与风俗。 [S]

[0793] Das System der chinesischen Prostitution dargestellt am Beispiel Shanghais in der Zeit von 1840 bis 1949 / Renate Scherer.-- Berkeley, CA: Pacific View Pr., 1983.-- 246p.

中国的卖淫制度：以 1840–1949 年的上海为例

[0794] Transformations de"lhabitat à Shanghai", rapport de recherche / Pierre Clément, Françoise Ged, Qi Wan.-- Paris: Institut français d'architecture, 1988.-- 1v.

上海生活环境变化研究报告。本书从法国人的视野描述了 20 世纪 80 年代末上海生活环境的变化。

[0795] Rues de Shanghai au temps des concessions / Jean Malval.-- [Paris]: Casterman, 1989.-- 91p.

租界时期的上海街道 [国 O]

[0796] Unofficial China: popular culture and thought in the People's Republic / ed. by Perry Link, Richard Madsen, Paul G. Pickowicz.-- Boulder, CO: Westview Pr., 1989.-- 238p.

非官方中国：人民共和国的通俗文化和思想。本书包括 12 个部分，其中第 9 部分为美国学者韩起澜撰写的"傲慢与偏见：当代上海的苏北人"（Pride and prejudice: Subei people in contemporary Shanghai / Emily Honig）。 [ACO]

[0797] Le probème des réfugiés à Shanghai (1937-1940) / Yi Feng.-- [Paris?]: CNRS; Lyon: Maison Rhône-Alpes des Sciences de l'homme, 199-?.-- 29p.

上海难民问题(1937–1940年)

[0798] Creating Chinese ethnicity: Subei people in Shanghai, 1850-1980 / Emily Honig.-- London: Yale Univ. Pr., 1992.-- 174p.

《苏北人在上海,1850–1980》。本书从地理、方言、生活习惯、风俗、文化等多个方面系统阐述了"苏北"及"苏北人"的概念。书中用大量篇幅系统分析了"苏北人"成为上海人对来自苏北地区移民蔑称的形成过程及苏北人在上海遭歧视的程度。中译本:(美)韩起澜著,卢明华译.-- 上海古籍出版社,2004 **[国 GMO]**

[0799] Community or commodity? : a study of Lilong housing in Shanghai / D. Louise Morris.-- Vancouver, BC: Centre for Human Settlements, School of Community and Regional Planning, Univ. of British Columbia, 1994.-- 59p.

社区或商品? 上海里弄住房研究 **[M]**

[0800] Native place, city, and nation: regional networks and identities in Shanghai, 1853-1937 / Bryna Goodman.-- Oxford: Univ. of California Pr., 1995.-- 367p.

《家乡、城市和国家: 上海的地缘网络与认同,1853–1937》。本书系统研究了从鸦片战争以后到抗日战争以前近百年间上海同乡团体的产生、演变、功能及其与上海的关系、对上海社会的影响。主要截取小刀会起义、两次四明公所事件、1910年鼠疫爆发等历史事件,深入考察了同乡组织在国家与民众之间的关系,得出了一些重要的结论。同时对西方中心主义进行了严肃批评,强调要从中国的实际出发来研究中国。中译本:(美)顾德曼著,宋钻友译.-- 上海古籍出版社,2004 **[国 GMO]**

[0801] Shanghai Talk: all about living and working in China's slickest city.-- Hong Kong: Ismay Pub., 1996-.-- v.

上海对话: 关于在中国最精明城市生活与工作的一切 **[上]**

[0802] Belles de Shanghai: prostitution et sexualité en Chine aux XIXe-XXe siècles / Christian Henriot.-- Paris: CNRS, 1997.-- 501p.

《上海妓女: 19–20世纪中国的卖淫与性》。本书描绘了当时中国的性交易,探讨了这些活动对中国社会生活、商业贸易、风俗习惯、道德观念和性观念的影响,以及与经济和社会变化的关系等,从一个侧面反映了上海社会结构、价值观念的变化及商业的发展。本书同妇女史的研究结合在一起,试图把路易斯·谢瓦利埃的思想运用到上海的例子来。书中收集了有关卖淫的大量资料。英译本: Prostitution and sexuality in Shanghai: a social history 1849-1949 / translated by Noel Castelino.-- New York: Cambridge Univ. Pr., 2001. 中译本:(法)安克强著,袁燮铭、夏俊霞译 .-- 上海古籍出版社,2004 **[国 O / ACGMOS]**

[0803] Dangerous pleasures: prostitution and modernity in twentieth-century Shanghai / Gail Hershatter.-- London: Univ. of California Pr., 1997.-- 591p.

《危险的愉悦:20 世纪上海的娼妓问题与现代性》。本书主要研究了五个方面的问题:一、历史记载与等级制度;二、妓女的生活与妓院的情形;三、妓女作为受害者和社会危害的双重关系;四、管理机构对妓女的干预;五、当代的对话,妓女新的表现形式。中译本:(美)贺萧著,韩敏中、盛宁译 .-- 江苏人民出版社,2003 **[GMO]**

[0804] Beyond the neon lights: everyday Shanghai in the early twentieth century / Hanchao Lu.-- London: Univ. of California Pr., 1999.-- 456p.

《霓虹灯外 --20 世纪初日常生活中的上海》。本书从上海普通市民的日常生活着手,关注衣食住行、柴米油盐,援引大量资料,包括口述、调查、档案、文学作品等,分析了大都市市民生活的特点,揭示了由乡民向市民的转变过程及其与传统的联系,表现了中国老百姓在近代急剧变动社会中惊人的适应能力,展现了另一种风情的上海都市生活。其他版本:2004. 中译本:(美)卢汉超著,段炼、吴敏、子羽译 .-- 上海古籍出版社,2004 **[国 GMO / S]**

[0805] Shanghai modern: the flowering of a new urban culture in China, 1930-1945 / Leo Ou-Fan Lee.-- Cambridge, MA: Harvard Univ. Pr., 1999.-- 408p.

《上海摩登:一种新都市文化在中国:1930–1945》。本书描写了上海都市生活的各个层面,被称为"洋溢着上海的独特风味"。全书分为三个部分,第一部分"都市文化的背景",讲述了都市文化的几个方面,如电影、印刷文化等;第二部分"现代文学的想象:作家和文本",论述了上海的六个作家:刘呐鸥、穆时英、施蛰存、邵洵美、叶灵凤和张爱玲;第三部分"重新思考"。中译本:(美)李欧梵著,毛尖译 .-- 北京大学出版社,2001 **[国上 ACGMO]**

[0806] Enfants des rues en Chine: Une exploration sociologique / Daniel Stoecklin; préface de Jean-Luc Domenach.-- Paris: Karthala, 2000.-- 367p.

中国的流浪儿童:社会学探索。原为弗里堡大学(Univ. de Fribourg)1998 年博士学位论文。 **[国 CG]**

[0807] Shanghai quartet: the crossings of four women of China / Min-Zhan Lu.-- Pittsburgh, PA: Duquesne Univ. Pr., 2001.-- 292p.

上海四重奏：四位中国妇女的交叉口。本书作者是移民美国的中国人，以向女儿讲家庭故事的方式，述及她本人及其祖母、保姆、母亲四位中国妇女的故事，展现了对美国人而言并不熟悉的20世纪中国生活画面。书中的第一手资料包括：上海的一个基督教家庭，"文化大革命"中的事件，决定去美国而与家庭分离，后现代的海外年轻华人一代。其他版本：2003 **[国 CM / G]**

[0808] La politique de population chinoise: mise en place et conséquences démographiques: le cas de la région de Shanghai / Minglei Sun.-- Villeneuve d'Ascq: Presses universitaires du septentrion, 2002.-- 320p.

中国人口政策：根据人口统计结果以上海地区为个案的研究。原为巴黎第十（楠泰尔）大学（Université Paris X-Nanterre）1999年博士学位论文。

[0809] Opening up: youth sex culture and market reform in Shanghai / James Farrer.-- Chicago: Univ. of Chicago Pr., 2002.-- 387p.

开放：上海青年人的性文化和市场体制改革。本书作者亲自深入到上海的夜生活中，通过对单个或青年人群体的采访，以及近期大众媒体的舆论导向，剖析了中国向市场经济转型过程中青年人性观念的变化。 **[国 CGMO]**

[0810] Living & working abroad in Shanghai / Rebecca Weiner, Angie Eagan, Xu Jun.-- Singapore: Times Books International, 2003.-- 328p.

外国人在上海的生活工作。本书向外国人介绍上海的情况。 **[国]**

[0811] Social capital and collective resistance in urban China neighbourhoods: a community movement in Shanghai / Shi Fayong.-- Singapore: Dept. of Social Studies, National Univ. of Singapore, 2004.-- 47p.

中国城市街区的社会资本与集体抵制：上海的社区运动 **[A]**

[0812] China's Generation Y: understanding the future leaders of the world's next superpower / Michael Stanat.-- Paramus, NJ: Homa & Sekey Books, 2005.-- 222p.

中国的Y世代：了解世界下一个超级大国的未来领导人 **[国 GO]**

[0813] Modern Asian flavors: a taste of Shanghai / Richard Wong.-- San Francisco: Chronicle Books, 2005.-- 143p.

亚洲现代口味：上海味道。本书为中国烹饪书。 **[国]**

6. 语言与文化

[0814] A study of street book stalls in Shanghai / Du Tsai Yu.-- Shanghai: Univ. of Shanghai., [n. p.].-- 119p.

上海旧书摊研究 [上]

[0815] Ateliers de sculpture et d'ébenisterie; orphelinat de Zi-Ka-Wei, Shanghai (Chine).-- Shanghai: [n. p.].-- 6, 46p.

徐家汇土山湾孤儿院工艺厂的雕刻与细木工

[0816] A collection of phrases in the Shanghai dialect: systematically arranged / Rev. John Macgowan of the London Miss. Soc.-- Shanghai: Presbyterian Mission Pr., 1862.-- 193p.

上海方言词汇集。本书作者麦嘉温(？-1922)为英国教士，1860 年来华，在上海传教，1863 年调往厦门。 [国上 G]

[0817] A grammar of colloquial Chinese: as exhibited in the Shanghai dialect / J. Edkins.-- 2nd ed. corrected.-- Shanghai: Presbyterian Mission Pr., 1868.-- 225p.

汉语口语语法：以上海方言为例 [国]

[0818] A vocabulary of the Shanghai dialect / J. Edkins ...-- Shanghai: Presbyterian Mission Pr., 1869.-- 151p.

上海方言词汇 [国上]

[0819] An account of the department for the translation of foreign books at the Kiangnan Arsenal, Shanghai / John Fryer.-- Shanghai: American Presbyterian Mission Pr., 1880.-- 1v.

上海江南制造局翻译馆译书书目。英国传教士傅兰雅(1839-1928)译。 [C]

[0820] The translator's vade mecum, a collection of vocabularies of Chinese terms used in the translation of scientific books at the Kiangnan Imperial Government Arsenal, Shanghai, China / John Fryer.-- [Shanghai: Printed at the Presbyterian Mission Pr., 1880.-- 4 pts. in 1v.

上海江南制造局译书用科学术语英译汉对照表。本书为英国人傅兰雅(1839-1928)撰。傅兰雅 1865 年任职江南制造局编译处，编译过许多科学书籍。目次：pt.

1, Terms in Chemistry; pt. 2, Terms in materia medica; pt. 3, Terms in mineralogy; pt. 4, Porper names used in works in the above three subjects.

[0821] Über einige Lautcomplexe des Shanghai-Dialektes / Franz Kühnert.-- Wien: C. Gerold, 1888.-- p.235-249.

上海方言的发音难点。本书作者瞿乃德(生卒年不详)为奥地利汉学家,19 世纪末曾在华生活。

[0822] Syllabary of the Shanghai Vernacular / Shanghai Christian Vernacular Society.-- Shanghai: American Presbyterian Mission Pr., 1891.-- 94p.

上海白话字音表 [国]

[0823] Shanghai: with notes and publishers' prices / W. B. Thornhill.-- London: Stanley Gibbons, 1895.-- 78p.

上海:附说明及发行价。本书关于上海的邮票。 [上 C]

[0824] The mission press in China: being a jubilee retrospect of the American Presbyterian Mission Press / Gilbert McIntosh, comp.-- Shanghai: American Presbyterian Mission Pr., 1895.-- 106p.

上海美华书馆五十年回顾。本书编撰者金多士(1861-?)为美国人,1885 年来华,在上海传教。1905 年后在美华书馆任职,1933 年退休赴英国。 [国上]

[0825] Shanghai syllabary: arranged in phonetic order / J. A. Silaby.-- Shanghai: Presbyterian Mission Pr., 1897.-- 42p.

上海话字音表。本书作者薛思培(?-1939)为美国教士,1887 年来华,在上海小南门传教,兼上海长老会办的清心书院(Lowrie Institute)院长。其他版本:1900.-- 42p. [上/国]

[0826] Shanghai vernacular: Chinese-English dictionary / D. H. Davis, J. A. Silsby.-- Shanghai: Printed at the American Presbyterian Mission Pr., 1900.-- 1v.

上海白话:汉英词典 [国上 AC]

[0827] An English-Chinese vocabulary of the Shanghai dialect / prepared by a committee of the Shanghai Vernacular Society.-- Shanghai: Printed at the American Presbyterian Mission Pr., 1901.-- 1v.

上海方言英汉辞汇。其他版本:2nd ed.-- 1913.-- 1v. [国上/A]

[0828] A mission press sexagenary: giving a brief sketch of sixty years of the American Presbyterian Mission Press, Shanghai, China, 1844-1904 / introduction: Gilbert McIntosh.-- Shanghai: American Presbyterian Mission Pr., 1904.-- 32p.

上海美华书馆六十年概述(1844–1904年)

[0829] Petit dictionnaire français-chinois: dialecte de Chang-hai / P. C. Petillon.-- Chang-hai: Impr. de la Mission Catholique à l'Orphelinat de T'ou-Se-We, 1905.-- 598p.

《法华字汇:上海土话》。另收录于:中国文学語学資料集成第3篇第4卷 / 波多野太郎編·解題.-- 東京:不二出版,1989

[0830] Die Ebene von Schanghai / P. Albert Tschepe.-- Berlin: Gedruckt in der Reichsdruckerei, 1906.-- 3p.

上海阶层。柏林东方语言研讨会会议录。 [上]

[0831] Hospital dialogue in Shanghai Thoobak / William Hamilton Jefferys.-- Shanghai: Presbyterian Mission Pr., 1906.-- 63p.

医院问答(上海方言) [国上]

[0832] Lessons in the Shanghai dialect / F. L. Hawks Pott.-- Shanghai: American Presbyterian Mission Pr., 1907.-- 99p.

上海方言课程。其他版本:1909.-- 145p.; 1913.-- 151p.; Rev. ed.-- Shanghai: Commercial Pr., 1924.-- 174p.; 1930.-- 174p.; Shanghai: Mei Hua Press, Limited,1934.-- 174p.; 法译本: Leçons sur le dialecte de Shanghai: Traduction & Bourgeois. Shanghai: Inprimerie de la Mission catholique, 1934.-- 239p. [上/国AC]

[0833] Useful phrases in the Shanghai dialect, with index-vocabulary and other helps / comp. by Gilbert McIntosh.-- Shanghai: Presbyterian Mission Pr., 1908.-- 113p.

上海方言常用成语。其他版本:1916.-- 121p.; 1922.-- 121p.; 1926; 1927; Zürich: Atlantis-Verl., 1916; Shanghai: Kwang Hseuh Pub. House, 1921.-- 121p. [国/上AC]

[0834] Exercises du dialecte de Changhai / D. H. Davis.-- [n. p.], 1910.-- 73p.

上海方言练习 [上]

[0835] Shanghai dialect exercises / D. H. Davis.-- [n. p.], 1910.-- 1v.

上海话练习 [上]

[0836] Shanghai dialect exercises in romanized and character with key to pronunciation and English index / Rev. D. H. Davis, D. D. Shanghai: T'ou-Se-We Pr., 1910.-- 278p.

上海方言练习 [上]

[0837] Bibliothèque T'ou-wo. Tome V, Grammaire de Style, Mécanisme-Phraséologie.-- Lithographie de T'ou-Se-We, 1911.-- 1v.

土话文库 . 第 5 卷: 语法与词汇

[0838] Introduction to the study of the Shanghai vernacular / John Alfred Silsby ...-- Shanghai: American Presbyterian Mission Pr., 1911.-- 21p.

上海白话研究入门 [国]

[0839] The Story of Commercial Press, Limited, Shanghai, China.-- Shanghai: Commercial Pr., [1913].-- 34p.

商务印书馆故事 [上]

[0840] Septuagenary of the Presbyterian Mission Press / by Gilbert McIntosh.-- Shanghai: American Presbyterian Mission Pr., 1914.-- 54p.

美华书馆七十年。有缩微版。

[0841] The Commercial Press, a marvel of modern China / F. See Fong.-- Shanghai: Commercial Pr., 1914.-- 18p.

商务印书馆,现代中国的奇迹 [上]

[0842] Petit dictionnaire chinois-français: dialecte de Chang-hai / J. de Lapparent.-- Chang-hai: Impr. de la Mission Catholique, 1915.-- 454p.

《华法字汇: 上海土话》。其他版本: Petit dictionnaire chinois-français: mandarin et dialecte de Chang-hai = 华法字汇: 官话上海土话 .-- 1929.-- 473p.

[0843] Descriptive catalogue of ancient and genuine Chinese paintings = Gu hua liu zhen / comp. by F. S. Kwen.-- [Shanghai]: Printed by Lai-Yuan & Co., 1916.-- [205]p.

上海 Laiyuan 公司销售古画目录。 **[CM]**

[0844] Jahrbuch des Vereins für chinesische Sprache und? Landeskunde Schanghai. 2. u. 8. Jahrgang.-- The Association, 1917-1918.-- 94p.

上海中国语言与地志学会年鉴 [上]

[0845] The fight for a free press in Shanghai / Shanghai Publishers Association, Comp.-- Shanghai: Shanghai Publishers Association, 1919.-- 84p.

为上海的自由出版权而斗争 [上]

[0846] Broken China, a vocabulary of Pidgin English / A. P. Hill.-- Oriental Pr., 1920.-- 73p.

洋泾浜英语词汇

[0847] Lessons in the Shanghai dialect / R. A. Parker.-- [Shanghai: n. p., 1923?].-- 221, 44p.

上海方言课程 [上 C]

[0848] The rise of the native press in China / Y. P. Wang.-- Augsburg, NY: Y. P. Wang, 1924.-- 50p.

中国地方报纸的兴起 [上]

[0849] Descriptions of the Commercial Press exhibit.-- [Shanghai]: Commercial Pr., 1926 / 1928.-- 56p.

商务印书馆出品说明 [C]

[0850] Satzungen: Deutscher Theater-Verein Shanghai; Beschlossen in d. Generalvers. v. 31. Mai 1927.-- Shanghai: [n. p.], 1927.-- 2p.

上海德国戏剧俱乐部章程。1927 年 5 月 31 日通过。

[0851] Fremde und Deutsche Kulturbetätigung in China: mit einem Anhang die Tung-chi university in Shanghai-Woosung, Munster in Westfalen / F. W. Mohr.-- Shanghai: Aschendorffsche Verlbh., 1928.-- 104p.

外国人和德国人在华之文化活动：附上海吴淞的同济大学。本书作者谟乐（1881-1936）为德国人，曾在华多年，有“中国通”之名。 [上]

[0852] China's attempt to muzzle the foreign press.-- Shanghai: North-China Daily News & Herald, 1929.-- 30p.

中国试图使外国新闻界缄默 [AC]

[0853] French equipped international wire less station in Shanghai / M. Pavlovsky, H. Sauve.-- Santa Barbara: [n. p.], 1931.-- 16p.

上海的法国装备国际无线电台。重印自：Far Eastern Reivew。 [上]

[0854] The foreign press in China / Thomas Ming-Heng Chao.-- Shanghai: China Institute of Pacific Relations, 1931.-- 114p.

外国报纸在中国 [上]

[0855] Souvenir program / Gagenbeck Circus.-- Shanghai: Gagenbeck Circus, [n. p.].-- 32p.

德国海京伯马戏团 1933 年来沪演出，此为节目单。 [上]

[0856] The Chinese periodical press 1800-1912 / Roswell S. Britton.-- Shanghai: Kelly & Walsh, 1933.-- 151p.

中国报刊(1800–1912 年)。本书作者白瑞华(1897-1951)为美国人，生于中国，是燕京大学新闻系创办人之一。书中涉及大量上海出版的期刊。 [上]

[0857] China publishers' directory: a practical guide to newspapers and periodicals for China advertisers.-- Shanghai: China Commercial Advertising Agency, 1934.-- 123p.

中国报纸杂志指南 [上]

[0858] The present status of the films in China / Rudolf Lowenthal.-- [n. p.], 1936.-- 1v.

中国电影现状。重印自：Collectanes Commissionis Synodols (Peking), v. 9, no. l, p. 83-102 [上]

[0859] A brief history of the Chinese press / Ma Ying-Liang.-- Shanghai: Shun Pao Daily News, 1937.-- 34p.

中国报纸简史 [上]

[0860] The English-language daily press in China / Tzu-Hsiang Ch'en.-- Shanghai: Collectanea Commission Synodal, 1937.-- 26p.

在中国出版的英语日报 [上]

[0861] Art exhibition October 27th to November 10th, 1928 / Shanghai Art Club.-- [n. p.].-- 1v.

上海艺展。1928 年 10 月 27 日到 11 月 10 日。 [上]

[0862] Shanghai dialect in 4 weeks: with map of Shanghai / Charles Ho.-- Shanghai: Chi Ming Book Co., 1940.-- 102p.

四周学会上海话。附上海地图。 [C]

[0863] Grammaire du dialecte de Changhai / A. Bourgeois.-- [Changhai]: Impr. de T'ou-Se-We, 1941.-- 190p.

上海话语法 [上]

[0864] La presse juive à Shanghai après la guerre du Pacifique / Rudolf Lowenthal.-- [n. p.], 1947.-- 1v.

太平洋战争后上海的犹太报纸。重印自：Bulletin de l'univer. l'Aurore, p.183-191, 429-433 [上]

[0865] Dictionnaire français-chinois: dialecte de Shanghai / P. A. Bourgeois.-- Shanghai: Impr. de la Mission Catholique à l'Orphelinat de T'ou-Se-We, 1950.-- 891p.

《法华新字典：上海方言》

[0866] Masters of Shanghai School of Painting: exhibition on the occasion of the 20th International Congress of Chinese Studies, Praguè, 26th-31st August, 1968, Benešov nad Ploucnicí, August-October, 1968 / arranged by the National Gallery in Prague; catalogue by Milena Horáková and Josef Hejzlar; translated from the Czech by Hedda Stránská.-- Prague: National Gallery, 1968.-- 29p.

海派绘画大师展。展出正值第20届国际中国研究大会，1968年8月26-31日展出于布拉格，1968年8-10月展出于捷克贝内绍夫。 [CMO]

[0867] Theater im Exil: Sozialgeschichte des deutschen Exiltheaters 1933 - 1945 / Hans-Christof Wächter.-- München: Hanser, 1973.-- 298p.

流亡中的戏剧：德国流亡戏剧史，1933–1945年

[0868] Phonological redundancy in Shanghai / Ronald Walton.-- Ithaca, NY: China-Japan Program, Cornell Univ., 1976.-- 140p.

上海的语音冗余 [MO]

[0869] Chinese paintings by the four Jens: four late nineteenth century masters / text by James H. Soong and Jung Ying Tsao.-- Far East Fine Arts, 1977.-- 95p.

"四任"的中国画。本书介绍19世纪晚期中国画大家任熊（1820-1857）、任薰

(1835-1893)、任颐(任伯年,1840-1896)及任于(1853-1901)的绘画。 [CO]

[0870] Shanghai-Bildzeitung: 1884 - 1898; eine Illustrierte aus dem China des ausgehenden 19. Jahrhunderts / Fritz van Briessen. [Die chines. Texte wurden von Yen I-Chang ins Dt. übertr.] Zürich: Atlantis-Verl., 1977.-- 157p.

1884–1898年的上海《点石斋画报》:中国19世纪后期的画报

[0871] Chinesische Aquarelle der Shanghaier Malerschule / Josef Hejzlar; Fotogr. von B. Forman.-- Prag: Artia Verl., 1978.-- 75p.

海派中国画。其他版本:Hanau: Dausien, 1978; 2. Aufl.-- 1986; 3. Aufl.-- 1994 [国]

[0872] La Commercial Press de Shanghai, 1897-1949 / Jean-Pierre Drège.-- [Paris]: Collège de France, 1978.-- 283p.

上海商务印书馆(1897–1949年)。本书介绍1897-1949年上海商务印书馆的历史。 [国 COS]

[0873] Exil in den USA: mit einem Bericht "Schanghai, Eine Emigration am Rande" / Eike Middell.-- Leipzig: Reclam, 1979.-- 586p.

流亡在美国。本书为20世纪美国的德语文学评论,附有一篇报告"上海,边缘移民"。其他版本:Frankfurt: Röderberg, 1980

[0874] Unwelcome muse: Chinese literature in Shanghai and Peking, 1937-1945 / Edward M. Gunn, Jr.-- New York: Columbia Univ. Pr., 1980.-- 330p.

不受欢迎的缪斯:上海和北京的中国文学(1937–1945年) [国 ACGMOS]

[0875] A Lexical Survey of the Shanghai Dialect / Michael Sherard.-- Tokyo: Institute of Asian and African Languages and Cultures1982.-- 465p.

上海方言词汇调查

[0876] Aquarelles chinoises: l'école de Chang-hai / Josef Hejzlar; photographies de Bedřich Forman; [traduit du tchèque par Sylvie Bologna].-- 3e ed.-- Paris: Ed. Cercle d'Art, 1985.-- 62p.

海派中国画 [国]

[0877] Shanghai morphotonemics: a preliminary study of tone sandhi behavior across word boundaries / Jin Shunde.-- Bloomington, IN: Indiana Univ.

Linguistics Club, 1986.-- 123p.

上海语素调位学：变音行为的初步研究。本书对上海方言的词素音位学进行了深入研究。原为匹兹堡大学 1985 年硕士学位论文。 [O]

[0878] Shanghai common expressions.-- Wheaton, MD: Dunwoody Pr., 1988.-- 79p.

上海通用语言。本书提供了通俗上海方言和英语对照 600 句。 [C]

[0879] A Chinese-English dictionary of the Wu dialect: featuring the dialect of the city of Shanghai / Thomas Creamer, ed. in chief... [et al.].-- Kensington, MD: Dunwoody Pr., 1991.-- 192p.

吴语汉英词典。本词典侧重上海市区方言。 [CG]

[0880] Politics and literature in Shanghai: the Chinese League of Left-Wing Writers, 1930-1936 / Wang-Chi Wong.-- New York: Distributed by St. Martin's Pr., 1991.-- 254p.

上海的政治与文学：中国左翼作家联盟（1930–1936 年）。修订自伦敦大学博士学位论文。 [国 CGMOS]

[0881] Chinesische Populärliteratur: das Werk der Shanghaier Erzählerin Cheng Naishan = 通俗文学 / Folke Peil.-- Bochum: Brockmeyer, 1992.-- 186p.

中国的通俗文学：上海小说家程乃珊的作品 [G]

[0882] Peking - Shanghai: zeitgenössische Kunst aus China / mit Beitr. von Maria Grewenig; Heike Kotzenberg.-- Sankt Augustin: Konrad-Adenauer-Stiftung, 1992.-- 63p.

北京 – 上海：中国当代艺术。1981 年苏黎世中国艺术展。

[0883] Thalia and terpsichore on the Yangtze: foreign theatre and music in Shanghai, 1850-1865 / J. H. Haan.-- Amsterdam: Wiley, 1992.-- 111p.

扬子江上的塔利亚和特耳西科瑞：上海的外国戏剧和音乐（1850–1865 年） [O]

[0884] A. Rodin (1840-1917): exposition, Beijing-Shanghai, de février à avril 1993 / Claudie Judrin, Jeanine Durand-Revillon, Jacques Vilain.-- Paris: Association française d'action artistique, 1993.-- 200p.

罗丹艺术大展。法国雕塑家罗丹展览，1993 年 2-4 月展出于北京和上海。

[0885] Shanghai dialect: an introduction to speaking the contemporary

language / Lance Eccles.-- Kensington, MD: Dunwoody Pr., 1993.-- 230p.

上海方言。其他版本：2002 **[国上/G]**

[0886] Der Untergang des Grossen Shanghai: Vision und Wirklichkeit einer asiatischen Metropole aufgezeigt an einem modernen chinesischen Roman der 80er Jahre / Bettina Ruhe.-- Hamburg: [n. p.], 1994.-- 138p.

大上海沉没。20世纪80年代中国小说所展现的上海这个亚洲大都市的梦想与现实。

[0887] Die neuen Sensualisten = Xin-ganjuepai: zwei Studien über Shanghaier Modernisten der zwanziger und dreissiger Jahre / Ines-Susanne Schilling, Ralf John.-- Bochum: Brockmeyer, 1994.-- 412p.

新感觉派：关于二三十年代上海摩登人物的两项研究。有英语摘要。 **[CGO]**

[0888] Die Sprachgemeinschaft von Shanghai / Oliver Corff.-- Bochum: Brockmeyer, 1994.-- 277p

本书从社会语言学角度研究上海话。中德双语。原为柏林自由大学(Freie Univ. Berlin)1992年博士学位论文，题名：Die Sprachgemeinschaft von Shanghai in soziolinguistischer Betrachtung. **[CGO]**

[0889] "Silk and bamboo" music in Shanghai: the jiangnan sizhu instrumental ensemble tradition / J. Lawrence Witzleben.-- London: Kent State Univ. Pr., 1995.-- 197p.

上海的"丝竹"音乐：江南丝竹器乐合奏传统 **[国GMO]**

[0890] Nicht einmal einen Thespiskarren: Exiltheater in Shanghai, 1939-1947 / Michael Philipp.-- Hamburg: Hamburger Arbeitsstelle für Deutsche Exilliteratur, 1996.-- 215p.

上海的流亡戏剧(1939–1947年) **[CGM]**

[0891] Shanghai texts / Lance Eccles.-- Campbelltown, NSW: NLLIA / LARC, Univ. of Western Sydney, Macarthur, 1997.-- 123p.

上海课本。本书为上海方言教科书。 **[A]**

[0892] Cinema and urban culture in Shanghai, 1922-1943 / ed. and with an introd. by Yingjin Zhang.-- Stanford, CA: Stanford Univ. Pr., 1999.-- 369p.

上海的电影和城市文化(1922–1943年)。本书将电影作为上海城市文化重要内容之一予以论述,同时直接关注中国的早期电影。书中前言部分介绍了 1940 年以来中国电影的历史和编年史,正文部分按三个不同阶段介绍了上海电影的发展历程。

[国 ACGMOS]

[0893] Shanghai tonetics / Xiaonong Sean Zhu.-- München: Lincom Europa, 1999.-- 281p.

上海话的声调 **[AO]**

[0894] Olivier Debré: le théatre de la peinture = the theatre of painting / texte de Jean Ristat; reportage photographique, Marc Deville.-- Paris: Fragments, 2000.-- 1v.

奥利维埃 · 德勃雷: 剧院绘画。本书研究法国抽象画家奥利维埃 · 德勃雷(1920-1999)在上海所画的舞台布景。 **[C]**

[0895] Pékin - Shanghai: tradition et modernité dans la littérature chinoise des années trente / sous la dir. d'Isabelle Rabut...-- Paris: Éd. Bleu de Chine, 2000.-- 317p.

北京 – 上海: 30 年代中国文学中的传统与现代。本书作者曾与 Angel Pino 共同翻译中文短篇小说集: Le fox-trot de Shanghai et autres nouvelles chinoises. Paris: Albin Michel, 1996 **[G]**

[0896] Street music of old Shanghai / Tim Min Tieh.-- [Shanghai: T. M. Tieh], 2000.-- 36p.

老上海的街头音乐 **[O]**

[0897] Wang Kangnian (1860-1911)und die Shiwubao / Ewald Heck.-- Sankt Augustin: Institut Monumenta Serica; Nettetal: Kommission und Vertrieb, Steyler, 2000.-- 353p.

汪康年和《时务报》。本书以晚清资产阶级改良派、中国现代报业的先驱汪康年(1860-1911)及其创办的《时务报》为主线,介绍了 19 世纪上海新闻业的历史,对汪康年的社会改革思想和他的政治体系作了介绍。含《时务报》文章原文及德译文。属《中国专论纪念丛书》系列之 36。 **[CO]**

[0898] Der Blick durch die Drachenhaut – Friedrich Schiff: Maler dreier Kontinente / Gerd Kaminski.-- Wien: Ludwig Boltzmann Gesellschaft, 2001.-- 131p.

弗里德里希 · 希夫: 三大洲的画家。本书研究了 1930-1947 年间在上海的奥地利犹太漫画家弗里德里希 · 希夫(中文名许福,1908-1968)。

[0899] Lost voices of modernity: a Chinese popular fiction magazine in

context / Denise Gimpel.-- Honolulu: Univ. of Hawaii Pr., 2001.-- 322p.

失声的现代性：一份中国通俗小说杂志。本书为研究上海出版的《小说月报》。 **[国 GO]**

[0900] The age of Shanghainese pops: 1930-1970 / written by Wong Kee Chee.-- Hong Kong: Joint Pub., 2001.-- 252p.

《时代曲的流光岁月：1930–1970》。本书有关 1930-1970 年上海的流行音乐。附 CD 一张。译自中文：黄奇智 .-- 香港：三联书店，2000。 **[A]**

[0901] Shanghai common expressions / Wu Ying, ed.-- Springfield, VA: Dunwoody Pr., 2002.-- 108p.

常用上海话 **[G]**

[0902] Between Shanghai and Hong Kong: the politics of Chinese cinemas / Poshek Fu.-- Stanford, CA: Stanford Univ. Pr., 2003.-- 202p.

在上海和香港之间：中国电影政治学。 **[国 ACGMO]**

[0903] Die Gelbe Post in Shanghai: ein Beispiel der Exilpublizistik; der Wandel von einer Kulturzeitschrift in eine Tageszeitung / Rahaf Subaie.-- Berlin: R. Subaie, 2003.-- 100, 15p.

上海的《黄报》：流亡杂志从文化杂志到日报的转变。《黄报》由奥地利犹太人施托菲尔 1939 年创办，次年由半月刊改为日报。原为柏林自由大学（Freie Univ. Berlin）2003 年硕士学位论文。

[0904] Huju: traditional opera in modern Shanghai / Jonathan P. J. Stock.-- Oxford: Oxford Univ. Pr. for the British Academy, 2003.-- 279p.

沪剧：现代上海的传统戏剧 **[GMO]**

[0905] Studies on dialects in the Shanghai area: their phonological systems and historical developments / Zhongmin Chen.-- München: Lincom Europa, 2003.-- 250p.

关于上海地区方言的研究：语音体系和历史发展 **[CGO]**

[0906] The Dianshizhai pictorial: Shanghai urban life, 1884-1898 / Ye Xiaoqing.-- Ann Arbor: Center for Chinese Studies, Univ. of Michigan, 2003.-- 249p.

《点石斋画报》：上海城市生活（1884–1898 年） **[国 GM]**

[0907] A newspaper for China? : power, identity, and change in Shanghai's news media, 1872-1912 / Barbara Mittler.-- Cambridge, MA: Distributed by Harvard Univ. Pr., 2004.-- 504p.

上海新闻媒体的力量、身份与改变(1872–1912年) [国 ACGMO]

[0908] Light as fuck: Shanghai assemblage 2000-2004; [exhibition Light As Fuck! Shanghai Assemblage 2000 - 2004, The National Museum of Contemporary Art, Oslo, Norway, April 17th - August 15th 2004] / ed., Per Bjarne Boym; Gu Zhenquing.-- Oslo: National Museum of Art Norway, 2004.-- 164p.

上海组合 2000–2004。本书内容为 2004 年 4 月 17 日到 8 月 15 日在挪威奥斯陆国家当代艺术博物馆的上海艺术展览。 [G]

[0909] Littérature et cinéma: El embrujo de Shanghai de Juan Marsé et de Fernando Trueba: actes de la journée d'études du 20 février 2004 / Organized by CREATHIS.-- Villeneuve d'Ascq: CEGES de l'Univ. Charles-de-Gaulle Lille 3, 2004.-- 108p.

文学与电影：胡安·马尔塞与费尔南多·特鲁埃瓦的电影《上海幻梦》。本书为 2004 年 2 月 20 日召开的胡安·马尔塞与费尔南多·特鲁埃瓦的电影《上海幻梦》研讨会的会议录。电影根据马尔塞 1993 年出版的同名西班牙语小说改编。

[0910] Shanghai: entre promesse et sortilège / Jean-Claude Seguin (dir.).-- Lyon: Le Grimh, 2004.-- 503p.

上海：诺言和魔咒之间。本书研究上海电影。 [G]

[0911] Shanghai modern, 1919-1945 / ed. by Jo-Anne Birnie Danzker, Ken Lum, Zheng Shengtian.-- Ostfildern-Ruit: Hatje Cantz, 2004.-- 423p.

《上海摩登》。本书为艺术展目录，2004 年 10 月 14 日到 2005 年 1 月 16 日展出于慕尼黑 Villa Stuck 博物馆，2005 年 2 月 25 日到 5 月 15 日展出于基尔艺术馆(Kunsthalle zu Kiel)。英德双语对照。 [国 GM]

[0912] An amorous history of the silver screen: Shanghai cinema, 1896-1937 / Zhang Zhen.-- London: Univ. of Chicago Pr., 2005.-- 488p.

银幕风情史：上海的电影院(1896–1937) [国 GO]

[0913] Women, war, domesticity: Shanghai literature and popular culture of the 1940s / Nicole Huang.-- Boston: Brill, 2005.-- 276p.

妇女、战争、家庭生活：1940 年代的上海文学和通俗文化 [国 ACMO]

7. 城市建设与管理

[0914] Le Consul General de France, Changhai: circulaire destinee aux français de Changhai- Organisation d'hygiene et de defense passive.-- Shanghai: Le Comite, [n. p.].-- 1v.

法国驻上海总领事就卫生和民防组织致上海法国侨民 [上]

[0915] Titres consulaires / Shanghai, Concession française, Conseil d'administration municipale.-- Shanghai: [n. p.].-- 89p.

领事名称录 [上]

[0916] S. V. C. regulations / Shanghai Municipal Council.-- [n. p.].-- 74p.

上海万国商团规章制度 [上]

[0917] Compte-rendu de la gestion pour l' exercice et budget / Shanghai Concession française, Conseil d'Administration.-- [n. p.], 1859-1937.-- v.

上海法租界公董局执行和预算管理报告。缺：1883, 1895, 1926, 1932, 1933, 1936。 [上]

[0918] Annual and special reports of Land Renters and Ratepayers Meetings.-- [n. p.], 1865-1907.-- 67v.

租地人与纳税人会年度特别报告

[0919] Rapport; Fait aux proprietaires fonsiers de la Concession française; pour 1'Annee commencee le 1er Avril 1864 et terminee le 31 Mars 1865 / Shanghai, Concession française, Conseil d'administration municipale.-- Shanghai: F. & C. Walsh, 1865.-- 1v.

上海法租界公董局关于法租界内租地人的报告。1864 年 4 月 1 日至 1865 年 3 月 31 日。 [上]

[0920] Report and budget, 1865-.-- Shanghai: Shanghai Municipal Council, 1866-1941.-- v.

上海工部局报告及预算。（1865 年起）1866-1876，报告与预算分别出版；1877-合订出版。 [上]

[0921] Report for the year ending 31st March, [1866-1875] / Municipal Council of Shanghai.-- Shanghai: printed by F. & C. Walsh; printed at the "North-China Herald" office, 1866-1875.-- v.

上海工部局报告。1866-1875 年,年度截止于 3 月 31 日。 [上]

[0922] Shanghai Municipal Council reports.-- [n. p.], 1866-1906.-- 40v.

上海工部局报告。始于 1866 年 4 月 1 日,终于 1906 年 12 月 31 日 (缺 1886 年)。

[0923] Land assessment schedule: 1869, 1876, 1880, 1882, 1896, 1899, 1900, 1903, 1907, 1911, 1916, 1920, 1922, 1924, 1930.-- Shanghai: Shanghai Municipal Council, 1869-1930.-- 37v.

上海工部局土地税额一览。其他版本: Shanghai: Kelly & Walsh, 1890.-- 32p. [上]

[0924] Report of the fire commission upon the working of the Fire Department.-- Shanghai: Shanghai Municipal Council, 1870-1872.-- v.

火政委员会关于工部局火政处工作报告 [上]

[0925] Notes in Re Messrs. H. Fogg & Co's Wall: correspondence with the Soochow Creek Bridge Company (the abolition of tolls)and Memoranda relating thereto.-- Shanghai Municipal Council, 1872.-- 33p.

兆丰洋行与苏州河桥梁建设公司就废止桥梁通行费的通信及相关事务备忘录

[0926] Report on proposed waterworks for Shanghai.-- Shanghai Municipal Council, 1872.-- 13p.

关于上海自来水问题的报告

[0927] The Tonnage-Dues Fund, the Harbors of Shanghai, and the Wu-sung Bar / Johannes Von Gumpach.-- [n. p.], 1872.-- 46p.

上海港及吴淞口吨位费基金

[0928] Report by the Special Committee of Ratepayers appointed to consider the plans and proposals of the Woosung Road Company for the establishment of a tramway in Shanghai.-- Shanghai Municipal Council, August, 1873.-- 15p.

纳税人特别委员会就吴淞铁路公司计划并建议在上海建设有轨电车的报告

[0929] Special report on proposed Municipal Buildings.-- Shanghai Municipal Council, 1874.-- 1v.

关于拟议中的工部局大楼的特别报告。

[0930] Report on the water works for Shanghai.-- Shanghai: Shanghai Municipal Council, 1875.-- 1v.

上海自来水报告。(1875 年) [上]

[0931] Shanghai water supply: scheme / Shanghai Municipal Council.-- Shanghai: North China Herald Office, 1880.-- 1v.

上海供水计划 [国]

[0932] Conseil d'administration municipale de la concession française a Shanghai.-- Shanghai: Impr. Fonceca & Silva, 1882.-- 37p.

上海法租界公董局 [上]

[0933] Report on the present condition, etc. of the Garden Bridge.-- Shanghai Municipal Council, 1889.-- 8p.

外白渡桥现状报告

[0934] Reports on the plans and estimates for the proposed Garden Bridge across the mouth of the Soochow Creek.-- Shanghai Municipal Council, 1889.-- 46p.

跨越苏州河口的外白渡桥的计划与预估报告

[0935] Water-works in China and Japan.-- London: Institution of Civil Engineers, 1890.-- 100p.

中国和日本的自来水。本书为英国土木工程师学会有关上海、香港和横滨供水问题的出版物。 [国]

[0936] Woosung Bar: dredging operations.-- Shanghai: Statistical Dept., Inspectorate General of Customs, 1890.-- 26p.

吴淞口挖泥疏浚 [上 C]

[0937] Regulations of the Council for the Foreign Community of Shanghai / Shanghai Municipal Council.-- Shanghai: Shanghai Mercury Office, 1892.-- 48p.

[上]

[0938] Municipal Council, Shanghai.-- Shanghai: North-China Herald Office, 1893.-- 24p.

上海工部局 [上]

[0939] Manual of customs' practice at Shanghai under the various treaties entered into between China and the foreign powers. Supplemented with: the tariff, treaty port regulations on the opening of the treaty ports in China for commerce with Great Britain, etc / S. H. Abbass.-- Shanghai: Kelly & Walsh, 1894.-- 231p.

在中国与外国列强间各项条约下的上海海关实务手册。附：中国向英国开放通商口岸的关税及通商口岸规章等。 **[A]**

[0940] Land assessment schedule: Hongkew settlement: 1897, 1890 / 92, 1899.-- Shanghai: Shanghai Municipal Council, 1897-1899.-- 3v.

上海工部局虹口租界土地税额一览。（1897 年，1890-1892 年，1899 年） [上]

[0941] Proposed electric tramway concession: and proposed telephone concession / Shanghai Municipal Council.-- Shanghai: Public Works Department, 1898.-- 1v.

向上海工部局申请铺设电车轨道与架设电话线特权。多个小册子合订 1 册。 [上]

[0942] Prospectus of establishing a foreign settlement in Woosung on the Company's estate of over a square mile in area / The Woosung Law Company.-- [n. p.].-- 11p.

在吴淞逾一平方英里的公司地产上建立外人租界章程。附彩色地图，日期为 1898 年 7 月 30 日。

[0943] Report to the Shanghai General Chamber of Commerce on the water approaches to Shanghai / J. de Rijke.-- [n. p.], 1898.-- 49p.

上海外商总会关于通往上海水路的报告

[0944] Proposed Telephone Service Franchies: tender by the China and Japan Telephone Company together with correspondence on the subject between the Municipal Council and the Company.-- [n. p.], 1899.-- 30p.

中国东洋德律风公司投标拟议中的电话经营特许权，及上海工部局与该公司之间就该主题的通信

[0945] Service list.-- Shanghai: Statistical Dept. of the Inspectorate General of Customs, 1899- .-- v.

上海海关服务人员名单。版本：1899, 1906-1916, 1921, 1922-1925, 1927-1941, 1942, 1944 [上]

[0946] Land assessment schedule: Western district, bound with other pamphlets.-- Shanghai: Shanghai Municipal Council, 1900.-- 1v.

上海工部局沪西地区土地税额一览。其他版本：1907-1908 [上]

[0947] The comprehensive plan of Shanghai.-- Shanghai: Bureau of Urban Planning and Building Administration, Shanghai, [n. p.].-- 75p.

上海综合规划

[0948] Notes on the proposed conservancy of the river Whangpoo at Shanghai / Edbert Ansgar Hewett.-- [Shanghai]: Kelly & Walsh, 1901.-- 31p.

关于拟议中的上海黄浦江管理机构的说明 [C]

[0949] Correspondence and reports relating to U. S. consular deeds 827 and 828 (Mr. T. W. Kingsmill's "Shengko Decus.").-- Shanghai: Shanghai Municipal Council, 1902.-- 53p.

上海工部局与美国领事的通信及报告 [上]

[0950] Correspondence between the Municipal Council and the Consular body, in regard to procedure for execution of warrants in the foreign settlement.-- Shanghai: Shanghai Municipal Council, 1902.-- 1v.

工部局与领事团通信 [上]

[0951] Project for the improvement of the Hwang Pu River, to the port of Shanghai, China, based upon reports, plans, designs, and estimates / Ludwig Franzius.-- London: [V. Brooks, Day & Son], 1902.-- 35p.

改善黄浦江计划 [C]

[0952] Tramway agreement, 1905.-- [n. p.].-- 25p.

上海工部局有轨电车协定（1905年）。打字机打印本。 [上]

[0953] Water supply / Shanghai Municipal Council.-- Shanghai: Kelly & Walsh, 1905.-- 94p.

上海的供水 **[国]**

[0954] 3rd, 4th & 5th Annual Meeting Reports for 1909, 10, 11, and Reports of directors from 1ts July 1908 to 31 Dec. 1909 / The Shanghai Electric Construction Company.-- [n. p.].-- v.

上海电车公司年会报告(1909–1911 年第 3–5 届)

[0955] Establishment of the Municipal Cadastral Office.-- [n. p.], 1906.-- 16p.

上海工部局册地处的设立

[0956] Public Works Department: memorandum of duties of foreign, Indian and native employes of the outdoor staff / Shanghai Municipal Council.-- Shanghai: China Pr., 1906.-- 82p.

上海工部局工务处外籍、印度籍及本地外勤人员职责备忘录 [上]

[0957] An account of a deep boring near the Bubbling Well, Shanghai / Thomas William Kingsmill; with a prefatory note by Chas. H. Godfrey.-- Shanghai: North-China Daily News & Herald, 1907.-- 15p.

本书作者金斯密(1837-1910)为英国人,早年来华,旅居上海多年,常在亚洲文会的刊物上发表文章。本书有插图和图表。 [上]

[0958] General and subsidiary rules for the Shanghai-Nanking Railway / Imperial Chinese Railways.-- Shanghai: Tung Hing, 1907.-- 80p.

沪宁铁路总则与辅助条例 [上]

[0959] Report of the Telephone Inquiry Committee with Directors' observations thereon: and reprint of Complete Verbatim Evidence taken by the Committee during its Sittings / Shanghai Mutual Telephone Co., Ltd.-- [n. p.], June, 1908.-- 126p.

电话调查委员会报告

[0960] History of the Shanghai Gas Company.-- [n. p.], 1909.-- 7p.

上海煤气公司史。有插图。原载: North China Daily News.

[0961] The Yang-king-ping: don't forget to come to the Ratepayers

Meeting and vote to have this creed: culverted without further delay.-- [n. p.], 1909.-- 24p.

洋泾浜：别忘了来参加纳税人会并为此投票。有地图和插图。

[0962] Règlements Municipaux / Conseil d'administration municipal de la concession française de Shanghaï.-- Kelly & Walsh, 1910.-- 101p.

上海法租界公董局组织章程

[0963] Project for the continued Whangpoo regulation / H. von Heidenstam.-- 2nd ed.-- Shanghai: North-China Daily News, 1912.-- 97p.

继续治理黄浦江规划 [上]

[0964] Harbour regulations for the Port of Shanghai.-- Shanghai: Statistical Dept. of the Inspectorate General of Customs, 1913.-- 20p.

上海港港则。日译本：上海港々則一九一三年五月十日公佈 .-- 上海：上海日本商工會議所，1913.-- 13p.；其他译本：1921；改訂版 .-- 昭和十七年 .-- 72p. [O]

[0965] Report of the Municipal Building Committee.-- [n. p.], 1913.-- 11p.

工部局建筑委员会报告

[0966] Tramway Concession: text of agreement and notes.-- Shanghai Municipal Council, 1913.-- 34p.

有轨电车特许经营权：协议文本与说明

[0967] Handbook of the Shanghai Volunteer artillery / Shanghai Volunteer Corps.-- Shanghai: North-China Herald, 1914.-- 1v.

上海万国商团炮兵手册 [上]

[0968] Port of Shanghai handbook: the new commercial plan of Shanghai.-- Shanghai: Far Eastern Geographical Establishment, 1915.-- 235p.

上海港手册：上海商业新计划 [上]

[0969] Port of Shanghai handbook: a classified Chinese commercial directory / comp. and translated by the staff of the Far Eastern geographical establishment for use in connection with the new commercial plan of Shanghai...-- Shanghai: Cartographers and Publishers, 1915.-- 230p.

上海港手册: 中国商业分类指南。其他版本: 235p. [国上]

[0970] Report on the hydrography Of the Whangpoo / H. von Heidenstam.-- Shanghai: North-China Daily News, 1916.-- v.

黄浦江水道学报告。版本: Report no. 1, 1916.-- 79p.; Report no. 2, 1918.-- 83p. [上]

[0971] Souvenir of the Jubilee of the Shanghai Fire Department: the history of the brigades from the early days of the Settlements up to 1916.-- N. C. D. N. 1916.-- 1v.

上海工部局火政处五十周年纪念: 从租界早期到1916年。有插图。

[0972] Report on the Yangtse estuary: with special reference to its influence on the conservancy of the Whangpoo and to the deepwater approaches to the port of Shanghai / H. von Heidenstam.-- Shanghai: North-China Daily News, 1917.-- 117p.

关于长江口的报告: 特别关注其对黄浦江管理以及上海港深水航道的影响。附图。 [上]

[0973] Statement in favour of extensions of Railles Electric Traction: with 2 plans / Shanghai Tramways.-- [n. p.], 1917.-- 1v

英商上海电车公司支持延伸有轨电车线路的声明

[0974] Reports to Council from the Commissioner of Public Works (Copies of correspondences).-- Shanghai: Shanghai Municipal Council, 1918-.-- v.

工务处处长递交上海工部局的报告。版本: 1918 - Dec. 1931; Jan. 1934 - Dec. 1939 [上]

[0975] The future development of the Shanghai harbor: report to the Wangpoo Conservancy Board / H. von Heidenstam ...-- [Shanghaï: Whangpoo Conservancy Board], 1918.-- 54p+评论插页8p.

上海港未来发展报告。本书为浚浦局总工程师、瑞典人海德生提交的报告。其他版本: 日译本: 經濟的發展に伴ふ上海大築港計画案: 黄浦江改修局技師長エッチフォンハイデンスタム氏報告 / エッチ、フォン、ハイデンスタム [著], 日本郵船株式会社上海支店翻訳 .-- 上海: 日本郵船株式会社上海支店, 1919.-- 80, 15p.

[0976] Notes on Shengko Procedure on the Whangpoo (Tenure and acquisition of Joreshore) / a paper read by H. Heidenstam, C. E., on April 8th, 1919, before the Engineering Society of China.-- [n. p.].-- 19p

浚浦局总工程师、瑞典人海德生于 1919 年 4 月 18 日在中国工程学会上就黄浦江问题发布的说明。

[0977] Preliminary project for regulation the Soochow Creek / H. von Heidenstam.-- Shanghai: North-China Daily News, 1919.-- 27p.

治理苏州河初步规划 [上]

[0978] Shanghai: the industrial & commercial metropolis? / H. von Heidenstam.-- Engineering Society of China, 1919.-- 11p.

上海：工商大都市?

[0979] Shanghai harbour investigation / Whangpoo Conservancy Board.-- Shanghai: Printed by the North-China Daily News & Herald, 1919-.-- v.

上海港调查 [C]

[0980] The future development of the Shanghai Harbour / Vattenbyggnads Byran, H. von Heidenstam, C. E.; represented by Dr. J. G. Richert, C. E., P. G. Hornell, C. E. etc.-- [n. p.], 1919.-- 54p.

上海港未来发展 [上]

[0981] Correspondence between the S. M. C. and the Shanghai Electric Construction Company re Overcrowding, etc.-- [n. p.], 1920.-- 11p.

上海工部局与英商上海电车公司就过度拥挤等问题的通信

[0982] Public Works Department: instruction to inspectors / Shanghai Municipal Council.-- Shanghai: Kelly & Walsh, 1920.-- 51p.

上海工部局工务处检验员须知 [上]

[0983] The improvement of the Huang Pu River (Shanghai, China)for ocean navigation / H. von Heidenstam.-- Brussels: Permanent International Association of Navigation Congresses, 1920.-- 27p.

为海运而改进黄浦江。其他版本：The improvement of the Huang Pu river for ocean navigation.-- Shanghai: North-China Daily News, 1920.-- 20p.; 法文版：

L'amélioration de la rivière Huang Pu (Shanghaï, Chine): au point de vue de la navigation maritime.-- Bruxelles: Association Internationale Permanente des Congrès de Navigation, 1920.-- 32p. [上]

[0984] Accident pamphlet, issued Oct. 1920 / Ministry of Communication.-- Shanghai-Nanking Line, 1921.-- 112p.

沪宁铁路事故手册。1920 年 10 月发布。 [上]

[0985] Deep water harbour and port for Shanghai / Sidney J. Powell.-- 2nd ed.-- Shanghai: Kelly & Walsh, 1921.-- 26p.

为上海开辟深水港 [上]

[0986] Report by the committee of consulting engineers: Shanghai harbour investigation 1921 / H. von Heidenstam.-- Shanghai: Mercury Pr., 1921.-- 20p.

上海港调查报告(1921 年) [上]

[0987] Report to Engineer-in-Chief on Stone Supply, various tests made during 1920 and Mud Friction tests / Whangpoo Conservancy Board.-- [Shanghai: Printed by the North-China Daily News & Herald], 1921.-- 27p.

向浚浦局总工程师提交的石料报告。本报告涉及 1920 年浚浦局所做的多种测试。 [上]

[0988] Report to Engineer-in-Chief on the Physical Properties of the Soil in the neighbourhood of Shanghai / Whangpoo Conservancy Board.-- [Shanghai: Printed by the North-China Daily News & Herald], 1921.-- 15p.

向浚浦局总工程师提交的上海周边土壤物理性质的报告 [上]

[0989] Report to Engineer-in-Chief on Wharf and Pier Design / Whangpoo Conservancy Board.-- [Shanghai: Printed by the North-China Daily News & Herald], 1921.-- 14p.

向浚浦局总工程师提交的码头设计报告 [上]

[0990] Report to the Engineer-in-Chief on Pile Tests / Whangpoo Conservancy Board.-- [Shanghai: Printed by the North-China Daily News & Herald], 1921.-- 30p.

向浚浦局总工程师提交的试桩报告 [上]

[0991] Report to the engineer-in-chief on the soil and subsoil material

in the district around and approaches to Shanghai, 1919-1921 / Whangpoo Conservancy Board.-- [Shanghai: Printed by the North-China Daily News & Herald], 1921.-- 23p.

向浚浦局总工程师提交的上海郊区土坯与地下土料报告(1919–1921年) [上]

[0992] Shanghai-Nanking Line & Shanghai-Hangchow-Ningpo Line goods tariff, and subsidiary regulations relating to the carriage of goods by goods trains / Ministry of Communication.-- Shanghai: Tung Hing, 1921.-- 11p.

沪宁、沪杭甬铁路货运规则 [上]

[0993] The Bridging of the Whangpoo and other transport schemes for Shanghai / H. Berents.-- [n. p.], 1921.-- 9p.

在黄浦江上造桥及上海其他交通计划。有图表。

[0994] The port of Shanghai / Whangpoo Conservancy Board.-- 2nd ed.-- Shanghai: Oriental Pr., 1921.-- 54p.

上海港。原属丛书：Shanghai Harbour Investigation. Series 1. General data. Report no. 3（或 no. 8）。其他版本：3rd ed.-- 1923.-- 81p.; 4th ed.-- 1926.-- 94p.; 4th rev. ed.-- Shanghai: China Press, 1927.-- 95p.; 5th rev. ed.-- Shanghai: A. B. C. Pr., 1928.-- 98p.; 6th ed.-- 1930.-- 111p.; 7th ed.-- 1932.-- 119p.; 7th rev. ed.-- 1932; 8th ed.-- 1934.-- 111p.; 9th ed.-- 1936.-- 112p.; 10th ed.-- 1943.-- 112p. [上]

[0995] Transport in cities: with special reference to Shanghai / Donald McColl.-- Shanghai: Mercury Pr., 1921.-- 45p.

上海城市运输 [上]

[0996] Various reports to the engineer-in-chief on special investigations / H. von Heidenstam; Whangpoo Conservancy Board.-- Shanghai: Oriental Pr., 1921.-- 5v.

向浚浦局总工程师提交的特别调查报告。属于丛书：上海港调查(Shanghai Harbour Investigation; ser. 1, no. 7)。 [上]

[0997] Public Works Department: ordinary expenditure preliminary estimates / Shanghai Municipal Council.-- Shanghai: Public Works Department, 1922-.-- v.

上海工部局工务处日常费用初步估计。版本：1922-24, 1925-27, 1928-30, 1931-33, 1934-36, 1937-39 [上]

[0998] Shanghai-Hangchow-Ningpo Line rule and regulations / Ministry of

Communication.-- Shanghai: Tung Hing, 1922.-- 264p.

沪杭甬铁路规章条例 [上]

[0999] Shanghai-Nanking Line, rules and regulation / Chinese Government Railways.-- [n. p.], 1922.-- 264, 39p.

沪宁铁路规章条例

[1000] China General Omnibus Routes and Fares.-- Shanghai: China General Omnibus Co., [n. p.].-- 10p.

英商中国公共汽车有限公司路程票价表。附地图。该公司1923年成立于上海，1924年在公共租界开辟了1条公共汽车线路，到1936年开辟公共汽车线路17条，有车154辆。 [上]

[1001] Construction of a 305 ft. span railway bridge across the Whangpoo / E. T. Frostier.-- [n. p.], 1923.-- 8p.

在黄浦江上建设一座305英尺跨度的铁路桥

[1002] Directors' report and accounts / Shanghai Mutual Telephone Company.-- Shanghai: Kelly & Walsh, 1923-29.-- v.

上海华洋德律风公司报告。版本：v. 24, 1923; v. 26, 1925; v. 29, 1928; v. 30, 1929 [上]

[1003] Regulations governing installations of lighting, heating and power supplied with energy.-- Rev. ed.-- Shanghai: Shanghai Municipal Electricity Department, 1923.-- 36p.

上海市电力处供电修正条例。其他版本：1928.-- 39p.; 1936.-- 51p. [上]

[1004] Deep-draft wharves in the Whangpoo / Whangpoo Conservancy Board.-- Shanghai: Kelly & Walsh, 1926.-- 16p.

黄浦江深水码头 [国上]

[1005] Handbook of customs procedure at Shanghai / published under the authority of the Inspector General of Customs.-- Shanghai: Printed [and] sold by Kelly & Walsh, 1921.-- 272p.

江海关报关程序手册。其他版本：1926.-- 304p. [上C]

[1006] Lower Yangtsekiang pilotage distance tables, Woosung-Hankow.-- Shanghai: [n. p.], 1926.-- 18p.

扬子江下游吴淞－汉口间航程表 [上]

[1007] Report / Richard Feetham.-- [n. p.], 1926.-- 1v.

费唐报告。本册为手稿，内容摘自《字林西报》、《士蔑报》、《日本广知报》，以及来自南非的法官费唐就上海租界状况向上海工部局的报告第 II 卷的摘要，其注释是已出版报告的补充资料。 [A]

[1008] Shanghai port facilities, 1926 / Hydrographic Department of Chinese Navy.-- Shanghai: Commercial Pr., 1926.-- 87p.

上海港口设备（1926 年）。含中文，有地图。 [上]

[1009] The reconstruction (1923-4)in reinforced concrete of the Honan Road Bridge over the Soochow Creek in the foreign settlement of Shanghai / N. W. B. Clarke.-- Shanghai: [n. p.], 1926.-- 38p.

1923–1924 年间用钢筋混凝土重建上海外人租界内苏州河上河南路桥 [上]

[1010] Traffic Commission reports (1924-1926).-- Shanghai: Shanghai Municipal Council, 1926.-- p.321-352.

上海工部局交通委员会报告（1924–1926 年） [上]

[1011] Shanghai: its municipality and the Chinese / A. M. Kotenev.-- Shanghai: North-China Daily News & Herald, 1927.-- 548p.

上海市政当局与华人。本书研究上海市政当局的情况，对于公共租界、法租界和华界的城市管理有所论述。作者 1925 年还写有《上海会审公廨与工部局》（Shanghai: its Mixed Court and Council）。 [国上 ACMO]

[1012] Shanghai-Nanking and Shanghai-Hangchow-Ningpo Railways: general appendix to the Book of Rules & regulations and working time tables, in effect on & from June, 1st, 1927 / Ministry of Communication.-- Shanghai: Tung Hing, 1927.-- 245p.

沪宁、沪杭甬铁路规章附录 [上]

[1013] Shanghai-Nanking Line & Shanghai-Hangchow-Ningpo Line sub-rules to the general regulations relaying to passenger traffic / Ministry of

Communication.-- Shanghai: Tung Hing, 1927.-- 16p.

沪宁、沪杭甬铁路客运附则 [上]

[1014] Shanghai-Nanking railway annual report for the year 1927 / Ministry of Communication.-- Shanghai: Tung Hing, 1927?.-- 48p.

1927 年沪宁铁路年报 [上]

[1015] Tramways and trolley buses, Shanghai: report on operation for the year 1926.-- Shanghai: Shanghai Electric Construction Co., 1927.-- 18p.

1926 年上海的有轨与无轨电车运营报告 [上]

[1016] Pile foundations in Shanghai / Shanghai Whangpoo Conservancy Board.-- Shanghai: North-China Daily News & Herald, 1928.-- 36p.

上海的桩承地基 [上]

[1017] Rules and regulations as to water fittings in private properties / Shanghai Waterworks Co, Ltd.-- Shanghai: Kelly & Walsh, 1921.-- 48p.

上海自来水公司私人房屋给水装置规则。其他版本：1928.-- 83p.; 1936.-- 31p. [国上]

[1018] Report of the Shanghai-Nanking and Shanghai-Hangchow-Ningpo Lines Investigation Commission, Februery-March, 1929.-- Shanghai: Ministry of Railways, [n. p.].-- 1v.

沪宁、沪杭甬铁路视察团报告。（1929 年 2-3 月） [上]

[1019] Report of Salaries Commission.-- Shanghai: Shanghai Municipal Council, 1930.-- 114p.

上海工部局俸给委员会报告 [上]

[1020] The Shanghai Bureau of Inspection & Testing of Commercial Commodities: organisation and functions.-- Shanghai: Shanghai Bureau of Inspection & Testing of Commercial Commodities, 1930.-- 33p.

上海商品检验局的组织机构与职能 [上]

[1021] The Shanghai Mutual Telephone Company: historical notes 1900-1930 / comp. by A. J. P.-- [n. p.].-- 34p.

上海华洋德律风公司大事记(1900–1930年)。有图表若干。

[1022] Annual report.-- Shanghai: Shanghai Telephone Co., 1931-.-- v.

上海电话公司年报。版本：1931, 1932, 1941-47, 1948 [上]

[1023] Conseil d'administration municipale de la Concession française de Changhai: reglement administratif.-- Changhai: [n. p.], 1931.-- 20p.

上海法租界公董局 [上]

[1024] Description of generating plant, with some notes on the history of electricity supply in the International Settlement, 1931.-- Shanghai: Shanghai Power Co., 1931.-- 46p.

上海电力公司发电厂一览(1931年)。附公共租界电力供应历史的说明。 [上]

[1025] Official catalogue of the National Good Roads Exhibition.-- [n. p.], 1931.-- 1v.

全国道路展览目录

[1026] Règlements Administratif du Personnel chinois, 1931 / Conseil d'administration municipal de la Concession française de Shanghaï.-- [n. p.].-- 1v.

上海法租界公董局华籍雇员管理章程(1931年)。中法双语。

[1027] Report of Nicholas S. Hill, Jr., to Shanghai Municipal Council re The Shanghai Waterworks Co., dated October 10, 1931.-- Shanghai: Shanghai Municipal Council, 1931.-- 36p.

尼古拉斯·S. 希尔致上海工部局报告 -- 有关上海自来水公司。（1931年10月10日） [上]

[1028] Report of the Hon. Richard Feetham to the Shanghai Municipal Council.-- Shanghai: North-China Daily News & Herald, 1931-1932.-- 4v.

《费唐法官研究上海公共租界情形报告书》。简称《费唐报告》，其他题名：Report to the Shanghai Municipal Council。1931年英、美相继公开宣布将逐步放弃在华治外法权，中国国内收回外国在华租界的呼声强烈，为应付这种局面，工部局请时任南非最高法院法官的英国人费唐来沪调查租界问题，以判定今后租界的法律地位及为租界当局提供决策咨询。报告1932年4月提出，包括绪言，公共租界及其法制的历史与现状、上海之商务利益、所得关于政治与行政问题之陈述书及其评论、关系公共租界前途之主要问题、界外马路地面等。全书共4卷,比较全面地叙述了公共租界的沿革与现状,特别对租界的人口、面积、经济规模、制度、法规和外商在上海的商务利益等,均有详细资料和统计数据。其他版本:1931.-- 2v.; 1931.-- 4v. in 1. 中译本:费唐著,工部局华文处译述 .-- 上海:工部局华文处,1931;日译本:フィータム報告:上海租界行政調査報告/リチャード·フィータム著 .-- 南満洲鉄道株式会社調査課訳 .-- 大連:満鉄,1932-1933 (4v.). 另有摘要:Short summary of v. 1-2 of report to Shanghai Municipal Council. **[国上 ACMO]**

[1029] Standing orders relating the Council its committees commissions.-- Shanghai: Shanghai Municipal Council, 1931.-- 11p.

上海工部局下属各委员会议事规程。 [上]

[1030] Municipal gazette / [Shanghai Municipal Council].-- [n. p.], 1932-1936.-- 1v.

工部局市政公报

[1031] Short summary of v. 1-2 of report to Shanghai Municipal Council / Richard Feetham.-- [n. p.].-- 1v.

费唐法官研究上海公共租界情形报告书1–2卷摘要。中译本:费唐君提交上海工部局報告書第二卷摘要譯文 (Summary of volume II of Report of the Mr. Justice Feetham to Shanghai Municipal Council).-- 上海:工部局,1932.-- 80, 63p. [上]

[1032] Signals Company manual.-- Shanghai: Voluneer Corps, [n. p.].-- 224p.

万国商团信号队手册。"一·二八"事变时期,万国商团动员一部分有私人汽车的志愿者参加工作,传递信息。事变后,在上海电话公司协助下,商团正式成立通信队。该队核心队员以电话公司的职员为主,商团再对他们进行训练,使他们能胜任战时通信工作。不久该队改名为"信号队",下设两个分队,一队负责野战通信,一队负责民用通信,另有一个小组接受特别训练,负责在上海多种电话制式间进行转换。 [上]

[1033] The new Shanghai Hangchow highway / National Economic Council.-- Nanking: Highway Department, National Economic Council, 1932.-- 9p.

新沪杭公路。有地图。 [上]

[1034] Annual report 1933-1940.-- Shanghai: Shanghai Power Co., 1933-40.-- 8v.

上海电力公司年报。(1933-1940年) [上]

[1035] Land assessment schedule, 1933: Western, Northern, Eastern and Central districts / Shanghai Municipal Council.-- Shanghai: Kelly & Walsh, 1933.-- 4v.

1933 年上海工部局沪西、闸北、沪东及市中心区土地税额一览 [上]

[1036] The Huai River, rivers in North China, the Shanghai harbour / L. Perrier.-- Nanking: National Economic Council, 1933.-- 15p.

淮河、华北诸河与上海港。有地图。 [上]

[1037] The log of the Shanghai pilot service, 1831-1932 / George D. E. Philip.-- [Shanghaï: n. p.], 1933?.-- 198p.

上海港领航日志(1831–1932 年)。重印自: China Journal, 1928 [上 C]

[1038] A souvenir of the official inspection of the new works of the Shanghai Gas Co 1862-1934.-- [n. p.].-- 1v.

上海煤气公司新工程检测纪念(1862–1934 年) [上]

[1039] Annual report of the engineer-in-chief and manager / Shanghai Waterworks Company Ltd.-- Shanghai: Shanghai Times, 1934-.-- v.

上海自来水公司年报。版本: 1934, 1936 [上]

[1040] Nanking Shanghai and Shanghai-Hangchow-Ningpo Railways quarterly reports for 1933-1934 / Ministry of Communication.-- English ed.-- Shanghai: [n. p.], 1934.-- 98p.

宁沪、沪杭甬铁路季度报告(1933–1934 年) [上]

[1041] A study of the pollution of the River Whangpoo as affecting its use as a source of water supply.-- Shanghai: Shanghai Waterworks Co., 1935.-- 94p.

黄浦江污染对其作为自来水水源影响的研究 [上]

[1042] Conseil d'administration municipale de la concession française a Changhai, compet-rendus de la gestion pour l'exercise, 1934-1935.-- [n. p.].-- 1v.

上海法租界公董局执行情况报告(1934–1935 年)

[1043] General terms and conditions of service of all branches and foreign staff register, November 1, 1935 / Shanghai Municipal Council.-- Shanghai: North-China News & Herald, 1935.-- 123p.

上海工部局各部门名称及业务情况总览(1935 年 11 月 1 日) [上]

[1044] Instructions to building inspection staff / Shanghai Municipal Council.-- Shanghai: Public Works Department, 1935.-- 50p.

上海工部局建筑物检验人员须知 [上]

[1045] Le port de Changhaï ... / Ug Yee Sau.-- Toulouse: Impr. F. Boisseau, 1935.-- 214p.
上海港 [C]

[1046] Public utility agreements (Franchises)1905-1935 / Shanghai Municipal Council.-- Shanghai: Public Works Department, [n. p.].-- 158p.

上海工部局工务处公用事业协议(特许经营,1905–1935 年)。摘自: Municipal Gazette。 [上]

[1047] The Chinese railways: a historical survey / Cheng Lin.-- China United Pr., 1935.-- 1v.

中国铁路历史调查

[1048] Shanghai Power Company: description of the generating, transmission, distribution and commercial plant: with some notes on the history of electricity supply in the International Settlement and outlying areas.-- Shanghai: Shanghai Power Co., 1936.-- 82p.

上海电力公司发电输配电一览。附公共租界及边远地区电力供应历史的说明。 [上]

[1049] The definition of the foreign inspector's status, 1854-55: a chapter in the early history of the Inspectorate of Customs at Shanghai / John King Fairbank.-- Tientsin: Chihli Pr., 1936.-- p [125]-164.

外国税务司地位的确定(1854–1855 年): 在上海的海关税务司署早期历史。重印自: Nankai Social & Economic Quaterly, April 1936, v. 9, no. 1 [O]

[1050] The origin and development of the Chinese customs service, 1843-1911: an historical outline / Stanley Fowler Wright.-- Shanghai: [n. p.], 1936.-- 93p.

中国海关业务的起源与发展历史概要(1843–1911 年)。本书作者魏尔特(1873-1951)为英国人,1903 年来华,曾长期在中国海关任职。著有多部与中国海关及关税相关的著作。其他版本: 1939.-- 147p. [上/A]

[1051] Documents illustrative of the origin, development, and activities of the Chinese customs service.-- Shanghai: Statistical Dept. of the Inspectorate General of Customs, 1937.-- 8v.

中国海关事业的起源、发展及其活动的文件 [上]

[1052] Public works: report of the commissioner of Public Works / Shanghai Municipal Council.-- Shanghai: North-China Daily News & Herald, 1937.-- 32p.

上海工部局工务处处长报告 [上]

[1053] Shanghai Gas Company cookery book, for use with new world regulo-controlled gas cookers.-- Shanghai: Shanghai Gas Co., 1937.-- 314p.

上海煤气公司炊事须知 [上]

[1054] Shanghai Power Company annual report.-- [n. p.], 1937-1940.-- 4v.

上海电力公司年报 [上]

[1055] Annual report of the Shanghai Municipal Council 1938.-- Shanghai: Shanghai Municipal Council, [1938?].-- 465p.

上海工部局年报(1938年) [上]

[1056] Proceedings at the 32nd ordinary general meeting of the company: held at the 26th day of Apr. 1938-39.-- Shanghai: Shanghai Electric Construction Co., [n. p.].-- 2v.

英商上海电车公司第32次常务大会会报。会议分别在1938和1939年的4月26日举行。 [上]

[1057] Report of the directors and statement of accounts.-- Shanghai: Shanghai Electric Construction Co., 1938-1939.-- 2v.

英商上海电车公司报告。(1938-1939年) [上]

[1058] Regulations governing lighting, heating and power installations supplied with energy.-- Rev. ed.-- Shanghai: Shanghai Power Co., 1939.-- 69p.

上海电力公司供电规则。其他版本:1948 [上]

[1059] Child Protection Section / Shanghai Municipal Council.-- Shanghai: North-China Daily News, 1940.-- 6p.

上海工部局儿童保护部。重印自：1939 annual report。 [上]

[1060] Regulation of industrial conditions / Shanghai Municipal Council.-- Shanghai: North-China Daily News & Herald, 1940.-- 21p.

上海工部局工业条例。重印自：1939 annual report。 [上]

[1061] Concession française de Changhai: reglements- recueil no. 1.-- Changhai: Impr. de la Municipalite française, 1941.-- 88p.

上海法租界公董局税务 [上]

[1062] Streets of Shanghai: a history in itself / A. H. Gordon, comp.-- Shanghai: Shanghai Mercury, 1941.-- 51p.

上海街道史。本书是一本关于上海市政建设的图书，比较详细地叙述了租界内的街道分布状况。 [上]

[1063] Life and Labour in Shanghai's International Settlement: problems of administration and reform / Eleanor M. Hinder.-- Shanghai: Shanghai Municipal Council, 1942.-- 131p.

上海公共租界里的生活与劳动：管理及改革问题 [上]

[1064] The public utilities of Shanghai / T. C. Tsao.-- Shanghai: T. C. Tsao, 1945-.-- v.

上海公用事业。版本：Sept. 1945-Aug. 1946; 1946-47; 1947-48; 1949 [上 COS]

[1065] Shantung Road Cemetery, Shanghai, 1846-1868: with notes about Pootung seamen's cemetery, soldiers' cemetery / E. S. Elliston.-- Shanghai: [n. p.], 1946.-- 51p.

上海山东路公墓（1846–1868 年）。附浦东海员公墓、士兵公墓。 [上]

[1066] Electric power shortage in Shanghai.-- Shanghai: Shanghai Evening Post, 1947.-- 12p.

上海电力不足问题 [上]

[1067] Harbour regulations for the Port of Shanghai.-- Shanghai: Customs, 1953.-- 13p.

江海关港务条例 [上]

[1068] The Chinese city between two worlds / ed. by Mark Elvin and G. William Skinner.-- Stanford, CA: Stanford Univ. Pr., 1974.-- 458p.

两个世界之间的中国城市。本书含有关上海的内容，如：宁波帮与上海金融权力（The Ningbo Pang and Financial Power at Shanghai / Suan Mann Jones），1905-1914年上海管理（The Administration of Shanghai, 1905-1914 / Shirley S. Garrett）。 **[ACO]**

[1069] The city in late imperial China / ed. by G. William Skinner; contributors, Hugh D. R. Baker... [et al.].-- Stanford, CA: Stanford Univ. Pr., 1977.-- 820p.

《中华帝国晚期的城市》。本书作者用分层理论的研究方法来说明中国现代化的过程，从空间地球上看是由点如上海等少数通商口岸，发展到东南沿海沿江地区即线，然后再扩大到面的分层梯度推进的过程。中译本：（美）施坚雅主编，叶光庭等译.--中华书局，2000 **[CO]**

[1070] The Woosung Road: the story of the first railway in China, 1875-1877: a monograph / Alan Reid.-- Woodbridge: Alan Reid, 1977.-- 18p.

吴淞铁路：中国第一条铁路的故事（1875–1877 年） **[CO]**

[1071] Urban development in modern China / ed. by Laurence J. C. Ma and Edward W. Hanten.-- Boulder, CO: Westview Pr., 1981.-- 264p.

近代中国的城市发展。本书含有关上海的内容：近代上海历史发展过程中的非政府至上主义（Non-governmentalism in the historical development of Modern Shanghai. p.19-57）。 **[ACOS]**

[1072] La transformation du littoral urbain: application shanghaienne / Claude Comtois.-- [Montréal]: Univ. de Montréal, Centre de recherche sur les transports, 1989.-- 30p.

沿海城市的转变：上海应用。本书涉及上海的交通、城市规划、土地利用及经济状况。

[1073] Land use factors in home-based trip purposes: a geographical analysis of urban transportation in Shanghai / Claude Comtois.-- Montréal: Centre de recherche sur les transports, Univ. de Montréal, 1991.-- 17p.

上海城市交通的地理分析

[1074] Le système expert en géographie des transports: application à Shanghai / Jean-Paul Rodrigue, Claude Comtois.-- Montréal: Centre de recherche sur les transports, Univ. de Montréal, 1991.-- 20p.

交通地理专家系统：上海应用

[1075] L'économie des transports à Shanghai / Jean-François Proulx, Claude Comtois.-- Montréal: Centre de recherche sur les transports, Univ. de Montréal, 1991.-- 29p.

上海交通经济学

[1076] Preliminary results of an analysis of areas of influence in Shanghai / Claude Comtois, Jean-Paul Rodrigue.-- Montréal: Centre de recherche sur les transports, Univ. de Montréal, 1991.-- 32p.

上海的区域影响的初步分析结果。本书涉及上海城市土地利用。

[1077] Shanghai: images d'architecture: unité, diversité / Françoise Ged, Emmanuelle Péchenart.-- [Paris]: Institut parisien de recherche: architecture, urbanistique, société, 1991.-- 96p.

上海的建筑形象：统一而多样

[1078] Waste resource recycling by cooperatives: the Chinese experience: report of ICA Regional Workshop, Shanghai (China): 25 March-4 April 1991 / coordinator Guo Yong Kang.-- New Delhi: International Cooperative Alliance, Regional Office for Asia and the Pacific, 1991.-- 62p.

合作式废弃物资回收的中国经验。国际合作社联盟区域研讨会报告，会议于1991年3月25日至4月4日在上海举行。

[1079] The heuristic identification of urban functional land use: application to Shanghai / Jean-Paul Rodrigue.-- Montréal: Centre de recherche sur les transports, Univ. de Montréal, 1992.-- 11p.

城市功能性土地使用的探索：上海应用

[1080] Transportation and land use optimization: land use utility value assessment using geographic information systems / Jean-Paul Rodrigue.-- Montréal: Centre for Research on Transportation, 1992.-- 16p.

交通和土地利用优化：采用地理信息系统评估土地利用效用值

[1081] A last look: Western architecture in old Shanghai / text, Tess Johnston; photos, Deke Erh.-- Hong Kong: Old China Hand Pr., 1993.-- 111p.

最后一瞥：老上海的西方建筑 **[CO]**

[1082] Elaboration du schéma directeur de Shangai? ("Shanghai 2015"): rapport d'étape (Mission du 10 au 20 novembre 1993) / Gilles Antier.-- Paris: IAURIF, 1993.-- 30p.

上海总体规划“上海 2015 年”: 阶段报告(1993 年 11 月 10–20 日)

[1083] Minhang, Shanghai - die Satellitenstadt als intermediäre Planung: Chinas Architekten zwischen kompetitivem Anspruch und parteipolitischer Realtität / Robert Kaltenb, runner.-- Berlin: TU Berlin, Universitätsbibliothek, Abt. Publikationen, 1993.-- 336p.

上海闵行: 折衷的卫星城镇规划, 在竞争要求和党派政治现实之间的中国建筑师

[1084] The origins of the roads and roadnames in foreign Shanghai: the French concession / J. H. Haan.-- Amsterdam: Wiley, 1993.-- 126p.

上海法租界道路和路名的起源 [O]

[1085] The restructure of transportation in China: the emergence of a new transactional environment / Claude Comtois.-- Montréal: Centre de recherche sur les transports, Univ. de Montréal, 1993.-- 24p.

重整中国交通

[1086] Le "C. B. D." de Shanghaï: les grands axes d'un nouveau centre urbain: rapport de mission du 20 avril au 12 mai 1994 / Gérard Abadia, Bernard Etteinger.-- Paris: IAURIF, 1994.-- p.62-25

上海的中央商务区: 新城市中心的主要道路(1994年4月20日到5月12日报告)

[1087] The heuristic classification of functional land use: a knowledge-based approach / Jean-Paul Rodrigue.-- Montréal: Centre de recherche sur les transports, Univ. de Montréal, 1994.-- 21p.

功能性土地使用的探索式分类: 以知识为基础的方法

[1088] Transports et communications en Asie de l'Est.-- Montréal: Univ. de Montréal, Centre d'études de l'Asie de l'Est, 1994.-- 90p.

东亚的交通和通讯 [C]

[1089] Les métropoles chinoises au XXe siècle / sous la direction de Christian Henriot avec la collaboration de Alain Delissen.-- Paris: Ed. Arguments, 1995.-- 265p.

20 世纪中国大都市。本书为 1993 年法国里昂的东亚研究所(Institut d'Asie orientale)组织的关于 "20 世纪中国大都市" 的国际会议论文集。

[1090] Planning and governance of the Asian metropolis: proceedings of an international workshop, Shanghai, China, 11-14 October 1993 / sponsored by the CIDA Centre of Excellence Project on Human Settlements Development; Basil van Horen and Aprodicio A. Laquian, ed.-- Vancouver, BC: Centre of Human Settlements, Univ. of British Columbia, 1995.-- 229p.

亚洲大都市的规划和管理。本书为 1993 年 10 月 11-14 日由加拿大国际开发署人类居住地开发杰出计划中心主办、在上海举行的一个国际研讨会的会议录。 **[A]**

[1091] Shanghai: transformation and modernization under China's open policy / ed. by Y. M. Yeung and Sung Yun-Wing.-- Hong Kong: Chinese Univ. Pr., 1996.-- 583p.

上海: 中国开放政策下的转变和现代化。本书由香港中文大学杨汝万教授和宋恩荣教授合编,共分四部分,第一部分为政治与文化;第二部分为上海的经济发展;第三部分城市和社会基础建设;第四部分为展望。 **[上 GMO]**

[1092] Aufbau eines auf Satellitenfernerkundung basierten Informationssystems zur städtischen Umweltüberwachung: das Beispiel Shanghai / Yun Zhang.-- Berlin: Selbstverlag Fachbereich Geowissenschaften, FU Berlin, 1998.-- 129p.

建立基于卫星遥感的城市环境监测信息系统: 以上海为例。原为柏林自由大学(Freie Univ. Berlin)1997 年博士学位论文。 **[国 C]**

[1093] Shanghai: architettura & città; tra Cina e occidente = architecture & the city: between China and the West / Luigi Novelli.-- Roma: Edizioni Librerie Dedalo, 1999.-- 153p.

上海: 建筑与城市,中西方之间。正文为意大利语、汉语、英语。 **[国 G]**

[1094] Woosung Road: the story of China's first railway / Peter Crush.-- Hong Kong: Railway Tavern, 1999.-- 119p.

吴淞铁路: 中国第一条铁路的故事 **[CO]**

[1095] Peking, Shanghai, Shenzhen: Städte des 21. Jahrhunderts = Beijing, Shanghai, Shenzhen / Kai Vöckler... (Hg.).-- Frankfurt: Campus-Verl., 2000.--

608p.

北京、上海、深圳：21 世纪的城市 [G]

[1096] Shanghai: Portrait de ville / Françoise Ged.-- Paris: Institut français d'architecture, 2000.-- 64p.

上海：城市肖像 [G]

[1097] Between tradition and modernity: Hongkong Bank Building in Hong Kong and Shanghai, 1870-1940 / Iain S. Black.-- Sainte-Foy, Quebec: CIEQ, 2001.-- 18p.

传统与现代之间：香港和上海的汇丰银行大楼(1870–1940 年)。部分正文为法语。 [AM]

[1098] Building in China: Henry K. Murphy's "Adaptive Architecture", 1914-1935 / Jeffrey W. Cody.-- Seattle: Univ. of Washington Pr.; Hong Kong: Chinese Univ. Pr., 2001.-- 264p.

在中国进行建筑设计：亨利 · K. 墨菲的"适应性架构"(1914–1935 年)。本书介绍美国建筑师亨利·墨菲(又译茂飞)于 1914-1935 年间在中国的活动。墨菲在建筑设计中将中国传统的建筑风格融入到当前的需求中,而不是仅仅引进美国的建筑风格和方法。1918 年墨菲在上海成立了一个分支机构来协调他的工作,19 世纪 20 年代他在金陵女子学院和燕京大学继续开展工作,1927 年被国民党政府雇佣来帮助设计他们在南京的首都。本文利用墨菲的论文和同时代的资料来评价其影响力。

[1099] Shanghai and Mumbai: sustainability of development in a globalizing world / Tapati Mukhopadhyay.-- New Delhi: Samskriti, 2001.-- 143p.

上海和孟买：全球化世界中的可持续发展 [国上 GMO]

[1100] L' Eurasie post-communiste: Moscou, Shanghai, Hongkong / Philippe Haeringer.-- Paris: Centre de Prospective et de Veille Scientifique, 2002.-- 327p.

后共产主义欧亚大陆：莫斯科、上海、香港 [G]

[1101] Metropolen im Umbruch: Shanghai - Santiago de Chile - New York - Budapest - Moskau / Thomas Rothschild.-- Wien: Czernin-Verl., 2002.-- 127p.

在变革中的大都市：上海 – 智利圣地亚哥 – 纽约 – 布达佩斯 – 莫斯科 [G]

[1102] Shanghai / Alan Balfour, Zheng Shiling.-- Chichester: Wiley-Academy, 2002.-- 368p.

上海。本书介绍了上海各个历史时期的建筑特点及著名的建筑，是建筑学家兼作家巴尔弗继《纽约》（2001 年出版）、《柏林》（1995 年出版）后的第三本有关世界城市建筑的图书。 [国上 CGMOS]

[1103] Shanghai reflections: architecture, urbanism and the search for an alternative modernity: essays / Mario Gandelsonas, Ackbar Abbas, M. Christine Boyer; ed. by Mario Gandelsonas.-- New York: Princeton Architectural Pr., 2002.-- 217p.

上海思考：建筑、城市规划和寻求另类现代性。论文集。 [国上 GM]

[1104] Die moderne chinesische Architektur im Spannungsfeld zwischen eigener Tradition und fremden Kulturen: aufgezeigt am Beispiel der Wohnkultur in der Stadt Shanghai / Zhi Hao Chu.-- Frankfurt: Lang, 2003.-- 460p.

处于自身传统和国外文化冲突中的中国现代建筑：以上海的居住文化为例。原为凯泽斯劳滕大学（Univ. Kaiserslautern）2002 年博士学位论文。 [CG]

[1105] Vergleich der Verkehrsentwicklung in deutschen Großtädten und Shanghai sowie Herleitung von Handlungserfordernissen / Ying Zhang.-- München: Lehrstuhl für Verkehrstechnik, Techn. Univ., 2003.-- Getr. Zählung.

德国大城市和上海：交通发展的比较及所需的对策。原为慕尼黑工业大学（Techn. Univ. München）2003 年博士学位论文。 [G]

[1106] Wohnquartiere in Shanghai: Analyse, Kritik und Sanierung typischer Wohnformen und Baugruppen aus dem 20. Jahrhundert / Luofeng Qin.-- Beuren, Stuttgart: Grauer, 2003.-- 293p.

上海的住宅小区：关于 20 世纪典型公寓和建筑群的分析、评论和恢复。原为斯图加特大学 2003 年博士学位论文。 [G]

[1107] Have you been Shanghaied? : culture and urbanism in glocalized Shanghai / William S. W. Lim = 林少伟.-- Singapore: Asian Urban Lab, 2004.-- 76p.

《你被上海化了吗？上海在全球化兼地方性模式中的文化与城市特征》。英中双语，译自英语。 [A]

[1108] Shanghai: architecture & urbanism for modern China / ed. by Peter G. Rowe and Seng Kuan.-- Munich: Prestel, 2004.-- 184p.

上海：现代中国的建筑和都市生活 [国上 CGO]

[1109] Walking between slums and skyscrapers: illusions of open space in Hong Kong, Tokyo, and Shanghai / Tsung-Yi Michelle Huang.-- Hong Kong: Hong Kong Univ. Pr., 2004.-- 171p.

漫步于贫民窟和摩天大楼之间：香港、东京和上海空间的幻象 **[AGMO]**

[1110] Beijing Shanghai architecture guide = 北京·上海建築ガイドブック / ed., Kenji Yoshida.-- Tokyo: a+u Pub. Co., 2005.-- 171p.

北京上海建筑指南。上海部分包括浦东陆家嘴周边，世纪公园周边，外滩、南京东路周边，人民广场周边，南京西路、淮海中路、衡山路周边，以及郊区部分。有文章数篇，包括：上海史及历史建筑、上海超高层建筑、外滩建筑、上海酒店、上海建筑师、世博会的可持续发展与上海的可持续增长。英日双语。a+u: 建築と都市，2005 年 5 月臨時増刊(aa+u: Architecture and urbanism, Special issue; 2005, May)。 **[G]**

[1111] Federball Propaganda: [Shanghai 2005] / Martin Luce, Sebastian Post.-- Hamburg: Material-Verl., 2005.-- 130p

本书研究上海的建筑、公园、居住区等。 **[G]**

[1112] Shanghai: architecture & design / ed. and written by Christian Datz & Christof Kullmann.-- Kempen: teNeues, 2005.-- 191p.

上海的建筑与设计 **[国 GM]**

[1113] Shanghai architecture & design / ed., Alejandro Bahamón.-- Cologne: daab, 2005.-- 237p.

上海建筑与设计。正文为英、法、意、德、西语。 **[GO]**

8. 地理与环境

[1114] Do you know Shanghaï.-- Shanghai: Canadian Pacific Steamships, [n. p.].-- 6p.

你熟悉上海么？ **[上]**

[1115] How to see Shanghai, Nanking, Hangchow, Soochow, and the Yangtsze River.-- Shanghai: Cook, [n. p.].-- 24p.

怎样看上海、南京、杭州、苏州与扬子江。有地图。 **[上]**

[1116] The model settlement: view of Shanghai.-- Shanghai: Kelly & Walsh, [n. p.].-- 1v.

模范租界：上海风光 **[上]**

[1117] The Shanghai guide.-- Shanghai: Omnia, [n. p.].-- 111p.

上海指南 [上]

[1118] Notizen über die fauna Hongkong's und Schanghai's gesammelt daselbst während des aufenthaltes Sr. : Majestät fregatte Novara im sommer 1858 / Georg Frauenfeld.-- Wien: Aus der K. K. Hof- und staatsdrukerei, in commission bei K. Gerold's sohn, 1859.-- 34p.

1858 年夏天在"诺瓦拉"号护卫舰上关于香港和上海动物的笔记。1857-1859 年，奥地利海军"诺瓦拉"号护卫舰在维也纳皇家科学院领导下，在地质学家费迪南德 · 冯 · 霍赫施泰特尔和动物学家格奥尔格 · 冯 · 弗劳恩菲尔德指导下，进行了第一次大型环球科学考察，被称为"诺瓦拉远征"。本书是 1858 年夏"诺瓦拉"号护卫舰在两地逗留期间所搜集的资料。 [C]

[1119] Reise von Shanghai bis Sidney: auf der K. K. Fregatte Novara / Georg Ritter von Frauenfeld.-- [Wien: Kaiserlich-Königliche Botanischen Gesellschaft in Wien], 1860.-- p. [375]-382

从上海到悉尼："诺瓦拉"号护卫舰随行记。本书是动物学家格奥尔格 · 冯 · 弗劳恩菲尔德随"诺瓦拉"号护卫舰考察的记录。摘自：Verhandlungen der Kaiserlich-Königliche Zoologisch-Botanischen Gesellschaft in Wien, Jahrg. 1859。

[1120] Reiseskizzen von Manila, Hongkong und Shanghai: gesammelt während der Weltreise der K. K. österreichischen Fregatte "Novara" / Georg Ritter von Frauenfeld.-- Wien: M. Auer, 1860.-- 12p.

马尼拉、香港和上海旅行素描。本书是动物学家格奥尔格 · 冯 · 弗劳恩菲尔德随"诺瓦拉"号护卫舰考察的记录。

[1121] Ningpo to Shanghai in 1857: via the borders of An-whui province, Hoo-chow-foo and the Grand Canal / William Tarrant.-- Canton: Friend of China, 1862.-- 112p.

1857 年由宁波到上海：经过安徽省边界、湖州府和大运河 [上]

[1122] A voyage around the world / N. Adams.-- Boston: H. Hoyt, 1871.-- 152p.

环球旅行。本书第 4 章述及上海。其他版本：New ed. : Under the mizzen mast: a voyage round the world. 1873.-- 345p. [C]

[1123] De Peking a Shanghai (souvenirs de voyages) / Eugene Buissonnet.-- Paris:

Amyot, 1871.-- 335p.

从北京到上海：旅行纪念。本书作者皮少耐 1854 年来到上海，不久创办皮少耐洋行，成为法租界最有影响的丝绸商人。1862 年太平军进攻上海时发起成立法租界义勇队，自任队长。曾担任法公董局最早两届总董，还在法租界会审公廨任陪审官达 8 年。此书为 1870 年因病回国后所著。 [上]

[1124] Florule de Shanghai (Province de Kiang-Sou) / O. Debeaux.-- Bordeaux: Impr. Cadoret, 1875.-- [74] p.

上海植物

[1125] Journal de mon troisième voyage d'exploration dans l'empire chinois / M. l'Abbé Armand David.-- Paris: Librairie Hachette, 1875.-- 1v.

第三次在华探险旅行日记

[1126] Observatories Magnétique, Météorologique et Sismologique de Zi-Ka-Wei (Chain), Bulletin des Observations.-- [n. p.], 1921-1930.-- 1v.

徐家汇磁气、气象及地震观测站观测报告。Tomes: XLVII-LVI.

[1127] De Marseille a Shanghaï et Yedo: récits d'une Parisienne / Madame Laure.-- Paris: Hachette, 1879.-- 436p.

从马赛到上海和东京。本书为环球游记，作者全名：Laure Durand-Fardel。其他版本：3e ed. Paris: Challamel Aine, 1887.-- 424p. [上]

[1128] Le Typhoon du 31 Juillet 1879 / P. Marc Dechevrens S. J.-- [Shanghai: T'ou-Se-We Pr., 1879].-- 1v.

1879 年 7 月 31 日的飓风。本书由时任徐家汇天文台台长的能恩斯所著，清光绪五年上海徐家汇土山湾印书馆出版。这是徐家汇天文台用近代气象科学理论研究清光绪五年六月十三日（1879 年 7 月 31 日）登陆中国、影响上海的一次台风个例分析报告，是我国最早关于台风的论著之一。有英文版和法文版。

[1129] The climate of Shanghai / Rev. Father M. Dechevrens, S. J.-- [n. p.], 188-?.-- p.231-246.

上海的气候。本报告 1881 年 10 月 28 日由能恩斯在上海气象学会宣读。 [上]

[1130] The typhoons of the Chinese seas in the year 1880 by M. Dechevrens = Sur l'inclinatson des vents, par M. Dechevrens / Zikawei China

Observatory.-- Shanghai: Catholic Mission Pr., 1881.-- 31p.

1880 年中国海上的飓风 [上]

[1131] The typhoons of the Chinese seas in the year 1881 by M. Dechevrens / Zikawei China Observatory.-- Shanghai: Catholic Mission Pr., 1882.-- 171p.

1881 年中国海上的飓风 [上]

[1132] The meteorological elements of the climate of Shanghai: Twelwe [sic] years of observations made at Zi-Ka-Wei / the missionnaries [sic] of the Society of Jesus; Zi-Ka-Wei Observatory.-- Zi-Ka-Wei [Shanghai]: Printing Office of the Catholic Mission, at the Tou-Se-We Orphanage, 1885.-- 37p.

上海气候的气象因素：徐家汇天文台十二年观察 [上 C]

[1133] Les variations de temperature observees dans les cyclones 2e note, par Marc Dechevrens / Zikawei China Observatory.-- Shanghai: L'orphelinat de T'ou-Se-We, 1887.-- 17p.

第二号旋风对气温变化的影响。能恩斯观测。 [上]

[1134] Description du Schmackeria forbesi, N. Gen. et Sp., calanide nouveau recueilli par M. Schmacker dans les eaux douces des environs de Shanghaï / S. -A. Poppe, Jules Richard.-- [n. p.], 1890.-- p.396-403.

上海周边淡水问题。属于丛书：Société zoologique de France. Mémoires; v. 3（1890）.

[1135] The "Bokhara" Typhoon October 1892 / read before the Shanghai Meteorological Society by the rev. S. Chevalier, S. J. Shanghai: Printed at the "North-China Herald" Office, 1893.-- 43p.

1892 年 10 月的"布哈拉"飓风。本报告由时任徐家汇天文台台长的法国人蔡尚质（号思达，1852-1930）在上海气象学会宣读。 [上]

[1136] The future of the port of Shanghai: a geological study / Sydney B. J. Skertchly.-- Shanghai: North-China Daily News & Herald, 1894.-- 22p.

上海港未来发展的地质研究 [上]

[1137] Typhons de 1892 / R. P. S. Chevalier; Observatoire de Zi-Ka-Wei.-- Shanghai: North-China Herald, 1894.-- 83p.

1892 年的飓风 [上]

[1138] A Summer trip from Shanghai to Banff (Canada)and back.-- [by] B. A.-- Shanghai: North-China Herald, 1895.-- 23p.

从上海到加拿大班芙并返回的夏日之旅 [上]

[1139] The "Iltis" typho-on July 22-25, 1896 / the Rev. Louis Froc; Zikawei China Observatory.-- Shanghai: Catholic Mission Pr., 1896.-- 27p.

1896 年 7 月 22–25 日的"白鼬"飓风。本书作者劳积勋为法国人，天主教耶稣会传教士，1896-1926 年任徐家汇天文台台长。 [上]

[1140] Typhoon highways in the Far East, no. l across the south end of Formosa Strait / R. F. Louis Froc.-- Shanghai: Catholic Mission Pr., 1896.-- 40p.

横跨台湾海峡南端的远东第一飓风高速通道 [上]

[1141] Au pays des pagodes, notes de voyage: Hongkong, Macao, Shanghai, Le Houpé, Le Hounan, Le Kouei-Tcheou / A. Raquez.-- Shanghai: La Presse orientale, 1900.-- 429p.

宝塔之国旅行记：香港、澳门、上海……

[1142] Guide du passages a Shanghai.-- Messageries Maritimes, [1901?].-- 20p.

上海旅行指南。英法双语，有地图。

[1143] Guide book to Shanghai and environs: containing all necessary informations for tourists and others / written and comp. by W. E. B. Shanghai: Hotel Metropole; [printed by the Oriental Pr.], 1903.-- 76p.

上海及周边指南。又名：Guide to Shanghai。附有一幅上海地图（比例尺 1000 英尺：1 英寸）。其他版本：1906，1v. [国上]

[1144] Berol' guide to Shanghai in particular and China in general / William Berol; presented by the Hotel des Colonies Co., Ld., Shanghai.-- Shanghai: Printed at the Oriental Pr., c1904.-- 78p.

贝洛上海指南。有上海地图（比例尺 1000 英尺：1 英寸）。重印本：Guide to Shanghai and China. June, 1909.-- 100p.

[1145] Notes on the climate of Shanghai, 1873-1902 / J. de Moidrey.-- Shanghai:

Sicawei Observatory, 1904.-- 39p.

上海气候记略(1873–1902 年) [上]

[1146] Réduction des observations de température 1873-1903 / Zi-Ka-Wei Observatoire.-- Chang-hai: Impr. de la Mission Catholique à l'Orphelinat de T'ou-Se-We, 1905.-- 56p.

气温观测(1873–1903 年) [C]

[1147] The typhoon at Shanghai.-- Shanghai: North-China Herald Office, 1905.-- 16p.

上海的飓风 [上]

[1148] Dix mille kilomètres en Chine par Pékin, Shanghai, Hankéou, Canton, Tchoung-King et Pékin / Capitaine Vaudescal de l'Infanterie Coloniale.-- Paris: H. Charles-Lavauzelle, 1906.-- 129p.

中国万里行:北京、上海、汉口、广州、重庆、北京。摘自:Revue des troupes coloniales。

[1149] Guide to Shanghai / A. G. Hickmott.-- Shanghai: Shanghai Mercury, 1921.-- 75, 35p.

上海指南。有地图。首版于 1906 年,每年出版至 1913 年,其后因战争中断,1921 年恢复出版。 [上]

[1150] Guide to Shanghai and its vicinity / Astor House Hotel.-- Shanghai: China Advertising Co., 1907.-- 106, 40p.

上海及周边指南。其他版本:1908.-- 106, 44p.

[1151] Quelques notes sur les conférences de Tokyo et de Shanghai: et voyage de retour par le Canada, les Montagnes Rocheuses, les Chutes du Niagara, etc / Alfred Bertrand, Alice Bertrand.-- [n. p.], 1907?.-- 71p.

东京和上海会议笔记。本书为作者参加世界学生基督教联合会(World Student Christian Federation)会议的旅行记。

[1152] Guide and souvenir for visitors to Shanghai (China) / The Palace Hotel.-- London: Printed by Tillotson and Son, [1908?].-- 38p.

上海游客指南及纪念品

[1153] The travellers guide to Shanghai and its vicinity.-- China Advertising Co., After 1908.-- 98, 35p.

上海及周边旅行指南。其他版本：After 1908.-- 76, 24p. 两版本内容均类似于：Guide to Shanghai and its vicinity / Astor House Hotel.

[1154] Guide to Shanghai / The Palace Hotel.-- Shanghai: Printed in the Oriental Pr., March, 1909.-- 46p.

上海指南

[1155] Guide to Shanghai and China.-- Oriental Pr., 1909.-- 100p.

上海及中国指南

[1156] Shanghai and its vicinity.-- Kalee Hotel; printed by the Shanghai Times, [1909?].-- 55p.

上海及周边概况。其他版本：35p.

[1157] The Palace Hotel guide to Shanghai.-- [n. p.].-- 33p.

汇中饭店上海指南。又名：Guide to Shanghai。其他版本：Shanghai: Palace Hotel, 1909.-- 46p.

[1158] The Travellers guide to China: Shanghai and its vicinity.-- Shanghai: China Advertising Co., 1909.-- 106p.

旅行者中国指南：上海及周边地区

[1159] The travellers guide to Shanghai.-- Shanghai: China Advertising Co., [n. p.].-- 68p.

上海旅行指南。其他版本：76p.; 1909.-- 106p. [上]

[1160] Shanghai gardens: with notes on the cultivation of hot house plants, flowers, etc.-- Shanghai: Mercury Pr., 1910.-- 114p.

上海花园。附温室植物、花卉种植笔记。 [上]

[1161] Chang-hai et la vallée du fleuve Bleu / Claudius Madrolle.-- Paris: Hachette, 1911.-- 131p.

上海及蓝河谷。本书为著名的法文版旅游指南，书中有一张上海及周边地图（Chang-hai et environs）。其他版本：1913.-- 131p. 英译本：Shang-Hai and the Valley of the Blue River: with maps and plans.-- London: Hachette, 1912.-- 132p. **[C / 上 / 国 A] [V]**

[1162] Guide to Shanghai.-- Issued by the Astor House Hotel; printed by North-China Daily News & Herald, Ld., 1911.-- 41p.

上海指南。含通济隆公司(Thos. Cook & Son, Ltd.)的上海租界地图。

[1163] Information for travellers landing at Shanghai.-- Thos. Cook & Son, [1909?].-- 76p.

上海导游。本书所附上海租界图,常被其他书引用。其他版本: Shanghai: North-China News & Herald, 1911.-- 72p.; London.-- 81p.; 1912.-- 55p. [上]

[1164] The Astor House guide to Shanghai.-- [n. p.], 1911.-- 4p.

浦江饭店上海指南。有小地图。

[1165] North China guide book with map of Shanghai.-- Thos. Cook. 1912.-- 64p.

华北指南。附上海地图。

[1166] Schen: Studien aus einer chinesischen Weltstadt / Fritz Secker.-- Berlin: M. Noessler, 1913.-- 125p.

上海: 中国大都市之研究。其他版本: 2. Aufl.-- Shanghai: Max Nössler & Co., 1932.-- 130p. [国/上]

[1167] The guide to Shanghai.-- Oriental Advertising Agency, 1914.-- 136p.

上海指南

[1168] The travellers guide to Shanghai and its environs / comp. by R. Llewellyn Jones.-- Oriental Advertising Co., 1914.-- 136p.

上海及周边旅行指南。附录: 上海法租界(La Concession française de Shanghai)。

[1169] Flower Show, Fortieth Anniversary, May 1875-May 1915.-- Shanghai Horticultural Society, [n. p.].-- 34p.

花展四十周年(1875 年 5 月至 1915 年 5 月)。

[1170] The typhoon of July 28th 1915: the Chinhai typhoon and its effects at Shanghai / Louis Froc.-- Shanghai: T'ou-Se-We Orphanage Pr., 1915.-- 40p.

《一九一五年七月二十八日之飓风》。本报告对 1915 年 7 月 28 日登陆上海的一次台风作了详细的个例分析,记载了台风袭击上海和遭受灾害的实景照片。这次台风为上海百年遇到最大的一次,文章具有很高的研究和实用价值。中译本:(法)劳

积勋著,潘肇邦译 .-- 上海:土山湾印书局,1916 [上]

[1171] Gardening in Shanghai / Frederick Bourne.-- Shanghai: Kelly & Walsh, 1915.-- 57p.

上海园艺。又名:Gardening in Shanghai for amateurs。其他版本:2nd ed.-- 1916; 3rd ed. 1925; 4th ed.-- 1949.-- 127p. [上]

[1172] The gateway to China: pictures of Shanghai / Mary Ninde Gamewell.-- New York: Revell, 1916.-- 252p.

中国的门户:上海概貌。本书共16章,分别介绍了上海城市的演变情况,对于上海的街道、交通、商店的特点等,都有一定的介绍,对于上海的教育文化事业及教会慈善事业的概况,上海婚礼习俗的趣闻,上海县城及新旧海关的沿革等都有述及。作者认为上海如"袖珍共和国",是了解中国的门径。其他版本:London: Revell, 1916.-- 272p.; Taipei: Ch'eng Wen Pub. Co., 1972.-- 272p. [国上A / G]

[1173] Guests' guide to Shanghai, China: compliments of Astor House Hotel / comp. by California Directory Co.-- Printed by the Shanghai Mercury, [1917?].-- 40p.

顾客上海指南:浦江饭店的问候。附上海租界地图。

[1174] Pulsations magnetiques a Zi-Ka-Wei etc. a Lu-Kia-Pang: from Terrestri al magnetism and atomospheric electricity, Sept / J. de Moidrey.-- Shanghai: Impr. de l'Orphelinat de T'ou-Se-We, 1917.-- 1v.

徐家汇等地及陆家浜的磁震 [上]

[1175] Guide book.-- Chinese Government Railways, 1918.-- 71p.

指南书

[1176] Lu-Kia-Pang observatoire magnetique / E. Lou.-- Changhai: T'ou-Se-We Pr., 1918.-- 1v.

陆家浜磁场观察 [上]

[1177] The hydrography of the Whangpoo / Shanghai Whangpoo Conservancy Board.-- Shanghai: North-China Daily News & Herald, 1918.-- 83p.

黄浦江水道学。其他版本:1926.-- 61p.; 4th ed. Kelly & Walsh, 1933 [上]

[1178] Report on the geology of the Yangtze Valley below Wuhu, Shanghai, 1919 / Whangpoo Conservancy Board.-- Shanghai: Printed by the Shanghai Mercury,

1919.-- 84p.

长江流域芜湖以下地区地质报告，上海（1919 年） [上]

[1179] The little garden: what it may become in Shanghai / Margaret M. Pardoe.-- Shanghai: North-China Daily News & Herald, 1919.-- 34p.

上海小花园 [上]

[1180] Zikawi Observatory atlas of the tracks of 620 typhoons 1893-1918 / Louis Froc.-- Changhai: Zi-Ka-Wei, 1920.-- 1v.

徐家汇天文台所测 1893–1918 年间 620 次飓风路径图。本书是气象台收集了清光绪十九年至民国七年（1893-1918 年）25 年间观测到的 620 个台风和 1264 个低气压资料，经过整编而成的台风路径图集。图集还详细剖析了民国四年（1915 年）7 月 28 日袭击上海的一次台风典型个例。本书出版后成为海员远东航行所必备的手册和教学用典型材料。 [上]

[1181] Beyond Shanghai / Harold Speakman; with illus. in full color from paintings by the author.-- New York: Abingdon, 1922.-- 198p.

在上海那边 [上]

[1182] Les oiseaux de Chang-Hai: observations ornithologiques (1913-1920) / Charles Gayot; Publiees par H. Dugout et A. Savio.-- Chang-Hai: Impr. de l'Orphelinat de T'ou-Se-We, 1922.-- 59p.

上海鸟类观察（1913–1920 年） [上 CMO]

[1183] Tourists' guide to China.-- California Directory Association, 1924.-- 68p.

中国旅行指南。有地图。其他版本：128p.

[1184] Typhoon of August 5th to 23rd 1924 / Father L. Froc, S. J.-- Shanghai: T'ou-Se-We Pr., 1925.-- 12p.

1924 年 8 月 5–23 日的飓风。徐家汇天文台记录。 [上]

[1185] A guide to Lunghwa Temple: with brief notes on Chinese buddhism / D. C. Burn.-- Shanghai: Kelly & Walsh, 1926.-- 62p.

龙华寺导游。附中国佛教简介。 [国上]

[1186] La belle route maritime de France en Chine (Marseille-Changhaï)

/ R. Verbrugge.-- Bruxelles, A. Dewit, 1926.-- 211p.

法国到中国的美丽航线(马赛 – 上海)。重印自: Bulletin de la Société royale de géographie d'Anvers。

[1187] Mouvements sismiques des magnétomètres à Zi-Ka-Wei et à Lu-Kia-Pang (1877-1924): principaux sismogrammes, 1925 / E. Gherzi.-- Zi-Ka-Wei, Chang-hai: Impr. de la Mission Catholique, 1926.-- 33p.

徐家汇和陆家浜的磁震(1877–1924 年) [C]

[1188] The grandeur of the Gorges, fifty photographic studies, with descriptive notes, of China's great waterway, the Yangtze-Kiang, including twelve hand coloured prints / McDonald Mennie.-- Shanghai: Watson, 1926.-- 1v.

三峡奇观。含中国第一水道长江的 50 幅照片、12 幅手绘彩图印刷品,附说明。

[上]

[1189] Schanghai - Kanton / Karl August Wittfogel.-- Berlin: Anstalten, 1927.-- 29p.

上海—广州

[1190] Etude sur la Pluie en Chine, 1873-1925 / P. E. Gherzi, S. J.; Observatoire de Zi-Ka-Wei.-- Impr. de la Mission Catholique, à l'Orphelinat de T'ou-Se-We, 1928.-- 1v.

中国降雨研究(1873–1925 年)。本书有两部分,第一部分:结果;第二部分:观测。

[1191] Observations Magnétiques faites a l'Observatoire de Lu-Kia-Pang. Tome XV Années 1927-28.-- [n. p.].-- 1v.

陆家浜天文台磁场观察。(第 15 卷,1927-1928 年)

[1192] The geology of Shanghai / George Babcock Cressey.-- Wien: [n. p.], 1928.-- 1v.

上海地质学。本书作者葛德石(1896-1963)为美国地理学家,1920 年代曾任上海沪江大学副教授。本书是有关上海地质地貌的研究。重印自: China Journal, 1928

[上]

[1193] Typhoons in 1928: to the members of the Shanghai General Chamber of Commerce.-- Father E. Gherzi, S. J.-- Zi-Ka-Wei Observatory, [n. p.].-- 23p.

1928 年的台风。其他版本: 1929.-- 23p.; 1930.-- 20p.; 1934.-- 43p.

[1194] Etudes sur la magnétisms terrstre a Zi-Ka-Wei et Lu-Kia-Pang,

1877-1929: résumées / J. de Moidrey, S. J.-- Zi-Ka-Wei Observatory, [n. p.].-- 1v.

1877–1929 年徐家汇和陆家浜磁震研究概述

[1195] Hangchow and Beyond: ambling through China's arcadia, in the fertile valleys; traversed by the Shanghai-Hangchow-Ningpo Railway / Edgar Snow, S. Y. Livingston-Hu.-- [Shanghai: Millard], 1929.-- 12p.

杭州周边：漫步穿越中国的世外桃源，横贯沪杭甬铁路

[1196] Journeying through Kiangsu: from Shanghai to Capital via the Shanghai-Nanking Railway / Edgar Snow, S. Y. Hu.-- [Shanghai: Millard], 1929.-- 15p.

穿越江苏之旅：从上海经沪宁铁路到首都

[1197] Shanghai birds: study of bird life in Shanghai and the surrounding districts / E. S. Wilkinson.-- Shanghai: North-China Daily News & Herald, 1929.-- 243p.

上海鸟类：上海及周边地区鸟类生活研究。附彩色图版。 **[上 CMO]**

[1198] Shanghai Guide / T. Saphiere.-- [n. p.], 1930.-- 145p.

上海指南

[1199] Observatoire de Zi-Ka-Wei: notes de Seismologie / E. Gherzi.-- [n. p.].-- 1v.

徐家汇天文台地震札记。No. II, Seismographes Gallitzine et séismes locaux ondes longues "Z" et temps orageus. Seismogrammes speciaux 1929 et 1931 / par le P. P. E. Gherzi, S. J.

[1200] The China coast / Ivon A. Donnelly; with verse by Joan Power.-- Tientsin: Tientsin Pr., 1931.-- 71p.

中国海岸 **[A]**

[1201] The little blue book of Shanghai.-- Shanghai: Isida Trade Association, 1931.-- 574p.

上海小蓝皮书。上海指南。其他版本：1932 **[上]**

[1202] The winds and the upper air currents along the China coast and in the Yangtze Valley / Father Ernest Gherzi, S. J.; Zi-Ka-Wei Observatory.-- T'ou-Se-We [Shanghai]: Catholic Mission Pr., 1931.-- 1v.

中国沿海和长江流域的风和上部气流

[1203] China coaster's tide book and nautical pocket manual, for the year 1932.-- Printed by the North-China Daily News & Herald, [n. p.].-- v.

中国沿海航船潮汐和航海袖珍手册 (1932 年)。其他版本：1933; 1935; 1936

[1204] Chinese Admiralty Tide Tables containing tidal predictions for Side Saddle, Woosung-Shihpu Road / Hydrographic Department, China.-- 5th issue.-- [n. p.], 1932.-- 1v.

中国海洋潮汐表：吴淞 – 许浦一路。其他版本：8th issue.-- 1935; 9th issue.-- 1936

[1205] Deep well waters in the Shanghai Area / F. G. C. Walker.-- Shanghai: North-China Daily News & Herald, 1933.-- 50p.

上海地区深井水 [上]

[1206] Schanghai... Strombaudirektor Ministerialrat Ing. Ludwig Brandl... Die Hochwasserkatastrophe am Yangtse-Kiang im Jahre 1931 ... / Eugen Oberhummer, Ludwig Brandl.-- Klosterneuburg: J. Müller, 1933.-- 40p.

上海与 1931 年长江洪灾。作者之一白朗都为奥国人，1928-1931 年曾任浙江省水利局总工程师。属于丛书：维也纳地理研究（Wiener geograph. Studien; 1）

[1207] Sightseeing in and around Shanghai.-- Shanghai: American Express Co. Inc., 1933.-- 34p.

沪地风光 [上]

[1208] Wayside plants and weeds of Shanghai / Willard M. Porterfield...-- Shanghai: Kelly & Walsh, 1933.-- 232p.

上海路边的植物与杂草。本书内容为 75 张有关上海的草坪和路边植物的图片及文字说明。原连载于 China journal 第 XVI、XVII 和 XIX 期。 [国上 C]

[1209] All about Shanghai and environs.-- Shanghai: The Univ. Pr., 1934-35.-- 255p.

上海指南。本书共 17 章，属于旅游指南一类的读物，是为初到上海的外国旅游者特别是西方人写的通俗图书。介绍了上海的历史沿革、政治结构、商业、人口、娱乐业、华人生活、通讯、金融、旅游、宗教、艺术等各个方面的情况。作者认为上海是世界第六大城市，上海的城市景观中西混合、美丑并存，反差强烈。其他版本：Taipei: Ch'eng Wen Pub. Co., 1973.-- 225p. 其他题名：All about Shanghai: a standard guidebook.-- Hong Kong: Oxford Univ. Pr., 1983（加导言）; 1986 [上 C / 国 OS]

[1210] Chinese Admiralty Tide Tables containing tidal predictions for Shihpu Road, Side Saddle, Woosung, Tsingtao / Hydrographic Department, China.-- 7th issue.-- [n. p.], 1934.-- 1v.

中国海洋潮汐表：许浦、吴淞、青岛

[1211] Year book and dog show programmer, Shanghai, April 29th, 1934.-- China Kennel Club, [n. p.].-- 81p.

年刊及赛狗会日程。上海，1934 年 4 月 29 日。

[1212] From Shanghai to Changsha in an automobile / Emil S. Fischer.-- Shanghai: [n. p.], 1935.-- 23p.

坐汽车从上海到长沙。本书作者斐士（1865-1945）为奥国人，1894 年来华，在天津做律师。斐士好旅游，走遍了长江流域和川康地区，本书是其旅行记之一。重印自：Shanghai Sunday Times, Dec. -Jan. -Feb., 1935 [上]

[1213] The fresh water fishes of the Tsungming Island, China / Shigeru Kimura.-- Shanghai: Shanghai Science Inst., 1935.-- 120p.

崇明岛淡水鱼 [上]

[1214] The Shanghai bird year: a calendar of calendar of bird life in country around Shanghai / E. S. Wilkinson.-- Shanghai: North-China Daily News & Herald, 1935.-- 219p.

上海鸟类历书 [上 CO]

[1215] Le Tapis Vert du Pacifique / Roger Labonne.-- 2e ed.-- Paris: Ed. Berger-Levrault, 1936.-- 290p.

太平洋的绿色地毯

[1216] Portraits of China, by the American Jesuits in Shanghai, Nanking & Hai Chow.-- Shanghai: Gonzaga College, 1936.-- 104p.

中国画像。由上海、南京、海州的美国耶稣会士撰写的中国旅行记。 [上]

[1217] Shanghai: 1935 / Ruth Day.-- Claremont, CA: Saunders Studio Pr., 1936.-- 86p.

《上海：1935》。初版限量 200 本。 [C]

[1218] The Fenghsien landscape: a fragment of the Yangtze Delta / George

Babcock Cressey.-- Wien: [n. p.], 1936.-- 1v.

奉贤景观：长江三角洲一角。重印自：The Geographical review, v. 26, no. 3, p.396-413. N. Y., 1936. 合订：Geographical record-Asia. [上]

[1219] Notes of some common slugs of Shanghai / Teng-Chien Yen.-- Changhai: [n. p.], 1937.-- p.306-310.

上海的几种鼻涕虫。重印自：China Journal, v. 27, no. 6, p.306-310 [上]

[1220] Nature notes: a guide to the fauna and flora of a Shanghai garden / Arthur de Carle Sowerby.-- Shanghai: China Journal Pub., 1939.-- 82p.

上海某公园动植物指南。本书作者苏柯仁(又名：苏瓦贝、梭厄比、梭瓦贝,1885-1954)为英国教士之子,生于中国,曾长期在中国采集自然标本。第一次世界大战后居于上海,1923年创办中国美术杂志社,曾几次连任上海亚洲文会干事和会长。太平洋战争爆发后被日军拘禁于家中,次年送集中营,1945年返回英国。苏柯仁关于中国社会和博物的著述颇丰,本书为其中之一。 [上A]

[1221] Sky high to Shanghai / Frank Clune.-- Sydney: Angus and Robertson, 1939.-- 379p.

上海的高空。1938年春东方旅行记,含东方沿海地区历史、地理、政治一瞥。其他版本：2nd ed.-- 1947.-- 379p.; 1948.-- 1v. [上A]

[1222] De Marseille à Shanghai: les escales de la traversée de France en Indochine et en Chine, Djibouti, Éthiopie, Ceylan, Malaisie: cartes et plans / Claudius Madrolle.-- Paris: Société d'Éditions Géographiques, Maritimes et Coloniales, 194-?.-- 84p.

从马赛到上海。途经法属印度支那及中国、吉布提、埃塞俄比亚、斯里兰卡、马来西亚。附地图。

[1223] Guide to Shanghai.-- Shanghai: American Express Co. Inc., 1940.-- 96p.

上海指南 [上]

[1224] Shanghai / photographed and depicted by Ellen Thorbecke; with sketches by Schiff.-- Shanghai: North-China Daily News & Herald, 1940?.-- 82p.

上海。其他版本：1941.-- 82p. [上A]

[1225] A handbook for bird students, in Shanghai / E. S. Wilkinson.-- Shanghai: North-China Daily News, 1941.-- 90p.

上海鸟类研究者手册 [上]

[1226] Guide to Shanghai / I. I. Kounin.-- Shanghai: Adcraft Studio, 1941.-- 128p.
上海指南 [上]

[1227] Amphibians and reptiles recorded from or known to occur in the Shanghai Area / Arthur de Carle Sowerby.-- Chang-Hai: Univ. l'Aurore, 1943.-- 16p.
上海地区两栖类和爬行类动物 [上]

[1228] Birds recorded from or known to occur in Shanghai area / Arthur de Carle Sowerby.-- Chang-hai: Univ. l'Aurore, 1943.-- 212p.
上海地区鸟类 [上 CO]

[1229] Mammals recorded from or known to occur in the Shanghai area / Arthur de Carle Sowerby.-- Chang-hai: Univ. l'Aurore, 1943.-- 15p.
上海地区哺乳动物 [上 C]

[1230] Adieu Shanghaï / Jacqueline Marenis.-- Paris: Grasset, 1945.-- 292p.
再会吧，上海 [上]

[1231] Information bulletin: Shang-hai-Yin-hsien (Ningpo)… / United States Navy, Pacific Fleet and Pacific Ocean Areas.-- Lane, Crawford, 1945.-- 181p.
上海—鄞县(宁波)情况通报 [C]

[1232] Do's and don'ts for foreigners coming to Shanghai today / Dorothy Gould.-- Shanghai: Mercury Pr., 1947.-- 8p.
今日上海外人指南 [上]

[1233] Fodor's Beijing (Peking), Guangzhou (Canton), and Shanghai.-- New York: Distributed by D. McKay Co., 1981-.-- v.
福多北京、广州、上海旅行指南 [AC]

[1234] Peking-Shanghai / Uli Franz.-- Köln: DuMont, 1981.-- 333p.
北京—上海 [G]

[1235] Nanjing & Shanghai / Ron Edwards.-- Kuranda, Qld.: Rams Skull Pr., 1984.-- 24p.

南京和上海 [A]

[1236] A guide to Shanghai.-- London: Collins, 1987.-- 142p.
上海指南 [OS]

[1237] Leben in China / Jürgen Siemund.-- Leipzig: Brockhaus Verl., 1987.-- 206p.
生活在中国。包括北京、上海和香港的概述。

[1238] Shanghai / Pascal Amphoux, Christophe Martin.-- Paris: Autrement revue, 1987.-- 221p.
上海。本书从法国人的角度描写了上海的文明程度和风俗习惯。封面题名：Shanghai, rires et fantômes（上海：欢笑与阴影）。其他版本：1990

[1239] Shanghai.-- Lincolnwood, IL: Passport Books, 1987.-- 142p.
上海。本书为上海指南。 [上 C]

[1240] Shanghai rediscovered: a guide to the city past and present / Christopher Knowles.-- Brentford: Roger Lascelles, 1990.-- 245p.
上海再发现：城市今昔 [O]

[1241] Journal de voyage en Chine: une famille québécoise au pays du Milieu / André Bouchard; préface de Pierre Bourque.-- Montréal: Méridien, 1992.-- 277p.
中国旅行日记：：一个魁北克家庭在中国

[1242] Shanghai / Lynn Pan, May Holdsworth, Jill Hunt; revised by Jill Hunt and Sarah Jessup.-- Hong Kong: Odyssey, 1992.-- 224p.
上海 [OS]

[1243] Shanghai / Lynn Pan, May Holdsworth, Jill Hunt.-- Hong Kong: Odyssey, 1992.-- 144p.
上海 [国 O]

[1244] China / Schlussred., Manfred Feldhoff.-- Hamburg: Gruner und Jahr, 1994.-- 170p.
中国。本书是关于北京、上海和香港的散文集。

[1245] Shanghai / Lynn Pan, May Holdsworth, Jill Hunt.-- 3rd ed.-- Lincolnwood, IL: Passport Books, 1995.-- 170p.
上海。本书为上海指南。 [国上 C]

[1246] Waterbird hunting in east China / Tang Sixian, Wang Tianhou.-- [Kuala Lumpur]: Asian Wetland Bureau, 1995.-- 33p.

华东水鸟捕猎 **[O]**

[1247] Flora of the Shanghai area / O. William Borrell with Chinese nomenclature by Hsu Ping-Shen.-- Victoria, Australia: Marcellin College, 1996-.-- v.

上海植物志。书中有植物的中文名称及中文索引。 **[AGO]**

[1248] Shanghai / Kiki Baron.-- München: Gräfe und Unzer, 1996.-- 128p.

上海。本书为上海指南,含苏州、杭州指南。 **[国]**

[1249] Gewässerschutz in Shanghai / Jian-Xin Li.-- Berlin: Inst. für Geographie der Techn. Univ. Berlin, 1997.-- 161p.

上海水域保护研究。原为柏林工业大学(Techn. Univ. Berlin)1997 年博士学位论文。

[1250] Fodor's pocket Shanghai / New York: Fodor's Travel Pub., 1998-.-- v.

福多袖珍本上海旅行指南。1998 年开始出版第一版,另有 2002 年版。 **[CO]**

[1251] CityPack Shanghai / Christopher Knowles.-- Basingstoke: AA Pub., 1999.-- 96p.

上海城市特色 **[国 OS]**

[1252] Shanghai / Oliver Fülling.-- Köln: DuMont, 1999.-- 239p.

上海。其他版本:2003; 2004; 2005

[1253] Chinas Osten: mit Beijing und Shanghai / Oliver Fülling.-- Bielefeld: Reise-Know-How-Verl. Rump, 2000.-- 648p.

中国的东部:北京和上海。其他版本:2., komplett aktualisierte Aufl.-- 2004 **[国]**

[1254] Shanghai / Sharon Owyang.-- London: APA, 2000.-- 95p.

上海。其他版本:Basingstoke: GeoCenter International, 2003 **[国 OS]**

[1255] Frommer's Shanghai / J. D. Brown.-- Foster City, CA: IDG Books Worldwide, 2001.-- 220p.

弗洛姆上海旅行指南。其他版本:New York: Wiley, 2003 **[国上 O]**

[1256] Shanghai / Bradley Mayhew.-- Melbourne: Lonely Planet, 2001.-- 256p.

上海。本书对上海做了全方位的介绍,包括城市生活、艺术、建筑、饮食、起居、娱乐、购物、方言、历史、周边关系、地图等。其他版本:2004 **[上 AOS / 国 G]**

[1257] Shanghai, Hanghzou, Suzhou; Reisen mit Erlebnis-Garantie / Kiki Baron.-- München: Gräfe und Unzer, 2001.-- 128p.

上海、杭州、苏州旅行记 **[G]**

[1258] Shanghai.-- Oakland, CA: Lonely Planet, 2001-.-- v.

上海 **[C]**

[1259] Golden Xujiahui / Photogr. Deke Erh. Ed.: Lin Li... Text: Yi Chen...-- Hong Kong: Old China Hand Pr., 2002.-- 225p.

金色徐家汇。本书含大量现代照片,中英对照。 **[G]**

[1260] Mit dem Zug durch Zentralasien und China: auf der Seidenstraße von Schaffhausen nach Shanghai / Ion Karagounis; Mit Fotos von Ion Karagounis und Christina Rütimann.-- Frankfurt / Main: R. G. Fischer, 2003.-- 195p.

乘火车穿越中亚和中国:从沙夫豪森经丝绸之路到上海

[1261] Shanghai: Ausflüge - die grünen Paradiese in der Provinz; Architektur - Deutsche bauen die Städte der Zukunft; Pudong - das neue Herz der Metropole / Red. dieses Heftes: Barbara Baumgartner.-- Hamburg: Jahreszeiten-Verl., 2003.-- 138p.

上海:旅游,乡野的绿色天堂;建筑,德国人建设城市的未来;浦东,大都市的心脏 **[G]**

[1262] Suzy Gershman's Born to shop. Hong Kong, Shanghai & Beijing: the ultimate guide for travelers who love to shop / Suzy Gershman.-- 2nd ed.-- Hoboken, NJ: Wiley, 2003.-- 274p.

苏西·葛希曼生来爱逛店:香港、上海及北京购物游客终极指南。其他版本:3rd ed.-- 2005 **[国 O]**

[1263] Beijing and Shanghai: [China's hottest cities] / Peter Hibbard, Paul Mooney, Steven Schwankert; photography by Anthony Cassidy & others.-- Hong Kong: Odyssey, 2004.-- 599p.

北京和上海:中国最热门城市

[1264] Eine kulinarische Weltreise: Georg Biron, Werner Ploner und 120 österreichische VIPs präsentieren die besten Rezepte von Rio bis Venedig, von Bali bis Shanghai.-- Wien: Outdoor-Print-Management, 2004.-- 216p.

一次环球美食之旅:从里约到威尼斯,从巴厘岛到上海

[1265] Shanghai, Hangzhou, Suzhou / diesen Führer schrieb Sabine Meyer-Zenk; Hans-Wilm Schütte verf. die Texte zu Religion und Kunst sowie zu Hangzhou, Suzhou und Putuo Shan.-- Ostfildern: Mairs Geograph. Verl, 2004.-- 128p.

上海、杭州、苏州。关于当地旅游的贴士。 **[G]**

[1266] China: Unsere besten Touren, Unsere Top 12 Tipps / Franz-Josef Krücker.-- München: Polyglott-Verl., 2005.-- 108p.

中国:最佳导游的12个最佳贴士

[1267] Fodor's Beijing and Shanghai.-- New York: Fodor's Travel Pub., 2005-.-- v.

福多北京和上海旅行指南。双年刊,提供有关北京和上海住宿、餐饮、文化场所、购物中心和夜生活的信息。 **[CS]**

[1268] Le goût de Shanghai / textes choisis et présentés par Anne-Marie Cousin.-- Paris: Mercure de France, 2005.-- 124p.

品味上海 **[国]**

[1269] Le voyage de Shanghai / Serge Bramly.-- Paris: Bernard Grasset, 2005.-- 338p.

上海之旅 **[国]**

[1270] Shanghai, Hangzhou und Suzhou / Kiki Baron.-- München: Travel House Media, 2005.-- 160p.

上海、杭州和苏州。本书描写了商店景色以及风味饮食。为方便参考,所有的景点,地址和牌子都是中文,并包括两种语言的地图和一级方程式赛车的路线图。 **[G]**

9. 科研、教育、体育、医疗卫生

[1271] Alliance française, règlement de la Bibliothèque.-- [n. p.].-- 6p.

法文协会图书馆细则

[1272] Statement regarding the building of the Chinese Hospital at

Shanghae / The Committee.-- Shanghae: [n. p.], 1848.-- 13p.

上海仁济医院建筑说明。缩微件。 [国]

[1273] Report of the Chinese Hospital at Shanghae / The Committee.-- Shanghae: Mercury Pr., 1849-1850.-- v.

上海仁济医院报告。缩微件。版本：from July 1st 1847, to December 31st 1848. 1849.-- 19p.; from January 1st, to December 31st. 1850.-- 15p. [国]

[1274] Journal of the Shanghai Literary and Scientific Society.-- Shanghai: The Branch, 1858-1860.-- v.

上海文理学会杂志 [国上 AO]

[1275] Report of the Chinese Hospital at Shanghai.-- Shanghai: Shanghai Municipal Council, 1860-.-- v.

上海仁济医院报告。版本：1860, 1863-64, 1874, 1926-29, 1932, 1933-38 [上]

[1276] Shanghai hygiene / James Henderson.-- Shanghai: Presbyterian Mission Pr., 1863.-- 100p.

上海卫生学 [上]

[1277] Report of the Shanghai General Hospital.-- Shanghai: Shanghai Municipal Council, 1868-.-- v.

上海公济医院报告。版本：1868, 1874-78, 1882, 1886, 1890, 1908, 1934 [上]

[1278] Chinese Hospital, Shanghai, 1872.-- [n. p.], 187-?.-- 19p.

上海仁济医院(1872 年)。即 Report of the Chinese Hospital at Shanghai, for the year 1872。其他版本：1873.-- 15p. [上]

[1279] L'Observatoire de Zi-Ka-Wei.-- Shanghai: Impr. de la Mission Catholique à l'Orphelinat de T'ou-Se-We, [n. p.].-- 1v.

徐家汇天文台 [国上]

[1280] Plan de l'Observatoire (Autographie).-- Changhai: Zi-Ka-Wei, [n. p.].-- 1p.

徐家汇天文台规划。(手稿) [上]

[1281] Bulletin des observations / Hsü-chia-hui kuan hsiang tai, Shanghai.-- Chang-hai:

Impr. de la Mission Catholique à l'Orphelinat de T'ou-Se-We, 1874-193-?.-- v.

徐家汇天文台会报。期刊。 [国]

[1282] Shanghai au point de vue medical / Paul-Edouard Galle.-- Paris: Adrien Delahaye, 1875.-- 80p.

医学视点看上海 [上]

[1283] Les Oiseaux du Musee de Zi-Ka-Wei (Musee Heude): Cahiers; Collection des photographies avec des notes / Courtcis.-- [n. p.].-- 1v.

徐家汇博物馆(韩伯禄博物馆)的飞禽 [上]

[1284] Shanghai Library (established 1849).-- Shanghai: Kelly & Walsh, 1886.-- 295p.

上海图书馆。始于1849年的英租界西侨组织的上海书会(Shanghai Book Club),1851年改名上海图书馆,俗称洋文书院,是上海最早的公共图书馆。1913年起由公共租界工部局接办,改称工部局公众图书馆(Public Library, S. M. C.)。 [上]

[1285] Recordes of the triennial meeting of the Educational Association of China held at Shanghai, May 2-4, 1893.-- Shanghai: American Presbyterian Mission Pr., 1893.-- 67p.

中华教育会首届三年会记录。会议1893年5月2-4日在上海举行。 [上]

[1286] Records of the ordinary Meeting of the Association held at Shanghai, May 2-4, 1893 / Educational Association of China.-- [n. p.].-- 97p.

中华教育会例会记录。中华教育会1893年5月2-4日在上海举行首届三年会的记录。后二届会议: 2nd triennial meeting. 1896, 291p.; 3rd triennial meeting. 1899, 167p. [上]

[1287] Shanghai Meteorological Society... annual reports for the years ...-- Zi-Ka-Wei [Shanghai]: printed at the Catholic Mission Pr., 1893-1898.-- 5v.

上海气象学会年报。1892-1899年。first for the years 1892; second for the years 1893 on the typhoons of the year 1893; third for the years 1894; fourth for the years 1895; fifth and sixth for the years 1896 and 1897; …… [上]

[1288] Records of the Second Triennial Meeting of the Educational Association of China, held at Shanghai, May6-9, 1896.-- American Presbyterian Mission Pr., 1896.-- 291p.

中华教育会第二届三年会记录。会议 1896 年 5 月 6-9 日在上海举行。

[1289] Tablenux et croquis des observations des etoiles de l'Observatoire de Zo-Se.-- Changhai: Zi-Ka-Wei, [n. p.].-- 12p.

佘山天文台观测星座图表 [上]

[1290] Industrial health in Shanghai: an investigation of printing works / H. S. Gear & others.-- [Dairen?: n. p.], 19--?.-- 1v.

上海工业卫生：印刷厂调查 [上]

[1291] St. Luke's & St. Elizabeth's Hospital: annual report.-- Shanghai: St. Luke's & St. Elizabeth's Hospital, [n. p.].-- 71p.

同仁医院与广仁医院年报 [上]

[1292] The story of Siccawei Observatory, Shanghai.-- [Shanghai: North China Daily News], 19--?.-- 1v.

上海徐家汇天文台故事 [上]

[1293] Si-ka-wei: eine kurze Schilderung der Schulen, Waisenhäuser u. s. w. der Mission von Kiangnan in der Umgebung Shanghai's / C. Fink.-- [Shanghai: Deutsche Druckerei und Verlagsanstalt, 1901?].-- 27p.

徐家汇：天主教江南教区在上海近郊的学校和孤儿院简介 [上 C]

[1294] Proceedings of the society and report of the council 1901-1902 / Shanghai Society of Engineers and Architects.-- Shanghai: Printed at the "North-China Herald" Office, 1902.-- 128p.

上海工程师及建筑师学会会议录及委员会报告（1901–1902 年）。上海工程师及建筑师学会后更名为中国工程学会（The Engineering Society of China）。另有：1903-1904; 1905-1906; 1909-1910; 1911-1912 [上]

[1295] The Shanghai Public School.-- Shanghai: Kelly & Walsh, 1902.-- 15, xiip.

上海公立学校 [上]

[1296] Universite de Changhai (l'Aurore). Technologie du Batiment. Atlas.-- Changhai: Univ. l' Aurore, [n. p.].-- 1v.

震旦大学建筑技术图集。打字机打印本。 [上]

[1297] Various papers of the Engineering Society of China: foundations in Shanghai, etc.-- [n. p.], 1903.-- 128p.

中国工程学会文集

[1298] The International Red Cross Society of Shanghai.-- Shanghai: China Printing Co., 1906.-- 22p.

万国红十字会上海支会 [上]

[1299] Visit to Siccawei Observatory.-- Shanghai: North-China Daily News & Herald, 1908.-- 12p.

访问徐家汇天文台。题名页信息：上海工程师及建筑师学会(1907-1908年)(The Shanghai Society of Engineers & Architects 1907-1908)。 [上]

[1300] Bulletin de l'Universite l'Aurore.-- Chang-hai: Impr. de l'Orphelinat de T'ou-Se-We, 1909-1949.-- v.

震旦杂志。书脊题名：Bulletin de l'Aurore。No. 1-19 题名：Universite l'Aurore。 [上]

[1301] Code des signaux / Zi-Ka-Wei Observatoire.-- Shanghai: T'ou-Se-We Mission Catholic, 1909.-- 13p.

徐家汇天文台信号簿 [上]

[1302] Universite l'Aurore.-- T'ou-Se-We [Shanghai]: Printed at the China Pub. and Printing Co., 1909-1944.-- v.

震旦大学 [上]

[1303] College de Zi-Ka-Wei phemerides.-- [n. p.], 1910.-- 1v. (4v.)

徐汇公学 [上]

[1304] Report of the General Educational Committee by the Municipal Council.-- [n. p.], 1910-1912.-- 2v.

工部局普通教育委员会报告。本报告分二部分，第一部分为1910年的儿童教育，第二部分为1912年的华人儿童教育。

[1305] Code of signals in force March 1st 1911 / Zikawei China Observatory.-- [n. p.].-- 1v.

徐家汇天文台信号簿(1911年3月1日) [上]

[1306] Health Department annual report / Shanghai Municipal Council.-- [n. p.], 1911.-- 48p.

工部局卫生处年报

[1307] Proceedings of the Society and Report of the Council. Vol. XVIII, 1918-19 / The Engineering Society of China.-- Printed in Kelly & Walsh, 1919.-- 1v.

中国工程学会会议录及委员会报告。第18卷,1918 / 1919年。中国工程学会原名上海工程师及建筑师学会(Shanghai Society of Engineers and Architects),1913年会议录改为年刊。版本:1913 / 1914-1938 / 1939

[1308] Die deutsche Ingenieurschule für Chinesen in Shanghai.-- [n. p.], 1914.-- 16p.

德国在上海的华人工程师学校。摘自:Das industrielle China, Juni 1914

[1309] Faculte de medicine Livret de l'Etudiant.-- Changhai: Univ. l' Aurore, [n. p.].-- 1v.

震旦大学医学院学生手册 [上]

[1310] Practical ideals in medical mission work ... / William Hamilton Jefferys.-- New York: Domestic and Foreign Missionary Society of the Protestant Episcopal Church, 1914.-- 27p.

医学传教工作的实践理想。本书内容涉及同仁医院。 [C]

[1311] Shanghai American School, 1912-1921.-- Shanghai: Shanghai American School, 1914.-- 1v.

上海美童公学(1912–1921年) [上]

[1312] The collection of Chinese reptiles in the Shanghai Museum / Arthur Stanley.-- [n. p.], 1914.-- 1v.

上海博物馆的中国爬行动物藏品。摘自:Journal of the North China Branch of the Royal Asiatic Society, volume XLV. -1914 [上]

[1313] China Association (Shanghai): Reports, 1909-1916.-- Shanghai: China Association, [n. p.].-- 1v.

上海中华协会报告(1909–1916年) [上]

[1314] L'Aurore reglement programme des cours, 1916.-- [Changhai: Univ. l'Aurore], 191-?.-- 131p.

震旦大学课程(1916年) [上]

[1315] Liber Shanghainensis, v. 4, 1919.-- Shanghai: Shanghai College, 1919.-- 187p. [上]

[1316] St. John's University 1879-1919.-- Shanghai: St. John's Univ., 1919.-- 35p.

圣约翰大学(1879–1919年) [上]

[1317] Catalogue of St. John's University, September 1919-July 1920.-- Shanghai: St. John's Univ., 1920.-- 179p.

圣约翰大学概况(1919年9月–1920年7月) [上]

[1318] The Government Institute of Technology, formerly Nanyang College: Catalogue. 9th year R. C., 1919-1920.-- Shanghai: Government Institute of Technology, [n. p.].-- 19p.

交通部上海工业专门学校(前南洋公学)概况(1919–1920年) [上]

[1319] Official Program of the 5th Far Eastern Championships and Open International Games.-- [n. p.].-- 89p.

第五届远东运动会正式程序

[1320] Report of the 5th Far Eastern Championship Games held May 30th-June 4th 1921 at Hongkew Park, Shanghai, China / Contest Committee of the Far Eastern Athletic Association.-- [n. p.].-- 58p.

第五届远东运动会报告。本届运动会1921年5月30日至6月4日在上海虹口公园举行。

[1321] Université l'Aurore Changhai.-- [Shanghai: Univ. l'Aurore], 1921-1944.-- v.

上海震旦大学 [上]

[1322] Annual catalogue.-- Shanghai: St. John's Univ., 1922-.-- v.

圣约翰大学年度概况。版本：1922, 1923, 1932, 1940 [上]

[1323] Catalogue of McTyeire School, 1922-23.-- [n. p.].-- 44p.

中西女塾概况(1922–1923年)

[1324] Christian education in China: Report of 1921-22 / China Educational Commission.-- Shanghai: Commercial Pr., 1922.-- 390p.

中国基督教教育报告(1921–1922年) [上]

[1325] Ecole municipale française Changhai.-- Changhai: Conseil d'administration municipale de la concession française, 1922.-- 142p.

上海法国小学 [上]

[1326] The Shanghai.-- Shanghai: Shanghai College, 1922-.-- v.

沪江校刊。版本:1922, 1924, 1929, 1943 [上]

[1327] Catalogue / Nanyang University.-- 3rd ed.-- Shanghai: Nanyang Univ., 1923.-- 223p.

南洋大学概况。1923年9月1日, Ser. no. 2。其他版本:1925-1926.-- 105p. [上]

[1328] [St. John's University] The Low library: a history / Vi Lien Wong.-- Shanghai: St. John's Univ., 1924.-- 12p.

圣约翰大学罗氏藏书室史。圣约翰大学1894年在中学部设藏书室,有少量中英文书籍,专人管理。1904年迁入新落成的思颜堂内,该堂为纽约罗氏兄弟捐资所建,因以取名。原发表于:St. John's Echo, Feb., 1924 [CO]

[1329] Annales de Zô-Sè. Tome XVII, Fasc. I-VI / P. E. de la Villemarqué, S. J.-- [n. p.].-- 1v.

佘山天文台年报。(第17卷)

[1330] Denkschrift aus Anlass der feierlichen Einweihung der Tungchi technischen Hochschule in Schanghai-Woosung.-- [Berlin-Schöneberg: Meisenbach Riffarth], 1924.-- 60p.

上海吴淞同济医工大学开学典礼纪要。1924年5月20日,经南京国民政府教育部批准,同济医工专门学校改名为同济医工大学。因此,定5月20日为校庆日。1927年学校由南京国民政府教育部正式接管,命名为国立同济大学。 [C]

[1331] Denkschrift aus Anlass der feierlichen Einweihung der Tungchi Technischen Hochschule in Schanghai-Woosung. [Beil.] , Liste der

Schenkungen für die Einrichtung der Tungchi Technischen Hochschule in Woosung 1921-1924.-- [n. p.], 1924.-- 6p.

上海吴淞同济医工大学开学典礼备忘录增刊：设立吴淞同济医工大学 1921–1924 年捐款名单

[1332] Annales de l'Observatoire astronomiqué de Zô-Sè. Tome XVIII, Amas et champs detoiles d'après des plaques photographiques prises de 1900 a 1925 / P. S. Chevalier, S. J. Observatoire de Zi-Ka-Wei.-- [n. p.].-- 1v.

佘山天文台年报。(第 18 卷)有 1900-1925 年间拍摄的照片。

[1333] Directory of faculty and students.-- Shanghai: St. John's Univ., 1925.-- 25p.

圣约翰大学教职员与学生名录 [上]

[1334] Shanghai College catalog 1924-1925 and announcements 1925-1926.-- Shanghai: [n. p.], 1925.-- 150p.

沪江大学概况(1924–1925 年)与公告(1925–1926 年)。其他版本：Catalog (English ed.)1930-1931 and announcements 1931-1932.-- 1930.-- 140p. [上]

[1335] The University of London and Christian higher education in East China / Herbert Cressy.-- Shanghai: East China Christian Educational Association, 1925.-- 42p.

伦敦大学与华东地区基督教高等教育 [上]

[1336] Une Université catholique en Chine: l'Aurore de Changhai.-- [Saint-Amand: Impr. Bussière], 1925.-- 20p.

中国的教会大学：上海震旦

[1337] Middle school standards in East China / C. C. Chih, Herbert Cressy.-- Shanghai: East China Christian Educational Association, 1926.-- 89p.

华东地区中等学校标准 [上]

[1338] The Christian college in the new China: the report of the 2nd Biennial Conference of Christian College, Feb. 12-16, 1926 / J. D. MaCrea & others.-- Shanghai: China Christian Educational Assn, 1926.-- 143p.

新中国的教会学校。第二届教会学校双年会报告(1926 年 2 月 12-16 日)。[上]

[1339] Coopération de l'Observatoire de Zi-Ka-Wei à la révision

internationale des longitudes.-- Chang-hai: Impr. de la Mission Catholique à l'Orphelinat de T'ou-Se-We, 1927.-- 156p.

徐家汇天文台合作修正国际经度

[1340] Official Report of the 8th Far Eastern Championship Games, Shanghai, 1927.-- [n. p.].-- 175p.

第八届远东运动会正式报告。本届运动会于 1927 年 8 月 27 日至 9 月 3 日在上海中华运动场(亦称中华棒球场)举行。

[1341] Cinquante ans de travail scientifique / P. Lejay; Zi-Ka-Wei Observatoire.-- Paris: Impr. d'art G. Boüan, [n. p.].-- 1v.

徐家汇天文台五十年科学工作。其他版本: Zi-Ka-Wei: Observatoire, 1928 [上]

[1342] Les 25 Ans de l'Aurore.-- Changhai: [n. p.], 1928.-- 1v.

震旦二十五周年纪念 [上]

[1343] L'Observatoire de Zi-Ka-Wei: cinquante ans de travail scientifique: 1873-1923.-- Paris: [n. p.], 1928.-- 1v.

徐家汇天文台科学工作五十年(1873–1923 年)。本书除文字记载外,并附有 50 幅插图。

[1344] L'Observatoire de Zi-Ka-Wei.-- Paris: Impr. d'art, G. Boüan, 1928.-- 1v.

徐家汇天文台。本书法文题名,正文为英文。

[1345] Ecole normale Saint Joseph de Shanghai / F. Joseph Yeu, S. J.-- Jersey: Saint-Louis, 1929.-- 11p.

上海圣若瑟学校 [上]

[1346] Fifty years of scientific work / Zi-Ka-Wei Observatory.-- Paris: Boüan, 1929.-- 1v.

徐家汇天文台科学工作五十年 [上]

[1347] Fifty years of St. John's 1879-1929.-- Shanghai: St. John's Univ., 1929.-- 11, 8p.

圣约翰大学五十年(1879–1929 年) [上]

[1348] Religion and character in Christian middle schools, a study of religious education in Christian private middle schools of China / Chester S.

Miao, Frank W. Price.-- Shanghai: China Christian Educational Assn, 1929.-- 240p.

中国基督教会私立中等学校的宗教教育研究。 [上]

[1349] St. John's University 1879-1929.-- Shanghai: St. John's Univ., 1929.-- 92, 58p.

圣约翰大学(1879–1929 年) [上]

[1350] The Advisory Council of the East China Christian Colleges and Universities, 1922-1928 / Herbert Cressy.-- Shanghai: East China Christian Educational Association, 1929.-- 24p.

[上]

[1351] The fiftieth anniversary Johannean; vol. XV.-- Shanghai: St. John's Univ., 1929.-- 242p.

圣约翰大学五十周年纪念。(第十五卷) [上]

[1352] How to keep health in Shanghai / Shanghai Public Health Department.-- Shanghai: Willow Pattern Pr., [n. p.].-- 64p.

上海保健 [上]

[1353] Report of the First Hospital of the Red Cross Society of China: the coparted hospital of the National Medical College of Shanghai.-- Shanghai: [n. p.].-- v.

中国红十字会第一医院报告。版本: 1930 / 32, 1932 / 33, 1933 / 34, 1934 / 35

[上]

[1354] Shanghai Municipal Public Health Dept. : annual report 1929 / Shanghai Municipal Council.-- Shanghai: Kelly & Walsh, 1930.-- 87p.

上海工部局卫生处年报(1929 年) [上]

[1355] The Chinese National Association of Vocational Education in 1930.-- Shanghai: [n. p.], 1930.-- 4p.

1930 年的中华职业教育社 [上]

[1356] Über die Appendicitis bei Chinesen: Aus d. Patholog. Institut d. Tung-Chi-Universität u. d. Paulun-Hospitals, Shanghai / Josef Heine.-- Leipzig: Joh. Ambr. Barth, 1930.-- 40p.

论中国人的阑尾炎：上海同济大学医学院附属宝隆医院

[1357] La Langue française en Chine et le rôle de l'Alliance français: rapport présénté au Congrès générale de l'Alliance française les 14, 15, 16 juillet 1931 à Paris / Ch. Grosbois, délégué général de l'Alliance française en Chine.-- [n. p.].-- 28p.

法语在中国及法文协会的作用：法文协会会议报告。会议 1931 年 7 月 14-16 日在巴黎举行。

[1358] L'Observatoire de Zi-Ka-Wei / Le P. P. Lejay.-- Paris: Boüan, 1931.-- 1v.
徐家汇天文台

[1359] Report of Hospital and Nursing Services Commission 1930-31.-- Shanghai: Shanghai Municipal Council, 1931?.-- p.373-410.

上海工部局医院及看护事务调查委员会报告（1930–1931 年） [上]

[1360] The Science Society of China, its history, organization & activities.-- Shanghai: Science Pr., 1931.-- 31p.

中国科学社的历史、组织与活动 [上]

[1361] A description of the Oriental Library before and after the destruction by Japanese on February 1, 1932 / prepared and published by the Board of directors of the Oriental Library.-- Shanghai: Board of Directors of the Oriental Library, 1932.-- 29p.

1932 年 2 月 1 日被日军轰炸前后的东方图书馆。附录：日本对"一·二八事变"中轰炸商务印书馆与东方图书馆的解释，以及外国评论。 **[CG]**

[1362] Code de l'Observatoire de Zi-Ka-Wei.-- Shanghai: T'ou-Se-We Pr., [n. p.].-- 1v. [上]

[1363] Festschrift anläßlich des 25jährigen Bestehens der Staatlichen Tung-Chi Universität zu Woosung, China, 1932.-- Woosung: [n. p.], 1932.-- 203p.
吴淞国立同济大学 25 周年纪念（1932 年） **[G]**

[1364] Shanghai American School bulletin: general information. V. 11, August 1932.-- Shanghai: Shanghai American School, 1932.-- 70p.
上海美童公学校刊。（第 11 卷，1932 年 8 月） [上]

[1365] Shanghai Horticultural Society: yearbook.-- Shanghai: Shanghai Horticultural Society, 1932-1941.-- v.

上海园艺社年鉴。该社创办于 1875 年。 [上]

[1366] The Phi Tau Phi Scholastic Honor Society of China.-- Shanghai: National Executive Council, 1932.-- 57p.

中国裴多裴学礼会 [上]

[1367] Woman's Christian Medical College, 8th annual announcement, session of 1932-33.-- [n. p.].-- 47p.

上海基督教女子医学院第 8 次年度公告(1932–1933 年度)。其他版本:公报,1934-1935

[1368] The Oriental Library: a recapitulation.-- Shanghai: Oriental Library, 1933.-- 24p.

东方图书馆概况 [上]

[1369] Annual report.-- Shanghai: Henry Lester Institute of Medical Research, 1934-.-- v.

雷士德医学研究院年报。版本:1934, 1935, 1936, 1937 / 38, 1940 [上]

[1370] Bibliothèque Sino-internationale: sections Genève, Shanghai.-- Shanghai: Société limitée des "Editions internationales", 1934.-- 1v.

上海日内瓦中国国际图书馆。该馆为李煜瀛(石曾)等发起创办,成立于 1933 年。总馆设在瑞士日内瓦,称日内瓦中国国际图书馆,上海馆为其分馆之一,由原世界社图书馆改组而成。

[1371] Bulletin / Woman's Christian Medical College.-- [n. p.], 1934-1935.-- v.

上海基督教女子医学院校刊

[1372] Circulaire de S. Exc. Monseigneur A. Haouisee S. J. vicaire apostolique de Shanghai sur nos ecoles chinoises.-- Zi-Ka-Wei [Shanghai]: Impr. de T'ou-Se-We, 1934.-- 9p.

上海代牧区主教惠济良关于教会华人学校的通告 [上]

[1373] Exposition des photographies: sections Genéve, Shanghai.-- Shanghai: Société limitée des "Editions internationales", 1934.-- 1v.

世界图书馆展览会目录。上海日内瓦中国国际图书馆举办的展览。有法汉双语说明的上海图片。

[1374] Exposition des photographies, tableaux, livres des principales bibliothèques du monde: 10 octobre 1934, Bibliothèque sino-internationale de Genève, Section de Shanghai, Shanghai: catalogue.-- Shanghai: 上海中国国际图书馆, 1934.-- 43p.

《**世界图书馆展览会目录**》。该展览于 1934 年 10 月 10 日展出于上海日内瓦中国国际图书馆。

[1375] Henry Lester Institute of Medical Research.-- Shanghai: Henry Lester Institute of Medical Research, [n. p.].-- 1v.

上海雷士德医学研究院 [国上]

[1376] History of the Shanghai Museum / Arthur de C. Sowerby.-- [n. p.], 1934.-- 33p.

上海博物馆史 [上]

[1377] Johannean.-- Shanghai: St. John's Univ., 1934-.-- v.

圣约翰大学年刊。版本：1934, 1935, 1937 [上]

[1378] Observatoire de Zi-Ka-Wei: revue mensuelle.-- [n. p.], 1934-1935.-- 1v.

徐家汇天文台月刊

[1379] Saint Francis Xavier's College Diamond-Jubilee Souvenir-Album, 1874-1934.-- Shanghai: [n. p.], 1934.-- 1v.

圣芳济书院六十周年纪念册(1874–1934 年) [上]

[1380] Université l'Aurore, Faculté de Médecine.-- Shanghai: Impr. de T'ou-Se-We, 1934.-- 99p.

震旦大学医学院 [上]

[1381] Universite l'Aurore, Shanghai: renseignements generaux & organisation des etudes.-- Shanghai: T'ou-Se-We Pr., 1934.-- 195p.

上海震旦大学概况。其他版本：1935.-- 201p. [上]

[1382] 40 Jahre Dautsche Schule in Schanghai, 1895-1935: Kaiser-

Wilhelm-Schule in Schanghai / Dietrich Weber, Hermann Kriebel.-- Schanghai: Kaiser-Wilhelm-Schule, 1935.-- 53p.

上海德国学校四十年(1895–1935年):上海德国学堂 [上]

[1383] Aurora University Shanghai, General informations and curriculum.-- Zi-Ka-Wei [Shanghai]: T'ou-Se-We Pr., 1935.-- 181p.

上海震旦大学概况与课程 [上]

[1384] Denkschrift Uber die Deutsche Bucherspende au die Oriental Library (Mitt Einem Katalog).-- Oriental Library Rostoration Committee, 1935.-- 1v.

德国捐赠东方图书馆备忘录(目录)

[1385] Industrial health in Shanghai, China / Bernard E. Read ... [et al.].-- Shanghai: Chinese Medical Association, 1935-.-- v.

上海的工业卫生 [上 C]

[1386] Industrial health in Shanghai, China. V. Cotton mill workers / Wei Yung Lee, Duj Yu Bao.-- Shanghai: Chinese Medical Association, [n. p.].-- 59p.

上海的工业卫生:五、棉纺工人。包括两个部分:疾病发病率和环境条件、体质和生理标准。 [上]

[1387] Jahres-berichte für das 40 (1934-35) / Kaiser-Wilhelm Schule zu Schanghai.-- Shanghai: ABC Pr., [n. p.].-- 84p.

上海德国学堂第40年年报(1934–1935年) [上]

[1388] La donation des livres français à la Bibliothèque orientale par la Caisse des oeuvres d'intérêt public, Changhaï.-- Shanghai: La Comité de la restauration de la Bibliothèque orientale, 1935.-- 82p.

东方图书馆受赠的法文图书 [上]

[1389] Lester School and Henry Lester' Institute of Technical Education, Shanghai, Prospectus, session 1935-36.-- Shanghai: Lester School, 1935.-- 52p.

上海雷士德工学院及其附设雷士德学堂章程(1935–1936学年)。雷士德学堂设有中专及初中两部。 [上]

[1390] Nation Sports Guide for the 6th National Athletics Meet, Shanghai

Civic Centre Stadium, October 10th -20th, 1935.-- [n. p.].-- 64p.

第6届全国运动会国家体育指南。本届运动会1935年10月10-20日在上海市中心体育场举行。

[1391] Universite l'Aurore, Faculte des Sciences.-- Shanghai: Impr. de T'ou-Se-We, 1935.-- 124p.

震旦大学理学院。中法双语。 [上]

[1392] Chiao-Tung University general catalogue.-- Shanghai: Chiao-Tung Univ., 1936.-- 271p.

交通大学概况 [上]

[1393] Examination questions, 1935-1936.-- Shanghai: St. John's Univ. Middle School, [n. p.].-- 124p.

圣约翰中学试题(1935–1936年) [上]

[1394] Hand-book of cultural institutions in China / W. Y. Chyne.-- Chinese National Committee on Intellectual Co-operation, 1936.-- 282, 23p.

中国文化机构手册

[1395] Industrial health in Shanghai: a study of the chromium plating and polishing trade / Bernard Emms Read.-- Shanghai: North China Branch of the Royal Asiatic Society, 1936.-- 47p.

上海的工业卫生：镀铬和抛光业研究 [上]

[1396] Le service medical de la Municipalite française de Shanghai (Chine) / A. Richer.-- Shanghai: Union Commerciale, 1936.-- 53p.

上海法租界公董局医务处 [上]

[1397] Seventieth annual report of St. Luke's Hospital for Chinese.-- Shanghai: St. Luke's Hospital for Chinese, 1936.-- 78p.

同仁医院第十七年度报告 [上]

[1398] The City Library of Greater Shanghai.-- Shanghai: City Library of Greater Shanghai, [n. p.].-- 1v.

上海市图书馆。该馆于1933年由上海市政府筹建，1934年动工兴建，1935年落成。1936 年 5 月 1 日正式成立,9 月试行开放。馆址位于江湾市中心区域行政区。
[上]

[1399] The dredger "Chien She".-- Shanghai: Whangpoo Conservancy Board, 1936.-- 23p.
Chien She 号挖泥船 [上]

[1400] Universite l'Aurore 1936-constructions nouvelles, exposition du Livre français.-- Shanghai: T'ou-Se-We Pr., 1936.-- 1v.
[上]

[1401] Aurora College for Women, bulletin of information.-- Shanghai: Convent of the Sacred Heart, [n. p.].-- 41p.
震旦女子文理学院学报 [上]

[1402] Shanghai American School.-- Shanghai: Tridon Pr., 1937.-- 99p.
上海美童公学 [上]

[1403] Université l'Aurore-Cours Préparatoire Shanghai.-- [Shanghai: Univ. l'Aurore], 1937-1949.-- v.
上海震旦大学预科。学生目录。 [上]

[1404] Gonzaga College 1938.-- Shanghai: Gonzaga College, 1938.-- 1v.
金科中学(1938 年) [上]

[1405] Ninety-five years a Shanghai hospital 1844-1938: Chinese hospital, Shantung Road, The Lester Chinese Hospital / E. S. Elliston.-- Shanghai: Lester Chinese Hospital, [n. p.].-- 65p.
仁济医院九十五年(1844–1938 年) [上]

[1406] Rapport sur le fonctionnement technique de l'institut Pasteur de Changhai.-- Shanghai: Impr. de T'ou-Se-We, 1938-.-- v.
上海巴斯德研究所技术报告。版本:1938, 1939, 1940, 1941, 1942, 1943 [上]

[1407] The Lester School and Henry Lester Institute of Technical Education, Shanghai.-- [n. p.], 1938.-- 80p.
上海雷士德工学院及其附设雷士德学堂 [上]

[1408] Vitamin A content of Shanghai foods / P. G. Mar.-- Tel Aviv: Bet ha-tefutsot'al shem Nachum Goldman, 1938.-- 1v.

上海食品中维生素A的含量。另刊载于: Journal of the Chinese Chemical Society, 1938, v. 6, nos. 1&2, p. 71-77; 新版刊载于: Chinese Journal of Physiology, 1941, v. 16, no. 1, p. 67-72. [上]

[1409] Advanced courses offered by Hang Chow Christian College, University of Shanghai, Soochow University, St. John's University, and Time Schedules.-- Shanghai: Associated Christian Colleges in Shanghai, 1939.-- 34p.

之江大学、沪江大学、东吴大学、圣约翰大学高级课程日程表。其他版本: 1940.-- 28p. [上]

[1410] Education of the refugees in Shanghai Oct. 1937 -Sept. 1938.-- Shanghai: International Red Cross Education Committee, 1939.-- 10p.

上海难民教育(1937年10月–1938年9月) [上]

[1411] La Bibliotheque de I'Universite l'Aurore, 1939 / S. King.-- Shanghai: Impr. Commerciale, [n. p.].-- 22p.

震旦大学图书馆(1939年) [/上]

[1412] Le 70e anniversaire du Musee Heude 1868-1938.-- Shanghai: Musee Heude, 1939.-- 39p.

震旦博物院(韩伯禄博物馆)七十周年纪念(1868–1938年)。博物院由法国神父韩伯禄于1868年筹建,1883年在徐家汇建成,后因标本众多、无法储藏,于1930年在吕班路(今重庆南路)兴建新的震旦博物院。当时储藏中国所产的动植物标本为远东第一,有"亚洲的大英博物馆"之美称。 [上]

[1413] Nutritional studies in Shanghai / H. C. Hou, P. G. Mar, T. G. Ni, B. E. Read, the Division of Physiological Sciences, Henry Lester Institute of Medical Research, Shanghai.-- [Shanghai]: American Presbyterian Mission Pr., 1939.-- 92p.

上海营养研究。本报告涉及1937-1939年间上海一些群体的营养状况、膳食调查,并研究了各种食品补充剂的价值。 [上C]

[1414] Report of the Shanghai International Red Cross, October 1937-March 31, 1939.-- [n. p.], 1939.-- 80p.

上海国际红十字会报告(1937年10月–1939年3月31日) [O]

[1415] Report of the Shanghai International Red Cross.-- Shanghai: [n. p.], 1939.-- 77p.

上海国际红十字会报告 [上]

[1416] Shanghai American School, 1939-1940 Student Senate: Student Handbook of the Shanghai American School.-- Shanghai: Shanghai American School, 1939.-- 26p.

上海美童公学学生手册(1939–1940年) [上]

[1417] The medical directory of Shanghai.-- 5th ed.-- Shanghai: Medical Advertising, 1939.-- 142p.

上海医业指南 [上]

[1418] The Shanghai Academy, 1939 annual.-- Shanghae: S. A. A. B., [n. p.].-- 1v.

上海学院年刊(1939年) [上]

[1419] Universite l'Aurore, Faculte de Droit.-- Shanghai: [n. p.], 1939.-- 136p.

震旦大学法学院 [上]

[1420] Shanghai American School.-- [Shanghai]: printed by the Mercury Pr., 194-?.-- 71p.

上海美童公学 [上]

[1421] Tuberculosis in Shanghai / Bernard E. Read.-- [n. p.], 1940.-- p.8-12.

上海的结核病。重印自：Journal of Clinical Medicine, Vol. VI, Issue I [上]

[1422] Gonzaga annual, 1940.-- Shanghai: Graphic Art Printing, 1941.-- 273p.

金科中学年刊(1940年) [上]

[1423] Public Health Department: annual report, 1910 / J. H. Jordan; Shanghai Municipal Council.-- Shanghai: North-China Daily News & Herald, 1941.-- 66p.

上海工部局卫生处年报(1910年) [上]

[1424] Université l'Aurore Shanghai.-- [Shanghai: Univ. l'Aurore], 1944-1950.-- v.

上海震旦大学 [上]

[1425] Chinese Hospital: Annual report and statement of accounts for the

year 1946 / Henry Lester Institute of Medical Research, Shanghai.-- Shanghai: Chinese Hospital, [n. p.].-- 47p.

仁济医院年报(1946年) [上]

[1426] A brief study of institutional care for children in Shanghai / Lee Tien Yu.-- Shanghai: [n. p.], 1947.-- 25p.

上海儿童保健制度简论 [上]

[1427] Education in Shanghai.-- Shanghai: Shanghai Bureau of Education, 1947.-- 6p.

上海的教育 [上]

[1428] National Fuh Tan University, Department of Accountancy, 1947.-- Shanghai: Fuh Tan Univ., 1947.-- 1v.

国立复旦大学会计系(1947年) [上]

[1429] National Catholic Educational Congress, Shanghai, February 15-21st 1948 / John B. Kao.-- Shanghai: Don Bosco Industrial School Printing Pr., 1948.-- 18p.

全国天主教教育会议。会议于1948年2月15-21日在上海召开。 [上]

[1430] Three pairs of hands / Elizabeth Ellyson Wiley.-- Nashville: Broadman Pr., 1948.-- 128p.

三双手。本书关于教会所办的沪江大学(Shanghai College)。 [C]

[1431] Systemes en treillis / Universite l'Aurore.-- Texte. (Dactograph)., 1949.-- 122p.

震旦大学格子法教科书 [上]

[1432] St. John's University, Shanghai, 1879-1951 / Mary Lamberton.-- New York: United Board for Christian Colleges in China, 1955.-- 261p.

上海圣约翰大学(1879–1951年)。本书是关于上海圣约翰大学73年历史的记录，反映了该校从开始创办直至结束的全过程。 [CG]

[1433] History of the University of Shanghai / John Burder Hipps.-- Board of Founders of the Univ. of Shanghai, 1964.-- 240p.

沪江大学史 [C]

[1434] God's school in Red China / Mary Wang.-- London: Hodder and Stoughton, 1976.--

126p.

红色中国的教会学校。本书记述上海第一医学院的情况,包括私下祷告与研习圣经的基督教小团体的故事。 **[O]**

[1435] Famine foods listed in the Chiu Huang Pen ts'ao: giving their identity, nutritional values and notes on their preparation; The botany of mahuang; Common food fishes of Shanghai / Bernard E. Read.-- Taipei: Southern Materials Center, 1977.-- 1v. (3v.)

《救荒本草》所列饥荒食物表,含营养价值及制作方法;麻黄;上海常见食用鱼类。本书由题名所示的三个独立部分组成。根据 "Peking Natural History Bulletin" 1930, 1939, 及 1946 重印。 **[M]**

[1436] Die Tongji-Universität: zur Geschichte dt. Kulturarbeit in Shanghai / Rotraut Bieg-Brentzel.-- Frankfurt: Haag und Herchen, 1984.-- 167p.

同济大学:德国在上海的文化活动史 **[G]**

[1437] Report / Interregional Workshop on Primary Health Care, Jiading, Shanghai, People's Republic of China, 4 to 18 November 1984.-- Manila, Philippines: World Health Organization, Regional Office for the Western Pacific, 1985.-- 26p.

初级卫生保健国际会议报告。由世界卫生组织举办的此次会议于 1984 年 11 月 4-18 日在上海嘉定举行。 **[C]**

[1438] A wilderness of marshes: the origins of public health in Shanghai, 1843-1893 / Kerrie L. Macpherson.-- New York: Oxford Univ. Pr., 1987.-- 346p.

沼泽的原野:上海公共卫生起源(1843–1893 年)。其他版本:Lanham, MD: Lexington Books, 2002 **[国 ACGMOS]**

[1439] Vignettes from the Chinese: lithographs from Shanghai in the late nineteenth century / ed. and translated by Don J. Cohn.-- [Hong Kong]: Research Centre for Translation, Chinese Univ. of Hong Kong, 1987.-- 105p.

中国人的护身符:19 世纪末期上海的版画 **[国 AO]**

[1440] Small potatoes? : students and teachers in Shanghai, 1988-1989 / Joan Grant.-- [Geelong]: School of Social Sciences, Deakin Univ., 1989.-- 25p.

小土豆?上海的学生和教师(1988–1989 年)。本书有关上海的高等教育。 **[A]**

[1441] The alienated academy: culture and politics in republican China, 1919-1937 / Wen-Hsin Yeh.-- Cambridge, MA: Council on East Asian Studies, Harvard Univ., 1990.-- 449p.

分裂的学园：中华民国时期的文化与政治（1919–1937年）。原为加州大学伯克利分校博士学位论文。其他版本：2000 **[CO / A]**

[1442] Schools into fields and factories: anarchists, the Guomindang, and the National Labor University in Shanghai, 1927-1932 / Ming K. Chan, Arif Dirlik.-- Durham [NC]: Duke Univ. Pr., 1991.-- 339p.

学校变为田地和工厂：无政府主义者、国民党及上海的国立劳动大学（1927–1932年） **[G]**

[1443] Acupuncture: clinical experiences, Shu Guan Hospital, Shanghai, China P. R. : short outline of clinical treatment / Rudolf Görg.-- Meschede: E. Görg, 1992.-- 69p.

上海曙光医院针灸临床经验

[1444] Bericht über die Reise einer Delegation des Gymnasiums Interlaken nach Beijing und Shanghai, 25. 9. - 17. 10. 93.-- Interlaken: Gymnasium, 1993.-- 74p.

瑞士因特拉根中学代表团访问北京和上海的报告（1993年9月25日至10月17日）

[1445] Personalausbildung in der Volksrepublik China: die Fahrmeisterausbildung für Metro Shanghai / Dirk Forschner.-- Frankfurt: Verl. für Interkulturelle Kommunikation, 1997.-- 274p.

中国的员工培训：上海地铁驾驶员专业培训 **[国]**

[1446] Bericht über die Reise einer Delegation des Gymnasiums Interlaken nach Beijing und Shanghai, 18. 9. - 1. 10. 99, im Rahmen der Partnerschaft zwischen dem Gymnasium Interlaken und der Mittelschule Nr. 2 in Beijing.-- Interlaken: Gymnasium, 1999.-- 64p.

瑞士因特拉根中学代表团访问北京和上海的报告（1999年9月18日到10月1日）。因特拉根中学与北京二中为友好学校。

[1447] Report of the Meeting for the Shanghai Clips Showcase Project: Heat / Health Warning System: Shanghai, 6 - 8 October 1999.-- Geneva: World

Meteorological Organization, 1999.-- 1v.

上海 Clips Showcase 项目会议报告：热 / 健康预警系统。会议关于医疗气候学，于 1999 年 10 月 6-8 日在上海举行。 [G]

[1448] Chinese professionals and the republican state: the rise of professional associations in Shanghai, 1912-1937 / Xiaoqun Xu.-- New York: Cambridge Univ. Pr., 2001.-- 328p.

中国的自由职业者和共和政体：上海自由职业者协会的起源（1912–1937 年）。本书对自由职业者协会在上海的起源进行了原创性研究，并对其产生的政治、社会文化环境进行了剖析。本书详细描绘了当时上海的主要从业领域、政治形态和团体组织，填补了上海社会历史上这一部分研究的空白。本书为英国剑桥现代中国系列丛书之一。 [国 ACGMOS]

[1449] Seeds from the West: St. John's Medical School, Shanghai, 1880-1952 / Kaiyi Chen; foreword by Jonathan E. Rhoads.-- Chicago: Imprint Pub., 2001.-- 316p.

来自西方的种子：上海圣约翰大学医学院（1880–1952 年） [国 CO]

[1450] Wegeleit- und Informationssystem für den Transrapid: Kooperationsprojekt zwischen der Muthesius-Hochschule Kiel und dem Shanghai Institute of Design (SID) / Design-Workshop in Shanghai 2001. Muthesius-Hochschule, Kiel, Studiengang Industrie-Design, Bauliches Design; [Idee, Konzeption Dieter Zimmer].-- Kiel: Muthesius-Hochsch., Studiengang Industrie-Design, 2001.-- 24p.

磁浮的导向系统和信息系统：基尔穆特休斯美术学院和上海设计学院的合作项目

[1451] Transrapid-Symposium 2004: Dokumentation; [2. Juli 2004, München] / Hrsg.: Josef Zeiselmair.-- München: BMG, Bayerische Magnetbahnvorbereitungs-Ges., 2004.-- 62p.

2004 磁浮研讨会文件。会议于 2004 年 7 月 2 日在慕尼黑举行。

10. 人物传记、回忆录

[1452] Memorials of James Henderson, M. D. -- medical missionary to China.-- 2nd ed.-- London: J. Nisbet, 1867.-- 215p.

韩德森医学博士赴华医学传教纪念文集。韩德森（1830-1865）为英国人，1861 年受教会派遣到上海负责仁济医院的医务工作，1864 年任上海亚洲文会副会长。其

他版本: 3rd ed.-- 1868; 6th ed.-- 1870; 9th ed.-- 1883 [OS]

[1453] The journey of Augustus Raymond Margary: from Shanghae to Bhamo, and back to Manwyne, from his journals and letters, with a brief biographical preface, to which is added a concluding chapter / Sir Rutherford Alcock.-- London: Macmillan, 1876.-- 382p.

马嘉理旅行记:从上海到缅甸八莫,再回到蛮允。本旅行记记述英国驻华使馆翻译马嘉理在1874-1875年间由上海出发止于云南蛮允、长达半年的旅行。马嘉理于1875年2月在蛮允被杀,史称"马嘉理案"或"滇案"。本书由曾任英国驻上海领事和驻华公使的退休外交官阿礼国根据其日记与信件撰写。 [上ACOS]

[1454] Recollections of life in the Far East / W. S. Wetmore.-- [n. p.], 1894.-- 60p.
回忆远东生活

[1455] My holidays in China: an account of three houseboat tours, from Shanghai to Hangchow and back via Ningpo; from Shanghai to Le Yang via Soochow and the Tai Hu; and from Kiukang to Wuhu / William R. Kahler.-- Shanghai: Temperance Union, 1895.-- 180p.

我在中国的假日。本书记述作者在上海周边三次坐船旅行记。 [上]

[1456] Personal reminiscences of thirty years' residence in the model settlement Shanghai, 1870-1900 / Charles M. Dyce.-- London: Chapman & Hall, 1906.-- 238p.

上海模范租界居住三十年生活忆旧(1870–1900年)。本书共16章,是一本带研究性的回忆录。作者戴义思(泰斯)1870年来上海从事贸易,以后长期生活在上海。本书反映了1870-1900年间上海西方人的生活和工作情形,特别对于三十年间上海西方人的人口变化,妇女人数及生活,上海对外茶叶贸易等都有第一手资料。此外对于上海外侨的体育活动有详细描述。 [国上AC]

[1457] Sir Robert Hart, the romance of a great career / Juliet Bredon.-- London: Hutchinson, 1909.-- 251p.

罗伯特·赫德爵士:伟大职业罗曼史。本书为英国人赫德(字鹭宾,1835-1911)传记。赫德曾长期担任晚清海关总税务司,在其任职初期,海关总税务司署设在上海。其他版本: 2nd ed. 1910.-- 251p. 日译本: 清国総税務司サー·ロバート·ハート / シュンエット·ブリドン著,高柳松一郎訳.-- 東京: 博文館,1909.-- 136p. 附録: 清国海関の沿革組織。

[1458] The days of June: the life story of June Nicholson / Mary Culler White.-- Nashville: Woman's Board of Foreign Missions, 1909.-- 128p.

六月的日子: 琼 · 尼科尔森生活故事。本书为琼 · 尼科尔森(1870-1907)传记。尼科尔森为美国南方卫理公会女传教士,1901-1906 年任教于上海中西女塾(McTyeire School)。其他版本: Kingstree, S. C. : Kinstree Lithographic Co., 1952 [A]

[1459] Private diary of Robert Dollar on his recent visit to China.-- [Shanghai]: San Francisco, Commercial Commissioners of the Associated Chamber of Commerce of the Pacific Coast, 1910.-- 68p.

罗伯特 · 杜拉访华日记 [上]

[1460] The unexpurgated diary of a Shanghai baby / Elsie McCormick.-- Shanghai: China Pr., [192-?].-- 98p.

一个上海男孩的未经删改的日记。其他版本: Shanghai: Chinese American Pub. Co. ,2nd ed.; 3rd ed. 其他题名: The diary of a Shanghai baby. Shanghai: Popular Book Company, 1940.-- 98p. [上]

[1461] Charles de Montigny: créateur de la concession française de Shanghai: des documents inedits / Jean Fredet.-- Shanghai: A. Ed., 1923.-- 16p.

上海法国租界的缔造者: 敏体尼。本书为敏体尼(1805-1868)传记。敏体尼 1843 年作为法国拉萼尼使团随员来华,1847 年 1 月 20 日任法国驻上海第一任领事,后在黄浦滩法商利名洋行的空地上建立了第一座法国驻上海领事馆。到任后不久即以法商利名洋行老板雷米申请租地为由与上海道台吴健彰交涉开辟法租界事宜。1849 年 4 月 6 日,与上海道台麟桂正式议定法租界。 [上]

[1462] Letters of a Shanghai griffin / Jay Denby.-- Shanghai: Kelly & Walsh, 1923.-- 438p.

一个上海混血儿的信 [上]

[1463] In the Chinese customs service: a personal record of forty-seven years / Paul King.-- London: Unwin, 1924.-- 307p.

在中国海关服务四十七年。本书作者庆丕(1853-1938)为英国人,曾任江海关副税务司。其他版本: London: Cranton, 1930.-- 303p. [上]

[1464] The prayer meeting in the Lyceum Theatre, Shanghai, July 15, 1926; Verhetum report with reports from various newspapers, etc., published as a supplement to "Marshall Feng, the man and his work" /

Marcus Ch'eng, ed.-- Shanghai: Kelly & Walsh, 1926.-- 64p.

在兰心大戏院举行的祈祷会（1926年7月15日）。本书内容取自当时的报纸。作为“冯玉祥：其人其作”（Marshall Feng, the man and his work）的附录出版。 ［上］

[1465] Freeman of Shanghai / Booth Tucker, Frederick St. George de Lautour.-- London: Marshall Bros, [1928?].-- 224p.

上海的弗里曼。本书为阿尔伯特·L. 弗里曼（1833-1871）的传记。弗里曼于1855年到上海，作为H. Fogg公司的船用杂货代理商。1861年离开上海，一年后返回开始自己投资。书中也涉及传教活动。 ［上］

[1466] Recollections 1881-1893 / F. R. Graves.-- Shanghai: F. R. Graves, 1928.-- 50p.

1881–1893年回忆录。本书作者郭斐蔚（1858-1940）为美国人，1881年来华传教，1885年到上海，1893年起任圣公会上海教区主教至去世。本书是他来华传教回忆录。 ［上］

[1467] In Memoriam Dr. Werner Vogel, Shanghai, geb. 12. Sept. 1892 in Hamburg, gest. 15. Aug. 1936 auf einer Reise in Budapest.-- Hamburg: Ostasiat. Verein Hamburg-Bremen, 1936.-- 8p.

上海纪念维尔纳·沃格尔博士。沃格尔1892年9月12日出生于汉堡，在柏林大学东方语言系学习汉语后来华，在上海做律师，并任德国商会负责人。1936年8月15日在前往布达佩斯途中逝世。

[1468] Twice born--and then? : the life story and message of Andrew Gih, Bethel Mission, Shanghai / J. Edwin Orr.-- London: Marshall, Morgan & Scott, 1936.-- 128p.

重生以后？上海基督教伯特利会传教士计志文的生活故事。计志文（1901-1985）生于上海，为著名的布道家。

[1469] Shanghai policeman / E. W. Peters; ed. by Hugh Barnes.-- London: Rich & Cowan, 1937.-- 322p.

上海警察 [O]

[1470] … La dame de Shanghaï / Valentin Mandelstamm.-- Paris: Ed. des loisirs, 1938.-- 255p.

上海夫人

[1471] Minor heresies / John J. Espey.-- 1st ed.-- New York: Knopf, 1945.-- 202p.

差之毫厘。本书亦有副题名：上海少年回忆录。作者是美国长老会传教士之子，1913年生于上海。其他版本：London: Secker & Warburg, 1947.-- 208p. 本书部分内容后收入作者的文集：《差之毫厘、谬以千里：一个中国传教士的少年时代》(Minor heresies, major departures: a China mission boyhood. London: Univ. of California Pr., 1994)。 [C / OS]

[1472] Shanghai harvest: a diary of three years in the China war / Rhodes Farmer.-- London: Museum Pr., 1945.-- 294p.

上海的收获：在华三年战争日记 [AOS]

[1473] Tales out of school / John J. Espey.-- New York: Knopf, 1947.-- 204p.

校外传说。本书讲述作者在教会学校读书的故事。本书部分内容后收入作者的文集：《差之毫厘、谬以千里：一个中国传教士的少年时代》(Minor heresies, major departures: a China mission boyhood. London: Univ. of California Pr., 1994)。 [国]

[1474] Un Shanghaien illustre-Ou Yu-chan, peintre et poete (1632-1718) / J. Dehergne.-- Shanghai: Impr. de l'Orphelinat de T'ou-Se-We, 1949.-- 55p.

海上名人——画家兼诗人吴渔山(1632–1718)。摘自：De Sinologica. Basel, Recht u. Gesallschaft 1949 [上]

[1475] Hart and the Chinese customs / Stanley Fowler Wright.-- Belfast: Mullan, 1950.-- 949p.

《赫德与中国海关》。中译本：(英)魏尔特著，陈羖才等译 .-- 厦门：厦门大学出版社，1993, 2v. (581, 607p.) [上]

[1476] The other city / John J. Espey.-- New York: Knopf, 1950.-- 211p.

另一座城市。本书为自传，讲述作者在上海的快乐童年。本书部分内容后收入作者的文集：《差之毫厘、谬以千里：一个中国传教士的少年时代》(Minor heresies, major departures: a China mission boyhood. London: Univ. of California Pr., 1994)。 [CO]

[1477] Un Millionnaire chinois au service des gueux, Joseph Lo Pa Hong Shanghai 1875-1937 / J. Nasson.-- Paris: Casterman, 1950.-- 164p.

中国钜富陆伯鸿(1875–1937)。其他版本：Louvain: AUCAM, 1950. 其他题名：Un Chinois millionnaire au service des gueux Joseph Lo Pa Hong, Shanghai 1875-1937.-- Louvain: AUCAM., 1952.-- 165p. [上]

[1478] Shanghai conspiracy: the Sorge spy ring, Moscow, Shanghai, Tokyo, San Francisco, New York / Charles Andrew Willoughby.-- New York: Dutton, 1952.-- 315p.

上海阴谋：左尔格间谍网，莫斯科、上海、东京、旧金山、纽约。有多个版本。法译本：La conspiration de Shanghai: le reseau d'espionnage Sorge: Moscou - Shanghai - Tokio - San Francisco - New York.-- Paris: Librairie Plon, 1953

[1479] Actes de Béda Tsang: mort dans sa prison a Shanghai le II November 1951 / J. -C. Coulet.-- [Paris]: Maquette de Bernard Baschet, 1954.-- 29p.

张伯达：1951年11月11日死于上海监狱。本书为耶稣会士张伯达神父（1905-1951）传记。其他版本：Paris: Procure de la Mission de Chine, [1954?]

[1480] The lonely battle / Desmond Wettern; foreword by Geoffrey Layton.-- London: W. H. Allen, 1960.-- 223p.

孤独的战斗。本书记述珍珠港事件后不久，英国海军"海燕"号（Peterel）炮舰被日军击沉于上海，其后四年间，舰上的幸存者詹姆士·库名（James Cuming）士官如何在上海躲避日本人的追捕。 **[国 AO]**

[1481] Shanghai / Mollie E. Townsend.-- New York: Carlton Pr., 1962.-- 101p.

上海。本书是一位在中国做护士的女传教士的回忆。 **[C]**

[1482] Les tramways de Shanghai / Georges Waksmouth.-- Paris: Calmann-Lévy, 1964.-- 287p.

上海有轨电车。本书作者为警察，这是他的自传。

[1483] De Vienne à Shanghaï: les tribulations d'un cinéaste / Josef Von Sternberg; Michèle Miech Chatenay.-- Paris: Flammarion, 1989.-- 383p.

从维也纳到上海：一个电影人的苦难。本书为作者自传。有多个不同语种版本。英文原版于1965年，题名：Fun in a Chinese Laundry。德译本题名：Das Blau des Engels: eine Autobiographie。

[1484] The sliprails are down / Gordon Broughton; illus. by Michael Brett.-- New York: St. Martin's Pr., 1966.-- 142p.

活动栅栏放下。本书为自传，作者是一位澳大利亚冒险家，第一次世界大战时来到上海，返国时为水利工程师。 **[C]**

[1485] The donkey cart: a journey in dreams and memories / Barbara Walker.-- Saltash: Distributed by the Ziggarson Co., 1973.-- 128p.

驴车：梦想与记忆之旅。其他版本：London: New English Library, 1976 [AS]

[1486] Foreign devils had light eyes: a memoir of Shanghai 1933-1939 / Dora Sanders Carney.-- Toronto: Dorset Pub., 1980.-- 256p.

眼睛发亮的洋鬼子：忆上海（1933–1939 年） [ACM]

[1487] A curious cage: a Shanghai journal, 1941-1945 / Peggy Abkhazi.-- Victoria, BC: Sono Nis Pr., 1981.-- 143p.

奇怪的笼子：上海日记（1941–1945 年）。本书作者原姓卡特（Peggy Pemberton Carter），是一位曾长期生活在上海租界的英国人，后与格鲁吉亚的阿布哈兹公爵尼古拉结婚。本书记述她第二次世界大战期间在上海盟国侨民集中营的经历。另有 2002 年版，S. W. Jackman 编、序。其他版本："Enemy subject": life in a Japanese internment camp, 1943-45 / edited by S. W. Jackman ; foreword by J. G. Ballard. Stroud, Gloucestershire: A. Sutton, 1995 [AO / C]

[1488] Zuflucht in Shanghai: aus den Erlebnissen eines österreichischen Arztes in der Emigration 1938-1945 / Alfred W. Kneucker; bearbeitet und hrsg. von Felix Gamillscheg; Nachwort von Kurt R. Fischer.-- Wien: Hermann Böhlaus Nachf, 1984.-- 264p.

避难上海。本书记述一位奥地利犹太医生 1938-1945 年流亡上海的经历。 [上 O]

[1489] Life and death in Shanghai / Nien Cheng; Aus dem Engl. von Hans-Joachim Maass.-- London: Grafton, 1986.-- 496p.

《**上海生死劫**》。法译本：Vie et Mort à Shanghai. Paris: Albin Michel, 1987. 德译本：Leben und Tod in Schanghai.-- Frankfurt: Ullstein, 1990. 多次重版。日译本：上海の長い夜 / 篠原成子、吉本晋一郎訳 .-- 東京：朝日新聞社，1997；東京：原書房，1988. 中译本：（美）郑念著，程乃珊、潘佐君译 .-- 浙江文艺出版社，1988 [COS / A]

[1490] Shanghai-Passage: Flucht und Exil einer Wienerin.-- Franziska TausigWien: Verl. für Gesellschaftskritik, 1987.-- 154p.

上海过道：一个维也纳人的逃亡和流亡国外的生活 [GO]

[1491] Daughter of Shanghai / Tsai Chin.-- London: Chatto & Windus, 1988.-- 240p.

《**上海的女儿**》。其他版本：New York: St. Martin's Pr., 1988; London: Corgi, 1990.

中译本：上海的女兒：麒麟童之女周采芹自傳 .-- 台北：時報文化出版企業有限公司，1990；上海的女儿 /（美）周采芹著，何毅华译 .-- 南宁：广西人民出版社，2002
[COS / 上]

[1492] A time of cicadas / Elfreida Read.-- [Ottawa]: Oberon Pr., 1989.-- 136p.

蝉之时。本书为三卷本自传 "Days of Wonder" 的第一部分。作者为加拿大作家，抗日战争期间在上海生活。 [M]

[1493] Guns and magnolias / Elfreida Read.-- [Ottawa]: Oberon Pr., 1989.-- 136p.

枪和玉兰花。本书为三卷本自传 "Days of Wonder" 的第二部分。 [M]

[1494] Captive in Shanghai / Hugh Collar; abridged by Pauline Woodroffe; with an introd.-- by Kerrie L. MacPherson.-- New York: Oxford Univ. Pr., 1990.-- 160p.

拘押在上海。本书是关于日本占领期间上海盟国侨民集中营的第一手资料。作者是当时英国侨界的事实领袖，并且是 1942-1945 年间是拘留上海集中营的 "知名人士" 与 "危险罪犯" 的集中营中的主要代表。 [国上 ACGO]

[1495] Shanghai passage / Gregory Patent; illus. by Ted Lewin.-- New York: Clarion Books, 1990.-- 115p.

上海片断。本书作者为犹太人，讲述自己于第二次世界大战期间及此后在上海渡过的童年时代。 [C]

[1496] Strong drink, strong language / John Espey.-- Santa Barbara: J. Daniel, Publishers, 1990.-- 148p.

烈酒、粗口。本书为作者对青少年时代在上海生活的回忆。 [国 ACO]

[1497] Shanghai doctor: an American physician confronts communist China / Nicholas Comninellis.-- Grand Rapids, MI: Zondervan Pub. House, 1991.-- 174p.

上海医生：一位美国医生面对共产党中国 [国]

[1498] Stone-paper scissors: Shanghai 1921-1945, an autobiography / The Stead sisters.-- Deddington: Oxon Pub., 1991.-- 244p.

石头、剪刀、布：上海（1921–1945 年）。本书是 Stead 姐妹自传（姐姐 Marg，妹妹 Ivy），涉及当时上海的社会生活。 [O]

[1499] Haus Deutschland, oder, Die Geschichte eines ungesühnten Mordes

/ Peter Finkelgruen.-- Berlin: Rowohlt, 1992.-- 170p.

德国的家,或者,关于未赎罪的谋杀的故事。本书作者是德国犹太人,1942 年出生于上海。本书为自传,涉及第二次世界大战期间作为德国犹太难民在上海生活的经历。本书目还收录有他的另一本有关犹太难民生活的书。 **[CG]**

[1500] Strangers always: a Jewish family in wartime Shanghai / Rena Krasno.-- Berkeley, CA: Pacific View Pr., 1992.-- 218p.

永远的陌生人:一个犹太家庭在战时的上海 **[国 GO]**

[1501] Tracing it home: journeys around a Chinese family / Lynn Pan.-- London: Secker & Warburg, 1992.-- 242p.

跟它回家:围绕一个中国家庭的旅行。本书作者潘林为英籍华人作家及海外华人方面的专家,这是她的上海旅行记。其他版本: Singapore: Cultured Lotus, 2004. 其他题名: Tracing it home: a Chinese journey.-- New York: Kodansha International, 1993. 日译本:上海·嵐の家族 / 田村志津枝訳,講談社インターナショナル株式会社編 .-- 東京:講談社,1995 **[国 / C]**

[1502] Ghetto Shanghai / Evelyn Pike Rubin; foreword by Jud Newborn.-- New York: Shengold Publishers, 1993.-- 199p.

上海犹太区。另有 2002 年同名德文版,在内容上有所不同。 **[C]**

[1503] Once my name was Sara: a memoir / I. Betty Grebenschikoff.-- Ventnor, NJ: Original Seven Pub. Co., 1993.-- 180p.

我的名字曾是萨拉:回忆录。本书作者为德国犹太人,出生于 1929 年,这是她对在上海的犹太难民生活的回忆。 **[C]**

[1504] Shanghai refuge: a memoir of the World War II Jewish ghetto / Ernest G. Heppner.-- London: Univ. of Nebraska Pr., 1993.-- 191p.

上海避难:第二次世界大战犹太人回忆录。本书作者为德国犹太人,出生于 1921 年,这是他对在上海的犹太难民生活及上海的回忆。德译本: Fluchtort Shanghai: Erinnerungen 1938 - 1945 / Aus dem Amerikan. von Roberto de Hollanda.-- Bonn: Weidle, 1998; Berlin: Aufbau-Taschenbuch-Verl., 2001 **[GMO]**

[1505] Minor heresies, major departures: a China mission boyhood / John Espey.-- London: Univ. of California Pr., 1994.-- 349p.

差之毫厘、谬以千里:一个中国传教士的少年时代。本书为作者在上海传教的回忆录。内容取自作者本人其他图书的章节：Minor heresies（1945 年）；Tales out of school（1947 年）；The other city（1950 年）。 **[国 MO]**

[1506] Robbie: ferne Liebe in Shanghai / Michael R. Phillips.-- Neuhausen-Stuttgart: Hänssler, 1994.-- 325p.

罗比：遥远的爱在上海

[1507] Dans le jardin des aventuriers / Joseph Shieh avec Marie Holzman.-- Paris: Seuil, 1995.-- 263p.

冒险家的乐园。本书为作者谢约瑟（Joseph Shieh，1904- ）对在上海当警察的回忆。 **[国 O]**

[1508] Mission to Shanghai: the life of medical service of Dr. Josiah C. McCracken / Helen McCracken Fulcher.-- New London, NH: Tiffin Pr., 1995.-- 275p.

传教到上海：莫约西医生的医疗服务生涯。莫约西医生（1874-1962）为全美足球明星及 1900 年奥运会银牌得主，1907 年受美国宾夕法尼亚基督教协会支持到广州，开始在中国的医学服务生涯。1914-1942 年间在上海圣约翰大学医学院任主任，第二次世界大战期间被遣返美国。战后又回到圣约翰大学，1947 年返回美国后，继续帮助在美的中国学生。作者为莫约西医生长女，讲述 1907-1949 年间莫约西及其家庭的经历。 **[国 M]**

[1509] People, events, stories: a personal history, 1920-1947 / Walter C. Frank.-- Berkeley, CA: Regent Pr., 1995.-- 265p.

人物、事件、故事：个人史（1920–1947 年）。本书作者为德国犹太人，出生于 1920 年，这是他对在上海的犹太难民生活的回忆。 **[C]**

[1510] Bound feet & Western dress / Pang-Mei Natasha Chang.-- New York: Doubleday, 1996.-- 215p.

《**小脚与西服**》。本书通过描写张幼仪与徐志摩的家变，反映了当时中国妇女的社会地位及其中国的风俗习惯。其他版本：London; Toronto: Bantam, 1997. 德译本：Grüner Tee und Coca-Cola: die Geschichte der Chinesin Yu-i, von ihr selber erzählt（绿茶和可口可乐：中国人幼仪的自述故事）。中译本：小脚与西服：张幼仪与徐志摩的家变 /（美）张邦梅著，谭家瑜译 .-- 台北：智库文化，1996；2003 年第 2 版。**[C / GOS]**

[1511] A leaf in the bitter wind: a memoir / Ting-Xing Ye.-- Toronto: Doubleday, 1997.-- 381p.

寒风中的树叶。本书为出生于上海的叶庭行对自己在"文化大革命"中经历的回忆录。有多种版本。日译本:上海の風 / ティンシン · イエ著,伊藤正訳 .-- 東京:共同通信社,2000

[1512] Erlkönigs Reich: die Geschichte einer Täuschung / Peter Finkelgruen.-- Berlin: Rowohlt, 1997.-- 205p.

魔王帝国:欺骗的故事。本书作者为德国犹太人,1942 年出生于上海。本书是作者作为犹太难民在上海生活的回忆。 **[CG]**

[1513] Falling leaves return to their roots: the true story of an unwanted Chinese daughter / Adeline Yen Mah.-- London: Michael Joseph, 1997.-- 278p.

《落叶归根》。本书为严君玲(1937-)自传,讲述她青少年时期在上海的生活。日译本:愛憎家族:ある上海人女医とその母 / アデリン厳馬著,山田耕介訳 .-- 東京:文藝春秋,1997 **[S]**

[1514] Knapp davongekommen: von Breslau nach Schanghai und San Francisco: jüdische Schicksale 1920-1947 / Wolfgang Hadda; hrsg. von Erhard Roy Wiehn.-- Konstanz: Hartung-Gorre, 1997.-- 258p.

侥幸逃脱:从布雷斯劳到上海和旧金山,1920–1947 年犹太人的命运。本书作者为波兰犹太人,出生于 1920 年,书中有他对在上海的犹太难民生活的回忆。 **[CGO]**

[1515] Lieber keinen Kompass, als einen falschen: Würzburg - Wolfsgrub - Shanghai: der Schriftsteller Max Mohr (1891 bis 1937) / Carl-Ludwig Reichert, Elisabeth Tworek-Müller.-- München: Monacensia / A1, 1997.-- 124p.

从维尔茨堡到上海:作家马克斯·莫尔(1891–1937)。本书为犹太作家马克斯·莫尔传记。莫尔生于维尔茨堡,1934 年其作品在德国被禁,他移居上海,成为神经与精神疾病专家。

[1516] O days of wind & moon / M. Nona McGlashan; illus. by Patricia Houk.-- Santa Barbara: Fithian Pr., 1997.-- 127p.

无关风月。本书为自传,记述作者在解放战争时期作为社会服务修女会(Sisters of Social Service)成员在上海的经历。 **[C]**

[1517] Was sonst vergessen wird: von Wien nach Schanghai, England und Minsk: jüdische Schicksale 1918-1996 / Grete Beck-Klein; hrsg. von Erhard Roy

Wiehn.-- Konstanz: Hartung-Gorre, 1997.-- 113p.

还有什么被遗忘了的？从维也纳到上海、英格兰和明斯克：犹太人的命运（1918–1996年）。本书为作者自传。 [C]

[1518] China - Heimat meines Traumes: eine Schweizerin in Shanghai / Eva Huber.-- Frankfurt / Main: R. G. Fischer, 1998.-- 150p.

中国 -- 我的梦中家园：一个瑞士人在上海

[1519] Lange Schatten: [aus dem Leben des Sohnes eines chinesischen Gutsbesitzers] / Guanlong Cao; Aus dem Amerikan. von Henning Ahrens.-- Salzburg: Residenz-Verl., 1998.-- 268p.

长久的阴影：一个中国地主儿子的生活。本书为自传，作者为上海人，记述他1952-1979年间的生活。译自英语：The Attic: Memoir of a Chinese Landlord's Son.

[1520] My China: Jewish life in the Orient, 1900-1950 / Yaacov (Yana) Liberman.-- Jerusalem: Gefen Pub. House, 1998.-- 243p.

我的中国：东方的犹太人生活（1900–1950年）。本书作者出生于1923年，这是他的自传，述及自己在上海及哈尔滨的生活。 [MO]

[1521] Shanghai times / Renée Azevedo Logan.-- San Diego, CA: AMC Pub., 1998.-- 101p.

上海时光。本书为作者自传，讲述第二次世界大战时期其家庭在上海的生活。 [C]

[1522] Chinesisches Alphabet: ein Jahr in Shanghai / Susanne Röckel.-- München: Luchterhand, 1999.-- 223p.

汉语拼音：在上海的一年。本书为作者的上海生活报告。 [国G]

[1523] Eine unglaubliche Reise: von Ostpreussen über Schanghai und Kolumbien nach New York; jüdische Familiengeschichte 1929-1999 / Jerry Lindenstraus, Erhard R. Wiehn.-- Konstanz: Hartung-Gorre, 1999.-- 108p.

难以置信的旅程：从东普鲁士到上海和哥伦比亚再到纽约，犹太家庭史（1929–1999年）。本书作者为德国犹太人，书中有他对在上海的犹太难民生活的回忆。

[1524] Juden unter japanischer Herrschaft: jüdische Exilerfahrungen und der Sonderfall Karl Löwith / Birgit Pansa.-- München: Iudicium, 1999.-- 129p.

日本统治下的犹太人：犹太人的流亡生活和卡尔·洛维特的特例。本书研究德

国犹太哲学家卡尔·洛维特(1897-1973)在日本的流亡生活,也涉及上海的犹太人及犹太难民。 [GO]

[1525] Shanghai, dernières nouvelles: la mort d'Albert Londres / Régis Debray.-- Paris: Diffusion Seuil, 1999.-- 158p.

上海最新消息:阿尔贝·隆德雷斯之死。阿尔贝·隆德雷斯(1884-1932)为法国记者与作家,报道"一·二八"事变之后,在坐船返回法国途中死于火灾。关于其死据传并非意外,是因为他发现了一些关于中国的政治丑闻而被害。

[1526] Strange haven: a Jewish childhood in wartime Shanghai / Sigmund Tobias; introd. by Michael Berenbaum.-- Urbana: Univ. of Illinois Pr., 1999.-- 162p.

奇怪的避难所:一个犹太儿童在战时上海。本书为作者自传。 [国 GMO]

[1527] The Jewish Bishop and the Chinese Bible: S. I. J. Schereschewsky (1831-1906) / Irene Eber.-- Boston: Brill, 1999.-- 287p.

犹太主教和中国圣经:施约瑟(1831–1906)。本书为施约瑟(1831-1906)传记,也涉及《圣经》在中国的翻译史及上海的教会史。施约瑟父母均为犹太人,移居美国后改宗基督教。施约瑟1859年来华传教,1877-1881年任圣公会上海区主教,创办上海圣约翰书院(St. John's College)及圣玛利亚女校(St. Mary's Hall)。施约瑟曾把全部《圣经》翻译成汉语。 [国 ACGMO]

[1528] The upstairs verandah: an autobiography / Norah L. Shaw.-- London: Minerva Pr., 1999.-- 229p.

楼上阳台。本书作者为英国人,1920年出生,这是她青少年时期上海生活的自传。 [国 CGOS]

[1529] Briefe aus Shanghai 1946 - 1952: Dokumente eines Kulturschocks / René Schnell; Hrsg. von Susanna Ludwig.-- Zürich: Limmat-Verl., 2000.-- 268p.

1946–1952年的上海来信:文化冲击的记录。本书信集收录瑞士商人施耐尔1946-1952年期间发自上海的信,涉及当时上海的社会生活。 [国]

[1530] Letters home from Shanghai / written by Margaret Rosholt; edited by Malcolm Rosholt.-- Rosholt, WI: Rosholt House, 2000.-- 90p.

发自上海的家信。本书作者1933-1937年间随丈夫饶世和(Malcolm Rosholt)生活在上海,本书是她当时写给母亲的信,信中时见对上海的文化观察,并述及其丈夫的工作。饶世和当时在《大陆报》(China Press)做军事报道。 [C]

[1531] Shanghai customs: a 20th century taipan in troubled times / Robin Hutcheon.-- Edgecliff, NSW: Galisea, 2000.-- 246p.

上海海关：动乱时代的一个 20 世纪大班。本书为英籍海关官员马腾（George Ernest Marden）的传记。 **[A]**

[1532] Shanghai remembrance / Frank T. Leo; with Joanne Parrent, James Deely.-- Baltimore, MD: Noble House, 2000.-- 226p.

上海记忆。本书为作者的上海自传。 **[国]**

[1533] Mein Leben unter zwei Himmeln: Eine Lebensgeschichte zwischen Shanghai und Hamburg / Y. C. Kuan.-- Bern: Scherz Verl., 2001.-- 607p.

生活在两片天空下：在上海和汉堡的生活故事。其他版本：Augsburg: Weltbild, 2002 (Mit einem Nachw. von Hans-Wilm Schütte); München: Knaur-Taschenbuch, 2003

[1534] Von Floß über Shanghai nach New York: die drei Leben des David Ludwig Bloch / Manfred Treml.-- München: Bayerischer Rundfunk, 2001.-- 13p.

从弗洛斯到上海再到纽约：戴维·路德维希·布洛赫的三个人生。犹太画家和版画家布洛赫 1910 年出生于德国巴伐利亚的弗洛斯，幼时失聪，后学画并有所成就，1940 年因受纳粹迫害而移居上海。流亡上海期间，布洛赫成为上海犹太艺术家美术爱好者协会（Association of Jewish Artists and Lovers of Fine Art, Shanghai）成员，并创作出具有中国风格的水彩画。布洛赫 1946 年与中国聋哑姑娘结婚，1949 年一同移居纽约。

[1535] A curious life: the biography of princess Peggy Abkhazi / Katherine Gordon.-- Winlaw, BC: Sono Nis Pr., 2002.-- 239p.

奇怪的生活：佩姬·阿布哈兹王妃传。本书传主原名佩姬·彭伯顿·卡特（Peggy Pemberton Carter），是一位曾长期生活在上海租界的英国人，后与格鲁吉亚的阿布哈兹公爵尼古拉结婚，因在加拿大共同营造数十年的阿布哈兹花园而著称。本书有关作者在英国及上海的生活，包括第二次世界大战期间在上海盟国侨民集中营的经历。本书目另收有其 1941-1945 年在上海生活的日记。 [C]

[1536] Auf den Flügeln der Zeit: mein Leben in Shanghai / Christina Ching Tsao.-- München: Marion von Schröder, 2002.-- 412p.

时光之翼：我在上海的生活。本书记述作者 1932-1965 年的生活。译自英语：The wings of time. 其他版本：München: Diana Verl., 2003. 中译本：时光之翼 / 秦昭华著，韩良忆译 .-- 台北：圆神出版社，2002 **[G]**

[1537] Chasing Hepburn: a memoir of Shanghai, Hollywood, and a Chinese family's fight for freedom / Gus Lee.-- New York: Harmony Books, 2002.-- 532p.

追逐赫本：上海、好莱坞及一个华人家庭争取自由的回忆录 **[国 G]**

[1538] Chronique d'une illustre famille de Shanghai: les Zhu, 1850-1950 / souvenirs de Zhu Yi-sheng; présentés par Zhu Zhao-ning, Guy Brossollet.-- Paris: Ed. Rive Droite, 2002.-- 111p.

著名上海家族编年史：朱氏家族（1850–1950 年） **[国]**

[1539] Ghetto Schanghai: von Breslau nach Schanghai und Amerika: Erinnerungen eines jüdischen Mädchens, 1943-1947, 1995 und 1997 / Evelyn Pike Rubin; hrsg. von Erhard Roy Wiehn.-- Konstanz: Hartung-Gorre, 2002.-- 94p.

上海犹太区：从布雷斯劳到上海和美国，一个犹太女孩的回忆录（1943–1947、1995 和 1997 年）。本书内容与同名英文版不同。 **[CG]**

[1540] Ten green bottles: Vienna to Shanghai: journey of fear and hope / Vivian Jeanette Kaplan.-- Toronto: Robin Brass Studio, 2002.-- 285p.

十个绿色瓶子：从维也纳到上海，恐惧与希望之旅。本书作者父母是奥地利犹太人，第二次世界大战期间来到上海，作者 1946 年在上海出生。本书反映了作者母亲妮妮 · 卡伯尔（Nini Karpel）在第二次世界大战前和第二次世界大战期间那些令人难以置信的经历。其他版本：Ten green bottles: the true story of one family's journey from war-torn Austria to the ghettos of Shanghai. New York: St. Martin's Pr., 2004

[C / GM]

[1541] 100 years in China / Tom Henling Wade.-- Ipswich: Print4me, 2003.-- 350p.

中国百年。本书记述英国韦德家族 1843-1952 年间在中国的生活故事。含地图。 **[O]**

[1542] An American editor in early revolutionary China: John William Powell and the China Weekly / Monthly Review / Neil L. O'Brien.-- New York: Routledge, 2003.-- 324p.

革命初期一个在中国的美国编辑：约翰 · 威廉 · 鲍威尔和《密勒氏评论报》。鲍威尔 1919 年出生于上海，1945 年接替其父约翰·本杰明·鲍威尔担任《密勒氏评论报》（China Weekly Review）主编，1949 年后，鲍威尔及其团队成员对国民党的腐败和无能进行了连续报道，推动了中美之间的沟通和相互理解。刊物 1950 年由周报改为月刊（英文刊名 China Monthly Review），因其对朝鲜战争期间美国采用的细菌战进行

了报道,他被勒令回国并接受了审判。 [国 CGMOS]

[1543] Empire made me: an Englishman adrift in Shanghai / Robert Bickers.-- London: Allen Lane, 2003.-- 409p.

帝国成就了我：一个漂泊在上海的英国人。本书为英国人莫里斯·丁克勒的传记,内容多取自其私人书信。丁克勒 1919 年起在上海工部局警务处做巡捕,1939 年意外死于日本海军陆战队之手,曾引起外交事件,而丁克勒由此从一个不为人知小人物成为知名人士。其他版本：New York: Columbia Univ. Pr., 2003 [国 CGOS]

[1544] Heartbeats and heartaches: memoirs of an intellectual family in China / Qin Xiao-Meng.-- Bloomington, IN: 1st Books, 2003.-- 429p.

心跳与心痛：一个中国知识分子家庭的回忆录。本书作者秦小孟写作初衷是寄托对已故丈夫的哀思,更为了让美国读者了解中国,特别是中国的"文化大革命"。回忆录主要记述了作者一家三代在"文化大革命"前和"文化大革命"中的遭遇,是西方读者了解中国社会政治和中国人民生活的一个窗口。本书作者曾在上海一所大学从教 28 年,1986 年以访问学者的身份移居美国。 [CMO]

[1545] Spymaster: Dai Li and the Chinese secret service / Frederic Wakeman, Jr.-- Berkeley, CA: Univ. of California Pr., 2003.-- 640p.

《间谍王：戴笠与中国特工》。本书有许多方面涉及到上海,涉及戴笠的为人、解释了蒋介石对他非同寻常的信任,并揭示了戴笠是如何从 20 年代末逐渐上升到权力高峰直至 1946 年他的死亡。记录了国民党军统特务组织从事的活动与罪行,反映了内战、抗战时期国民党特务系统状况。中译本:(美)魏斐德著,梁禾译 .-- 团结出版社,2004

[1546] Von Kabul nach Shanghai: Bericht über die Afghanistan-Mission 1915 / 16 und die Rückkehr über das Dach der Welt und durch die Wüsten Chinas / Werner Otto von Hentig; Mit einem Vorw. von Gunnar Jarring; Hrsg. von Hans Wolfram von Hentig.-- [Lengwil]: Libelle, 2003.-- 284p.

从喀布尔到上海：关于 1915–1916 年出访阿富汗及中国的报告。本书记述作者作为德国出访阿富汗使节的秘书,随外交使团赴阿富汗意图瓦解阿富汗和英帝国的联盟,并途径我国西部沙漠地区而到达上海的过程。

[1547] Blond China doll: a Shanghai interlude, 1939-1953 / Hannelore Heinemann Headley.-- St. Catharines, Onc.: Blond China Doll Enterprises, 2004.-- 224p.

金发碧眼中国娃娃：上海插曲(1939–1953 年)。本书为自传,作者出生于 1936

年，讲述自己作为德国犹太难民在上海生活的经历。 [C]

[1548] From dragon to dragon / Mark Isaac-Williams.-- Lewes: Book Guild, 2004.-- 72p.

从龙到龙。本书作者为英国人，这是关于他第二次世界大战期间在上海日本人监狱经历的自传。 [GMS]

[1549] In protective custody / Karl Maehrischel.-- New South Wales: Karl Maehrischel, 2004.-- 132p.

保护性拘留。本书作者为奥地利犹太人，书中有他对在上海的难民生活的回忆。 [C]

[1550] Quatre mille marches: un rêve chinois / Ying Chen.-- Paris: Seuil, 2004.-- 107p.

一个中国梦。本书作者生于上海，1989年移居加拿大，本书是她的日记。 [G]

[1551] Shanghai diary: a young girl's journey from Hitler's hate to war-torn China / Ursula Bacon.-- Milwaukie, OR: M Pr., 2004.-- 267p.

上海日记：一个小姑娘因希特勒的仇恨而到战乱中的中国的旅途。本书作者乌尔苏拉·贝肯是个犹太人，现居美国。本书重点描写作者在第二次世界大战期间在上海的生活，书中刊印了许多历史照片，都是乌尔苏拉的弟弟在1939-1947年间在上海拍摄的，弥足珍贵。 [G]

[1552] To wear the dust of war: from Bialystok to Shanghai to the Promised Land: an oral history / Samuel Iwry; ed. by L. J. H. Kelley.-- Basingstoke: Palgrave Macmillan, 2004.-- 214p.

身披战争的尘土：从比亚韦斯托克到上海到乐土(口述历史)。本书作者为波兰犹太人，书中有他对在上海的犹太难民生活的回忆。 [国 MOS]

[1553] L'hermine rouge de Shanghai / Roger Faligot, Rémi Kauffer.-- Rennes: Portes du large, 2005.-- 447p.

上海赤貂。本书为 Jean Cremet（1892-1973）传记，赤貂是其外号。Cremet 为法国共产党员，1929年被共产国际派往上海。

[1554] Shanghai bride: her tumultuous life's journey to the West / Christina Ching Tsao.-- Hong Kong: Hong Kong Univ. Pr., 2005.-- 247p.

上海新娘：她到西方的喧嚣生活旅途。本书为秦昭华自传。 [A]

11. 年鉴手册、书目名录

[1555] Anniversary pamphlets of various organizations.-- [n. p.].-- 17v.

各类组织周年纪念小册子

[1556] Classified directory of Shanghai shops and hongs.-- Shanghai: Millington, [n. p.].-- 1v.

上海行名录 [上]

[1557] Le reportoire des Livres Religieux de la nouvelle Bibliotheque du College Saint Ignace de Zikawei; Liste Numerique des Livres religieux de la nouvelle Bibiotheque du College Saint Ignace de Zikawei.-- [n. p.].-- 1v.

徐汇公学新图书馆宗教图书目录 [上]

[1558] Pamphlets of annual reports, mostly illustrated, of the following Shanghai institutions: Mission to Rikishawmen; The Door of Hope; Foreign Women's Home; Moral Welfare League; Refuge for the Chinese Slave Children; Institution for the Chinese Blind; The International Institute; Natural Feet Society.-- [n. p.].-- 44v.

上海各机构年报小册子汇编。机构包括力夫会(Mission to Rikishawmen)、济良所(Door of Hope)、各国妇女协会(Foreign Women's Home)、上海进德会(Moral Welfare Committee,后名 Welfare League of Shanghai)、中国盲人院(Institution for the Chinese Blind)、天足会(Natural Feet Society)等。

[1559] Pamphlets of rules and by-laws of various clubs, etc.-- [n. p.].-- 15v.

各总会规则附则汇编

[1560] Dictionnaire chinois-français dialecte de Shanghai.-- [n. p.], 18--?.-- p.169-219.

汉法上海方言词典 [上]

[1561] Shanghai Almanac.-- [North-China Herald Office], 1854-.-- v.

上海年鉴。本年鉴由外商上海字林洋行编辑出版,是上海开埠初期的年鉴,综合反映了上海的政治、经济、市政等概况。版本:1854, 1860-1862, 1865 [上]

[1562] The Shanghae almanack and directory, for the year 1856 / J. H. de Carvalho.-- Shanghae: J. H. de Carvalho, 1856.-- 126p.

上海年鉴及指引(1856年) [国上]

[1563] Catalogue of the Shanghai Library (comprising all books included the collection up to December, 1861).-- London: Smith, 1862.-- 79p.

上海图书馆(洋文书院)图书目录。馆藏截止于1861年12月。 [上]

[1564] The China Hong list (formerly North China Desk Hong list): a business and residential directory of all foreigners and the leading Chinese in the principal ports & cities of China.-- Shanghai: North China Daily News & Herald, 1866-1941.-- 93v.

中国行名录,原名:《字林西报行名录》。版本:1876,含1850年在上海的外国定居者名单;1887,含电话总机户名;City supplement: 1923, 1925, 1926 [上]

[1565] Catalogus librorum venalium in Orphanotrophie T'ou-Sai-Wei.-- Shanghai: Catholica, 1876.-- 99p.

土山湾孤儿院图书馆藏书目录 [上]

[1566] T'ou-Se-We catalogus librorum (1876-1940).-- Shanghai: T'ou-Se-We Pr., 1876-1940.-- 21 br.

土山湾图书馆藏书目录: 1876–1940年 [上]

[1567] Catalogue of all the works contained in the library (Shanghai Library), on 1st December 1885.-- Shanghai: Kelly & Walsh, 1886.-- 1v.

上海图书馆(洋文书院)图书目录: 1885年12月1日 [上]

[1568] Ladies' directory or Red book for Shanghai, for the year 1886.-- North-China Herald Office, 1886.-- 151p.

上海妇女名人录,或上海红皮书: 1886年。其他版本: The ladies' directory: red book for Shanghai for 1915. 1914.-- 152p.; … for the year 1918. 1917.-- 172p.

[1569] Catalogue of the Library of the China Branch of the Royal Asiatic Society.-- 3rd ed.-- Shanghai: Kelly & Walsh, 1894.-- 281p.

上海亚洲文会图书馆藏书目录。该馆成立于1871年,由英国传教士伟烈亚力(Alexander Wylie, 1815-1887)创建,以收藏东方学文献著称,为上海最早的专门图书

馆。 [上]

[1570] Calendrier annuaire. Changhai Mission Catholique.-- Shanghai: Zi-Ka-Wei Observatoire, 1904-.-- v.

上海天主教团年历。版本: 1904, 1911, 1914, 1915, 1920 [上]

[1571] Shanghai: a handbook for travellers and residents to the chief objects of interest in and around the foreign settlement and native city / Charles Ewart Darwent.-- Shanghai: Kelly & Walsh, [1903].-- 222p.

上海: 旅游者与居民手册。本书是上海教会组织的牧师们为到上海旅游或准备居住在上海的外国人编写的专门指南,综合介绍了上海城市的历史、特点,对上海的风景和设施进行介绍,可以让旅行者看到上海的各个方面。全书共分五个部分: 第一部分为综合信息介绍; 第二部分着重介绍了公共租界、法租界和华界的情况; 第三部分介绍了上海主要的机关团体、学校、医院等; 第四部分为外人在沪总会和协会等组织情况; 第五部分为历史纪事。书中附有各种统计表格及地图。特别对于在上海流行的"洋泾浜英语"给予了充分的重视。此书多次修订、重版,影响相当广泛,《上海史话》将其评价为"上海旅行指南中内容最完整的一本"。其他版本: 1920.-- 191p.; 2nd ed.-- 1929.-- 191p.; Taipei: Ch'eng Wen, 1973 [国上 A / C]

[1572] Shanghai, a handbook contains 16 photographs.-- Shanghai: Max Nössler & Co., [1906?].-- 1v.

上海手册。含 16 张照片。

[1573] The Shanghai Mercury Desk book and honglist: a business directory for Shanghai... 1907-9.-- Shanghai: Office of the Shanghai Mercury, 1909.-- 3v.

《文汇报行名录》(1907–1909)。其他版本: a business directory for Shanghai, exchange tables and memorandum and diary for 1925 [国 / 上]

[1574] Shanghai Library: Catalogue, part 1, fiction.-- Shanghai: Shanghai Library, 1910.-- 280, 23, 31p.

上海图书馆(洋文书院)馆藏小说目录 [上]

[1575] Chinese-English pocket dictionary with Mandarin and Shanghai pronunciation and references to the dictionaries of Williams and Giles / D. H. Davis, John Alfred Silsby.-- Shanghai: T'ou-Se-We Pr., 1911.-- 236p.

袖珍汉英辞典。注普通话和上海话发音。 [上]

[1576] The advertisers handbook to Shanghai: guide and manual.-- W. Harvey's Advertising Agency, 1912.-- 1v.

上海广告手册

[1577] Catalogue of the books in the-library of the Shanghai Club.-- Methodist Pub. House, 1914.-- 468p.

上海总会图书馆藏书目录。其他版本: 1914.-- 202p.; Shanghai: Oriental Pr., 1924.-- 506p. [上]

[1578] The Columbian annual number.-- Shanghai: Shanghai American School, 1919-.-- v.

哥伦比亚年鉴。版本: 1916, 1921, 1925-1928, 1929-1930, 1932, 1933, 1935, 1936, 1937, 1938, 1939, 1947, 1948-1949 [上]

[1579] Who's who in China: containing the pictures and biographies of China's best known political, financial, business and professional leaders.-- Shanghai: Millard's Review, 1919-.-- v.

中国名人录。各版副题名略有差异。版本: 1919; 2d ed.-- 1920; 3d ed.-- 1925; Supplement to the 3d ed.-- 4th ed.-- 1931; Supplement to the 4th ed.-- 1933; 5th ed.-- 1936; Supplement to the 5th ed.-- 1940 [上]

[1580] List of members of the Shanghai Club, 1921.-- Shanghai: North-China Daily News & Herald, 1921.-- 77p.

上海总会会员录(1921年) [上]

[1581] China journal of science and arts / ed. by A. de C. Sowerby.-- [n. p.].-- 1v.

中国科学美术杂志。苏柯仁创办,后改名 The China Journal。Vol. 1-24 (1923-1936)。

[1582] Celebrities of the Shanghai turf / sketches and caricatures by Juel Madsen & Edmund Toeg.-- Shanghai: [n. p.], 1924.-- 112p.

上海跑马名人录 [上]

[1583] Gow's guide to Shanghai 1924 / comp. and published at Shanghai by W. S. P. Gow.-- Shanghai: printed for the publisher by the North-China Daily News & Herald, 1924.-- 116p.

上海指南(1924年) [上]

[1584] Comacrib directory of China: combined Chinese foreign commercial and classified directory of China and Hongkong.-- Shanghai: Commercial & Credit Information Bureau, 1925-.-- v.

商务中国行名簿。版本：1925, 1927, 1932, 1935 [上 AC]

[1585] The China who's who 1926 (Foreign): a biographical dictionary / comp. by Lunt Carroll.-- Shanghai: Kelly & Walsh; North-China Daily News & Herald., 1926.-- 804p.

中国名人录(1926 年)。传记辞典,收录外国人。 [上]

[1586] First Chiao-tung University Library catalogue [Foreign books department] / reclassified and comp. by Wolfe S. Hwang.-- [Siccawei, Shanghai: Printed by Ming Chong Pr.], 1928.-- 380p.

交通大学图书馆目录(外文图书部)。本目录依据杜威十进分类法,带主题索引。其他题名：Library catalogue of first Chiao-Tung University: foreign books department。 [上 C]

[1587] Hongs & Homes: the Shanghai Section of Rosenstock's Business Directory of China containing full and detailed information for the business and residential communities of Shanghai, 1928 / Millington.-- Shanghai: F. C. Millington, 1928.-- 1v.

上海商行与住户指南(1928 年)。其他版本：1929 [上]

[1588] Subscribers' list: April 1, 1928.-- Shanghai: Shanghai Mutual Telephone Co., 1928.-- 310p.

上海华洋德律风公司用户表(1928 年 4 月 1 日) [国]

[1589] Change of telephone numbers in pichon and Wayside districts Shanghai.-- Shanghai: Shanghai Telephone Co., [n. p.].-- 48p.

上海电话公司电话号码的变动 [上]

[1590] The Shanghai directory: city supplementary edition to the China Hong list.-- Shanghai: North-China Daily News & Herald, 1930-.-- v.

上海名录:《字林西报中国行名录》城市增补版。版本：1930, 1933, 1934, 1937, 1938, 1939, 1940-41 [上]

[1591] City directory of Shanghai: being the Shanghai section of

Rosenstock's directory of China.-- 1931 January ed.-- Shanghai: Millington, 1931.-- 1v.
上海城市名录 [国]

[1592] Directory of Shanghai, 1931.-- Shanghai: Millington, 1931.-- 1v.
上海指南(1931年) [上]

[1593] Catalogue of the non-fiction books in the library of the Shanghai Club to 1st October, 1932.-- Shanghai: Shanghai Times, 1932.-- 608p.
上海总会图书馆非小说类图书目录(1932年10月1日) [上]

[1594] Telephone directory, March 1932.-- Shanghai: Shanghai Telephone Co., 1932.-- 310p.

上海电话公司电话名簿(1932年3月)。最后附有分类部分。 [国]

[1595] Catalogue of the fiction books in the library of the Shanghai Club, 1933.-- Shanghai: Willow Pattern Pr., 1933.-- 134p.
上海总会图书馆文艺小说目录(1933年) [上]

[1596] Chiao-Tung University Library catalog.-- Shanghai: Chiao-Tung Univ., 1933.-- 900p.

交通大学图书馆藏书目录。其他版本: 1934, lv.; 1936.-- 28p. [上]

[1597] Credit men's business directory of Shanghai.-- Shanghai: Bankers' Co-operative Credit Service, 1933-.-- v.
上海信用事业指南。版本: 1933, 1934, 1935, 1936, 1937, 1940, 1941 [上]

[1598] Fuh Tan University Library Catalogue.-- Shanghai: Fuh Tan Univ., 1933.-- 152p.

复旦大学图书馆目录 [上]

[1599] Men of Shanghai and north China: a standard biographical reference work / ed. by George F. Nellist.-- 2nd ed.-- Shanghai: Oriental Pr., 1933.-- 516p.
上海与华北名人录。其他版本: Shanghai: The Univ. Pr., 1935.-- 729p. [上 C]

[1600] Statistics of Shanghai / Shanghai Civil Association, Comp.-- Shanghai: Shanghai Civil Association, 1933.-- 1v.

上海统计。（1933 年编）上海市地方协会编。 [上]

[1601] The Shanghailander / ed. and published by Carl Crow.-- [n. p.].-- 1v.

上海人。Vol. 2-4 (1934-1936)

[1602] Chiao-Tung University Library catalog.-- Shanghai: Chiao-Tung Univ. Library, 1934.-- 1v. (9v.)

交通大学图书馆目录 [CM]

[1603] Credit Men's Business Directory of China.-- Bankers' Co-operative Credit Service, 1934.-- 1v.

中国信用事业指南

[1604] Chiao-Tung University Library index to periodical literature.-- Shanghai: Chiao-Tung Univ., 1935.-- 1v.

交通大学图书馆馆藏期刊索引。no. 5, Jan-June, 1935; New series. no. 3-4, May-Aug. 1936 [上]

[1605] Library catalogue / Medical College of Shanghai.-- 2nd ed.-- Shanghai: NMC., 1935.-- 96p.

上海医学院图书馆目录 [上]

[1606] Library Catalogue.-- Shanghai: Chi-Nan Univ., 1935.-- v.

暨南大学图书馆目录。no. 6, Natural Science. 3p.; no. 7, Applied Sciences. 19p. [上]

[1607] Shanghai dollar directory.-- Shanghai: Mercury Pr., 1935-.-- v.

上海行名录。版本：1935, 1936, 1936 July ed., 1937, 1938 Spring-Summer, 1941 July ed., 1942 July ed. [上]

[1608] So - this is Shanghai, a handbook contains 26 photographs / Kelly and Walsh. Ltd.-- [n. p.], 1935.-- 1v.

手册：这就是上海。含 26 张照片。

[1609] Catalogue of the City Library of Greater Shanghai.-- Shanghai: [n. p.], 1936.-- 226p.

上海市图书馆藏书目录 [上]

[1610] Membership list: founder members of the International Club of Shanghai.-- Shanghai: [n. p.], 1936.-- 17p.

上海万国总会创始人名册 [上]

[1611] Reuters statistical service, Feb. -March, 1936.-- Shanghai: Reuters, 1936.-- 1v. (2pts.)

路透社统计资料(1936年2–3月) [上]

[1612] The City Library of Greater Shanghai catalogue, 1936.-- Shanghai: City Library of Greater Shanghai, 1936.-- 142, 84p.

上海市图书馆藏书目录(1936年) [上]

[1613] Universitas Utopia, catalogue of books in foreign languages.-- Shanghai: Universitas Utopia, 1936.-- 249p.

大同大学外文图书目录 [上]

[1614] A classified catalogue of books in European Languages in the Library of National Chi-Nan University.-- Shanghai: Library of National Chi-Nan Univ., 1937.-- 1v.

暨南大学图书馆欧洲文字图书分类目录 [上]

[1615] Catalogue auteur de la bibliotheque du College St. Ignace, Zikawei.-- [n. p.], 1937.-- 1v.

徐汇中学图书馆著者目录 [上]

[1616] Catalogue de la classification des livres de la bibliotheque du College St. Ingace, Zikawei.-- [n. p.], 1937.-- 1v.

徐汇中学图书馆分类目录 [上]

[1617] Catalogue du titri du livre de la bibliotheque du College St. Ignace, Zikawei.-- [n. p.], 1937.-- 1v.

徐汇中学图书馆书名目录 [上]

[1618] Handbook of municipal information, 1929 / Shanghai Municipal Council.--

Shanghai: Kelly & Walsh, [1929?].-- 1v.

上海工部局市内情报手册(1929年)。其他版本：A. B. C. Pr., 1937 [上]

[1619] Liste numerique de la Bibliotheque du College St. Ignace de Zikawei.-- Shanghai: [n. p.], 1937.-- 1v.

徐汇中学图书馆号码簿。打字机打印本。 [上]

[1620] The industrial & commercial directory of Shanghai, 1937.-- Shanghai: Chamber of Commerce of Shanghai, 1937.-- 1v.

上海工商行名录(1937年) [上]

[1621] Catalogue of the Chinese Library of the Royal Asiatic Society / Samuel Kidd.-- London: Parker, 1938.-- 58p.

亚洲文会图书馆目录 [上]

[1622] Catalogue of the Science Society of China Library.-- Shanghai: [n. p.], 1939.-- 496p.

中国科学社图书馆目录 [上]

[1623] Post Mercury directory, Jan.-- Shanghai: Mercury Pr., 1939.-- 596p.

大美行名录 [上]

[1624] Les rues de Changhai d'apees le Hong list 1941.-- Changhai: Manuser, [n. p.].-- 63p.

上海行名录(1941年) [上]

[1625] Shanghai up-to-date directory 1942.-- July ed.-- Shanghai: Lobem, 1942.-- 301-150p.

上海指南(1942年) [上]

[1626] Almanac-Shanghai.-- [Shanghai]: "Shanghai Echo" Pub. Co.-- v.

《**上海指南**》。年刊。1946 / 47 卷含多篇关于上海的犹太组织与个人的文章。 **[C]**

[1627] Directory of China: Shanghai section.-- Shanghai: China Daily Tribune., 1947-1948.-- 2v.

中国名录：上海部分 [上]

[1628] Directory of importers & exporters in China.-- Shanghai: Foreign Trade Association, 1947-.-- v.

中国进出口商行名录。版本：1947, 1948 [上]

[1629] Shanghai: systematische Bibliographie: mit einer Einführung und einem Anhang zu Yokohama / Ulrich Menzel; hrsg. vom Deutschen Übersee-Institut, Übersee-Dokumentation.-- Hamburg: Deutsches Übersee-Institut, 1995.-- 140p.

上海：系统参考书目，另附关于横滨的引言和附录。本书是西文上海文献的题录，按分类编排。其他版本：2. Aufl.-- 248p.; 3. erweiterte Aufl., 2003（略去关于横滨的附录）.-- 318p. 网上第 3 版电子版：http: / / www-public. tu-bs. de: 8080 / ~umenzel / inhalt / dienstleistungen / Shanghai. PDF [GO]

[1630] Annuaire des français de Shanghai 1842-1955: identités, professions, familles, dates de séjour, etc / Guy Brossollet.-- Paris: Rive Droite, 2002.-- 189p.

上海法国人名录，1842–1955：身份，职业，家庭，居留日期 [O]

12. 地图

[1631] [Central district - International Settlement].-- [n. p.].-- 1 map.

公共租界中央区地图。本图原无题名，是以英语标注的详细街道图，标出了很多建筑、公司等的位置。 [V]

[1632] Carte de Zi-Ka-Wei (suite a "Inventairedes terres de la missianvicariut & compagnie).-- Shanghai: The Company, [n. p.].-- 1 map.

徐家汇地图 [上]

[1633] Good roads movement of China, suggested routes for highways: Shanghai, Hangchow & Nanking.-- [n. p.].-- 1 map.

上海、杭州、南京公路设计图 [上]

[1634] Road map for Shanghai, Hongchow, Nanking, Soochow, Ningpo, Wenchow, Nanchang, Changsha.-- Shanghai: Standard-Vacuum Oil Co., [n. p.].-- 1 map.

上海、杭州、南京、苏州、宁波、温州、南昌、长沙道路图 [上]

[1635] Ground plan of the Foreign Settlement of Shanghai / from a Survey by F. B. Youel in May 1855.-- [n. p.].-- 1 map; 31 × 60cm

上海外人租界图。这张由英国人尤埃尔绘制的 1855 年上海英租界地图,可能是现存最早的一张上海英租界地图。它印刷精美、图文清晰、色彩鲜艳。这幅地图不仅为我们提供了图像信息,还有大量的文字信息,包括众多租地人的数据和姓名,以及各种建筑物的位置,地图上方还附有一张 1849 年外滩建筑外貌全景图。 **[V]**

[1636] City and Environs of Shanghai / E. J. Powell of the Hydrographic Office.-- [n. p.], 1862.-- 1 map.

上海城及周边。本图数据来自三个方面:1860-1861 年英国皇家工兵部队(Royal Engineers)的调查,一张 1861 年的法文地图,河道依据 Commander Ward 于 1858 年的调查。 **[V]**

[1637] Plan of Hong Kew (Kong Que)or American Settlement at Shanghai / Shanghai Municipal Council.-- London: Nissen & Parker, 1864.-- 1 map; 69 × 106cm

上海虹口美租界图。本图标示很多建筑物的数据和位置,由工部局调查与出版。比例尺:1 英寸: 200 英尺。

[1638] Plan of the district around Shanghai under the protection of the Allied Forces 1862-63 / reduced from a survey by Lieutt. Lyster, Lieutt. Maud, Royal Engineers, Lieutt. Danyell and Ensign Bateman 31st Regt., Captain Gordon Royal Engrs. Commanding.-- [London]: Dept. War Office under the direction of Major A. C. Cooke R. E., 1864.-- 1 map; 80 × 60cm

联军保护下之上海周边图(1862–1863 年)。本图为彩色,标示出道路、河流和沟渠。电子版:http: / / nla. gov. au / nla. map-rm220 **[A]**

[1639] Plan of the English Settlement at Shanghae, etc / Shanghai Municipal Council.-- London: Nissen & Parker, 1864-1866.-- 1 map; 34 × 49cm

上海英租界图 **[S] [V]**

[1640] Military plan of the country around Shanghai from surveys made in 1862, 63, 64, 65 / Lieut. Col. Gordon, Major Edwardes, Lieuts. Sanford, Lyster & Maud, Rl. Engrs.; Lieuts. Danyell and Bateman, H. M., 31st Regt. Asst. Engrs.-- Southampton [Eng.?]: Lithographed at the Topographical Dept. of the War Office, Col. Sir Henry James, Director, 1865.-- 1 map on 2 sheets.

上海周边地区军事图(据 1862–1865 年调查制作)。1862 年 5 月,为了应对太平天国起义,英国戈登军团被派往上海,以巩固其欧洲贸易中心的地位。在之后的 18

个月当中,戈登军团在镇压太平天国起义中发挥了很大的作用。戈登于 1865 年 1 月回到了英国。凭借他 1862-1865 年期间对上海的了解,制作了这份上海及周边区域的军事地图,图中详细标注了这期间获得的上海及周边区域市镇及道路信息,还特别标注了该区域内的主要河道信息。 [上A]

[1641] Map of the country around Shanghai: based on Col. Gordon's military plan, with additions from native maps and other sources.-- Shanghai: Hall & Holtz, [n. p.].-- 1 map.

上海郊区地图。本地图基于戈登的军事地图,并参考本地地图及其他一些资料。 [上]

[1642] Street plan of the English, French and American Settlements.-- North China Daily News, 1870.-- map; 78 × 39cm

英、法、美租界街道图。比例尺:约 1 英寸 : 850 英尺。其他版本:1885; 1887; 1895; 1898; 1900; 1903; 1910; 1913 [V]

[1643] Plan of Shanghai Harbour / A. M. Bisbee, Harbour Master; assisted by W. F. Stevenson.-- [Shanghaï]: [n. p.], 1875.-- 1 map; 74 × 129cm

上海港口图。比例尺:1 英寸 : 300 英尺。作者毕士璧(1841-1901)为美国人,1868 年进中国海关,1875 年转任上海,任职巡工司及理船厅,直至去世。 [C]

[1644] Plan of the foreign settlements of Shanghai.-- Directory & Chronicle. 1875.-- 1 map.

上海外人租界图

[1645] Plan de la Concession française à Shanghai 1882.-- [n. p.], 1883.-- 1 map; 54 × 72cm

上海法租界地图(1882 年)。比例尺 1: 2,400。 [V]

[1646] Carte de Pou-tong destinée à accompagner les relations des missionaires.-- Zi-Ka-Wei [Shanghai]: [n. p.], 1886.-- 1 map; 46 × 62cm

浦东传教地图。比例尺 1: 166, 500。 [V]

[1647] Cadastral plan of the English settlement, Shanghai 1890 / Shanghai Municipal Council.-- [n. p.], 1890.-- 1 map; 41 × 20cm

上海英租界地籍图(1890 年) [V]

[1648] Map of Shanghai.-- [n. p.], 1892.-- 1 map.

上海地图 [上]

[1649] Le nouveau plan de Changhai.-- Shanghai: [n. p.], 1893.-- 1 map.

上海新图 [上]

[1650] Map of the shooting districts lying between Shanghai and Wuhu / Henling Thomas Wade, H. A. de Villard.-- Shanghai: Villard, 1893.-- 1 map.

上海芜湖间游猎区域图。其他版本：1898; 1903; 1909.-- 71×116cm [上]

[1651] Municipal cadastral map of the Hongkew Settlement.-- [n. p.], 1893.-- map.

虹口租界市政地籍图

[1652] The shooting districts between Shanghai and Wuhu / H. T. Wade, R. A. de Villard.-- Shanghai: [n. p.], 1893.-- 1 map.

上海芜湖间游猎区域 [上]

[1653] Map of the Yangtse-Kiang, in thirteen sheets: from its mouth to Chungking, and general chart from mouth to source, with plans of Shanghai, Chinkiang, Nanking, Wuhu, Kiukiang, Hankow, Ichang, and Chungking, Lights, etc., etc / R. A. De Villard.-- Shanghai: [n. p.], 1895.-- 12 folded maps; 53cm

长江地图。本图包含从长江口到重庆的地图共13幅，包括上海、镇江、南京、芜湖、九江、汉口、宜昌、重庆及灯塔等地图。

[1654] A map of China: a map of foreign settlements at Shanghai, 1897 / prepared for the Desk Hong List; published at the offices of the North China Daily News and the North China Herald; Stanford's Geographical Establishment.-- Shanghai: North China Herald, 1897.-- 2 maps on 1 sheet; 79 × 113cm

上海外人租界地图(1897年)。其他版本：1898. 比例尺1: 12,000，附黄浦江口租界详图(比例尺1: 24, 150) [C / A]

[1655] [Concession française de Shanghai].-- [n. p., 1898?].-- 1 map; 41 × 30cm

上海法租界。本图原无题名，是一幅画有部分建筑物的上海法租界简图。 [V]

[1656] Street plan of the Foreign Settlement (Central District)and French Settlement in Shanghai.-- Directory & Chronicle. 1898.-- map.

上海外人租界中心区及法租界街道图

[1657] Street plan of the Hongkew Settlement.-- Directory & Chronicle. 1898.-- map.

虹口租界街道图

[1658] A map of the foreign settlements at Shanghai / Stanford's Geographical Establishment.-- London: Pub. for the North China Herald and North China Daily News Offices, Shanghai, 1900.-- 1 map; 45 × 31cm

上海外人租界地图。附路名表。比例尺 1: 12, 000。 [V]

[1659] Plan de la Concession française et de son agrandissement (Shanghai) / Dressé par l'Ingénieur soussigné: J. J. Chollot.-- Shanghai: [n. p.], 1900.-- 1 map; 53 × 70cm

上海法租界及其扩张图。比例尺 1: 5,000。 [V]

[1660] Chang-hai et Zi-Ka-Wei / Capitaine Gadoffre, infanterie coloniale.-- [n. p.], 1901.-- 1 map.

上海及徐家汇。本图上标有汉字“沪西法营内守备贾君道富测画”。比例尺 1: 20,000。 [V]

[1661] Map of the waterways near Shanghai / Thos Ferguson.-- Shanghai: Kelly & Walsh, 1901.-- 1 map.

上海附近水道图 [上]

[1662] Chang-hai et environs / Capitaine Gadoffre, infanterie coloniale.-- Shanghai: [n. p.], 1902.-- 1 map; 55 × 44cm

上海及周边地区。比例尺 1: 50, 000。 [V]

[1663] Shanghai.-- [n. p.], 1902.-- 1 map; 32 × 27cm

上海。英法双语,附路名表。比例尺 1: 18, 000。 [V]

[1664] Map of Shanghai and Environs / Bryant Rowe.-- [n. p.], 1903.-- 1 map; 47 × 57cm

上海及周边地图。本地图根据多幅原有地图,为中国远征军情报部绘制。 [V]

[1665] Map of Shanghai.-- Hotel Metropole, 1903.-- map.

上海地图

[1666] Projet de tramways pour la Concession française de Shanghai, Chine. Plan du réseau (concession et abords) / Dressé par l'Ingénieur de la Concession française soussigné: J. J. Chollot.-- Shanghai: [n. p.], 1903.-- 1 map; 39. 5 × 48cm

上海法租界电车线路规划图。比例尺 1: 20, 000。 **[V]**

[1667] A map of the foreign settlements at Shanghai.-- London; Shanghai: North-China Daily News & Herald, 1904.-- 1 map; 74 × 108cm

上海外人租界地图。附路名表。比例尺 1: 10, 700。 **[V]**

[1668] Plan of Shanghai / published under the authority of the Municipal Council.-- Shanghai: [n. p.], 1904.-- 1 map; 130 × 52cm

上海地图。其他版本：1919.-- 71 × 147cm; 1923.-- 71 × 181cm; Shanghai: Public Works, 1928.-- 52 × 102cm **[V]**

[1669] Shanghai.-- [n. p., 1904-1914].-- 1 map; 32 × 27cm

上海。本图出版年根据图中标有建于 1904 年的德国俱乐部（Concordia Club）而未标建于 1914 年的俄国领事馆推测。比例尺 1: 18, 000。 **[V]**

[1670] Country between Kiangyin and Hangchow.-- London: War Office, Geographical Section, General Staff, 1909.-- 1 map.

江阴和杭州间地区 **[A]**

[1671] Map of the country around Shanghai, Nanking / F. Mann.-- Wuhu; Hanchow: [n. p.], 1909.-- 1 map.

上海、南京郊区地图。本图标示出铁路。 **[上]**

[1672] Map of the shooting districts lying between Hangchow - Nanking - Wuhu and Shanghai.-- [Shanghaï: n. p.], 1909.-- 1 map; 71 × 116cm

杭州、南京、芜湖和上海间游猎区域地图。本图含上海、南京、杭州、芜湖周边及铁路。

[1673] Shanghai & neighbourhood.-- London: War Office, General Staff, Geographic Section, 1909.-- 1 map; 65 × 57cm

上海及周边区域。本图反映了上海及周边区域的交通通讯设施、水文要素、大使馆、建筑群和一些重要建筑。包括一个音译对照表。比例尺 1: 126, 720。 [A] [V]

[1674] Shanghai & neighbourhood / War Office Geographical Section, General Staff.-- Southampton, Eng.: Ordnance Survey, 1910.-- 1 map; 58 × 65cm

上海及周边区域 [S]

[1675] A map on the foreign settlements of Shanghai.-- Shanghai: [n. p., 1913?].-- 1 map; 74 × 108cm

上海外人租界地图

[1676] Map of Shanghai with street index.-- China Survey Co., 1913.-- 1 map; 66 × 96cm

上海地图。附街道索引。

[1677] Shanghai.-- [France?: n. p., 1915?].-- 1 map; 37 × 47cm

上海

[1678] Map of Shanghai-Nanking and Shanghai-Hangchow-Ningpo railways: with branch lines and tables.-- Map Dept. of Chinese Engineering and Construction Association, 1917.-- 1 map; 47 × 58cm

沪宁及沪杭甬铁路地图。附支线及图表。

[1679] Map of Shanghai.-- London: Waterlow & Sons, 1918.-- 1 map; 49 × 86cm

上海地图。其他版本: 1922, 1 map on 3 sheets; 59 × 148cm

[1680] Map of Shanghai.-- Shanghai: North-China Daily News & Herald, 1918.-- 1 map; 150 × 78cm

上海地图。比例尺 1: 12, 000。 [V]

[1681] Plan of Shanghai 1919 / comp. from surveys made by the Shanghai Municipal Council.-- Shanghai: [n. p.], 1919.-- 1 map; 60 × 31cm

上海图(1919年) [V]

[1682] The new map of Shanghai City.-- [n. p.], 1919.-- 1 map; 72 × 92cm

《最近实测上海地图》。本图取自一本 1919 年的俄语上海指南,着重公共租界与

法租界的中心区域。地图没有反映 1919 年租界的扩张的实际情况,法租界仍显示 1914 年前的情况。 [V]

[1683] [Shanghai in 1920].-- [n. p.].-- 1 map; 41 × 76cm

1920 年的上海。本图为上海简图,公共租界与法租界以黄色标示,并标有一些主要公共场所与机构所在地。 [V]

[1684] General map showing the district around and the approaches to Shanghai / Whangpoo Conservancy Board.-- Shanghai: [n. p.], [192-?].-- 1 map; 105 × 109cm

上海周边地区概图。本图包含北至常州、南到杭州之间的广泛区域,显示了整个区域的地势与水文特征。比例尺 1: 240, 000。属于丛书:上海港调查(Shanghai Harbour Investigation series 1, general data, map no. 6〔C〕)。 [V]

[1685] The new map of Shanghai.-- [Shanghaï: n. p., 1920?].-- 1 map; 41 × 76cm

上海新地图

[1686] Shanghai postal map.-- [Shanghai: n. p.], 1921.-- 1 map; 109 × 79cm

上海邮政地图。比例尺 1: 15,000。 [V]

[1687] Map of Shanghai.-- [Shanghai]: Pub. by the North-China Daily News & Herald by permission of the Municipal Council, 1922.-- 1 map; 59 × 148cm

上海地图。本图反映了民国初年上海的道路、铁路、寺庙、重要建筑和学校信息。为《字林西报行名录》的附件。其他版本:1933.-- 1 map.; 75×103cm [A]

[1688] Plan of Shanghai.-- Shanghai: T'ou-Se-We Pr., 1923[?].-- 1 map.

上海规划图 [上]

[1689] Plan of the Central and Northern Districts - Foreign Settlement of Shanghai, showing new roads and widenings / Commissionner of Public Works, Shanghai Municipal Council.-- Shanghai: [n. p.], 1924.-- 1 map.

上海外人租界中北部区域图。本图标示出新路及租界扩张。 [上][V]

[1690] Map of Shanghai: showing places of interest.-- Shanghai: Navy Young Men's Christian Association, [1925?].-- 1 map; 29 × 45cm

上海地图。标注一些重要场所。

[1691] Map of Shanghai.-- [Shanghaï]: American-Oriental Banks, 1925.-- 1 map; 22 × 33cm

上海地图

[1692] Plan of the western district - Foreign settlement of Shanghai 1925 - showing new roads and widening / Shanghai Municipal Council 1925, Commissionner of Public Works.-- [n. p.], 1925.-- 1 map; 77 × 92cm

上海外人租界西部区域图(1925年)。本图标示出新路与租界的扩张。比例尺 1: 4, 800。 [V]

[1693] Eastern China.-- [London]: War Office, 1926-.-- maps.

华东地图集。含上海地图。 [S]

[1694] Street plan of the Foreign Settlement (Central District)& French Settlement at Shanghai / Engraved for the Directory & Chronicle.-- Edinburgh: John Bartholomew, 1926.-- 1 map; 19 × 33cm

上海外人租界中心区及法租界街道图。比例尺约 1: 9,000。 [V]

[1695] Street plan of the Northern & Eastern Districts of the Foreign Settlement at Shanghai / Engraved for the Directory & Chronicle.-- Edinburgh: John Bartholomew, 1926.-- 1 map; 54 × 20cm

上海外人租界东北部街道图。比例尺约 1: 12, 200。 [V]

[1696] Eastern China - Shanghai / Southampton Ordnance Survey Office.-- [n. p.], 1927.-- 1 map; 86 × 65cm

上海。比例尺 1: 50, 000。 [V]

[1697] New pocket map of Shanghai / Shin Heng T'ung.-- 5th ed.-- Shanghai: Commercial Pr., 1927.-- 1 map.

最新上海袖珍地图 [上]

[1698] Plan de la Concession française, Changhai. echelle de 0, 0002 (1 / 5000)par metre.-- [n. p.], 1927.-- 1 map.

上海法租界地图。比例尺 1: 5,000。

[1699] Shanghai and Hangchow / War Office. General Staff. Geographical Section.-- Ordnance Survey OfficeSouthampton [Eng.]: [n. p.], 1927.-- 1 map; 101 × 75cm

上海、杭州。1930年版,比例尺1: 250, 000。 **[V]**

[1700] Shanghai area / comp., drawn and printed at the War Office.-- [London]: War Office, 1927.-- 1 map; 87 × 63cm

上海区域图。本图为上海及周边地区的地图,反映了省际边界、交通、通讯、土地和水体特性、灯塔船、浮标、高楼林立区域和建筑。 **[ACS]**

[1701] Plan of Shanghai / [Prepared by] Stanford's Geographical Establishment; Published under the authority of the Municipal Council.-- London: Stanford, 1928.-- 1 map; 80 × 160cm

工部局上海平面图 **[上]**

[1702] Plan of Shanghai / Shanghai Municipal Council.-- Shanghai: Kelly & Walsh, 1928.-- 1 map; 105 × 58cm

上海工部局上海平面图。比例尺1: 25, 000。 **[V]**

[1703] Map of Shanghai / Oriental Publishing House Shanghai.-- Shanghai: Kelly & Walsh, [193-?].-- 1 map; 81 × 66cm

上海地图。附详细的路名索引。比例尺1: 20, 000。 **[V]**

[1704] Map of Shanghai [Defense sectors].-- [n. p., 1930?].-- 1 map; 41 × 30cm

上海防区地图。标有各国军营及重要市政设施。 **[V]**

[1705] Plan cadastral, blocs 1 à... 270: [Chang-hai].-- [Chang-hai]: Conseil d'administration municipale de la concession française Chang-hai, 1931.-- 2v.

上海法租界公董局地籍图。目次:[t. 1] Blocs 1 à 116 -- [t. 2] Blocs 117 à 270.

[1706] Illustrated historical map of Shanghai / Carl Crow, V. V. Kovalsky.-- Shanghai: Shanghai Municipal Council, 1932.-- 1 map; 72 × 94cm

插图上海历史地图。本图为彩色地图,四周有40张上海重要建筑与景观的图片。 **[V]**

[1707] Map of Shanghai.-- [Shanghai]: Dollar Steamship Line, 1932?.-- 1 map; 60 × 92cm

上海地图。本图包括上海的道路、铁路、寺庙、重要建筑和学校信息。页边还有上海各类公司和宾馆的广告。附街道索引小册子。本图为《上海城市名录》(City directory of Shanghai)的附件。折叠后尺寸为20 × 13cm,带封面,题名:City directory map of Shanghai。比例尺约1: 19, 600。 **[A]**

[1708] Map showing Japanese-Chinese warfare now in Shanghai.-- Shanghai: [n. p.], 1932.-- 1 map; 29 × 42cm

上海中日战争现时地图。本图为 1932 年 2 月 24 日的战况图。 **[V]**

[1709] Pictorial map of Shanghai and its environs, including a sketch map of the actual fighting zone at Tarzang, Chenju and Kiangwan showing the larger villages / Eric Cumine.-- [n. p.], 1932.-- 2 maps on 1 sheet.

上海及周边地区插画地图。本图为"一 · 二八"淞沪抗战示意图,包括在大场、真如、江湾的实际战斗区域,标示出大的村庄。 **[A]**

[1710] The Reader's map of the Sino-Japanese Conflict in and around Shanghai / prepared and published by H. M. Cumine.-- Shanghai: H. M. Cumine, 1932.-- 1 map; 53 × 35cm

上海及周边地区中日对抗地图。本图为中日战况图,反映了"一 · 二八"淞沪抗战时战区的道路、铁路、寺庙、重要建筑物和学校等。比例尺 1: 168, 960。标示日期为: 1932 年 2 月 24 日。反面有补充地图两幅: 其一为上海的周边环境,包括杭州湾、长江口、太湖、沪宁铁路、沪杭甬铁路,比例尺 1: 1, 013, 760; 其二为日本与中国关系图,比例尺 1: 63, 360, 000。 **[A]**

[1711] Motorists' guide and road maps for Shanghai and district / Automobile Club of China.-- Shanghai: Beck & Swann, 1933.-- 179p.

上海及周边汽车驾驶指南与道路图 [上]

[1712] Plan of Shanghai & environs.-- [Shanghai]: Municipal Council, 1933.-- 1 map; 132 × 165cm

上海及周边图

[1713] Shanghai Catholique.-- Shanghai: Impr. de T'ou-Se-We pres Zi-Ka-Wei, 1933.-- 1 map; 76 × 51cm

上海天主教地图。本图附徐家汇、卢家湾及虹口三幅详图。比例尺 1: 23, 000。上海教区文献(Mission de Shanghai〔documents〕)。 [上] **[V]**

[1714] A new map of Shanghai / Chia-yung Soo.-- Shanghai: Jih-Sin Geographical Institute, [1934].-- 1 map; 41 × 73cm

上海新地图。又名: A new directory map of Shanghai。

[1715] Atlas de l'Humidite relative en Chine / P. Ernest Gherzi, S. J.; Observatoire de Zi-Ka-Wei. Impr.-- de T'ou-Se-We, 1934.-- 1v.

中国相对湿度地图集

[1716] Atlas thermometrique de la Chine / P. Ernest Gherzi, S. J.; Observatoire de Zi-Ka-Wei. Impr.-- de T'ou-Se-We, 1934.-- 1v.

中国温度地图集

[1717] Map of Shanghai / prepared by Asia Realty Company; this map prepared for the Shanghai Dollar Directory through the courtesy of the Asia Realty Company.-- Shanghai: Asia Realty Co., 1934.-- 1 map.

上海地图。本图包括上海的街道名录和名胜地索引。如：外滩鼎盛时期的标志性建筑——海关大厦(北纬31度14分，东经121度29分)。其他版本：1936; Shanghai: Wattis Fine Art, 1935 **[上A]**

[1718] Plan de la Concession française de Changhai / Original Map in Organisation des services de police, Concession française de Changhai.-- Shanghai: S. éd, 1934.-- 1 map; 64 × 24cm

上海法租界地图 **[V]**

[1719] Shanghai Municipal Police map: Hongkew District / Shanghai Municipal Police.-- Shanghai: [n. p.], 1934.-- 2 map; 57 × 47cm

上海工部局警务地图：虹口地区。本图是巡捕房所用虹口地区详图，标出了该区域内的每座房屋。 **[V]**

[1720] Carte des vicariats apostoliques de Shanghai et de Nanking.-- Shanghai: T'ou-Se-We Pr., 1935.-- 1 map; 57 × 43cm

上海与南京代牧区地图。上海教区文献(Mission de Shanghai〔documents〕)。其他版本：1936, 44 × 55cm **[上]**

[1721] Cartes des vicariats apostoliques de Shanghai et de Nanking.-- Shanghai: [n. p.], 1935.-- 1 map; 57 × 42cm

上海与南京代牧区地图。其他版本：1936 **[上]**

[1722] Plan of Shanghai.-- [London]: War Office, 1935.-- 1 map on 2 sheets.

上海规划图。本图反映了上海的交通、水文要素、公园、建筑群、一些重要建筑和

边远村庄。 [A]

[1723] The New map of Shanghai (1936) = Dai Shanhai shinchizu.-- [Shanghaï: n. p., 1936].-- 1 map; 60 × 90cm

《大上海新地图》

[1724] A new map of Shanghai.-- [n. p.], 1938.-- 1 map on 2 sheets; 41 × 74cm

上海新地图

[1725] Nanjing, Shanghai, Hanchow area.-- [n. p.], 1938?.-- 1 map.

南京、上海、杭州区域图 [C]

[1726] Map of Shanghai.-- [Shanghai]: Shanghai Advertisement Service[1938?].-- 1 map; 38 × 60cm

上海地图。有索引。

[1727] Shanghai tramways / Shanghai Electric Construction Co.-- Shanghai: Shanghai Electric Construction Co., [1939?].-- 1 map; 24 × 33cm

上海电车线路略图。附车站。比例尺约 1: 32, 000。 [V]

[1728] Map of Shanghai / Army & Navy Y. M. C. A., Shanghai.-- Shanghai: [n. p., 1940?].-- 1 map; 30 × 60cm

上海地图

[1729] Plan of Shanghai & Environs.-- Shanghai: North China Daily News & Herald, 1940.-- 1 map; 86 × 171cm

上海及周边地区图。比例尺 1: 16, 093。 [上][V]

[1730] Plan cadastral / Conseil d'administration municipale de la concession française de Chang-hai.-- [n. p.], 1941.-- 40 maps.

上海法租界地籍图 [V]

[1731] Cartes de la Missions de Shanghai, Panpu, Kiang-Nan, Anking, Haimen, Tche-Li (1892-1942).-- Shanghai: The Company, [n. p.].-- 1 map.

上海、蚌埠、江南、安庆、海门、直隶教会地图（1892–1942 年）。手稿。 [上]

[1732] Map of Shanghai.-- New 1941 ed.-- Shanghai: Oriental Pub. House, [1942].-- 1 map; 51 × 76cm

上海地图。外国旅游者用。

[1733] Shanghai Harbour / Shanghai Whangpoo Conservancy Board - Y. Utne Surveyor.-- [n. p.], 1942.-- 1 map; 57 × 46cm

上海港口图。比例尺 1: 30, 000。 **[V]**

[1734] China East coast: City of Shanghai / Office of Strategic Services (OSS).-- Provisional ed.-- Shanghai: [n. p.], 1944.-- 1 map; 66 × 99cm

中国东海岸: 上海市。比例尺 1: 20, 000。 **[V]**

[1735] Nanking; Shanghai.-- [Calcutta]: Survey of India, 1944.-- 2 maps on 1 sheet.

南京、上海 **[S]**

[1736] Plan of Shanghai.-- Washington, DC: Pub. at the War Office 1935; British Grid deleted and World Polyconic Grid added by Army Map Service, U. S. Army, 1944.-- 2 maps; 104 × 70cm

上海规划图。其他版本: 1945. 2 maps; 63 × 81-99cm **[C] [V]**

[1737] Shanghai / traced from various sources by G. W. Spence.-- [n. p.], 1944?.-- 1 map.

上海 **[A]**

[1738] Map of downtown Shanghai.-- [n. p.], 1945.-- 1 map.

上海市中心图。本图随为飞虎队所作指南而出版,包括公共租界中心区域,并标出了一些主要建筑的位置。 **[V]**

[1739] New map of Shanghai / Shao Cheng.-- 1st ed.-- Shanghai: East Asia Geographical Inst., 1945.-- 1 map; 53 × 76cm

最新上海地图。本图出版于 1945 年 7 月,正是 1945 年 8 月租界正式交还接收前,但法租界与公共租界已标为"特区"。比例尺 1: 24, 000。 [上] **[V]**

[1740] Shanghai Harbour: Berthing arrangement / Whangpoo Conservancy Board.-- Shanghai: Whangpoo Conservancy Board, 1948.-- 1 map; 64 × 98cm

上海港口图: 停泊安排。比例尺 1: 1, 539。 [上] **[V]**

[1741] Map of Shanghai.-- New ed.-- Shanghai: [n. p.], 1949.-- 1 sheet.

上海地图 [上]

[1742] Shanghai area.-- [Washington, DC: Central Intelligence Agency], 1972.-- 1 map; 20 × 18cm

美国中央情报局上海区域图。本图包括北到扬州、西到南京、南到金华之间的地区。比例尺约 1: 2, 000, 000。 **[C] [V]**

[1743] Downtown Shanghai. 6-73.-- [Washington, DC: Central Intelligence Agency], 1973.-- 1 map; 27 × 49cm

美国中央情报局上海市中心图。比例尺 1: 15, 100。 **[C / ACM] [V]**

[1744] Shanghai. 3-74.-- [Washington, DC: Central Intelligence Agency], 1974.-- 1 map; 37 × 33cm

美国中央情报局上海地图。比例尺 1: 75, 000。 **[C]**

[1745] China: Peking, Canton, Shanghai / Falk-Verlag in Kooperation mit Cartographia, Budapest.-- Hamburg: Falk-Verl., 1980.-- 4 maps on 1 sheet.

中国：北京、广州、上海。其他版本：1985 **[C / G]**

[1746] Downtown Shanghai.-- [Washington, DC: Central Intelligence Agency], 1980.-- 1 map; 28 × 29cm

美国中央情报局上海市中心图。比例尺约 1: 15, 000。 **[ACM] [V]**

[1747] Shanghai.-- [Washington, DC: Central Intelligence Agency], 1980.-- 1 map; 28 × 29cm

美国中央情报局上海地图。比例尺 1: 75, 000。 **[C]**

[1748] Shanghai.-- [Washington, DC: Central Intelligence Agency], 1982.-- 1 map; 95 × 80cm

美国中央情报局上海地图。附索引。比例尺 1: 30, 000。 **[ACS]**

[1749] Central Shanghai.-- [Washington, DC]: Central Intelligence Agency, 1983.-- 1 map; 89 × 108cm

美国中央情报局上海中心区图。比例尺 1: 12, 500。其他版本：1991 **[CS] [V]**

[1750] Shanghai street guide.-- [Washington, DC: Central Intelligence Agency], 1985.-- 110p.

美国中央情报局上海街道指南。比例尺 1: 30, 000，中心区放大为 1: 12, 500。

[CS]

[1751] Map of Shanghai: with information for tourists, all bilingual / T'ung yung t'u shu yu hsien kung ssu.-- Hong Kong: China Foreign Pub. Co., 1993?.-- 1 map; 58 × 86cm

《上海》。中英双语旅游地图,包括购物及城市交通信息。 [C]

[1752] Shanghai: area maps, Shanghai area 1:2, 000, 000, Pudong 1:85, 000: city plans, Shanghai 1:15, 000, Suzhou 1:22, 000, Hangzhou 1: 28, 500.-- Singapore: Periplus Editions, 1996?.-- 1 map.

上海区域地图。含全图和浦东、市中心以及苏州、杭州五个不同比例尺的地图。其他版本: 2002? [C / A]

[1753] An international travel map, Shanghai, scale 1: 20,000 / Weller Cartographic Services Ltd.-- Vancouver, BC: International Travel Maps, 1997?.-- 1 map; 66 × 82cm (折叠后24 × 11cm)

上海国际旅行图。本图别名"旅行者上海参考图"(Traveller's reference map of Shanghai),比例尺 1: 20, 000。 [C]

[1754] Atlas de Shanghai: espaces et représentations de 1849 à nos jours / Christian Henriot, Zheng Zu'an; avec la collaboration de He Cheng, Kerrie Mac Pherson, Yu Yifan; cartographie, Olivier Barge, Sébastien Caquard.-- Paris: CNRS, 1999.-- 183p.

上海地图集。包括 1849 年至今的上海历史、社会、经济等地图。 [国 GMO]

[1755] Shanghai - Stadtplan: Straßenverzeichnis.-- [Hamburg]: Falk-Verl., 1999.-- 1 map.

上海城市地图。附街道索引。

[1756] Shanghai: city map; index of streets.-- München: RV Reise- u. Verkehrsverl., 1999.-- 1 map; 85 × 64cm

上海市区图。附街道索引。 [G]

[1757] Shanghai: mit Strassenverzeichnis.-- Ostfildern: Falk-Verl., 2001.-- 1 map; 85 × 64cm

上海。附街道索引。 [G]

[1758] International travel maps, Shanghai, China / cartography by Andrew

Duggan.-- Vancouver, BC: International Travel Maps, 2005.-- 1 map.

《国际旅游地图,上海》 [G]

[1759] Shanghai touring map.-- Hong Kong: Universal Pub., 2005.-- 1 map; 56 × 87cm

《上海旅游图》。本图提供上海旅游景点的索引、上海及周边地区的地图,反面还提供其他旅游信息。 [G]

13. 图片中的上海

[1760] Shanghai Bund (photo album).-- Shanghai: Kung Tai, [n. p.].-- 1v.

上海外滩(摄影集) [国上]

[1761] Shanghai Garden: photo album.-- Shanghai: Kung Tai, [n. p.].-- 1v.

上海花园:摄影集 [上]

[1762] Shanghai Scenes.-- Shanghai: A. S. Watson, [n. p.].-- 23 photos.

上海风光 [上]

[1763] Shanghai Sketches: band coloured post cards / Paul Fischer.-- Shanghai: Festa Paper Manufacturing and Printing Co., [n. p.].-- 6 postcards.

上海素描:明信片 [上]

[1764] A general view of Shanghai, and the Wusung River.-- [n. p., between 1874 and 1881].-- 1 photographic print

上海及吴淞江全景。电子版缩小图: http: / / hdl. loc. gov / loc. pnp / cph. 3c05099 [C]

[1765] Bubbling Well Road.-- Shanghai: Bureau of Industrial & Commercial Information, 1874.-- 1 photographic print.

静安寺路。电子版缩小图: http: / / hdl. loc. gov / loc. pnp / cph. 3b08696 [C]

[1766] Chinese garden, Shanghai.-- [n. p., 1875 / 1910?].-- 1 photographic print

上海中式园林。电子版缩小图: http: / / hdl. loc. gov / loc. pnp / cph. 3b43894 [C]

[1767] The people of China, 1875-1910 (?).-- [n. p., 1875-1910?].-- ca. 125 photographs.

中国人民(1875–1910年)。本图片集反映了1875-1910年间中国人民的风貌，收录的图片含上海的景色。 [C]

[1768] Going to the derby at Shanghai / W. R.-- Chicago: Globe Encyclopedia Co., 1879.-- 1 print.

前往比赛途中。木刻版画，反映上海街头一群人或步行、或坐马车人力车、或骑马，穿过街道前去看比赛的情况。原刊载于：Harper's weekly, 1879 June 14, p.468-469. 电子版缩小图：http: / / hdl. loc. gov / loc. pnp / cph. 3c03228 [C]

[1769] Panoramic view of the Shanghai Waterfront, from the Chinese Bund up to the Yangtszepoo Creek and beyond, showing the first Customs (Joss House) etc / Kung Tai.-- [n. p.].-- 12 photos; 11 × 71 / 4 inches.

上海江岸全景图。本图包括从外滩到杨树浦之外的全景，显示了首座海关大楼（Joss House）等。摄于1880-1885年之间。

[1770] Carnivals, ca. 1890-1935.-- Shanghai: The Company, 1890-1935.-- 176 photomechanical prints; 17 × 23cm

嘉年华会(约1890–1935年)。该图片集多为明信片，收录了1890-1935年德国和世界各地嘉年华会的图片，其中也有上海外侨进行狂欢节活动的场面。 [C]

[1771] China: Kiangsu Province, Shanghai, industrial plants on Soochow Creek, with boats at a cotton mill in the foreground.-- [n. p., between 1890 and 1923].-- 1 photographic print.

上海苏州河边的工厂。前景为棉纺厂前的船。电子版缩小图：http: / / hdl. loc. gov / loc. pnp / cph. 3c16669 [C]

[1772] Views of Shanghai during the great snowfall of 1893 (jubilee year).-- Shanghai: Kelly & Walsh, 1893.-- 12 photos; 29 × 39cm

1893年上海大雪景况。又名：12 Large views of Shanghai during the Great Snowfall of 1893, showing the Malloo（Nanking Road, etc.）。照片中有南京路。 [上C]

[1773] 29 views of Shanghai / K. J. Williams, Jeweler,.-- [n. p., 1905?].-- 29 photos.

上海景观

[1774] Shanghai: its sights and scenes / 42 views by Kelly & Walsh.-- [n. p., 1905?].-- 42 photos.

上海风景

[1775] Album of photographs with title China, Singapore, Burmah, India, Aden, Suez, Egypt, Palestine, 1910-20 (?) / Frank G. Carpenter.-- [n. p., 1910-1920].-- ca. 250 photographic prints.

摄影集：中国、新加坡、缅甸、印度、亚丁、苏伊士、埃及、巴勒斯坦。弗兰克 · G. 卡彭特摄于约 1910-1920 年间。其中含有上海绵纺厂的照片。 **[C]**

[1776] Album of photographs with title China: book 2, 1915-25 (?) / Frank G. Carpenter.-- [n. p., 1915-1925].-- ca. 130 photographic prints.

摄影集：中国(第 2 册)。弗兰克 · G. 卡彭特摄于约 1915-1925 年间。其中含有上海的苦力和儿童的照片。 **[C]**

[1777] Panoramic view of the Bund in 1918 (The Old Customs with the Clock Tower).-- [n. p.].-- 49 × 73 / 4 inches.

1918 年外滩全景图(旧海关及其钟楼)

[1778] F. G. C. China photos 1924 / [Frank G. Carpenter].-- [n. p.], 1924.-- 1v. (81 photographic prints)

弗兰克 · G. 卡彭特的 1924 年中国照片。其中含上海美国领事馆照片。 **[C]**

[1779] Panoramic view of Bubbling Well Road-Nanking Road-Tibet Road in 1926.-- [n. p.].-- 50 × 71 / 2 inches.

1926 年静安寺路、南京路、西藏路全景图

[1780] Shanghai of to-day: a souvenir album of fifty Vandyck prints of "The model settlement" / introd. by O. M. Green.-- Shanghai: Kelly & Walsh, 1927.-- 15p.

今日上海：模范租界五十幅画纪念册。其他版本：1928.-- 50p. [上]

[1781] Shanghai of to-day: a souvenir album of thirty-eight Vandyke prints of the 'Model Settlement'.-- Shanghai: Kelly & Walsh, 1927.-- 1v.

今日上海：模范租界三十八幅画纪念册

[1782] Bubbling Well Road, showing Park Hotel, Shanghai, China, ca. 1930 / Stanley O. Gregory.-- [n. p.], 1930.-- 1 photo; 16. 9 × 11cm

静安寺路。本照片约摄于 1930 年，画面中有国际饭店。属于斯坦利 · O. 格里高利的“1920-1930 年中国摄影集”（Collection of photographs of China 1920-1930）。电子版：http: / / nla. gov. au / nla. pic-vn3095540 [A]

[1783] Buddhist temple, between Shanghai and Soochow, China, ca. 1930 / Stanley O. Gregory.-- [n. p.], 1930.-- 1 negative photo; 13. 6 × 8. 5cm

上海、苏州间的寺庙。本照片约摄于 1930 年。属于斯坦利 · O. 格里高利的“1920-1930 年中国摄影集”（Collection of photographs of China 1920-1930）。电子版：http: / / nla. gov. au / nla. pic-vn3095544 [A]

[1784] Shanghai of to-day: a souvenir album of fifty Vandyke Gravure prints of the 'Model Settlement'.-- 3rd ed.-- Shanghai: Kelly & Walsh, 1930.-- 1v.

今日上海：模范租界五十幅画纪念册。卜舫济为本书撰写了前言，前言之前附有照片。本书对上海租界的发展情况做了全面总结。书中对于图片本身和本书出版的目的未加说明。第一版发表于 1927 年，题名略有不同。 [国]

[1785] The Yangtze gorges in pictures and prose / A. M. Le Palud.-- Shanghai: Kelly & Walsh, [193-?].-- 56p.

扬子江口诗画 [上]

[1786] Exhibition of photographic art at the Chinese Y. M. C. A / Arthur de Carwalho.-- Shanghai: Zi-Ka-Wei, 1932.-- 1v.

中国基督教青年会摄影艺术展览 [上]

[1787] [Bird's-eye view of Shanghai, China, showing streetcars crossing bridge, and buildings in background].-- [n. p.], 1935.-- 1 photographic print.

上海鸟瞰图。照片中有轨电车正驶过桥，背景有建筑。电子版缩小图：http: / / hdl. loc. gov / loc. pnp / cph. 3c09731 [C]

[1788] [Canal with boats in foreground and buildings in background, Shanghai (?), China].-- [n. p.], 1935.-- 1 photographic print.

照片前景有船在河中，背景是建筑，估计摄于上海。电子版缩小图：http: / / hdl. loc. gov / loc. pnp / cph. 3c01230 [C]

[1789] Long service leave 25th June to 7th October 1935 / Betsy Pink.-- London: Profile Books, 1935.-- 1v.; 27 × 35. 5cm

约 195 张照片及明信片、菜单、票证等共 233 件组成，是 1935 年 6 月 25 日到 10

月7日贝茜·平客(娘家姓梅特卡夫)坐船从西澳大利亚的弗里曼特尔到澳洲各地、再到亚洲并返回的记录。在她访问的城市中有上海,其中有上海的照片。 [A]

[1790] The "New York City" of China: Asia's second largest city.-- [n. p.], 20 Marh 1936, from a photograph taken in 1935.-- 1 photographic print.

中国的"纽约":亚洲第二大城市。照片为上海金融区——外滩的繁忙街景。电子版缩小图: http: / / hdl. loc. gov / loc. pnp / cph. 3c32842 [C]

[1791] Yunnan and Shanghai, China.-- [n. p.], 1935.-- ca. 35 photographs and postcards.

云南和上海。本图片集收录了各式各样的小型明信片和印刷型照片,包括上海的街道、夜景、建筑物和纪念碑,云南拥挤的街道、城门、宝塔、铁路站点的建筑物、河道等。 [C]

[1792] [Street scene in Shanghai, French Concession, Rue du Consulat at the corner of Rue Petit].-- [n. p.], 1936, printed before 1950.-- 1 photographic print.

上海法租界街景:公馆马路、珀蒂路口。现金陵东路、江西南路口,照片上有店招。电子版缩小图: http: / / hdl. loc. gov / loc. pnp / cph. 3c13207 [C]

[1793] Comprehensive pictorial record of the first five weeks' Sino-Japanese hostilities around Shanghai, August-September, 1937.-- Shanghai: Shanghai Times, 1937.-- 54p.

上海周边中日冲突前五周实况图片集(1937年8–9月) [上]

[1794] [Bird's-eye view of Shanghai burning after being bombed by Japanese with war vessels of neutral powers anchored on the river Whangpoo in foregrd.] / photoprint by Chinese Military Pictorial Service.-- [n. p., between 1938 and 1943].-- 1 photographic print.

日本轰炸后上海鸟瞰图。照片中有空袭后的浓烟,前景中有中立国战船停泊在黄浦江中。电子版: http: / / hdl. loc. gov / loc. pnp / cph. 3b25685 [C]

[1795] Five months of war: the hostilities between Japan and China in narrative and picture / cartoons by Sapajou; photographs by the North-China Daily News studio and many other sources.-- Shanghai: North-China Daily News & Herald, 1938.-- 163p.

战争五月:中日两国敌对行动的说明与图片。白俄漫画家萨巴乔作品,反映淞沪抗战5个月中情况。书封内衬页含地图。Four months at war with new photographs and cartoons 之修订版。 [A]

[1796] Shanghai under fire: a pictorial record of Shanghai's undeclared war.-- Shanghai: Post Mercury, 1938?.-- 2v.

炮火下的上海：上海不宣而战的图片记录。《大美晚报》摄影记者摄。 [上 AC]

[1797] Shanghai, 1937-1938.-- Shanghai: [n. p.].-- 18p.

上海(1937–1938年)。相册。 [上]

[1798] Photostats of pages from a picture magazine, Freedom, issued in China by the Japanese propaganda agency.-- Shanghai: T'ou-Se-We Pr., 1942.-- ca. 100 photomechanical prints.

来自《自由》杂志的照片。收录照片来自日本宣传机构在中国发行的、以图片为主的《自由》杂志,反映了日本人占领上海、新加坡和荷属东印度群岛的情况。 [C]

[1799] Squeezing through: Shanghai sketches 1941-1945 / Pavla Eskelund & Schiff.-- Shanghai: Hwa Kuo Print, 1945.-- 44p.

上海素描(1941–1945年) [上]

[1800] Shanghai. Probably welcome rally for Chiang Kai Shek / Arthur Rothstein.-- [n. p.], 1946 Feb.-- 1 photographic print.

上海。照片内容估计为欢迎蒋介石的集会。电子版缩小图：http: / / hdl. loc. gov / loc. pnp / cph. 3c02373 [C]

[1801] Goods destined for Communist China impounded.-- [n. p.], 1947.-- 1 photographic print.

被扣留的发给中共的物资。照片内容为上海一仓库中存放的物资。电子版缩小图：http: / / hdl. loc. gov / loc. pnp / ppmsca. 09182 [C]

[1802] Communists reach Shanghai hotel.-- Shanghai: [n. p.], 1949.-- 1 photographic print.

共产主义者抵达上海的饭店。照片内容为1949年5月24日解放军占领后的国际饭店外景。电子版缩小图：http: / / hdl. loc. gov / loc. pnp / cph. 3c12147 [C]

[1803] The Chinese Peoples Republic, 1957.-- [n. p.].-- 15 col. reproductions of photos in folder; 4 × 6in.

中华人民共和国(1957年)。彩色照片集,含上海。 [C]

[1804] China graceful.-- Taipei: China Series Pub. Committee, 1959.-- 57 photographic prints; 15. 5 × 10. 5in.

优雅中国。摄影作品集,含上海外滩照片。 [C]

[1805] China gemalt: chinesische Zeitgeschichte in Bildern Friedrich Schiffs / Gerd Kaminski.-- Wien: Europa Verlag, 1983.-- 168p.

绘画中国:弗里德里希 · 希夫画中的当代中国史。本书为弗里德里希 · 希夫(又名:许福,1908-1968)漫画集。希夫是奥地利出生的犹太人,1930 年移居上海、1947 年返回奥地利。他是当时上海主要漫画家之一。 [C]

[1806] Views of Shanghai, China / Jérôme de Perlinghi.-- Paris: Catleya Ed., 1985-2000.-- 37 photographic prints.

中国上海印象。本画册反映了上海的居民及其日常生活。包括上海的住宅、居家生活、工人的画像、拥挤的交通、自行车人流、商店橱窗、建筑和城市发展、商业大厦和街道(包括南京路),还有黄浦江及上海的港口。 [C]

[1807] Shanghai / text by Ian Findlay; photography by Wang Gang Feng... [et al.].-- London: Harrap Columbus, 1988.-- 79p.

上海 [国 O]

[1808] Wir fuhren nach Rio, Shanghai und New York: Segelschiffe und Dampfer auf alten Postkarten.-- Bremerhaven: Förderverein Dt. Schiffahrtsmuseum, 1988?.-- 12p.

我们驶向里约、上海和纽约:旧明信片上的帆船与蒸汽船

[1809] Bucher's Shanghai / photos: Peter Schicht; text: Peter Hinze.-- München: Bucher, 1989.-- 55p.

上海 [G]

[1810] Shanghai 1949: the end of an era / photographs by Sam Tata; introd. by Ian McLachlan.-- New York: New Amsterdam, 1989.-- 143p.

上海 1949,一个时代的结束。本相册作者塞姆 · 塔塔(1911-2005)生于上海,相片摄于 1949 年 5 月初至 8 月,正好跨越 5 月 24 日这个对上海人来说天翻地覆的日子,描绘了这个街巷拥挤的多种族城市。导言回顾了 1945-1949 年中国国内战争历史,着重介绍了当时上海的重大事件。 [国上 AO]

[1811] China: Shanghai und der Süden: China-Punk: Kantons neue Wilde; Shanghai swingt: Asiens eleganteste Stadt; Sexmuffel: die Pandas von Wolong / Red. dieser Ausg.: Florian Hanig.-- Hamburg: Hoffmann u. Campe, 1996.-- 130p.

中国：上海和南方；上海：亚洲最优雅的城市 [国 G]

[1812] Holzschnitte = 木刻集 = woodcuts: Shanghai 1940-1949 / David Ludwig Bloch; hrsg. von Barbara Hoster, Roman Malek und Katharina Wenzel-Teuber.-- Nettetal: Steyler Verl., 1997.-- 199p.

木刻集：上海(1940–1949年)。本书为犹太艺术家戴维·路德维希·布洛赫的作品集，布洛赫1940-1949年间侨居上海，其作品反映了当时的上海风貌，刻画了40年代的上海日常生活。 [C]

[1813] Shanghai / Fotogr. Kai Ulrich Müller.-- Text Bettina Winterfeld.-- München: Bucher, 1997.-- 72p.

上海

[1814] Eternal Shanghai: through the centuries / text and captions by Jean-François Danis; photographs by Greg Somerville.-- Paris: ASA Editions, 1998.-- 96p.

永恒上海：世纪之交。同时出版法文版：Shanghaï éternelle: d'un siècle à l'autre / texte et légendes de Jean-François Danis; photogr. de Greg Somerville. [国]

[1815] Historic photographs of Shanghai, Hong Kong & Macao: an exhibition and sale at The Museum Annex... Hong Kong, 12 April 1999-17 April 1999 / Dennis George Crow.-- London: Dennis George Crow, 1999.-- 63p.

上海、香港、澳门历史照片集。本画册为1999年4月12-17日在香港医学博物馆别馆展出并出售的照片集。 [O]

[1816] Shanghai / Ferit Kuyas, Edy Brunner, Marco Paoluzzo; Vorw. von Urs Morf. Einf.-- Wang Anyi; [Übers. aus dem Chines. : Thomas Baumgartner. Übers. aus dem Dt. : Hu Jing]. Zürich: Edition Stemmle, 1999.-- 132p.

上海。摄影集。中德双语。 [国]

[1817] Rencontres à Shanghai / Jean-Pierre Cousin.-- Paris: Europia, 2000.-- 24p.

相会在上海

[1818] Shanghai / Jérôme de Perlinghi; texte de Gérard Lefort.-- Paris: Catleya Ed., 2000.-- 147p.

上海 **[国]**

[1819] Shanghai / Erhard Pansegrau, Angelika Viets.-- Luzern, Switzerland: Reich, 2001.-- 178p.

上海 **[G]**

[1820] In den Strassen von Shanghai: chinesisches und westliches Leben in Fotografien, 1910-1930 / Barbara Nafzger, Beatrice Kümin.-- Zürich: Völkerkundemuseum der Universität, 2002.-- 135p.

上海的马路: 照片中的中西生活(1910–1930年)。展览目录,2002年10月31日至2003年3月30日展出于苏黎世大学民俗博物馆。

[1821] Shanghai odyssey / Homer Sykes.-- Stockport: Dewi Lewis, 2002.-- [160] p.

上海冒险之旅 **[OS]**

[1822] Shanghai, 1849-1946: la concession française: chronique photographique / Christine Cornet; préface de Raymond Barre; direction artistique Alain Scheibli.-- Saint Paul de Varax: Scheibli Ed., 2002.-- 127p.

上海法租界照片编年史(1849–1946年) **[O]**

[1823] Assignment, Shanghai: photographs on the eve of revolution / photographs by Jack Birns; ed. by Carolyn Wakeman and Ken Light; with a foreword by Orville Schell.-- Berkeley, CA: Univ. of California Pr., 2003.-- 130p.

上海: 内战结束前夕的照片。本书照片是美国《生活》杂志记者杰克·伯恩斯在极其困难和危险的情况下拍摄的,大部分摄自上海,包括中国内战时期的难民、乞丐、儿童、妓女、士兵以及贫富悬殊的生活、街头的行刑和市民的反抗,它们以静态的视角记录了一个时代的转折。杰克·伯恩斯灵活地运用自己的镜头,将当时的许多场景聚焦在我们面前: 都市贫民不同程度的窘境; 种种天下太平假象的崩溃; 对所谓"疑匪"进行残酷镇压、恣意滥杀的暴行; 外国人的特权与中国人毫无人权可言的强烈反差等等。中译本: 内战结束的前夜: 美国《生活》杂志记者镜头下的中国 /(美)杰克·伯恩斯摄影,吴呵融译 .-- 广西师范大学出版社,2005 **[国 ACGMO]**

[1824] Demain Shanghai = Shanghai tomorrow = 上海 / [photographies] Marc Riboud; préface de Caroline Puel; calligraphies de Feng Xiao-Min.-- Paris: Delpire, 2003.-- 159p.

上海明天。正文为法文、英文、中文。 **[C]**

[1825] Shanghai / Bettina Rheims, Serge Bramly.-- Paris: Robert Laffont, 2003.-- 246p.

《上海》。妇女肖像集。英译本: New York: PowerHouse Books, 2004. 德译本: Aus dem Franz. von Holger Fock.-- Göttingen: Steidl, 2004 [国/C/G]

[1826] Shanghai, 1911-1949: Photographies du musée d'histoire de Shanghai: musée Carnavalet 10 décembre 2003-7 mars 2004.-- Suilly-la-Tour: Findakly, 2003.-- 125p.

上海(1911–1949年)。本书内容为上海市历史博物馆2003年12月10日至2004年3月7日在巴黎卡纳瓦莱博物馆的展览。 [CM]

[1827] Cyril Kobler: Shanghai recomposé: photographies: exposition, Galerie Anton Meier, Genève, septembre - octobre 2004; Shanghai suite Teo Jakob Tagliabue, Genève-Carouge, octobre - novembre 2004.-- Genève: Galerie Anton Meier, 2004.-- 1v.

上海重排。西里尔·科布勒照片展,2004年9-10月展出于日内瓦安东·迈耶画廊。

[1828] Shanghai imaginaire: 15 artistes: [exposition], Anton Meier Galerie, 6 novembre 2004 - 22 janvier 2005.-- Genéve: Galerie Anton Meier, 2004.-- 1v.

上海想象: 15位艺术家展。2004年11月6日-2005年1月22日展出于日内瓦安东·迈耶画廊。

[1829] Mythos Shanghai / Erich Follath, Karl Johaentges.-- München: Coll. Rolf Heyne, 2005.-- 383p.

上海的神话 [国G]

[1830] Shanghai à la française / Jean-Michel Piar.-- Nice: Serre, 2005.-- 191p.

《上海》。本书为有关法国人在上海的画册。 [国]

[1831] Shanghai century / Arthur Hacker.-- Hong Kong: Wattis Fine Art, 2005.-- 95p.

上海世纪 [O]

[1832] Uncensored scenes / Peter Xia.-- Pyrmont, NSW: Citymoments, 2005.-- 1v.

未经审查的场景。本画册含上海内容。 [A]

14. 其他

[1833] The Besant.-- Shanghai: Besant, [n. p.].-- 1v.

培成 [上]

[1834] The last cruise of the Shanghai: being the story of the teakwood boat over the Viking trail / F. De Witt Wells...; illus. by Philip Kappel.-- New York: Minton, Balch & Co., 1925.-- 244p.

"上海"号双桅船的最后巡航 **[CO]**

[1835] Kämpfende Jugend von Berlin bis Schanghai / Fritz Heckert.-- Berlin: Verl. Betrieb u. Gewerkschaft, 1931?.-- 31p.

从柏林到上海的奋斗青年

[1836] Schanghai: Schausp. in 10 Bildern / Hermann Gilbert.-- [Leipzig]: H. Gilbert, 1932.-- 59p.

上海

[1837] The Shanghai Evergreen, 1948.-- Shanghai: Univ. of Shanghai, 1948.-- 1v.

[上]

[1838] Silberstern. Nr. 45, Im "Blauen Kakadu" in Schanghai / Sandra Brugger.-- Stuttgart: Oncken, 1955.-- 15p.

[1839] Letzte Adresse: Schanghai / Louis Daché, Hans-Georg Noack.-- Bamberg: Bayer. Verl. -Anst., 1956.-- 170p.

最后地址: 上海

[1840] Herz im Koffer: unterwegs von Schanghai nach Seattle / Dagmar Faber.-- 2. Aufl.-- Freiburg: Herder, 1965.-- 239p.

心在手提箱: 从上海到西雅图。其他版本: 3. Aufl.-- 1967

[1841] Geheim-Auftrag für John Drake. 151, Der Satan kassiert in Shanghai.-- Köln: Marken, 1966.-- 64p.

约翰 · 德雷克的秘密使命, 第 151 号

[1842] Shanghai / Pierre Franchini.-- Paris: Olivier Orban, 1980.-- 1v.

上海

[1843] Shanghai.-- [Hong Kong]: Hongkong and Shanghai Banking Corp., 1983.-- 28p.

上海 [M]

[1844] Abrechnung in Shanghai: im Banne von Shanghai.-- Stuttgart: Wiedleroither, 1984.-- [8]p.

在上海结算

[1845] Shanghai / K. Kenihan, Geoff Kenihan, N. Bliss.-- TP Books, 1989.-- 197p.

上海

[1846] Shanghai / W. E. B. Griffin.-- Bergisch Gladbach: Lübbe Verl., 1991.-- 414p.

上海

[1847] Hong Kong, Shanghai, Beijing: triangle d'or ou miroir aux alouettes? / Jean-Philippe Arm.-- Trélex: Fondation pour une 6e Suisse responsable, 1996.-- 31p.

香港、上海、北京：金三角或虚幻的镜像？ 德文版：Hongkong, Shanghai, Beijing: goldenes Dreieck oder falscher Schein?.-- Trélex: Stiftung für eine verantwortliche Sechste Schweiz, 1996.-- 31p.

[1848] Die modernen Abenteurer: am Fallschirm in die Tiefe, als Arzt in den Krieg, mit Laptop nach Schanghai: warum Erfolgsmenschen mit dem Schicksal spielen.-- Hamburg: Spiegel-Verl., 2000.-- 146p.

现代冒险家

[1849] Shanghai.-- Hamburg: Jahreszeiten-Verl., 2003.-- 134p. & 1 Kt.

上海

[1850] Shanghai: Récit / Catherine de Bourboulon.-- Paris: Magellan & cie; Géo, 2004.-- 77p.

上海

附．文学艺术作品

[1851] Maskee, a Shanghai sketchbook / Schiff.-- Shanghai: North-China Daily News, [n. p.].-- 1v.

上海漫画集 [上]

[1852] Rotary club songs.-- Shanghai: Rotary International, [n. p.].-- 81p.

国际扶轮社歌曲集 [上]

[1853] Shanghai [Spiel]: Deals, Tips und die geheimnisvolle Dschunke; ab 12 Jahre / autor, Sid Sackson; illus., Klaus Albrecht...-- Ravensburg: Ravensburger Spieleverl, [n. p.].-- 1 spiel

上海:交易,特别情报以及神秘的海洛因。戏剧。

[1854] Shanghai torch song book.-- Shanghai: [n. p.].-- 35p.

上海火炬歌集 [上]

[1855] Eurasia: a tale of Shanghai life / William A. Rivers.-- Shanghai: Kelly & Walsh, 1907.-- 263p.

欧亚大陆:上海生活纪事。小说。其他版本:1927.-- 165p.(署作者真名:Veronica and Paul King) [C/上]

[1856] Crooked streets / a Paramount-Artcraft picture; directed by Paul Powell; Jesse L. Lasky presents; photoplay by Edith Kennedy.-- United States: Famous Players-Lasky, 1920.-- 5 reels of 5 (4541 ft.)

曲折的街道。以上海为背景,反映鸦片、古董、女警、特工的美国电影。 [A]

[1857] Small me: a story of Shanghai life / S. P. R. de Rodyenko.-- New York: James A. McCann Co., 1922.-- 217p.

上海生活故事。小说。 [C]

[1858] The Shanghai gesture: a play / John Colton.-- New York: Boni & Liveright, 1926.-- 256p.

海派。戏剧。 [上]

[1859] Ce qui ne s'avoue pas, même à Shanghaï, ville de plaisirs: roman / G. Soulié de Morant.-- Paris: Ernest Flammarion, 1927.-- 248p.

不承认上海是座玩乐的城市。小说。 [上]

[1860] Shanghai stories / members of the Short Story Club, Shanghai.-- Shanghai: Kelly & Walsh, 1927.-- 2v.

上海故事。小说。 [O]

[1861] Shanghai Jim / Frank L. Packard.-- Garden City, NY: Pub. for the Crime Club by Doubleday, Doran, 1928.-- 374p.

上海吉姆。侦探小说。 [C]

[1862] The flutes of Shanghai / Louise Jordan Miln.-- New York: Frederick A. Stokes Co., 1928.-- 356p.

沪笛。小说。其他版本：London: Hodder and Stoughton, 1928.-- 312p. [上 C]

[1863] Flucht nach Schanghai, schauspiel in fünf Bildern ... / Werner Ackermann.-- Berlin: Vertriebstelle des Verbandes deutscher bühnenschriftsteller und Bühnenkomponisten, 1929.-- 85p.

逃到上海。戏剧。

[1864] Shanghai nights / Tasman Ile [pseud., i. e. Alan Palamountain].-- [Shanghaï]: Alan Palamountain, 1929.-- 278p.

上海之夜。本书是一本描写旧上海生活的小说，全书共30章。作者自己在中国印刷出版。 [上 C]

[1865] Schrecken über Schanghai: Kriminalroman / Franz Roswalt.-- Berlin: Eden-Verl., 1930.-- 158p.

上海恐怖。侦探小说。

[1866] Shanghai / Marcel E. Grancher.-- Paris: Babelais, 1930.-- 328p.

上海。小说。其他版本：1938.-- 252p.; 1945.-- 287p. [上]

[1867] Shanghai, a play in one act ... / W. Stuckes.-- London; New York: S. French, 1930.-- 20p.

上海。独幕戏剧。属于丛书：French's acting edition; no. 1973

[1868] Some of his recent cartoons of fact and fantasy in Shanghai / Sapajou.-- Shanghai: North-China Daily News, 1931-32.-- 79p.

漫画上海。白俄漫画家萨巴乔作品。 [上]

[1869] Celestial conceits: Shanghai, The North-China Daily News, 1931-32 / Sapajou.-- [n. p.].-- 34p.

想入非非。上海讽刺漫画集，白俄漫画家萨巴乔作品。原载《字林西报》1931-

1932年。 [上]

[1870] Durandeau de Shanghaï et quelques autres: roman / Puisné Landais.-- [Paris]: Paris-Éd., 1932.-- 250p.

小说。

[1871] Schanghai: Roman / Sergej Alymow.-- Berlin: Büchergilde Gutenberg, 1932.-- 207p.

上海。小说。其他题名: Nanking-Road [上G]

[1872] Shanghai Express / Harry Hervey, Jules Furthman.-- United States: Paramount Publix Corporation, 1932.-- 2 film reels (82 min.)

上海特快。美国派拉蒙公司电影。日译本: 上海特急: 北京から上海へ恋と陰謀がひた走る / 藤井基精訳注 .-- 東京: 南雲堂, 1983 (英和対訳映画文庫 4)

[1873] La condition humaine / Andre Malraux.-- Paris: Gallimard, 1933.-- 402p.

《人的境遇》。小说以一九二七年三月上海工人起义为背景,描写了蒋介石和中国共产党人的冲突。此书是作者的一部杰作,曾获龚古尔文学奖,并被列入"二十世纪的经典著作"。英语题名: Man's fate。有数以百计的版本。日译本: 上海の嵐: 人間の条件 / アンドレ·マルロオ著, 小松清、新庄嘉章訳 .-- 東京: 改造社, 1938; 復刻版: 東京: 本の友社, 2002; 中译本:(法)马尔罗著, 丁世中译 .-- 北京: 外国文学出版社, 1998

[1874] The Shanghai Bund murders / F. van Wyck Mason.-- Garden City, NY: Pub. for the Crime Club by Doubleday, Doran, 1933.-- 298p.

上海外滩谋杀案。以情报官休·诺思(Hugh North)为主角的侦探小说。法译本: L'Affaire du Bund de Shanghaï: une aventure du Capitaine North / trad. par Alphonse Marsan.-- [Montréal]: Les Éditions Moderne limitée, 1944.-- 236p. [C]

[1875] Erwin in Schanghai: Eine Geschichte aus Chinas Unruhtagen / Komakichi Nohara.-- Leipzig: Franz Schneider, 1934.-- 112p.

欧文在上海: 中国动荡期的故事

[1876] Shanghai days and nights, rimes / "Tug"; illus. by Forrest Prendergast.-- Shanghai: Willow Pattern Pr., 1934.-- 82p.

上海的日夜。诗集。 [上]

[1877] Storm in Shanghai / Andre Malraux; tr. from the French by Alastair MacDonald.-- London: Methuen, 1934.-- 348p.

上海暴风雨。小说。 [上]

[1878] Out from Shanghai / Sydney M. Parkman.-- New York: Harper & Brothers, 1935.-- 299p.

从上海出走。小说。 [上C]

[1879] Shanghai deadline: a novel / La Selle Gilman.-- 1st ed.-- New York: Dodge, 1936.-- 273p.

上海大限。小说。其他版本: London, 1937 [上C/OS]

[1880] Von New York bis Schanghai: Eine polit. Revue gegen d. imperialist. Krieg / Friedrich Wolf.-- Engels: Dt. Staatsverl., 1936.-- 147p.

从纽约到上海。表现反对帝国主义战争的政治讽刺剧。其他版本: Berlin: Aufbau-Verlag, 1965

[1881] Daughter of Shanghai / Paramount Pictures, Inc.; director, Robert Florey; screenplay, Gladys Unger, Garnett Weston.-- United States: Paramount Pictures, 1937.-- 7 reels.

上海的女儿。美国派拉蒙公司电影。 [C]

[1882] Die Entscheidung fçllt in Shanghai: Roman / Walter Persich.-- Leipzig: Payne, 1937.-- 253p.

决定在上海。小说。

[1883] Shanghai / Edmund Barclay.-- Sydney: Angus & Robertson, 1937.-- 281p.

上海。小说。 [AC]

[1884] Shanghai lullaby / Valentine Clemow.-- London: Hurst & Blackett, 1937.-- 1v.

上海摇篮曲。小说。 [C]

[1885] The adventures of Jungle Jim.-- [n. p.], 1937.-- 1 sound tape reel (15 min.)

从林吉姆冒险记。广播戏剧。 [C]

[1886] Auf Wiedersehen in Schanghai!: Roman / Otto Mielke.-- Hamburg: Hans Müller, 1938.-- 271p.

重逢在上海。小说。

[1887] Das Mädchen von Schanghai: Roman / Ernst Adolf Birkhäuser.-- Leipzig: F. W. Grunow, 1938.-- 262p.

来自上海的女孩。小说。

[1888] Der Teufel von Schanghai: Abenteuerroman / Friedel Loeff.-- Leipzig: Rothbarth, 1938.-- 237p.

上海魔鬼。探险小说。

[1889] If I die before I wake / Sherwood King.-- New York: Simon and Schuster, 1938.-- 309p.

如果我在醒来前死去。神秘小说。其他版本: New York, N. Y. : Ace Books, 1938. 法译本: La dame de Shanghaï. Paris: Christian Bourgois, 1983(来自上海的女人)

[1890] Abenteuer in Schanghai: Kriminal-Roman / Carl Otto Windecker.-- Berlin: Aufwärts-Verl., 1939.-- 96p.

上海冒险。侦探小说。

[1891] Der letzte Zug nach Schanghai: Ein Roman aus kriegerischer Zeit / Walter Persich.-- Berlin: Zeitschriftenverl., 1939.-- 252p.

开往上海的末班车。战时小说。

[1892] Hotel Shanghai: Roman / Vicki Baum.-- Amsterdam: Querido Verl., 1939.-- 691p.

上海大饭店。小说。其他版本: Eduard Kaiser Verlag, 1939。后不断重版,并被译成多种语言。美国版: Shanghai '37. Doubleday, Doran & Co., 1939 (上海 1937); 英国版: Nanking road. London: G. Bles, 1939 (南京路); 日译本: 上海ホテル / 葦田坦訳 .-- 東京: 改造社, 1939; 山崎晴一訳 .-- 東京: 新人社, 1950

[1893] Shanghai: poems / P. R. Kaikini.-- Bombay: New Book Co., 1939.-- 63p.

上海。诗集。 [C]

[1894] Shanghai picture-verse / Patricia Allan.-- Shanghai: Mercury Pr., 1939.-- 61p.

上海诗画。其他版本: Shanghai: Kelly & Walsh, 1940.-- 61p. [上]

[1895] Un vol à Shanghaï: roman d'aventures inédit / Paul Dargens.-- Paris: Ed.

du Livre moderne, 1941.-- 32p.

上海飞行。冒险小说。

[1896] Final notice: a Shanghai emergency sketchbook / Schiff.-- [Shanghai: Schiff, 1942?].-- [16]p. of plates

最后通告：上海非常时刻写生簿。漫画。 **[A]**

[1897] Shanghai life.-- Shanghai: Shanghai Cartoonist Club, 1942.-- 56p.

上海生活。英美讽刺漫画。 [上]

[1898] Lune de miel à Shanghai / Maurice Dekobra.-- New York: Brentano's, 1943.-- 360p.

上海蜜月。小说。英译本：Shanghai honeymoon.-- New York: Philosophical Library, 1946; Honeymoon in Shanghai.-- London, T. W. Laurie, 1947 **[C]**

[1899] Shanghai romance / Henry Francis Misselwitz.-- New York: Harbinger House, 1943.-- 127p.

上海浪漫史。小说。 **[C]**

[1900] Der Gast aus Schanghai: Kriminalroman / Günther E. Heinecke.-- Berlin: Deutsche Buchvertriebs- u. Verl. -Ges., 1947.-- 256p.

来自上海的客人。侦探小说。其他版本：1948.-- 283p.

[1901] Nächte in Shanghai: Operette in 3 Akten: Regiebuch / Leo Lenz.-- Berlin: Edition Corso, 1947.-- 98p.

夜上海。三幕戏剧。

[1902] Zobel von Shanghai: Komödie in 4 Akten u. 2 Schauplätzen / Maria Piper.-- Hamburg: Toth, 1947.-- 109p.

上海的佐贝尔。四幕两场喜剧。

[1903] Liberté des mers, suivi de Écrits à Shanghai: poèmes / Louis Brauquier.-- [Paris]: Gallimard, 1950.-- 123p.

海上自由(上海作品系列)。诗集。

[1904] Fremde Frau in Shanghai: Roman / Sophie Hartmann.-- Rosenheim: Meister, 1951.-- 255p.

上海的陌生女人。小说。另有多个版本。

[1905] In den Kellern von Schanghai: Kriminalroman / Conny Delbos.-- Wien: Cermak, 1951.-- 34p.

在上海地窖中。侦探小说。

[1906] Die gelbe Bestie: Eine Agentin stellt den "Tiger v. Schanghai": Ein Kriminalroman / Paul Ernest.-- Bergisch Gladbach: Bastei-Verl., 1953.-- 66p.

黄色的野兽：一个阿根廷女人捕获"上海的老虎"。侦探小说。其他版本：Der Tiger von Shanghai. Rastatt.-- Baden: Zauberkreis-Verl., [1953].

[1907] Der Tiger von Schanghai: Kriminalroman / Paul Ernest.-- Papenburg: Goldring-Verl., 1954.-- 286p.

上海之虎。侦探小说。

[1908] Renate und Bill in Schanghai / Ursula Melchers.-- Köln: Schaffstein, 1955.-- 110p.

雷娜特和比尔在上海。其他版本：1956

[1909] Shanghai Flame / Sid Fleischman.-- New York: Fawcett Pub., 1955.-- 160p.

上海火焰。小说。德译本：Begegnung in Shanghai: [Spionage-]Roman. München: Heyne, 1961 **[C]**

[1910] Shanghai incident / Stephen D. Becker.-- New York: Fawcett Pub., 1955.-- 158p.

上海事件。小说。 **[C]**

[1911] Shanghai-Poker: Kriminalroman / A. A. Ray.-- Zürich: Lugana-Verl., 1955.-- 255p.

上海扑克。侦探小说。

[1912] Zwischen Frisco und Shanghai: Kriminal-Roman / J. E. Wells.-- Balve, Westf.: Hönne-Verl., 1955.-- 270p.

旧金山与上海之间。侦探小说。

[1913] Der Feigling aus Schanghai: Inspektor Douglas. Kriminalroman / G. E. Smith.-- Nürnberg: Liebel, 1956.-- 254p.

上海懦夫：督察道格拉斯。侦探小说。

[1914] Flucht aus Schanghai: Roman / Henrik Heller [pseud., i. e. Anna Heller].-- Bayreuth: Hestia-Verl., 1956.-- 238p.

逃离上海。小说。

[1915] Entführt in Schanghai / Joe Lederer.-- Reutlingen: Ensslin & Laiblin, 1958.-- 136p.

在上海被绑架。作者为奥地利记者与作家,1934-1935 年间曾在上海居住。

[1916] Das Girl von Shanghai: Roman / Max L. Berges; Hansheinz Werner.-- Rosenheim: Meister, 1959.-- 287p.

上海女孩。小说。译自英语：The Trial or Tanya Semonowa

[1917] The Shanghai item / Mona Gardner.-- Garden City, NY: Doubleday, 1959.-- 310p.

上海条款。小说。其他版本：London: A. Redman, 1960 **[C / OS]**

[1918] Schanghai ist viel zu weit: Erzählungen / Rudolf Braunburg.-- Hamburg: M. v. Schröder, 1963.-- 255p.

上海太遥远

[1919] Opa Schanghai / Dieter Gasper, Marie-Luise Lemke-Pricken.-- Gütersloh: Sigbert Mohn Verl., 1964.-- [31]p.

上海爷爷。儿童故事。

[1920] Prisoners, Shanghai 1936 / Rewi Alley.-- Christchurch, New Zealand: Caxton Pr., 1973.-- 58p.

囚犯,上海 1936。历史小说。 **[国 AC]**

[1921] Quin's Shanghai circus / Edward Whittemore.-- New York: Holt, Rinehart and Winston, 1974.-- 291p.

[C]

[1922] Destination Singapore: from Shanghai to Singapore / Lim Thean Soo.-- Singapore: Pan Pacific Book Distributors, 1976.-- 176p.

目的地新加坡：从上海到新加坡。小说。 **[C]**

[1923] A tale of three cities: Canton, Shanghai & Hong Kong: three centuries of Sino-British trade in the decorative arts / David S. Howard; with contributions by Richard Ashton... [et al.]; foreword by Doughas Hurd; sponsored by NatWest Markets & Sotheby's Institute.-- [London]: Sotheby's, [1977].-- 272p.

三城记：广州、上海和香港：装饰艺术展现三个世纪的中英贸易。装饰艺术展览目录。 **[OS]**

[1924] Ching-a-ring-a-ring-ching, or, Three Victorian sisters in Shanghai / Alice Berry-Hart.-- London: Collings, 1977.-- 484p.

维多利亚三姐妹在上海。历史小说。 **[CO]**

[1925] S. A. S., Shanghai Express / Gérard de Villiers.-- Paris: Plon, 1979.-- 250p.

上海特快。小说。

[1926] Shanghai: a novel / William Marshall.-- New York: Holt, Rinehart and Winston, 1979.-- 225p.

上海。战争小说。 **[国上 CO]**

[1927] Deliverance in Shanghai / Jerome Agel, Eugene Boe.-- New York: Dembner Books, 1983.-- 361p.

拯救在上海。反映抗日战争时期上海犹太人的小说。 **[国]**

[1928] The immortals: a novel of Shanghai / Natasha Peters.-- New York: Fawcett Columbine, 1983.-- 437p.

不朽者。历史小说。 **[C]**

[1929] Empire of the sun / J. G. Ballard.-- London: V. Gollancz, 1984.-- 278p.

太阳帝国。反映第二次世界大战时期上海的小说。续：The kindness of women。其他版本：New York: and Schuster, 1984。并多次重版。 **[ACGO / 国]**

[1930] Faraday's flowers / Tony Kenrick.-- Garden City, NY: Doubleday, 1985.-- 231p.

法拉第之花。侦探小说。有多个版本。其他题名：Shanghai Surprise.-- New York, NY: Penguin Books, 1986（上海惊情）. 德译本：Shanghai Surprise: [Roman].-- Bergisch Gladbach: Lübbe, 1987. 日译本：上海サプライズ / 上田公子訳 .-- 東京：角川書店 ,1986 **[AC / OS]**

[1931] Shanghai / Christopher New.-- London: Futura, 1985.-- 760p.

上海。反映中国上海和英国20世纪历史的小说。德译本：Shanghai: Roman / aus dem Englischen ubersetzt von Ute Reuter & Edith Walter.-- Zurich: Diana Verl., 1986. 均有不同出版社多个版本。日译本：上海/長堀祐造〔ほか〕訳.-- 東京：平凡社，1991 **[国O/上G]**

[1932] Shanghai skipper / Tito Topin.-- Paris: Gallimard, 1985.-- 185p.

上海船长。小说。

[1933] 110 Shanghai Road / Monica Highland.-- New York: McGraw-Hill, 1986.-- 462p.

上海路110号。历史冒险小说。法译本：La belle de Shanghai: roman.-- [Pointe-Claire]: Laffont Canada, impression, 1988.-- 424p.

[1934] Rachel's chance: a novel / Peter Kohn.-- Hawthorn, Vic. : Hudson Pub., 1987.-- 215p.

雷切尔的机会。反映抗日战争时期上海犹太人的小说。 **[AM]**

[1935] Shanghaï - Lyon et retour: lianhuan manhua / Philippe Videlier, Gilbert Viailly.-- Lyon: Mezcal, 1987.-- 1v.

上海－里昂往返。连环漫画。

[1936] Shanghai 1931: Polit-Thriller / John Gardner.-- Bergisch Gladbach: Bastei-Verl. Lübbe, 1987.-- 317p.

上海1931。政治惊悚小说。

[1937] Dunkelziffer: Kriminalroman um eine Männerfreundschaft / Dimitris Papakonstantinou.-- Orig-Ausg.-- Reinbek bei Hamburg: Rowohlt, 1988.-- 182p.

犯罪黑数。反映男人之间友谊的侦探小说。

[1938] Empire of the sun / Amblin Entertainment; directed by Steven Spielberg; produced by Steven Spielberg, Kathleen Kennedy, Frank Marshall; screenplay by Tom Stoppard.-- United States: Warner Home Video, 1988.-- 16 reels of 16 on 8 (13735 ft.)

太阳帝国。反映第二次世界大战时期上海的电影。 **[C]**

[1939] Schanghait: Roman / André Le Gal.-- Stuttgart: Edition Weitbrecht, 1989.-- 550p.

上海。小说。书中附有39幅照片和地图。

[1940] Sturm über Schanghai: Roman / Robert S. Elegant; Dt. v. Alfred Hans.-- Reinbek bei Hamburg: Rowohlt, 1989.-- 812p.

攻击上海。小说。有重版。

[1941] Shanghai / ein Film von Jürgen Boettcher.-- Köln: DuMont, 1990.-- 1 Videokappetts [VHp] (45 min.)

上海。上海艺术指南录像带。 **[G]**

[1942] Shanghai noon / directed by Tom Dey; written by Alfren Gough and Miles Millar; produced by Roger Birnbaum … [et al.].-- Widescreen ed.-- [U. S. A.]: Buena Vista Home Entertainment, Inc., 199-.-- 1 DVD (110 min.)

上海正午。喜剧故事片。有多种版本。 **[上]**

[1943] Der Schanghai-Diamant: Roman / Barbara J. Rockliff; Einzig berecht. Übers. aus d. Engl. von Jürgen Bavendam.-- Shanghai: Bank of China, 1992.-- 382p.

上海钻石。小说。译自英语。其他版本: Bergisch Gladbach: Bastei Lübbe, 1994

[1944] Tochter der Morgenröte: Roman / Robert L. Duncan.-- Bergisch Gladbach: Lübbe Verl., 1992.-- 863p.

黎明的女儿。小说。

[1945] Die tödliche Lady aus Shanghai: Westernroman / Jack Slade.-- Bergisch Gladbach: Bastei Lübbe, 1993.-- 174p.

来自上海的致命夫人。小说。

[1946] The house of memory: a novel of Shanghai / Nicholas R. Clifford.-- New York: Ballantine Books, 1994.-- 343p.

记忆之家。历史小说。德译本: Verschollen in Shanghai: Roman / Aus dem Amerikan. von Rosemarie Bosshard.-- Wien: Europaverl., 1995; Frankfurt: Fischer-Taschenbuch-Verl., 1997 **[CG]**

[1947] After Shanghai / Alison McLeay.-- London: Macmillan, 1995.-- 418p.

上海之后。小说。其他版本: New York: St. Martin's Pr., 1996. 法译本: Après Shanghai / trad. de l'anglais par Roxane Azimi.-- Paris: Belfond, 1997. 德译本: Abschied vom Tal der Pfirsichblüten: Roman / Aus dem Engl. von Gwynneth und Peter Hochsieder.-- München: Lichtenberg, 1999; München: Droemer Knaur, 2000 **[国 / C / G]**

[1948] Aufbruch in Shanghai oder Geister können nicht um Kurven laufen: Roman / Heinrich Peuckmann.-- München: Tabu-Verl., 1995.-- 159p.

上海的觉醒,或者鬼魂不能走曲线。小说。

[1949] Der Zauber von Shanghai / Juan Marsé; Aus dem Span.-- von Hans-Joachim Hartstein.-- Baden-Baden: Elster-Verl., 1995.-- 245p.

上海幻梦。小说。多次重版。译自西班牙语: El embrujo de Shanghai. 原小说改编的同名电影曾风靡一时。 **[G]**

[1950] Katherine / Anchee Min.-- New York: Riverhead Books, 1995.-- 241p.

凯瑟琳。反映一位美国教师在上海的小说。其他版本: London: Penguin, 1996. 德译本: Land meines Herzens: Roman / Dt. von Heidi Lichtblau.-- München: Bertelsmann, 1996. 另有多个版本。 **[CO / S / G]**

[1951] Shanghai: Grobe Momente; vier Spiele mit einander zuzuordnenden Spielsteinen / Produzenten: Tom Sloper.-- Kelsterbach: Activision, 1995.-- 1 CD-ROM

上海:粗糙的时刻。四部戏剧。

[1952] "Die Masken fallen"; "Fremde Erde": zwei Dramen aus der Emigration nach Shanghai 1939-1947 / Hans Schubert, Mark Spiegelberg.-- Hamburg: Hamburger Arbeitsstelle für Deutsche Exilliteratur, 1996.-- 143p.

脱落的面具;陌生的地球。本书包括两部1939-1947年流亡上海时的政治戏剧。文前有迈克尔·菲利普(Michael Philipp)评论: "Die Masken fallen" - "Fremde Erde": Politische Exildramatik in Shanghai。

[1953] Der Mann aus Shanghai: [Roman] / Anthony Hyde.-- München: Knaur, 1996.-- 319p.

来自上海的男人。小说。译自英语: Formosa straits (台湾海峡)。其他版本: 1997; 2000

[1954] Shanghai, erster Klasse: drei Erzählungen / Anna Rheinsberg.-- Hamburg: Edition Nautilus, 1996.-- 158p.

上海,一流。三则故事。

[1955] A place of birds / Jane Jackson.-- London: Robert Hale, 1997.-- 268p.

鸟之地。历史爱情小说。 **[S]**

[1956] Cent vues de Shanghai: roman / Nadine Laporte.-- [Paris]: Gallimard, 1997.-- 154p.

上海百态。小说。

[1957] Love amid apostasy: being the abandonment of faith, vows and principles by governments / Richard Worcester.-- London: Minerva Pr., 1997.-- 203p.

背叛中的爱。反映抗日战争时期海关雇员的历史小说。 **[OS]**

[1958] Shanghaï-la-juive / Michèle Kahn.-- [Paris]: Flammarion, 1997.-- 525p.

上海的犹太人。小说。德译本: Shanghai: Roman / aus dem Französischen von Stefan Linster.-- Berlin: Ullstein, 1999 **[国 O / G]**

[1959] Le fantôme de Shanghai / Claude Guillot; Fabienne Burckel.-- [Paris]: Seuil Jeunesse, 1998.-- 1v.

上海幽灵。小说。英译本: The ghost of Shanghai.-- New York: Abrams, 1999 **[C]**

[1960] On the Goddess Rock / Arlene J. Chai.-- Milsons Point, NSW: Random House Australia, 1998.-- 336p.

女神岩上。小说。德译本: Der Fluch der Konkubine: Roman / Aus d. Engl. von Katrin Odenberg.-- [München]: Ehrenwirth, 2001. 多次重版。 **[A]**

[1961] The Shanghai murders: of love and ivory / David Rotenberg.-- New York: St. Martin's Pr., 1998.-- 307p.

上海谋杀: 爱和象牙。侦探小说。 **[国 CG]**

[1962] Der Tod kam aus Shanghai: Psychothriller / Harry Thürk.-- Berlin: Das Neue Berlin, 1999.-- 188p.

来自上海的死人。心理惊悚小说。

[1963] Esthers zweite Reise nach Schanghai: Roman / Horst Hensel.-- München: Middelhauve, 1999.-- 188p.

艾丝特的第二次上海之旅。小说。 **[G]**

[1964] Kina Kina / Hermann Kinder.-- Lengwil: Libelle, 1999.-- 171p.

小说。 **[G]**

[1965] Death of a red heroine / Qiu Xiaolong.-- New York: Soho Pr., 2000.-- 463p.

《红英之死》。本书是裘小龙以上海为背景的陈探长系列侦探推理小说之一。日译本：上海の紅い死 / 田中昌太郎訳 .-- 東京：早川書房,2001. 中译本：(美)裘小龙著，俞雷译 .-- 上海文艺出版社,2003. 德译本：Tod einer roten Heldin: Roman / Aus dem Amerikan. von Holger Fliessbach.-- Wien: Zsolnay, 2003; München: Dt. Taschenbuch-Verl., 2004 **[COS]**

[1966] Shanghai moon / Charles Busch.-- New York: Samuel French, Inc., 2000.-- 61p.

上海之月。情节喜剧。 **[C]**

[1967] Shanghai noon: original motion picture soundtrack / music composed and conducted by Randy Edelman; [Produced by Randy Edelman. Buena Vista Motin Pictures & Spyglass Entertainment. Varèse Sarabande Digital].-- Nürnberg: Colosseum, 2000.-- 1 CD.

上海正午。电影原声配乐。

[1968] The binding chair, or, A visit from the Foot Emancipation Society: a novel / Kathryn Harrison.-- New York: Random House, 2000.-- 312p.

包边的椅子,或,访问不缠足会。小说。 **[国 G]**

[1969] The killing room / Peter May.-- London: Hodder & Stoughton, 2000.-- 391p.

谋杀之屋。侦探小说。其他版本：德译本：Tod in Shanghai / Aus dem Engl. von Christoph Göhler.-- München: Goldmann, 2003（死在上海）

[1970] The red thread / Nicholas Jose.-- London: Faber and Faber, 2000.-- 193p.

红线。小说有多个版本。 **[AGOS / 国]**

[1971] When we were orphans / Kazuo Ishiguro.-- London: Faber and Faber, 2000.-- 313p.

在我们是孤儿时。小说，多次重版。美国版：New York: Knopf, 2000. 德译本：Als wir Waisen waren: Roman / Aus dem Engl. von Sabine Herting.-- München: Knaus, 2000 **[国 AGOS / M]**

[1972] Die gebundenen Füße / Kathryn Harrison.-- München: Econ Ullstein List, 2001.-- 398p.

小脚。反映 19 世纪上海卖淫的小说。

[1973] Die roten Orchideen von Shanghai: Das Schicksal der Sangmi Kim

/ Juliette Morillot.-- München: Goldmann, 2001.-- 477p.

上海的红兰花：金相美的命运。小说。其他版本：2003; München: Blanvalet, 2005；法文版：Les orchidées rouges de Shanghai: roman.-- Paris: Presses de la Cité, 2001.-- 503p.

[1974] The distant land of my father / Bo Caldwell.-- San Francisco: Chronicle Books, 2001.-- 373p.

家父的遥远土地。另有多个英文版。法译本：L' homme de Shanghai.-- Paris: Liana Levi, 2005

[1975] A loyal character dancer / Qiu Xiaolong.-- New York: Soho Pr., 2002.-- 351p.

《外滩花园》。本书是裘小龙以上海为背景的陈探长系列侦探推理小说之一。德译本：Die Frau mit dem roten Herzen: ein Fall für Oberinspektor Chen / Aus dem Amerikan. von Susanne Hornfeck.-- Wien: Zsolnay, 2004; München: Dt. Taschenbuch-Verl., 2005. 中译本：(美)裘小龙著，匡咏梅译 .-- 上海文艺出版社，2005 **[CG]**

[1976] Chenxi and the foreigner / Sally Rippin.-- Port Melbourne: Lothian, 2002.-- 208p.

小说。 **[A]**

[1977] Die Tempelglocken von Shanghai: Roman / Hong Li Yuan.-- München: Nymphenburger, 2002.-- 447p.

上海寺庙里的钟。其他版本：Frankfurt: Fischer-Taschenbuch-Verl., 2003

[1978] Les lanternes de Shanghai / Raymond Plante; illus. de Christine Delezenne.-- Montréal: La Courte échelle, 2002.-- 91p.

上海的灯笼。科幻小说。

[1979] Madame Mao: Roman / Anchee Min.-- München: Scherz Verl., 2002.-- 339p.

毛夫人。传记小说。

[1980] Shanghai'ka: girl from Shanghai: a semi-autobiographical novel / Margarita Kuznetsova-MacDonald.-- Seattle: Art & International Productions, 2002.-- 224p.

来自上海的女孩。半自传体小说。 **[C]**

[1981] The master of rain / Tom Bradby.-- New York: Doubleday, 2002.-- 452p.

历史侦探小说。其他版本：London: Corgi, 2003. 德译本：Der Herr des Regens:

Roman.-- München: Heyne, 2004 **[C / OS / G]**

[1982] El embrujo de Shanghai: Juan Marsé, Fernando Trueba / Jean-Pierre Castellani, Luis Alegre.-- Nantes: Eds. du Temps, 2003.-- 286p.

胡安·马尔塞与费尔南多·特鲁埃瓦的《上海幻梦》。本书为根据同名西班牙电影改编的文学作品。

[1983] Paris Shanghai et la puce bionique: Le pouvoir absolu: Roman / Afnan el Qasem.-- Paris: Harmattan; Noisy-le-Grand: De la Seine à l'Euphrate, 2003.-- 234p.

小说。

[1984] Shanghai / Donald G. Moore.-- New York: iUniverse, 2003.-- 218p.

上海。有关中国的神秘、悬念小说。

[1985] Shanghai dancing / Brian Castro.-- Artarmon, NSW: Giramondo Pub., 2003.-- 447p.

上海舞蹈。家庭小说。 **[上 ACS]**

[1986] Adieu Shanghai / Angel Wagenstein.-- Paris: L'Esprit des Péninsules, 2004.-- 475p.

再会吧上海。小说。

[1987] China doll / Marjorie Chan.-- Winnipeg, MB: Scirocco Drama, 2004.-- 95p.

中国娃娃。戏剧。 **[CGM]**

[1988] Die sündigen 20er Jahre / producersdirectors Marrin Canell; Ted Remerowski. Writer Ted Remerowski.-- [n. p.], 2004.-- 1set.

罪恶的20年代。本书描写了20世纪20年代世界上三个主要城市柏林、巴黎和上海社会生活的阴暗面。 **[G]**

[1989] Dragon's eye: a Chinese noir / Andy Oakes.-- Woodstock, NY: Overlook Pr., 2004.-- 460p.

龙之眼。侦探小说。德译本: Drachenaugen: Kriminalroman / Dt. von Sophie Kreutzfeldt. München: Dt. Taschenbuch-Verl., 2005 **[C / G]**

[1990] Rückkehr nach Shanghai: Roman / Heinrich Peuckmann.-- Münster: Aschendorff, 2004.-- 144p.

回到上海。小说。

[1991] Shanghai / Attilio Micheluzzi; Michel Jans.-- St Egrève, Isère: Mosquito, 2004.-- 50p.

上海。小说。译自意大利语,原版 1983 年。

[1992] Shanghai rapid: Roman / Helmut Janus.-- Bochum: Brockmeyer, 2004.-- 314p.

快速上海。间谍小说。

[1993] When red is black / Qiu Xiaolong.-- New York: Soho Pr., 2004.-- 309p.

《石库门骊歌》。本书是裘小龙以上海为背景的陈探长系列侦探推理小说之一,反映了人们对社会变革所发生的各种反应。德译本: Schwarz auf Rot: Oberinspektor Chens dritter Fall / Aus dem Amerikan. von Susanne Hornfeck.-- Wien: Zsolnay, 2005. 中译本:(美)裘小龙著,叶旭军译 .-- 上海文艺出版社,2005 **[国 C / G]**

[1994] Shanghai / Kathryn Walker.-- Milwaukee, WI: World Almanac Library, 2005.-- 48p.

上海。儿童文学。 **[C]**

日文书目

1. 历史

[5001] 上海情報 / 警保局外事課.-- 警保局外事課, [n. p.].-- 65p.; 26cm

[东]

[5002] 支那現情 / 長江子 [遠山景直編輯].-- 東京：八尾書店，1900.-- 232p.; 23cm

[研]

[5003] 上海今昔談 / 遅々庵杉尾勝三.-- 上海日報社，1907

[研]

[5004] 上海.-- 上海：春申社，1913-

又名：週報上海 = The Shanghai。1 号 (大正 2. 2) -

[5005] 支那研究 / 東亞同文書院支那研究部編.-- [上海]: 東亞同文書院支那研究部，1920-1926.-- 12v.; 23cm

第 1-12 号。部分目次：上海に於ける建築用語 / 青木喬 . 上海居留地に於ける越界築路と支那人参政権問題 / 中浜義久 . 上海地方産数種の水による日本酒の試醸 . [日]

[5006] 上海通信 / 佐原篤介.-- [n. p.], 1921

大正十年一～五月 [研东]

[5007] 支那思想と現代 / 西本省三.-- 上海：春申社，1921.-- 471p.;-- 19cm

[研东]

[5008] 上海瞥見記 / 田中貢太郎.-- [n. p.], 1923

[研]

[5009] 在上海帝国総領事館管轄区域内事情 / 外務省通商局編.-- [東京]: 外務省通商局，1924.-- 234p.; 27cm

封面题名: 上海事情 - 在上海帝国総領事館調查 [研日]

[5010] 最近の支那 / 荒牧藤三.-- 中外大事彙報館，1925.-- 220p.; 20cm

[研东]

[5011] 上海事情 / 北海道庁内務部.-- [n. p.], 1926

[研]

[5012] 支那新聞一覧表 / 満鉄北京公所研究室.-- 北京：満鉄北京公所研究室，1926.-- 28p.; 27cm

附: 北京上海通信社。 [研东]

[5013] 貢太郎見聞録 / 田中貢太郎.-- 大阪：大阪毎日新聞，1926.-- 597p.; 19cm

其他版本: 東京: 中央公論社, 1982 [研]

[5014] 支那は動く·支那を見よ / 長野朗.-- 東京：ジャパンタイムス社，1927.-- 362, 39p.; 19cm

另有副题名: 青年支那解剖。附: 支那現勢図(昭和二年一月) [研东]

[5015] 支那漫談 / 村松梢風.-- 東京：騒人社，1927.-- 248p.; 19cm

其他版本: 改造社,1937 [研]

[5016] 上海南京視察報告概要 / 長野朗述；日本経済聯盟会編.-- 日本経済聯盟会，1928.-- 1v.; 23cm

[研东]

[5017] 上海研究号 / 小竹文夫ほか共著.-- 上海：東亞同文書院支那研究部，1928-1929.-- 2v.; 22cm

第二册为《続上海研究号》。属于丛书: 支那研究; 第18-19号。第一册其他版本: 複製: 東京: 大空社,2002 (上海叢書; 3 / 山下武、高崎隆治監修) [研日]

[5018] 支那読本 / 長野朗.-- 東京：支那問題研究所，1928.-- 231p.; 23cm

其他版本: 東京: 建設社,1936.-- 244p.; 東京: 坂上書院,1937.-- 244p. [研]

[5019] 謎の隣邦 / 神田正雄.-- 東京：海外社，1928.-- 221p., 図版, 地図; 19cm

谜一样的邻邦 [研]

[5020] 支那之実相 / 大村欣一.-- 東京：東亞同文会調査編纂部，1929.-- 493p.; 23cm

[研]

[5021] 眠れる獅子：支那縦談 / 後藤朝太郎.-- 東京：万里閣書房，1929.-- 586p.; 19cm

睡狮：支那杂谈 [研]

[5022] 新支那の断面 / 清水董三.-- 上海：禹域学会，1929.-- 216p.; 19cm

[研]

[5023] 上海大観 / 森慶次郎.-- 八千洋行，1931

[研]

[5024] 最近の南支那瞥見 / 佐藤恒二.-- 千葉：千葉図書館，1931.-- 27p.; 19cm

南支那最近一瞥 [研]

[5025] 新興支那の中枢大上海 / 支那問題研究所編.-- 東京：支那問題研究所，1931.-- 122p.; 19cm

属于丛书：支那問題研究；第 2 冊。 [研日]

[5026] 上海.-- 報知新聞社，1932

[研]

[5027] 上海を中心とせる支那事情 / 高木陸郎述.-- 昭和協会，1932.-- 36p.; 22cm

以上海为中心的支那情况 [研]

[5028] 上海問題研究資料 / 樋山光四郎編.-- 東京：偕行社編纂部，1932.-- 430p.; 20cm

[研日]

[5029] 上海満蒙事情展覧会報告 / 上海満蒙事情展覧会編.-- 長崎：上海満蒙事情展覧会，1932.-- 96, 84p.; 22cm

附：協賛会報告。 [日]

[5030] 支那及満蒙 / 新潮社世界現状大観編輯部編.-- 東京：新潮社，1932.-- 473p.; 23cm

[研]

[5031] 現代支那智識 / 山田儀四郎.-- 上海：原田学園，1932.-- 257, 62p.; 19cm

[研]

[5032] 支那叢話 / 入沢達吉編.-- 東京：大畑書店，1933.-- 2v.; 20cm

其他版本：東京：三笠書房,1937；戦時版：東京：三笠書房,1938 [研]

[5033] 支那租界論 / 植田捷雄.-- 大連：巖松堂書店大連支店，1934.-- 264p.; 23cm

其他版本：増補：1939.-- 373p. [研]

[5034] 生ける支那の姿：＝其山漫文 / 内山完造.-- 東京：学芸書院，1935.-- 183p.; 19cm

生气勃勃的支那 [研]

[5035] 現地に支那を視る：最近支那時局の再検討 / [編者太田宇之助].-- 東京：東京朝日新聞発行所，1936.-- 214p.; 19cm

现场看支那：最近支那时局再检讨。附：最近支那関係年表。 [研]

[5036] 上海史話 / 米沢秀夫著.-- 東京：畝傍書房，1937

附上海史文献解題。其他版本：1942.-- 410p., 図版, 19cm 複製：東京：大空社，2002（上海叢書；1 / 山下武、高崎隆治監修） [上研日东]

[5037] 上海通信 / 木村毅著.-- 東京：改造社，1937.-- 353p.; 19cm

其他版本：複製：東京：大空社,2002（上海叢書；5 / 山下武、高崎隆治監修）

[上研日]

[5038] 上海情報.-- [東京: 東亞経済調査局, 1937].-- 1v. (合本); 26cm

自昭和十一年五月至昭和十二年十月 [研日]

[5039] 支那漫談. 正·続 / 村松梢風.-- 上海レビュー，1937-1938.-- 2v.; 20cm

其他版本：改造社,1938 [研]

[5040] 上海市の沿革とその特殊性 / 馬場鍬太郎；東京市政調査会編.-- 東京：東京市政調査会，1938.-- 38, 10p.; 23cm

上海市的沿革及其特殊性。属于丛书：都市問題パンフレット；第32号。[研]

[5041] 上海租界問題 / 植田捷雄.-- [n. p.], 1938

[研]

[5042] 上海租界概論 / 植田捷雄著.-- 東京：東亞研究会，1938.-- 86p.; 19cm

属于丛书：東亞研究講座；第 82 輯。 [上研日东]

[5043] 上海滿鉄時局資料. 第1-2 / 南滿洲鉄道株式会社上海事務所編.-- 上海：南滿洲鉄道上海事務所，1938.-- 2v.; 23cm

[日]

[5044] 支那及び支那人 / 村上知行.-- 東京：中央公論社，1938.-- 351p.; 20cm

[研]

[5045] 支那読本 / 外務省情報部編.-- 東京：改造社，1938.-- 97p.; 22cm

属于丛书：国際読本；第一卷。 [研]

[5046] 貿易夏季大学講義集. 昭和12-14年度 / 横浜貿易協会編.-- 横浜：横浜貿易協会，1938-1940.-- 3v.; 22cm

部分目次：上海共同租界の話 / 渡辺俊郎 . [日]

[5047] 新支那現勢要覧.-- 東京：東亞同文会業務部，1938-1940.-- 2v. (907, 1665p.); 23cm

[研]

[5048] 上海共同租界の話 / 渡辺俊郎述.-- 横浜：横浜貿易協会，1939.-- 21p.; 23cm

话说上海公共租界 [日]

[5049] 上海特別市嘉定区農村実態調査報告書 / 滿鉄上海事務所調査室.-- 上海：南滿洲鉄道株式会社上海事務所，1939-1940.-- 4v.; 23cm

四册分别是：昭和 14 年 11 月 [本体]、昭和 14 年 11 月 附録、[1940 年 本体]、[1940 年] 附録。属于丛书：上海滿鉄調査資料；第 23, 33 編。 [上研东]

[5050] 上海租界はどうなる? / YW述；岸田菊伴.-- 東京：現代パンフレット通信社，1939.-- 28p.; 20cm

上海租界怎么样了? [日]

[5051] 上海租界問題と其の対策 / 植田捷雄.-- 東京：東亞同文会，1939.-- 39p.; 19cm

属于丛书：新支那事情普及叢書；第 5 輯。 [研东]

[5052] 中支に於ける農村の社会事情：中支嘉定区石岡門鎮附近部落調査の一報告 / 石川正義著；満鉄上海事務所調査室.-- 上海：満鉄上海事務所，1939.-- 1v.; 27cm

中支农村社会情况：嘉定区石冈门镇附近部落调查报告

[5053] 中国に於ける各種記念日の由来 / 湯浅正一（不倒翁）編.-- 3版.-- 上海：内山書店，1939.-- 70p.; 19cm

中国各种纪念日的由来 [研东]

[5054] 支那の秘密 / 井東憲.-- 東京：秋豊園出版部，1939.-- 247p.; 19cm

[研]

[5055] 租界ニ関スル諸問題.-- [上海]: 興亞院華中連絡部, [1939].-- 206p.; 22cm

有关租界诸问题。属于丛书：興亞華中資料；第 156 号。

[5056] 華中現勢 / 吉田済蔵編.-- 上海：上海毎日新聞社，1939-.-- 1106p.; 23cm

其他版本：昭和 15 年·民国 29 年版；昭和 17 年·民国 31 年版 [研]

[5057] 上海租界の起源と土地章程の沿革 / 植田捷雄.-- [n. p.], 1940

[研]

[5058] 上海租界ノ敵性調査. 第1-2部.-- [上海]: 興亞院華中連絡部，1940.-- 2v.; 27cm

第 1 部：共同租界工部局警察 / [木崎克執筆担当].-- 34p. 属于丛书：華中連絡部調査報告シアリーズ；第 36 輯。 [研日]

[5059] 上海租界問題の概観.-- 長江産業貿易開発協会，1940.-- 33p.; 26cm

[5060] 上海情報：昭和十五年十二月-昭和十六年十月 国民参政会議ヲメグル国共問題ノ動向 / 上海支局. **本多駐支大使ノ時局談** / 上海支局.-- [n. p.].-- 1v.; 28cm

围绕国民参政会的国共问题动向 [东]

[5061] 江南文化開発史：その地理的基礎研究 / 岡崎文夫, 池田静夫.-- 東京：弘文堂，1940.-- 345p.; 22cm

[研]

[5062] 東亞事情論文集.-- 東京：慶応義塾大学東亞事情研究会，1940.-- 3, 309, 3p.; 23cm
部分目次：上海に於ける日本人 / 沢亨． [日]

[5063] 上海 / 谷川徹三ほか共著.-- 三省堂，1941.-- 334, 10p.; 22cm
目次：上海雑筆 / 石浜知行著．上海の溢面 / 豊島與志雄著．上海その他 / 加藤武雄著．中国知識人の動向 / 谷川徹三著．上海の印象 / 室伏高信著．支那を視て來て / 三木清著．其他版本：複製：東京：大空社,2002（上海叢書；9 / 山下武、高崎隆治監修） [日]

[5064] 中国政経月報 / 中国政経月報社.-- 黄浦路アスターハウス内，1941-
创刊号：昭和 16 年 10 月 [研]

[5065] 中南支並香港視察報告書：自昭和十五年十一月至昭和十六年三月 / 神田正雄.-- 神田正雄, [1941?].-- 130p.; 25cm
[研]

[5066] 支那に於ける租界の研究 / 植田捷雄.-- 東京：厳松堂書店，1941.-- 919p.; 22cm
支那租界研究 [研]

[5067] 支那雑記 / 佐藤春夫.-- 東京：大道書房，1941.-- 317p.; 22cm
[研]

[5068] 江南踏査. 昭和13年度 / 松本信廣著.-- 東京：三田史学会，1941.-- 160p.; 27cm
属于丛书：慶應義塾大学文学部史学科研究報告；甲種第 1 册。其他版本：複刻版：東京：名著普及会,1985 [研]

[5069] 老上海聞書集 / 沖田一.-- [n. p.], 1941
[研]

[5070] 租界の現状 / 植田捷雄.-- 東京：東亞研究所，1941.-- 13p.; 23cm
属于丛书：[東亞研究所] 資料；(外乙) 第 38。 [研]

[5071] 上海 / 殿木圭一著.-- 東京：岩波書店，1942.-- 170p.; 17cm
[上研日]

[5072] 上海共同租界誌 / 上原蕃著.-- 東京：丸善，1942.-- 263, 36p.; 22cm

[上研日东]

[5073] 上海研究 / 蘆沢駿之助編.-- 上海：上海歴史地理研究会；内山書店 (発売)，1942.-- 167p.

[上研]

[5074] 上海調査室季報 / 上海事務所調査室編.-- [上海]: 満鉄調査部，1942.-- 523p.

[上]

[5075] 中支合作社調査報告書 / 在上海日本大使館事務所.-- 上海：在上海日本大使館事務所，1942.-- 84p.; 23cm

属于丛书: 華中調查資料; 第 510 号。 [研东]

[5076] 支那一夕話 / 米田祐太郎.-- 東京：教材社，1942.-- 353p.; 19cm

[研]

[5077] 支那文化談叢 / 除村一学.-- 東京：名取書店，1942.-- 258p., 図版 [44] p.; 26cm

[研]

[5078] 江南史地叢考. 第1集 / 江南史地学会.-- 南京：江南史地学会，1942.-- 166p.; 21cm

[研]

[5079] 滬上史談：上海に関する史的随筆 / 沖田一.-- 上海：大陸新報社，1942.-- 106p.; 18cm

沪上史谈: 有关上海历史的随笔 [研]

[5080] 十二月八日の上海 / 西川光著.-- 東京：泰光堂，1943.-- 306p.; 19cm

其他版本: 複製: 東京: 大空社,2002（上海叢書; 12 / 山下武、高崎隆治監修）

[研日]

[5081] 上海情勢月報.-- [n. p.].-- 1v.; 29cm

昭和十七年七 ~ 十二月,昭和十八年二,三月。 [东]

[5082] 上海通信 / 甲斐静馬著.-- 東京：月曜書房，1946.-- 157p.; 19cm

[研日东]

[5083] 太平天国と上海 / 外山軍治著.-- 京都：高桐書院，1947.-- 169p., 図版; 19cm

[研日]

[5084] 上海無辺：一つの中国近代史 / 吉田東祐著.-- 東京：中央公論社，1949.-- 310p.; 19cm

本书讲述作者(本名鹿岛宗次郎或鹿岛宗二郎)1936年7月到1938年初的上海体验。著者曾任巢鸭高等商业学校教授,因从事共产主义运动遭逮捕,释放后赴上海,在任上海申报社论说部长的同时,受近卫文麿指派,从事与蒋介石政权的谈判工作。

[研日东]

[5085] 謀略の上海 / 晴気慶胤.-- 東京：亞東書房，1951.-- 272p.; 19cm

[研东]

[5086] 両辺倒 / 内山完造.-- 東京：乾元社，1953.-- 303p.; 19cm

[研]

[5087] 平均有錢：中国の今昔 / 内山完造.-- 東京：同文館，1955.-- 258p.; 18cm

[研]

[5088] 新中国読本 / 内山完造編.-- 東京：産業経済新聞社，1955.-- 214p.; 18cm

[研]

[5089] 東洋史学論集. 第6 / 東京教育大学文学部東洋史学研究室編.-- 東京：教育書籍，1960.-- 225p.; 21cm

部分目次：辛亥革命における上海独立と商紳層 / 小島淑男. [日]

[5090] 上海時代の回顧 / 小室健夫.-- [n. p.], 1964

[研]

[5091] 文化大革命下の上海，南京において：華中方面視察報告 / 高碕事務所.-- 高碕事務所，1967.-- 41p.; 25cm

文化大革命下的上海、南京：华中方面视察报告 [东]

[5092] 側面史百年 / 渋沢秀雄.-- 東京：時事通信社，1967.-- 355p., 図版; 19cm

[研]

[5093] 現代日本記録全集. 第1, 近代日本の目ざめ.-- 東京：筑摩書房，1969.-- 318p., 図版; 20cm

部分目次：上海日記 / 高杉晋作 . [日]

[5094] 現代日本記録全集. 第20, 昭和の動乱.-- 東京：筑摩書房，1969.-- 334p., 図版; 20cm

部分目次：上海に戦火飛ぶ：外交回想録 / 重光葵 . [日]

[5095] 明治二年殉難十志士余録：久留米藩幕末維新史料 / 鶴久二郎，古賀幸雄編.-- 三潴町(福岡県)：鶴久二郎，1970.-- 2v. (付録共); 26cm

部分目次：上海雑事 / 今井栄 . [日]

[5096] 野間宏全集. 第13巻.-- 東京：筑摩書房，1970.-- 563p., 図版; 20cm

部分目次：上海の馬橋人民公社を尋ねて ; 上海の民族資本家について . [日]

[5097] 日中戦争史資料. 4 / 日中戦争史資料編集委員会編.-- 東京：河出書房新社，1975.-- 729p., 図1枚; 23cm

部分目次：戦後の上海各業状況調査 / 中国通信社調査部編 . [日]

[5098] 上海の県城志 / 羽根田市治著.-- 東京：竜渓書舎，1978.-- 350p.; 19cm

附上海略年表。本书作者生于1910年,1941年毕业于日本大学法文学部,同年作为外务省派遣教员到上海,任上海公共租界工部局日本语室讲师、上海特别市政府日本语室长。 **[研日东]**

[5099] 上海の夜明け：消えた共同租界 / 五嶋茂著.-- 鎌倉：元上海工部局互助会出版部，1981.-- 369p.; 20cm

上海的拂晓：消失了的公共租界。本书作者1928年毕业于日本陆军士官学校,1939年任汉口宪兵队特高课长,1941年就任上海公共租界工部局警察副总监,1943年日本所谓将租界返还给汪伪政权后,任上海市政府警察局简任二级(副总监)特高处长兼经济保安处长。本书基于作者的上述经历,以租界末期为焦点,描述上海的公共租界,以及工部局日本人职员的情况。 **[研日]**

[5100] 科学と哲学の界面 / 大森荘蔵，伊東俊太郎編.-- 東京：朝日出版社，1981.-- 221p.; 22cm

科学与哲学的界面。部分目次：アインシュタインのアジア体験 - 上海 · 香港で見た一九二二年の中国 / 金子務著 . [日]

[5101] 近代文書学への展開 / 岩倉規夫，大久保利謙編.-- 東京：柏書房，1982.-- 429p.; 22cm

部分目次：1935 年の華北問題と上海武官 / 波多野澄雄著 . [日]

[5102] 中国近世の都市と文化 / 梅原郁編.-- 京都：京都大学人文科学研究所，1984.-- 518p.; 27cm

部分目次：上海県の成立：江南歴史地誌の一齣として / 秋山元秀著 . [日]

[5103] 中国近現代史の諸問題：田中正美先生退官記念論集 / 田中正美先生退官記念論集刊行会編.-- 東京：国書刊行会，1984.-- 489p.; 22cm

部分目次：清末民初の江南デルタ水利と帝国主義支配 - 上海「浚浦局」の成立について / 森田明著 . [日]

[5104] 夜想12, 特集上海 / 今野裕一編.-- 東京：ペヨトル工房，1984.-- 192p.; 21cm

[研]

[5105] 上海 / 杉野明夫 [ほか] 執筆.-- 東京：東京大学出版会，1986.-- 309p.; 22cm

[5106] 上海共同租界：事変前夜 / NHK"ドキュメント昭和"取材班編.-- 東京：角川書店，1986.-- 232p., 図版16枚; 22cm

[研日东]

[5107] 中国国民政府史の研究 / 中国現代史研究会編.-- 東京：汲古書院，1986.-- 468, 14p.; 22cm

部分目次：上海市政府の成立基盤：上海全浙公会の活動を中心に / 笠原十九司著 . [日]

[5108] 昭和史への一証言 / 松本重治.-- 東京：毎日新聞社，1986.-- 322p.; 20cm

对昭和史的一个证言。连载 35 次于『週刊エコノミスト』(1985 年 4 月 2 日号 -12 月 10 日号) [研]

[5109] 上海物語：激動と混沌の街 / 丸山昇著.-- 東京：集英社，1987.-- 262p.; 20cm

上海故事：动荡与混沌之街。属于丛书：中国の都城；5。 [研日]

[5110] 上海調査報告書 / 東亞同文書院；柳沢英二郎編集代表.-- 三好町(愛知県)：愛知大学国際問題研究所，1989.-- 202p.; 22cm

其他题名：東亞同文書院上海調查報告書 = The Shanghai survey reports by students of the Toa Dobun Shoin。

[5111] 上海セピアモダン：メガロポリスの原画 / 森田靖郎著.-- 東京：朝日新聞社，1990.-- 246p.; 22cm

上海摩登：大都市的素描 [研日]

[5112] 上海バビロン / 平野純著.-- 東京：河出書房新社，1990.-- 267p.; 20cm

上海巴比伦 [研日]

[5113] 十志士の面影：増補·久留米藩文化事業史.-- 久留米：「十志士の面影」復刻実行委員会，1993.-- 182p.; 23cm

附：上海雑事 / 今井義敬撰 . [日]

[5114] 中国沿海開放五都市総比較：大連·北京(天津) ·上海·広州·深圳の総合評価 / 諸藤史朗著.-- [東京]: 日本図書刊行会，1993.-- 180p.; 20cm

[日]

[5115] 甦る自由都市上海 / 高井潔司著.-- 東京：読売新聞社，1993.-- 237p.; 19cm

复苏的自由都市上海 [研日]

[5116] 上海の乞食少年：日本近代のニヒリズムとアジア / 中本泰任著.-- 東京：近代文芸社，1994.-- 322p.; 20cm

上海的乞丐少年：日本近代的虚无主义和亚洲 [研日东]

[5117] 上海史：巨大都市の形成と人々の営み / 高橋孝助，古厩忠夫編.-- 東京：東方書店，1995.-- 272, 48p.; 21cm

上海史：巨大城市的形成和人们的营生 [研日东]

[5118] 国際都市上海 / 上海研究プロジェクト.-- [大東]: 大阪産業大学産業研究所，1995.-- 325p.; 21cm

[研日]

[5119] 高杉晋作の上海報告 / 宮永孝著.-- 東京：新人物往来社，1995.-- 261p.; 20cm

[研日东]

[5120] 横浜と上海：近代都市形成史比較研究 / 『横浜と上海』共同編集委員会編.-- [横浜]: 横浜開港資料普及協会，1995.-- 519p.; 21cm

[研日东]

[5121] 特集 上海文明圏の誕生 / 佐々木幹郎監修.-- 第一法規出版，1996

属于丛书: 国際交流; 第 70 号。 [研]

[5122] 中国視察団報告書："三峡下り"と重慶·武漢·上海の最新事情 / アジア·ビジネス研究会編著.-- [東京]: 神田複写中心公司，1997.-- 1v.; 30cm

[日]

[5123] 幕末明治中国見聞録集成 / 小島晋治監修.-- 東京：ゆまに書房，1997.-- v.; 22cm

部分目次: 第1巻, 上海雜記 / 納富介次郎著. 贅肬録; 没鼻筆語 / 日比野輝寛著. 清国漫遊誌 / 曾根俊虎著 ; 第 11 巻 , 航海日録; 清国上海見聞録 / 峰潔著 . 唐国渡海日記 / 松田屋伴吉著 . 海外日録; 支那見聞録 / 名倉予何人著。两卷中多为“千岁丸”乘客关于文久二年 (1862 年) 幕府第一次遣清使节团活动的著述。 [研日东]

[5124] 図説上海：モダン都市の150年 / 村松伸文；増田彰久写真.-- 東京：河出書房新社，1998.-- 127p.; 22cm

图说上海：摩登都市150年

上海的近代建筑史。 [上研日东]

[5125] 清朝絵師呉友如の事件帖 / 武田雅哉.-- 東京：作品社，1998.-- 331p.; 22cm

清朝画师吴友如事件帖。本书论述清后期画家吴友如及其插图新闻《飞影阁画报》。吴友如在上海主绘《点石斋画报》,名噪一时。 [研]

[5126] 上海特急 / 猫山宮緒著.-- 東京：白泉社，1999.-- 1v.; 18cm

[日]

[5127] 上海特電：アジア新世紀を読む人脈と金脈 / 森田靖郎著.-- 東京：小学館，1999.-- 300p.; 15cm

上海专电: 看亚洲新世纪的人脉与金脉 [上研日]

[5128] 上海歴史ガイドマップ / 木之内誠編著.-- 東京：大修館書店，1999.-- 214p.; 22cm

上海历史导游图 [上研日]

[5129] 中国近代の国家と社会：地域社会·地域エリート·地方行政：日本上海史研究会主催1998年夏季シンポジウム報告集 / 日本上海史研究会編.-- [東京]: 日本上海史研究会，1999.-- 94p.; 26cm

中国近代的国家和社会：地域社会 · 地域精英 · 地方行政。日本上海史研究会主办 1998 年夏季讨论会报告集。 [东]

[5130] 上海は、いま。：市場経済の核をつくる / 丸紅広報部編；竪寛二著.-- 東京：ダイヤモンド社，2000.-- 263p.; 19cm

上海开始创建市场经济核心 [上研日]

[5131] 上海雑談 / 陳舜臣著.-- 東京：日本放送出版協会，2000.-- 205p.; 20cm

[上研日]

[5132] 近代上海の公共性と国家 / 小浜正子著.-- 東京：研文出版，2000.-- 373p.; 22cm

《**近代上海的公共性与国家**》。本书通过社团的形成、发展这一主线，来论述近代上海的公领域和公共性，进而阐述其与近代国家的关系。在茶水女子大学（お茶の水女子大学）1998 年博士学位论文基础上写成，原题名：近代上海における社団、都市社会、そして国家。中译本：葛涛译 .-- 上海：上海古籍出版社 , 2003 [上研日东]

[5133] 上海：未来と過去の交錯する都市.-- 東京：勉誠出版，2001.-- 159p.; 21cm

上海：未来与过去交错的城市。附：战前上海日本人各学校的沿革及相关资料（戦前の上海日本人各学校の沿革と関連資料 / 松下緑，甫喜山精治編）。属于丛书：アジア遊学；No. 33。 [研]

[5134] 上海史研究の新たな模索：図版·写真·聞き取り史料をめぐって / 日本上海史研究会編.-- 新潟：古厩忠夫，2001.-- 112p.; 26cm

上海史研究新探：图片、照片及访谈史料 [东]

[5135] 学生が見た上海社会：企業·環境·婚姻·テレビ·日本観·居民委員会 / 愛知大学現代中国学部中国現地研究調査委員会編.-- 三好町(愛知県)：愛知大学，2001.-- 255p.; 26cm

学生所见的上海社会：企业、环境、婚姻、电视、日本观、居民委员会。属于丛书：愛知大学現代中国学部中国現地研究調査；2000。 [研日]

[5136] 上海叢書 / 山下武，高崎隆治監修.-- 東京：大空社，2002.-- 12v.; 22cm

目次：1. 上海史話 / 米沢秀夫著 . 2. 上海年鑑：一九二六年版 / 上海日報社編 . 3. 上海研究号：支那研究第十八号 / 小竹文夫 , 坂本義孝ほか共著 . 4. 上海事変誌：昭

和七年 / 上海居留民団編 . 5. 上海通信 / 木村毅著 . 6. 松井翠聲の上海案内 / 松井翠聲著 . 7. 上海の歴史：上海租界発達史 / ハウクス · ポット著；帆足計，浜谷満雄訳 . 8. 上海：大帮の都 / アーネスト · オー · ハウザー著；佐藤弘訳 . 9. 上海 / 谷川徹三，三木清，豊島與志雄ほか共著 . 10. 上海人文記：映画プロデュサーの手帖から / 松崎啓次著 . 11. 思い出の上海 / 村松梢風著 . 12. 十二月八日の上海 / 西川光著 . 復刻版 . **[上研]**

[5137] 北京·上海 / 植田政孝，古沢賢治編.-- 東京：日本評論社，2002.-- 346p.; 22cm

大阪市立大学经济研究所监修。属于丛书：アジアの大都市；5。 **[研]**

[5138] 上海物語：国際都市上海と日中文化人 / 丸山昇.-- 東京：講談社，2004.-- 274p.; 15cm

[上研日]

[5139] 田中正俊歴史論集 / 田中正俊著；『田中正俊歴史論集』編集委員会編.-- 東京：汲古書院，2004.-- 635, 14p.; 22cm

部分目次：日清戦争後の上海近代「外商」紡績業と中国市場 **[日]**

[5140] 地図を学ぶ：地図の読み方·作り方·考え方 / 菊地俊夫，岩田修二編著.-- 東京：二宮書店，2005.-- 204p.; 21cm

学地图：地图的读法 · 制法 · 研究法。部分目次：上海をめぐる地図から歴史をよむ / 木之内誠著 . **[日]**

[5141] 戦時上海：1937-45年 / 高綱博文編著.-- 東京：研文出版，2005.-- 404, 10p.; 22cm **[研日东]**

2. 政治、法律

[5142] 上海租界ノ司法制度.-- [n. p.].-- 6p.; 28cm

[东]

[5143] 上海新建築條例.-- [n. p.].-- 180p.

[上]

[5144] 上海現行法規輯覧 / 吉田東洲編.-- 上海：上海之日本人社，1914.-- 2v. (附録共); 19-20cm

[研日]

[5145] 上海に於ける邦人紡績工場の罷業 / 三菱合資会社資料課.-- [東京]: 三菱合資会社資料課，1915.-- 21p.; 23cm

上海日本纺织工厂的罢工 [研东]

[5146] 排日熱と日貨排斥の影響. 第1輯 / 上海日本人実業協会調査.-- 上海：上海日本人実業協会，1915.-- 128p.; 23cm

排日热和抵制日货的影响 [东]

[5147] 山東問題に関する日貨排斥の影響.-- [上海]: 上海日本商業会議所，1919-1920.-- 3v.

与山东问题有关的抵制日货的影响。第 2-3 輯题名：山東問題に関する排日状况。 [研东]

[5148] 支那労働者研究 / 小山清次.-- 東京：東亞実進社，1919.-- 456p.; 23cm

附録：支那の土匪。其他版本：第 2 版：1920.-- 456p. [研]

[5149] 欧州休戦後の支那政治現象 / 春申社.-- 上海：春申社，1919.-- 182p.; 23cm

[东]

[5150] 上海新建築条例訳文 / 加藤登訳.-- 大阪：加藤登，1921.-- 169, 19, 8p.; 19cm

[研日]

[5151] 支那会審制度 / [馬場鍬太郎著]. **北京大学** / [鈴木択郎著]. **黄河上流の水運** / [和田平市著].-- 上海：東亞同文書院研究部，1922.-- 67p., 図版2枚; 26cm

[研东]

[5152] 上海に於ける労働者.-- [大阪]: 大阪市商工課，1924.-- 34p.; 23cm

上海的劳动者。属于丛书：支那貿易叢書; 第 2 輯 / 大阪市商工課編。 [研日]

[5153] 上海及其附近の幼年工状態：工部局幼年工委員会報告.-- [n. p.], 1924.-- 34p.; 27cm

上海及附近地区童工状况：工部局童工委员会报告。『週報』第 654 号附録。

[5154] 中部支那労働者の現状と全国労働争議 / 西川喜一.-- 上海：日本堂，1924.-- 122p.; 20cm

[研东]

[5155] **支那排日譚** / 森長次郎.-- 上海：日本堂書店，1924.-- 228p.; 19cm
[研东]

[5156] [**1925年2月，上海の日系紡績罷業に関する新聞切抜**].-- [n. p.].-- 5p.; 28cm
1925 年 2 月，有关上海日系纺织企业罢工的剪报 [东]

[5157] [**上海郵便配達夫のストライキに関する資料**].-- [n. p.].-- 1v.; 27cm
上海邮递员罢工资料 [东]

[5158] **上海ニ於ケル児童労働調査書**.-- [東京]: 社会局第一部，1925.-- 134p.; 23cm
上海儿童劳动调查书。属于丛书：労働保護資料；第 17 輯。 [研日东]

[5159] **上海に於ける動乱直後の印象** / 森盛一郎著.-- [東京]: 東京商業会議所，1925.-- 44p.; 23cm
上海骚乱后印象 [研日东]

[5160] **上海の罷業と綿業市場** / 伊藤竹之助編輯.-- 大阪：伊藤忠商事，1925.-- 63p.; 23cm
上海的罢工与棉业市场。附：罷業及排外運動の経過 [研东]

[5161] **上海工人会は承認すべきか** / 大阪市役所産業部.-- 大阪：大阪市役所産業部，1925.-- 7p.; 22cm
应该承认上海工会吗 [研]

[5162] **上海共同租界会審衙門問題**.-- [東京]: 外務省条約局第二課，1925.-- 80, 20p.; 22cm
附：厦門共同租界会審衙問題；支那人ノ租界行政参與問題。属于丛书：在支治外法権撤廢ニ関スル国際調査委員会資料；第 2 輯。 [研]

[5163] **上海事件に関する報告** / [高久肇編].-- [大連]: 南満洲鉄道庶務部調査課，1925.-- 196, 93p.; 23cm
有关上海事件的报告。附：上海事件相关的工部局声明（上海事件に関する工部局ステートメント）。涉及上海排日问题。属于丛书：満鉄調査資料；第 49 編。
[研日东]

[5164] **上海事件特輯(一)** / 満鉄.-- 満鉄月報，1925

[研]

[5165] 五卅事件と排貨運動 / 横浜正金銀行調査課.-- [東京]: [n. p.], 1925.-- 141p.; 22cm
[研]

[5166] 五卅事件会審衙門記録 = Trial of rioters at the mixed court / 毛受駒次郎譯.-- 上海：水尾印刷所，1925.-- 3v.; 25 cm

[5167] 五卅事件調查書. 第2輯 / 上海日本商業会議所.-- 上海日本商業会議所，1925.-- 304p.; 22cm
[研]

[5168] 支那に於ける排日運動と今回の排外暴動 / 大阪市役所産業部調查課.-- 大阪：大阪市役所，1925.-- 111p.; 22cm

支那的排日运动和此次排外暴动 [研]

[5169] 支那労働問題 / 宇高寧著.-- 上海：国際文化研究会，1925.-- 744p., 図版4枚; 23cm
[研东]

[5170] 民国十四年に於ける支那の労働争議 / 三菱合資会社資料課.-- [東京]: 三菱合資会社資料課, [1925?].-- 134p.; 22cm

民国十四年支那的劳动争议 [研]

[5171] 邦人紡績罷業事件と五卅事件及各地の動揺 / 上海日本商業会議所編.-- 上海：上海日本商業会議所，1925.-- 896p.; 22cm

日本纺织企业罢工事件与五卅事件及各地的不安。（第 1 輯） [研东]

[5172] 法学論泉 / 西村信橘編.-- 桶川町(埼玉県)：法学小誌社，1925.-- 220, 72p.; 22cm

部分目次：上海に於ける支那人と外国人間の争議に関する審理制並に治外法権の撤廃 / 武田蔵之助 . [日]

[5173] 青島，天津，上海，営口，大連，埠頭労働事情比較 / 南満洲鉄道株式会社庶務部調查課編.-- 満鉄庶務部調查課，1925.-- 24p.
[东]

[5174] 排外暴動の上海市場に及ぼせる影響 / 大阪市役所産業部.-- [大阪]: 大阪市役所産

業部，1925.-- 37p.; 23cm

排外暴动对上海市场的影响 [研]

[5175] 最近中国罷工事情 / 上海商務官事務所.-- 上海：内山完造，1925.-- 104p.; 22cm

[研]

[5176] 上海に於ける土地永租権に就いて / 工藤敏次郎著.-- [n. p., 1926].-- 162, 23p.

关于上海土地永租权 [上研东]

[5177] 上海共同租界法規全書 / 山崎九市編訳.-- 上海：日本堂書店，1926.-- 424, 58, 9p.; 23cm

[上研日东]

[5178] 支那の労働運動 / 満鉄東亞経済調査局.-- 南満州鉄道株式会社東亞経済調査局，1926.-- 310p.; 22cm

支那的劳工运动 [研]

[5179] 最近上海に於ける労働運動風潮 / 高久肇著；南満洲鉄道株式会社庶務部調查課編.-- [大連]: 南満洲鉄道，1926.-- 153p.; 23cm

最近上海的劳工运动风潮。属于丛书：満鉄調査資料；第 52 編。 [研日东]

[5180] 上海の共産党 / 長野朗.-- [n. p.], 1927

[研]

[5181] 上海工会組織統一委員会章程 / 上海事務所編.-- [上海]: [満鉄] 上海事務所，1927.-- [10] p.

[东]

[5182] 上海総工会過去一年間の活動 / 満鉄上海事務所.-- 上海：満鉄上海事務所，1927.-- 2v.; 27cm

属于丛书：中国共産黨上海総工会資料；第 2 部 . 上海総工会；1-2。 [研]

[5183] 支那の労働運動 / 長野朗.-- 東京：行地社出版部，1927.-- 310p.; 23cm

支那的劳工运动 [研]

[5184] 国民革命の現勢其の二, 国民政府 / [筆者：高久肇].-- 上海：南満洲鉄道上海事務

所，1927.-- 271p.; 22cm

国民革命现状之二：国民政府。属于丛书：上海満鉄調査資料；第 1 編。 [研]

[5185] 長江流域の労働運動 / 日刊支那事情社.-- 東京：日刊支那事情社，1927.-- 175p.; 19cm

长江流域的劳工运动 [研]

[5186] 時局と上海の労働風潮.-- [上海]: 上海日本商業会議所，1927.-- 2v.; 22cm

时局与上海的劳工风潮 [上研日东]

[5187] 総同盟罷業に関する一考察.-- [n. p.], 1927

总同盟罢工考察 [研]

[5188] 上海ニ於ケル排日排貨運動ト直接間接ノ関係ヲ有スル各種民衆団体ノ解剖 / 南満洲鉄道株式会社上海事務所編.-- [n. p., 1928].-- 61p.

与上海排日、抵制日货运动有直接间接关系的各种民众团体解剖。属于丛书：上海満鉄調査資料；第 5 編。 [上研东]

[5189] 上海に於ける排日諸団体の解剖 / 満鉄上海事務所.-- [n. p.], 1928

上海排日诸团体解剖 [研]

[5190] 上海を中心とする支那の労働運動 1927年度 / 南満洲鉄道株式会社社長室人事課編.-- [大連]: 南満洲鉄道，1928.-- 195p.; 23cm

以上海为中心的支那劳工运动（1927 年度） [研日东]

[5191] 上海地方に於ける支那の裁判並警察の現況 / 上海日本人弁護士会.-- [n. p.], 1928

[研]

[5192] 赤化支那の解剖 / 連修述.-- 東京：大学書房，1928.-- 67p.; 19cm

[研]

[5193] 最近に於ける上海罷業 / 長野朗.-- [n. p.], 1928

最近的上海罢工 [研]

[5194] 上海公共租界臨時法院問題.-- [東京]: 外務省条約局第二課，1929.-- 73, 77p.

[研日东]

[5195] 上海共同租界法概観 / [古川邦彦著]; 東亞同文書院支那研究部.-- 東亞同文書院支那研究部，1929.-- 26p.; 23cm

『支那研究』第十九号抽印本。

[5196] 上海共同租界臨時法院の成績 / 上海日本商工会議所内金曜会.-- [n. p.], 1929

上海公共租界临时法院的成绩 [研]

[5197] 上海共同租界臨時法院の成蹟 / [上海日本弁護士会調査].-- 東京：金曜会，1929.-- 17p.; 22cm

属于丛书：上海排日貨実情；附録第 1 号。 [东]

[5198] 不誠意を裏書する反日取締.-- 上海：金曜会，1929.-- 23p.; 22cm

并无诚意的取缔反日。属于丛书：上海排日貨実情；第 18 号。

[5199] 中国無産階級運動史 / 満鉄庶務部調査課.-- [大連]: 南満洲鉄道社長室調査課，1929.-- 677p.; 22cm

属于丛书：满鉄調査資料；第 109 編。 [研]

[5200] 反日会の掠奪と不法抑留.-- 東京：金曜会，1929.-- 14p.; 22cm

反日会的掠夺与非法扣留。属于丛书：上海排日貨実情；第 4 号。

[5201] 反日会の運動と民衆煽動の真相.-- 上海：金曜会，1929.-- 32p.; 22cm

反日会的运动与煽动民众的真相。属于丛书：上海排日貨実情；第 6 号。

[5202] 反日則救国救国則反日：見よ!この暴戻と非禮を.-- 上海：金曜会，1929.-- 17p.; 22cm

属于丛书：上海排日貨実情；第 10 号。

[5203] 支那の対外的国民運動 / 末広重雄.-- 京都：弘文堂，1929.-- 200p.; 20cm

[研]

[5204] 支那領事裁判権撤廃の準備如何 / [上海日本弁護士会報告].-- 東京：金曜会，1929.-- 16p.; 22cm

废除支那领事裁判权的准备如何。属于丛书：上海排日貨実情；附録第 2 号。

[东]

[5205] 日支交渉と排日貨運動.-- 上海：金曜会，1929.-- 27p.; 22cm
日中交涉与抵制日货运动。属于丛书：上海排日貨実情；第 5 号。

[5206] 抗日·排日関係史料：上海商工会議所『金曜会パンフレット』 / 金丸裕一監修解説.-- 金曜会，1929-1933.-- 5v.; 22cm
抗日、排日关系史料：上海商工会议所《金曜会宣传手册》。第 1 巻 (1929 年 第 1 号 - 第 26 号); 第 2 巻 (1930 年 第 27 号 - 第 49 号); 第 3 巻 (1931 年 第 50 号 - 第 76 号); 第 4 巻 (1932 年 第 77 号 - 第 89 号); 第 5 巻 (1933 年 第 90 号 - 第 111 号). 其他版本：複製：東京：ゆまに書房 , 2005 [日]

[5207] 更に峻烈となった日貨排斥.-- 東京：金曜会，1929.-- 22p.; 22cm
愈演愈烈的抵制日货。属于丛书：上海排日貨実情；第 3 号。

[5208] 国民政府, 排日貨を密令す.-- 上海：金曜会，1929.-- 19p.; 22cm
国民政府密令抵制日货。属于丛书：上海排日貨実情；第 21 号。

[5209] 国恥記念日の仇日運動実情：この仇日感情を如何に見るか.-- 上海：金曜会，1929.-- 31p.; 22cm
属于丛书：上海排日貨実情；第 13 号。

[5210] 看板を塗替へた反日会.-- 上海：金曜会，1929.-- 21p.; 22cm
换了招牌的反日会。属于丛书：上海排日貨実情；第 9 号。

[5211] 条約交渉と反日運動.-- 上海：金曜会，1929.-- 17p.; 22cm
属于丛书：上海排日貨実情；第 23 号。

[5212] 排日運動と上海貿易 / 上海日本商工会議所金曜会.-- 上海：金曜会，1929.-- 22p.; 22cm
属于丛书：上海排日貨実情；第 8 号。 [研]

[5213] 済南事件解決後の排日貨真相.-- 上海：金曜会，1929.-- 32p.; 22cm
济南事件解决后的抵制日货真相。属于丛书：上海排日貨実情；第 11 号。

[5214] 猖獗を極むる排日貨運動 / 金曜会.-- 東京：金曜会，1929.-- 29p.; 22cm
猖獗至极的抵制日货运动。属于丛书：上海排日貨実情；第 2 号。 [研东]

[5215] 第二次全国反日大会の経過.-- 東京：金曜会，1929.-- 23p.; 22cm
属于丛书：上海排日貨実情；第 7 号。

[5216] 暴戻なる上海排日貨の実情 / 金曜会.-- 東京：金曜会，1929.-- 27p.; 22cm
暴戾的上海抵制日货实情。属于丛书：上海排日貨実情；第 1 号。 ［研东］

[5217] 露支紛争のため反日排貨は一時的終熄.-- 上海：金曜会，1929.-- 31p.; 22cm
因俄中纷争而使反日、抵制日货暂时停息。属于丛书：上海排日貨実情；第 19 号。

[5218] 支那の労働運動 / 末光高義.-- 南滿州警察協会，1930
支那的劳工运动 ［研］

[5219] 金曜会パンフレット：上海に於ける反日排貨の実情報告.-- 上海：金曜会，1930
金曜会宣传手册：上海反日抵制日货实情报告。属于丛书：上海排日貨実情；第 27 号。

[5220] 満洲事件以後上海ニ於ケル排日状況 / 在華日本紡績同業会上海本部.-- [上海]: 在華日本紡績同業会上海本部，1931.-- 1v.; 29cm
满洲事件以后上海的排日状况 ［东］

[5221] 現代支那社会労働運動研究 / 宮脇賢之介.-- 東京：平凡社，1932.-- 669p.; 23cm
现代支那社会劳工运动研究 ［研］

[5222] 最近上海の排日貨運動と其影響 / 国際パンフレット通信部.-- 東京：タイムス出版社国際パンフレット通信部，1932.-- 54p.; 19cm
最近上海的抵制日货运动及其影响。属于丛书：国際パンフレット通信；第 471 册。 ［研东］

[5223] 中国民族武装自衛委員会最近の動静 / 在上海日本総領事館.-- 在上海日本総領事館，1934
［研］

[5224] 中国共産党ノ中国民族武装自衛委員会籌備会組織ニ関スル件 / 在上海日本総領事館.-- [上海]: 在上海日本総領事館，1934.-- 45p.; 28cm
中国共产党中国民族武装自卫委员会筹备会组织相关文件 ［研东］

[5225] 中国共産党一派ノ紅軍北上抗日隊擁護運動ニ関スル件 / 在上海日本総領事館.-- [上海]: 在上海日本総領事館，1934.-- 1v.; 28cm

中国共产党一派红军北上抗日队拥护运动相关文件 [研东]

[5226] 中国共産党員中自首転向者ノ現状 / 在上海日本総領事館.-- [上海]: 在上海日本総領事館，1934.-- 6p.; 28cm

[研东]

[5227] 中国労働運動状況 / 在上海日本総領事館警察部第2課.-- [n. p., 1934].-- 333p.; 23cm

中国劳工运动现状 [研]

[5228] 上海に於ける排日運動と直接間接の関係を有する各種民衆の団体の解剖 / 満鉄上海事務所.-- 満鉄上海事務所，1935

与上海排日运动有直接间接关系的各种民众团体解剖 [研]

[5229] 支那秘密結社ノ新情勢·抗日テロヲ中心トシテ観ル / 中国通信社.-- 上海：中国通信社，1936.-- 86p.

支那秘密结社新形势 · 以抗日恐怖分子为中心的观察。属于丛书：中国通信社パンフレット; 第 1 輯。 [研东]

[5230] 上海市行政組織に関する法規 / 満鉄産業部.-- [大連]: 満鉄産業部，1937.-- 158p.; 27cm

上海市行政组织相关法规 [研]

[5231] 支那義和団の再発上海はサラミスである / 竹越与三郎著.-- 東京：竹越与三郎，1937.-- 13p.; 19cm

[日]

[5232] 抗日支那の真相 / 中国通信社編；[平野馨編].-- 東京：平野書房，1937.-- 258p., 図版1枚; 19cm

属于丛书：中国調查資料；第一輯。 [研]

[5233] 国共両党の抗日救国主張：1933年8月至1937年5月 / 上海陸軍武官室.-- 上海：上海陸軍武官室，1937.-- 192p.

[研]

[5234] C·C団に関する調査 / 在上海日本大使館特別調査班.-- [上海]: 在上海日本大使館特別調査班，1939.-- 112p.; 22cm

有关 CC 团的调查 [研东]

[5235] 中支那言論機関の概要 / 中支派遣軍報道部.-- [n. p.], 1939

[研]

[5236] 魔都上海地下抗日テロの全貌 / 杉山清著.-- 東京：昭和書房，1939.-- 30p.; 19cm

魔都上海地下抗日恐怖分子全貌 [日]

[5237] 上海共同租界工部局ニ於ケル現行参事会員選舉法規其ノ他 / 英 [修道] 嘱託編譯.-- [東京: 英修道], 1940.-- 1v.; 26cm

[日]

[5238] 上海労働者生活費ノ高騰ト労働争議ノ増加 / 満鉄上海事務所調査室； [編者：河内，津金常 [知].-- [上海]: 満鉄上海事務所調査室，1940.-- [29] p.; 26cm

上海劳动者生活费高涨与劳资纠纷增加 [东]

[5239] 最近ニ於ケル上海労働事情.-- [上海]: 興亞院華中連絡部，1940.-- 17p.; 27cm

最近上海劳动情况。属于丛书：興亞華中資料；第 163 号。

[5240] 1941年4月～8月上海ストライキ概況 / 上海事務所調査室編.-- [上海]: [満鉄] 上海事務所調査室，1941.-- 27p.

1941 年 4-8 月上海罢工概况 [东]

[5241] 上海共同租界土地章程及附則.-- 岡本事務所，1941

[研]

[5242] 上海青年団の現状 / 松井松次編.-- 上海：上海青年団本部，1941.-- 81p.

[上]

[5243] 支那の秘密結社青幇·紅幇に就て / 小谷冠桜著.-- 上海：上海青年団本部，1941.-- 45p.; 19cm

支那的秘密结社：青帮、红帮 [东]

[5244] 開戦直後ノ上海労働問題ノ現状ト対満労力供出問題 / 満鉄上海事務所調査

室；[取纏者：津金常知].-- [上海：満鉄上海事務所調查室，1941].-- [24] p.; 27cm

开战后上海劳动问题现状及对满劳力输出问题 [东]

[5245] 上海共同租界土地章程及附則 / 上海市政研究会 [譯].-- 増補第2版.-- 上海：上海市政研究会，1942.-- 47p.; 22cm

[研]

[5246] 上海地区ニ於ケル土地制度.-- [上海]: 興亞院華中連絡部，1942.-- 68p., 21cm

上海地区的土地制度。属于丛书：興亞華中資料；第 437 号。 [上研日]

[5247] 上海租界対策関係佈告集 / 租界対策機関編.-- [n. p., 1942].-- 218p.

[上]

[5248] 上海は起ち上る / 東英男著.-- 東京：国民政治経済研究所出版部，1943.-- 119p., 図版; 19cm

[上研日]

[5249] 東西交涉史の研究 / 藤田豊八著；池内宏編.-- 東京：荻原星文館，1943.-- 2v.; 22cm

巻题名：元時代海港としての杭州，附上海。 [日]

[5250] 現行上海特別市第一区法規全集 / 英修道，伊藤政寛共著.-- 東京：帝国地方行政学会，1943.-- 399, 70p.; 22cm

[上日]

[5251] 支那社会組織の単位としての幇·同郷会·同業公会について：上海を中心として / 太平洋協会調査局.-- 太平洋協会調査局，1944.-- 16p.; 25cm

作为支那社会组织单位的帮、同乡会、同业公会：以上海为中心 [研东]

[5252] 裁かれる汪政権：中国漢奸裁判秘録 / 益井康一著.-- 東京：植村道浩，1948.-- 236p.; 19cm

被审判的汪精卫政权：中国汉奸审判秘录

[5253] 外務省調查局資料.-- 調一資料，昭和24-26年〔1-2〕.-- [東京]: 外務省調查局第一課，1949-1951.-- 2v.; 25cm

部分目次：〔1〕中共資料二〇号 上海経済運営方針に関する饒漱石並びに華北貿易に関する許滌新の論説 [日]

[5254] 二等兵から閣下まで：上海監獄騒動記 / 古谷多津夫著.-- 東京：東京ライフ社，1957.-- 235p.; 18cm

从二等兵到阁下：上海监狱骚动记 [研日]

[5255] 上海総工会の報告 / 関西大学東西学術研究所.-- 関西大学東西学術研究所，1962 [研]

[5256] 全協資料. 第1巻 / 司法省刑事局.-- 東京：東洋文化社，1973.-- 592p.; 22cm

部分目次：1925年上海会議5月テーゼ(所謂ヘラーテーゼ) / 間庭末吉証拠品写. 属于丛书：社会問題資料叢書；第1輯。 [日]

[5257] 中国国民革命史の研究 / 野沢豊編.-- 東京：青木書店，1974.-- 408p.; 22cm

部分目次：江浙戦争と上海自治運動 / 笠原十九司. [日]

[5258] 思想情勢視察報告集 其の5.-- 京都：東洋文化社，1974.-- 338p.; 22cm

部分目次：上海特区法院の沿革 / 佐藤欽一. 属于丛书：社会問題資料叢書；第1輯。 [日]

[5259] 思想情勢視察報告集 其の9.-- 京都：東洋文化社，1977.-- 128p.; 22cm

部分目次：上海に於ける抗日テロ分子の活動状況。属于丛书：社会問題資料叢書；第1輯。 [日]

[5260] 漢奸裁判史： 1946-1948 / 益井康一著.-- 東京：みすず書房，1977.-- 352p., 図版 [8] p.; 20cm

附：関係年表。 [研]

[5261] 五·四運動 / 野沢豊，田中正俊編.-- 東京：東京大学出版会，1978.-- 270p.; 21cm

部分目次：ボイコット運動と民族産業 - 上海を中心に / 笠原十九司著. [日]

[5262] 論集近代中国研究 / 市古教授退官記念論叢編集委員会編.-- 東京：山川出版社，1981.-- 633, 5p.; 22cm

部分目次：上海共産主義グループの成立をめぐって - 初期中国共産主義運動史研究ノート / 本庄比佐子著. [日]

[5263] 中国女性解放の先駆者たち / 中国女性史研究会編.-- 東京：日中出版，1984.-- 181p.; 20cm

中国女性解放的先驱者们。附：年表 · 中国女性解放のあゆみ。 [研]

[5264] **中国の近代化と地方政治** / 横山英編.-- 東京：勁草書房，1985.-- 244p.; 22cm

部分目次：清末上海の河工事業と地方自治 -「馬家浜」の一事例よりみたる / 森田明著 . [研日]

[5265] **中国の議会制度と地方自治：北京市と上海市の場合を中心に** / 毛里和子.-- 東京：東京都議会議会局調査部調査課，1988.-- 173p.; 19cm

中国的议会制度与地方自治：以北京和上海的情况为中心 [日]

[5266] **中国謎の秘密結社**.-- [n. p.], 1988

中国谜一样的秘密结社。歴史読本臨時増刊。 [研]

[5267] **上海経済圏の労働事情：ジョイン事業調査報告書**.-- [東京]: 日本貿易振興会機械技術部，1991.-- 61p.; 26cm

上海经济圈劳动情况：合作事业调查报告书 [日]

[5268] **上海レポート：巨大開発と犯罪** / 德岡仁著.-- 町田：蒼蒼社，1992.-- 201p.; 21cm

上海报告：巨大开发与犯罪 [研日]

[5269] **五四時期の上海労働運動** / 江田憲治著.-- 京都：同朋舎出版，1992.-- 4v.; 21cm

五四时期上海的劳工运动。属于丛书：京都大学人文科学研究所共同研究報告 . 五四運動の研究。 [研日]

[5270] **20世紀上海の新中間層に関する歴史的研究：企業職員履歴書の分析** / 岩間一弘；富士ゼロックス小林節太郎記念基金編.-- 東京：富士ゼロックス小林節太郎記念基金，2005.-- 33p.; 30cm

20 世纪上海新中间层历史的研究：企业职员履历书分析 [日]

3. 列强入侵、对外交往、外侨生活

[5271] **特命全権大使米欧回覧実記** / 岩倉具視.-- [n. p.], 1871

[研]

[5272] **支那彙報** / 東邦協会編纂.-- 東京：東邦協会，1894.-- 430p.; 23cm

部分目次：上海に於ける外国人居留地制度 / 内田定槌 . [研]

[5273] 幕末外交談 / 田辺太一.-- 東京：富山房，1898.-- 536p.; 22cm

其他版本：東京：平凡社，1966.-- 2v.; 復刻版：東京：東京大学出版会，1976 **[研]**

[5274] 戦の跡：上海に於ける陸戦隊隊員と児童.-- [n. p.].-- 2v.

战之迹：在上海的陆战队队员和儿童。従明治四十三年至明治四十四年; 従明治四十四年至明治四十五年。 **[东]**

[5275] 上海に於ける日本及び日本人の地位 / 外務省通商局·内山書記生.-- 外務省通商局，1915.-- 102p.; 27cm

在上海的日本及日本人的地位 **[研]**

[5276] 中南支那ニ於ケル外国人勢力拡張ノ手段; 中南支那其他ニ於ケル収入ノ財源支那ニ於ケル新聞; 南支那ニ於ケル阿片密輸入ノ状況及方法竝禁煙問題ノ経過 / 台湾総督府編.-- 台北：台湾総督府，1917.-- 562p.; 22cm

中南支那的外国人势力扩张手段; 中南支那其他的收入财源的支那新闻; 南支那鸦片秘密输入状况、方法及禁烟问题经过 **[研]**

[5277] 日本乎英国乎：揚子江流域と日英の勢力 / 日高進著.-- 東京：東京時論社，1918.-- 542p.; 23cm

[研]

[5278] 二十一箇条問題に関する上海に於ける排日状況.-- [上海]: 上海日本商業会議所，1923.-- 264p., 図; 23cm

与"二十一条"有关的上海排日状况。又名：二十一箇条問題に関する排日状況。 **[研日东]**

[5279] 支那国際関係概観 / 斎藤良衛.-- 東京：国際聯盟協会，1924.-- 160p.; 19cm

属于丛书：国際聯盟協会パンフレット；第41輯。其他版本：改定增補第6版.-- 1925. 235p.; 第8版.--1929 **[研]**

[5280] 元治元年に於ける幕吏の上海視察記 / 新村出著.-- 文久2年の官船第一次上海派遣と文久3年-元治元年の第2次上海派遣に関する史料に就いて 武藤長藏著.-- 長崎：長崎高等商業学校研究館，1925.-- 44p.; 22cm

元治元年幕吏上海视察記; 论文久2年官船第一次派遣上海与文久3年至元治元年第2次派遣上海相关史料。長崎高等商業学校研究館年報『商業と経済』第5年第2冊

(大正 14 年 2 月発行)の抽印本。

[5281] 元治元年上海派遣官船「健順丸」に関する長崎側の史料 / 武藤長藏.-- 長崎：長崎高等商業学校研究館，1925.-- 8p.; 23cm

长崎方面有关元治元年派遣上海的官船"健顺丸"的史料。長崎高等商業学校研究館年報『商業と経済』第 6 年第 1 冊抽印本。

[5282] 南国史話 / 川島元次郎.-- 東京：平凡社，1926.-- 368p.; 23cm

九州地方历史。 [研]

[5283] 元治元年上海派遣官船「健順丸」に関し石渡博士提供の史料.-- 長崎：長崎高等商業学校研究館，1927.-- 8p.; 23cm

石渡博士提供的与元治元年派遣上海的官船「健顺丸」有关的史料。長崎高等商業学校研究館年報『商業と経済』第 8 年第 1 冊(昭和 2 年 11 月発行)抽印本。

[5284] 支那と外国 / 坪井九馬三著. **支那の帝政と共和政** / 矢野仁一著.-- 東京：啓明会，1927.-- 83, 9p.; 21cm

支那与外国; 支那的帝制与共和制 [研]

[5285] 昭和2年上海陸戦隊警備記念写真帳 / 日本海軍陸戦隊本部写真班.-- 日本海軍陸戦隊本部写真班，1927

[研]

[5286] 支那外交通史 / 窪田文三.-- 東京：三省堂，1928.-- 506p.; 24cm

[研]

[5287] 上海在留日本人人口調査 / [佐藤貞之著]; 東亞同文書院支那研究部 東亞同文書院支那研究部，1929.-- p.167-190; 23cm

『支那研究』第二十号抽印本。

[5288] 上海居留民団 / [林源三郎著] ; 東亞同文書院支那研究部.-- 東亞同文書院支那研究部，1929.-- p.91-108; 23cm

『支那研究』第十九号抽印本。

[5289] 小幡氏接受拒否に関する支那側の主張と宣言.-- 上海：金曜会，1929.-- 22p.; 22cm

与小幡氏接受拒绝有关的支那方面的主张和宣言。属于丛书：上海排日貨実情；第 26 号。

[5290] 日支条約交渉に関する支那側の論調.-- 東京：金曜会，1929.-- 26p.; 22cm

中国方面有关日中条约交涉的论调。属于丛书：上海排日貨実情；第 24 号。

[5291] 日貨排斥再び勃発せむ：見よ日支交涉牽利の武器を.-- 上海：金曜会，1929.-- 33p.; 22cm

抵制日货再度暴发：看日中交涉的武器。属于丛书：上海排日貨実情；第 15 号。

[5292] 佐分利公使の逝去と支那側の条約交渉観.-- 上海：金曜会，1929.-- 16p.; 22cm

属于丛书：上海排日貨実情；第 25 号。

[5293] 近世支那外交史 / 稲坂碚.-- 東京：明治大学，1929.-- 420p.; 23cm

[研]

[5294] 条約改訂に入る前に先ず反日取締の約束を履行せよ.-- 上海：金曜会，1929.-- 33p.; 22cm

开始修订条约前，需先履行取缔反日的约定。属于丛书：上海排日貨実情；第 14 号。

[5295] 近世支那外交史 / 矢野仁一.-- 京都：弘文堂，1930.-- 946p.; 23cm

其他版本：4 版：1940，946p. 卷末附正误表。 [研]

[5296] 上海に於ける太平洋会議 / 那須皓編.-- 東京：太平洋問題調査会，1932.-- 237p.; 20cm

上海的太平洋会议 [上研日东]

[5297] 上海方面戦斗詳報綴 / 飯塚徳次.-- 飯塚徳次, [1932?].-- 1v.; 26cm

目次：上海派遣軍作戦経過ノ概要 / 第十四師団司令部複写 . 廟巷附近ノ戦闘：爆弾三勇士 / 上海派遣軍司令部，第十四師団司令部複写 . 上海事変ノ経験ニ基ク所見：戦闘ニ関スル事項：昭和 7 年 3 月 6 日於南翔鎮 / 第九師団司令部 [編]. 上海事変ニ於ケル第十一師団戦記：昭和 7 年 3 月 20 日 / 第十一師団司令部複写；第十一師団司令部編纂 .

[5298] 上海邦人工業救済に関する請願書 / 上海工業同志会.-- [n. p.], 1932

上海日本人工业救济的请愿书 [研]

[5299] 上海附近の戦闘に就て / 陸軍省調査班編.-- [東京]: 陸軍省調査班，1932.-- 59p.; 19cm

有关上海附近的战斗。附：租界に就て(关于租界)。其他版本：1937 [研日东]

[5300] 上海事件と支那政界裏面の策動.-- [n. p.], 1932

上海事件和支那政界背后的策动。属于丛书：国際パンプレット通信；478 册。 [研]

[5301] 上海事件と国際聯盟 / 陸軍省調査班編.-- [東京]: 陸軍省調査班，1932.-- 77p.; 19cm [研日东]

[5302] 上海事件と陸軍派遣に至る迄の経緯 / 陸軍省調査班編.-- [東京]: 陸軍省調査班，1932.-- 30p.; 19cm

上海事件和导致派遣陆军的原委 [研日]

[5303] 上海事件に就て / 海軍省.-- [東京]: 海軍省，1932.-- 27p.; 19cm

有关上海事件 [研日东]

[5304] 上海事件に関する支那輿論の一斑 / 三菱合資会社資料課.-- 東京：三菱合資会社資料課，[19--].-- 58p.; 23cm

有关上海事件的支那舆论一斑

[5305] 上海事件の真相 / 飯田久恒述.-- 東京：矢来町青年分团，1932.-- 52p.; 19cm [日]

[5306] 上海事件の経過 / 海軍省.-- [東京]: 海軍省，1932.-- 6v. (合本1v.); 23cm [日东]

[5307] 上海事件を中心として / 岡野俊吉著.-- [東京]: 海軍省，1932.-- 24p.; 23cm

以上海事件为中心 [研日东]

[5308] 上海事件外交史 / 榛原茂樹，柏正彦著.-- 東京：金港堂書籍，1932.-- 582p.; 19cm

附：満洲建国始末。 [研日东]

[5309] 上海事变 / 上海日報社編纂.-- 上海：上海日報社出版部，1932.-- 441p.; 19cm
其他版本：7 版 .-- 1932.-- 439p.; 8 版 .-- 1932.-- 439p. [上日东]

[5310] 上海事変 / 浜田峰太郎編.-- 上海日報社，1932
[研]

[5311] 上海事変と我海軍 / 海軍省編.-- [東京]: 海軍省，1932.-- 87p.; 19cm
[研日东]

[5312] 上海事変と帝国海軍の行動 / 海軍省.-- [東京]: 海軍省，1932.-- 17p.; 19cm
[日东]

[5313] 上海事変に就て / 内藤順太郎編.-- 東京：東亞社出版部，1932.-- 57p.; 19cm
关于上海事变 [日]

[5314] 上海事変に関する虚報に基く誤解を解く / 海軍省.-- [東京]: 海軍省，1932.-- 11p.; 19cm
破解基于虚报而对上海事变的误解 [日]

[5315] 上海事変のその次の問題 / 北村佳逸著.-- 大阪：改善社，1932.-- 286p.; 19cm
上海事变及接续问题 [研日]

[5316] 上海事変の経過 / 仲摩照久編.-- 東京：新光社，1932.-- 259p.
『世界知識』増刊。另收录于：満洲国大観 .-- 1932；1933。 [上研]

[5317] 上海事変の裏表 / 中山勤之助著.-- 東京：三友堂書店，1932.-- 128p.; 19cm
上海事变的正反两面 [日]

[5318] 上海事変を語る / 村松梢風著.-- 東京：平凡社，1932.-- 245p.; 20cm
说上海事变 [上研日]

[5319] 上海事変を観てくる / 村松梢風.-- 中央公論社，1932
看上海事变 [研]

[5320] 上海事変実戦記 / 山県八郎著.-- 中野町(東京府)：テレスコープ社，1932.-- 133p.; 19cm

[日]

[5321] 上海事変勃発後に於ける支那各地状況 / 海軍省編.-- [東京]: 海軍省，1932.-- 45p.; 19cm

上海事变爆发后支那各地状况。其他版本：1937 [研日东]

[5322] 上海事変記 / 帝国在郷軍人会上海支部.-- 上海： [n. p.], 1932

[研]

[5323] 上海事変戦記 / 上海派遣軍司令部編.-- 上海：帝国在郷軍人会上海支部，1932.-- 229p.

[上]

[5324] 上海事変戦記 / 帝国在郷軍人会上海支部.-- 上海：帝国在郷軍人会上海支部，1932.-- 229p：地図; 19cm

其他版本：1937 [研东]

[5325] 上海停戦協定の成立と其経緯 / 陸軍省調査班編.-- [東京]: 陸軍省調査班，1932.-- 40p.; 19cm

上海停战协定的成立及其原委 [日]

[5326] 上海猶太人の活動.-- [n. p.], 1932.-- 4p.; 28cm

上海犹太人的活动。(第 2 号) [研东]

[5327] 上海戦と国際法 / 信夫淳平著.-- 東京：信夫淳平，1932.-- 527, 7p.; 20cm

英译本：International law in the Shanghai conflict / J. Shinobu.-- Tokyo：Maruzen, 1933. 267p.

[上研日]

[5328] 上海戦線を視察して / 武富邦茂.-- [東京]: 海軍省，1932.-- 20p.; 19cm

视察上海战线 [研日东]

[5329] 上海戦闘史 / 春日靖軒.-- 東京：研文書院，1932.-- 666p.; 19cm

其他题名：正義人道の師上海戦闘史。 [研]

[5330] 支那事変と東亞の将来 / 佐藤清勝.-- 東京：春秋社，1932.-- 387p.; 20cm

[研]

[5331] 日支事变に関する各国新聞論調 / 外務省情報部.-- [n. p.], 1932.-- 2v.

有关日支事变的各国报纸论调 [研]

[5332] 日本と支那：上海事変を中心として / 前芝確三著.-- 東京：一元社，1932.-- 284p.; 20cm

日本与支那: 以上海事变为中心 [上研日]

[5333] 日本の戦慄上海篇 / 直木三十五著.-- 東京：中央公論社，1932.-- 430p.; 20cm

[研日]

[5334] 日露戦役従軍記; 上海事変実戦記 / 辻権作.-- [n. p.].-- 1v.; 26cm

日俄战役从军记; 上海事变实战记 [东]

[5335] 火線に散る / 伊地知進.-- 東京：欽英閣，1932.-- 242p.; 19cm

散落到火线。陆军步兵中尉伊地知进的上海实战记。 [研]

[5336] 火線を越して：満洲·上海事件美談集 / 鈴木氏亨著.-- 東京：先進社，1932.-- 343p.; 19cm

越过火线: 满洲、上海事件美谈集 [研日]

[5337] 江南乃戦：上海事変 / 歩兵第三十六聯隊編纂部.-- 鯖江町(福井県)：鈴木竹香堂，1932.-- 1v.; 26cm

[日]

[5338] 肉弾は飛ぶ：満洲·上海事変忠烈美談 / 野崎小蟹著.-- 東京：忠誠堂，1932.-- 259p.; 20cm

[日]

[5339] 対支国策論：満洲上海両事変解説.-- 東京：宮地貫道，1932.-- 120, 39p.; 19cm

[研日东]

[5340] 帝国海軍と上海事変：国際都市動乱の真相 / 高橋邦夫著.-- 東京：日本評論社，1932.-- 134p.; 19cm

其他版本：1937 [研日东]

[5341] 昭和七年上海事変：明華日誌 / 明華糖廠編.-- [n. p.], 1932.-- 133p., 図, 地図; 23cm

[研东]

[5342] 昭和満洲·上海大事変誌.-- 長岡：立正護国会本部，1932.-- 1v.; 27cm

[日]

[5343] 海軍陸戦隊上海戦闘記 / 有馬成甫著.-- 東京：海軍研究社，1932.-- 609p.; 19cm

其他版本：1937 [上研日东]

[5344] 砲塵：上海事変山砲兵第九聯隊戦記 / 井上辰三，服部勇編.-- 山砲兵第九聯隊戦記編纂部，1932.-- 1v.; 20cm

[日]

[5345] 停戦会議開催マテ：上海事件其一 / [南満洲鉄道株式会社] 総務部調査課長.-- [大連]: [満鉄] 総務部調査課長，1932.-- 27p.

上海事件之一：到停战会议召开 [东]

[5346] 停戦会議経過：上海事件其二 / [南満洲鉄道株式会社] 総務部調査課長.-- [大連]: [満鉄] 総務部調査課長，1932.-- 29p.

上海事件之二：停战会议经过。自 1932 年 3 月 24 日至 5 月 5 日。 [东]

[5347] 富山勇士上海血戦記 / 藤沢大手編著.-- 富山：富山日報社出版部，1932.-- 168, 54p.; 20cm

[日]

[5348] 満州·上海事変全記 / 朝日新聞社編.-- 東京; 大阪：朝日新聞社，1932.-- 418p., 図版5枚; 19cm

[研东]

[5349] 満州事変外交史 / 榛原茂樹，柏正彦著.-- 東京：金港堂，1932.-- 465p.; 19cm

附：上海事件顛末。 [东]

[5350] 満州建国と満州上海大事変史 / 長崎日日新聞社編纂.-- 長崎：長崎日日新聞株式会社，1932.-- 1v, 図版 [4] 枚; 26 × 38cm

[5351] 満州建国と満州上海大事変史 / いはらき新聞社編纂.-- 水戸：いはらき新聞社，1932.-- 220p.; 25 × 38cm

[5352] 満州建国と満州上海大事変史 / 豊州新報社編纂.-- 大分：豊州新報社，1932.-- 234p.; 26 × 38cm

[5353] 満洲·上海事変尽忠録 / 陸軍省，海軍省後援編纂.-- 東京：愛国会満洲上海事変尽忠録編纂部，1932.-- 1147p.

[上]

[5354] 満洲·上海事変全記 / 朝日新聞社編.-- 東京：朝日新聞社，1932.-- 418p.; 19cm

[研日]

[5355] 満洲上海事変名誉記録 / 志村吉雄著.-- 東京：文化協会出版部，1932.-- 1v.; 22cm

[日]

[5356] 満洲上海事変尽忠録 / 愛国会満洲上海事変尽忠録編纂部編.-- 東京：愛国会満洲上海事変尽忠録編纂部，1932-1933.-- 2v.; 27cm

[日东]

[5357] 満洲上海事変忠誠録 / 滋賀県出動軍人遺家族後援臨時委員会.-- 滋賀：滋賀県，1932.-- 548, 3p.; 23cm

[日]

[5358] 満洲及上海に正しき日本を観る / 三島章道著.-- 東京：東学社，1932.-- 251p.; 19cm

就満洲及上海看正确的日本。附：国際聯盟と我裏南洋。 [上研日]

[5359] 満洲事変·上海事件に長野県の生んだ美談佳話.-- [長野]: 長野県学務部，1932.-- 121p.; 19cm

[日]

[5360] 満洲事変及上海事件関係発表集. 第3-5.-- [東京]: 外務省情報部，1932-1933.-- v.; 23cm

[日]

[5361] 満洲国大観 / 朝日新聞社.-- 大阪：朝日新聞社，1932.-- 64p.; 19cm

附：満洲事変 · 上海事変，満洲事変と国際関係。昭和 8 年『朝日年鑑』附録。

[5362] 满洲国大観：附上海及満州事変 / 仲摩照久編.-- 東京：新光社，1932.-- 1v.; 26cm

3 篇合订。目次：満洲事変の経過；上海事変の経過；満州国の解剖.

[5363] 満洲建国と満洲·上海大事変史 / 神戸又新日報社編.-- 神戸：神戸又新日報社，1932.-- 1v.; 26 × 36cm

[日]

[5364] 満洲建国と満洲·上海大事変史 / 日出新聞社編.-- 京都：日出新聞社，1932.-- 1v.; 26 × 38cm

[日]

[5365] 満洲建国と満洲·上海大事変史 / 東洋文化協会編.-- 東京：東洋文化協会，1932.-- 1v.; 26 × 38cm

[日东]

[5366] 満洲建国と満洲·上海大事変史 / 信濃日報社編.-- 松本：信濃日報社，1932.-- 214p.; 26 × 38cm

[日]

[5367] 満洲建国と満洲上海大事変史 / 新潟新報社編.-- 新潟：新潟新報社，1932.-- 40, 12, 4p., 図版; 27 × 39cm

[日]

[5368] 満洲建国と満洲上海大事変史 / 横浜貿易新報社編.-- 横浜：横浜貿易新報社，1932.-- 40, 12, 4p., 図版; 27 × 39cm

[日]

[5369] 満蒙経営私策 / 川村貞次郎.-- 川村貞次郎, [1932].-- 36p.; 23cm

附：時局直後の上海。 [日]

[5370] 戦火閃く満蒙から上海へ / 小松謙堂著.-- 東京：玲文社，1932.-- 116p.; 20cm

从战火闪现的满蒙到上海 [日]

[5371] 新満州建国と満州上海大事変史 / 夕刊大阪新聞社編.-- 大阪：夕刊大阪新聞社，1932.-- 1v.; 26 × 38cm

[研]

[5372] 隣邦一巡所感 / 高木陸郎著. **北京より南京まで** / 神田正雄著. **昭和七年十月（満洲事変突発後満一年）上海南京視察談** / 坂西利八郎著.-- 東京：日華倶楽部，1932.-- 54p.; 23cm

[东]

[5373] 噫忠魂：上海陸戦隊の華 / 浦路耕之輔著.-- 京都：杉本書店，1932.-- 363, 46p., 図版45枚; 20cm

[研日]

[5374] 爆弾三勇士：満洲上海事変美談集 / 池上浩絵.-- 東京：金蘭社，1932.-- 238p., 図版; 20cm

[日]

[5375] 上海事変誌：昭和7年 / 上海居留民团編.-- 上海：上海居留民团，1933.-- 816, 62, 91p., 図版, 地図; 23cm

又名：昭和七年上海事変誌。作者站在日本军国主义立场上，对1932年"一·二八事变"的历史进行了片面的叙述。全书分为事变前志、事变本志和事变后志三编，另有附录39个，包括有关日本"军部"的资料、日本在沪居留民资料等。附彩色"上海地図：北部及東部"，是虹口及杨树浦地区公共租界自卫布局图。其他版本：複製：東京：大空社，2002（上海叢書4 / 山下武、高崎隆治監修） **[上研日东][V]**

[5376] 日支大事変と帝国の国防 / 北門日報社編.-- 小樽：北門日報社，1933.-- 270p.; 27 × 39cm

[研]

[5377] 黒船前後 / 服部之総.-- 東京：大畑書店，1933.-- 264p., 図版6枚; 20cm

其他版本：東京：清和書店，1935.-- 293p.; 東京：角川書店，1953; 東京：筑摩書房，1966 **[研]**

[5378] 満洲上海事変殉国将士顕彰録.-- 長崎：満洲上海事変殉国将士顕彰会，1933.-- 414p.; 23cm

[日]

[5379] 満洲国大観：付上海及熱河事変 / 仲摩照久編.-- 東京：新光社，1933.-- 1v.; 26cm

3篇合订。目次：満洲国の解剖; 上海事変の経過; 熱河討伐及び熱河事情 **[研]**

[5380] 満洲建国と満洲·上海大事変史 / 四国民報社編.-- 高松：四国民報社，1933.-- 222p.; 26 × 38cm

[日]

[5381] 満蒙から上海へ / 小松謙堂著.-- 増補改訂版.-- 東京：玲文社，1933.-- 1191p., 図版; 19cm

从满蒙到上海 [研日]

[5382] 落陽に祈る：上海満洲実戦記 / 野中喜四郎著.-- 改訂4版.-- 東京：楽陽堂書房，1933.-- 453p.; 20cm

向落日祈愿：上海满洲实战记 [研日]

[5383] 上海を中心とする長江流域邦人の発展策：20周年記念懸賞論文集 / 上海日日新聞社編.-- 上海：上海日日新聞社，1934.-- 86p.

以上海为中心的长江流域日本人发展策略 [上研东]

[5384] 血潮ハ飛び散る：上海事件の体験を語る / 加藤政太郎著.-- 東京：兵用図書，1934.-- 586p.; 19cm

血潮飞散：述说上海事件的体验 [日]

[5385] 満洲事変及上海事件関係公表集.-- 東京：外務省情報部，1934.-- 815p.; 23cm

其他版本：1939 [研日东]

[5386] 上海に於ける朝鮮人の実情 / 島津岬，古屋孫次郎述.-- 東京：中央朝鮮協会，1935.-- 34p.; 19cm

上海在留朝鲜人情况 [日]

[5387] 上海の白系露人に就て：1935年7月現在.-- [上海]: 東亞経済調査局上海支局，1935.-- 16p., 表; 23cm

关于上海白俄：1935 年 7 月情况 [研日]

[5388] 上海事変に出征して / 小松町：武部伴吉，1935.-- 73p.; 19cm

出征上海事变 [日]

[5389] 弾巣を貫きて / 蚊野豊次.-- 金沢戦友会，1935

[研]

[5390] 幕末の新政策 / 本庄栄治郎.-- 東京：有斐閣，1935.-- 344p.; 23cm

属于丛书：日本経済史研究所研究叢書；第五冊。其他版本：增訂 3 版 .-- 1946.-- 493p.; 増補版 .-- 1958.-- 563p. [研]

[5391] 遠西叢考 / 新村出.-- 東京：楽浪書院，1935.-- 392p.; 20cm

[研]

[5392] 少年満洲事変と上海事変 / 山県信敬著.-- 東京：大同館書店，1936.-- 378p., 図版; 20cm

[日]

[5393] 対支回顧録 / 対支功労者伝記編纂会.-- 東京：対支功労者伝記編纂会，1936-1942.-- 4v.; 22cm

四册：上、下、続上、続下。続編出版者：大日本教化図書。 [研]

[5394] 長江警備随筆 / 林幸市.-- [n. p.], 1936

[研]

[5395] 緊迫せる魔都上海：日支問題を集中化して.-- [姫路]: 兵庫県国防協会播州国防研究会本部，1936.-- 13p.; 20cm

紧迫的魔都上海：日支问题集中化 [日]

[5396] 上海·北支戦線美談 / 朝日新聞社編.-- 大阪：朝日新聞社，1937-1938.-- 4v.; 19cm

第 1 至 4 輯。 [日]

[5397] 上海に於ける赤·白露人情勢 / 中国通信社調査部編.-- 上海：中国通信社調査部，1937.-- 80p.

上海在留赤俄、白俄情况。属于丛书：中通資料；第 70 号。 [上研东]

[5398] 上海より北満へ / 重田重直 [遺稿] ；重田敏雄編.-- 渋川町(群馬県)：重田敏雄，1937.-- 92p.; 23cm

从上海到北满 [日]

[5399] 上海より南京を衝く：戦線ルポルターヂユ / 杉山瑛二記.-- 東京：昭和書房，1937.-- 41p.; 19cm

自上海冲向南京：战线报告集 [日]

[5400] 上海大山事件の真相·中華民国要人の略歴·軍歌昭和の日本.-- [姫路]: 兵庫県国防協会播州国防研究会本部，1937.-- 26p.; 20cm

[日]

[5401] 上海北支戦線美談 / 朝日新聞社編.-- 大阪：朝日新聞社，1937-.-- 4v.; 19cm

[第1輯]-第4輯.其他题名：北支·上海戦線美談。

[5402] 上海事変：五周年追憶.-- 上海：島津長次郎，1937.-- 31p., 図; 19cm

[5403] 上海事変と国際連盟 / 陸軍省調査課.-- [n. p.], 1937

[研]

[5404] 上海特別陸戦隊警備記念写真帖 / 橋岡保彦等編.-- 上海：橋岡写真館，1937.-- 1v.

[上]

[5405] 上海戦線の進展とその後の上海 / 南満洲鉄道株式会社上海事務所調査課編.-- [上海]: 満鉄上海事務所調査課，1937.-- 11p.

上海战线的进展及之后的上海 [东]

[5406] 上海戦線報告書 / 梅原一雄著.-- 東京：今日の問題社，1937.-- 102p.; 19cm

[日]

[5407] 支那の中心勢力を解剖す：上海に展開する国際通信戦 / 松本重治著.-- 東京：日本外交協会，1937.-- 28p.; 23cm

支那的中心势力解剖：上海展开国际通信战 [研日东]

[5408] 支那を繞り政治·経済並に宣伝に活躍する上海猶太銘鑑 / 国際政経学会編.-- 東京：国際政経学会，1937.-- 114p.; 27cm

围绕支那的政治、经济及宣传而活跃的上海犹太铭鉴。又名：上海猶太銘鑑。附：英国及び米国政府を操縦する猶太色彩。 [日东研]

[5409] 日支事変に於ける従軍布教紀要 / 市田勝道編.-- 本派本願寺枢密部，1937

日中事变随军传教纪要 [研]

[5410] 満洲及第一次上海事変銃後の回顧 / 三島章道著.-- 3版.-- 東京：東学社，1937.-- 272p.; 20cm

满洲及第一次上海事变后的回顾 [日]

[5411] 戦争の横顔：文学者は戦線で何を見たか / 林房雄.-- 東京：春秋社，1937.-- 443p.; 19cm

战争的侧面：文学家在战线看到了什么 [研]

[5412] 戦禍の北支上海を行く / 吉屋信子著.-- 東京：新潮社，1937.-- 245p.; 20cm

战祸的北支、上海行。其他版本：復刻：東京：ゆまに書房,2002 [上研日]

[5413] 上海·南京ニ於ケル我ガ爆撃ト敵ノ防空.-- 富山：富山社交俱楽部，1938.-- 52p.; 22cm

上海、南京的我方轰炸及敌方防空。附：爆撃及砲撃ニ因ル被害。 [日]

[5414] 上海の集団スパイ：牒報よりも戦争製造 / 中井房雄著.-- 東京：昭和書房，1938.-- 29p.; 18cm

上海的集体间谍：谍报也能制造战争 [日]

[5415] 上海六三花園の華白石少年兵 / 若鶴勉著.-- 下関：白銀日新堂支店，1938.-- 73p.; 20cm

[日]

[5416] 上海事変 / 文芸春秋編.-- 文芸春秋社，1938

[研]

[5417] 上海南京の戦跡を訪ねて.-- 大阪：日本ポルトランドセメント同業会，1938.-- 50p.; 21cm

寻访上海南京战迹 [日]

[5418] 上海戦跡案内：中支派遣軍報道部検閲済 / ジャパン·ツーリスト·ビューロー編纂.-- 奉天：ジャパン·ツーリスト·ビューロー，1938.-- 1v.; 18 × 20cm

本书由日本国际观光局编纂、出版。 [日]

[5419] 支那事変と上海租界問題 / 植田捷雄著.-- 東京：日本外交協会，1938.-- 11p.; 23cm

[日]

[5420] 支那事変上海方面皇軍慰問記念帖 / 大日本少年団聯盟上海方面皇軍慰問団編.-- 東

京：若宫正，1938.-- 48p.; 27cm

[日]

[5421] 皇威輝く中支之展望：上海·南京·蕪湖·漢口·蘇州·杭州.-- 三益社，1938.-- 1v.; 27cm

其他版本：最新改訂版 .-- 和歌山：大正写真工芸所，昭和 14 [研日]

[5422] 上海ニ於ケル白露西亞人ノ状況.-- [上海]：興亞院華中連絡部，1939.-- 30p.

上海居留白俄状况。属于丛书：興亞華中資料；第 103 号。 [研]

[5423] 上海激戦十日間 / 海軍省記者倶楽部編.-- 東京：揚子江社，1939.-- 397p.; 20cm

其他版本：4 版 .-- 昭和 17.-- 397p. [上研日]

[5424] 在支列国権益概説 / 植田捷雄.-- 東京：巖松堂書店，1939.-- 455, 82p.; 23cm

[研]

[5425] 抗日テロ団の巣窟：上海縦横記 / 宮本貞夫著.-- 東京：読切講談社，1939.-- 30p.; 19cm

抗日恐怖团的巣窟：上海纵横记 [日]

[5426] 長江権益の諸問題 / 昭和研究会事務局.-- [n. p.], 1939

[研]

[5427] 病院船 / 大嶽康子.-- 東京：女子文苑社，1939.-- 182p.; 19cm

[研]

[5428] 綴方現地報告：支那在留日本人小学生 / 新居格編.-- 戰時体制版.-- 東京：第一書房，1939.-- 471p.; 20cm

[研]

[5429] 上海ニ於ケル猶太人ノ状況：主トシテ歐洲避難猶太人.-- [上海]：興亞院華中連絡部，1940.-- 48p.

上海居留犹太人状况：以欧洲避难犹太人为主。属于丛书：興亞華中資料；第 102 号。 [研]

[5430] 上海を中心とせる各国宣伝諜報網の実情 / 興亞院華中連絡部.-- [上海]：興亞院華

中連絡部，1940.-- 58p.; 26cm

以上海为中心的各国宣传谍报网情况。属于丛书：調査報告シリーズ; 15 輯。

［研东］

[5431] 上海日本人各路連合会の沿革と事蹟 / 橋本五郎次編.-- 上海：上海日本人各路聯合会，1940.-- 152p.

上海日本人各路联合会的沿革与事迹 ［上研］

[5432] 事変下の上海概観 / 浜野末太郎著.-- 東京：東洋協会，1940.-- 92p.; 22cm

属于丛书：[東洋協会調査部] 調査資料; 第 43 輯。其他版本：複製：東洋協会調査資料 . 第 6 巻 (第 38 輯 - 第 44 輯).-- 東京：日本図書センター, 2002

［上研日东］

[5433] 上海在留歐米人給料生活者暫定生計費指數 / 東亞研究所.-- [東京]: 東亞研究所，1941.-- 1v.

属于丛书：支那統計研究資料; 2。译自英语：Provisional Index of cost of living of western foreign salaried employees in Shanghai（原载：Municipal gazette of the Council of the Foreign Settlement of Shanghai, vol. XXXIII）

[5434] 上海欧洲猶太避難民救済委員会活動概況：一九四〇年同委員会報告書ニ拠ル.-- [大連]: 満鉄調査部，1941.-- 29枚; 25cm

据 1940 年上海欧洲犹太避难民救济委员会报告书。属于丛书：猶太問題調査資料; 第 32 輯。 ［日］

[5435] 支那に於ける外国権益 / 英修道著.-- 東京：慶応出版社，1941.-- 152p.; 21cm

外国在支那的权益。属于丛书：現代経済新書; 第 2 部; 属于丛书：東亞経済論; 5。 ［研］

[5436] 居留民団の研究 / 中内二郎.-- 上海：三通書局，1941.-- 263p.; 19cm

［研东］

[5437] 上海日華倶樂部事業報告書.-- [n. p.], 1942.-- 41p.

［上］

[5438] 上海在留邦人俸給生活者の家計調査に関する中間報告 / 上海日本商工会議所編.-- 上海：上海日本商工会議所, [1942].-- 16p.

上海靠薪俸生活的在留日本人家计调查的中间报告。其他版本：[昭和十八年].-- 36p. [上]

[5439] 上海邦人史研究 / 沖田一.-- 上海：上海歴史地理研究会，1942.-- 80p.; 26cm

上海日本人史研究 [研东]

[5440] 上海居留民团三十五周年記念誌 / 上海居留民团創立三十五周年記念誌編纂委員著.-- 上海：上海居留民团，1942.-- 1314p.

[上研]

[5441] 上海居留民团三十五周年記念誌 / 上海居留民团編.-- 上海：上海居留民团，1942.-- 1314p.; 22cm

[5442] 上海居留民团公報：創立三十五周年記念特輯号.-- 上海：上海居留民团，1942.-- 44p.; 26cm

[5443] 支那に於ける外国行政地域の慣行調査報告書 / [担当：第六調査委員会特別調査部植田捷雄].-- 東京：東亞研究所，1942.-- 394p.; 21cm

属于丛书：[東亞研究所] 資料；丙 276 号 C。其他版本：復刻版：東京：童溪書舍 , 2003 [研]

[5444] 報道戦線 / 馬淵逸雄.-- 東京：改造社，1942.-- 553p.; 19cm

[研]

[5445] 支那租借地論 / 植田捷雄.-- 東京：日光書院，1943.-- 466p.; 22cm

[研]

[5446] 日本と上海 / 沖田一著.-- 上海：大陸新報社，1943.-- 330p.

[上研东]

[5447] 日本は天皇道の国なり / 野依秀市著.-- 東京：秀文閣書房，1943.-- 56p.; 18cm

日本成为天皇道的国家。附録 · 上海だより。 [日]

[5448] 活機戦 / 佐藤庸也著.-- 東京：日本軍用図書，1943.-- 3v., 図版; 19cm

目次：第 1 部 , 满州事变 ; 第 2 部 , 上海事变 ; 第 3 部 , 满州建国 [日]

[5449] 戦争·事変·上海 / 園田日吉著.-- 上海：中国通信社，1944.-- 223p.

[上研]

[5450] [**1945年5～8月，上海に於ける日本の対蘇工作に関する資料**].-- [n. p.], 1945.-- 1v.; 27cm

1945 年 5-8 月间，在上海的日本对苏工作相关资料 [东]

[5451] 在上海邦人人口実態調査表.-- [東京]: 大東亞省総務局調査課，1945.-- 〔9〕丁; 25cm

在上海的日本人人口情况调查表 [日]

[5452] 日僑帰国案内.-- 上海：改造日報館，1946

日侨归国指南 [研]

[5453] 現代中国を繞る世界の外交 / 植田捷雄編.-- 東京：野村書店，1951.-- 330p.; 22cm

围绕现代中国的世界外交 [日]

[5454] 憲兵 / 宮崎清隆.-- 東京：富士書房，1952.-- 2v.; 19cm

其他版本：東京：東京ライフ社，1955；東京：朱雀社，1959；東京：日本文芸社，1964；東京：創思社，1970 [研]

[5455] 上海憲兵隊 / 久保田知績著.-- 東京：東京ライフ社，1956.-- 207p.; 18cm

[研日东]

[5456] 天津条約（一八五八年）調印後における清国外政機構の動揺：欽差大臣の上海移駐から米国公使ウォードの入京まで / 坂野正高著.-- [n. p., 1957].-- 1v.; 21cm

天津条约(一八五八年)签字后清国外交机关的动摇：从钦差大臣移驻上海到美国公使华若翰进京。『国際法外交雑誌』第 55 卷 6 号、第 56 卷 1 号(1957)抽印本。 [东]

[5457] 二つの国にかける橋 / 吉田東祐.-- 東京：東京ライフ社，1958.-- 210p.; 19cm

在两国间架桥。其他版本：東京：元就出版社，2001 [研]

[5458] 揚子江は今も流れている / 犬養健.-- 東京：文芸春秋新社，1960.-- 398p.; 20cm

扬子江依旧流淌。其他版本：東京：中央公論社，1984 [研]

[5459] 悲劇の証人：日華和平工作秘史 / 西義顕著.-- 東京：文献社，1962.-- 416p.; 20cm

附录：人物紹介。 [研]

[5460] 上海法廷：戦争裁判史実記録. 第1 / 坂邦康編著.-- 東京：東潮社，1967.-- 154p.; 18cm

[日东]

[5461] 中国の中の日本人 / 梨本裕平.-- 同成社，1968

在中国的日本人 [研]

[5462] 朝鮮統治史料 / 韓国史料研究所編.-- 東京：韓国史料研究所，1970-1972.-- v.

部分目次：第 2 巻,上海独立新聞宣伝間島出兵関係記事；第 8 巻,上海·北京不逞鮮人；第 10 巻,上海及南京方面に於ける朝鮮人の思想状況一九三七年 [日]

[5463] 創設：上海事変篇.-- 徳島：[n. p.], 1973.-- 375p., 図; 27cm

属于丛书：歩兵第四十三聯隊；1。 [日]

[5464] ドキュメント昭和五十年史.-- 3, **戦火の下に**.-- 東京：汐文社，1974.-- 265p.; 19cm

昭和五十年史文献之三：战火下。部分目次：戦火は上海に - 一日本人の記録 / 河野さくら . [日]

[5465] わが中隊の歩み：上海戦からインパール作戦まで / 歩兵第五十八聯隊第五中隊戦友会編.-- 東京：歩兵第五十八聯隊第五中隊戦友会，1978.-- 530p.; 22cm

我们中队的行走：从上海战到英帕尔作战 [日]

[5466] 作戦日誌で綴る支那事変 / 井本熊男著.-- 東京：芙蓉書房，1978.-- 530p., 図版 [4] p.; 20cm

支那事变作战日记。本书是一本回忆录,其中包含了有关淞沪战争的史料。对于上海“八·一三事变”及稍后的南京保卫战均有所涉及。

[5467] 上海敵前上陸 / 三好捷三著.-- 東京：図書出版社，1979.-- 238p.; 20cm

[研日东]

[5468] 大阪·上海友好都市提携5年のあゆみ.-- 大阪市市長室外事課，1979.-- 24p.; 26cm

大阪、上海友好城市五年协作 [日]

[5469] 第2次上海事変.-- 東京：每日新聞社，1979.-- 274p.; 28cm

属于丛书：一億人の昭和史；属于丛书：日本の戦史；3。 [日]

[5470] イギリスとアジア：近代史の原画 / 加藤祐三.-- 東京：岩波書店，1980.-- 233, 6p.; 18cm

《十九世纪的英国和亚洲：近代史的素描》。中译本：蒋丰译 .-- 北京：中国社会科学出版社 , 1991 [研]

[5471] 昭和史のおんな / 沢地久枝.-- 東京：文芸春秋，1980-1983.-- 2v.; 20cm

昭和史的女人。第二册为「续」。其他版本：1986；完本昭和史のおんな,2002 [研]

[5472] 祖国の為に：上海戦から終戦まで / 歩兵第五十八聯隊第十一中隊戦友会編.-- 出雲崎町(新潟県)：歩兵第五十八聯隊第十一中隊戦友会，1980.-- 400p.; 22cm

为了祖国：从上海战开始到二战结束 [日]

[5473] ユダヤ問題と日本の工作：海軍·犬塚機関の記録 / 犬塚きよ子.-- 東京：日本工業新聞社，1982.-- 500p.; 20cm

犹太问题与日本的工作：海军 · 犬塚机关的记录。有犬塚惟重肖像。附：犹太关系年表(ユダヤ関係年表)。 [研]

[5474] われらの生涯のなかの中国：六十年の回顧 / 伊藤武雄·岡崎嘉平太·松本重治.-- 東京：みみず書房，1983.-- 313p., 図版 [16] p.; 20cm

我们一生中的中国：六十年的回顾 [研]

[5475] 上海戦虬江碼頭付近の実戦記：歩兵第十八聯隊第十一中隊(梅田隊) / 吉見繁二編著.-- [蒲郡: 吉見繁二], 1984.-- 127p.; 27cm

[日]

[5476] 中国抗日戦争史 / 石島紀之.-- 東京：青木書房，1984.-- 230p.; 20cm

[研]

[5477] 夜話上海戦記：昭和六～二十年 / 羽根田市治著.-- 東京：論創社，1984.-- 262p.; 20cm

[研日东]

[5478] 侵略の告発：暴虐の上海戦線日記 / 玉井清美著.-- 徳島：教育出版センター，1984.-- 241p.; 19cm

侵略的告发：暴虐的上海战线日记。其他版本：2 版 .-- 阿南：玉井清美，1988

[日]

[5479] 政党内閣の成立と崩壊 / 近代日本研究会編.-- 東京：山川出版社，1984.-- 303p.; 21cm

部分目次：上海事変と日本人商工業者 / 村井幸恵著 . 属于丛书：年報・近代日本研究；6。 [日]

[5480] 軍靴の跡：第十三師团第四野戦病院上海から鴉鵲嶺まで / 斎藤順作著.-- [巻町(新潟県)]: [斎藤順作], 1984.-- 142p.; 21cm

军靴的痕迹：第十三师团第四野战医院从上海到鸦鹊岭 [日]

[5481] 終りなき日中の旅 / 岡崎嘉平太.-- 東京：原書房，1984.-- 286p.; 20cm

结束了的日中之旅 [研]

[5482] 黒船前後の世界 / 加藤祐三.-- 東京：岩波書店，1985.-- 432, 14p.; 19cm

其他版本：東京：筑摩書房，1994 [研]

[5483] 上海部隊行軍記：支那派遣軍総司令部直轄仮編独立歩兵第二大隊 / 八杉正二編.-- [東京: 八杉正二], 1986.-- 140p.; 21cm

[研日]

[5484] 友誼馳華陸：国際青年記念·日中青年交流促進：上海－北京1900キロ日中青年フレンドリー·ラン1985. 11. 26-12. 7 / 議会ジャーナル編.-- 東京·神戸：日中協会·旅日華僑（21世紀）中日青年交流促進会，1986.-- 168p., 図版40p.; 30cm

友谊驰华陆：上海 - 北京 1900 公里日中青年友好活动（1985 **年** 11 **月** 26 **日到** 12 **月** 7 **日**） [东]

[5485] 日本前近代の国家と対外関係 / 田中健夫編.-- 東京：吉川弘文館，1987.-- 760p.; 22cm

部分目次：一八六二年幕府千歳丸の上海派遣 / 春名徹著 . [日]

[5486] 風雲上海三国志：国際軍事警察軍团のドキュメント / 芦沢紀之著.-- 東京：ヒューマン·ドキュメント社，1987.-- 601p.; 20cm

风云上海三国志：国际军事警察军团文献 [研日东]

[5487] **わが心の中国：41年ぶりに再訪した上海** / 中薗英助.-- エコノミスト，1988
我心中的中国：相隔41年再访上海 [研]

[5488] **わが夢わが心：日中平和運動の狭間にて** / 川井観二.--（株）創造，1988
我梦我心：在日中和平运动中 [研]

[5489] **千のチャイナタウン** / 海野弘.-- 東京：リブロポート，1988.-- 262p.; 22cm
一千个唐人街 [研]

[5490] **満州建国と上海事変**.-- 東京：東京スポーツ新聞社，1988.-- 294p.; 19cm
属于丛书：激録日本大戦争；第27卷 / 原康史著。 [日]

[5491] **BC級戦犯米軍上海等裁判資料** / 茶園義男編·解説.-- 東京：不二出版，1989.-- 251p.; 27cm

美军在上海等地审判日本乙级、丙级战犯资料。属于丛书：BC級戦犯関係資料集成。 [日]

[5492] **魔都上海とノモンハン**.-- 東京：東京スポーツ新聞社，1989.-- 288p.; 19cm
属于丛书：激録日本大戦争；第30卷 / 原康史著。 [日]

[5493] **四十年目の証言** / 島田政雄.-- 横浜：窓の会，1990.-- 269p.; 19cm
[研]

[5494] **戦争の記録：上海、蘇州、南京の戦闘 昭和拾弐年九月** / 歩兵第35連隊(富士井部隊) 第2大隊(土田部隊).-- [城端町(富山県): 安居豊作], [199-?].-- 72枚; 19 × 26cm
[日]

[5495] **大阪市·上海市友好交流のあゆみ：1974年～1990年**.-- 大阪：大阪市市長室，[1991].-- 80p.; 26cm

大阪、上海友好交流：1974-1990年 [日]

[5496] **上海タイムスリップ：元「日軍俘兵」の長江悠々再訪記** / 木下博民著.-- 東京：第三書館，1992.-- 338p.; 20cm

上海岁月流逝：原被俘日本兵长江悠悠再访手记 [研日东]

[5497] 或る青春の群像：上海海軍航空隊出身第十三期飛行科(偵察専修) 予備学生の記録 / 元上海海軍航空隊·滬鷲会編集·製作.-- 東京：元上海海軍航空隊·滬鷲会，1992.-- 724p.; 22cm

[研日]

[5498] 明治維新の革新と連続：政治·思想状況と社会経済 / 近代日本研究会編.-- 東京：山川出版社，1992.-- 331p.; 21cm

部分目次：上海ネットワークの中の神戸 / 古田和子著 .-- 属于丛书：年報·近代日本研究；14。 [日]

[5499] 従軍慰安所「海乃家」の伝言：海軍特別陸戦隊指定の慰安婦たち / 華公平.-- 大阪：日本機関紙出版センター，1992.-- 146p.; 19cm

随军慰安所"海乃家"的传说：海军特别陆战队指定的慰安妇们 [研]

[5500] 特高警察関係資料集成. 第12巻 / 荻野富士夫編·解題.-- 東京：不二出版，1992.-- 12, 303p.; 31cm

部分目次：上海ニ於ケル尹奉吉爆弾事件顛末 . 複製版。 [日]

[5501] 日中戦争：日本·中国·アメリカ / 中央大学人文科学研究所編；[執筆：斎藤道彦ほか].-- 八王子：中央大学出版社，1993.-- 465, 11p.; 22cm

日中战争：日本、中国、美国 [研]

[5502] 満州事变及上海事件関係公表集.-- 東京：クレス出版，1993.-- 815p.; 22cm

属于丛书：外務省公表集；第 8 卷。 [日]

[5503] 夢：滬空の絆 上海海軍航空隊第二·三分隊史 / 其刊行会著.-- 徳山：其刊行会，1993.-- 257p.; 26cm

梦：上海天空的纽带，上海海军航空队第二・三分队史 [日]

[5504] 横浜と上海：二つの開港都市の近代 平成5年度第2回企画展示 / 横浜開港資料普及協会編.-- 横浜：横浜開港資料普及協会，1993.-- 101p.; 30cm

横滨和上海：二个口岸开放城市的近代，平成 5 年度第 2 次规划展示。会期・会場：1993 年 10 月 30 日 -1994 年 2 月 6 日，横浜開港資料館。 [研日东]

[5505] 上海·北京：たくましさとやさしさに出会った旅.-- 長崎：長崎県，1994.-- 41p.; 30cm

上海 · 北京：刚与柔相会之旅。属于丛书：長崎県女性海外研修事業報告書 . 平成 6 年度 / 長崎県企画部女性行政推進室編。 [日]

[5506] 上海在留邦人が造った日本人街：昭和17年の日本人商店·会社·工場の復元地図懐かしい写真アルバム集.-- 長崎：日中両国人民朋友会，1994.-- 195p.; 30cm

上海在留日本人所造日本人街：昭和17年的日本人商店·公司·工厂的复原地图，怀念相片集。附上海年表譜：p.167-192。 [研日]

[5507] 姉妹都市ニュース 1993年1月 ~ 1993年12月.-- [大阪]: 大阪市姉妹都市交流協議会, [1994].

姐妹城市新闻(1993 年 1-12 月) [日]

[5508] 敗戦前夜：アジア再建秘録 / 木村英夫著.-- 熊本：佐藤咲代，1994.-- 643p.; 22cm

《战败前夕》。作者木村英夫 (1895-1976) 曾任上海日本总领事馆顾问。其他版本：複製：日本占領下上海における日中要人インタビューの記録：木村英夫著『亞細亞再建秘録 -- 敗戦前夜』/ 高綱博文編 · 解説 .-- 東京：不二出版 , 2002.-- 162p. 中译本：罗萃萃译 .-- 江苏古籍出版社,2001 [日]

[5509] アジア女性交流史：明治·大正篇 / 山崎朋子.-- 東京：筑摩書房，1995.-- 314p.; 22cm

亚洲女性交流史：明治、大正篇。本书由「明治期篇」与「大正期篇」合成一册。「明治期篇」原题名:《愛と鮮血：アジア女性交流史》,東京：三省堂,1970; 東京：光文社,1985。「大正期篇」于 1993 在雑誌『ちくま』上連載。 [研]

[5510] 一兵卒の戦争日記：豊橋歩兵第十八聯隊(石井部隊) 第一次補充隊(六年兵) 上海、三州山系 / 伊藤栄一.-- 福田町(静岡県)：伊藤栄一，1995.-- 77p.; 21cm

[日]

[5511] 鎮魂上海戦八十日 / 尾焼津弁次著.-- 東京：新人物往来社，1995.-- 289p.; 20cm

[日]

[5512] 魔都上海十万の日本人.-- 東京：角川書店，1995.-- 226p.; 15cm

[研日]

[5513] 重光葵：上海事変から国連加盟まで / 渡辺行男著.-- 東京：中央公論社，1996.-- 247p.; 18cm

重光葵：从上海事变到加盟国联 [日]

[5514] **日中歴史海道2000年：上海·長江交易促進プロジェクト，神戸開港130年，日中国交正常化25周年記念** / 神戸市立博物館編.-- 神戸：神戸市立博物館，1997.-- 215p.; 30cm

日中历史海路 2000 年：上海·长江贸易促进计划、神户开港 130 年、日中邦交正常化 25 周年纪念。神户市立博物馆特别展。 [日]

[5515] **近代日本の形成と展開** / 安岡昭男編.-- 東京：巖南堂書店，1998.-- 442p.; 22cm

部分目次：高橋由一上海留学の国際交流史的考察 / 長尾正憲著. [日]

[5516] **第一次上海事変における第九師団軍医部「陣中日誌」** / 野田勝久編·解說.-- 東京：不二出版，1998.-- 448, 36p.; 27cm

第一次上海事变中的第九师团军医部「阵中日志」。属于丛书：十五年戦争極秘資料集；補巻 5。複製版。 [日研]

[5517] **上海の日本人社会：戦前の文化·宗教·教育** / 小島勝，馬洪林編著.-- 京都：龍谷大学仏教文化研究所，1999.-- 273p.; 22cm

[日东]

[5518] **恐るべき戦争上海事変：田中政市陣中日誌** / 田中政市.-- [豊浜町(香川県): 田中弘, 1999].-- 63p.; 22cm

可怕的战争上海事变：田中政市阵中日记 [日]

[5519] **上海：重層するネットワーク** / 日本上海史研究会編.-- 東京：汲古書院，2000.-- 527, 22p.; 22cm

上海：多层网络。研究论文集，关于中国在留日本人在上海的历史。卷末有中英文概要。 [日研东]

[5520] **魔都上海：日本知識人の「近代」体験** / 劉建輝著.-- 東京：講談社，2000.-- 253p.; 19cm

《**魔都上海：日本知识人的"近代"体验**》。本书论述明治以后日本知识分子在上海的历史，内容包括武士们的上海、东亚信息网络的诞生、日本的开国与上海、被"浪漫"挑逗的明治人等。中译本：甘慧杰译 .-- 上海：上海古籍出版社，2003 [研日]

[5521] **江南戦記：上海から南京へ** / 高塚純一著.-- 裾野：国際教育文化社，2001.-- 217p.; 21cm

江南战记：从上海到南京 [日]

[5522] **昭和六·七年事変海軍戦史：初めて公刊される満州事変·上海事変の海軍正史** / 海軍軍令部編；田中宏巳，影山好一郎監修·解説.-- 東京：緑蔭書房，2001.-- 5v.; 22cm

昭和六、七年事变海军战史：首次公开出版的满洲事变、上海事变的海军正史。第1巻-第3巻：戦紀巻1-3(軍機)；第4巻：付録「国際関係·国際関係参考文書」(秘)；別巻：総目次(軍機)·解説。復刻版。 [日]

[5523] **龍馬精神：香港·澳門·シンガポール·廣州·厦門·上海黒船の軌跡を追う！：ノンフィクション** / 大隈孝一編著.-- 東京：オフィス隈，2003.-- 178, 63p.; 21cm

龙马精神：追寻香港、澳门、新加坡、广州、厦门、上海黑船的轨迹 [日]

[5524] **『明六雑誌』とその周辺：西洋文化の受容·思想と言語** / 神奈川大学人文学研究所編.-- 東京：御茶の水書房，2004.-- 239, 2p.; 22cm

《明六雑誌》及其周边：西洋文化的接受、思想与语言。部分目次：一八六〇年代の上海における日本情報 / 孫安石著. [日]

[5525] **日中戦争と上海、そして私：古厩忠夫中国近現代史論集** / 古厩忠夫著.-- 東京：研文出版，2004.-- 512p.; 22cm

日中战争与上海，以及我：古厩忠夫中国近现代史论集 [上研日东]

[5526] **太平洋戦争と上海のユダヤ難民** / 丸山直起著.-- 東京：法政大学出版局，2005.-- 312, 32p.; 22cm

太平洋战争与上海的犹太难民 [上研日]

[5527] **日本が動く時：政界キーパーソンに聞く**. Part 5 / 長野祐也編.-- 東京：ぎょうせい，2005.-- 311p.; 21cm

日本行动中：听政界关键人物讲述(第五部分)。部分目次：中国への援助は北京五輪、上海万博で幕 / 高村正彦述。 [日]

4. 经济

[5528] **上海ニ於ケル金ノ投機取引**.-- [n. p.].

上海的黄金投机交易 [日]

[5529] **上海ヲ中心トスル水産業関係資料** / 華中水産株式会社編.-- [n. p.].-- 1v.

以上海为中心的关系水产业的资料 [上]

[5530] 上海地域ニ於ケル非鉄金属工業ノ現況及工場実態調査報告 / 華中鉄道股份有限公司総務部調査課編.-- [n. p.].-- 1v.

上海地区有色金属工业现状及工厂实态调查报告 [上]

[5531] 戦前の中国および満洲の綿花.-- 日本綿花協会, [n. p.].-- 1v.; 22cm

战前的中国及满洲的棉花。部分目次：上海を中心とする中支棉花事情。複刻版。 [日]

[5532] 通航一覧.-- [n. p.], 1853

[研]

[5533] 上海商業雑報 / 上海商同会.-- 上海：上海商同会，1882-

1号 (明治 15. 7) - [研]

[5534] 清国通商綜覧 / 日清貿易研究所編.-- 上海：日清貿易研究所；東京：丸善商社書店(発売)，1892.-- 3v.; 23cm

本书由根津一根据荒尾精所办汉口乐善堂店员搜集到的中国各地情报写成，共3卷2000余页，内容涉及政治、经济、财政、金融、贸易、产业、地理、交通运输及风俗习惯等，是当时唯一关于中国的实态调查报告，被日本人誉为“向全世界介绍中国及中国人实际情况之最好文献”。对港口（包括上海港）的介绍在第一编第三章，共占240页。

[5535] 清国新開港場商業視察報告書 / [報告者：高柳豊三郎].-- [名古屋]: 名古屋商業会議所，1896.-- 348p., 図版1枚; 23cm

附回航実記。 [研]

[5536] 清国商況視察復命書 / 外務省通商局編纂； [楢原陳政].-- 東京：元真社，1902.-- 486p.; 26cm

其他版本：復刻版：東京：龍渓書舎，1992 [研]

[5537] 上海金融事情一班 / 石田清直.-- 高島賢光写，1904.-- 104p.; 25cm

手稿。又名：上海金融事情一斑 [研东]

[5538] 清国芝罘、威海衛、旅順口、青泥窪、牛荘、膠洲及上海視察報告書.-- [横

浜]: 横浜税関，1904.-- 648p., 図版; 22cm

[日东]

[5539] 上海ニ於ケル貨幣及金融一斑 / 福嶋喜三次著. **清国蘇州杭州絹織物業調査報告書** / 田崎義介著.-- 東京：東京高等商業学校，1905.-- 27，65p.; 23cm

上海的货币及金融一斑 [东]

[5540] 清国上海ニ於ケル貨幣事情調査報告書; 清国蘇州杭州絹織物業調査報告書 / 東京高等商業学校編.-- 東京：東京高等商業学校，1905.-- 92p.; 22cm

清国上海的货币情况调查报告书 [研]

[5541] 上海に於ける金に就て / 水津弥吉.-- [横浜]: 横浜正金銀行，1911.-- 52p.; 23cm

[研东]

[5542] 上海ニ於ケル倉庫業一班 / 西山勉稿.-- **哈爾賓事情** / 太田保一郎報告.-- [横浜]: 横浜正金銀行，1911.-- 84p.; 22cm

上海仓库业一斑。属于丛书：行報; 第 81 号附録。 [研东]

[5543] 上海ニ関スル貿易其他調査書.-- [台北]: 台湾銀行総務部計算課，1911.-- 1v.; 27cm

有关上海的贸易等调查书 [研]

[5544] 上海の通貨調 / [台湾銀行総務部計算課編].-- [台北]: 台湾銀行，1911.-- 21丁; 26cm

上海货币调查。其他版本：謄写版：22p. [研]

[5545] 上海金融機関 / 台湾銀行 [総務部調査課].-- [台北]: 台湾銀行, [1912].-- 29p.; 27cm

[研东]

[5546] 上海港輸出入貿易明細表.-- 上海：上海日本人実業協会，1912-.-- v.

1912 年(大正元年)標題：上海港輸出入貿易明細年表。先后由上海日本商業会議所、上海日本商工会議所发行。另为:《週報》臨時増刊号;《経済月報》臨時増刊号。山田修作編輯：一九一二年 , 1913, 1v.; 安原美佐雄編輯：自一九一七年至一九一九年 , 1920. 198, 147p.; 佐立住江編輯：自一九二五年至一九二七年 , 341p.; 自一九二六年至一九二八年 , 322p.; 自一九二七年至一九二九年 , 310p.; 自一九二八年至一九三〇年 , 312p。另收录于：中国近代経済資料 .-- 東京：雄松堂フィルム出版, 1967

[上研东]

[5547] 上海視察報告 / 岡山県果物同業組合編.-- [岡山]: 岡山県果物同業組合，1914

[日]

[5548] 支那貿易案内 / 長谷川櫻峰著 [長谷川宇太治].-- 東京：亞細亞社，1914.-- 835p.; 23cm

支那贸易指南。其他版本：第 3 版：1914.-- 849p. [研]

[5549] 支那関税改修の本邦輸入重要商品に及す影響，附其取引状況 / 上海日本人実業協会.-- 上海：上海日本人実業協会，1914.-- 330p.; 23cm

支那关税修改对我国进口重要商品的影响(附交易情况)。属于丛书：週報臨時增刊; 第 99 号。 [东]

[5550] 上海及営口事情 / 大槻清三，荒岡清著.-- [東京]: 農商務省商工局，1915.-- 122p.; 26cm

属于丛书：商工彙纂; 第 34 号 / 農商務省商工局編。 [研日]

[5551] 上海海産物事情 / 大槻清三著.-- [東京]: 農商務省商工局，1915.-- 86p.; 26cm

属于丛书：商工彙纂; 第 33 号 / 農商務省商工局編。 [研日东]

[5552] 揚子江沿岸：列国競争の焦点地 / 白岩竜平.-- 東京：富山房，1916.-- 117p. 地図; 19cm

[研]

[5553] 上海ニ於ケル外国為替.-- [台北]: 台湾銀行総務部調査課，1917.-- 47p.; 23cm

上海的外国汇兑 [研日]

[5554] 上海港貿易統計月表 / 上海日本人実業協会.-- 上海：上海日本人実業協会，1917-1926

后改名：上海港貿易統計季表 / 上海日本商業会議所。大正 7 年 7 月中出版者改名：上海日本商業会議所。

[5555] 上海貿易品 / 林太三郎著.-- 上海：大上海社，1917.-- 343p. 表; 23cm

[上研日]

[5556] 香港上海に於ける海産物取引状況 / 大槻清三著.-- 長崎：長崎商業会議所，1918.-- 49p.; 22cm

香港上海的海产品贸易状况 [日]

[5557] 揚子江沿岸に於ける造船造機業 / 逓信省臨時調査局海事部；[報告者：小川良平].-- [東京：逓信省臨時調査局海事部，1918].-- 229p.; 22cm

扬子江沿岸造船造机业 [研]

[5558] 上海日本商業会議所年報 / 安源美佐雄編輯.-- 上海：上海日本商業会議所，1919? -.-- v.

安源美佐雄編輯：第三～七(大正十～十四年)；佐立住江編輯：第十～二十(昭和三～十三年)；杉村廣藏編輯：第二十一～二十三(昭和十四～十六年)；重野吉雄編輯：第二十四(昭和十七年)；武内文彬編輯：第二十五～二十六(昭和十八～十九年)。后改名：上海日本商工会議所年報。 [上研]

[5559] 世界貿易上より観たる上海と長江 / 伊吹山徳司著.-- [上海]: 伊吹山徳司，1919.-- 133p.; 22cm

从世界贸易看上海与长江 [上研日]

[5560] 上海に於ける土地売買問題.-- [n. p.], 1920

上海的土地买卖问题 [研]

[5561] 上海に於ける不動産問題に関する新聞切抜綴.-- [上海：満鉄·上海事務所調査室，19--].-- 1v.; 26cm

上海不动产问题相关剪报。手稿。属于：満鉄 中支不動産慣行調査附属参考資料。

[5562] 支那貿易事情視察報告書 / 支那貿易視察団編.-- 横浜：横浜輸出協会，1920.-- 112p.; 22cm

部分目次：支那上海の感想 / 佐藤太三郎． [日]

[5563] 上海に於ける醤油製造法 / 後藤貞治.-- 上海：東亞同文書院研究部，1921

上海的酱油制造法。合订：在支外人設立学校概観 / 大村欣一著；重慶宜昌間の交通 / 千原楠蔵著． [研东]

[5564] 上海青島紡績事業瞥見 / 竹内長正.-- 文明批評社，1922

上海青岛纺织事业一瞥 [研]

[5565] 上海輸出為替利廻表.-- [台北]: 台湾銀行調査課，1922.-- 47p.; 21cm

[日]

[5566] 上海繊維工業用語 / 宇高寧著.-- 東京：日本堂，1922.-- 250p.

[上]

[5567] 支那の交易所 / 浜田峰太郎著.-- 上海：中華経済社，1922.-- 294p.; 19cm

附：邦人関係企業。 [东]

[5568] 支那長江貿易詳覧 / 伊夫伎孫治郎.-- 東京：南光社，1922.-- 1v.; 23cm

[研]

[5569] 支那発達史と居留地論 / 西川喜一著.-- 上海：日本堂書店，1922

属于丛书：支那経済綜攬；1。其他版本：3 版 .--1925.-- 600p. [东]

[5570] 支那経済綜攬 / 西川喜一著.-- 上海：日本堂書店，1922-1926.-- 5v.; 22cm

目次：第 1 巻，支那発達史と居留地論；第 2 巻，財政金融と関税制度；第 3 巻，棉工業と綿絲綿布；第 4 巻，鉱産 · 棉花と上海糸布；第 5 巻，長江航運と流域の富源。其他版本：上海経済日報社出版部，1922-. v. 1-3. 其他题名：支那経済総覧.

[上研日东]

[5571] 支那開港場誌 / 東亞同文会調査編纂部.-- 東京：東亞同文会，1922.-- 2v. (1120, 1007p.); 23cm

本书是卷帙最大的港口指南，可称港口百科事典。第 1 卷「中部支那」，第 2 卷「扬子江流域」，上海的介绍从第 1 卷卷首开始，共计 793 页。 [研]

[5572] 海外旅行調査報告. 大正10年夏期-14年夏期 / 神戸高等商業学校編.-- 神戸：神戸高等商業学校，1922-1926.-- 5v.; 23cm

部分目次：上海に於ける苦力 / 小柳六郎 . 上海に於ける金融事情に就きて / 太田暢 . 上海に於けるメリヤス業 / 谷沢源太郎 . 上海商港に就きて / 陰山太八 . 上海綿布貿易に就きて / 杉田保 . 上海棉花市場に於ける邦商の地位 / 繁益繁治郎 . 楊子江沿岸の製鉄業の現状 / 久保田太三郎 . 上海を中心とする支那生糸業 / 森村順一郎 . 上海に於ける邦人紡績業 / 尾山正一 . 上海市場に於ける支那棉花 / 福渡竜 .

[日]

[5573] 開国以後最初の上海貿易 / 川島元次郎.-- [n. p.], 1922.-- 34p.; 23cm

开国初期与上海的贸易。『商業と経済』抽印本。 [研东]

[5574] 上海を中心とする石油販売業及其組織 / 台湾総督府官房調査課；担当者：馬場

鍬太郎.-- [台北]: 台湾総督官房調査課, [1923].-- 35p.; 23cm

以上海为中心的石油销售业及其组织。属于丛书：南支那及南洋調查; 第 81 輯 / 台湾総督官房調査課編。 [研日东]

[5575] 上海対外重要輸出土貨調査表 / 上海日本商業会議所.-- [上海]: 上海日本商業会議所，1923.-- 1p.; 40 × 100cm

『週報』第 617 号附録。

[5576] 支那に於ける紡績業 / 浜田峰太郎著.-- 上海：日本堂書店，1923.-- 342p.; 23cm

支那的纺织业 [东]

[5577] 支那の為替と金銀 / 井村薫雄著.-- 上海：上海出版協会，1923.-- 416p.; 23cm

支那的汇兑与金银 [东]

[5578] 上海の為替及び金融 / 吉田政治.-- [n. p., 1924].-- 267p.; 23cm

上海的汇兑及金融 [研]

[5579] 上海を中心としたる海産物輸入状況 / 上海商務官事務所.-- [n. p.], 1924

以上海为中心的海产品进口情况 [研]

[5580] 上海公設市場; 支那向商標; 傘; 林檎; バナナ; 生卵 / 上海商務官事務所.-- 上海：内山完造，1924.-- 39p.; 23cm

其他题名：上海公設市場、支那向商標意匠、支那傘事情、上海ニ於ケル林檎、上海ニ於ケルバナナ取引、上海ヲ中心トシタル支那生卵。

[5581] 上海経済年鑑 / 上海毎日新聞社著.-- 上海：上海毎日新聞社，1924.-- 405p.

第一回。 [研东]

[5582] 上海銭業公会営業規則·日米両国の対支相互関係·中国歴史人物と地理との関係 / 東亜同文書院研究部.-- [上海]: 東亜同文書院，1924.-- 39p.; 27cm

上海銭業公会営業規則 / 久重福三郎 . [研]

[5583] 支那手形論 / 田中忠夫著.-- 上海：日本堂書店，1924.-- 318, 84p.; 20cm

支那票据研究。附票据样张。 [研]

[5584] 生糸貿易概観; 上海生糸貿易; 廣東生糸貿易 / 上海商務官事務所編纂.-- 上海：内

山完造，1924.-- 55p.; 22cm

[5585] 定期総会報告及議案 / 上海日本商業会議所.-- [上海]: 上海日本商業会議所，1924-1935.-- v.

第 6 回 ~ 第 17 回。第 11 回以后出版者改名：上海日本商工会議所。

[5586] 鉱産，棉花と上海糸布 / 西川喜一著.-- 上海：日本堂書店，1924.-- 515, 130p.; 23cm

属于丛书：支那経済綜攬；4。 **[东]**

[5587] 上海に於ける外国為替及金融 / 吉田政治著.-- 東京：大阪屋号書店，1925.-- 401, 45p.; 20cm

上海的外国汇兑及金融 **[上研日东]**

[5588] 上海に於ける莫大小工業 / 満鉄上海調査員.-- [n. p.], 1925

[研]

[5589] 上海に於ける鑵詰縫針に関する調査書 / 鹿児島立商品陳列所.-- 鹿児島立商品陳列所，1925

[研]

[5590] 上海日華紗廠実習記録 / 石山勝三郎.-- [n. p.], 1925.-- 2v.; 27cm

手稿。又名：上海日華紡績株式会社工場実習記録 **[研]**

[5591] 支那の金塊投機と銀相場 / 井村薫雄著；上海出版協会調査部編纂.-- 上海：上海出版協会，1925.-- 452p.; 23cm

[研东]

[5592] 企業地としての上海 / 大阪市産業部調査課.-- [大阪]: 大阪市役所，1925

作为企业所在地的上海。其他版本：1928.-- 55p.; 改訂：1931.-- 121p. **[上研日]**

[5593] 長江航運と流域の富源 / 西川喜一著.-- 上海：日本堂書店，1925.-- 611p.; 23cm

属于丛书：支那経済綜攬；5。 **[东]**

[5594] 揚子江の富源と需給 / 上海出版協会調査部編.-- 上海：上海出版協会，1925.-- 424p.; 23cm

[研东]

[5595] 滬語便商総訳 / 御幡雅文.-- [n. p.], 1925

[研]

[5596] 上海に於ける舊式銀行 / 安田保善社調查部.-- [東京]: 安田保善社調查部，1926.-- 12p.; 22cm

上海的旧式银行。原载于：The Chinese economic monthly (経済討論處) 1926年4月号。

[5597] 上海内外商工案内 / 上海日本商業会議所編.-- 上海：上海日本商業会議所，1926.-- 84p.

上海内外工商指南。其他版本：1929；1933；1935.-- 184, 138, 83p. [上研]

[5598] 上海主要食品及滿洲特產物市況 / 南滿洲鉄道株式会社上海事務所編.-- [上海]: 滿鉄上海事務所，1926.-- 18p.

[东]

[5599] 上海航路案内 / 日本郵船株式会社.-- [東京]: 日本郵船，1926

上海航路指南。其他版本：改訂4版：1930.-- 12p. [研]

[5600] 上海港貿易統計季表 / 上海日本商業会議所.-- 上海：上海日本商業会議所，1926-

原名：上海港貿易統計月表 / 上海日本人実業協会。昭和3年4. 5. 6月中出版者改名：上海日本商工会議所。

[5601] 上海貿易統計. 民国14年 / 大阪市産業部調查課編.-- [大阪]: 大阪市産業部調查課，1926.-- 27p.; 23cm

[研日]

[5602] 上海輸出入生糸及び屑糸統計表 / 瀛華洋行絹糸部.-- 瀛華洋行絹糸部，1926

上海进出口生丝统计表 [研]

[5603] 支那の貨幣と度量衡 / 井村薫雄著.-- 上海：上海出版協会，1926.-- 444p.; 23cm

[东]

[5604] 支那為替投機業者論 / 三井銀行上海支店編.-- 内山書店，1926

支那汇兑投机业者论。属于丛书：支那経済研究；第三編。其他版本：第2版：1927.-- 153p. [研]

[5605] 南支那及台湾之産業 / 藤本実也.-- 東京：大阪屋号書店，1926.-- 533p.; 19cm

[研]

[5606] 上海ニ於ケル満洲特産物市況 / 南満洲鉄道株式会社上海事務所編.-- [上海]: 滿鉄上海事務所，1927.-- 80p.

上海的满洲特产品市况 [东]

[5607] 上海に於ける綿布取引状況 / [横行平太郎].-- 広島：広島県立商品陳列所，1927.-- 68p.; 19cm

上海棉布交易状况。上海駐在商務書記官調査。 [研]

[5608] 上海の金融機関.-- 東京：南満洲鉄道東亞経済調査局，1927.-- 100, 38, 30p.; 23cm

[研日]

[5609] 上海を中心とする商品調査 / 北海道庁内務部商工課.-- [札幌]: 北海道庁内務部商工課，1927.-- 2v.; 23cm

以上海为中心的商品调查。屬于丛书：商工資料；第 8, 11 輯。 [研]

[5610] 上海天津貿易統計民国15年 / 大阪市産業部調査課編.-- [大阪]: 大阪市 [産業部調査課], [1927].-- 56p.; 23cm

[研日]

[5611] 上海市場の円為替と満洲の通貨 / 南郷龍音.-- 上海：南満洲鉄道上海事務所，1927.-- 158p.; 22cm

上海市场的日元汇兑与满洲的货币。屬于丛书：上海滿鉄調査資料；第 4 編。

[研东]

[5612] 大連ヲ中心トスル上海日本間為替三角関係 / 李家弘，下村良敏共著.-- 上海：内山書店，1927.-- 74p., 表; 22cm

以大连为中心的上海日本间三角汇兑关系 [日]

[5613] 大連上海銀市相場の開き並に大連支那銭荘の鞘取売買の研究 / 大連商業会議所編.-- [大連]: 大連商業会議所，1927.-- 24p.; 22cm

[日]

[5614] 海外旅行調査報告. 大正15年夏期, 昭和2年夏期-昭和3年夏期 / 神戸高等商業学

校編.-- [神戸]: 神戸高等商業学校，1927-1929.-- 3v.; 23cm

部分目次：上海に於ける紡績業に就て / 楠喜太郎 . 上海に於ける市場 / 大倉義雄 . [日]

[5615] 上海に於ける企業組織 / [久保田正三著]；東亞同文書院支那研究部.-- 東亞同文書院支那研究部，1928.-- p.365-400; 23cm

上海的企业组织。『支那研究』第十八号抽印本。

[5616] 上海に於ける取引所 / 穂積文雄編.-- 上海：東亞同文書院支那研究部，1928.-- p.459-502; 23cm

上海的交易所。『支那研究』第十八号抽印本。 [上]

[5617] 上海に於ける物価 / 上海日本商工会議所.-- 上海日本商工会議所，1928

上海的物价。其他版本：1930 [研]

[5618] 上海に於ける金融事情 / [久重福三郎著]; 東亞同文書院支那研究部.-- 東亞同文書院支那研究部，1928.-- p.401-457; 22cm

上海的金融情况。『支那研究』第十八号抽印本。

[5619] 上海に於ける保險事業の研究 / 和田喜八編. 上海：東亞同文書院支那研究部，1928.-- p.503-551; 23cm

上海的保险事业研究。『支那研究』第十八号抽印本。 [上]

[5620] 上海に於ける度量衡 / 久重福三郎編. 上海：東亞同文書院支那研究部，1928.-- p.553-561; 22cm

上海的度量衡。『支那研究』第十八号抽印本。 [上]

[5621] 上海ニ於ケル倉庫制度 / 支那経済研究会編.-- 上海：支那経済研究会，1928.-- 64p.

上海的仓库制度 [上研]

[5622] 上海に於ける倉庫制度 / 赤塚武雄.-- 三井銀行上海支店，1928

上海的仓库制度 [研]

[5623] 上海ノ通貨 / 支那経済研究会編.-- 上海：内山書店，1928.-- 109, 10p., 図版; 22cm

上海的货币制度。其他版本：1930.-- 97, 25p. [研日东]

[5624] 上海日本商工会議所年報.-- 上海：上海日本商工会議所，1928-.-- v., 表; 26cm

第 10-25（昭和 2-17 年度）。前名：上海日本商業会議所年報。 [日东]

[5625] 上海金融市場概観 / 安田保善社調査部.-- [東京]: 安田保善社調査部, [1928].-- 9p.; 22cm

[研]

[5626] 上海為替市場解説 / 浜田峰太郎著.-- 上海：上海週報社，1928.-- 326p.

上海汇兑市场解说。其他版本：1929.-- 326p.; 1931 [上研]

[5627] 南京国民政府ノ対露断交ト在上海ソビエットロシア国営商業機関封鎖ノ顛末 / 南滿洲鉄道株式会社上海事務所編.-- [上海]: 滿鉄上海事務所，1928.-- 30p.

南京国民政府对俄断交与封锁在上海苏俄国营商业机关始末 [东]

[5628] 上海に於ける倉庫業 / [穂積文雄著]；東亞同文書院支那研究部.-- 東亞同文書院支那研究部，1929.-- p.169-264; 23cm

上海的仓库业。『支那研究』第十九号抽印本。

[5629] 上海ニ於ケル萍果 / 南滿洲鉄道株式会社上海事務所編.-- [上海]: 滿鉄上海事務所，1929.-- 50p.

上海的苹果 [东]

[5630] 上海ニ於ケル滿洲客幇調査報告.-- [大連]: 南滿洲鉄道臨時経済調査委員会第二部，1929.-- 216p.; 22cm

上海满洲客帮调查报告 [日东]

[5631] 上海の倉庫業 / 高田彬.-- [n. p.], 1929

[研]

[5632] 上海及漢ロヨリ露国向ケ茶ノ輸出移動ノ径路並露国ノ之ニ対シ採レル政策ニ就テ / 南滿洲鉄道株式会社上海事務所編.-- [上海]: 滿鉄上海事務所，1929.-- 50p.

从上海及汉口向俄国出口茶的运输线路以及俄国对之采取的政策 [东]

[5633] 上海華商銀行の構成と戦後の動向 / 中支経済研究所.-- 上海：中支経済研究所，1929.-- 1. 60p.; 27cm

属于丛书：中支経済資料; 第 81 号。 [研东]

[5634] 支那外国貿易各港別統計表. 昭和3年度 第3巻 / 東京商工会議所編.-- 東京：東京商工会議所，1929.-- 66p.; 26cm

目次：大連 · 天津 · 青島 · 上海 · 漢口 · 広東 [日]

[5635] 支那貿易の現状 / 武内文彬.-- 東京：東亞経済研究会，1929.-- 38p.; 19cm

[研]

[5636] 邦品輸入状況：昭和4年7, 8月.-- 上海：金曜会，1929.-- 18p.; 22cm

日货进口状况(1929 年 7-8 月)。属于丛书：上海排日貨実情；第 22 号。

[5637] 昭和4年6, 7月の上海邦品市況.-- 上海：金曜会，1929.-- 30p.; 22cm

1929 **年** 6、7 **月上海日货市况**。属于丛书：上海排日貨実情；第 17 号。

[5638] 浙江財閥 / 南満洲鉄道株式会社上海事務所； [志村悦郎執筆].-- [上海]: 南満洲鉄道株式会社上海事務所，1929.-- 146p.; 22cm

属于丛书：上海満鉄調査資料；第 6 编。 [研东]

[5639] 海外旅行調查報告. 昭和4年 / 神戸高等商業学校編.-- [神戸]: 神戸高等商業学校，1929

部分目次：上海金融市場研究 / 小川謙治 . [研]

[5640] 排日貨運動暫停後の上海邦品市況.-- 上海：金曜会，1929.-- 17p.; 22cm

抵制日货运动暂停后上海日货市况。属于丛书：上海排日貨実情；第 20 号。

[5641] 済案解決後の上海本邦商品市況.-- 上海：金曜会，1929.-- 29p.; 22cm

济案解决后上海日货市况。属于丛书：上海排日貨実情；第 12 号。

[5642] 統計に現はれた日貨排斥の打擊.-- 上海：金曜会，1929.-- 33p.; 22cm

统计所见对抵制日货的打击。属于丛书：上海排日貨実情；第 16 号。

[5643] グロテスク支那 / 長永義正.-- 東京：万里閣書房，1930.-- 283p.; 19cm

荒诞支那。有关劳动经济问题。 [研]

[5644] 上海に於ける本邦加工綿布業の現況 / 坂西多郎； [南満洲鉄道株式会社上海事務所編].-- 上海：南満洲鉄道上海事務所，1930.-- 73p.; 22cm

在上海的日本加工棉布业现状。属于丛书：上海満鉄調査資料；第 8 编。[研东]

[5645] 全国工商会議：民国十九年十一月一日-八日 / 里見甫.-- 上海：南満州鉄道上海事務所研究室，1930.-- 60p.; 23cm

属于丛书：上海満鉄調查資料；第 10 篇。 [研东]

[5646] 南支那の開港場 / 台湾総督官房調查課編； [担当者：井出季和太].-- [台北]: 台湾総督官房調查課，1930.-- 3v.; 22cm

南支那的通商口岸 [研]

[5647] 海外旅行調查報告. 昭和4年夏期-昭和9年夏期 / 神戸商業大学商業研究所編.-- [神戸]: 神戸商業大学商業研究所，1930-1935.-- 6v.; 23cm

各巻題名：上海の倉庫業 / 高田彬 . 上海を中心とせる支那人絹事業 / 辻田巌 . 上海の通貨と支那幣制改革瞥見 / 大田良雄 . 上海港及び上海事変と我が海運業 / 谷口義文 . 上海に於ける聯合準備制の近況 / 平松毅 . [日]

[5648] 上海土地問題研究：幣革後の新状勢を観る.-- 上海：中国通信社，1932

上海土地问题研究：看币制改革后的新形势。其他版本：1936.-- 170p. [研日]

[5649] 支那ギルドの研究 / 根岸佶.-- 東京：斯文書院，1932.-- 442, 22p.; 23cm

支那行会研究。其他版本：3 版：1938；4 版：1940 [研]

[5650] 支那の排日と出先邦商.-- 横浜：横浜貿易協会，1932.-- 62p.; 22cm

支那的排日和驻外日商。目次：上海に於ける本邦商工業者の窮状 / 上海実業有志会 . 上海に於ける本邦工業家の実状 / 上海工業同志会 . 上海に於ける本邦船舶 , 倉庫 , 艀業事情 / 上海海事懇話会 . [日]

[5651] 事変以来上海財務官事務所ヨリ発令サレシ通貨, 金融取締事項一覧.-- [上海]: 中国通信社, [19--].-- 1v.; 27cm

事变以来上海财务官事务所发令取缔货币、金融事项一览

[5652] 上海経済統計 / 上海興信所.-- [n. p.], 1933

[研]

[5653] 上海輸入貿易上ニ於ケル本邦品ノ地位 / 商工省貿易局.-- [東京：商工省貿易局], 1933.-- 58p.; 21cm

上海进口贸易中日货的地位 [研]

[5654] 上海銀元対日本円裁定相場表 / 滿鉄経済調査会編.-- [大連]: 南滿洲鉄道，1934.-- 57p.; 26cm

上海银元对日元裁决行情表 **[上研日东]**

[5655] 邦譯中国国定輸入税率表：附輸出税率表 / 上海毎日新聞社経済部編纂.-- 改訂版.-- [上海]: 上海毎日新聞社経済部，1934.-- 20p.; 27cm

日译中国国定进口税率表(附出口税率表)

[5656] 帝国商工録. 分冊昭和9年版 [支那上海ほか] / 帝国商工会編纂.-- 大阪：帝国商工会，1934.-- 1v.; 27cm

[日]

[5657] 上海に於ける手形交換制度 / [小山正延著].-- [n. p. ，1935].-- 77, 39p.; 23cm

上海的票据交换制度 **[研东]**

[5658] 上海米市場の解剖 / 中国通信社.-- 中国通信社，1935

[研]

[5659] 上海麦粉市場の解剖 / 中国通信社.-- 中国通信社，1935

上海面粉市场解剖 **[研]**

[5660] 上海航運業の沿革 / 中国通信社.-- 中国通信社，1935

[研]

[5661] 上海港輸出入貿易統計：1934年 / [南滿洲鉄道株式会社] 鉄道部庶務課統計係.-- [大連]: [滿鉄] 鉄道部庶務課統計係，1935.-- 8p.

[东]

[5662] 日支経済提携に対する支那側の意見：雜誌「上海」特輯号より抜萃の分.-- [上海]: 上海雜誌社，1935.-- 34p.; 22cm

对于日支经济协作支那方面的意见。摘自期刊『上海』特輯号。 **[研日东]**

[5663] 北支那と上海財界 / 中国通信社.-- 中国通信社，1935

[研]

[5664] 昭和十年度上海市場日本向穀肥市況 / 滿鉄資料課.-- 滿鉄調查課，1935

[研]

[5665] 海外諸市場ニ於ケル本邦纖維工業品. 十三, 中華民国上海地方ノ一 / 商工省貿易局編.-- [n. p.], 1935.-- 258p.

海外诸市场的日本纤维工业品 . 13, **中华民国上海地方** [上日]

[5666] ヱム·ア·ボロヂン氏ノ上海製粉工場建設案概要.-- [哈爾浜]: 北滿経済調查所, 1936.-- 40枚; 27cm

[日]

[5667] 上海ニ於ケル人絹織機工場及台数表: 上海三井支店調.-- [n. p.], 1936.-- 4p.

上海人造丝织机工厂及台数表。上海三井支店调查。 [东]

[5668] 上海に於ける桐油業 / 大連汽船上海事務所.-- 大連汽船上海事務所, 1936

上海的桐油业 [研]

[5669] 上海ヲ中心トスル英国勢力ノ破壊方策.-- [東京]: 日滿財政経済研究会, [1936?].-- 39p.; 26cm

破坏以上海为中心的英国势力的方法 [研日]

[5670] 中華全国中日実業家興信録 – 上海の部.-- 昭和11年民国25年版.-- 上海: 上海興信所, 1936.-- 1v.; 23cm

中华全国中日实业家信用调查录: 上海部分 [研]

[5671] 在上海, 青島, 漢口邦人紗廠従業員及職員表 / 南滿洲鉄道株式会社上海事務所編.-- [上海]: 滿鉄上海事務所, 1936.-- 5p.

在上海、青岛、汉口的日本纱厂从业者及职员表 [东]

[5672] 上海事变以来ノ金融財政事情 / 南滿洲鉄道株式会社上海事務所編.-- 上海: 滿鉄上海事務所, 1937.-- 20p.

[东]

[5673] 上海事変後の上海糧食問題 / エスデミング述 ; 南滿洲鉄道株式会社上海事務所[訳編].-- 上海: 滿鉄上海事務所, 1937.-- 28p.

[东]

[5674] 内外綿株式会社五十年史 / 内外綿株式会社.-- [n. p.], 1937

[研]

[5675] 支那事変後ノ上海ニ於ケル金融経済状況 / 満州中央銀行.-- [新京]: 満州中央銀行，1937.-- 33p.; 27cm

支那事变后上海的金融经济状况 [研]

[5676] 支那沿岸ニ於ル支那船舶ノ交通遮断ニ因ル上海ヲ中心トスル物資界ノ困惑状態ヲ検討ス.-- [東京]: 通商局第一課，1937.-- 51p.; 27cm

由于支那沿岸的支那船舶阻断交通所致的以上海为中心的物资界困惑状态之检讨 [研东]

[5677] 支那軍の全面的敗退と上海経済界の変化 / 上海日本商工会議所金曜会編.-- 上海：金曜会，1937.-- 19p.; 22cm

[5678] 事変の上海商工業に及ぼせる影響と本邦品の将来 / 大阪市産業部貿易課編.-- 大阪：大阪市産業部貿易課，1937.-- 18p.; 23cm

事变对上海工商业的影响与日货的未来 [研日]

[5679] 事変勃発後の上海経済界 / 上海日本商工会議所金曜会編.-- 上海：金曜会，1937.-- 30p.; 23cm

事变爆发后的上海经济界

[5680] 事変後ノ上海金融市場情勢 / 満鉄産業部編.-- [大連]: 満鉄産業部，1937.-- 64p.

[东]

[5681] 事変発生後の上海経済状況：昭和十二年九月、十月.-- [上海：満鉄上海事務所], 1937.-- 1v.(合本); 25cm

其他版本：1939 [研日]

[5682] 上海に於ける海関金単位の換算.-- 上海：南満洲鉄道上海事務所，1938

上海的海关金单位换算。其他版本：昭和 13-14 年 (1938-1939 年)：1940.-- 17p.

[上研日]

[5683] 上海ノ工業資本及生産力 / 在上海日本総領事館経済部著.-- 上海：上海日本総領事館経済部，1938.-- 388p.

[上研]

[5684] 上海日本商工会議所年次総会報告 / 上海日本商工会議所.-- 上海：上海日本商工会議所，1938.-- 15p.

第 20 回年次総会に於ける吉田会頭の報告演説。

[5685] 上海市対日経済絶交委員会の日貨処置弁法に就いて / 南満洲鉄道株式会社上海事務所調査課編.-- [上海]: 満鉄上海事務所調査課，1938.-- 8p.

论上海市对日经济绝交委员会之日货处置办法。属于丛书：経済調査メモ；第 8 号。 [东]

[5686] 上海海関の接収と関税改正 / 満鉄総裁室弘報課.-- [n. p.], 1938

[研]

[5687] 上海通貨と為替の沿革及現状 / 坂本治明.-- [n. p.], 1938.-- 26p.; 22cm

上海货币与汇兑的沿革及现状 [研东]

[5688] 上海経済調査団報告書.-- 名古屋：愛知県東亞輸出組合，1938.-- 201p., 図版; 19cm

[日]

[5689] 上海港輸入商品主要国別担税率表：1936年度 / 満鉄上海事務所.-- [上海]: 満鉄上海事務所，1938.-- 31p.

[研东]

[5690] 中支の資源と貿易 / 馬場鍬太郎.-- 東京：実業之日本社，1938.-- 500p., 図版3枚; 20cm

[研]

[5691] 中支占領地経済情勢概説 / 在上海日本総領事館経済部.-- [上海]: 在上海日本総領事館経済部，1938.-- 141p.; 23cm

[研]

[5692] 中支那の経済と其の建設 / [中支那振興株式会社設立準備事務所編].-- [上海：中支那振興株式会社設立準備事務所], 1938.-- 49p.; 27cm

[研东]

[5693] 中南支経済総観 / 景気研究所.-- 東京：千倉書房，1938.-- 364p.; 19cm

[研]

[5694] 再建過程の中支那経済 / [米沢秀夫；南満洲鉄道上海事務所編].-- 上海：南満洲鉄道上海事務所，1938.-- 66p.; 22cm

[研]

[5695] 改正中華民国関税定率表：昭和十三年六月一日新政府発布. 附·天津, 青島, 上海行貨客運賃表並に最近輸出手続早わかり.-- [神戸]: 神戸愛港新聞社, [1938].-- 24, 32p.; 23cm

[日]

[5696] 徐州会戦直後の上海経済現状 / 上海日本商工会議所.-- [上海]: 上海日本商工会議所，1938.-- 56p.; 23cm

[研]

[5697] 浙江財閥論：その基本的考察 / 山上金男.-- 東京：日本評論社，1938.-- 214p.; 19cm

[研]

[5698] 戦後に於ける上海金融状態の解剖 / 中国通信社.-- 上海：中国通信社調査部，1938.-- 85枚; 25cm

战后的上海金融状态解剖。属于丛书：中通資料; 第 78 号。 [研]

[5699] 戦後の上海各業状況調査 / 中国通信社.-- 上海：中国通信社調査部，1938.-- 76p.; 25cm

属于丛书：中通資料; 第 73 号。另收录于：日中戦争史資料 . 4 / 日中戦争史資料編集委員会編 .-- 東京：河出書房新社，1975; 日中戦争占領地区支配資料 / ,依田憙家編 .-- 東京：竜渓書舍，1987 [研]

[5700] サッスーン財閥の資産調査報告書 / 東亞研究所.-- 東亞研究所，1939

沙逊财阀的资产调查报告书。属于丛书：[東亞研究所] 資料; 丙第 70 号 D。

[研]

[5701] 一九三九年三月及第一四半期の支那貿易 / 上海貿易通信社編.-- 上海：上海貿易通信社，1939.-- 101p.

属于丛书：上海貿易調査資料。 [上]

[5702] 上海（虹口）小売物価 / 南満洲鉄道株式会社調査部資料課編.-- [大連]: 満鉄調査部資料課，1939.-- 18p.

上海(虹口)零售物价 [东]

[5703] 上海，三興麺粉廠労働事情調査 / 南満洲鉄道株式会社上海事務所調査室編.-- [上海]: 満鉄上海事務所調査室, [n. p.].-- 12p.

[5704] 上海，三興麺粉廠労働事情調査 / [資料作製：三原正武].-- [上海]: 興亞院華中連絡部，1939.-- 13p.; 23cm

属于丛书：興亞華中資料；第 51 号。属于丛书：中調連工資料；第 3 号。 [上研东]

[5705] 上海に於ける木材事情 / 辛島馨.-- [大連]: 満鉄本社調査部，1939.-- 21p.

上海木材情况 [研东]

[5706] 上海ニ於ケル畜産物集散概況 / 満鉄調査部.-- [大連]: 満鉄調査部，1939.-- 45p.

上海畜产品集散概况 [研东]

[5707] 上海ニ於ケル通貨問題 / 満鉄調査部編.-- [n. p., 1939].-- 35p.

上海的货币问题 [上]

[5708] 上海ニ於ケル屠肉ノ消費竝屠場概況 / 興亞院華中連絡部編.-- [n. p.], 1939.-- 38p.

上海屠宰肉消费及屠宰场概况。属于丛书：興亞華中資料；第 3 号。 [上研]

[5709] 上海ニ於ケル銭荘業ノ動向.-- [上海]: 満鉄上海事務所調査室，1939.-- [18] p.; 26cm

上海钱庄业动向 [上日东]

[5710] 上海ニ於ケル銭荘業ノ動向.-- [上海]: 興亞院華中連絡部，1939.-- 16p.

上海钱庄业动向。属于丛书：興亞華中資料；第 53 号。 [研]

[5711] 上海の金儲け：素晴らしい収益 / 白須賀六郎著.-- 東京：亞細亞出版社，1939.-- 102p.; 19cm

上海储金：极好的收益 [日]

[5712] 上海ヲ中心トスル中支棉花事情 / [南満洲鉄道株式会社] 上海事務所調査室.-- [上海]: [満鉄] 上海事務所調査室，1939.-- [34] p.; 26cm

以上海为中心的中支棉花情况 [东]

[5713] 上海ヲ中心トスル中支棉花事情 / 興亞院華中連絡部編.-- [上海]: 興亞院華中連絡部，1939.-- 27p.; 23cm

以上海为中心的中支棉花情况。属于丛书：興亞華中資料；第 74 号。 [上研东]

[5714] 上海日本商工会議所規則 / 上海日本商工会議所.-- 上海：上海日本商工会議所，[1939].-- 39p.

[5715] 上海地方に於ける米穀需給概況 / [南滿洲鉄道株式会社] 上海事務所調查室；[執筆者：新居芳郎].-- 上海：[滿鉄] 上海事務所，1939.-- 1v.; 27cm

上海地方的谷物供求概况 [研东]

[5716] 上海近郊ノ畜産ニ就テ / 興亞院華中連絡部編.-- [n. p.], 1939.-- 84p.

关于上海近郊的畜产。属于丛书：興亞華中資料；第 2 号。 [上研]

[5717] 上海租界(含滬西地区) 内工場調查表.-- [上海]: 滿鉄上海事務所調查室，1939.-- 24枚; 26cm

[日]

[5718] 上海商工録 / 上海日本商工会議所編.-- 上海：上海日本商工会議所，1939-.-- v.

一九三九年版 .-- 1v.; 昭和十六年版 .-- 292p.; 昭和十九年版 .-- 352p. [上研]

[5719] 上海貿易調查資料 / 上海貿易通信社編.-- 上海：上海貿易通信社，1939.-- 99p.

[上研]

[5720] 上海諸官庁商工関係名簿 / 上海日本商工会議所.-- 上海日本商工会議所，1939

[研]

[5721] 中支における生糸流通に関する調查 / 興亞院華中連絡部.-- 興亞院華中連絡部，1939

中支的生丝流通相关调查 [研]

[5722] 中支に於ける財政事情 / 滿鉄上海事務所調查室.-- [n. p.], 1939

中支的财政情况 [研]

[5723] 中支占領地内に於ける支那民族資本工業と事変の影響 / 滿鉄上海事務所調查室.-- [n. p.], 1939

中支占领地区的支那民族资本工业与事变的影响 [研]

[5724] 中支産業要覧 / 東亞問題研究会編.-- 東京：三省堂，1939.-- 230p.; 16cm

[研]

[5725] 中華民国ノ財政経済ニ関スル諸論文 - 中.-- 興亞院政務部，1939

中华民国财政经济相关论文(中) [研]

[5726] 支那事変前後に於ける上海外国銀行の状況 / 吉田政治述.-- 東京：全国経済調查機関聯合会，1939.-- 22p.; 23cm

支那事变前后上海外国银行状况。属于丛书：全国経済調查機関聯合会彙報．別冊; 第 121 号。 [日]

[5727] 支那経済統計文献目録：昭和十四年五月現在 / 南満洲鉄道株式会社上海事務所調查室；[編者：西村知，本田正二郎].-- [上海]: 満鉄上海事務所調查室, [1939].-- 38p.

[东]

[5728] 日支事変後に於ける在上海外人商社の収益状況.-- 中支那振興調查課，1939.-- [32] p.; 28cm

日支事变后在上海外国商社的收益状况

[5729] 日支蚕糸業の調整と華中蚕糸株式会社.-- 東京：日本中央蚕糸会，1939.-- 41, 17p.; 21cm

日支蚕丝业的调整与华中蚕丝株式会社 [研]

[5730] 在滬邦人工場一覧表 / [南満洲鉄道株式会社] 上海事務所調查室；[担当者：細見栄三].-- [上海]: [満鉄] 上海事務所調查室，1939.-- 16p.; 27cm

在沪日本工厂一览表 [东]

[5731] 西南支那経済建設の諸問題.-- [上海]: 在上海日本総領事館特別調查班，1939.-- 135p.; 22cm

[研]

[5732] 事変下「上海租界」の経済的解剖 / 末永繁松編輯.-- 上海：中支経済研究所，1939.-- 109p.

[上]

[5733] 事変前後の支那財政金融 / 上海貿易通信社編.-- 上海：上海貿易通信社，1939.-- 117p.

[上东]

[5734] 事変後に於ける中支占領地区商品流通事情.-- 上海：南満洲鉄道上海事務所，1939.-- 622p., 表; 23cm

事变后中支占领地区商品流通情况。属于丛书：上海満鉄調査資料；第 23 編。

[上研日]

[5735] 国民政府の為替統制政策と上海為替市場.-- [上海]: 南満洲鉄道上海事務所，1939 序.-- 141, 48p.; 22cm

国民政府的汇兑管制政策和上海汇兑市场。属于丛书：上海満鉄調査資料；第 29 編。

[日]

[5736] 欧洲戦乱ト上海経済界 / 満鉄上海事務所調査室.-- [上海]: 満鉄上海事務所調査室，1939.-- 34p.; 26cm

[研东]

[5737] 産業之世界：中支特輯号.-- 産業之世界社，1939

[研]

[5738] 最近の上海事情.-- 名古屋：愛知県商工館，1939.-- 33p.; 19cm

[日]

[5739] 最近ノ上海金融為替事情 / 満鉄上海事務所調査室.-- [上海]: 満鉄上海事務所調査室，1939.-- 32p.; 27cm

最近上海金融汇兑情况

[研东]

[5740] 最近五箇年間ニ於ケル上海対外貿易ノ検討 / 満鉄上海事務所調査室；[担当者：松岡元].-- [上海]: 満鉄上海事務所調査室，1939-1940.-- 2v. (, 49p.); 26cm

最近五年间上海对外贸易探讨

[东]

[5741] 葉煙草 / [編集担当：熊谷康].-- 上海：南満洲鉄道上海事務所，1939.-- 118p.; 22cm

属于丛书：上海満鉄調査資料；第 29 編。属于丛书：支那商品叢書；第 14 輯。

[研]

[5742] 戦後に於ける「上海租界」の経済的解剖.-- 上海：中支経済研究所，1939.-- 109p.; 25cm

战后上海租界的经济解剖。属于丛书：中支経済資料；第 82 号。

[5743] 戦後上海ノ物価状態 / 興亞院華中連絡部.-- 興亞院華中連絡部，1939.-- 8p.; 23cm

属于丛书：興亞華中資料；第 19 号。属于丛书：中調連商資料；第 9 号。［上研东］

[5744] 新生支那事情. [第1] -2輯.-- [大阪]: 大阪市産業部貿易課，1939-1941.-- 2v.; 22cm

属于丛书：貿易経済叢書；第 59, 61 輯。部分目次：貿易港としての上海 / 馬場鍬太郎 . 支那社会 / 小竹文夫 . ［日］

[5745] 上海に於ける工業概観 / 上海満鉄事務所調查室編.-- [上海]: 満鉄調查部，1940.-- 43p.

上海工业概观 ［上东］

[5746] 上海ニ於ケル瓦斯事業ノ現況ト其ノ将来.-- [上海]: 興亞院華中連絡部，1940.-- 22p.

上海煤气事业现状及其未来。属于丛书：興亞華中資料；第 133 号。［研］

[5747] 上海ニ於ケル外支系主要会社ノ概況.-- [大連]: 南満州鉄道] 調查部，1940.-- 101枚; 26cm

［日］

[5748] 上海に於ける邦商組合事情.-- [上海]: 上海日本商工会議所，1940.-- 70p.; 22cm

上海的日商合作社情况 ［上日］

[5749] 上海ニ於ケル匯画制度 / 中支那振興株式会社調查課.-- 中支那振興調查課，1940

上海汇划制度。属于丛书：振興調查資料；22。［研东］

[5750] 上海ヲ中心トスル支那造船業：中支航運ニ於ケル造船調查.-- [上海]: 興亞院華中連絡部，1940.-- 50p.

以上海为中心的支那造船业：中支航运的造船调查。属于丛书：興亞華中資料；第 164 号。［研东］

[5751] 上海入出港船舶.-- [上海]: [満鉄] 上海事務所調查室, [1940].-- [10] p.; 26cm

［日］

[5752] 上海小売物価ニ就テ：自昭和十二年至昭和十五年四月現在 / 滿鉄上海事務所調查室；[作成者：木下勇，大西唯雄，下牧嘉男].-- [上海]: 滿鉄上海事務所調查室，1940.-- 35p.; 26cm

关于上海零售物价（1937 年到 1940 年 4 月） [东]

[5753] 上海共同租界内国别工場一覧 / 興亞院.-- 興亞院，1940

[研]

[5754] 上海对日貿易ノ解剖 / 南滿洲鉄道株式会社調查部資料課編.-- [大連]: 滿鉄調查部資料課，1940.-- 23p.

[东]

[5755] 上海遊資の動向に就而 / 長江産業貿易開発協会.-- 長江産業貿易開発協会, [194-?].-- 25p.; 26cm

关于上海游资的动向

[5756] 中支に於ける通貨、金融に関する調查：昭和14年上半期 / [飯田藤次，浅尾孝著].-- 東亞研究所，1940.-- 391p.; 25cm

中支的货币、金融相关调查（1939 年上半年）。属于丛书：[東亞研究所] 資料；乙第 16 号 C。 [研]

[5757] 中支那振興会社及関係会社事業現況.-- 中支那振興, [1940-].-- v.; 22cm

昭和 15 年 12 月；昭和 17 年 6 月；昭和 18 年 6 月 [研]

[5758] 中支商工取引総覧 = China trade directory.-- 昭和15年版.-- 上海：中国通信社，1940.-- 1v.; 23cm

中支工商贸易总览 [研东]

[5759] 支那側ヨリ見タル上海ノ民族工業 / 南滿洲鉄道株式会社上海事務所編.-- [上海]: 滿鉄上海事務所，1940.-- 13p.

从支那方面看上海的民族工业。属于丛书：上情 39 第 503 号。 [东]

[5760] 支那慣行調查資料：上海堆栈（倉庫）業ノ調查 / [渡辺幸三訳].-- [上海]: 滿鉄·上海事務局調查室，1940.-- 79p.; 25cm

译自：「上海堆栈業之調查」，原连载于《工商半月刊》第 1 卷第 10, 11, 13, 14 号（民国 18 年 5 月 15 日，6 月 1 日，7 月 1 日，7 月 15 日）。 [东]

[5761] 支那輸出日本昆布業資本主義史 / 羽原又吉.-- 東京：有斐閣，1940.-- 299p., 図版1枚; 21cm

支那出口日本海带业资本主义史 [研]

[5762] 全支商工取引総覧 / 中国通信社編.-- 上海：中国通信社，1940-.-- v.; 22cm

全支工商贸易总览。昭和 15, 16, 17 年版。 [研东]

[5763] 在上海独逸商社の活躍状況 / 長江産業貿易開発協会.-- 長江産業貿易開発協会，1940.-- 9p.; 26cm

在上海德国商社的活跃状况

[5764] 江蘇省松江県農村実態調査報告書 / 南満洲鉄道株式会社調査部編.-- 上海：南満洲鉄道上海事務所，1940.-- 233p., 図版, 地図, 表16枚; 22cm

属于丛书：上海満鉄調査資料；第 48 編。 [研日东]

[5765] 英商上海衆業公所概況 = Shanghai Stock Exchange / 中支那振興株式会社調査課.-- 中支那振興調査課，1940.-- 41p.; 27cm

属于丛书：振興調査資料。

[5766] 時局が上海の対外貿易に及ぼした影響 / 長江産業貿易開発協会.-- 長江産業貿易開発協会，1940.-- 40p.; 26cm

时局对上海对外贸易的影响

[5767] 紐育外国為替相場表 1919年至1938年；タイトル上海外国為替相場表1926年至1938年 / 東亞研究所編；[南部農夫治，坂本直則編].-- 東京：東亞研究所，1940.-- 33p.; 23cm

属于丛书：[東亞研究所] 資料；丙第 97 号 D。 [日东]

[5768] 華中貿易読本.-- 上海：上海毎日新聞社，1940.-- 492p.; 23cm

[研]

[5769] 華商上海證券交易所概要 / 中支那振興株式会社調査課.-- 中支那振興調査課，1940.-- 20p.; 27cm

属于丛书：振興調査資料。

[5770] 最近の上海華商銀行 / 松田邦彦.-- 満鉄上海事務所，1940

[研]

[5771] 戦後ニ於ケル上海鉄工廠概況 / 南満洲鉄道株式会社上海事務所編.-- [上海]: 満鉄上海事務所，1940.-- 11p.

战后上海铁工厂概况。属于丛书：上情 40 第 60 号。 [东]

[5772] 戦時上海外国為替市場ノ変動及其ノ予測法 / 南満洲鉄道株式会社上海事務所調査課編.-- [上海]: 満鉄上海事務所調査課，1940.-- 29p.

战时上海外国汇兑市场的变动及其预测法。属于丛书：上情 40 第 434 号。 [东]

[5773]〔渡辺経済研究所〕資料 / 渡辺銕蔵著.-- 東京：渡辺経済研究所，1941.-- 1-8 v.; 23cm

部分目次：資料 60, 上海貿易及海関收入 [日]

[5774] 上海で観た中儲銀行開業と儲銀券発行 / 長江産業貿易開発協会.-- 長江産業貿易開発協会，1941.-- 17p.; 26cm

上海所见中储银行开业与储银券发行

[5775] 上海に於ける買辦の経済的勢力 / 東亞研究所上海支所.-- [上海]: 東亞研究所上海支所, [194-].-- 1v.; 26cm

上海买办的经济势力。属于丛书：上海支所資料；第 24 号。 [东]

[5776] 上海ニ於ケル資金凍結ト対策.-- [上海]: 上海駐在参事事務所，1941.-- 1v. (頁付なし); 27cm

上海的资金冻结与对策 [日]

[5777] 上海ノ石炭業 / 満鉄上海事務所； [担当者：甲斐川智春].-- [上海]: 満鉄上海事務所，1941.-- 29p.

上海煤业 [东]

[5778] 上海を中心とする第三国船の動靜 / 長江産業貿易開発協会.-- 長江産業貿易開発協会，1941.-- 24p.; 25cm

以上海为中心的第三国船的动态。

[5779] 上海外商株式市場論 / 及川朝雄著.-- 上海：三通書局，1941.-- 144p., 表; 22cm

[上研日]

[5780] 上海市銭業同業公会入会同業録.-- [上海]: 東亞研究所上海支所，1941.-- 1v.; 29cm

属于丛书：上海支所資料；第 8 号。 [东]

[5781] 上海市銀行業同業公会会員銀行資産調：昭和十六年十二月六日現在.-- [上海]: 東亞研究所上海支所, [1941?].-- 1v.; 29cm

属于丛书：上海支所資料；第 15 号。 [东]

[5782] 上海市銀行業同業公会非会員銀行資産調：昭和十六年十二月六日現在.-- [上海]: 東亞研究所上海支所, [1941?].-- 1v.; 28cm

属于丛书：上海支所資料；第 16 号。 [东]

[5783] 上海市銭業同業公会会員銭荘資産調：昭和十六年十二月六日現在.-- [上海]: 東亞研究所上海支所, [1941?].-- 1v.; 28cm

属于丛书：上海支所資料；第 17 号。 [东]

[5784] 上海物資の北支満関への輸出状況 / 長江産業貿易開発協会，1941.-- 24p.; 26cm

[5785] 上海租界経済と過剰遊資の動向概観 / 長江産業貿易開発協会.-- 長江産業貿易開発協会，1941.-- 22p.; 26cm

[5786] 上海華商證券業概況 / 中支那振興株式会社調査課.-- 中支那振興調査課，1941.-- 110p., 図版1枚; 21cm

属于丛书：振興調査資料；第 28 号。 [研]

[5787] 上海経済提要 / [上海日本商工会議所編；杉村廣藏編].-- 上海：上海日本商工会議所，1941.-- 173p., 図版2枚; 23cm

[上研东]

[5788] 上海転口貿易統計半年報 / 南満洲鉄道株式会社上海事務所調査室編.-- [上海]: 在上海日本総領事館，1941-1942.-- 2v. (201, 203p.); 26cm

上海转口贸易统计半年报。(昭和 16 年上半期；昭和 16 年下半期) [上研日东]

[5789] 大東亞戦勃発前ニ於ケル上海買辦調 / 東亞研究所上海支所.-- [上海]: 東亞研究所上海支所, [194-].-- 1v.; 26cm

属于丛书：上海支所資料；第 23 号。 [东]

[5790] 中国工商名鑑.-- 東京：日本商業通信社，1941-.-- v.; 26cm

昭和 16, 17 年版。 [研]

[5791] 日本経済政策学会年報 / 日本経済政策学会編.-- 東京：日本評論社，1941.-- 2v., 図版; 21cm

部分目次：上海に於ける事変前後の米穀配給機構 / 内田直作． [日]

[5792] 日清汽船株式会社三十年史及追補 / 浅居誠一.-- [n. p.], 1941

[研]

[5793] 米、英宣戦布告直後の上海激動展望.-- 長江産業貿易開発協会，1941.-- 35p.; 26cm

展望美英宣战布告发布后上海的动荡

[5794] 独蘇開戦の上海市場に與へた影響 / 長江産業貿易開発協会.-- 長江産業貿易開発協会，1941.-- 7p.; 26cm

德苏开战对上海市场的影响

[5795] 最近に於ける上海経済界の動向 / 大陸調査会上海調査室.-- [大陸調査会] 上海調査室，1941

最近上海经济界的动向。属于丛书：大調政治資料；第十二輯。 [研]

[5796] 業務概況.-- [上海]: 中支建設資料整備委員会，1941.-- 46p.; 22cm

[研东]

[5797] 資金凍結と上海金融 / 宮下忠雄述(講演).-- 東京：全国経済調査機関聯合会，1941.-- 25p.; 22cm

属于丛书：全国経済調査機関連合会彙報別冊；第 136 号。 [日研]

[5798] 資産凍結と上海経済 / 長江産業貿易開発協会.-- 長江産業貿易開発協会，1941.-- 30p.; 26cm

[5799]「上海経済」再編成 / 小谷啓二.-- 同盟通信社，1942

[研]

[5800] 一九四〇年の上海工業界 / 長江産業貿易開発協会編.-- [長江産業貿易開発協会，

1942].-- 28p.; 25cm

[5801] 上海ノ主要金融統計表 / 南満洲鉄道株式会社上海事務所編.-- [上海]: 満鉄上海事務所，1942.-- 13p.

[东]

[5802] 上海の証券市場.-- 東京：川島屋証券調査課，1942.-- 22p.; 21cm

属于丛书: 証券経済調查資料; 第 4 号。 [日]

[5803] 上海日本商工会議所昭和16年事務報告 / 上海日本商工会議所.-- 上海日本商工会議所，1942

[研]

[5804] 上海主要工場参観報告.-- [上海]: 在上海日本大使館特別調査班, [1942].-- 232p.; 21cm

属于丛书: 特調資料輯編; 第 2 篇。 [上研日]

[5805] 上海外人商工団体一覧 = A list of foreign commercial & industrial organizations and members Shanghai.-- 上海：上海日本商工会議所，1942.-- 42p.; 23cm

[研]

[5806] 上海地区最近の経済事情 / 近藤鶩著.-- [n. p. , 1942].-- 40p.; 21cm

[研东]

[5807] 上海邦商組合：其他一覧 / 上海日本商工会議所.-- 上海日本商工会議所，1942.-- 65p.; 22cm

上海日商合作社。其他版本：1943 [研]

[5808] 上海経済の再編成 / 水谷啓二著.-- 東京：同盟通信社出版部，1942.-- 173p.; 19cm

[上日]

[5809] 上海経済再編成特輯（後編） / 長江産業貿易開発協会.-- [n. p.], 1942

[研]

[5810] 上海貿易統計表.-- 中支那振興調查課, [1942].-- 1v.; 26 × 38cm

自昭和 11 年至昭和 16 年。誊写版。

[5811] 上海糖商合作営業所ノ概況.-- [n. p.]: 中支那軍票交換用物資配給組合, [1942].-- 42p.; 23cm

属于丛书: 軍配資料; 第 2 輯。 [日]

[5812] 大東亞戦前後ノ上海石炭事情 / 中支那振興会社調查課.-- 中支那振興調查課, 1942.-- 1v.; 25cm

属于丛书: 振興調査資料; 第 30, 37 号。

[5813] 大東亞戦後に於る上海租界経済工作 / 長江産業貿易開発協会.-- 長江産業貿易開発協会, 1942.-- 32p.; 25cm

[5814] 中支那経済年報·昭和17年度 / 中支那経済年報刊行会編.-- 上海: 上海中国政治経済研究所, 1942-.-- v.; 19cm

第 2 集, 昭和 17 年 / 民国 31 年 第 3 ·4 半期; 第 3 集, 昭和 18 年 / 民国 32 年 第 1 期; 第 4 集, 昭和 18 年 / 民国 32 年 第 2 期 [研东]

[5815] 支那·上海の経済的諸相 / 杉村広蔵著.-- 東京: 岩波書店, 1943.-- 283p.; 19cm

[上研日东]

[5816] 日本上海間船舶往来表(1853—1861年) / 沖田一.-- [n. p.], 1942

[研]

[5817] 全支組合総覧 / 中国通信社.-- 昭和18年版.-- 上海: 中国通信社, 1942.-- v.; 26cm

中国合作社总览 [研东]

[5818] 和平区及び上海工業界の現況 / 長江産業貿易開発協会.-- 長江産業貿易開発協会, 1942.-- 17p.; 26cm

[研东]

[5819] 昭和十七年上半期 上海銀行第四拾八期業務報告書 / 上海銀行編.-- 上海: 上海銀行, 1942.-- 27p.

[上]

[5820] 統計的に観たる上海物價の騰貴 / 長江産業貿易開発協会.-- 長江産業貿易開発協会, 1942.-- 29p.; 26cm

从统计看上海物价的上涨

[5821] 開戦前後ノ上海労働関係統計資料 / [南満洲鉄道株式会社上海事務所調査室編; 編者：津金常知，川内昇].-- [上海：満鉄上海事務所調査室，1942].-- 36p.; 26cm

[东]

[5822] 戦時上海の金融 / 東亞研究所編.-- 東京：東亞研究所，1942.-- 270p.

属于丛书：[東亞研究所]資料；丙第259号C。 **[上研]**

[5823] 上海に於ける不動産事情 / 上海恒産株式会社東京出張所編.-- 東京：上海恒産東京出張所，1943.-- 309p.

上海不动产情况 **[上研东]**

[5824] 上海に於ける不動産問題聴取書 / 満鉄上海事務所；[担当者：渡辺幸三].-- 上海：満鉄上海事務所調査室，1943.-- 4v.; 26cm

手书原稿。属于丛书：満鉄 中支不動産慣行調査附属資料。 **[研]**

[5825] 上海ニ於ケル不動産慣行資料 / 満鉄·大連.-- [大連]: 満鉄，1943.-- 2v.; 21cm

上海不动产惯例资料 **[研]**

[5826] 上海に於ける不動産慣行調査報告 / 満鉄上海事務所.-- 上海：満鉄上海事務所調査室，1943.-- v.

上海不动产惯例调查报告。其2 / 担当者：南谷[文一]. 459p.; 其3, 土地整理 / 担当者：伊藤源蔵 . 197p.; 其4, 公有地整理 / 編輯：伊藤源蔵 . 210p.; 其5, 土地制度 / 執筆担当：南谷文一 . 214p.; 其6, 土地徵収 / 執筆者：伊藤源蔵 . 384p.; 其7, 不動産取引 / 執筆担当：渡辺幸三 , 保科辰丙 . 127p. 手稿,另有私制本。 **[研]**

[5827] 上海中心地區に於ける不動産調査答案.-- [上海：満鉄·上海事務所調査室，1943?].-- 3v. (319p.); 26cm

上海中心地区不动产调查结果。手稿。属于：満鉄 中支不動産慣行調査附属参考資料。

[5828] 上海内国貿易の現状 / [逸見顕義著].-- [上海]: 在上海大日本帝国大使館事務所, [1943].-- 391p.

属于丛书：中支調查資料；第544号。属于丛书：貿易資料；第4号。 **[上研东]**

[5829] 上海周辺地區に於ける不動産調査答案.-- [上海：満鉄·上海事務所調査室，1943?].-- 3v. (512p.); 26cm

上海周边地区不动产调查结果。手稿。属于：満鉄 中支不動産慣行調査附属参考資料。

[5830] 上海金融事情講話.-- 上海：横浜正金銀行上海支店，1943.-- 235p.; 22cm

[上]

[5831] 上海経済年鑑.-- 上海：上海経済研究所，1943.-- 2v.

昭和十八年民国三十二年度版 (半年鑑).-- 昭和十八年 .-- 316p.; 昭和十八年民国三十二年度版 .-- 昭和十七年 .-- 507p. [上研]

[5832] 大東亞建設論集 / 山口高等商業学校東亞経済研究会編.-- 東京：生活社，1943.-- 240p.; 21c.

部分目次：大東亞共栄圏に於ける上海の経済的地位 / 塙雄太郎 . [日]

[5833] 大東亞戦一年間に於ける上海経済再建工作の全貌.-- 長江産業貿易開発協会，1943.-- 50p.; 26cm

[5834] 中支の民船業：蘇州民船実態調査報告 / 南満洲鉄道株式会社調査部編.-- 東京：博文館，1943.-- 2v.; 22cm

两册分别为「本編」和「附録」,附録为：実態調査基本諸表。 [研]

[5835] 中国関係主要海運会社の内容及び沿革 / 東亞海運.-- [n. p.], 1943

中国主要海运公司情况及沿革。属于丛书：共栄圏海運問題研究会資料；二。

[研]

[5836] 支那の航運 / 東亞海運株式会社編.-- 東亞海運，1943.-- 679p.; 21cm

序为 1944 年,封面有“昭和 18 年 10 月”。 [研]

[5837] 参戦と経済 上海経済年鑑 / 上海経済研究所東亞経済報年鑑編輯室編.-- 上海：上海経済研究所，1943.-- 316p.

[上]

[5838] 経済上海建設委員会 第一次議事録 / 上海日本商工会議所編.-- 上海：上海日本商工会議所，1943.-- 45p.

[上]

[5839] 経済上海建設委員会日華問題委員会邦商対策委員会 聯合委員会第一次議事録 / 上海日本商工会議所編.-- [n. p.], 1943.-- 6p.

[上]

[5840] 上海に於ける最近の物価と生計 / 長江産業貿易開発協会編.-- 長江産業貿易開発協会, [1944].-- 8p.; 27cm

上海最近的物价与生计

[5841] 上海日本経済会議所事務規程.-- [n. p., 1944].-- 19p.

[上]

[5842] 上海日本経済会議所定款.-- [n. p., 1944].-- 23p.

[上]

[5843] 上海外国人商工団体と商社一覧 / 上海日本商工会議所.-- 昭和18年版.-- 上海：上海日本商工会議所，1944.-- 45p.; 21cm

[5844] 上海経済年鑑.-- 上海：中支野田経済研究所，1944.-- 370p.

昭和十九年,民国三十三年度版。 [上]

[5845] 華中電気通信と中支那.-- [n. p.], 1944

[研]

[5846] 上海に於ける中国金融統制 / 菊江栄一著.-- 東京：中支那経済年報刊行会，1945.-- 165p.; 19cm

上海的中国金融管制 [上日]

[5847] 上海工業実態調査資料概括表：昭和十七年六月現在.-- [上海]: 満鉄上海事務所調査課，1945.-- 196p.; 26 × 37cm

[上日]

[5848] インフレーション会計の実証的研究：上海インフレーションを中心にして / 片野一郎著.-- 東京：産業図書，1946.-- 111p.; 21cm

通货膨胀会计的实证研究：以上海通货膨胀为中心 [日]

[5849] 貨幣価値変動会計 / 太田哲三等著.-- 東京：産業図書，1946.-- 291p.; 21cm

部分目次：上海の通貨膨脹時の会計 / 片野一郎 , 太田哲三 . [日]

[5850] イギリス資本と東洋：東洋貿易の前期性と近代性 / 松田智雄著.-- 東京：日本評論社，1950.-- 290p.; 21cm

英国资本与东洋：东洋贸易的前期性与近代性 [研]

[5851] 上海のギルド / 根岸佶著.-- 東京：日本評論社，1951.-- 412p.; 22cm

上海的行会。其他版本：1953；1954；複製：東京：大空社,1998 [上研日东]

[5852] 上海地区鉄鋼企業.-- [n. p.], 1955.-- 63, 47p.; 26cm

[东]

[5853] 上海私営南洋電線廠.-- [n. p.], 1955.-- 27p.; 26cm

[东]

[5854] 在華日本紡績同業会 / 船津辰一郎.-- 在華日本紡績同業会，1958

[研]

[5855] 華興商業銀行回顧録 / 華興会.-- [東京]: 華興会，1964.-- 286p., 図版; 22cm

[研]

[5856] 中国近代経済資料.-- [東京]: 雄松堂フィルム出版, [1967].-- 64リール(ネガ); 35mm.

部分目次：リール 5, 上海物価年刊 . 上海港輸出入貿易明細表 (1913); リール 16, 上海之工業 ; リール 20, 上海民食問題 ; リール 64, 上海市之工資卒 . 上海産業与上海職工 . [日]

[5857] 上海裕豊の思い出集 / 「上海裕豊の思い出集」編集会.-- 堺：裕豊会，1968.-- 248p.; 19cm

上海裕丰的回忆集。关于上海裕丰纺织株式会社。 [研]

[5858] 幕末貿易史料 / 本庄栄治郎編.-- 経済史研究会，1970

部分目次：長崎千歳丸上海へ発航一件 , 箱館健順丸上海へ発航一件 / 本庄栄治郎 . [日]

[5859] 江南造船所：歴史と思い出 / 江南造船所史刊行会編.-- 横浜：江南造船所史刊行会，1973.-- 246p.; 22cm

江南造船所：历史与回忆。从1938年到抗战结束，三菱重工受日本海軍委托经营江南造船所。本书是当时的日本从业人员对那段历史的回忆录。 [研]

[5860] 植民地経済史の諸問題 / 山田秀雄編.-- 東京：アジア経済研究所，1973.-- 296p.; 25cm

部分目次：日清戦争後の上海近代「外商」紡績業と中国市場：Charles Denby, Jr., Cotten-Spinning at Shanghai, the Forum, September 1899の分析を中心として / 田中正俊. [日]

[5861] 近代移行期の日本経済：幕末から明治へ / 新保博，安場保吉編.-- 東京：日本経済新聞社，1979.-- 317p.; 22cm

近代转移期的日本经济：从幕府末期到明治时期。部分目次：明治初期の石炭輸出と上海石炭市場 / 杉山伸也著. [日]

[5862] 華中鉱業回想録 / 華中鉱業回想録編集刊行委員会.-- [豊中]: 華中鉱業回想録編集刊行委員会，1981.-- 414p.; 22cm

[研]

[5863] 近代日本綿業と中国 / 高村直助.-- 東京：東京大学出版会，1982.-- 319, 8p., 図版2枚; 19cm

[研]

[5864] 東亞煙草社とともに：民営煙草会社に捧げた半生の記録 / 水之江殿之.-- 川崎：水之江殿之；制作：丸善出版サービスセンター(東京)，1982.-- 382p.; 22cm

和东亚烟草社在一起：为民营香烟公司奉献半生的记录 [研]

[5865] 上海市国民経済発展状況報告：他1982-1984年.-- 横浜：横浜市海外交流協会，[1983-1985].-- 3v.; 26cm

[日]

[5866] 中華人民共和国天津·上海·広州電気通信網改造計画フィージビリティ調査報告書.-- [東京]: 国際協力事業団，1984.-- 1v.; 30cm

中华人民共和国天津、上海、广州电信网改造计划可行性调查报告书。日本国际协力事业团成立于1974年8月，直属日本外务省。它宣称致力于国际间的技术合作，促进发展中国家的经济和社会福利。1982年成立中国事务所。在技术合作的框架下，该组织对中国和上海进行了详细调查，本书及以下书目反映了这一情况。 [日]

[5867] フランス帝国主義とアジア：インドシナ銀行史研究 / 権上康男.-- 東京：東大出版会，1985.-- 386, 43p.; 23cm

法国帝国主义与亚洲：印度支那银行史研究 [研]

[5868] 中国上海水産加工技術開発センター事前調査報告書.-- 東京：国際協力事業団，1985.-- 126p.; 30cm

中国上海水产加工技术开发中心事前调查报告书 [日]

[5869] 中国上海水産加工技術開発センター実施協議チーム及び長期調査員報告書.-- [東京]: 国際協力事業団，1985.-- 135p.; 30cm

中国上海水产加工技术开发中心实施协议队及长期调查员报告书 [日]

[5870] 中華人民共和国工場近代化計画調査報告書：上海第十鋼鉄廠.-- [東京]: 国際協力事業団，1986.-- 333p.; 31cm

[日]

[5871] 中華人民共和国工場近代化計画調査報告書：要約上海第十鋼鉄廠.-- [東京]: 国際協力事業団，1986.-- 25p.; 30cm

[日]

[5872] 日中上海シンポジウム：アジア·太平洋地域の発展と21世紀に向かう日中関係.-- 東京：総合研究開発機構，1986.-- 170p.; 26cm

日中上海学术讨论会：亚太地区的发展和面向 21 世纪的日中关系。国际会议报告。 [日]

[5873] 香港上海雑貨見物 / 島尾伸三，潮田登久子著.-- 東京：東京三世社，1986.-- 141p.; 26cm

[日]

[5874] 上海経済区の現状と展望 / 日本貿易振興会編.-- 東京：日本貿易振興会，1987.-- 121p.; 21cm

[日]

[5875] 日中戦争占領地区支配資料 / 依田憙家編.-- 東京：竜渓書舎，1987.-- 734p.; 22cm

部分目次：戦後の上海各業状況調査 / 中国通信社調査部編. [日]

[5876] 中華人民共和国工場近代化計画事前調査報告書：上海大隆機械.-- [東京]: 国際協力事業団，1988.-- 63p.; 30cm

[日]

[5877] 中国上海水産加工技術開発センター巡回指導調査報告書.-- [東京]: 国際協力事業団，1989.-- 240p.; 30cm

中国上海水产加工技术开发中心巡回指导调查报告书 [日]

[5878] 中華人民共和国上海合金工場近代化計画事前調査報告書.-- [東京]: 国際協力事業団，1989.-- 87p.; 30cm

[日]

[5879] 円の侵略史：円為替本位制度の形成過程 / 島崎久弥.-- 東京：日本経済評論社，1989.-- 440p.; 22cm

日元侵略史：日元外汇本位制度的形成过程 [研]

[5880] 日中上海シンポジウム東アジアの経済発展と地域協力.-- 東京：総合研究開発機構，1989.-- 192p.; 26cm

日中上海学术讨论会：东亚的经济发展和地域合作。国际会议报告。会期：1989年4月18-20日。 [日]

[5881] 中華人民共和国工場近代化計画調査報告書：上海合金工場.-- [東京]: 国際協力事業団，1990.-- 1v.; 31cm

[日]

[5882] 上海浦東新区·大連市の投資環境：ジョイン事業調査報告書.-- [東京]: 日本貿易振興会機械技術部，1991.-- 90p.; 26cm

上海浦东新区、大连市的投资环境：合作事业调查报告书 [日]

[5883] 中国上海現代金型技術訓練センター実施協議調査団報告書.-- [東京]: 国際協力事業団鉱工業開発技術課，1991.-- 101p.; 30cm

中国上海现代模具技术训练中心实施协议调查团报告书 [日]

[5884] 中国上海水産加工技術開発センター計画フォローアップ協力評価調査調査団報告書.-- 東京：国際協力事業団，1992.-- 73p.; 30cm

中国上海水产加工技术开发中心计划跟踪合作评价调查调查团报告书 [日]

[5885] 中華人民共和国上海現代金型技術訓練センター協力事業計画打合せ調査団報告書.-- [東京]: 国際協力事業団，1992-1994.-- v.; 30cm

中华人民共和国上海现代模具技术训练中心合作事业计划洽商调查团报告书

[日]

[5886] 中華人民共和国工場近代化計画調査報告書：上海紡織総架.-- [東京]: 国際協力事業団，1992.-- 2v.(別vとも); 30cm

[日]

[5887] 中国の樹脂成形加工関連企業の実態(上海地区) / 石田浩著.-- 東京：シーエムシー，1993.-- 129枚; 30cm

中国的树脂成形加工关联企业实态(上海地区) **[日]**

[5888] 中国農村経済の基礎構造：上海近郊農村の工業化と近代化のあゆみ / 石田浩著.-- 京都：晃洋書房，1993.-- 229p.; 22cm

中国农村经济的基础构造：上海近郊农村的工业化和现代化 **[日东]**

[5889] 中華人民共和国上海現代金型技術訓練センター協力事業巡回指導調査団報告書.-- [東京]: 国際協力事業団，1993.-- 72p.; 30cm

中华人民共和国上海现代模具技术训练中心合作事业巡回指导调查团报告书

[日]

[5890] 長江流域の経済発展：中国の市場経済化と地域開発 / 丸山伸郎編.-- 東京：アジア経済研究所，1993.-- 323p.; 19cm

[研]

[5891] 1920**年代前後，日商在華取引所の考察：島系の上海·天津·漢口取引所** / 虞建新著.-- 八王子：中央大学経済研究所，1994.-- 24p.; 26cm

1920 **年代前后日商在华交易所的考察：岛系的上海、天津、汉口交易所** **[东]**

[5892] 上海·浦東開発の現況と展望.-- 東京：日本貿易振興会，1994.-- 33p.; 30cm

[研日]

[5893] 上海金融：中国市場経済の実像と未来を大胆に活写よみがえる寧波幇 / 間仁田幸雄著.-- 東京：ソニー·マガジンズ，1994.-- 245p.; 20cm

上海金融：中国市场经济实像与大胆描写未来的宁波帮 **[研日]**

[5894] 上海経済がわかる本 / 守野友造編.-- 東京：日本能率協会マネジメントセンター，1994.-- 246p.; 19cm

了解上海经济 [研日]

[5895] 中国大連上海食品加工需要開発等調査事業報告書：チーズ製造業.-- 東京：食品産業センター，1994.-- 38p.; 26cm

中国大连上海食品加工需求开发等调查事业报告书: 奶酪制造业 [日]

[5896] 中国国有企業と郷鎮企業の現在：上海電子工業の実態調査報告 / [編集·調査：関満博].-- 横浜：横浜工業館，1994.-- 114p.; 30cm

[日]

[5897] 中華人民共和国工場(上海送風機) 近代化計画調査報告書 / 国際協力事業団.-- [東京]: 三菱油化エンジニアリング，1994.-- 1v.; 30cm

[日]

[5898] 上海·長江経済圏Q&A100：中国発展のキー·エリア / 高井潔司，藤野彰編.-- 東京：亞紀書房，1995.-- 242p.; 21cm

上海、长江经济圈 100 问: 中国发展的关键区域 [日]

[5899] 上海水処理産業ガイドブック / 横浜工業館企画·編集; 上海科学技術情報研究所市場調査部調査·編集.-- 横浜：横浜工業館，1995.-- 117p.; 30cm

上海水处理产业指南 [日]

[5900] 上海市最新労働事情調査報告.-- [横浜]: 横浜工業館，1995.-- 97p.; 30cm

[日]

[5901] 上海経済圏の発展動向 1.-- 横浜：横浜工業館，1995.-- 137p.; 30cm

[日]

[5902] 上海経済圏の構造変革と日系企業の動向.-- 横浜：横浜工業館，1995.-- 181p.; 30cm

本书为: 上海経済圏の発展動向 2。 [日]

[5903] 中国(上海) の牛乳·乳製品市場.-- 東京：日本貿易振興会農水産部，1995.-- 35p.; 21cm

[日]

[5904] 中国·上海地区におけるプラント産業の現状.-- [東京]: 日本貿易振興会，1995.-- 29p.; 30cm

上海地区机械设备产业现状 [日]

[5905] 中国の経済改革·対外開放と外資の参入：上海を中心に.-- 東京：日本貿易振興会，1995.-- 37p.; 30cm

中国的经济改革、对外开放与外资进入：以上海为中心 [日]

[5906] 中国の野菜上海編 / [農林水産省国際農林水産業研究センター] 企画調整部編.-- つくば：農林水産省国際農林水産業研究センター，1995.-- 444p.; 22cm

中国蔬菜(上海编)。属于丛书：国際農業研究叢書。 [日]

[5907] 中国上海地域における中小企業の発展水準等に関する調査研究：平成6年度.-- 東京：中小企業総合研究機構, [1995].-- 147p.; 30cm

中国上海地区中小企业发展水平等相关调查(1994年) [日]

[5908] 中華人民共和国上海現代金型技術訓練センター終了時評価調査団報告書.-- [東京]: 国際協力事業団，1995.-- 129p.; 30cm

中华人民共和国上海现代模具技术训练中心结束时评价调查团报告书 [日]

[5909] 中華人民共和国農業開発基礎調査報告書:湖北省江漢平原四湖地区·上海市近郊園芸.-- [東京]: 国際協力事業団，1995.-- 197p.; 30cm

[日]

[5910] 前近代の日本と東アジア / 田中健夫編.-- 東京：吉川弘文館，1995.-- 514p.; 22cm

近代前期的日本与东亚。部分目次：幕末開港と上海貿易 / 大豆生田稔著.

[日]

[5911] 商機は上海に在り / 山口博之著.-- 東京：史輝出版，1995.-- 209p.; 19cm

商机在上海 [上日]

[5912] 上海市小売商業の現状と大型店評価 / 金〓著.-- 東京：流通問題研究協会，1996.-- 89p.; 26cm

上海市零售商业现状与大型商店评价 [研日]

[5913] 上海浦東開発の周辺地域に及ぼす影響に関する基礎研究 / 木下悦二，杜進編著.-- 北九州：国際東アジア研究センター，1996.-- 156p.; 26cm

上海浦东开发对周边地区影响的相关基础研究 **[研日]**

[5914] 上海情報ハンドブック. 1996-97**年版** / 横浜工業館編.-- 町田：蒼蒼社，1996.-- 427p.; 21cm

上海情报手册(1996-97 **年版**)。关于上海的外国投资及上海经济。另有: 2001-2002 年版 / 蒼蒼社編。2003 年改名: 上海経済圏情報 / 蒼蒼社編集部編 . **[上研日]**

[5915] 上海経済圏の開発区と自動車産業集積.-- 横浜：横浜工業館，1996.-- 135p.; 30cm

上海经济圈的开发区与汽车产业聚集。属于丛书: 上海経済圏の発展動向; 3。 **[研日]**

[5916] 大阪商工会議所小売部会「上海·杭州流通視察団」報告書 / 大阪商工会議所編.-- 大阪：大阪商工会議所，1996.-- 35p.; 30cm

派遣期間: 平成 8 年 2 月 7 日 ~ 10 日。 **[研日]**

[5917] 中国伝統農村の変革と工業化：上海近郊農村調査報告 / 石田浩編著.-- 京都：晃洋書房，1996.-- 373p.; 22cm

中国传统农业的变化与工业化: 上海近郊农村调查报告 **[日东]**

[5918] 中国自動車産業の発展動向：上海·重慶·天津·南京編 / 関満博監修.-- 横浜：横浜産業振興公社，1996.-- 124p.; 30cm

中国汽车产业的发展动向: 上海、重庆、天津、南京编。属于丛书: 上海経済圏の発展動向; 4。 **[研日]**

[5919] 海外事業活動円滑化現地会議報告書 ソウル·上海 / 日本在外企業協会編.-- 東京：日本在外企業協会，1996.-- 82p.; 30cm

[日]

[5920] 経験者が語る職場·コミュニティの実用ノウハウ 中国編 上海·長江デルタ地域 / 日本在外企業協会編.-- 東京：日本在外企業協会，1996.-- 160p.; 26cm

有经验者所说的职场、社区诀窍(中国编: 上海 · 长江三角洲地区)。属于丛书: 海外派遣者手册。 **[日]**

[5921] 躍り出るアジア4都市：上海·ホーチミン·ニューデリー·ヤンゴン 香港返還

で市場が激変 / 「ポスト香港」研究取材班編著.-- 東京：かんき出版，1996.-- 238p.; 21cm

突出的亚洲四城市：上海 · 胡志明 · 新德里 · 仰光，香港回归后市场激变。内容关于国际投资。 [日]

[5922] 上海の産業発展と日本企業 / 関満博著.-- 東京：新評論，1997.-- 549p.; 22cm [研日东]

[5923] 日中ビジネスコレクション上海編 / 大下英治著.-- 東京：ひらく，1997.-- 335p.; 20cm

日中商务集（上海编） [研日]

[5924] 地域史の可能性：地域·日本·世界.-- 東京：山川出版社，1997.-- 321p.; 21cm

部分目次：上海ネットワークと長崎 - 朝鮮貿易 / 古田和子著 . 属于丛书：年報 · 近代日本研究；19。 [日]

[5925] 中国華東部の産業発展と雇用問題：上海·温州を中心として / 創価大学比較文化研究所.-- 八王子：創価大学比較文化研究所，1998.-- 172p.; 30cm

中国华东地区产业发展与雇佣问题：以上海 · 温州为中心 [日]

[5926] 長江流域の発展戦略：長江水上運輸と上海国際航運センター / 黄亞南著.-- 東京：運輸政策研究機構国際問題研究所，1998.-- 120p.; 21cm

长江流域的发展战略：长江水上运输与上海国际航运中心 [日]

[5927] 1920 ~ 30**年代の上海市と江蘇省における農家経営基盤の動向：農家経営基盤の安定性と流動性** / 柳沢和也著.-- [n. p.].-- p. 199-230; 21cm

20 **世纪** 20-30 **年代上海市和江苏省的农家经营基础动向：农家经营基础的稳定性和流动性**。『商経論叢』第 34 卷 4 号（1999）抽印本。 [东]

[5928] 上海ネットワークと近代東アジア / 古田和子著.-- 東京：東京大学出版会，2000.-- 237p.; 22cm

上海网络与近代东亚。东亚贸易史。 [上日东]

[5929] 中国流通調査：上海·長江流域を中心として / 流通科学大学長江流域調査隊著；流通科学大学編.-- 東京：流通科学大学出版，2000.-- 234p.; 22cm

中国流通调查：以上海 · 长江流域为中心 [日]

[5930] 中華人民共和国上海現代金型技術訓練センターアフターケア調査団報告書.-- [東京]: 国際協力事業団, 2000.-- 108p.; 30cm

中华人民共和国上海现代模具技术训练中心后期维护调查团报告书 [日]

[5931] 日中通貨戦史: 旧植民地通貨金融研究 / 大竹慎一著.-- 東京: フォレスト出版, 2000.-- 217p.; 22cm

部分目次: 上海悪性インフレと物資流通 [日]

[5932] 上海·浦東IT世界戦略基地の実像 / 沼尻勉著.-- 東京: 講談社, 2001.-- 225p.; 20cm [上日]

[5933] 上海の職場人間学: ある日系企業の経営ファイル / 辻誠著.-- 東京: 蒼蒼社, 2001.-- 238p.; 21cm

上海的职场关系学: 某日系企业的经营文件。中国日资企业的人事管理。其他版本: 2003 [上研日]

[5934] 上海を制するものが世界を制す!: 膨張する中国巨大市場をいかに攻略するか / 松尾栄蔵, 高畑省一郎, 吉田清著.-- 東京: ダイヤモンド社, 2001.-- 212p.; 19cm

上海制造品为世界制造: 如何攻占膨胀中的巨大中国市场 [日]

[5935] 中国近代江南の地主制研究: 租栈関係簿冊の分析 / 夏井春喜.-- 東京: 汲古叢書, 2001.-- 531p.; 22cm

中国近代江南的地主制研究: 租借关系簿册分析 [研]

[5936] 在大陸台湾電子·情報企業のビジネス戦略をみる: 広東省及び上海·江蘇省を中心に.-- 東京: 日本貿易振興会, 2001.-- 86p.; 30cm

看大陆的台湾电子信息企业的商务战略: 以广东省及上海、江苏省为中心 [日]

[5937] 第5回上海国際部品調達展示商談会報告書.-- [上海: 日本貿易振興会上海センター, 2001].-- 26枚; 30cm

第 5 次上海国际零部件筹措展示商谈会报告书 [日]

[5938] 上海で勝て!: 上海に進出していい企業·悪い企業.-- 東京: 新潮社, 2002.-- 89p.; 28cm

在上海胜出! 进入上海的好企业、坏企业 [日]

[5939] 上海なんちゃって市場経済：中国オシゴト物語 / 金井秀文著.-- 東京：実業之日本社，2002.-- 240p.; 19cm

上海的市场经济：中国工作故事。本书作者在上海的市场调查公司工作了十三年，这是她对中国市场情况的报告。 [上研日]

[5940] 上海職業さまざま / 菊池敏夫；日本上海史研究会編.-- 東京：勉誠出版，2002.-- 193p.; 22cm

上海职业种种 [上研日]

[5941] 中華人民共和国上海現代金型技術訓練センター事後評価報告書.-- [東京]：国際協力事業団企画·評価部，2002.-- 11p.; 30cm

中华人民共和国上海现代模具技术训练中心事后评价报告书 [日]

[5942] 都市と農村との格差が大きい中国：中国·山東省と上海における農業を見て中国と農業を考える / 小林光浩著.-- 青森：小林光浩，2002.-- 254p.; 21cm

城乡差别大：从山东与上海的农业所见的中国与农业思考 [日]

[5943] アジアのキャッシュマネジメント / 香港上海銀行東京支店.-- 東洋経済新報社，2003

亚洲的现金管理 [研]

[5944] 上海経済圏情報 / 蒼蒼社編集部編.-- 町田：蒼蒼社，2003.-- 491p.; 21cm

本书有关上海的外国投资与上海经济。2001年版题名：上海情報ハンドブック。 [上研日]

[5945] 中国物流へのアプローチ：上海·長江流域圏を中心として / 海事産業研究所調査·編集.-- [東京]：海事産業研究所，2003.-- 12, 129, 30p.; 30cm

对中国物流的方法：以上海 · 长江流域圈为中心 [日]

[5946] 中国最新物流事情に関する調査·研究報告書：北京·重慶·武漢·上海の物流について / 日本物流団体連合会国際物流専門委員会.-- [東京]：日本物流団体連合会国際物流専門委員会，2003.-- 88p.; 30cm

中国最新物流情况相关调查研究报告书：关于北京、重庆、武汉、上海的物流 [日]

[5947] 平成15年度地場産業等小規模展示事業 上海国際工業博覧会2003参加報告

書 / 日本貿易振興機構.-- [東京]: 日本貿易振興機構, [2003].-- 32p.; 30cm

[日]

[5948]「上海特許涉外代理事務所の育成支援」報告書.-- [東京]: 経済産業省，2004.-- 2, 15, 9p.; 30cm

"上海专利涉外代理事务所的培养支援" 报告书 [日]

[5949] インターテキスタイル上海2004参加報告書：平成16年度地場産業等展示事業.-- [東京]: 日本貿易振興機構, [2004].-- 73p.; 30cm

上海 2004 国际纺织品展参加报告书 [日]

[5950] ジャパンファッションフェア·イン上海2004開催報告書：平成16年度地場産業等展示事業.-- [東京]: 日本貿易振興機構, [2004].-- 96p.; 30cm

上海 2004 日本时装展览会召开报告书。日本服饰制造业在上海的商品展览会。会期 · 会场：2004 年 11 月 7 日 -9 日，上海展览中心。 [日]

[5951] シャンハイスタイル / ジェトロ上海センター. 東京：日本貿易振興機構，2004.-- 103p.; 29cm

海派 [研]

[5952] 上海で働く / 須藤みか著.-- 東京：めこん，2004.-- 151, 105p.; 19cm

上海就业情况 [日]

[5953] 上海の不動産市場に関する調査研究.-- 東京：中小企業総合研究機構研究部，2004.-- 43p.; 30cm

上海不动产市场相关调查研究 [日]

[5954] 上海国際工業博覧会2004参加報告書：平成16年度貿易投資振興事業輸出促進「機械·部品分野における中堅·中小企業の海外展開支援プログラム」.-- [東京]: 日本貿易振興機構, [2004].-- 31p.; 30cm

[日]

[5955] 上海経済視察団報告書 / 上海経済視察団；大阪商工会議所国際部編.-- 大阪：大阪商工会議所国際部，2004.-- 49p.; 30cm

视察期间：2004 年 1 月 8-12 日。 [日]

[5956] 上海経済圏·金属産業視察団報告書 / 上海経済圏·金属産業視察団；大阪商工会議所経済産業部編.-- 大阪：大阪商工会議所経済産業部，2004.-- 65p.; 30cm

视察期间：2003 年 11 月 9-15 日。 [日]

[5957] 上海進出企業の労務管理Q&A / ジェトロ編.-- 東京：ジェトロ(日本貿易振興機構)，2004.-- 292p.; 26.

进入上海企业的劳动管理问答 [研日]

[5958] 上海鼎記号と長崎泰益号：近代在日華商の上海交易 / 和田正広，翁其銀著.-- 福岡：中国書店，2004.-- 297p.; 22cm

[上研日]

[5959] 中国·上海市郊外における野菜の生産·輸出実態調査.-- 東京：日本貿易振興機構(産業技術·農水産部)，2004.-- 29p.; 30cm

上海市郊蔬菜生产与出口实态调查 [日]

[5960] 長崎県と上海地域の経済交流に関する調査研究.-- 佐世保：長崎県立大学国際文化経済研究所，2004.-- 121p.; 30cm

长崎县与上海地区经济交流相关调查研究。調査研究報告書 / 研究責任者：建野堅誠. [日]

[5961] 清代上海沙船航運業史の研究 / 松浦章編著.-- 吹田：関西大学東西学術研究所，2004.-- 565p.; 27cm

属于丛书：関西大学東西学術研究所研究叢刊。 [上研日]

[5962] 戦時下アジアの日本経済団体 / 柳沢遊，木村健二編著.-- 東京：日本経済評論社，2004.-- 335p.; 22cm

战时亚洲的日本经济团体。部分目次：日本占領下の上海日本商工会議所 / 山村睦夫. [日]

[5963] 20世紀の中国化学工業：永利化学·天原電化とその時代 / 田島俊雄編著.-- 東京：東京大学社会科学研究所，2005.-- 182p.; 26cm

20 世纪中国化学工业：永利化学、天原电化及其时代。部分目次：戦後から人民共和国初期にかけての上海化学工業再編 / 加島潤著. 属于丛书：社会科学研究所全所的プロジェクト研究：失われた 10 年？90 年代日本をとらえなおす; no. 13。 [日]

[5964] インターテキスタイル上海2005参加報告書：平成17年度地場産業等展示事業.-- [東京]: 日本貿易振興機構, [2005].-- 70p.; 30cm

上海 2005 国际纺织品展参加报告书 [日]

[5965] ジャパンファッションフェア·イン上海2005開催報告書：平成17年度地場産業等展示事業.-- [東京]: 日本貿易振興機構, [2005].-- 62p.; 30cm

上海 2004 日本时装展览会召开报告书。日本服饰制造业在上海的商品展览会，会期·会场：2005 年 11 月 23 日 -25 日，上海世贸商城。 [日]

[5966] ビジネスマンのためのallabout上海：八日間で成功する現地オフィス設立 / クレエ株式会社編.-- 東京：クレエ，2005.-- 159p.; 21cm

商人上海通。外资企业如何在八天内成功地在上海设立办事处。 [日]

[5967] マイクロ資料：タイトル横浜正金銀行：マイクロフィルム / 武田晴人解題.-- 第3期.-- 東京：丸善, [2005].-- 163巻; 16mm + 付属資料：解題·索引(43p.; 26cm) .

横滨正金银行缩微资料。部分目次：第 2 集 上海 [日]

[5968] 上海(中国) コンテンツ市場調査 2005年 / 日本貿易振興機構上海代表処コンテンツ流通促進センター.-- 上海：日本貿易振興機構上海代表処コンテンツ流通促進センター，2005.-- 81p.; 29cm

上海内容市场调查（2005 年） [日]

[5969] 上海ファッションガイド：まずファッションから人は変わる / 伊藤忠ファッションシステム著.-- 東京：チャネラー，2005.-- 122p.; 21cm

上海流行指南。关于上海的时尚产业。 [日]

[5970] 小富豪のための上海〈人民元〉不思議旅行 / 海外投資を楽しむ会著.-- 東京：東洋経済新報社，2005.-- 218p.; 21cm

关于中国的银行。 [日]

[5971] 中国·上海の市場と福島県食品の展望 / 菅沼圭輔編.-- 千葉：日本貿易振興機構アジア経済研究所，2005.-- 11, 161p.; 30cm

[日]

[5972] 中国日系企業をめぐる動向と北陸地域企業の中国進出の現状.-- 金沢：金沢星稜大学経済研究所，2005

中国日系企业的动向及北陆地区企业进入中国的现状。部分目次：上海を拠点に生販並行展開を推進する差別化戦略。属于丛书：海外共同研究；2003 · 2004 年度。 [日]

[5973] 中国投資環境シリーズ 上海市、江蘇省、浙江省、安徽省編.-- 4版.-- 東京：国際協力銀行中堅·中小企業支援室，2005.-- 1v.; 30cm

中国投资环境系列：上海、江苏、浙江、安徽编 [日]

[5974] 中国農村の構造変動と「三農問題」：上海近郊農村実態調査分析 / 石田浩編著.-- 京都：晃洋書房，2005.-- 350p.; 22cm

中国农村结构变化与“三农问题”：上海近郊农村实态调查分析 [日]

[5975] 心をつかむ営業マンの魔法の交渉術：商談を思いのままにリードする「上海式交渉術」 / 山崎真馬著.-- 東京：ぱる出版，2005.-- 207p.; 19cm

抓住人心的魔法谈判术：商务谈判的“上海式谈判术” [日]

[5976] 北京五輪·上海万博までに賢く儲ける中国株 = Making money in Chinese stocks before the Beijing Olympics and the Shanghai Expo / 貴美島明著.-- 東京：中経出版，2005.-- 191p.; 19cm

如何在北京奥运会及上海世博会前，在中国股票证券市场赚钱 [日]

[5977] 在華紡と中国社会 / 森時彦編.-- 京都：京都大学学術出版会，2005.-- 214p.; 22cm

在华纺织业与中国社会。部分目次：1927 年 9 月上海在華紡の生産シフト / 森時彦著. [日]

[5978] 農産物輸出戦略とマーケティング：成長著しい上海市場における日本産農産物輸出の可能性を探る / 渡辺均著.-- 東京：ジー·エム·アイ，2005.-- 140p.; 21cm

农产品出口战略与营销：探讨在显著增长的上海市场出口日本农产品的可能性 [日]

5. 社会生活、风俗、宗教

[5979] 東本願寺上海別院過去帳 / 東本願寺.-- [n. p.], 1872

[研]

[5980] 蘇浙見学録 / 来馬琢道.-- 東京：鴻盟社，1913.-- 218p.; 22cm

苏浙游学录。1913年，日本佛教曹洞宗的来马琢道巡礼了上海、镇江、焦山、南宁、宁波、普陀、天童、阿育王等地的江南名刹，本书即其见闻记，详细报告了中国寺院的状况。 [研]

[5981] 貿易上より見たる支那風俗の研究 / 内山清.-- 上海：上海日々新聞社，1915.-- 538p.; 23cm

由贸易所见支那风俗研究。其他版本：復刻版：東京：龍渓書舎，1999.-- 2v. [研东]

[5982] 支那風俗 / 井上紅梅.-- 上海：日本堂，1920-1921.-- 3v.; 20cm

上・中・下。其他版本：復刻版：東京：柴田書店，1982.-- 499p. [研东]

[5983] 上海婦人 / 在上海「大和婦人会」.-- 上海婦人社，1922 [研]

[5984] 支那各地風俗叢談 / 井上紅梅.-- 上海：日本堂，1924.-- 379 p.; 20cm [研]

[5985] 支那人の金銭欲 / 井上紅梅.-- 東京：東亞研究会，1927.-- 21p.; 19cm [研]

[5986] 上海の一考察：社会悪に就きて / [彭阿木著]；東亞同文書院支那研究部.-- 東亞同文書院支那研究部，1930.-- p.561-600; 23cm

『支那研究』第二十二号抽印本。

[5987] 巴里·上海エロ大市場 / 尖端軟派文学研究会編.-- 大阪：法令館，1930.-- 149p.; 17cm

巴黎・上海色情大市场 [日]

[5988] 巴里上海歓楽郷案内 / 酒井潔著.-- 東京：竹酔書房，1930.-- 300p.; 19cm

巴黎上海欢乐乡指南 [研日]

[5989] 酒·阿片·麻雀 / 井上紅梅.-- 東京：万里閣書房，1930.-- 474p., 図版8枚; 19cm

酒・鸦片・麻将 [研]

[5990] 上海風俗誌 / 田中良三.-- 東京：尚善堂，1933.-- 1v.; 28cm

其他版本：改訂3版.-- 1938 [上研东]

[5991] 上海の貧民相 / 井上紅梅著.-- 東京：東亞研究会，1934.-- 44p. (以下欠頁); 19cm
属于丛书：東亞研究講座；第 58 輯。 [研日东]

[5992] 上海より観たる支那の風氣 / 赤池濃講演.-- 東京：東亞同文会，1935.-- 35p.; 23cm
上海所见支那风气。赤池濃講演：昭和 10 年 5 月 20 日。 [研]

[5993] 上海みやげ話 / 柏木節著.-- 上海：上海美術工芸製版社，1936.-- 230p., 図版19枚; 19cm
上海特产介绍 [上研日东]

[5994] 支那民俗の展望 / 後藤朝太郎.-- 東京：富山房，1936.-- 752p.; 22cm
其他版本：復刻：東京：大空社，2002 [研]

[5995] 上海女の媚態 / 水久保＝著；菅野祐作画.-- 東京：パンフレット文芸社，1937.-- 39p.; 19cm
[日]

[5996] 支那の男と女：現代支那の生活相 / 後藤朝太郎.-- 東京：大東出版社，1937.-- 297p.; 19cm
其他版本：国策版 .-- 1938；戦時国策 6 版 .-- 1938；戦時国策版 .-- 1939.-- 307p.
[研]

[5997] 支那人·文化·風景 / 小田嶽夫.-- 東京：竹村書房，1937.-- 268p.; 20cm
其他版本：復刻：東京：ゆまに書房，2002（文化人の見た近代アジア；11） [研]

[5998] 支那女人譚 / 村田孜郎著.-- 東京：古今荘書房，1937.-- 293p.; 19cm
[研]

[5999] 東本願寺上海開教六十年史 / 高西賢正編.-- 上海：東本願寺上海別院，1937.-- 455p.; 23cm
[上研日]

[6000] 上海漫語 / 内山完造著.-- 東京：改造社，1938.-- 356p.; 19cm
其他版本：12 版 .-- 1941; 16 版 .-- 1942 [上研日东]

[6001] 大洋丸のディナーメニュー / 日本郵船.-- 日本郵船，1938

大洋丸的正餐菜单 [研]

[6002] 中華万華鏡 / 井上紅梅.-- 東京：改造社，1938.-- 276p.; 19cm
其他版本：複刻：うみうし社,1993 [研]

[6003] 支那の民情習俗に就いて / 内山完造述.-- 東京：日本文化協会，1938.-- 48p.; 19cm
关于支那的民情习俗。属于丛书：日本文化叢書；15 分冊。 [研]

[6004] 北京の女 上海の女：猟奇の支那女性 / 西町美夫著.-- 東京：トツプ·ニユース社，1938.-- 38p.; 19cm
北京女人 上海女人：猎奇的支那女性 [日]

[6005] 支那街頭風俗集 / 宮尾しげを.-- 東京：実業之日本社，1939.-- 240p.; 19cm [研]

[6006] 上海ニ於ケル外資公益事業概要 / 満鉄上海事務所 [調査室編].-- [上海]: 満鉄上海事務所，1940.-- 67p.; 27cm
上海外资公益事业概要 [东]

[6007] 上海夜話 / 内山完造著.-- 東京：改造社，1940.-- 423p.; 19cm
[上研日]

[6008] 支那風俗綺談 / 井東憲譯著.-- 東京：大東出版社，1940.-- 291p.; 19cm
[研]

[6009] 上海風語 / 内山完造著.-- 東京：改造社，1941.-- 348p.; 19cm
其他版本：1943；上海：内山書店,1944 [上研日东]

[6010] 上海租界内中下級居民生活調査 / 南満洲鉄道株式会社上海事務所編.-- [上海]: 満鉄上海事務所調査課，1941.-- 22p.
[东]

[6011] 支那風物記 / 村松梢風.-- 京都：河原書店，1941.-- 315p.; 19cm
[研]

[6012] 新生活運動概観 / 中支建設資料整備事務所.-- 上海：中支建設資料整備事務所，1941.-- 166p.; 22cm

附：新生活運動に関する出版物一覧。 [研东]

[6013] 上海生活 / 若江得行著.-- 東京：講談社，1942.-- 245p., 図版; 19cm [上研日]

[6014] 上海生活 / 上海漫画倶楽部.-- [n. p.], 1942 [研]

[6015] 上海労働者生活程度ノ再調査ノ概略：工部局月報カラノ反訳資料 / 南満洲鉄道株式会社上海事務所編.-- [上海]: 満鉄上海事務所，1942.-- 13p.

上海劳动者生活情况再调查概略：译自工部局月报 [东]

[6016] 上海神社奉饌農産共進会受賞者名簿 / 皇道会上海支部主催.-- [n. p., 1942].-- 28p. [上]

[6017] 上海霖語 / 内山完造著.-- 東京：大日本雄弁会講談社，1942.-- 255p.; 19cm

其他版本：1943 [上研日东]

[6018] 会員名簿 / （社）江湾カントリー倶楽部.-- [n. p.], 1942 [研]

[6019] 海上異聞 / 協本楽之.-- 甲鳥書林，1942 [研]

[6020] 上海ノ支那料理 / 華中水産股份有限公司編.-- [n. p.], 1943.-- 1v. [上]

[6021] 上海神社奉饌農産共進会報告書 / 皇道会上海支部編.-- 上海：皇道会上海支部，1943.-- 47p. [上]

[6022] 戒煙制度に関する調査報告書 / [上野正].-- [上海]: 在上海大日本帝国大使館事務所，1943.-- 137p.; 21cm

与戒烟制度相关的调查报告书。属于丛书：中支調査資料；第542号。属于丛书：金融財政資料；第59号。 [研]

[6023] 上海汗語 / 内山完造著.-- 上海：華中鉄道株式会社総裁室弘報室，1944.-- 302p.; 19cm

[上研]

[6024] 上海記 / 金谷正夫著.-- 東京：興風館，1944.-- 255p.; 19cm

[上研日]

[6025] キリスト教信仰と伝道 / 古屋孫次郎.-- 三鷹：古屋安雄，1969.-- 204p.; 19cm

基督教信仰和传教 [研]

[6026] 上海の暮しのなかで / 筧久美子著.-- 東京：筑摩書房，1972.-- 237p., 図 肖像; 19cm

在上海的生活 [研日东]

[6027] 中国人の生活風景：内山完造漫語 / 内山完造著.-- 東京：東方書店，1979.-- 277p.; 19cm

[研]

[6028] 上海コロッケ横丁：新民晩報投書欄 / 鈴木常勝編著.-- 東京：新泉社，1980

上海小弄堂:《新民晚报》读者来信。其他版本：1990.-- 252p. [研日]

[6029] 北京, 杭州, 上海：第二次長野県PTA連合会友好訪中団報告書.-- [豊科町(長野県)]: 長野県日中友好協会派遣第二次長野県PTA連合会友好訪中団，1980.-- 79p.; 26cm

[日]

[6030] 昭和のバンスキングたち：ジャズ·港·放蕩 / 斎藤憐.-- 東京：ミュージック·マガジン，1983.-- 258p.; 22cm

昭和的预借王：爵士、港口、放荡。有关爵士乐。作者后写有剧本《上海バンスキング》。 [研]

[6031] 上海二つの通りから·上海之騙術世界特集千のアジア / 山口幸夫·郭中端.-- 冬樹社，1985

从上海的二条大街 · 上海之骗术世界特集 [研]

[6032] 上海は赤いバイクに乗って：中国若者物語 / 森田靖郎著.-- 東京：草風館，1987.-- 202p.; 20cm

上海乘上红色摩托车：中国年轻人故事 [研日]

[6033] 中国·上海市の高齢化に伴う社会調査報告：東京都社会福祉基礎調査との比較研究：人口高齢化に関する日中共同研究 / 人口高齢化に関する日中共同研究日本委員会編.-- 東京：エイジング総合研究センター，1988.-- 198p.; 26cm

上海市老龄化社会调查报告与东京都社会福利基础调查之比较研究：有关人口老龄化的日中共同研究 [日]

[6034] 上海市の高齢化社会実情調査研究報告：人口高齢化に関する日中共同研究 / 人口高齢化に関する日中共同研究日本委員会編.-- [東京]: エイジング総合研究センター，1989.-- 135p.; 26cm

上海市老龄化社会实情调查研究报告：有关人口老龄化的日中共同研究 [日]

[6035] 上海同時代：若者·庶民·エリート / 森田靖郎著.-- 東京：原書房，1989.-- 229p.; 20cm

上海同时代：年轻人 · 平民 · 精英 [研日东]

[6036] 北京人と上海人：政治に死ぬ北京人、カネに死ぬ上海人 / 孔健著.-- 東京：徳間書店，1989.-- 237p.; 18cm

北京人和上海人：讲政治的北京人、讲金钱的上海人 [日]

[6037] 中国·上海市の高齢化社会調査研究協力報告書：上海市の人口高齢化に伴う社会調査 上海市の要介護高齢者に関する調査研究 / 人口高齢化に関する日中共同研究日本委員会編.-- [東京]: エイジング総合研究センター，1990.-- 142p.; 26cm

上海市老龄化社会调查研究合作报告书：上海市人口老龄化的社会调查，上海市需看护老年人的调查研究 [日]

[6038] 躍進の中国を訪問して：北京、西安、南京、上海十五回目の中国訪問の記録 / 竹内猛著.-- [土浦: 竹内猛], 1991.-- 76p.; 22cm

访问跃进的中国：北京、西安、南京、上海，第十五次中国访问记录 [日]

[6039] 上海このごろ多事騒然：開放政策下の庶民事情 / 趙夢雲著.-- 東京：大村書店，1993.-- 197p.; 19cm

上海近来多事：开放政策下的平民情况 [研日]

[6040] 上海生活実感：疲れるけどおもしろい / 村上牧子著.-- 東京：連合出版，1993.-- 221p.; 19cm

上海生活实感：虽累却有趣 [研日]

[6041] Look!女たちは地球規模：第4回世界女性会議、そして北京·南京·上海へ.-- 名古屋：名古屋市市民局女性企画室，1995.-- 92p.; 30cm

看！全球妇女：第四届世界妇女大会，去北京 · 南京 · 上海。属于丛书：名古屋市女性海外派遣団報告書。 [日]

[6042] オールド上海阿片事情 / 山田豪一編著.-- 東京：亞紀書房，1995.-- 285p.; 20cm

旧上海鸦片情况 [研日]

[6043] 上海&北京：長期滞在者のための最新情報. 55 / 宮崎真子著.-- 東京：三修社，1995.-- 198p.; 21cm

上海与北京：长期滞留者用最新信息 [研日]

[6044] 上海きらきらコレクション / 荒川邦子，中山真理著.-- 東京：トラベルジャーナル，1995.-- 191p.; 21cm

上海闪亮全集 [研日]

[6045] 曇り日の虹：上海日本人YMCAの40年史 / 池田鮮著.-- 清瀬：上海日本人YMCA40年史刊行会，1995.-- 484p.; 22cm

阴天的彩虹：上海日本人基督教青年会的 40 年史 [研日东]

[6046] 上海とどうつきあうか：現地駐在員の証言による真実 / 北村富治編.-- 東京：マガジンハウス，1996.-- 229p.; 18cm

如何与上海交往：由驻沪人员证言而来的真实 [研日]

[6047] 上海ミッドナイトパラダイス / 羽波著.-- 東京：ザ·マサダ，1996.-- 237p.; 20cm

上海子夜天堂 [研日]

[6048] 脇屋友詞の上海料理 / 脇屋友詞.-- 東京：実業之日本社，1996.-- 71p.; 26cm

属于丛书：実用百科 · 中華料理シリーズ；no. 3。 [日]

[6049] 魔都上海：中国最大都市の素顔 / 佐々木理臣著.-- 東京：講談社，1996.-- 362p.; 20cm

魔都上海：中国最大都市的本来面目 [上研日]

[6050] 上海路上探検 / 渡辺浩平著.-- 東京：講談社，1997.-- 177p.; 18cm

[上研日]

[6051] 東アジアの中間所得層のライフスタイルと生活意識：上海·バンコク·ジャカルタ·マニラの国際比較分析 / ニッセイ基礎研究所.-- 東京：ニッセイ基礎研究所，1997.-- 81p.; 30cm

东亚中产阶级的生活方式和生活意识：上海 · 曼谷 · 雅加达 · 马尼拉的国际比较分析 [日]

[6052] とり急ぎ上海から：「新·新中国」の混沌 / 趙夢雲著.-- 東京：田畑書店，1998.-- 208p.; 19cm

[日]

[6053] 上海パラダイス = Shanghai paradise / リテレール編集部編.-- 東京：メタローグ，1998.-- 205p.; 19cm

上海天堂 [上研日]

[6054] 上海発最新流行急便：上海を見ればアジアがわかる / チャオ·ウェイニー [趙薇妮] 著.-- 東京：日本実業出版社，1998.-- 198p.; 19cm

上海最新流行信息：见过上海便知亚洲 [上研日]

[6055] 上海庶民生活事情 / 市野政子著.-- 東京：日中出版，1998.-- 227p.; 19cm

[上研日]

[6056] 香港人·上海人·北京人 / 孔健著.-- 東京：双葉社，1998.-- 317p.; 19cm

中国人的国民性研究。 [上日]

[6057] 上海：開放性と公共性 / 根橋正一著.-- 竜ケ崎：流通経済大学出版会，1999.-- 253p.; 22cm

[上研日东]

[6058] 上海うら門通り / 前田利昭著.-- 東京：青木書店，1999.-- 190p.; 20cm

[日]

[6059] 上海のヌードル = Shanghai noodles / 脇屋友詞著.-- 東京：文化出版局，1999.-- 94p.; 23cm

上海的面条 [日]

[6060] 上海のホント：満腹!上海グルメ情報 / 下川裕治，ぷれすアルファ編·著.-- 東京：

双葉社，1999.-- 191p.; 19cm

上海美食信息 [上研日]

[6061] 中国班視察報告書：北京·四川·雲南·上海平成10年度.-- 東京：国際婦人教育振興会，1999.-- 56p.; 26cm

中国女性问题。 [日]

[6062] 食在喜福：王惠仁の上海菜譜 / 王惠仁監修；相田忠男文.-- 東京：木楽舎，1999.-- 151p.; 26 × 26cm

[日]

[6063] アジア諸国の高齢化と保健の実態調査報告書：中華人民共和国：上海を中心に.-- [東京]: アジア人口·開発協会，2000.-- 59p.; 30cm

亚洲各国老龄化与保健实态调查报告书：中国以上海为中心。厚生省 · 社団法人国際厚生事業団委託。 [日]

[6064] 上海：甦る世界都市 / 田嶋淳子編著.-- 東京：時事通信社，2000.-- 271p.; 20cm

上海：复苏的世界都市 [上研日]

[6065] 上海シンドローム：中国インサイド·レポート / 村山義久著.-- 町田：蒼蒼社，2000.-- 228p.; 21cm

上海综合症。关于中国的社会与经济问题。 [日]

[6066] 上海に暮らす / ジェトロ·上海·センター編著.-- 東京：ジェトロ(日本貿易振興機構)，2000.-- 198p.; 19cm

在上海生活 [日]

[6067] 夢と挑戦と友情の街上海：明治三九年生·遥かな青春 / 満山直之輔著.-- [鹿児島]: 三笠出版，2000.-- 98p.; 19cm

梦和挑战和友情的上海街：明治三九年生·遥远的青春。本书为《上海随想》续，是作者上海时代回忆录的第二集。 [日]

[6068] 上海&北京：長期滞在者のための現地情報 / 広岡今日子，宮崎真子著.-- 改訂最新版.-- 東京：三修社，2001.-- 198p.; 21cm

上海与北京：长期滞留者用本地信息 [上日]

[6069] 上海市女性高齢者生活状況に関する訪問調査：客員研究員研究 / 李秀英編著.-- 北九州：アジア女性交流·研究フォーラム，2001.-- 153p.; 26cm

上海市老年女性生活状况访问调查 [研日]

[6070] おいしい上海 / 「おいしい上海」編集チーム撮影·編集.-- 東京：産業編集センター，2002.-- 111p.; 20cm

美味上海 [日]

[6071] 日本の常識は中国の非常識：上海ビジネスリポート / 信太謙三，杉野光男編著.-- 東京：時事通信社，2002.-- 238p.; 19cm

日本的常识在中国非常识：上海商务报告 [研日]

[6072] 21世紀における社会保障とその周辺領域 / 『21世紀における社会保障とその周辺領域』編集委員会編.-- 京都：法律文化社，2003.-- 323p.; 22cm

21 世纪的社会保障及相关领域。部分目次：市場経済下における上海コミュニティ介護保障の展開 / 黄金衛著 . [日]

[6073] 天理教の活動と上海伝道庁：戦前·戦中の中国伝道 / 天理大学おやさと研究所編.-- 天理：天理大学おやさと研究所，2003.-- 114p.; 21cm

天理教的活动和上海传道厅：战前、战时的中国传道。天理教布教史。会议录，会期：2003 年 3 月 25 日。 [日东]

[6074] 昨年の回顧と今年の展望：特集台湾·上海·韓国事情 / 社会環境研究センター.-- 東京：社会環境研究センター，2003.-- 60p.; 26cm

去年回顾和今年展望：特集台湾 · 上海 · 韩国情况 [日]

[6075] ハッピーグルメ上海 / ハッピーグルメ上海取材班編著.-- 東京：双葉社，2004.-- 159p.; 21cm

快乐上海美食 [日]

[6076] 上海：大陸精神と海洋精神の融合炉 / 田島英一著.-- 東京：PHP研究所，2004.-- 335p.; 18cm

[研日]

[6077] 上海口福案内 / 長塚奈央文·写真.-- 東京：六耀社，2004.-- 157p.; 21cm

[上研日]

[6078] 東アジア価値観国際比較調査：「信頼感」の統計科学的解析：2002年度中国「北京·上海·香港」調査報告書 / 吉野諒三編.-- 東京：統計数理研究所，2004.-- 423p.; 30cm

东亚价值观国际比较调查："依赖感" 的统计科学解析：2002 年度"北京·上海·香港" 调查报告书。中日文对照。 [日]

[6079] 上海のMBAで出会った中国の若きエリートたちの素顔：将来の中国ビジネスを動かしていくリーダーたちの価値観とは? / 岡本聡子著.-- 東京：アルク，2005.-- 235p.; 19cm

在上海的 MBA 中遇到的中国年轻精英们的本来面目：未来中国商务领袖们的价值观是什么? [日]

[6080] 見せるだけ上海グルメ / 山と溪谷社大阪支局編.-- 東京：山と溪谷社，2005.-- 127p.; 27cm

上海美食。 [日]

6. 语言与文化

[6081] 楽山雑稿 / 白井楽山著.-- 白井同風, [n. p.].-- 1v.; 18cm

目次：会意録；上海土白研究入門初稿；草堂詩余異本対照表；英日中小詞匯初稿 [日]

[6082] 上海語独案内 / 勧学会分社編.-- 上海：勧学会分社，1904.-- 87p.; 15cm

[日]

[6083] 上海語独案内 / 杉江房造編.-- 上海：日本堂，1908

其他版本：改正増補：1922.-- 93p.; 1926. 另收录于：中国語文資料彙刊第 3 篇第 4 巻 / 波多野太郎編 · 解題 .-- 東京：不二出版，1993 [研]

[6084] 滬語便商：一名·上海語 / 御幡雅文著.-- 東京：御幡雅文；売捌所日本堂書店，1908.-- 68, 92p.; 19cm

其他版本：1913. 另收录于：中国語学資料叢刊 · 尺牘 · 方言研究篇 / 波多野太郎編 · 解題 .-- 東京：不二出版，1986 [研日]

[6085] ヤヤウ：呀呀乎(上海語) / 島津長次郎.-- [n. p.], 1913

[研]

[6086] 欧米人の支那に於ける文化事業 / 山口昇.-- 上海：日本堂書店，1921.-- 1371p., 図版 [28] p.; 23cm

欧美人在支那的文化事业。其他版本：3 版 .-- 1922.-- 1371p. **[研东]**

[6087] 新文化運動以後の支那.-- 上海：春申社，1923.-- 134p.; 26cm

週報『上海』拾週年紀念号 (520 号付録)。 **[研东]**

[6088] 活用上海語 / 大川與朔著.-- 5版.-- 上海：至誠堂書店，1934.-- 218p.

其他版本：1924；1938.-- 218p. 另收录于：中国語学資料叢刊尺牘·方言研究篇 / 波多野太郎編·解題 .-- 東京：不二出版，1986 **[上研]**

[6089] 上海事件ニ対スル支那新聞界ノ傾向 / [外務省] 情報部第一課著.-- [東京]: [外務省] 情報部第一課，1925.-- 1v.; 28cm

支那新闻界对上海事件的倾向 **[东]**

[6090] 歐米人ノ支那ニ於ケル文化事業 / [文化事業部編].-- [東京]: 外務省，1925.-- 499p.; 23cm

欧美人在支那的文化事业 **[研]**

[6091] 上海を中心とする新聞雜誌及通信機関.-- [大連]: 南満洲鉄道，1926.-- 75p.; 22cm

以上海为中心的报纸杂志及通讯机构。属于丛书：満鉄調査資料；第 54 編。 **[研日]**

[6092] 滬語津梁 / 御幡雅文.-- [n. p.], 1926

[研]

[6093] 上海に於ける言論及出版物 / 熊野正平編.-- 上海：東亞同文書院支那研究部，1928.-- p.705-729.

上海的言论及出版物 **[上]**

[6094] 中日会話集上海語発音篇 / 丁卓.-- [n. p.], 1932

[研]

[6095] 実用上海語字引及譯 / 王廷珏著.-- 上海：上海美術工芸製版社，1932.-- 150p.

[上]

[6096] 実用上海語 / 喜多青磁著.-- 東京：春陽堂，1933.-- 185p., 図版15枚; 16cm

[上日]

[6097] 上海声音字彙 / 稲葉鼎一郎.-- 上海：日本堂，1935.-- 110, 51p.; 16cm

另收录于：中国語学資料叢刊尺牘·方言研究篇 / 波多野太郎編·解題 .-- 東京：不二出版，1986 [研]

[6098] 上海語指南 / 稲葉鼎一郎著；王廷＝補.-- 東京：文求堂書店，1936.-- 12, 92, 67p.; 18cm

另收录于：中国語学資料叢刊尺牘·方言研究篇 / 波多野太郎編·解題 .-- 東京：不二出版，1986 [上研日]

[6099] 中日会話集：三音版 / 丁卓編.-- 内山書店，1936.-- 315p.; 19cm

日本語、中国語、上海語三訳注音。

[6100] 現代上海語：詳註 / 影山巍著.-- 東京：文求堂，1936.-- 174p., 図版; 19cm

其他版本：3 版，1938.-- 143, 31p.; 8 刷：1940.-- 26, 143p.; 11 版：1944.-- 179p. 另收录于：中国語学資料叢刊尺牘·方言研究篇 / 波多野太郎編·解題 .-- 東京：不二出版，1986 [上研日]

[6101] 上海戦開始後出版セラレタル抗日的中国新聞雑誌，画報，書籍調査表 / 在上海日本総領事館.-- [上海]: 在上海日本総領事館，1937.-- 8p.; 28cm

上海战开始后出版的抗日中国新闻杂志、画报、书籍调查表 [研东]

[6102] 中国文化情報 / 上海自然科学研究所.-- 上海：上海自然科学研究所，1937-1941.-- 31v.

1 号 (昭 12. 5) -31 号 (昭 16. 12) 。其他版本：複刻版：東京：緑陰書房，1994. 6v. + 別冊：解題 / 阿部洋；分類目録 . [研]

[6103] 支那の地方切手：上海·厦門 / 吉田一郎著.-- 東京：「切手趣味」編輯部，1937.-- 95p.; 15cm

支那的地方邮票：上海·厦门。属于丛书：「切手趣味」叢書；第 5 編。 [日]

[6104] 実用速成上海語 / 影山巍著.-- 東京：文求堂，1937.-- 145p.; 19cm

其他版本：昭和十三年訂正三版 .-- 145p.; 昭和十四年訂正版 .-- 187p.; 昭和十五年訂正版 .-- 208p.; 昭和十五年訂正版 .-- 187p.; 昭和十六年訂正版 .-- 187p.; 昭和十七年訂正版 .-- 208p.; 昭和十九年二十四版 .-- 208p.. 另收录于：中国語学資料

叢刊尺牘 · 方言研究篇 / 波多野太郎編 · 解題 .-- 東京：不二出版，1986 [上研日]

[6105] 上海ニ於ケル反日新聞雑誌ノ近況.-- [大連]: 総務室弘報課，1938.-- 30p.; 28cm

上海反日报纸杂志近况。属于丛书：総弘情 13 第 3 号ノ 33。 [研东]

[6106] 上海語名詞集 / 金堂文雄著.-- 上海：至誠堂，1938.-- 463p.; 19cm

另收录于：中国語学資料叢刊尺牘 · 方言研究篇 / 波多野太郎編 · 解題 .-- 東京：不二出版，1986

[6107] 戦時支那ニ於ケル文化動向 / 上海事務所調査課編； [查士元著].-- 上海： [満鉄上海事務所調査課], 1938-1939.-- 2v.

战时支那的文化动向。属于丛书：上事資料通報；第 5, 7。 [东]

[6108] 最近上海文化界ノ動向 / 満鉄上海事務所調査室.-- 満鉄上海事務所，1939.-- 11p.; 27cm

[研东]

[6109] 新編支那語読本：上海 / 堀朱雀門著.-- 東京：自疆館書店，1939.-- 100p.; 15cm

[日]

[6110] 上海、天津両租界に於ける重慶政府及び列国の文化活動.-- [東京]: 興亞院政務部，1940.-- 54p.; 21cm

重庆政府及各国在上海、天津两租界中的文化活动 [研日东]

[6111] 上海劇壇と幇との関係.-- [上海]: 興亞院華中連絡部，1940.-- 79p.; 26cm

上海剧坛和帮会及其关系。属于丛书：華中連絡部調査報告シリーズ；37 輯。

[研日]

[6112] 奥地話劇運動ノ概況及上海話劇運動ノ回顧.-- [上海]: 興亞院華中連絡部，1940.-- 45p.; 26cm

内地话剧运动概况及上海话剧运动回顾。属于丛书：華中連絡部調査報告シアリーズ；第 2 輯ノ 2。 [日]

[6113] 上海のジャーナリズム / 内村捨也.-- [n. p.], 1941

上海的报业。属于丛书：現地報告；vol. 9-3。 [研]

[6114] 上海人文記：映画プロデュサーの手帖から / 松崎啓次著.-- 東京：高山書院，1941.-- 292p.; 19cm

上海人文记：电影制片人手记。其他版本：複製：東京：大空社，2002(上海叢書：10 / 山下武、高崎隆治監修）　[上研日东]

[6115] 上海租界に於ける文化活動の狀況 / 上海市政研究会編.-- 上海：上海市政研究会，1941.-- 2v. (80, 233p.); 26cm

上海租界的文化活动状况。目次：1. 教育界の動態調査；2. 出版·言論·放送·映画·演劇調查　[上研]

[6116] 江南春 / 青木正兒.-- 東京：弘文堂，1941.-- 366p., 図版 [3] 枚; 19cm

中国文学研究。其他版本：復刻：東京：平凡社，1972；東京：平凡社，2003　[研]

[6117] 岸田吟香書翰：土方「近代日本洋画史」.-- [n. p.], 1941　[研]

[6118] ポケット上海語 / 黄在江著.-- 上海：三通書局，1942.-- 178p.

袖珍上海话。另收录于：中国語学資料叢刊尺牘·方言研究篇 / 波多野太郎編·解題.-- 東京：不二出版，1986　[上研]

[6119] 上海に於ける雑誌の調査.-- 上海：東亞同文書院大学東亞研究部，1943.-- 67p.; 22cm

上海杂志调查　[研日东]

[6120] 趣味の支那語：北京·上海·広東対照会話読本 / 永持徳一著.-- 東京：泰山房，1943.-- 227p.; 19cm　[日]

[6121] 上海の文化 / 上海市政研究会編.-- 上海：華中鉄道総裁室弘報室，1944.-- 505p., 図版; 19cm　[上研日]

[6122] 上海新聞事業の史的発展 / 在上海大日本帝国大使館事務所編.-- [n. p., 1944].-- 96p.　[上]

[6123] 豊田博士還歴記念文学論文集 / 九州帝大文学会編.-- 東京：惇信堂，1946.-- 214p., 図版; 21cm

丰田实博士花甲纪念文学论文集。部分目次：上海刊行日本語文典 / 吉町義雄．[日]

[6124] 白話文に於ける呉語系語彙の研究 / 宮田一郎.-- 明清文学言語研究，1964

白话文中吴语词汇研究 [研]

[6125] 一九五〇年代後半から六〇年代初めの上海地区の文学運動.-- 北九州：中国文学評論社，1970-1971.-- 2v. (203, 136p.); 25cm

1950 年代后半期到 1960 年代初期上海地区的文学运动。属于丛书：中国での文学運動の展開資料; 2-3 / 秋吉久紀夫編。[日东]

[6126] 在中国日本郵便100年.-- 日本郵趣出版，1976.-- 227p.; 22cm

在中国的日本邮政 100 年。制作 · 監修：日本郵趣協会 <JAPEX> 委員会 <JAPEX′ 76> 記念出版。[研]

[6127] 日本上海郵便局 1876-1922 / 水原明窓著.-- 東京：日本郵趣出版，1978.-- 1v.; 25cm

日本上海邮政局(1876-1922 年)。属于丛书：華郵集錦; 第 2 卷。[研]

[6128] 在中国の和文印 = Japanese native character type CDS used in China, 1889-1945 / 穂坂尚徳.-- 東京：日本郵趣出版，1979.-- 156p.; 21cm

[研]

[6129] すぐに役立つ上海語会話 / 阮恒輝著.-- 東京：東方書店，1982.-- 157p.; 19cm

上海话会话速成 [日]

[6130] 上海キャンパス·ライフ：女子大学生の中国語講座 / 葉千栄.-- 東京：東方書店，1982

上海校园生活：女大学生的汉语讲座。其他版本：葉千栄，王〓著 .-- 1992.-- 62p. [研日]

[6131] 中国映画の散步 / 石子順.-- 東京：日中出版，1982.-- 231p.; 19cm

中国电影散步。附：中国映画年表。[研]

[6132] 都市空間の中の文学 / 前田愛.-- 東京：筑摩書房，1982.-- 507, 15p., 図版6枚; 22cm

其他版本：1989；1992 [研]

[6133] 中国現代文学の研究：国共分裂から上海事変まで / 辛島驍著.-- 東京：汲古書院，1983.-- 459p.; 22cm

中国现代文学研究：从国共分裂到上海事变 [日东]

[6134] 呉語の研究：上海語を中心にして / 中嶋幹起著.-- 東京：不二出版，1983.-- 750p.; 27cm

吴语研究：以上海话为中心 [日东]

[6135] あっちが上海 / 志水辰夫著.-- 東京：文芸春秋，1984.-- 251p.; 19cm

那边是上海。其他版本：1988；東京：集英社，1990 [日]

[6136] 上海文学作品語彙·語法用法 / 宮田一郎，許宝華，銭乃栄編著.-- 東京：大東文化大学中国語大辞典編纂室，1984.-- 314p.; 27cm

手稿複写：限定 100 部。

[6137] 上海語、蘇州語学習と研究 / 宮田一郎，許宝華，銭乃栄編著.-- [東京]: 上海語·蘇州語研究会；光生館(発売)，1984.-- 366p.; 22cm

普通話対照。 [研]

[6138] キネマと砲声：日中映画史 / 佐藤忠男.-- 東京：リブロポート，1985.-- 303p., 図版12枚; 22cm

影院与炮声：日中电影史 [研]

[6139] 上海キネマポート：甦る中国映画 / 佐藤忠男，刈間文俊著.-- 東京：凱風社，1985.-- 342p.; 19cm

上海影院：复苏的中国电影 [研日]

[6140] 上海交響楽 / 春名徹.-- ちくま，1985

[研]

[6141] 「上海」のメロドラマ / 春名徹.-- [n. p.], 1986

上海的爱情剧 [研]

[6142] 三文治：上海魔都文学 / 中国稀書研究会，青木信光編.-- 東京：大陸書房，1986.--

215p.; 18cm

[日]

[6143] 中国語学資料叢刊. 尺牘·方言研究篇 / 波多野太郎編·解題.-- 東京：不二出版，1986.-- 4v.; 31cm

复制。部分目次：增補実用上海語·実用上海語字引及訳 / 王廷珏著 . 滬語便商一名上海語 / 御幡雅文著 , 王凌雲補訂 . 滬語便商一名上海語〔ソウ〕訳 / 御幡雅文著 . 活用上海語 / 大川与朔著 . 滬語階梯 / 蒋〓 , 江磐著 . 上海声音字彙 / 稲葉鼎一郎著 . 詳註現代上海語 / 影山巍著 . 上海語指南 / 稲葉鼎一郎著 . 実用速成上海語 / 影山巍著 . 上海語名詞集 / 金堂文雄著 . 第 4 巻 方言 2, ポケット上海語 / 黄在江著 . [日]

[6144] 慾火焚身：上海魔都文学 / 中国稀書研究会，青木信光編.-- 東京：大陸書房，1986.-- 199p.; 18cm

[日]

[6145] エクスプレス上海語 / 榎本英雄，范曉著.-- 東京：白水社，1987.-- 147p.; 19cm

快速上海话 [日]

[6146] 中国語学資料叢刊. 第5篇 / 波多野太郎編·解題.-- 東京：不二出版，1987.-- 4v.; 31cm

部分目次：現代の上海語について·現代上海方音並に私案注音符号中国語 . 複製版。 [日]

[6147] 中華電影史話：一兵卒の日中映画回想記： 1939 ~ 1945 / 辻久一著；清水晶校註.-- 東京：凱風社，1987.-- 433p., 図版 [2] p.; 20cm

中华电影史话：一个士兵的日中电影回忆录(1939-1945**年**)。其他版本：新装版，1998 [研]

[6148] 希望と幻滅の軌跡：反ファシズム文化運動 / 中央大学人文科学研究所編.-- 東京：中央大学出版部，1987.-- 401, 16p.; 22cm

希望和幻灭的轨迹：反法西斯主义文化运动。部分目次：<孤島>時期の上海：記録文学集『上海の一日』について / 井口晃著 . [日]

[6149] 庶民の隠語俗語襍：京津、上海地方を主として.-- 大阪：鬼磨子書房，1987.-- 218p.; 26cm

平民的隐语俗话集：以京津、上海地区为主。属于丛书：文献研究叢書：金瓶梅

詞話 . 别冊;〔1〕/ 池本義男著。 [日]

[6150] 上海語基本単語3000 / 阮恒輝編著.-- 東京：東方書店，1988.-- 292p.; 18cm

上海话基本单词 3000 [日]

[6151] 上海語常用同音字典 / 宮田一郎編著.-- 東京：光生館，1988.-- 237, 67p.; 19cm

[研日]

[6152] 中国文学語学資料集成. 第3篇第4巻 / 波多野太郎編·解題.-- 東京：不二出版，1989.-- 472p.; 31cm

部分目次：法華字彙：上海土話 / Le P. C. Petillon, S. J. 著 (1905 年刊). 中国語会話テキスト：上海語注音本 / 游汝〔ケツ〕注音 銭乃栄校 (1981 年刊). 複製版。

[日]

[6153] 世紀末中国のかわら版：絵入新聞「点石斎画報」の世界 / 中野美代子·武田雅哉編訳.-- 東京：福武書店，1989.-- 204p.; 19cm

世纪末中国的珂罗版:《点石斋画报》的世界。附：点石斎画報関連年表。其他版本(内容有较多增加)：東京：中央公論新社，1999 [研]

[6154] 中国語文資料彙刊第1篇·第3巻 / 波多野太郎編·解題.-- 東京：不二出版，1991.-- 407p.; 31cm

部分目次：上海俗語図説 / 汪仲賢著 (上海社会出版社民国 24 年刊)。複製版。

[日]

[6155] 上海語会話集：日本語·英語対照 / 泰流社編集部編.-- 東京：泰流社，1992.-- 233p.; 19cm

[日]

[6156] 上海のローレンス：現代の小説1993**より** / 中園英助.-- 德間書店，1993

上海的劳伦斯：由现代小说 1993 [研]

[6157] 上海語単語集：日本語·英語対照 / 泰流社編集部編.-- 東京：泰流社，1993.-- 186p.; 19cm

上海话单词集。日英文对照。 [日]

[6158] 中国語文資料彙刊. 第3篇第4巻 / 波多野太郎編·解題.-- 東京：不二出版，1993.--

434p.; 31cm

部分目次：上海語独案内 / 杉江房造著 (日本堂書店明治 41 年刊). 複製版。

[日]

[6159] 姿なき尖兵：日中ラジオ戦史 / 福田敏之著.-- 東京：丸山学芸図書，1993.-- 270p.; 20cm

隐身尖兵：日中无线电战史。作者 1917 年生于鹿儿岛，1938 年任职于中国派遣军报道部放送班，1941 年 2 月任职于放送班与汪精卫政权磋商设立的中国广播（放送）协会，1946 年回国。本书基于作者的体验，说明了中国广播（放送）协会实际上从事的是无线电战争，书中论及战前上海的无线电广播状况。

[6160] 上海租界映画私史 / 清水晶著.-- 東京：新潮社，1995.-- 300p.; 20cm

[上研日]

[6161] 中国明星(スター) 物語：阮玲玉 趙丹 江青 鞏俐 / 石子順著.-- 東京：社会思想社，1995.-- 366p.; 15cm

附：四明星関連略年表、影片目录。

[6162] 中国語文資料彙刊. 第5篇第3巻 / 波多野太郎編·解題.-- 東京：不二出版，1995.-- 456p.; 31cm

部分目次：上海商業習慣用語字彙 / 徐澹水編 (商務印書館民国 13 年刊). 複製版。

[日]

[6163] 日本の侵略中国の抵抗：漫画に見る日中戦争時代 / 石子順著.-- 東京：大月書店，1995.-- 203p.; 21cm

中国抵抗日本侵略：漫画所见日中战争时代。

[6164] 映画百年の事件簿 / 内藤誠.-- 東京：角川文庫，1995.-- 245p.; 15cm

电影百年事件簿

[研]

[6165] 話説上海：中国語中級会話 / 鄭麗芸，方経民著.-- 東京：白帝社，1995.-- 98p.; 26cm

[日]

[6166] 俳句の授業：上海市実験学校で / 向山洋一編著.-- 東京：明治図書出版，1996.-- 128p.; 21cm

在上海市实验学校教授俳句 [日]

[6167] 鲁迅と上海内山書店の思い出 / 泉彪之助編.-- 金沢：泉彪之助，1996.-- 60p.; 21cm
鲁迅和上海内山书店的回忆 [日]

[6168] 基礎からの上海語 / 呉悦著.-- 東京：大学書林，1997.-- 313p.; 22cm
从基础开始的上海话 [日]

[6169] 上海の舞台 / 伊藤茂著.-- 名古屋：翠書房，1998.-- 264p.; 21cm
[日]

[6170] 楽人の都·上海：近代中国における西洋音楽の受容 / 榎本泰子著.-- 東京：研文出版，1998.-- 312p.; 20cm
乐人之都上海：近代中国接受西洋音乐 [研日东]

[6171] 墨林談叢 / 杉村邦彦.-- 京都：柳原書店，1998.-- 436p., 図版8枚; 20cm
[研]

[6172] 1930**年代上海映画特集** = Masterpieces made in 1930s Shanghai.-- 東京：国際交流基金アジアセンター，1999.-- 24p.; 30cm
1930 **年代上海电影特集** [日]

[6173] SS**式すぐに話せる!上海語「**indeks**」** / 鈴木一利訳·解説；張一紅校閲·吹込.-- 東京：ユニコム，1999.-- 223p.; 18cm
速成上海话 [日]

[6174] イラスト上海旅行生活単語500 / 陳祖蓓著.-- 東京：朝日出版社，1999.-- 130p.; 18cm
插图上海旅行生活单词 500 **句** [上日]

[6175] 言語都市·上海：1840-1945 / 和田博文等著.-- 東京：藤原書店，1999.-- 252p.; 22cm
本书有关在上海的日本文学。 [上研日东]

[6176] Chinaexpress**：北京～上海～香港～台北：疾走する電影都市** / 佐藤秋成監修.-- 東京：エスクァイアマガジンジャパン，2000.-- 159p.; 26cm
中国快车：北京～上海～香港～台北：疾驰的电影城市 [日]

[6177] 上海·文学残像：日本人作家の光と影 / 趙夢雲著.-- 東京：田畑書店，2000.-- 301p.; 22cm

[上研日]

[6178] 上海租界における日本人建築家の様式受容とその意義に関する研究：学校建築を事例に / 田中重光著.-- [n. p.].-- p. 325-330, 405; 30cm

上海租界接受日本建筑师的样式及其意义研究：以学校建筑为例。附：藤森照信，三浦裕二の評論（影印）。『日本建築学会技術報告集』第 14 号（2001）抽印本。 [东]

[6179] 現代上海語教本 / 朱一星，内田慶市編著.-- 東京：白帝社，2001.-- 99p.; 26cm

[日]

[6180] はじめての上海語 / 佐川年秀，阮亮，青峰著.-- 東京：明日香出版社，2002.-- 198p.; 19cm + 1CD (12cm) .

初级上海话 [日]

[6181] はじめて上海 / 「はじめて上海」編集チーム撮影·編集.-- 東京：産業編集センター，2002.-- 127p.; 20cm

初到上海 [日]

[6182] 上海：中国語·上海語 / 広岡今日子著.-- 東京：情報センター出版局，2002.-- 128p.; 21cm

[日]

[6183] 上海便り：中国語中級読本 / 山川英彦編.-- 東京：光生館，2002.-- 37p.; 26cm

上海来信：汉语中级读本 [日]

[6184] 伝奇文学と流言人生：一九四〇年代上海·張愛玲の文学 / 邵迎建著.-- 東京：御茶の水書房，2002.-- 270, 25p.; 23cm

传奇文学与流言人生：1940 年代上海张爱玲的文学 [研日]

[6185] ときめきの上海：国民的中国語教本 / 相原茂著.-- 東京：朝日出版社，2003.-- 493p.; 21cm

心跳上海：国民汉语教本 [日]

[6186] らくらく旅の上海語 / 呉悦，広岡今日子共著；三修社編集部編.-- 東京：三修社，

2003.-- 96p.; 18cm

快乐旅行上海话 [日]

[6187] 上海語：上海を旅する / 張一紅著.-- 東京：三修社，2003.-- 144p.; 21cm

上海话：上海旅行 [日]

[6188] 政治への挑戦 / 岩波書店 // イワナミショテン.-- 東京：岩波書店，2003.-- 276p.; 22cm

向政治挑战。文学论文集。部分目次：一九三三年 · 上海 · 魯迅の筆法 / 代田智明著 . [日]

[6189] Eanews：**東京ソウル上海香港台北最新流行五大都市水平比較図鑑**. v1.-- 東京：講談社，2004.-- 166p.; 29cm

东亚新闻：东京、首尔、上海、香港、台北最新流行五大都市水平比较图鉴（第1卷） [日]

[6190] ジェンダーからみた中国の家と女 / 関西中国女性史研究会編.-- 東京：東方書店，2004.-- 373p.; 22cm

从性别看中国的家庭与妇女。部分目次：袁雪芬と上海の越劇 / 中山文著 . [日]

[6191] すぐに使える上海語会話：スーパー·ビジュアル / Language Research Associates 編.-- 東京：ユニコム，2004.-- 262p.; 19cm + 1CD (12cm) .

马上能用的上海话会话：超级 · 可视 [日]

[6192] チャイナドリーム：描かれた憧れの中国 広東·上海 = China Dream：Another Flow of Chinese Modern Art / ラワンチャイクン寿子，堀川理沙編.-- 福岡：福岡アジア美術館，2004.-- 211p.; 30cm

中国梦：描绘令人憧憬的广东、上海。中国现代艺术展。附：展示品目録·解説(中文)。 [东]

[6193] トラベリンカー上海密着型旅行会話.-- 東京：学習研究社，2004.-- 239p.; 19cm

上海紧贴型旅行会话 [日]

[6194] 上海語 / 榎本英雄，范曉著.-- 東京：白水社，2004.-- 147p.; 21cm + 1CD (12cm). [日]

[6195] 中華モード：非常有希望的上海台湾前衛芸術大饗宴.-- 東京：アトリエサード，2004.-- 207p.; 21cm

中华方式：非常有希望的上海台湾前卫艺术大飨宴 [研日]

[6196] 今すぐ話せる上海語 入門編 / 戴文捷著.-- 武蔵野：ナガセ，2004.-- 165p.; 21cm 2CD (12cm) .

现在马上开口说上海话（入门编） [日]

[6197] 阿拉上海：中国語会話テキスト / 鄭麗芸，方経民.-- 東京：駿河台出版社，2004.-- 53p.; 21cm

阿拉上海：汉语会话课本 [日]

[6198] 映画と「大東亞共栄圏」 / 岩本憲児編.-- 東京：森話社，2004.-- 312p.; 20cm

电影与"大东亚共荣圈"。部分目次：抗日救国運動下の上海映画界 / 張新民著 . 上海 · 南京 · 北京 / 藤井仁子著 . 属于丛书：日本映画史叢書；2。 [日]

[6199] 映画のなかの上海：表象としての都市·女性·プロパガンダ / 劉文兵著.-- 東京：慶應義塾大学出版会，2004.-- 312, 6p.; 21cm

电影中的上海：作为表象的城市、女性、宣传 [研日]

[6200] 語学王上海語 / 呉悦，広岡今日子著.-- 東京：三修社，2004.-- 152p.; 19cm

其他版本：2005.-- 含 CD 1 枚 [日]

[6201] 上海を旅する会話：写真対応 / 張一紅著.-- 東京：三修社，2005.-- 143p.; 21cm + 1CD (12cm) .

上海旅行会话：照片对照 [日]

[6202] 中国と日本：言葉·文学·文化 / 陳生保著.-- [柏]: 麗沢大学出版会，2005.-- 227p.; 20cm

[日]

[6203] 近代·中国の都市と建築：広州·黄埔·上海·南京·武漢·重慶·台北 / 田中重光.-- 東京：相模書房，2005.-- 391p., 図版 [2] p.; 22cm

[研]

[6204] 到上海去 / 川口栄一，厲振儀編著.-- 尼崎：KJA出版，2005.-- 73p.; 26cm + 1CD (12cm) .

[日]

7. 城市建设与管理

[6205] 上海居留民团法規類集.-- [n. p.].-- 286p.

[上]

[6206] 支那側の大上海市建設工作と其の成果.-- [n. p.].-- 1v.

[上]

[6207] 上海に於ける建築用語 / 青木喬.-- [n. p.], 1920

上海建筑用语 [研]

[6208] 上海将來計画案図 / 華中鉄道股份有限公司編.-- [n. p.], 1921

[上]

[6209] 上海港の設備及能力 / 岡本誠.-- [n. p.], 1921

[研]

[6210] 上海港 / 河端勘左衛門.-- [大連]: 南滿洲鉄道庶務部調查課，1923.-- 192p.; 19cm

属于丛书：滿鉄庶務部調查課調查資料；第 22 篇。其他版本：1924 [研日东]

[6211] 上海工部局規則集 / 毛受駒次郎.-- [n. p.], 1924

[研]

[6212] 上海港一班及上海ヲ中心トスル長江及沿岸重要航路 / 上海商務官事務所編.-- 上海：内山完造，1924.-- 61p.; 23cm

上海港一班及以上海为中心的长江及沿岸重要航线。

[6213] 上海外国居留地行政概論 / 中浜義久著；[南滿洲鉄道株式会社庶務部調查課編].-- [大連]: 南滿洲鉄道，1926.-- 208p.; 23cm

属于丛书：滿鉄調查資料；第 55 編。 [上研日东]

[6214] 上海港.-- [上海]: 三井物産上海支店，1928.-- 122, 33p., 図版; 22cm

其他版本：1929；改訂 .-- 1935；改訂増補版 3 版：深田菅治編 .-- 1936.-- 169, 38p.; 改訂増補 .-- 1938.-- 169, 38p. [上日东]

[6215] 上海特別市の行政 / [馬場鍬太郎著]；東亞同文書院支那研究部.-- 上海：東亞同文書院支那研究部，1929.-- p.27-90; 23cm

『支那研究』第十九号抽印本。

[6216] 上海港 / 織岡芳太郎著.-- 上海：内山書店，1929.-- 128, 33p.

其他版本：改訂：1935；深田菅治編 .-- 1936 [上研]

[6217] 租界ニ於ケル行政組織竝土地制度 / 外務省条約局第二課.-- [東京]: 外務省条約局第二課，1930.-- 1026p.; 22cm

租界的行政组织及土地制度 [研]

[6218] 民団法規集 / 上海居留民団.-- [上海]: 上海居留民団，1931.-- 212p.; 19cm

昭和 6 年。

[6219] 海底電線の国産化と其効果の重要性：上海芝罘間海底電線の記録的実績 / ワツト社編.-- 東京：ワット社出版部，1935

海底电缆的国产化及其效果的重要性：上海芝罘间海底电缆记录实绩。其他版本：1940.-- 142p. [日]

[6220] 黄埔港開設及黄浦支線建設辦法に関する件 / 津田正夫.-- [上海：鉄道省上海辦事處], 1936.-- 2p.; 28cm

[6221] 上海バス会社の組織と事業.-- 上海：中国通信社調査部，1937.-- 54p.; 26cm

上海公共汽车公司的组织与事业。属于丛书：中通資料；第 66 号。属于丛书：上海公共事業研究；其ノ 2。 [研日东]

[6222] 上海水道会社の組織と事業 / 中国通信社調査部.-- 上海：中国通信社調査部，1937

上海自来水公司的组织和事业。属于丛书：中通資料；第 68 号。属于丛书：上海公共事業研究；其の 4。 [研东]

[6223] 上海瓦斯会社の組織と事業.-- 上海：中国通信社調査部，1937.-- 77p.; 25cm

上海煤气公司的组织和事业。属于丛书：中通資料；第 72 号。属于丛书：上海公共事業研究；其ノ 5。

[6224] 上海租界問題ニ関スル諸提案：自由港案、非武装地帯案、委任統治案 / [執筆者：真鍋藤治].-- [北京]: 満鉄·北支事務局調査班，1937.-- 12p.; 26cm

上海租界问题诸提案：自由港案、非武装地带案、委任统治案

[6225] 上海電力会社の組織と事業 / 中国通信社調査部編.-- 上海：中国通信社，1937.-- 65p.; 26cm

上海电力公司的组织和事业。属于丛书：中通資料；第 67 号。属于丛书：上海公共事業研究；其ノ 3。 **[研]**

[6226] 上海電話会社の組織と事業 / 中国通信社.-- 上海：中国通信社，1937.-- 57p.; 25cm

上海电话公司的组织和事业。属于丛书：中通資料；第 63 号。属于丛书：上海公共事業研究；其ノ 1。 **[研]**

[6227] 上海市大道政府視察報告書 / 茂木喜久雄.-- 無名閣，1938

[研]

[6228] 上海共同租界と工部局 / 渡辺義雄.-- 内山書店，1938

上海公共租界与工部局 **[研]**

[6229] 工部局行政機構の検討.-- 上海：中国通信社調査部，1938.-- 95p.; 26cm

论工部局行政机构。属于丛书：中通資料；第 74 号。 **[研]**

[6230] 借家取締ニ関スル諸規定.-- [上海]: 上海居留民团，1938.-- 17p.; 23cm

取缔房屋租赁相关规定

[6231] 上海共同租界と工部局 / 野口謹次郎，渡辺義雄著.-- 東京：日光書院，1939.-- 187p.; 19cm

上海公共租界与工部局。其他版本：2 版 .-- 1940.-- 187p. **[上研日东]**

[6232] 上海居留民团法規類集 / 上海居留民团.-- [n. p.], 1939

其他版本：1940 **[研]**

[6233] 上海都市計画 / 上海恒産株式会社.-- [n. p.], 1939

[研]

[6234] 上海新都市建設事業概要 / 上海恒産株式会社編.-- 上海：上海恒産，1939.-- 19p.

[上]

[6235] 上海電話会社ノ概況.-- [上海]: 興亞院華中連絡部，1939.-- 22p.; 23cm

上海电话公司概况。属于丛书：興亞華中資料；第 60 号。 [研]

[6236] 英国ノ対支公共事業投資：電燈·ガス·水道·バス·電車：未定稿 / [担当者：第一調查委員会第二分科会(第四部) 北原道弘].-- [東京]: 東亞研究所，1939.-- 108p.; 25cm

英国对华公用事业投资：电灯、煤气、自来水、公共汽车、电车(未定稿)。謄写版。其他版本：復刻版：英国ノ対支水運業投資 (2)：港湾施設篇：未定稿；英国ノ対支公共事業投資 (未定稿)：電灯 · ガス · 水道 · バス · 電車 .-- 東京：竜溪書舎，2002

[研]

[6237] 上海水道会社ノ事業概況 / 中支那振興株式会社調査課.-- [中支那振興株式会社], 1940.-- 1v.; 27cm

上海自来水公司事业概况。附：全社技師長年次報告。

[6238] 上海瓦斯株式会社ノ事業概況 / 中支那振興調査課，1940.-- 51p.; 27cm

上海煤气公司事业概况。

[6239] 上海共同租界新建築物建築規則 / 里見.-- [n. p.], 1940

[研]

[6240] 上海港ノ実態調査.-- [上海]: 興亞院華中連絡部，1940.-- 11p.

属于丛书：興亞華中資料；第 123 号。 [研东]

[6241] 上海新都市建設計画概要 / 上海恒産.-- [上海]: 上海恒産，1940.-- 9, 16p., 図版2枚; 22cm

[研]

[6242] 上海電力公司 = 上海電力会社 = Shanghai Power Co / 中支那振興株式会社調查課.-- 中支那振興調查課，1940.-- [56] p.; 28cm

[6243] 大上海都市建設計画 / 興亞院編.-- [東京]: 興亞院政務部，1940.-- 80p.; 21cm

属于丛书：調查資料；第 3 号。 [研]

[6244] 米·佛·白·独ノ対支公共事業投資：電燈·ガス·水道·バス·電車：未定稿 / [担当者：第一調查委員会第二分科会第四部 阿閉吉男].-- 東京：東亞研究所，1940.-- 131p.; 25cm

美、法、比、德对华公用事业投资：电灯、煤气、自来水、公共汽车、电车(未定稿)。

謄写版。 [研]

[6245] フランス租界行政制度ノ発展 / 南満洲鉄道株式会社上海事務所調査室訳編.-- 上海：満鉄上海事務所調査室，1941.-- 50p.

法租界行政制度的发展。原载『中美週刊』第 2 卷 40 期(1941 年 6 月 28 日刊)。 [东]

[6246] 上海共同租界工部局年報. 1939年行政報告及び1940年度予算, 1940年行政報告並に1941年度予算 / 岡本事務所調査室編.-- 東京：生活社，1941.-- 2v.; 26cm

[上日]

[6247] 上海電気事業諸会社内容 / 南満洲鉄道株式会社上海事務所編.-- [上海]: 満鉄上海事務所，1941.-- 69p.

属于丛书：経済調査メモ；第 9 号。 [东]

[6248] 工部局の機構 / 赤木親之.-- 上海：上海青年团本部，1941.-- 40p.; 19cm

工部局的机构 [研东]

[6249] 工部局屠殺場ノ近況ニ就テ / 満鉄上海事務所調査室； [執筆者：福田良久].-- [上海]: 満鉄上海事務所調査室，1941.-- 16p.

关于工部局屠宰场的近况 [东]

[6250] 工部局経費節約特別委員会報告ノ検討; 工部局行政整理ニ対スル二、三ノ試案.-- [上海]: 上海市政研究会，1941.-- 62, 37p., 図版1枚; 27cm

[6251] 上海共同租界工部局布告告示彙編 / 上海市政研究会編.-- 上海：上海市政研究会，1942-.-- 2v.; 19cm

昭和十七年 .-- 347, 16p.; 第二輯 昭和十八年 .-- 430, 114p. [上研]

[6252] 上海共同租界公共事業特約： Franchises 1905-1935 / 上海市政研究会譯編.-- 上海：上海市政研究会，1942.-- 194p.; 23cm

[上研]

[6253] 上海再建設の現段階解説 / 長江産業貿易開発協会.-- 長江産業貿易開発協会，1942.-- v.; 26cm

（上、中两册）

[6254] 上海再編成ニ関スル方針及措置要領（案） / 上海市政研究会.-- 上海市政研究会，1942.-- 173p.; 27cm

上卷。 [东]

[6255] 上海再編成案.-- [上海]: 上海市政研究会，1942.-- 392p.; 22cm

植民地行政。 [上日]

[6256] 上海都市建設計画改定要綱 / 大東亞省編.-- 大東亞省，1942.-- 8p：地図; 21cm

[研东]

[6257] 上海港 / 東亞海運株式会社企画課，1942.-- 112p.; 26cm

属于丛书：港湾調査資料；第 13 輯。謄写版。 [研]

[6258] 大東亞戦後ノ工部局再編成経緯.-- [上海]: 上海市政研究会，1942.-- 102p.; 27cm

[6259] 大東亞戦後ノ工部局財政措置概要 / 在上海日本総領事館経済部.-- 在上海日本総領事館経済部，1942

[研]

[6260] 中国の都市政策の現状：上海の都市政策 / 越沢明著.-- [n. p.].-- p.44-55; 26cm

『日中経済協会会報』No. 79（1980）抽印本。 [东]

[6261] 中華人民共和国天津·上海·広州電気通信網改造計画事前調査報告書.-- [東京]: 国際協力事業団，1983.-- 190p.; 30cm

[日]

[6262] 中華人民共和国上海·南京間高速道路建設計画調査事前調査報告書.-- [東京]: 国際協力事業団，1985.-- 141p.; 30cm

[日]

[6263] 中華人民共和国上海市大気汚染対策調査事前調査報告書.-- [東京]: 国際協力事業団，1985.-- 52p.; 30cm

[日]

[6264] 中華人民共和国上海都市快速鉄道整備計画事前調査報告書.-- [東京]: 国際協力事業団，1985.-- 72p.; 30cm

[日]

[6265] 日本占領下の上海都市計画： 1937～1945**年** / 越沢明著.-- [n. p.].-- p. 43-48; 26cm

『昭和 60 年度日本都市計画学会学術研究論文集』抽印本。 [东]

[6266] アジアの都市と建築： 29 exotic asian cities / 加藤裕三編.-- 東京：鹿島出版会，1986.-- 329p.; 19cm

亚洲的城市与建筑：29 个异国情调的亚洲城市 [研]

[6267] 中華人民共和国上海市南埠頭大橋建設計画調査事前調査報告書.-- [東京]: 国際協力事業団，1986.-- 61p.; 30cm

上海南浦大桥建设计划事前调查报告书 [日]

[6268] 中華人民共和国上海都市快速鉄道整備計画調査報告書.-- [東京]: 国際協力事業団，1986.-- 1v.; 30cm

[日]

[6269] 中華人民共和国上海·南京間高速道路建設計画調査最終報告書.-- [東京]: 国際協力事業団，1987.-- 3v.; 30cm

[日]

[6270] 中華人民共和国上海市大気汚染対策調査最終報告書.-- [東京]: 国際協力事業団，1988.-- 2v.; 30cm

[研日]

[6271] 中華人民共和国上海市黄浦江架橋計画調査：最終報告書.-- [東京]: 国際協力事業団，1988.-- 3v.; 30cm

[日]

[6272] 上海市の輸送通信事情：ジョイン事業調査報告書.-- [東京]: 日本貿易振興会機械技術部，1989.-- 118p.; 26cm

上海市运输通信情况：合作事业调查报告书 [日]

[6273] 上海浦東地区開発の全容：上海再開発のすべて / 日興リサーチセンター編.-- 東京：日興リサーチセンター，1990.-- 45p.; 26cm

上海浦东地区开发全貌：上海再开发的全部 [日]

[6274] 上海·都市と建築：一八四二～一九四九年 / 村松伸著.-- 東京：PARCO出版局，1991.-- 361p.; 21cm

上海近代建筑史。 **[研日东]**

[6275] 中華人民共和国上海市浦東新区外高橋地区開発計画調査事前調査報告書.-- [東京]: 国際協力事業団，1991.-- 122p.; 30cm

[日]

[6276] アジアの都市と人口 / 日中地理学会議編訳.-- 東京：古今書院，1992.-- 182p.; 21cm

亚洲的城市与人口 **[研]**

[6277] 上海浦東開発戦略：中国世紀大プロジェクト / 佐々木信彰編.-- 京都：晃洋書房，1992.-- 282p.; 21cm

上海浦东开发战略：中国世纪大项目 **[研日]**

[6278] 上海新世紀：朱鎔基と浦東開発 / 室井秀太郎著.-- 東京：日本経済新聞社，1992.-- 188p.; 19cm

[研日]

[6279] 上海市浦東新区外高橋地区開発計画調査最終報告書 / 国際協力事業団.-- [東京]: パシフィックコンサルタンツインターナショナル，1993.-- 5v(別vとも); 30cm

[日]

[6280] 心の補償：高知学芸高校上海列車事故 / 後藤淑子著.-- 東京：講談社，1993.-- 244p.; 20cm

[日]

[6281] 中華人民共和国上海浦東国際空港基本計画調査事前調査報告書.-- [東京]: 国際協力事業団，1994.-- 137p.; 30cm

[日]

[6282] アジアのトイレ事情：アジア·太平洋地域公共トイレセミナー報告と上海·蘇州のトイレ視察報告 / 日本トイレ協会編.-- 東京：日本トイレ協会，1995.-- 55p.; 30cm

亚洲的厕所情况：亚太地区公共厕所研讨会报告，及上海·苏州的厕所视察报告

[日]

[6283] 中華人民共和国上海浦東国際空港基本計画調査最終報告書 / 国際協力事業団.-- [東京]: 日本工営，1995.-- 2v. (別vとも); 30cm

[日]

[6284] 海外都市リポート：都市問題調査団視察調査報告書. 平成6年度D班.-- [東京]: 東京都議会議会局調査部，1995.-- 65p.; 30cm

海外城市报告：都市问题调查团视察报告书(1994年度D班)。部分目次：上海市(中華人民共和国) [日]

[6285] 中華人民共和国上海浦東国際空港実施設計調査事前調査報告書.-- [東京]: 国際協力事業団社会開発調査部，1996.-- 123p.; 30cm

[日]

[6286] 中華人民共和国上海浦東国際空港基本計画調査補完調査報告書.-- [東京]: 国際協力事業団，1996.-- 25p.; 30cm

[日]

[6287] 上海浦東国際空港実施設計調査最終報告書：主報告書 / 国際協力事業団.-- [東京]: 日本工営，1997.-- 1v.; 30cm

[日]

[6288] 上海浦東国際空港実施設計調査最終報告書：概要版 / 国際協力事業団.-- [東京]: 日本工営，1997.-- 178p.; 30cm

[日]

[6289] アジア都市政府の比較研究：福岡·釜山·上海·広州 / 今里滋編著.-- 福岡：九州大学出版会，1999.-- 377p.; 22cm

亚洲城市政府比较研究：福冈、釜山、上海、广州 [日]

[6290] 「上海万国博覧会サイトにおける低環境負荷エネルギーインフラ計画F/S」報告書.-- [東京]: 経済産業省，2005.-- 1v.; 30cm

"上海世界博览会网站相关的低环境负荷能源基础设施计划F/S"报告书 [日]

8. 地理与环境

[6291] 黄浦誌 / 山口錫次郎.-- [n. p.], 1864

另收录于：長崎商業高等学校研究館年報『商業と経済』。有抽印本：《元治元年に於る幕吏の上海視察記》，武藤長蔵註、解題。 [研]

[6292] 西洋旅案内 / 福沢諭吉.-- 尚古堂，1867.-- 2v.; 23cm

附：萬国商法。 [研]

[6293] 支那東岸水路誌：自香港至上海 / 石川洋之助編.-- 東京：績文社，1875.-- 36, 図版 26p.; 21cm

[日]

[6294] 上海繁昌記. 巻1-3 / 葛元煦著；藤堂良駿点.-- 東京：稲田佐吉，1878.-- 58, 84, 80p. (合本); 18cm

原名：滬遊雑記。1871年签定的《日清修好条规》允许日本人在中国国内居住，进行经营活动。本书是此后在日本刊行的第一本上海旅行指南，将葛元熙1876年撰写的四卷本汉文《沪游杂记》重新编辑、修改翻刻而成，面向那些能阅读汉文的日本知识分子。其他版本：出版信息不明，3冊和装本；滬遊雑記 / 堀直太郎训点 .-- 東京：山中市兵卫 · 大冢禹吉，两卷本；[東京]：古典研究会，1977.-- 365p. [研日]

[6295] 清国各港便覧 / 曽根俊虎.-- [n. p.], 1882.-- 1v.; 24cm

[研]

[6296] 清国地誌 / 岸田吟香.-- 東京：楽善堂，1882.-- 3v.; 26cm

[研]

[6297] 清国事情探検録，一名，清国風土記 / 宮内猪三郎著.-- 東陽堂，1894.-- 21, 9丁 図版; 22cm

其他版本：清国事情編集局 .-- 明治28年 . 另收录于：幕末明治中国見聞録集成：第11巻 / 小島晋治監修 .-- 東京：ゆまに書房，1997 [研]

[6298] 燕山楚水紀遊 / 山本憲著.-- 大阪：山本憲，1898.-- 2v.; 26cm

[研]

[6299] 支那富源揚子江 / 藤戸計太.-- 東京：同文館，1902.-- 294p.; 23cm

本书是关于长江流域港口城市的旅行指南。 [研]

[6300] 清国漫遊案内 / 青柳篤恒，中山東一郎共編.-- 東京：博文館，1903.-- 174p.; 20cm

[研]

[6301] 蘇浙小観 / 遠山景直，大谷藤治郎.-- 東京：江漢書屋，1903.-- 2, 7, 355p.; 23cm

[研]

[6302] 上海 / 遠山景直編.-- 東京：遠山景直，1907.-- 421p., 図版, 地図; 23cm

本书是日本最早的专门介绍上海的旅行指南。甲午中日战争和日俄战争结束之后,时隔20年作者再度造访上海,对公共租界的发展状况震惊不已,他花了半年时间把所见所闻记录下来,完成了本书。本书一方面依据统计、法令条文等确切的资料,采用记述的形式,另一方面作者又在细致入微的观察下,作出了自己的评论。因此被评价为"日本人撰写的关于上海的各种书籍之中最有趣的"。但作为旅行指南,不免有结构松散,杂记堆积之感。其他版本:上海:国文社,1907;上海:日本堂書店,1907 [研日东]

[6303] 江南事情：揚子江富源 / 上海出品协会編.-- 上海：日本堂，1910.-- 308p.; 23cm

本书是计划在中国最早的博览会 -- 南洋劝业会上展示日本商品,而由上海出品协会综合编写的一本江南地区港口指南,作为参加博览会的日本人的参考书。东亚同文会调查部受托参与了本书的编纂。附:地图2枚。其他版本:復刻版:東京:竜溪書舎,2001(明治後期産業発達史資料;第607-608卷) [研东]

[6304] 上海風景.-- [n. p.], 1912

[研]

[6305] 揚子江流域 / 東京地学協会.-- 東京地学協会，1913.-- 345, 62p.; 23cm

[研]

[6306] 中支那及南支那 / 東京地学協会.-- 東京：東京地学協会，1917.-- 444p.; 23cm

[研]

[6307] 支那物語：長江十年 / 桂頼三.-- 東京：同文館，1917.-- 473p.; 20cm

[研]

[6308] 新上海 / 杉江房造編.-- 上海：日本堂書店，1918.-- 262p.; 19cm

本书是上海日本堂书店店主杉江房造面向旅行者撰写的提供上海概况的旅行指南,尺寸较小,可放入口袋里。其他版本:訂正増補再版:附蘇州杭州南京案内 / 江南健児 .-- 1923.-- 218p.; 改版:杉江房造、江南健児共著 .-- 1932.-- 262p. [研日东]

[6309] 上海と長江 / 伊吹山徳司著.-- 上海経済日報社，1919.-- 202p.; 23cm

附録：支那に於ける列強と其教育事業。 [研东]

[6310] 支那旅行案内 / 鉄道院.-- 鉄道院，1919

[研]

[6311] 元治元年に於る幕吏の上海視察記 / [武藤長蔵註、解題].-- [n. p., 192-].-- p. 126-169; 21cm

原名：黄浦誌。長崎商業高等学校研究館年報『商業と経済』抽印本。 [东]

[6312] 支那大観. 第1集, 中部支那 / 阿部幸兵衛商店·楽善堂，1920

[研]

[6313] 上海百話 / 池田桃川著.-- 上海：日本堂，1921-1922.-- 2v.; 19-20cm

第二册为《统 上海百话》。其他版本：訂正增補再版：1923.-- 381p. [研日东]

[6314] 上海渡航の栞 / 平野健.-- 訂正再版.-- [n. p.], 1921

本书是预计快速客船不久就要开航，而面向旅行者发行的一本专门指南，开本较小便于携带。风景照片没有印在卷头，而是插在文内，是一本能够刺激旅行者想象力的最早的上海指南。 [研]

[6315] 在上海帝国総領事館管内状況 / 在上海日本総領事館編.-- [東京]: 外務省通商局，1921.-- 189p.; 27cm

本书有关江浙地理志。 [研日东]

[6316] 上海印象記 / 三宅孤軒著.-- 東京：料理新聞，1923.-- 272p.; 19cm

其他版本：全国同盟料理新聞社，1924 [研日]

[6317] 上海遊記.-- 岐阜：岐阜日日新聞社，1923.-- 105p., 図版20枚; 19cm

[日]

[6318] 中華民国に遊ぶ / 乗杉義久著.-- 上海：日本堂書店，1923.-- 466p., 図版 [7] p.; 20cm

[研东]

[6319] 長崎と上海：日華聯絡記念，長崎上海番地入地図.-- 長崎：大阪朝日新聞長崎販売部出版部，1923.-- 34p., 図版; 20 × 27cm

[日]

[6320] 日華遊覧案内：長崎と上海 / 米山秀麿.-- 長崎：東洋之魁報社，1924.-- 268p., 図版[36] p.; 18cm

本书以 1923 年日华联络航路开航为契机,是面向旅行者发行的一本便携式旅行指南,主要介绍了长崎和上海两市及周边的观光地。除了历史和地理概述以外,有关上海的介绍都被极力限定为提供上海游览必须的信息。 [研]

[6321] 揚子江を中心として / 上塚司.-- 東京：織田書店，1925.-- 830p.; 20cm

以扬子江为中心。其他版本：復刻：東京：ゆまに書房,1999 [研]

[6322] 最近の上海 / 平井栄一編.-- 名古屋：大名古屋研究会，1925.-- 66p.; 19cm

[日]

[6323] 燕呉載筆 / 那波利貞.-- 東京：同文館，1925.-- 508p.; 20cm

[研]

[6324] 上海近傍観光案内：上海·蘇州·鎮江·南京·杭州 / 日本郵船株式会社上海支店.-- 上海：日本郵船株式会社上海支店，1926.-- 枚; 22 × 37cm

附：鐵道賃金，時間表。

[6325] 南支視察団誌 / 下村雅郎編.-- 堺市(大阪)：堺貿易会，1926.-- 132p.; 19cm

[研]

[6326] 南支那に遊びて / 勝部本右衛門.-- 松江：松陽新報社，1927.-- 148p.; 20cm

游南支那 [研]

[6327] 最近の支那旅行 / 二橋三郎.-- 芦田書店，1927

[研]

[6328] 上海·香港·廣東·澳門·基隆·周遊案内 / 日本郵船株式会社編.-- [n. p.], 1928.-- 43p.

[上]

[6329] 上海の地理及港湾設備並びに氣候 / [馬場鍬太郎著].-- 上海：東亞同文書院支那研究部，1928.-- p.87-120; 22cm

上海地理与港湾设备及气候。『支那研究』第十八号抽印本。

[6330] 支那視察に旅して：上海, 蘇州, 杭州, 南京 / 中田守仁述.-- 大阪：中田守仁，1928.-- 46, 8p.; 19cm

支那视察之旅：上海、苏州、杭州、南京 [日]

[6331] 長江要覧 / 一色忠慈郎.-- 漢口： [n. p.], 1928

[研]

[6332] 上海要覧.-- 上海：上海日本商工会議所，1929

其他版本：1939.-- 127, 53p.; 改訂版 2 版：1939 年改訂増補 .-- 220, 40p.

[上研日东]

[6333] 江南一覧 / 山崎九市.-- 上海：至誠堂，1929.-- 1v.; 17cm

[研东]

[6334] 上海どん底風景 / 八甲田文彦.-- 誠文堂，1930

[研]

[6335] 支那旅行通 / 後藤朝太郎.-- 東京：四六書院，1930.-- 211p., 図版 [12] 枚; 20cm

[研]

[6336] 江南の詩の旅 / 細貝香塘 [細貝泉吉].-- 帝国教育会，1930.-- 318p., 図版38枚; 18cm

[研]

[6337] 上海を観る / 木村幸次郎著.-- 大阪：山城屋，1931.-- 37p.; 23cm

看上海 [日]

[6338] 上海風土記 / 沢村幸夫著.-- 上海：上海日報社，1931.-- 145p., 図版; 20cm

[上研日东]

[6339] 上海観光便覧 / 上海毎日新聞社.-- 昭和6年版.-- [上海]: 上海毎日新聞社，1931.-- 1v.; 24cm

[研]

[6340] 南華とはどんな処か / 森岳陽.-- 東京：大阪屋号書店，1931.-- v.; 19cm

[研]

[6341] 揚子江案内 / 第三艦隊司令部.-- [東京：第三艦隊司令部，1932].-- 1v.; 27 × 39cm

第 1 図 (揚子江全図) - 第 66 図 (建設現状図解) 。卷末说明：本案内由第三艦隊参謀海軍少佐沖野亦男編纂的三部合订：1. 下揚子江案内 (昭和 6 年 8 月改訂増補); 2. 中 · 上揚子江案内 (昭和 7 年 5 月改訂増補); 3. 長江勤務参考用図表 (昭和 6 年 8 月対策答案) 。其他版本：再版：1935 **[研]**

[6342] 満州国遊興行脚：附，上海どん底風景 / 古川一郎.-- [n. p.], 1932

[研]

[6343] 新しき上海のプライヴエート / 吉行エイスケ著.-- 東京：先進社，1932.-- 271p.; 19cm

新上海的秘密。其他版本：復刻：東京：ゆまに書房,2002 **[研日]**

[6344] 上海から北平へ / 中山正善著.-- 丹波市町(奈良県) ：天理教道友社，1934.-- 427p.; 23cm

从上海到北平。其他版本：改訂版 .-- 養徳社,1946.-- 395p. **[研日东]**

[6345] 上海から巴蜀へ / 神田正雄著.-- 2版.-- 東京：海外社，1935.-- 364p., 図版; 19cm

从上海到巴蜀 **[上研日东]**

[6346] 支那 / 山本実彦.-- 東京：改造社，1936.-- 429, 2p.; 19cm

[研]

[6347] 最新支那要覧 / 東亞研究会編.-- 東京：東亞研究会，1936-.-- v.; 20cm

昭和 11 年版 - 昭和 18 年版。 **[研]**

[6348] 上海 / ジャパン·ツーリスト·ビューロー.-- 書物展望社，1937

其他版本：奉天：ジャパン · ツーリスト · ビューロー (日本国際観光局) , 1939.-- 90, 43p. **[研日东]**

[6349] 上海都市景観 / 増田忠雄.-- [n. p.], 1937

[研]

[6350] 上海市概説 / 上田信三.-- [n. p.], 1938

属于丛书：地理教育支那研究号。 **[研]**

[6351] 支那と支那人と日本 / 杉山平助.-- 東京：改造社，1938.-- 432p., 図版 [5] 枚; 20cm
[研]

[6352] 江南百題 / 西晴雲.-- 東京：冨山房，1938.-- 212p.; 20cm
其他版本：1939 [研]

[6353] 揚子江 / 大阪毎日新聞社編.-- 大阪：大阪毎日新聞社；東京：東京日日新聞社，1938.-- 253p.; 19cm
地学上から見た揚子江地域 (山根新次) 等 20 篇。 [研]

[6354] 揚子江：雑誌 / 坂名井深蔵編.-- 東京：揚子江社，1938-1942.-- 10v.
第一卷 上 ~ 第五卷 下。 [研]

[6355] 上海 / 藤井清編.-- 奉天：日本国際観光局，1939.-- 90, 43p.
本书是日本旅行事务所奉天支局面向观光客编写的一本便携式专门指南。本书内容极其简洁,但是详细地刊登了在旅行地必需的一些机构的联络地点。 [上研]

[6356] 中支風土記 / 高井貞二.-- 東京：大東出版社，1939.-- 327p.; 20cm
[研]

[6357] 中北支一ヶ月の旅 / 伊藤正雄著.-- 川崎：帝国社臓器薬研究所，1939.-- 222p.; 20cm
中北支一个月之旅。附録：支那事変上海戦勃発当時中国救護班の活動。 [东]

[6358] 江浙風物誌 / 沢村幸夫著.-- 東京：東亞研究会，1939.-- 162p.; 19cm
[研]

[6359] 満洲·暹羅·上海の旅 / 三島昌子，三島謹子著.-- 東京：三島昌子，1939.-- 15p.; 19cm
[日]

[6360] 支那紀行 / 木村毅編.-- 東京：第一書房，1940.-- 391p.; 19cm
[研]

[6361] 長江三十年 / 栗本寅治(瀛華洋行).-- 上海：栗本寅治，1940-1944.-- 2v.; 19cm
第二册为《続 长江三十年》。其他版本：再版：上海：内山書店，1943.-- 294p.
[研东]

[6362] 满支旅行年鑑 / ジャパン·ツーリスト·ビューロー満洲支部編纂.-- 東京：博文館，1940-.-- v.; 18cm

昭和 15 年; 昭和 16 年。 **[研]**

[6363] 上海 / 石浜知行等著.-- 東京：三省堂，1941.-- 334p.; 19cm

[上研日东]

[6364] 上海地名誌 / 沖田一著.-- 上海：上海歷史地理研究会，1941.-- 79, 33, 4p., 図; 23cm

[上研日]

[6365] 上海事情 / 菊村菊一著.-- 東京：博文館，1941.-- 208p. 地図; 18cm

[上研日]

[6366] 上海紀行 / 石山賢吉.-- 東京：ダイヤモンド社，1941.-- 166p.; 15cm

[研]

[6367] 地理学的にみた中支及南支 / 渡辺光.-- 太平洋協会，1941

地理学所见中支及南支 **[研]**

[6368] 呉越彩管游記 / 松村雄蔵.-- 上海：上海毎日新聞社，1941.-- 211p.; 19cm

[研东]

[6369] 揚子江の魚 / 別院一郎.-- 東京：大都書房，1941.-- 336p.; 19cm

[研]

[6370] 江南の旅 / 美濃部正好編纂.-- [上海]: 華中鉄道，1942.-- 162p.; 19cm

江南之旅 **[研]**

[6371] 長江の自然と文化 / 斎伯守.-- 東京：講談社，1942.-- 293p.; 19cm

[研]

[6372] 寧滬土産 / 中山正善.-- 丹波市町(奈良県)：天理時報社，1943.-- 198p.; 19cm

[研]

[6373] 上海街路誌 / 英修道著.-- 東京：上海恒産東京出張所，1944.-- 106p.; 19cm

[研日]

[6374] 江南雑記 / 米沢秀夫.-- [n. p.], 1945

[研]

[6375] 揚子江以北ノ中華民国沿岸, 揚子江口附近, 黄浦江.-- 東京：水路部，1947.-- 238p.; 19cm

属于丛书：簡易水路誌 . 支那東岸; 第 1 巻 第 1 冊。

[6376] 城壁：中国風物誌 / 小宮義孝.-- 東京：岩波書店，1949.-- 164p.; 18cm

[研]

[6377] 新中国風土記：上海自然科学研究所のことども / 小宮義孝著.-- 東京：メヂカルフレンド社，1958.-- 173p., 図版12枚; 18cm

[研日东]

[6378] 近世漂流記集 / 荒川秀俊編.-- 東京：法政大学出版局，1969.-- 468p.; 20cm

部分目次：上海航記 / 戸田三兵衛 . [日]

[6379] 中国の風.-- 調布：桐朋教育研究所，1977-1978.-- 2v.; 23cm

目次：[1]. 北京 · 洛陽 · 西安 · 上海の旅 / 桐朋学園教職員友好訪華団 [編]; 2. 江南の旅 / 桐朋学園教職員第二次友好訪華団 [編] . [东]

[6380] 上海·杭州·紹興の旅 / 黄浦朋友会友好訪中団.-- 東京：黄浦朋友会友好訪中団，1980.-- 72p.; 26cm

[东]

[6381] 訪中雑録記：北京·上海·香港·広州·桂林への旅 / 鴻山俊雄著.-- 神戸：華僑問題研究所，1982.-- 142p.; 19cm

访华杂录：北京、上海、香港、广州、桂林之旅 [日]

[6382] 上海読本 / 枝川公一著.-- 東京：西北社，1983.-- 219p.; 20cm

[研日]

[6383] 上海ロマンとグルメの旅 / 自由書館編.-- 東京：CBSソニー出版，1984.-- 144p.; 29cm

上海浪漫和美食之旅 [研]

[6384] 上海摩登 / 海野弘編.-- 東京：冬樹社，1985.-- 1v.; 22cm

[研日]

[6385] 上海.-- 東京：東京大学出版会，1986.-- 309p.; 22cm

属于丛书：世界の大都市；2 / 大阪市立大学経済研究所編。 [研日]

[6386] 中国面白雑貨買い歩る記 / 鈴木義司ほか著.-- 東京：新潮社，1986.-- 223p.; 15cm

中国购买杂货趣事 [研]

[6387] 上海ちゃんぽん / 鈴木常勝著.-- 大阪：長征社，1987.-- 223p.; 18cm

上海杂烩 [研日]

[6388] 上海パノラマウォーク / 上田賢一著.-- 東京：新潮社，1987.-- 239p.; 15cm

上海全景 [研日]

[6389] 上海劇的な…いま!：中国新人類の夢と苦悩 / 小野千穂著.-- 東京：朝日ソノラマ，1987.-- 211p.; 20cm

上海戏剧性的…现在！中国新人类的梦和苦恼 [日]

[6390] 世界の大都市. 12, **上海**.--東村山：教育社，1987.-- 95p.; 22cm

上海指南。 [研日]

[6391] ツール·ド·中国：ハルビン一上海3500キロ / 小池啓納著.-- 神戸：神戸新聞総合出版センター，1988.-- 204p.; 19cm

哈尔滨到上海 3500 公里 [日]

[6392] 上海：疾走する近代都市 / 藤原恵洋著.-- 東京：講談社，1988.-- 259p.; 18cm

上海：疾驶的现代都市 [研日东]

[6393] 上海の四季 / 羽根田市治著.-- 東京：緑蔭企画，1988.-- 259p.; 19cm

[研日]

[6394] 上海読本 / 日本ペンクラブ編; 村松友視選.-- 東京：福武書店，1988.-- 285p.; 16cm

目次：上海の蛍 / 武田泰淳；上海灘 / 金子光晴；蒙古の唄 / 村松梢風；上海の外国人 / 松本重治；魔都情報 / 芦沢紀之；上海ジャズエイジ / 海野弘；上海酔眼 / 村松友視． [研日]

[6395] 中国の旅 上海江南 / 長沢信子著.-- 東京：昭文社，1988.-- 237p.; 19cm

[日]

[6396] 憧的中国鉄路旅遊（あこがれのちゅうごくてつどうりょこう）：シルクロード·大連·上海…悠々紀行 / 南正時著.-- 東京：双葉社，1988.-- 191p.; 19cm

中国铁路憧憬之旅: 丝绸之路 · 大连 · 上海…悠悠旅行记 [东]

[6397] 上海コレクション / 平野純著.-- 東京：筑摩書房，1991.-- 392p.; 15cm

上海文集。目次: 魔都より; 新しき上海のプライヴェートより; 支那游記より; 貢太郎見聞録より; 上海夜話より; 上海より; 魔の河より; 松井翠声の上海案内より; 中国人の生活風景より; 日本の戦慄より; 上海戦役のなかより; 過去と未来の国々; 有吉佐和子の中国レポートより; 上海ララバイより; 上海便りより

[研日]

[6398] 上海市：世界に開く商工業都市 / 辻康吾〔ほか〕編著.-- 東京：弘文堂，1992.-- 210p.; 20cm

上海: 向世界开放的工商业城市。属于丛书: 中国省別ガイド; 2。 [研日]

[6399] 中国旅遊記：上海·成都·チベット'91 / つじ加代子 [ほか] 編.-- [和歌山]: チベット巡礼の旅，1992.-- 68p.; 25 × 25cm

中国旅游记: 上海、成都、西藏(1991年) [日]

[6400] 上海快楽読本：世界でいちばん熱い街·その冒険と誘惑! / 石井慎二編.-- 東京：宝島社，1993.-- 225p.; 21cm

上海快乐读本: 世界最热门街道的冒险与诱惑! [研]

[6401] 上海の魅力 / 丁逸著.-- [大阪]: 大阪市姉妹都市交流協議会，1994.-- 8p.; 26cm

属于丛书: 姉妹都市交流資料。 [研日]

[6402] 上海メモ.-- [大阪]: 大阪市姉妹都市交流協議会，1994.-- 20p.; 26cm

上海笔记。属于丛书: 姉妹都市交流資料; no. 1。 [研日]

[6403] 上海リスボン街道：旅はやっぱりドミトリー / 谷崎竜著.-- 東京：連合出版，1994.-- 239p.; 19cm

上海里斯本街道: 旅行就是我的宿舍 [日]

[6404] 中国生活指南帳<上海> / TAG中国研究会編著.-- [大阪]: タグ·グローバル，1994.-- 269p.; 19cm

[研日]

[6405] ぼくの上海行商紀行 / 田中信彦著.-- 東京：文芸春秋，1995.-- 242p.; 19cm

我的上海行商旅行记 [上研日]

[6406] 上海の西、デリーの東 / 素樹文生著.-- 東京：新潮社，1995.-- 381p.; 19cm

上海之西、德里之东。其他版本：1999 [研日]

[6407] 上海裏町ブギウギ：かみしばい中国漫遊 / 鈴木常勝著.-- 東京：新泉社，1995.-- 229p.; 19cm

[上研日]

[6408] 北京·上海 / 遠藤法利編.-- 東京：弘済出版社，1995.-- 223p.

[上]

[6409] 地球の歩き方. 97, 上海：蘇州·杭州 / 地球の歩き方編集室著作編集.-- 東京：ダイヤモンド·ビッグ社，1995.-- 256p.; 21cm

走遍全球. 97, 上海、苏州·杭州。1995-96 年版。其他版本：1996-97 年版；1997-1998 年版；1999-2000 年版；2000-2001 年版；2001-2002 年版；2002-2003 年版

[研日]

[6410] 一年の好景：中国多思行 / 竹内和夫.-- 編集工房ノア，1997

[研]

[6411] 上海 / 長沢信子著.-- 東京：昭文社，2000.-- 237p.; 19cm

[上]

[6412] 上海1987備忘録 / 安倍賢治著.-- 東京：文芸社，2000.-- 295p.; 19cm

上海旅行记。 [研日]

[6413] エクスプロア生活ガイド·上海2002 / 玄同社出版香港有限公司企画·編集.-- 東京：上海エクスプローラ，2001.-- 319p.; 21cm

探索上海生活指南（2002 年） [日]

[6414] 中国·江南地方：上海周辺、水郷地帯の美しき町々 / 時田慎也文；岩間幸司写真.-- [東京]: 日経BP社，2001.-- 202p.; 21cm

江南地区：上海周边水乡的美丽小城。旅游指南。其他版本：2004 [日]

[6415] ぴあmap上海2002-2003.-- 東京：ぴあ，2002.-- 151p.; 26cm

上海旅游书。其他版本：2004,2005,2006 [日]

[6416] ほいほい旅団上海不思議世界を行く / 産業編集センター編；清水安雄，刘田雅文撮影.-- 東京：産業編集センター，2002.-- 211p.; 21cm

上海惊奇世界之旅 [日]

[6417] 上海と江南の水郷を訪ねる中国.-- 東京：トラベルジャーナル，2002.-- 175p.; 21cm

寻访上海与江南水乡 [上日]

[6418] 上海を歩こう：杉浦さやかの旅手帖 / 杉浦さやか著.-- 東京：ワニブックス，2002.-- 143p.; 19cm

行走在上海：杉浦旅行手记 [日]

[6419] 中国茶めぐりの旅：上海·香港·台北 / 工藤佳治著.-- 東京：文芸春秋，2002.-- 192p.; 16cm

中国茶之旅：上海、香港、台北 [日]

[6420] 世界100都市：ここに行きたい. no16.-- [東京]: 朝日新聞社，2002.-- 32p.; 30cm

想去的世界 100 个城市 . No. 16。属于丛书：週刊朝日百科上海。 [日]

[6421] とっておきの上海 / 温又柔とワクワク観光隊著.-- 東京：彩図社，2003.-- 191p.; 19cm

本书为上海指南。 [日]

[6422] ハッピー上海 / ハッピー上海取材班編·著.-- 東京：双葉社，2003.-- 199p.; 21cm

欢乐上海 [日]

[6423] ぴあmap文庫上海2003 / ぴあ.-- 東京：ぴあ，2003.-- 143p.; 17cm

上海旅游书。 [日]

[6424] 上海 / 昭文社.-- 東京：昭文社，2003.-- 207p.; 21cm

[日]

[6425] 上海&広州夜の歩き方 / WEP編.-- 東京：データハウス，2003.-- 248p.; 19cm

上海、广州夜游 [日]

[6426] 上海2004 / 昭文社.-- 東京：昭文社，2003.-- 20, 127, 13p.; 26cm

其他版本：2005；2006 [日]

[6427] 上海新天地：歩く、食べる、遊ぶ、働く / 廣江祥子，莫盈著.-- 東京：海竜社，2003.-- 221p.; 19cm

[日]

[6428] 上海楽読本 / 游人舎編著.-- 東京：双葉社，2003.-- 223p.; 21cm

上海旅行记。 [日]

[6429] 北京上海「小さな街物語」 / 原口純子著.-- 東京：JTB，2003.-- 157p.; 21cm

北京上海"小街故事" [日]

[6430] 歩く上海：街歩きマップ&ガイド2003-2004年版.-- 東京：ぷれすアルファ，2003.-- 64p.; 26cm

上海步行：步行地图和指南。(2003-2004 年版) [日]

[6431] エクスプロア上海蘇州便利帳 2004-2005年版 / 上海エクスプローラー編.-- 東京：山と渓谷社，2004.-- 575p.; 21.

探索上海苏州便利册。(2004-2005 年版)。其他版本：2005-2006 年版 [日]

[6432] ユーラシア大陸460日一人旅：上海からポルトガルロカ岬へ：槍ケ岳で逝った青年の手記 / 須永康幸；須永俊二，須永美津江編.-- 前橋：上毛新聞社，2004.-- 311p.; 19cm

欧亚大陆 460 天独自旅行：从上海到葡萄牙罗卡角，在枪岳逝世的青年的手记

[日]

[6433] るるぶ上海.-- 東京：JTB，2004.-- 16, 128p.; 26cm

属于丛书：るるぶ情報版。其他版本：2005-2006 [日]

[6434] 上海2004-2005.-- 東京：ぴあ，2004.-- 142p.; 17cm

其他版本：2005；2006 [日]

[6435] 上海から重慶へ：河の船旅紀行：早春の長江をゆく / 小池誠著.-- 東京：新風舎，2004.-- 94p.; 20cm

从上海到重庆坐船旅行记：走过早春的长江 [日研]

[6436] 上海のガイド·マップナビ.-- 東京：マガジンハウス，2004.-- 1v.; 18cm

上海指南 [日]

[6437] 中国：北京&上海料理 / 広岡今日子著.-- 東京：情報センター出版局，2004.-- 128p.; 21cm

北京和上海菜 [日]

[6438] 北京vs上海：新世紀中国完全ガイド.-- 東京：文芸春秋，2004.-- 145p.; 30cm

北京对上海：新世纪中国完全指南 [日]

[6439] 悠遊上海：Asian continental guide.-- 東京：[エイ] 出版社，2004.-- 128p.; 29cm

[日]

[6440] I love**上海** = I love **シャンハイ**.-- 東京：阪急コミュニケーションズ，2005.-- 134p.; 30cm

我爱上海 [日]

[6441] 人生三道茶：北京、雲南、上海 / 折笠俊之著.-- 東京：鳥影社，2005.-- 261p.; 19cm

[日]

[6442] 上海で学ぶ·働く / アルク.-- 東京：アルク，2005.-- 147p.; 28cm

在上海学习·工作 [日]

[6443] 上海古寺名園.-- 東京：小学館，2005.-- 34p.; 30cm

上海古寺名園：都市に息づく伝統の中国．属于丛书：週刊中国悠遊紀行；19。

[日]

[6444] 上海雑学王、路地裏発：旅行者も使える必読情報館 / ノンホー勝ち組編著.--

東京：ゑゐ文社，2005.-- 221p.; 19cm

[研日]

[6445] 光彩上海 = Colors of Shanghai / 織作峰子著.-- 東京：朝日新聞社，2005.-- 1v. (ページ付なし); 19 × 21cm

[上研日]

[6446] 見せるだけ上海·北京 / 山下廣道.-- 山と溪谷社，2005.-- 2v.

上海北京观光旅游指南。 [研]

[6447] 無敵の上海：イラストレイテッド / まのとのま著.-- 東京：アスペクト，2005.-- 127p.; 21cm

[研日]

9. 科研、教育、体育、医疗卫生

[6448] 日清貿易研究所設置演説筆記 / [荒尾精演；井深仲鄉筆記].-- [n. p., 1890?].-- 20p.; 19cm

[6449] 東亞同文書院学友会会報 / 東亞同文書院編.-- 上海：東亞同文書院，1904-.-- v.; 26cm

[东]

[6450] 日清貿易研究所·東亞同文書院沿革史 / 松岡恭一，山口昇編.-- [上海]: 東亞同文書院学友会，1908.-- 167, 156, 64p.; 22cm

上編：日清貿易研究所沿革史；下編：東亞同文書院沿革史。附録：東亞同文書院学友会会員名簿録。 [研东]

[6451] 一日一信 / 東亞同文書院第七期生.-- 上海：東亞同文書院，1910.-- 447p., 図版 [25] p.; 22cm

本书是东亚同文书院大旅行志系列第一次单独出版。本系列均有其他版本：復刻：豊橋：愛知大学，[東京]: 雄松堂出版(制作)，2006。另收录于：東亞同文書院大旅行誌.-- [缩微胶卷].-- 東京：雄松堂書店，1996 [东]

[6452] 文部省認定上海東亞同文書院一覧：従明治43年至明治44年.-- [n. p.], 1911.-- 198p., 図版2枚, 地図; 19cm

[研]

[6453] 在上海東亞同文書院一覧.-- [n. p.].-- 2v.; 19cm

從明治四十三年至明治四十四年，從明治四十四年至明治四十五年。 [东]

[6454] 旅行記念志 / 東亞同文書院第八期生.-- 上海：東亞同文書院，1911.-- 462p.,図版 [24] p., 地図; 23cm

[东]

[6455] 孤帆双蹄 / 東亞同文書院第九期生.-- 上海：東亞同文書院，1912.-- 459p.,図版 [36] p., 地図; 19cm

[东]

[6456] 楽此行 / 東亞同文書院第十期生.-- 上海：東亞同文書院，1913.-- 346p.,図版 [37] p.，表; 19cm

附図：第十期生大旅行程略図。 [东]

[6457] 沐雨櫛風 / 第十一期生編.-- 上海：東亞同文書院，1914.-- 460p.,図版 [26] p.，地図; 20cm

附録：旅行経過表；附図 (2 枚)：自第五期生至第十期生大旅行程略図、第十一期生大旅行程略図。 [东]

[6458] 同舟渡江及附図 / 東亞同文書院第一二期生編.-- 上海：東亞同文書院，1915.-- 424, 15p.; 23cm

[东]

[6459] 上海衛生状況 / 入倉栄 = .-- [東京]: 内務省衛生局，1916.-- 537p., 図版, 地図; 22cm

[研日]

[6460] 暮雲暁色 / 東亞同文書院第十三期生編.-- 上海：東亞同文書院，1916.-- 570p.，図版 [40] p., 地図; 23cm

附：旅行経過表；附図：第十三期生大旅行程略図。 [东]

[6461] 風餐雨宿 / 東亞同文書院第十四期生編.-- 上海：東亞同文書院，1917.-- 642p.，図版 [43] p., 地図; 20cm

附録：旅行経過表；附図：第十四期生大旅行程略図。 [东]

[6462] 利涉大川 / 東亜同文書院第十五期生編.-- 上海：東亜同文書院，1918.-- 580p.，図版 [45] p., 地図; 19cm

附録: 旅行経過表; 附図: 第十五期生大旅行程略図。 [东]

[6463] 虎風竜雲 / 東亜同文書院第十六期生編.-- 上海：東亜同文書院，1919.-- 502p.，図版 [44] p., 地図; 20cm

附図: 第十六期生大旅行程略図。 [东]

[6464] 在支外人設立学校概観 / 大村欣一.-- 東亜同文書院研究部，1921

合订: 重慶宜昌間の交通 / 千原楠蔵著. 上海に於ける醤油製造法 / 後藤貞治著. [研东]

[6465] 東亜同文書院創立二十週年 根津院長還暦祝賀紀念誌 / 東亜同文書院編.-- [上海]: 上海東亜同文書院同窓会，1921.-- 344p.; 22cm

卷末附: 東亜同文書院略図。 [研东]

[6466] 粤射隴游 / 第十八期生編.-- 上海：東亜同文書院，1921.-- 792p.,図版 [68] p.，地図; 20cm

附図: 第十八期生大旅行程略図。 [东]

[6467] 江蘇省の教育概観 / 大村欣一著. **曲阜紀行聖蹟** / 山田謙吉著.-- 上海：東亜同文書院研究部，1922.-- 48p.; 26cm

[东]

[6468] 虎穴竜頷 / 第十九期生編.-- 上海：東亜同文書院，1922.-- 685p.,図版 [64] p.，地図; 19cm

附図: 第十九期生以前大旅行程略図。 [东]

[6469] 金声玉振 / 東亜同文書院第二十期生編.-- 上海：東亜同文書院，1923.-- 712p.,図版 [68] p.，地図; 19cm

附図: 第二十期生大旅行程略図。 [东]

[6470] 本校教育衍義 / 長谷川継太郎.-- 上海日本尋常高等小学校，1924

[研]

[6471] 彩雲光霞 / 東亜同文書院第二十一期生編.-- 上海：東亜同文書院，1924.-- 541p.,図版

[53] p.，地図; 20cm

附図：第二十一期生大旅行程略図． [东]

[6472] 尋一の綴方 / 牟田繁雄.-- 上海日本小学校，1925

[研]

[6473] 尋二の綴方 / 牟田繁雄.-- 上海日本小学校，1925

[研]

[6474] 尋三の綴方 / 牟田繁雄.-- 上海日本小学校，1925

[研]

[6475] 乗雲騎月 / 東亞同文書院第二十二期生編.-- 上海：東亞同文書院，1926.-- 672p.,図版 [41] p.，地図; 20cm

附図：第二十二期生大旅行程略図。 [东]

[6476] 尋五の綴方 / 上海日本小学校.-- 上海日本小学校綴方研究部，1926

[研]

[6477] 尋六の綴方 / 上海日本小学校.-- 上海日本小学校綴方研究部，1926

[研]

[6478] 黄塵行 / 東亞同文書院第二十三期生編.-- 上海：東亞同文書院旅行誌刊行会，1927.-- 378p.; 20cm

[研东]

[6479] 上海居留民団立日本尋常高等小学校一覧.-- [上海：上海居留民団], 1928.-- 1枚; 27 × 79cm

上海侨民团立日本平常高等小学校一览。

[6480] 漢華 / 東亞同文書院第二十四期生編.-- 上海：東亞同文書院，1928.-- 636p.,図版 [16] p.，地図; 20cm

附図：第二十四期生大旅行程略図。 [东]

[6481] 足跡：大旅行記念誌 / 東亞同文書院第二十六期生.-- 上海：東亞同文書院，1929.-- 494p.,図版 [15] p.，地図; 20cm

[东]

[6482] 線を描く：大旅行紀念誌 / 東亞同文書院第二十五期生.-- 上海：東亞同文書院第二十五期生旅行誌刊行会，1929.-- 510p.,図版 [15] p.; 19cm

[东]

[6483] 東亞同文書院創立30週年記念論文集 / 東亞同文書院支那研究部.-- 上海：東亞同文書院，1930

[研]

[6484] 創立三十週年記念東亞同文書院誌 / 東亞同文書院.-- 上海：上海東亞同文書院，1930.-- 116p.; 23cm

[研东]

[6485] 上海医薬界の現状 / 同仁会調査部編東京：同仁会，1931.-- 102p.; 23cm

属于丛书：同仁会支那衛生叢書；第 2 輯。 [研日]

[6486] 上海居留民团立学校一覧 / 上海居留民团.-- [上海]: 上海居留民团, [1931].-- 1枚; 48 × 67cm

昭和 6 年 5 月情況。 [东]

[6487] 東南西北.-- 上海：東亞同文書院，1931.-- 474p.,図版 [19] p.; 20cm

[东]

[6488] 千山万里 / 東亞同文書院第二十八期生編.-- 上海：東亞同文書院第二十八期生旅行誌編纂委員会，1932.-- 671p.,図版 [43] p.; 20cm

[东]

[6489] 支那研究：支那研究及研究機関に関する調査.-- [上海]: 南満洲鉄道上海事務所研究室，1932.-- 177p.; 22cm

支那研究及研究机构相关调查。部分目次：上海自然科学研究所の成立と現況。属于丛书：上海満鉄調査資料；第 11 篇。 [日]

[6490] 上海居留民団立日本高等女学校校刊 / 上海居留民団立日本高等女学校編.-- 上海：上海居留民団立日本高等女学校，1933.-- 150, 38p.

[上]

[6491] 北斗之光 / 東亞同文書院第二十九期生旅行誌編纂委員会編.-- 上海：東亞同文書院第二十九期生旅行誌編纂委員会，1933.-- 523p.,図版 [15] p.，地図; 20cm

[东]

[6492] 学生大旅行調査報告書目録及地方別索引：自大正三年（第十一期生）至昭和七年（第二十八期生） / 東亞同文書院支那研究部編.-- [上海：東亞同文書院支那研究部，1933].-- 51, 68p.; 27cm

油印本。 [东]

[6493] 亞細亞の礎 / 東亞同文書院第三十期生旅行誌編纂委員会編.-- 上海：東亞同文書院第三十期生旅行誌編纂委員会，1934.-- 496p.,図版 [24] p.，地図; 20cm

附図：第三十期生大旅行程略図。 [东]

[6494] 出廬征雁：大旅行記念誌 / [東亞同文書院] 第三十一期生.-- 上海：東亞同文書院第三十一期生旅行誌編纂委員会，1935.-- 629p.,図版 [24] p.; 20cm

附図 (2 枚)：第三十一期生大旅行程線図(中華民国地図,満州国地図)。 [东]

[6495] 同窓会報. 第1号 / 石井紇.-- 上海日本小学校同窓会，1935

[研]

[6496] 在華日本小学副読本 / 上海日本小学校.-- 上海：上海居留民団立日本小学校副読本編纂部, [1935?].-- 3v.; 22cm

尋四、尋五、尋六。

[6497] 上海日本近代科学図書館について / 山根幸夫著.-- [n. p.].-- p. 48-53; 21cm

关于上海日本近代科学图书馆。『史論』第 33 号(出版年不明)抽印本。 [东]

[6498] 上海日本近代科学図書館研究小冊. 第1輯 / 上海日本近代科学図書館研究部編.-- 上海：上海日本近代科学図書館，1936.-- 69p.; 19cm

[日]

[6499] 上海地方ニ於ケル肝吸蟲ニ関スル研究 / 小宮義孝，川名浩編.-- [n. p.], 1936.-- p.205-219.

上海地方肝吸虫相关研究。属于丛书：上海自然科学研究所彙報。 [上]

[6500] 上海自然科学研究所要覧. 1936年6月 / 上海自然科学研究所編.-- [上海]: 上海自然

科学研究所，1936.-- 60p.; 23cm

上海自然科学研究所1931年4月在上海成立,地址在法租界西南端祁齐路320号。该所由日本政府用庚子赔款等项目设立,名义上由中国、日本学者共同组成,实际由日方完全控制,是日本侵华的一个科研机构。1945年日本战败,9月中央研究院部分研究所迁沪,并接办自然科学研究所。 [上研日]

[6501] 翔陽譜 / 東亞同文書院第三十二期生編.-- 上海：東亞同文書院旅行誌編纂委員会，1936.-- 512p.,図版 [23] p.; 20cm

[东]

[6502] 上海に於ける華人及外人の教育概況 / 上海居留民団立日本高等女学校編； [沖田一編].-- [上海：上海居留民団立日本高等女学校，1937?].-- 30p.; 23cm

上海的华人及外国人教育概况 [研]

[6503] 上海日本近代科学図書館概要 / 上海日本近代科学図書館編.-- 上海：上海日本近代科学図書館，1937.-- 14p.; 23cm

上海日本近代科学图书馆由日本外务省及日本民间学术、出版、经济团体赞助创办,成立于1936年秋,12月先开放新闻杂志部,次年3月30日正式开馆。抗战胜利后,其藏书由中央图书馆接收。 [研日东]

[6504] 南腔北調 / 東亞同文書院第三十三期生旅行誌編纂委員会編.-- 上海：東亞同文書院第三十三期生旅行誌編纂委員会，1937.-- 544p.,図版 [22] p.，地図; 20cm

[东]

[6505] 嵐吹け吹け / 第三十四期生旅行誌編纂委員会編.-- 長崎： [東亞同文書院] 第三十四期生旅行誌編纂委員会，1938.-- 425p.,図版 [11] p.; 21cm

[东]

[6506] 一九三二年支那に起つたコレラの大流行に就て特に上海於ける流行に就て / 伍連德.-- [東京]: 興亞院技術部，1939.-- 35丁; 26cm

关于1932**年中国霍乱大流行的情况,尤其是上海的流行情况**。属于丛书：興技調查資料；第23号。

[6507] 上海ニ於ケル日本側民間調查機関調 / 在上海大日本帝国大使館事務所.-- [上海]: 在上海日本大使館事務所，1939.-- 63p.; 31cm

上海的日本民间调查机构调查。属于丛书：中支調查資料；第589号。属于丛书：

政治資料；第 82 号。 [东]

[6508] 上海ニ於ケル伝染病発生表 / [在上海厚生省防疫官事務所].-- [東京]: 興亞院技術部，1939.-- 22p.; 18 × 25cm

上海传染病发生表。1933-1937 年。 [研]

[6509] 上海に於ける痘瘡流行状況：自昭和十三年至昭和十四年（1938 – 1939） / [執筆：佐藤太郎].-- [東京]: 興亞院技術部，1939.-- 18p.; 26cm

上海天花流行状况(1938-1939)。属于丛书：興技調查資料；第 27 号。 [研]

[6510] 上海西部日本小学校校刊 / 鷲田興次郎編.-- 上海：上海西部日本小学校，1939.-- 170p.

[上]

[6511] 大陸に育つ：新築落成記念号 / 井口績編.-- 上海日本第二北部小学校，1939

在大陆成长：新建筑落成纪念号 [研]

[6512] 支那沿岸及揚子江流域に於ける一般衛生状況 (前篇) / [海軍省醫務局編].-- [東京]: 東亞研究所，1939.-- 359p.; 26cm

支那沿岸及扬子江流域一般卫生状况(前篇)。東亞研究所委託海軍軍医学校教官宮尾績編纂。属于丛书：[東亞研究所]資料；丁第 3 号 C。 [研]

[6513] 事業成績報告 / 上海日本近代科学図書館編.-- 上海：上海日本近代科学図書館，1939.-- 43p.; 22cm

昭 13 年度。 [日东]

[6514] 東亞同文書院大学東亞調查報告書 / 東亞同文書院大学学生調查大旅行指導室編.-- 上海：東亞同文書院大学，1939-1941.-- 3v.; 21cm

昭和 14-16 年度。 [研东]

[6515] 靖亞行 / 東亞同文書院第三十五期生旅行誌編纂委員会编.-- 東京：東亞同文会業務部，1939.-- 498p.,図版 [7] p.; 20cm

[6516] 大旅行紀 / 東亞同文書院第三十六期生著; 東亞同文書院第三十六期生旅行誌編纂委員会編.-- 東京：東亞同文会業務部，1940.-- 432p.; 20cm

[6517] 会員名簿 / 上海学士会.-- [n. p.], 1940

[研]

[6518] 在上海日本近代科学図書館一覧.-- [上海]: 上海日本近代科学図書館, [1940?].-- 表1枚; 19cm

昭和 15 年度。 [日]

[6519] 学校と家庭. 第44号, 奉祝二千六百年 / 石井紖編.-- 上海日本尋常高等小学校, 1940

[研]

[6520] 創立四拾週年東亞同文書院記念誌 / 東亞同文書院.-- [上海]: 上海東亞同文書院大学, 1940.-- 162p.; 23cm

[研东]

[6521] 維新学院一覧 / 維新学院.-- 昭和十五年版.-- 上海： [n. p.], 1940.-- 24p., 図版 [4] p.; 23cm

[研东]

[6522] 上海ニ於ケル日本側調査機関一覧表.-- 興亞院華中連絡部, 1941.--[8] p.; 26cm

上海的日本调查机构一览表。属于丛书：華中調査資料；242 号。

[6523] 上海ニ於ケル教育状況.-- [東京]: 興亞院華中連絡部, 1941.-- 241p.; 23cm

上海教育状况。属于丛书：興亞華中資料；第 318 号。另收录于：中国近現代教育文献資料集 . 第 7 巻 / 阿部洋監修, 佐藤尚子 .. . 編 .-- 東京：日本図書センター, 2005 [研日东]

[6524] 上海教育(昭16ー17年) / 大山綱志.-- 中南支教育会中南支分会, 1941

[研]

[6525] 愛の進軍：上海特別救護班 / 森田松子著.-- 東京：秋豊園出版部, 1941.-- 157p. 肖像; 19cm

[日研]

[6526] 上海自然科学研究所十周年紀念誌.-- 上海：上海自然科学研究所, 1942.-- 228p., 図版, 肖像; 22cm

[上研日东]

[6527] 上海興亞会要覧 / 上海興亞会事務局.-- [n. p.], 1942

[研]

[6528] 大陸学徒文集 / 小林巌青雲.-- 上海：中南支日本教育会，1942.-- 592p., 図版12p.; 19cm

[研]

[6529] 大陸遍路 / 東亞同文書院第三十八期生旅行誌編纂委員会編.-- 上海：東亞同文書院大学，1942.-- 326p.; 19cm

[东]

[6530] 会員名簿：昭和十七年十一月現在 / 東亞同文書院大学滬友会同窓会.-- 上海：東亞同文書院大学滬友会同窓会, [1942].-- 234p.; 19cm

[东]

[6531] 江風会員名簿(第一高女).--江風会，1942

上海第一日本高等女学校江風会会员名簿。 [研]

[6532] 大陸紀行：東亞同文書院大学学生調査大旅行誌 / 東亞同文書院大学旅行誌編纂委員会編.-- 上海：大陸新報社，1943.-- 445p.; 19cm

昭和 17 年度。 [东]

[6533] 東亞同文書院大学学術研究年報 / 東亞同文書院大学.-- 東京：日本評論社，1944.-- v.

1 輯 (昭 19. 2) - [研]

[6534] 上海露地裏の人々 / 星野芳樹著.-- 東京：世界社，1947.-- 218p.; 19cm

上海露地里的人们。作者 1940 年 5 月就任上海自然科学研究所研究員。本书讲述作者 1942 年在西杨树浦开设容海中学校,招收沦陷区的失学儿童,与中国老师一起经营该校直至日本战败的经历。 [研日东]

[6535] 中国の子どもと教師 / 内山完造，斉藤秋男編.-- 東京：明治図書，1953.-- 338p.; 19cm

中国的孩子与老师 [研]

[6536] 東亞同文書院大学史 / 滬友会.-- 東京：滬友会，1955.-- 338p., 図版3枚; 21cm

其他版本：滬友会，1982 [研]

[6537] 滬友.-- 東京：滬友会，1(1957) -

东亚同文书院大学沪友会。

[6538] 滬友ニュース / 滬友ニュース編集室.-- 東京：滬友会，22-66 (1971-1984)

东亚同文书院大学沪友会新闻。

[6539] 荒尾根津両先生の教育と理想.-- 東京：滬友会，1961.-- 20p.; 21cm

荒尾精、根津一两先生的教育与理想。附 (一) 東亜同文会の歴史 ; (二) 東亜同文書院とその卒業生。

[6540] 上海日本中学校会誌.-- [n. p.], 第1-16号 (1966-1999)

第 1-7 号题名：上海日本中学校教職員 · 同窓生の消息ニュース。第 8 号 (1974 年) 起刊载当时的照片、回忆录、上海旅行记等散文。

[6541] 東亜同文書院同窓会名簿 / 滬友会.-- 1968年版.-- 東京：滬友会(発売), 1967.-- 226p.; 21cm

[6542] 続千山万里 / 東亜同文書院第二十八期生著.-- 東京：滬友会·二八会，1970.-- 451p.; 19cm

[东]

[6543] 日本赤十字魂：日赤上海派遣特別救護班の記 / 陰山 = 著.-- 東京：陰山 =，1971

日本红十字魂：日本红十字会上海派遣特别救护班手记。背景为太平洋战争 (1941-1945 年) 。 [日]

[6544] 春秋 (卒業五十周年記念誌) / 東亜同文書院第十七期生.-- 大阪：冨士光産業，1973.-- 270p.; 22cm

附「記念誌刊行記抄」; 書院大旅行々程略図。

[6545] 続々千山万里 / 東亜同文書院第二十八期生著.-- 東京：滬友会·二八会，1976.-- 658p.; 19cm

[东]

[6546] 東亜同文書院生 / 山本隆.-- 東京：河出書房新社，1977.-- 270p.; 20cm

[研]

[6547] 上海自然科学研究所について：対華文化事業の一考察 / 山根幸夫著.-- [n. p.].-- p. 1-38; 21cm

关于上海自然科学研究所：对华文化事业之考察。東京女子大学『論集』第 30 卷 1 号(1979)抽印本。 [东]

[6548] 滬城幾春秋：東亞同文書院大学第40期アルバム.-- [私家版], 1979

沪城几春秋：东亚同文书院大学第 40 期相册 [研]

[6549] 江南春秋：東亞同文書院第24·25期生記念誌 / [東亞同文書院第24·25期生] 記念誌出版世話人編.-- [東京]: [東亞同文書院第24·25期生] 記念誌出版世話人，1980.-- 662p.; 27cm

附：年表。

[6550] 西村捨也氏·木村康一氏·小原孝夫氏·吉倉伸氏インタヴュー記録：上海自然科学研究所 / 西村捨也 [等] 述.-- 東京：特定研究「文化摩擦」，1980.-- 144p.; 26cm

西村舍也先生、木村康一先生、小原孝夫先生、吉仓伸先生访谈录：上海自然科学研究所 [东]

[6551] 続·嵐吹け吹け.-- 長崎：滬友三四期生会；東京：滬友会·三四会 (発行所)，1980.-- 663p., 図版; 19cm

卒業満四十周年記念誌。

[6552] 上海の日本語専家 / 平島成夫著.-- 東京：リブロポート，1983.-- 289p.; 20cm

[研日东]

[6553] 上海ラガーメン / 東亞同文書院大学ラグビ-部部史編纂委員会編.-- 東京：東亞同文書院大学橄欖球部，1983.-- 256p.; 27cm

上海橄榄球人。其他题名：東亞同文書院大学ラグビ - 部史。

[6554] 十五年戦争と満鉄調査部 / 石堂清倫他.-- 東京：原書房，1986.-- 270p., 図版 [2p]; 20cm

[研]

[6555] 上海自然科学研究所の由来とその運営の経緯(稿本) / 佐藤捨三.-- [私家版], 1986

上海自然科学研究所的由来及其运营始末 [研]

[6556] 満鉄調査部：栄光と挫折の四十年 / 山田豪一.-- 東京：日本経済新聞社，1987.--

188p.; 18cm

满铁调查部：光荣与挫折的四十年 [研]

[6557] 上海ヘルス倶楽部：日中合作もうひとつのビジネス熟年向き健康再生の決め手! / 上原明編著.-- 神戸：ワイズ出版，1988.-- 237p.; 20cm

上海健身俱乐部：面向又一个日中合作商务成熟年的健康再生的决定办法!

[研日]

[6558] 中華人民共和国上海市第6人民病院機材整備計画基本設計調查報告書.-- [東京]: 国際協力事業団，1989.-- 128, 72p.; 30cm

[日]

[6559] 上海東亞同文書院大旅行記録：実録中国踏査記 / 滬友会監修.-- 東京：新人物往来社，1991.-- 355p.; 22cm

《上海东亚同文书院大旅行记录》。中译本：(日)沪友会编，杨华等译.-- 北京：商务印书馆，2000 [研]

[6560] 大陸大旅行秘話：東亞同文書院学生 / 滬友編集委員会.-- 東京：滬友会，1991.-- 498p.; 22cm

企画・制作：東亞同文書院 90 周年記念刊行委員会。

[6561] 滬城に時は流れて：東亞同文書院大学創立九十周年記念 / 記念誌編集委員会編.-- 東京：滬友会·二八会，1992.-- 563p.; 27cm

时光流到沪城：东亚同文书院大学创立九十周年纪念。东亚同文书院毕业生的回忆录。

[6562] 上海の老人医療 / 福島茂著.-- 東京：朝日ソノラマ，1993.-- 245p.; 20cm

[日]

[6563] 上海東亞同文書院：日中を架けんとした男たち / 栗田尚弥著.-- 東京：新人物往来社，1993.-- 299p.; 20cm

[研日东]

[6564] 東亞同文書院大学と愛知大学：1940年代·学生たちの青春群像 / 愛知大学東亞同文書院大学記念センター.-- 神戸：六甲出版，1993-1996.-- 4v.; 21cm

东亚同文书院与爱知大学：1940 年代学生们的青春群像 [研]

[6565] 長江の水天をうち：江南に失われし刻を求めて上海東亜同文書院大学第34期生通訳従軍記 / 通訳従軍記編集委員会編.-- 東京：滬友会内第34期生会，1993.-- 293p.; 22cm

上海东亚同文书院大学第 34 期生翻译从军记。 [日]

[6566] 愛知大学東亜同文書院大学記念センター.-- 六甲出版，1994

爱知大学东亚同文书院大学纪念中心。属于丛书：東亞同文書院大学と愛知大学；第 2 集。 [研]

[6567] 上海自然科学研究所：科学者たちの日中戦争 / 佐伯修著.-- 東京：宝島社，1995.-- 295p.; 20cm

上海自然科学研究所：科学家们的日中战争 [研日]

[6568] 中国成人教育における高等教育機関の果たす役割：上海成人教育機関の調査を通して.-- 佐賀：佐賀大学教育学部社会教育研究室，1995.-- 47p.; 30cm

实施中国成人教育的高等教育机构的作用：上海成人教育机构调查 [日]

[6569] 東亞同文書院大旅行誌.-- 東京：雄松堂書店，1996.-- 14缩微胶卷; 35mm.

目次：R. 1 明治 40 年度「踏破録」; 明治 41 年度「禹域鴻爪」; 明治 42 年度「一日一信」; 明治 43 年度「旅行記念誌」; R. 2 明治 44 年度「孤帆雙蹄」; 明治 45 年度「楽此行」; 大正 2 年度「沐雨櫛風」; R. 3 大正 3 年度「同舟渡江」; 大正 4 年度「暮雲曉色」タイショウ 4 ネンド ボウン ギョウショク; R. 4 大正 5 年度「風餐雨宿」; 大正 6 年度「利涉大川」; R. 5 大正 7 年度「虎風竜雲」; 大正 8 年度「春秋」; 大正 9 年度「粤射隴游」; R. 6 大正 10 年度「虎穴竜頷」; 大正 11 年度「金聲玉振」; R. 7 大正 12 年度「彩雲光霞」; 大正 14 年度「乗雲騎月」; R. 8 大正 15 年度「黄塵行」; 昭和 2 年度「漢華」; 昭和 3 年度「線を描く」; R. 9 昭和 4 年度「足跡」; 昭和 5 年度「東南西北」; 昭和 6 年度「千山万里」; R. 10 昭和 6 年度「続·千山万里」; 昭和 7 年度「北斗の光」; 昭和 8 年度「亞細亞の礎」; R. 11 昭和 9 年度「出廬征雁」; 昭和 10 年度「翔陽譜」; R. 12 昭和 11 年度「南腔北調」;「嵐吹け吹け」; 昭和 12 年度「続 · 嵐吹け吹け」; R. 13 昭和 13 年度「靖亞行」;「続 · 靖亞行」; R. 14 昭和 14 年度「大旅行紀」; 昭和 15 年度（未刊行）; 昭和 16 · 17 年度「大陸遍路」; 昭和 17 年度「大陸紀行」

[6570] もう一つの大学進学：上海師範大学IIS課程 / 上海師範大学IIS課程日本事務局編；片桐正三監修.-- 東京：叢林書院，1997.-- 173p.; 19cm

又一个大学升学机会：上海师范大学 IIS 课。为日本学生提供在上海师范大学学中文机会的同时，获得日本短期大学毕业资格（准学士）的课程。 [日]

[6571] 足もみ爽快術：上海式健康法このゾーン刺激がからだの芯まで効いてくる! / 五十嵐康彦著.-- 東京：青春出版社，1997.-- 173p.; 19cm

指压健康法。 [日]

[6572] 中国医療事情：日本から赴任される方々のために：上海·南通·杭州編.-- [東京]: 海外邦人医療基金，1998.-- 102p.; 30cm

中国医疗情况(日本到中国赴任者用)：上海·南通·杭州编 [日]

[6573] 滬西会：上海西部小学校同窓会(第三国民学校) 会員名簿.-- [東京: 望月萬里雄, 1998].-- 54p.; 13 × 19cm

平成 10 年 6 月 1 日情况。 [日]

[6574] 名簿：上海第一日本高等女学校江風会.-- 改訂.-- 東京：長田睦子，1999.-- 121p.; 19 × 26cm

[日]

[6575] 上海第六日本国民学校創立60周年記念誌.-- [n. p.], 2000

第六日本国民学校(即 1940 年创立的第二中部小学校)的教职员、同窗生的回忆录与照片。

[6576]「上海東亞同文書院」風雲録：日中共存を追い続けた五〇〇〇人のエリートたち / 西所正道著.-- 東京：角川書店，2001.-- 323p.; 20cm

[上研日]

[6577] 中国医療事情：変化の中の：広州、北京、上海.-- 東京：海外邦人医療基金，[2004].-- 82p.; 30cm

变化中的中国医疗情况：广州、北京、上海。(2003 年度) [日]

[6578] 中国占領地の社会事業 / 近現代資料刊行会企画編集.-- 東京：近現代資料刊行会，2005.-- 3v.; 22cm

部分目次：3: 上海居留民団立診療所要覧：昭和十二年度 / 上海居留民団立診療所 [編]；上海居留民団立診療所要覧：昭和十四年度 / 上海居留民団立診療所 [編]；上海国際救済会年報秘：調査資料第拾号：昭和十五年五月 / 興亞院政務部 [編]. 属于丛书：戦前·戦中期アジア研究資料; 3。属于丛书：植民地社会事業関係資料集。 [日]

[6579] 中国近現代教育文献資料集. 第7巻 / 阿部洋監修；佐藤尚子，蔭山雅博，一見真理子，橋本学編.-- 東京：日本図書センター，2005.-- 1v.; 22cm

部分目次：上海ニ於ケル教育状況 / 興亞院華中連絡部編(興亞院華中連絡部昭和16年刊). [日]

[6580] 愛知大学東亞同文書院大学記念センター：收蔵資料図録 / 愛知大学東亞同文書院大学記念センター編.-- 豊橋：愛知大学東亞同文書院大学記念センター，2005.-- 59p.; 26cm

爱知大学东亚同文书院大学纪念中心：收藏资料图录。

10. 人物传记、回忆录

[6581] 播州水夫口述書(草稿).-- [n. p.], 1855

播州海员口述书 [研]

[6582] 長瀬村人漂流談.-- [n. p.], 1860

[研]

[6583] 欧行日記 / 淵辺德三.-- [n. p.], 1861

[研]

[6584] 名倉予何人筆録 / 名倉予何人.-- [n. p.], 1862

名仓予何人(？-1901)于1862年(日本文久二年)随幕府贸易船"千岁丸"作为幕府第一次遣清使节团成员来沪。此行另撰《海外日录》、《支那见闻录》。另收录于：幕末明治中国見聞録集成(第11卷)/ 小島晋治監修 .-- 東京：ゆまに書房，1997 [研]

[6585] 唐国渡海日記(千歳丸) / 松田屋伴吉.-- [n. p.], 1862

长崎会所商人松田屋伴吉(1831-1880)于1862年(日本文久二年)随幕府贸易船"千岁丸"来沪。本书详记此行的商事活动，从在日本办货、货品在长崎装船，到与清方在上海交易，均逐日记述，并具体列目记载从长崎运往上海的日本商品，以及从上海购回长崎的中国商品，提供了当年日中双边贸易的翔实材料。另收录于：幕末明治中国見聞録集成(第11卷)/ 小島晋治監修 .-- 東京：ゆまに書房，1997 [研]

[6586] 遊清五録 / 高杉晋作.-- [n. p.], 1862

高杉晋作(1839-1867)于1862年(日本文久二年)随幕府贸易船"千岁丸"作为幕府第一次遣清使节团成员来沪，考察上海的山川形势、社会状态、经济生活、军事部署及欧美列强的渗入情形，著《航海日录》、《长崎淹留杂录》、《上海淹留日录》、《内情探索录》和《外情探索录》，合为《游清五录》。其他版本：東行先生遺文 .-- 1916 ［研］

[6587] 岩松太郎航海日記 / 岩松太郎.-- [n. p.], 1864

［研］

[6588] 航西小記 / 岡田摂蔵.-- [n. p.], 1865

［研］

[6589] 呉淞日記 / 岸田吟香.-- [n. p.], 1866

［研］

[6590] 曽我祐準日記 / 曽我祐準.-- [n. p.], 1866

曽我祐准（1843-1935）日记。 ［研］

[6591] 上海日誌 / 高橋由一.-- [n. p.], 1867

［研］

[6592] 上海紀行 / 安部保太.-- [n. p.], 1867

［研］

[6593] 高橋由一日記 / 高橋由一.-- [n. p.], 1867

作者为明治时期西洋画画家。 ［研］

[6594] 入清日記 / 柳原前光.-- [n. p.], 1870

柳原前光（1850-1894）于明治 3 年（1870 年）任日本外务大丞时出使中国，为《日清修好条规》作预备谈判，曾到上海，与上海道台徐宗瀛正式签订了中日官方邮船制度，并选择在临黄浦江的虹口建造了邮船码头，即现今的公平路码头。 ［研］

[6595] 八州日歴 / 小栗栖師.-- 東本願寺別院，1873

［研］

[6596] 安田老山書翰 / 安田老山.-- [n. p.], 1873

安田老山为画家，是开埠后最早来沪的日本文化人。 ［研］

[6597] 北清視察日記 / 酒井玄蕃.-- [n. p.], 1874

[研]

[6598] 河崎輪香日記.-- [n. p.], 1876

[研]

[6599] 清国漫遊誌 / 曽根俊虎.-- 東京：績文舎，1883.-- 107p.; 19cm

另收录于：幕末明治中国見聞録集成(第1卷)/小島晋治監修.-- 東京：ゆまに書房,1997 [研]

[6600] 第一遊清記 / 小室信介.-- [n. p.], 1884

其他版本：東京：山中喜太郎,1885.-- 59p. [研]

[6601] 観光紀遊 / 岡千仞.-- 東京：岡千仞，1886.-- 3v.; 20cm

3册10卷。部分目次：卷1：航滬日記；卷2-卷3：蘇杭日記；卷4：滬上日記；卷5-卷6：燕京日記；卷7：滬上再記；卷8-卷10：粤南日記.其他版本：影印版：[台北]：文海出版社,[1971]；復刻：東京：ゆまに書房,1997 [研]

[6602] 清国巡回記事 / 宮里正静.-- [n. p.], 1888

[研]

[6603] 滬呉日記2冊 / 岡田篁所.-- [n. p.], 1890

作者为书画家、医生,1872年2-4月间在上海、苏州旅行,回国后写成本书。书中述及与中国画家的交往,还如实介绍了所见的清末中国医药界情况,为中国医学史及日中交流史的研究提供了有价值的史料。 [研]

[6604] 金玉均銃殺事件 / 名倉亀楠.-- [n. p.], 1894

金玉均(1851-1894)为朝鲜开化党领导人。1881-1882年两度赴日,回国后企图仿效日本明治维新。1884年发动甲申政变,失败后逃亡日本,长达十年。1894年,为借助大清国的力量完成未竟志向,他来到上海,被朝鲜守旧派暗杀。 [研]

[6605] 上海紀行 / 永井荷風.-- [n. p.], 1898

[研]

[6606] 燕山楚水 / 内藤虎次郎.-- 博文館，1898.-- 322p., 図版16枚; 19cm

又名:《支那漫遊燕山楚水》。本书是日本著名中国史学家内藤湖南(1866-1934)于1899年首次中国旅行的记录。作者遍访名山大川、碑坟寺观等景胜,以印证他神游已久的禹域大地。本书最精彩的部分是他与严复、张元济、文廷式等很多改革派知识分子之间讨论中国政治局势的笔谈记录。目次：禹域鴻爪記；鴻爪記餘；禹域論纂。其他版本：1900. 中译本：燕山楚水 / 内藤湖南著，吴卫峰译 .-- 北京：中华书局，2007 [研]

[6607] 実歴清国一斑 / 西島良爾著.-- 東京：博文館，1899.-- 230p., 図版 [3] p.; 15cm

另收录于：幕末明治中国見聞録集成（第 13 卷）/ 小島晋治監修 .-- 東京：ゆまに書房，1997 [研]

[6608] 藤候実歴 / 大橋乙羽 [渡部乙羽].-- 博文館，1899.-- 206, 20, 16p.; 15cm

附：青萍詩草；伊藤博文候直話：大橋乙羽生筆記 [研]

[6609] 三十三年之夢 / 宮崎滔天.-- 五国光書房，1902

《**大革命家孙逸仙**》。其他版本：文芸春秋社，1943.-- 342p.; 平凡社，1967；岩波書店，1993；日本図書センター，1998. 中译本：[宫崎寅藏著], 章士钊编译，[出版信息不详]；佚名初译，林启彦改译 .-- 广州：花城出版社，1981；启彦译，台北：帕米尔书店，1984；陈鹏仁译 .-- 台北：水牛图书出版事业公司，1989 [研]

[6610] 巨人荒尾精 / 井上雅二.-- 東京：佐久良書房，1910.-- 358p., 図版[6] 枚; 23cm

荒尾精（号东方斋，1859-1896）传记。1886 年陆军中尉荒尾精受日本陆军参谋本部派遣来华，以在上海由岸田吟香经营的“乐善堂”为掩护。后在汉口设立乐善堂汉口分店，并在上海开设日清贸易研究所，续办日清商品陈列所。附：十二烈士伝。其他版本：東亞同文会，1936；復刻：大空社，1997 [研]

[6611] 南清紀行 / 佐藤美次郎.-- 東京：良明堂，1911.-- 304p.; 19cm

另收录于：幕末明治中国見聞録集成（第 18 卷）/ 小島晋治監修 .-- 東京：ゆまに書房，1997 [研]

[6612] 支那遊記 / 前田利定.-- 民友社，1912

另復刻收录于：幕末明治中国見聞録集成（第 17 卷）/ 小島晋治監修 .-- 東京：ゆまに書房，1997 [研]

[6613] 支那漫遊記 / 徳高猪一郎 [徳富蘇峰].-- 東京：民友社，1918.-- 70, 556p., 図版15p.; 20cm

其他版本：1918. 6 発行；同月再版；7 月 3 版；復刻：東京：ゆまに書房，1999 [研]

[6614] 中牟田倉之助伝：佐賀藩 / 中村孝也.-- 東京：中牟田武信，1919.-- 766p., 図版15枚; 23cm

中牟田仓之助（1837-1916）传记。中牟田仓之助曾于1862年（日本文久二年）随幕府贸易船“千岁丸”作为幕府第一次遣清使节团成员来沪。其他版本：複製本：東京：大空社，1995 **[研]**

[6615] 五代友厚伝 / 五代龍作編.-- [n. p.], 1919

实业家五代友厚（1835-1885）传记。五代友厚曾于1862年（日本文久二年）作为幕府贸易船“千岁丸”的水手，随幕府第一次遣清使节团来沪，受密命到上海探索购买西洋蒸汽船的可能性。抵达上海后，传主走访了书店、教堂，并登上停泊在黄浦江的英国蒸汽船，入舱内考察诸器械，还曾到市郊观看清军与太平军交战情况。其他版本：東京：五代龍作，1933.-- 569p.; 訂正版：東京：五代龍作，1934.-- 605p，卷首附：松陰五代友厚年譜；復刻版：東京：大空社，1998 **[研]**

[6616] 近代の偉人故五代友厚伝.-- [n. p.], 1921

[研]

[6617] 支那遊記 / 芥川龍之介.-- 東京：改造社，1925.-- 265p.; 20cm

其他版本：訂正版：1926；1939.-- 226p.; 複刻：東京：日本近代文学館，1977 **[研]**

[6618] 長江漫遊日記 / [高山生].-- [n. p. , 1926].-- 249p.; 19cm

[研]

[6619] 蘇浙遊記 / 高山英明.-- 大分：高山英明，1926.-- 130p.; 19cm

[研]

[6620] 支那行脚記 / 後藤朝太郎.-- 東京：万里閣書房，1927.-- 474p., 図版 [42] 枚; 20cm

其他版本：增補 10 版 .-- 1930 **[研]**

[6621] 青淵回顧録 / 澁沢栄一述； [小貫修一郎編].-- 青淵回顧録刊行会，1927.-- 2v.; 23cm

涩泽荣一（1840-1931）回忆录。上卷卷頭附：青淵渋沢栄一子爵年譜。其他版本：上下卷合綴本，1v. (672, 768p.) . **[研]**

[6622] 新支那訪問記 / 村松梢風.-- 東京：騒人社，1929.-- 270p.; 19cm

[研]

[6623] 上海人物印象記 / 沢村幸夫著.-- 東京：東亞研究会，1930-1931.-- 2v(58, 73p); 19cm

[上研日东]

[6624] 山洲根津先生伝 / 東亞同文書院滬友同窓会編.-- 東京：根津先生伝記編纂部，1930.-- 490p., 図版21枚; 23cm

东亚同文书院创始人根津一(1860-1927)传记。附：山洲根津先生年譜。其他版本：復刻：東京：大空社，1997

[6625] 支那見聞記 / 村松梢風.-- 騒人社，1930

[研]

[6626] 曽我祐準翁自叙伝：天保より昭和 八拾八箇年 / 曽我祐準著；坂口二郎編.-- 東京：曽我祐準翁自叙伝刊行会，1930.-- 564p., 図版9枚; 23cm

曽我祐準(1843-1935)自传。 [研]

[6627] 南華に遊びて / 村松梢風.-- 東京：大阪屋号書店，1931.-- 338p., 図版8枚; 19cm

南华游 [研]

[6628] 満洲·上海肉弾勇士伝 / 内田栄著.-- 武蔵野町(東京府)：牧忠義，1932.-- 339p.; 19cm

[日]

[6629] 誠忠録 / 海軍省教育局編.-- 東京：海軍省教育局，1932.-- 245p.; 23cm

[研]

[6630] 上海旅日記 / 前原克三編著.-- 植野村(栃木県)：前原克三，1933.-- 23p.; 23cm

[日]

[6631] 忠勇列伝 / 忠勇顕彰会編纂.-- 東京：忠勇顕彰会，1933-1938.-- v.; 23cm

部分目次：航空殉難者之部 第1, 2巻；昭和3年支那事変殉難者之部；霧社事件·独立守備隊·憲兵殉難者之部；満洲上海事変之部 第1-16巻. [研日东]

[6632] 東亞先覚志士記伝 / 葛生能久著；[黒龍会編纂].-- 東京：黒龍会出版部，1933-1936.-- 3v.; 23cm

[研]

[6633] 河端貞次氏伝 / 上海居留民団編.-- 上海：上海居留民団，1933.-- 421p., 図版 [21] p.;

23cm

河端贞次(1874-1932)传记,附年谱。昭和八年 上海事変誌 别冊付録。 [研东]

[6634] 白川西本君伝 / 上海雑誌社編.-- 上海：上海雑誌社，1934.-- 150p., 図版; 23cm

西本省三(1878-1928)传记。 [研东]

[6635] 画人雲坪 / 高津才次郎.-- 長野：大正堂書店，1934.-- 132p., 図版; 20cm

附:雲坪年譜。 [研]

[6636] 上海事件に於ける福井県吉田郡出身戦死者列伝 / 吉田郡教育会編.-- 福井県吉田郡岡部村：吉田郡教育会，1935.-- 184p.; 23cm

上海事件中福井县吉田郡战死者列传 [日]

[6637] 上海事変従軍日記 / 赤尾善徳著.-- 東京：日本政治経済通信社出版部，1935.-- 108p.; 15cm

[日]

[6638] 支那游記 / 室伏高信.-- 東京：日本評論社，1935.-- 293p.; 19cm

[研]

[6639] 回顧七十年 / 永滝久吉.-- 東京：永滝久吉，1935.-- 305p., 図版20枚; 23cm

附作者肖像和年譜。 [研]

[6640] 山本条太郎翁追憶録 / 山本条太郎翁追憶録編纂所編.-- 東京：山本条太郎翁追憶録編纂所，1936.-- 761p.; 23cm

纪念山本条太郎(1867-1936)。山本曾任三井洋行上海支店长。

[6641] 一少年团員の記せる上海事变：五週年の追憶 / 島津四兎二；島津長次郎編.-- 上海：島津長次郎, [1937].-- 31p.; 19cm

一少年团员所记上海事变:五周年的追忆 [日]

[6642] 東亞先覚荒尾精 / 小山一郎著.-- 東京：東亞同文会，1938.-- 308p.; 22cm

荒尾精(1859-1896)传记。付録:諸名士回顧談。

[6643] 揚子江艦隊従軍記 / 杉山平助.-- 東京：第一出版社，1938.-- 378p., 図版10枚; 20cm

[研]

[6644] 山本条太郎 / 山本条太郎翁伝記編纂会.-- 東京：山本条太郎翁伝記編纂会，1939-1942.-- 3v.; 23cm

前两册为山本条太郎(1867-1936)的《論策》,第三册为其传记。附山本条太郎肖像及年谱。其他版本：復刻：東京：原書房,1982

[6645] 滬杭日記 / 中谷孝雄.-- 東京：砂子屋書房，1939.-- 270p.; 19cm

[研]

[6646] 随筆大陸 / 村上知行.-- 東京：大阪屋号書店，1940.-- 336p.; 19cm

[研]

[6647] 文久航海記 / 三浦義彰.-- 特製限定版.-- 東京：冬至書林，1941.-- 290p.; 19cm

1863年(文久三年)幕府派出第二次遣欧使节团,三宅秀(1848-1938)为随行人员。作者为三宅秀外孙。其他版本：1942；第2版(復刻版).-- 東京：篠原出版，1988 [研]

[6648] 本朝画人伝. 巻三 / 村松梢風.-- 東京：中央公論社，1941.-- 6v.; 22cm

有多种版本。 [研]

[6649] 荒尾精：興亜の先駆者 / 佐藤垢石著.-- 東京：鱒書房，1941.-- 166p.; 18cm

荒尾精(1859-1896)传记。

[6650] 野戦郵便旗：日中戦争に従軍した郵便長の記録 / 佐々木元勝.-- 東京：日本講演通信社，1941.-- 353p., 図版; 19cm

野战邮政旗：日中战争中从军邮政长的记录。其他版本：東京：現代史資料センター出版会,1973. 2v.(续一册). 附属資料：上海市街図(1：20,000) [研东]

[6651] 攘夷論者の渡欧：父·澁沢栄一 / 渋沢秀雄.-- 東京：双雅房，1941.-- 271p.; 19cm

攘夷论者渡欧：父亲涩泽荣一。涩泽荣一(1840-1931)传记。 [研]

[6652] 岩崎弥太郎：日本海運の建設者 / 白柳秀湖.-- 東京：潮文閣，1942.-- 318p.; 18cm

岩崎弥太郎(1834-1885)传记。 [研]

[6653] 新島襄先生の生涯 / 森中章光.-- 東京：泰山房，1942.-- 2v.; 19cm

新岛襄(1843-1890)生平。其他题名：《新島襄先生の生涯：殉国の教育者》。上卷：海外修学篇；下卷：教育報国篇。其他版本：復刻：東京：不二出版,1990 [研]

[6654] 東亞の風雲と人物 / 上田健二郎編.-- 東京：近代小説社，1943.-- 298p.; 19cm

部分目次：上海の梁山伯 / 岡野増次郎． [日]

[6655] 文久二年上海日記 / 納富介次郎，日比野輝寛共著；東方学術協会編.-- 大阪：全国書房，1946.-- 165p.; 18cm

纳富介次郎(1843-1918)、日比野辉宽(1838-1912年)于1862年(日本文久二年)随幕府贸易船“千岁丸”作为幕府第一次遣清使节团成员来沪。此行撰著另收录于：幕末明治中国見聞録集成(第1卷)/ 小島晋治監修 .-- 東京：ゆまに書房,1997 [研日东]

[6656] 上海だより / 湯川政治著.-- 小倉：[湯川政治], 1947.-- 172p.; 19cm

上海来信。又名：東芝上海工場長時代(戦前期)の回想筆集。作者作为二个电气公司的负责人被派遣驻上海的日志。 [研东]

[6657] 思い出の上海 / 村松梢風著.-- 東京：自由書房，1947.-- 224p.; 18cm

其他版本：複製：東京：大空社,2002（上海叢書；11 / 山下武、高崎隆治監修） [研日]

[6658] 上海三十年 / 小竹文夫著.-- 東京：好文堂，1948.-- 62p.; 15cm

[研日]

[6659] 同じ血の流れの友よ / 内山完造.-- 東京：中国文化協会，1948.-- 211p.; 18cm

流着同样的血的朋友哟。题名又作：おなじ血の流れの友よ。 [研]

[6660] そんへえ·おおへえ：上海生活三十五年 / 内山完造著.-- 東京：岩波書店，1949.-- 169p.; 18cm

上海生活三十五年。本书为以上海内山书店为中心的回忆录。其他版本：再版 .-- 1950；特装版 .-- 1984 [研日东]

[6661] 中国四十年 / 内山完造.-- 東京：羽田書店，1949.-- 192p.; 19cm

[研]

[6662] 外交官の一生 / 石射猪太郎.-- 東京：読売新聞社，1950.-- 464p.; 18cm

石射猪太郎(1887-1954)自传。其他版本：東京：大平出版社,1972（追加了新发现原稿,对注、资料、内容简介、人名索引及卷首插图照片也做了编辑)；東京：中央公論社,1986；改版：東京：中央公論社,2007 [研]

[6663] 先駆者岸田吟香 / 杉山栄著.-- 津山：岸田吟香顕彰刊行会，1952.-- 250p., 図版1枚; 19cm

本书为乐善堂创办人岸田吟香（1833-1905）传记，附年谱。其他版本：復刻：東京：大空社，1993 **[研]**

[6664] 外交回想録 / 重光葵.-- 東京：毎日新聞社，1953.-- 311p., 図版1枚; 19cm

重光葵（1887-1957）回忆录。其他版本：重光葵：外交回想録 .-- 東京：日本図書センター，1997. 中译本：重光葵外交回忆录 /（日）重光葵口述，天津市政协编译委员会译 .-- 北京：知识出版社，1982 **[研]**

[6665] 或る革命家の回想 / 川合貞吉.-- 東京：日本出版共同，1954.-- 333p.; 19cm

一个革命家的回忆。其他版本：改訂題名：ある革命家の回想 .-- 東京：新人物往来社，1973；再改訂版：東京：谷沢書房，1983；東京：徳間書店，1987 **[研]**

[6666] 上海にて / 堀田善衛著.-- 東京：筑摩書房，1959.-- 208p., 図版; 20cm

作者 1945 年 3 月 -1946 年 12 月曾在上海生活，当时正处于抗日战争结束前后，作者在那里度过了自己的青春岁月。本书是作者十年后访问新中国后写下的回忆录与散文。其他版本：1965；1969；1995. 另见：堀田善衛自選評論集 .-- 東京：新潮社，1973；堀田善衛全集（12）.-- 1974；堀田善衛全集（9）.-- 1994 **[研日东]**

[6667] 吟香素描：岸田吟香伝 / 土師清二.-- 東京：東峰書院，1959.-- 122p., 図版[8] p.; 20cm

岸田吟香（1833-1905）传记。附：岸田吟香略年譜。 **[研]**

[6668] 花甲録 / 内山完造.-- 東京：岩波書店，1960.-- 440p., 図版1枚; 22cm

本书以年表方式记录 1885-1945 年间的重要事项，并述作者个人经历与感想。本书记录的虽然只是 1913-1947 年间作者的上海生活记忆，却是了解上海日本人居留民生活史的重要史料。 **[研]**

[6669] 上海放浪記 / 春野鶴子著.-- 東京：学風書院，1961.-- 126p.; 19cm

本书记述作者 1938 年在南京作为记者随军，后来往上海，创立东亚妇人会，并创办月刊《婦人大陸》，至 1946 年回国的经历。 **[研日]**

[6670] 支那事変の回想 / 今井武夫.-- 東京：みすず書房，1964.-- 385p., 図版 [16] p.; 19 cm

支那事变回忆。其他版本：新版：1980 **[研]**

[6671] 満鉄に生きて / 伊藤武雄.-- 東京：頚草書房，1964.-- 295, 6p., 図版[8] p.; 18cm

为满铁而生。其他版本：新装版：1982；英译本：Life along the South Manchurian Railway：the memoirs of Ito Takeo / translated with an introduction by Joshua A. Fogel. Armonk.-- N. Y. : M. E. Sharpe, c1988 [研]

[6672] 回想のスメドレー / 石垣綾子.-- 東京：みすず書房，1967.-- 237p., 図版 [4] p.; 19cm

史沫特莱回忆。本书为史沫特莱（Agnes Smedley，1890-1950）传记，附：其略年譜。其他版本：新版：東京：三省堂，1976；東京：社会思想社，1987 [研]

[6673] 谷崎潤一郎全集. 第10巻.-- 東京：中央公論社，1967.-- 647p., 図版; 23cm

部分目次：上海見聞録；上海交遊記。其他版本：1973; 1982 [日]

[6674] ドキュメント日本人. 5, 棄民.-- 東京：学芸書房，1969.-- 332p.; 20cm

日本人文件之五：弃民 [研]

[6675] ある情報将校の記録 / 塚本誠.-- 東京：中央公論社，1971.-- 443p.; 22cm

一个情报将校的记录。其他版本：復刊版：東京：芙蓉書房，1979；東京：中央公論社，1998（附塚本誠略年譜） [研]

[6676] どくろ杯 / 金子光晴.-- 初版.-- 東京：中央公論社，1971.-- 278p.; 20cm

骷髅杯。金子光晴（1895-1975）为诗，1928 年与其妻森三千代一起去上海，在贫穷中生活至 1932 年回国。本书为作者自传，述及作者近年的上海之行，以及 20 世纪二三十年代的上海生活。其他版本：11 版 .-- 1976；改版 .-- 2004 [研]

[6677] 死の壁の中から：妻への手紙 / 中西功.-- 東京：岩波新書，1971.-- 226p.; 18cm

来自死亡之墙：写给妻子的信 [研]

[6678] 内山完造伝：日中友好につくした偉大な庶民 / 小沢正元著.-- 東京：番町書房，1972.-- 280p., 図版 [1] p.; 20cm

《**内山完造传：献身于日中友好事业的伟大公民**》。附：内山完造年譜；内山完造主要著書。中译本：(日) 小泽正元著，赵宝智、吴德烈译 .-- 天津：百花文艺出版社，1983 [研]

[6679] 遥かなる上海 / 日銀上海会.-- 日銀上海会，1972.-- 556p.; 20cm

遥远的上海。本书为抗日战争期间任职于日本银行上海事务所职员的回忆录。 [研东]

[6680] 上海回想 青春残像 / 広瀬元一著.-- 東京：栄光出版社，1973.-- 193p.; 19cm

本书是作者的回忆录。作者 1918 年生于松山市,1938 年入日本大学医学部,作为学生应征赴华中,1940 年在三菱商事上海支店工作,1946 年回国。作者在中国大陆度过了青春时代,作为居留民在上海生活了 7 年,本书记录他难以忘怀的当时印象。 **[研日]**

[6681] 上海時代：ジャーナリストの回想 / 松本重治著.-- 東京：中央公論社，1974.-- 3v.; 18cm

《上海时代》。作者 1932 年赴上海任同盟通信社上海支局长,1938 年离开上海。本书是他的"上海时代"回忆录。本书围绕华北危机和中日关系问题引发的事件,以罕见的内情细节观察,再现了那个年代许多重要的历史场景。书中对淞沪抗战有详述。其他版本：1977；1989. 编译本：战前华北风云录 / 任常毅、蔡德金编译,中共北京市委党史研究室编译室编 .-- 北京：中国文史出版社,1991；中译本：上海时代 / 曹振威、沈中琦等译 .-- 上海：上海书店出版社,2005 **[研日东]**

[6682] 上海戦役のなか / 鹿地亘著.-- 東京：東邦出版社，1974.-- 251p.; 19cm

上海战役中。作者 1903 年出生于大分县,就读东京大学时加入新人会,1932 年加入日本共产党、后被检举入狱。后逃往上海,1937 年八·一三淞沪抗战爆发不久逃往香港。本书是作者从潜伏上海到逃往香港经过的回忆录。 **[上研日东]**

[6683] 中国の人とこころ：中国回想旅行 / 鹿島宗二郎 [吉田東祐].-- 東京：古今書院，1974.-- 216p.; 19cm

中国人和心：中国回忆旅行。其他版本：増補版 .-- 1980 **[研]**

[6684] 中国革命の嵐の中で / 中西功.-- 東京：青木書店，1974.-- 296p.; 肖像; 20cm

在中国革命的暴风雨中。作者中西功(1910-1973)1929 年就读于东亚同文书院,1934 年经尾崎秀美介绍入满铁工作,1938 年由大连满铁本社赴满铁上海事务所任职,直至 1942 年因"佐尔格事件"(中共谍报团)被逮捕前一直生活在上海。附：中西功略年譜·中西功著作目録。 **[研]**

[6685] 日中十五年戦争と私：国賊·赤の将軍と人はいう / 遠藤三郎著.-- 東京：日中書林，1974.-- 516, 図版[8] p.; 20cm

日中十五年战争与我：被称为国贼、红色将军者自述。作者为侵华日本陆军中将远藤三郎,1956 年获中国特赦回国,后组"日中友好旧军人之会"。本书讲述他如何参与十五年侵华战争,反省他本人及其军队在对华战争中的罪恶。附：遠藤三郎略歴。 **[研]**

[6686] 大谷光瑞 / 杉森久英.-- 東京：中央公論社，1975.-- 381p.; 20cm

大谷光瑞（1876-1948）传记。其他版本：1977.-- 2v. [研]

[6687] ある中国特派員：山上正義と魯迅 / 丸山昇.-- 東京：中央公論社，1976.-- 226p.; 18cm

一个中国特派员：山上正义与鲁迅。作者编著了多部鲁迅研究专著，这是其中之一。其他版本：増補本 .-- 東京：田畑書店，1997 [研]

[6688] 上海時代の江青 / 伊原吉之助著.-- [n. p.], 1976

『帝塚山大学論集』第 12 号抽印本。 [东]

[6689] 中国と共に五十年 / 太田宇之助.-- 東京：世界情勢研究会出版局，1977.-- 310p.; 20cm

与中国一起五十年。附：関係年譜。 [研]

[6690] 田尻愛義回想録：半生を賭けた中国外交の記録 / 田尻愛義著.-- 東京：原書房，1977.-- 256p., 図版 [2] p.; 20cm

田尻爱义回忆录：半生致力于中国外交的记录。田尻爱义 (1896-1975) 回忆录。附：略年谱。 [研]

[6691] 江青·上海から延安へ / 伊原吉之助著.-- [n. p.], 1977.-- p.12-38; 21cm

江青从上海到延安。属于：江青評伝稿；3。『帝塚山大学論集』第 14 号抽印本。 [东]

[6692] 私の上海：青春篇 / 平山一郎著.-- 東京：山脈出版の会，1977.-- 30p.; 15cm

我和上海：青春篇。属于丛书：無名の日本人双書。 [研日]

[6693] 革命の上海で：ある日本人中国共産党員の記録 / 西里竜夫著.-- 東京：日中出版，1977.-- 270p.; 19cm

在革命的上海：作为日本人的中国共产党员的记录。作者 1907 年生于熊本市，1926 年就读于东亚同文书院，1930 年成为上海日报记者，其后为同盟通讯社、中华联合通讯社的记者，1934 年加入中国共产党，在上海从事反战运动。 [研日东]

[6694] 私の旅路 / 吉本仁.-- [私家版],.-- 1978

我的旅路 [研]

[6695] 楽は堂に満ちて：私の履歴書 / 朝比奈隆.-- 東京：日本経済新聞社，1978

乐满堂：我的履历书。其他版本：東京：中央公論社，1995；東京：音楽之友社，2001 **[研]**

[6696] にっぽん音吉漂流記 / 春名徹.-- 東京：晶文社，1979.-- 289p.; 20cm

日本音吉漂流记。山本音吉（1819-1867）传记。其他版本：東京：中央公論社，1988 **[研]**

[6697] 私の記録：飛雪、春の到るを迎う / 岡崎嘉平太.-- 東京：東方書店，1979.-- 281p., 図版 [2] p.; 19cm

我的记录：飞雪迎春到。作者 1897 年生于冈山，1922 年东京大学毕业后进入日本银行，1939 年汪伪政府特设金融机关华兴商业银行成立后就任理事，1943 年就任上海大使馆参事官。本书含作者在上海时期的回忆录。 **[研]**

[6698] 鲁迅と内山完造 / 小泉譲著.-- 東京：講談社，1979.-- 304p.; 20cm

其他版本：改訂版：評伝：鲁迅と内山完造 .-- 東京：図書出版，1989 **[研]**

[6699] 鲁迅の思い出 / 内山完造著；内山嘉吉，内山籬編.-- 東京：社会思想社，1979.-- 445p.; 20cm

回忆鲁迅。附：内山完造年譜 · 著編書 · 研究文献。 **[研]**

[6700] 江南の追憶：上海居留民团立小学校教師の手記 / 池田利雄.-- きた出版，1980

作者 1933 年起做上海北部小学校教员，1939 年转任第二北部小学校教员，直至 1946 年回国。本书是对上海的日本人小学校的教育、教员与学生状况的回忆录。 **[研]**

[6701] 長江の流れと共に：上海満鉄回想録 / 上海満鉄会編.-- 東京：上海満鉄回想録編集委員会，1980.-- 320p., 図版18枚; 19 × 26cm

与长江同流：上海满铁回忆录。前上海满铁事务所职员的回忆录。 **[研日东]**

[6702] 父と母とわたくしの上海 / 津田あけみ著.-- [東京: 津田あけみ], 1981.-- 53p.; 19cm

父母和我的上海。作者 1943 年 7 月到 1944 年 9 月间与父母（竹内昇、竹内信子）一起生活在上海，作为小学一年级学生就读于静安区上海第三国民学校。生活在与当时日本社会完全不同的法租界中，丰富的生活令其父母一直把上海作为心中的故乡。 **[日]**

[6703] 私の上海15年間の回想：昭和6年より20年まで一教員として / 渡辺正文.-- [私家版],.-- 1981

我的上海 15 年回忆：做教员的 1931-1945 **年** [研]

[6704] 岡田家武先生 / 小玉数信.-- [私家版],.-- 1981

[研]

[6705]「抗日戦争」のなかで：回想記 / 鹿地亘.-- 東京：新日本出版社，1982.-- 308p.; 20cm

在"抗日战争"中。鹿地亘回忆录。 [研]

[6706] ぶんせき：别冊一冊の本と無機定量分析の進歩及び岡田家武先生 / 小玉数信.--（財）日本分析化学会，1982

分析：无机定量分析的进步及冈田家武先生 [研]

[6707] 小宮義孝《自然》遺稿·追憶 / 曽田長宗·国井長次郎編.-- 東京：土筆社，1982.-- 710p.; 20cm

附：小宮義孝年譜 · 業績。 [研]

[6708] ミスターヨシのたたかいの生涯：一九四一年十二月上海 / 下郷山兵著.-- 大津：下郷山兵，1983.-- 294p.; 19cm

好先生的战斗生涯：1941 **年** 12 **月上海**。吉川信太郎 (1900-1972) 生平。 [日]

[6709] 上海 / 林京子著.-- 東京：中央公論社，1983.-- 191p.; 20cm

作者本名宫崎京子,1931 年生于长崎,后随在三井物产上海支店工作的父亲生活在上海。1943 年毕业于第一国民学校(北部小学校)、入上海第一高等女学校。7 岁时因"八 · 一三淞沪抗战"一度回日本,后返上海,在上海生活至 14 岁。1981 年,作者在离开 36 年后再访上海,此书为这次访问的旅行记。在短短的 5 天紧凑行程中,作者回忆起 1945 年日本战败前在上海度过的儿童时代。其他版本：1987 [研日东]

[6710] 上海日記：終戦前後の生保物語 / 福室泰三著.-- [東京: 福室泰三], 1983.-- 140p.; 19cm

上海日记：终战前后的人寿保险故事。福室泰三(1908-1991)在上海从事保险业的日记。英译本：Shanghai diary / by Taizo Fukumuro; translation... by Taizo Fukumuro; edited by Gordon Dowsley. Toronto：[Crown Life Insurance Co.], 1991, 96p. [研日]

[6711] 大山勇夫の日記：上海海軍特別陸戦隊殉職海軍大尉.-- 甘木：大山日記刊行委員会，1983.-- 242p.; 21cm

[日]

[6712] 回想の上海 / 岩井英一著.-- 名古屋：「回想の上海」出版委員会，1983.-- 451p.; 22cm

回忆的上海。作者 1899 年生于爱知县,1921 年东亚同文书院毕业即入外务省,在中国各地工作。本书是作者在上海从事情报活动的回忆录：作者 1932 年在新设立的上海公使馆情报部从事情报收集工作,1938 年上海总领事馆特设了特别调查班强化情报活动。 [研日东]

[6713] 上海随想 / 満山直之輔.-- [喜入町(鹿児島県): 満山直之輔, 1984].-- 134p.; 23cm

作者 1906 年生于鹿儿岛市,1928 年 7 月开始在三井物产上海支店工作,日本战败后回国。作者在上海生活了近二十年,度过了自己的青春时代,体验了诸多世相和人生悲喜,把上海当做了自己的第二故乡。其他版本：鹿児島：三笠出版,1992

[研日东]

[6714] 上海陸軍病院：一従軍看護婦の回想 / 市川多津江著.-- 京都：サンブライト出版，1985.-- 173p.; 19cm

上海陆军医院：一名随军护士的回忆 [研日]

[6715] 海路遥かに / 胡美芳.-- 東京：静山荘，1985.-- 366p.; 20cm

海路遥远。胡美芳(1926-)自传。 [研]

[6716] 二十一世紀へのメッセージ / 岡崎嘉平太.-- [東京]: 岡崎嘉平太先生の長寿を祝う会，1986.-- 297p., 図版 [2] 枚; 24cm

给二十一世纪的讯息。其他版本：御茶の水書房,1997 [研]

[6717] 上海、そして芥川、横光 / 春名徹.-- 東方書店，1986

上海,以及芥川、横光。有关芥川龙之介和横光利一。 [研]

[6718] 回想満鉄調査部 / 野々村一雄.-- 東京：頚草書房，1986.-- 436p.; 20cm

[研]

[6719] 黄浦江の流れに：回想の加山泰 / 加山泰記念文集刊行会編.-- [私家版],.-- 1986

黄浦江流淌：回忆加山泰 [研]

[6720] わがままいっぱい名取洋之助 / 三神兵彦.-- 東京：筑摩書房，1988.-- 432p.; 20cm

任性满满的名取洋之助。名取洋之助(1910-1962)传记。名取洋之助为摄影家,20世纪三四十年代曾在上海经营大平书局,1945年日本战败后回国。其他版本：1992 [研]

[6721] 人生回り舞台：大陸に架ける虹 / 塚本助太郎.-- 近江兄弟社湖声社，1988

人生旋转舞台：大陆架彩虹。作者1900年生于滋贺县,在县立八幡商业毕业后入三井物产,去北京三井书院留学。1921年起任职于上海丰田纺织厂,直至1947年回国,一直在上海生活。著者入上海的日本人基督教青年会(YMCA)、日本人基督教会,是热心的基督教徒,与内山完造交往深厚。本书前半部分是作者在上海时期回忆录。 [研]

[6722] 上海紀聞 / 中川道夫著.-- 東京：美術出版社，1988.-- 211p.; 22cm

[研日]

[6723] 北留楼先生上海だより / 古賀嘉之著.-- 東京：マルジュ社，1988.-- 318p.; 20cm

北留楼先生上海来信 [研日东]

[6724] エロシェンコの都市物語：1920年代東京·上海·北京 / 藤井省三著.-- 東京：みすず書房，1989.-- 324, 24p.; 20cm

爱罗先珂的都市故事：1920年代东京、上海、北京。苏联盲诗人爱罗先珂(Vasilii Eroshenko, 1890-1952)于1920年代由日本来到中国。本书根据日本外务省秘密报告书,东京、上海和北京三地的报纸、杂志,以及"文革"后公开的《周作人日记》等新资料,追述他的足迹。 [研日东]

[6725] 上海1930年 / 尾崎秀樹著.-- 東京：岩波書店，1989.-- 196p.; 18cm

[研日]

[6726] 上海モダンの伝説 / 森田靖郎著.-- 東京：JICC出版局，1990.-- 252p.; 20cm

上海摩登的传说 [研日]

[6727] 長江に燃ゆる：わが生涯の記 / 松岡惟康.-- 米田印刷，1990

长江在燃烧：我的生涯记录。作者1913年生于熊本,1936-1945年在上海居留民团立东部小学校(1941年改称第二国民学校)做老师,1946年回国。 [研]

[6728] 特集 鲁迅と上海 / 小田豊二.-- こまつ座，1990

属于丛书：季刊座；17。 [研]

[6729] 第七、夏衍と丁玲 / 阿部幸夫，高畠穣次著.-- 日野：辺鼓社，1990.-- 131p.; 21cm

夏衍与丁玲。部分目次：三十年代上海の人びと -『懶尋旧夢録·左翼十年』人物雑記 / 阿部幸夫著 . [日]

[6730] 上海風雲録：重松為治翁伝 / 遠藤和子.-- 富山：カサマツ，1991.-- 226p.; 22cm

重松為治（1893-1982）传記。 [研日]

[6731] 航跡(ウェーキ)：私の昭和前期 / 永江正.-- [私家版],.-- 1991

[研]

[6732] めぐりあいし人びと / 堀田善衛.-- 東京：集英社，1992.-- 253p.; 19cm

围绕着爱的人们。本书为被称为战后文学巨匠的堀田善衛的自述回忆录。其他版本：1999 [研]

[6733] 岡崎嘉平太伝：信はたて糸愛はよこ糸 / 岡崎嘉平太伝刊行会.-- 東京：ぎょうせい，1992.-- 521p., 図版16p.; 22cm

冈崎嘉平太传：信是经线、爱是纬线。本书是由冈崎嘉平太口述记录的详细传记，含他的上海时代记录。附：岡崎嘉平太年譜。 [研]

[6734] ワタシ、頑張るデス：上海娘の日本奮闘記 / 梅蘭著.-- 東京：日新報道，1993.-- 258p.; 19cm

我在努力：上海女儿日本奋斗记 [日]

[6735] 上海より上海へ：兵站病院の産婦人科医 / 麻生徹男著.-- 福岡：石風社，1993.-- 259p.; 22cm

从上海到上海：兵站医院的妇产科医生。作者 1935 年九州大学医学部（妇产科）毕业后，1937 年 11 月应召作为陆军卫生部见习士官，在上海的兵站病院工作。本书是当时回忆并收录所拍照片。 [研日]

[6736] 石射猪太郎日記 / 石射猪太郎著；伊藤隆，劉傑編.-- 東京：中央公論社，1993.-- 810p., 図版 [2] p.; 20cm

日中戦時の外交官日誌。石射猪太郎 (1887-1954) 曾任上海日本总领事。 [研]

[6737] 上海支店時代の思い出 / 神代護忠著.-- [東久留米]: 神代喜代子，1994.-- 318p.; 21cm

回忆上海支店长时代。作者1937年6-10月、1940年2月到1942年11月间任职于台湾银行上海支店,1942年11月任上海公共租界工部局财务局次长,本书是他的详细回忆录。 [研日]

[6738] 大路：朝鮮人の上海電影皇帝 / 鈴木常勝著.-- 東京：新泉社，1994.-- 324p.; 19cm

大路：身为朝鲜人的上海影帝。1910年出生于首尔的金焰,在30年代的上海成为"影帝"。本书反映了金焰经历抗日战争、朝鲜战争和"文化大革命",在时代的激流下生活的历史和人生。 [日]

[6739] 尹奉吉：暗葬の地·金沢から / 山口隆著.-- 東京：社会評論社，1994.-- 208p.; 19cm

韩国独立运动人士尹奉吉(1908-1932)传记资料。 [研]

[6740] 造船士官の回想 / 堀元美.-- 東京：朝日ソノラマ，1994.-- 2v.; 15cm

造船军官的回忆 [研]

[6741] 鲁迅の友·内山完造の肖像：上海内山書店の老板 / 吉田曠二著.-- 東京：新教出版社，1994.-- 290p.; 20cm

[研日]

[6742] 上海寄情：大東亞戦争を顧みる一九四一～一九四七 / 高嶋泰二著.-- 東京：求竜堂，1995.-- 205p.; 19cm

上海寄情：回顾大东亚战争的1941-1947年。作者父亲曾是王子制纸社长,1943年到日本战败为止任中支那振兴株式会社总裁。本书是对其父任中支那振兴株式会社总裁时代的回忆与资料。 [日]

[6743] 魔都を駆け抜けた男：私のキャメラマン人生 / 川谷庄平著；山口猛構成.-- 東京：三一書房，1995.-- 326p., 図版4枚; 20cm

跑向魔都的男人：我的电影人生 [研]

[6744] 上海へ渡った女たち / 西沢教夫著.-- 東京：新人物往来社，1996.-- 297p.; 20cm

远渡上海的女人们。本书关于三个女人：新明きよ子、川岛芳子和井上武子。

[研日]

[6745] 岸田吟香：資料から見たその一生 / 杉浦正.-- 東京：汲古書院，1996.-- 412, 22p.; 20cm

岸田吟香：资料所见一生。岸田吟香(1833-1905)传记,附年譜。 [研]

[6746] 上海人物誌 / 日本上海史研究会編.-- 東京：東方書店，1997.-- 205, 5p.; 21cm
[研日东]

[6747] 特派員芥川龍之介：中国でなにを視た / 関口安義.-- 毎日出版社，1997
特派员芥川龙之介在中国看到些什么 [研]

[6748] 特集 金子光晴アジア漂流.-- [n. p.], 1997
金子光晴亚洲漂流。『太陽』1997年4月号。 [研]

[6749] 4月29日の尹奉吉：上海抗日戦争と韓国独立運動 / 山口隆著.-- 東京：社会評論社，1998.-- 265p.; 20cm
韩国独立运动人士尹奉吉（1908-1932）传记资料。 [研日]

[6750] 大陸に生きて / 愛知大学五十年史編纂委員会編.-- 名古屋：風媒社，1998.-- 256p.; 21cm
在大陆生活。爱知大学有关人员听取6名东亚同文书院毕业生口述战前在中国、上海的经历。

[6751] 上海シネマと銀座カライライス物語：波瀾万丈、柳田嘉兵衛の八十年 / 山口猛著.-- 東京：集英社，2000.-- 239p.; 20cm
上海电影院与银座咖喱饭故事：柳田嘉兵卫波澜万丈的八十年。柳田嘉兵卫从银座一隅的小咖喱铺起家，而后在浅草做电影放映师。之后去中国上海。在南京成为电影院经理，第二次世界大战时从军，巡回放电影。本书描写他在动荡的昭和年代的有泪有笑有感动的八十年。 [研日]

[6752] 上海ラプソディー：伝説の舞姫マヌエラ自伝 / 和田妙子著.-- 東京：ワック，2001.-- 400p., 図版12枚; 20cm
上海狂想曲：传说的舞女Manuela自传。作者和田妙子（1912-2007）是与李香兰同时期在上海租界风靡一时的舞女，以Manuela为艺名。本书是其自传。 [日]

[6753] 上海游記·江南游記 / 芥川龍之介.-- 東京：講談社，2001.-- 243p.; 16cm
另收录于：芥川龍之介全集（第5卷）.-- 東京：岩波書店，1977；芥川竜之介全集（第8卷）.-- 東京：岩波書店，1996 [研日]

[6754] 繊維王国上海：ある駐在員の上海日記 / 佐々木幸雄著.-- 東京：東京図書出版会，2001.-- 239p.; 20cm

纤维王国上海：一位驻在员的上海日记 [上研日]

[6755] 日本語教師·上海582日 / 松下亮著.-- 広島：南々社，2002.-- 435p.; 20cm

[研日]

[6756] 上海ブギウギ1945：服部良一の冒険 / 上田賢一著.-- 東京：音楽之友社，2003.-- 246p.; 20cm

[日]

[6757] 我的上海：日本上海頻繁往来 / 山岡義則著.-- 東大阪：遊タイム出版；ユウ タイム シュッパン，2003.-- 191p.; 21cm

[上研日]

[6758] 風の軌跡：宮崎·東京·上海·福岡 / 喜田久美子著.-- 東京：文芸社，2003.-- 211, 4p.; 20cm

[日]

[6759] 蘇州からの便り：中国での日本語講師奮戦記 / 木沢要治.-- 文芸社，2003

苏州来信：在中国的日语讲师奋斗记 [研]

[6760] 上海駐在員日記 / 仲丸総一郎著.-- 東京：文芸社，2004.-- 162p.; 19cm

[研日]

[6761] 谷崎潤一郎上海交遊記 / 谷崎潤一郎；千葉俊二編.-- 東京：みすず書房，2004.-- 258p.; 20cm

[研日]

[6762] 金色の夢：就学生という悲劇：上海事件はなぜ起きた? / 佐々木明著.-- 東京：凡人社，2004.-- 238p.; 19cm

金色的梦：就学生的悲剧：上海事件因何而起? 本书作者原为朝日新闻社会部记者。本书为2003年福冈一家四口被杀事件所写的报告。犯人之一是原中国就学生，是怀抱着梦想来到日本的年轻人，这令人想起15年前的“上海事件”，并因此探讨日语学校及就学生问题。 [研日]

[6763] 上海臨時政府 / 姜德相著.-- 東京：新幹社，2005.-- 566p.; 22cm

关于上海的大韩民国临时政府及吕运亨（1885-1947）的活动。属于丛书：朝鲜

民族运动历史，呂運亨評伝；2。 [日]

[6764] 泣いたら負けや：上海、京都、世界へ、十二歳からの自立 / 市田ひろみ著.-- 東京：扶桑社，2005.-- 237p.; 20cm

哭则输：到上海、京都、世界，从 12 岁开始自立。本书作者 1932 年生于大阪市，抗日战争期间在上海度过 6 年小学时代。现为服饰评论家、散文作者与演员，右派文化人，任新历史教科书编撰会理事。本书为其自传。 [日]

11. 年鉴手册、书目名录

[6765] [上海年中行事，他] .-- [n. p.].-- 1v.; 27cm

目次：上海年中行事，電報一覧表，中国地名簡称，中国租界一覧，国民政府職員録，世界各国国名中西対照表，重慶要人名单，国策会社一覧，戦時中国法幣発行額，各国駐支大使，中国戦時公債一覧，戦時中国貿易額，上海の新聞紙. [东]

[6766] 禹城通纂 / 大蔵省編；[楢原陳政].-- 東京：大蔵省，1888.-- 2v.; 22cm

楢原陈政（1862-1900）又名井上陈政，中国名陈子德，清末大儒俞樾的学生。1882 年来到中国，在华先后达 6 年之久。其间曾远赴直隶、山东、陕西、山西、河南、湖北、江苏、浙江、福建、广东、江西、安徽等省收集中国情报，归国后写成此书，分政体、财政、内治、外交、刑法、学制、兵备、通商、水路、运输、物产、风俗等 12 部，上下两册共 2033 页。另有附录 353 页，为清朝当政各员传略。 [研]

[6767] 漫遊見聞録 / 農商務省；[黒田清隆].-- 東京：農商務省，1888.-- 2v. (457, 416p) .

黑田清隆（1840-1900）于 1885 年 3-9 月游历中国港口城市，本书是其报告书。作为一本中国港口指南，上海占去了其中的 157 页。由于作者在上海只停留了 4 天，且每天都是在日本领事的陪同下参观庭院、气象台和净水场，因此可以推测作者是根据在日领馆找到的资料完成这份报告的。本书是政府内部刊物，作为那一时期关于上海的综合性指南，本书非常珍贵。

[6768] 上海案内 / 杉尾遅々庵著作.-- [上海]: 日本実業介立社，1909.-- 132p.; 19cm

[6769] 上海案内 / 島津四十起編 [島津長次郎].-- 上海：金風社，1913.-- 82p.

本书是上海通、金风社社长岛津长次郎编写的一部内容形式都最为完备的专门指南。本书多次改版完善，并以明确记载一些设施所在地而成为特色之一。《文献目录》曾高度评价此书"用日文、汉文和欧洲文字撰写的这类书籍虽然很多，但在同类书中无出其右者。"其他版本：8 版：1919.-- 320p.（附：蘇杭長江及南支案内）；9 版：

1921.-- 455p.; 大正十年,1v.; 10 版: 1924.-- 464p.; 11 版: 1927.-- 528p. [上研东]

[6770] 支那在留邦人人名録 / 金風社.-- 初版.-- 金風社，1913

其他版本: 第 8 版、臨時北支版: 1917; 第 14 版: 1923; 第 21 版: 1930. 3v.; 第 26 版: 1934; 臨時上海版: 1938; 中支版第 29 版: 1939; 第 30 版 中支版: 1940; 中支版第 31 版: 1941; 中支版第 32 版:《支那在留邦人録》,1942 [研东]

[6771] 大上海 / 内山清，山田修作，林太三郎.-- 上海：大上海社，1915.-- 627p.; 23cm

本书目的在于向来上海参观、居留的日本人简要地介绍上海的概况。三位作者长年从事中国贸易调查：内山清在上海总领事馆担任外务书记官,从事贸易调查工作；山田修作毕业于东亚同文书院,受农商务省派遣作贸易调查报告；林三太郎十几年来一直在中国作实业、进行研究活动。其中两位作者又是擅长中国研究的政府官员,因此本书不仅登载了很多行政资料,准确度很高,而且受到 52 位在留上海的日本显贵的支持,比以前任何一本书的内容都更充实,是第一本真正意义上的上海指南。但是,作者的见解、评价及生动的观察描写比较少,而且省略了有关娱乐和对妓院等场所的介绍,对在上海生活的日本人和旅行者来说,算不上是本有吸引力的旅行指南。全书共分 15 章,依次为地理、历史沿革、气候及卫生、风俗、政治、公共及公益设备、交通、关税及通信、金融机关、贸易、商业机关、工业、土木建筑及度量衡、农牧渔业、军事及宗教等。书前附有较早时期的外滩照片。 [研东]

[6772] 上海概覧.-- [上海]: 上海日本商業会議所，1921.-- 192p.; 23cm

本书是为对经济领域感兴趣的日本人撰写的专门指南。主要以各种设施的目录为主,几乎没有附加解说。其他版本: 上海日本商工会議所编,1923 [研日]

[6773] 東亞同文書院図書館和漢図書分類目録 / 東亞同文書院図書館編.-- 上海：東亞同文書院図書館，1923.-- 2v.; 24cm

[东]

[6774] 增加東亞同文書院図書館和漢図書目録 / 東亞同文書院図書館編.-- 上海：東亞同文書院図書館，1923.-- 36, 12p.; 24cm

大正 12 年度下半期。 [东]

[6775] 上海一覧 / 山崎九市編纂.-- 上海：至誠堂，1924.-- 386, 27p.

本书作者毕业于东亚同文书院,是山崎商行行主。本书初版是以 1923 年长崎和上海之间联络航路开航为契机编写的,因为预想去上海的日本人会大量增加,故作者非常重视通往中国各地的交通情况(215 页)。作者受至诚堂委托改编此书,进一步充实内容调整结构，几乎等于重新编写。本书夹杂着山崎的观察描写和知识见解，是一本十分有趣的读物。其他版本：1924.-- 386p.; 付蘇州南京杭州案内，1926; 5 版 .-- 1928.-- 413p. ［上研］

[6776] 增加東亞同文書院図書目録. 第2輯, 大正十三年度上半期 / 東亞同文書院図書館編.-- 上海：東亞同文書院図書館，1924.-- 33, 25p.; 24cm

［东］

[6777] 大上海要覽·案内 / 米沢秀夫，浜田峰太郎編.-- 上海：上海出版社，1925

本书是详细记录 20 世纪 30 年代上海概况的专门指南，内容涉及各个领域。本书的特点是在书的结尾处加上了几个故事，以解除新到上海的日本人因受游沪派作家片面夸大上海猎奇场景的影响而对上海持有的偏见。其他版本：1935.-- 346p.; 浜田峰太郎，1940 ［上研东］

[6778] 上海日本尋常高等小学校会員名簿.-- [n. p.], 1926

［研］

[6779] 上海年鑑. 1926年版 / 上海日報社編.-- 上海：上海日報社出版部，1926.-- 232, 198p.; 20cm

本年鉴由在上海有二十多年社龄的日系上海日报社出版。年鉴内容充实，除了市政、工商业、列国势力外，还包括经周密调查的游览、娱乐场所，因而同时还是一本方便的旅游指南。后半部 200 页为与日本侨民有关的细致分类一览，是有关日本居留民团繁荣情况的详实资料。其他版本：複製：東京：大空社，2002（上海叢書；2 / 山下武、高崎隆治監修） ［上研日］

[6780] 最新上海案内 / 久保島留吉.-- [n. p.], 1926

［研］

[6781] 上海案内 / 杉江房造編.-- 11版.-- 上海：日本堂書店，1927.-- 450, 76p.

［上研］

[6782] 老上海会員名簿.-- [n. p.], 1928

［研］

[6783] 上海在住長崎県人名士録 / 吉村信太郎編.-- [n. p.], 1931

［研］

[6784] 中国年鑑 / 上海日報社，野田経済研究所共編.-- 上海日報社，1931-39

后改名：大陸年鑑 / 大陸新報社。 [研东]

[6785] 上海問題研究資料 / 樋山光四郎編.-- 東京：偕行社編纂部，1932.-- 430p., 図版 [5] p., 地図; 19cm

[东]

[6786] 中国物産ニ関スル資料目録 / 東亞同文書院物産館編.-- 上海：東亞同文書院物産館，1936.-- 288p.; 23cm

中国物产相关资料目录。第 1 編：自民国 15 年 1 月至民国 25 年 3 月。 [东]

[6787] 北支那·中支那文献綜覧.-- 満鉄大連図書館，1936

[研]

[6788] 上海自然科学研究所図書雑誌分類目録. 昭和11年10月現在, 補遺増加篇第1(昭和11年11月至13年12月) / 上海自然科学研究所編.-- 上海：上海自然科学研究所，1937-1939.-- 2v.; 27cm

[上日]

[6789] 上海自然科学研究所図書雑誌分類目録及索引 / 上海自然科学研究所編.-- 上海：上海自然科学研究所，1937-1941.-- 3v.; 27cm

[东]

[6790] 上海居留民团立東亞研究会文庫図書目録 / 水口民次郎編.-- 上海：上海居留民团，1937.-- 42, 21, 87p.; 23cm

[东]

[6791] 上海に関する資料目録（未定稿） / 満鉄上海事務所.-- 満鉄上海事務所，1938

[研]

[6792] 上海商工人名鑑 / 伊藤友治郎.-- 東京日支産業協会，1938

[研]

[6793] 松井翠声の上海案内 / 松井翠声著.-- 東京：横山隆，1938.-- 147p.; 20cm

上海指南。其他版本：上海案内 .-- 榊原文盛堂，1938；栗田書店，1938；複製本：東京：大空社，2002（上海叢書；6 / 山下武、高崎隆治監修） [上研日]

[6794] 上海事務所立案調查書類目録 / 満鉄上海事務所.-- 満鉄上海事務所，1939

第1輯: 昭和14年4月1日～8月31日。 [研东]

[6795] 上海事務所資料室所蔵中支那関係資料目録 / 上海事務所編.-- [上海]: [満鉄] 上海事務所，1939.-- 58p.

[东]

[6796] 上海要覧 / 杉村広蔵編.-- 上海：上海日本商工会議所，1939.-- 260p.

经过两次上海事变,上海的情况发生了很大的变化,以前的各种上海指南都无法适应新的情况了。本书就是在这一背景之下,作为1921年刊行的《上海概览》的改订版重新编写的,大量增加了论述部分。

[6797] 中支那文献綜覧 / 南満洲鐵道株式会社大連図書館編.-- 大連：大連図書館，1939.-- 56p.; 26cm

昭和13年10月末。 [研]

[6798] 蔵書特種目録. 第1輯 / 上海日本近代科学図書館編.-- 上海：上海日本近代科学図書館，1939.-- 86p.; 27cm

昭和14年3月末情况。 [日]

[6799] 上海中国人著名実業家名簿 / 興亞院華中連絡部政務局.-- 興亞院華中連絡部政務部，1940.-- 116p.; 26cm

[研东]

[6800] 上海自然科学研究所出版物概要及目録 / 上海自然科学研究所編.-- 上海：上海自然科学研究所，1940.-- 31p.

[上]

[6801] 上海職業別電話名簿.-- 昭和15年版.-- 日支産業協会，1940

[研]

[6802] 大陸年鑑 / 大陸新報社.-- 大陸新報社，1940-1944.-- 5v.; 19cm

[研东]

[6803] 中支那建設資料整備委員会保管図書中重要図書目録 / 大陸調查会上海調查室.-- [大陸調查会] 上海調查室，1940

[研]

[6804] 中南支工商名鑑 / 日本商業通信社編.-- 昭和15年版.-- 東京：日本商業通信社，1940.-- 957p.; 23cm

[研]

[6805] 支那側刊行抗戦文献目録：昭和十五年四月現在 / 満鉄上海事務所調査室.-- [上海]: 満鉄上海事務所調査室, [1940].-- 20p.; 19cm

[东]

[6806] 南満洲鉄道株式会社上海事務所調査室資料分類表.-- [上海]: 満鉄·上海事務所調査室，1940.-- 31p.; 27cm

[日]

[6807] 資料分類目録 / 満鉄上海事務所調査室.-- 上海：南満洲鉄道株式会社上海事務所，1940.-- 34, 483, 113p.; 26cm

第 1 輯：昭和 14 年 12 月 31 日。

[6808] 上海日本近代科学図書館図書分類目録.-- 上海：上海日本近代科学図書館，1941-1942.-- v.; 26cm

[上研日东]

[6809] 上海外国人土地所有者名簿 / [擔當者：第1調査委員会中央支部会 安藤次郎].-- [東京]: 東亞研究所，1941.-- 73p.; 23cm

属于丛书：[東亞研究所] 資料；甲第 7 号 A。 [东]

[6810] 上海自然科学研究所中国雑誌目次索引 / 上海自然科学研究所編.-- 上海：[上海自然科学研究所], 1941.-- 1v.

[东]

[6811] 抗戦下支那雑誌資料目録. 第1-2輯 / 在上海日本総領事館特別調査班.-- [n. p.], 1941

[研]

[6812] 東亞新書 / 満鉄弘報課.-- 東京：中央公論社，1941-1943.-- 23v.

[研]

[6813] 在上海山口県人会名簿.-- 山口県人会事務所，1942

[研]

[6814] 資料分類目録：秘扱之部：昭和16年.-- 満鉄調査部，1942.-- 35, 212, 43p.; 26cm

其他版本：影印版：南滿洲鉄道株式会社上海事務所調査室資料分類目録：秘扱之部：昭和 16 年 .-- 東京：竜渓書舎，1979 [东/研]

[6815] 上海日本人倶楽部会員名簿.-- [n. p.], 1943

[研]

[6816] 上海日本商工会議所所蔵図書分類目録 / 上海日本商工会議所.-- 上海：上海日本商工会議所，1943.-- 127p.; 27cm

昭和 17 年 8 月末情况。

[6817] 上海事務所立案並調査資料目録 / 南滿洲鉄道株式会社上海事務所編.-- [上海]: 滿鉄上海事務所，1943.-- 33p.

第 1 輯：昭和 14-18 年。 [东]

[6818] 米英商社所蔵文書の特別調査 / 華中興亞資料調査所.-- 上海：華中興亞資料調査所，1943.-- 146p.; 21cm

[研东]

[6819] 上海に関する文献目録 / 上海市政研究会編.-- 上海：華中鉄道総裁室弘報室，1944.-- 153p., 図版; 26cm

有关上海的文献目录 [上研日东]

[6820] 老上海会(名簿).-- 上海：[私家版],.-- 1945

[研]

[6821] 上海邦人歸国先名簿：上海版1946年.-- 上海：上海邦人歸国先名簿発行所，1946.-- 363p.; 19cm

上海日本人归国者名簿。(上海版 1946 年) [上研日]

[6822] 上海引揚者連盟·名簿 / 上海引揚者連盟編.-- [私家版],.-- 1959

上海归国者联盟名簿 [研]

[6823] 明治以降日本人の中国旅行記：解題 / 東洋文庫近代中国研究委員会編.-- 東京：東洋文庫，1980.-- 263, 85p.; 22cm

明治以来日本人中国旅行记书目解题 [研]

[6824] 沖田一著作目録 / 沖田一.-- 京都：沖田一，1983.-- 131p.; 19cm

[研]

[6825] 満鉄調査月報 総目次·索引 昭和6年9月-昭和19年2月 / 船橋治.-- 東京：不二出版，1987

其他题名:『満鉄調査月報』総目次 · 執筆者索引。 [研]

[6826] 東京大学法学部附属明治新聞雑誌文庫所蔵雑誌目次総覧.-- 東京：大空社，1997.-- v.; 27cm

部分目次: 第 119 巻 (外交編), 上海時論 ; 第 120 巻 (外交編), 上海週報 (改題) . [日]

[6827] 高山寺典籍文書綜合調査団研究報告論集. 平成15年度.-- 東京：高山寺典籍文書綜合調査団，2004.-- 139p.; 26cm

部分目次: 上海図書館蔵高山寺旧蔵本 / 石塚晴通 , 池田証壽 , 徳永良次著 .

[日]

12. 地图

[6828] 上海港詳細図 / 華中鉄道股份有限公司編.-- [n. p.]

[上]

[6829] 上海城租界図 / 岸田吟香編.-- [n. p.], 1885.-- 1鋪; 24cm

[东]

[6830] 上海城廂租界全図 / 岸田吟香.-- [n. p.], 1886

[研]

[6831] 上海市街図.-- [上海：みやげものや商店，19--].-- 1枚; 20 × 54cm

内框: 17 × 38cm; 背面:『支那特産工芸品目録』等。

[6832] 新選実測上海輿地図.-- 新智社，1905

[研]

[6833] 上海市地図.-- 日本堂書店，1907

[研]

[6834] 最新上海地図 = The New Map of Shanghai City.-- 上海：松翠堂書店，1908.-- 1枚; 38 × 60cm

这张地图用不同颜色标志美、英、法租界及上海县城，周围有 20 张上海标志性建筑及景观小图。 [V]

[6835] 東亞輿地図 / 大日本帝国陸地測量部.-- 陸地測量部，1909-1911.-- 1v.; 41cm

含上海。比例尺 1:1,000,000。 [东]

[6836] 最新実測大清国明細全図; 上海市街図 = New map of Shanghai.-- 大阪：十字屋，1909.-- 1枚; 76 × 107cm

其他题名：清国全図上海市街図。

[6837] 上海市街地図.-- 至誠堂，1924

[研]

[6838] 上海地図 / 至誠堂.-- 上海：至誠堂，1924.-- 1枚； 55 × 78cm

附：杭州蘇州南京長江地図。 [东]

[6839] 上海新地図 = The new map of Shanghai / 杉江房造.-- 上海： [n. p.], 1927.-- 1枚； 41 × 76cm

比例尺 1:21,000。地图下部有一张 “上海全景” 照片。 [V]

[6840] 上海地図 / 至誠堂.-- 上海：至誠堂，1928.-- 1枚 (5図); 55 × 79cm

附：杭州蘇州南京長江地図。比例尺約 1:24,020。 其他题名：上海新地図：蘇州杭州長江沿岸。 [研东]

[6841] 上海最新地図.-- [n. p.].-- 1枚.

[东]

[6842] 最近実測上海地図.-- 上海：金風社, [19--].-- 1枚.

[东]

[6843] 上海 / 参謀本部.-- [上海]: [n. p.], 1932.-- 1枚; 55 × 55cm

此图根据航拍照片制成,比较特别的是标出了浦东地区的很多地点。本图标有“秘扱”字样,是日军参谋本部系列上海地图中的一幅,另有:法华镇、莘庄镇、大场镇、江湾、宝山、刘家行、三林塘等地图。 **[V]**

[6844] 上海·揚子江東部一般図 / 報知新聞社.-- [n. p.], 1932.-- 1枚; 53 × 76cm

[研东] [V]

[6845] 上海市市街図 / ジーチーサン商会編.-- 東京:ジーチーサン商会,1932.-- 1枚; 77.00 × 149. 60cm

[日]

[6846] 上海市街及近傍図 / 黒岩芳馬製.-- 東京:雄文館,1932.-- 1枚; 50.00 × 75.50cm

[日]

[6847] 上海市街地図 / 陸地測量部.-- 陸地測量部,1932

[研]

[6848] 上海市街図 / 森田義春.-- 東京:九段書房,1932.-- 1枚 (5図); 55 × 80cm

比例尺 1:20,000。 **[研东]**

[6849] 上海市街図 / 川流堂製; [小林又七著].-- 東京:川流堂,1932.-- 1枚; 42.10 × 73.50cm

[日东]

[6850] 上海近郊要図:2万5千分の1 / 陸地測量部.-- 陸地測量部,1932.-- 1枚.

[研东]

[6851] 上海附近要図 / 小林又七.-- 東京:川流堂,1932.-- 1枚.

[研东]

[6852] 上海附近要図 / 陸地測量部製.-- [東京]: 陸地測量部,1932.-- 1枚; 78.50 × 54.50cm

[日]

[6853] 上海事変地図 / 海軍省編.-- [n. p.], 1932.-- 1鋪; 31cm

[东]

[6854] 上海新地図.-- 日本堂書店，1932

[研]

[6855] 最新上海地図 / 大阪朝日新聞社特撰.-- [大阪：大阪朝日新聞社，1932].-- 1枚(4図); 54 × 78cm

内框：51 × 75cm；比例尺 1:12,000。「大阪朝日新聞」昭和 7 年 3 月 5 日 (第 18076 号) 附録；附：上海呉淞略図，南京地図，支那中南部略図，以及外滩建筑的照片。 [研东] [V]

[6856] 最新満洲国及支那大地図：附·上海市街図 / 忠誠堂製.-- 東京：忠誠堂，1932.-- 1枚; 72 × 104cm

[日]

[6857] 上海 / 参謀本部.-- [東京]: 参謀本部，1937.-- 1枚； 79 × 109cm

属于：上海南京附近十万分の一地誌図；2。 [研东]

[6858] 上海及南京詳図 / 木村今朝男.-- 東京：六芸社，1937.-- 1枚.

[研东]

[6859] 上海市街図 / 華中鉄道股份有限公司編.-- [n. p.], 1937

[上]

[6860] 上海市街図：2万分の1 / 陸地測量部.-- 陸地測量部，1937.-- 1枚; 71 × 99cm

内框：62 × 91cm。其他版本：複製：東京：第一書房，2002 [研东]

[6861] 上海杭州近傍図 / 大日本帝国陸地測量部.-- 陸地測量部，1937.-- 1枚.

比例尺 1:250,000。 [东]

[6862] 上海戦局全図.-- [大阪：大阪朝日新聞社，1937].-- 1枚(3図); 39 × 52cm

内框：36 × 49cm。昭和十二年八月二十三日『大阪朝日新聞』第 20057 号附録。

[6863] 上海蘇州近傍図：25万分の1 / 陸地測量部.-- 陸地測量部，1937.-- 1枚.

[研东]

[6864] 大上海新地図 = The new map of Shanghai / 杉江房造.-- 訂正再版.-- 上海：日本堂，1937.-- 1枚 (2図); 64 × 95cm

比例尺 1:20,000。其他版本：1939；1940；復刻：東京：謙光社，1986 **[研东][V]**

[6865] 支那事変時局要部　北平·天津·上海·南京·漢口·漢陽·武昌·支那要図各市街地図 / 大淵善吉編.-- 駸々堂旅行案内部，1937.-- 1枚; 540 × 395.

[6866] 江蘇浙江交通明細地図 = A comprehensive map of Kiangsu and Chekiang / 杉江房造著.-- 上海：日本堂，1937.-- 1枚 (4図); 77 × 103cm

比例尺 1:400,000。日英文对照。 **[东]**

[6867] 奉賢 / 参謀本部.-- [東京]: 参謀本部，1937.-- 1枚; 79 × 108cm

属于：上海南京附近十万分一地誌図；3。 **[东]**

[6868] 最新上海南京近傍詳図·掛図 / 小林又七編.-- [東京]: 川流堂小林又七，1937.-- 1枚; 50 × 73cm

[6869] 上海南京近傍図：四十万分一.-- [東京]: 陸地測量部，1938.-- 1枚; 80 × 109cm **[研]**

[6870] 大上海地図 = The new map of Shanghai / 杉江房造著.-- 訂正4版.-- 上海：日本堂，1938.-- 1枚 (3図); 64 × 94cm

另两幅图为：杭州府、蘇州附近図。「大上海地図」比例尺 1:20, 000;「杭州府」比例尺 1:84, 000。

[6871] 南京上海附近素図：其一 / 陸地測量部.-- 陸地測量部，1938.-- 1枚. **[东]**

[6872] 最新支那現勢大地図 / 杉江房造.-- 上海：日本堂書店，1938.-- 1枚; 95 × 64cm

比例尺 1:3,600,000。 **[东]**

[6873] [Aerial view of Shanghai in 1939].-- [n. p.].-- 2 maps; 73 × 50cm

这是罕见的上海完整鸟瞰图，由二张照片拼成，从城市的最南端的黄浦江沿岸到江湾地区。原无标题，用红色汉字标注黄浦江、苏州河及虹口、闸北、南市、城内、浦东、公共租界、法租界等区域。见于大阪市立大学地理学教室网站。 **[V]**

[6874] 上海共同租界地籍図 = Cadastral map of the International Settlement / 陸地測量部.-- [n. p.], 1939.-- 1枚; 77 × 57cm

上海公共租界地籍图。比例尺 1:5,000。 [V]

[6875] 上海佛蘭西租界地籍図 = Carte de la Concession française / 陸地測量部.-- [n. p.], 1939.-- 1枚; 77 × 57cm

上海法租界地籍图。比例尺 1:5,000。 [V]

[6876] 最新大上海市街地図 = The new map of Shanghai.-- 上海：至誠堂書店，1939.-- 1枚; 55 × 79cm

比例尺 1:25,000。 [V]

[6877] 最新大上海地図 = The new map of Great Shanghai / 杉江房造著作；森武久製図.-- 上海：日本堂，1939.-- 1枚 (2図); 111 × 80cm

比例尺 1:24,000。 [研东]

[6878] 満州国全図; 上海·南京附近：中支ノ部其1 / アトラス社製図彫刻.-- 東京：読売新聞社，1939.-- 1枚(2図); 55 × 40cm

内框：52 × 38cm。比例尺 1:1,700,000-1:4,000,000 (E116°-E134°/ N54°-N28°)。『読売新聞』第 22244 号附録。

[6879] 上海都市建設計画図 / 上海恒産公司.-- 上海恒産，1940

[研]

[6880] 第一期上海都市建設計画図.-- [上海]: 上海恒産，1940.-- 1枚; 79 × 55cm

比例尺 1:25, 000,题字下误记"比例尺一万五千分之一"。

[6881] 最新大上海地図 = The new map of great Shanghai.-- 訂正再版.-- 上海：日本堂書店，1940.-- 1枚; 109 × 79cm

上海主要部詳図。比例尺 1:24, 000; 1:14, 000。

[6882] 上海公同租界図 / 参謀本部.-- 参謀本部陸地測量部，1941.-- 4枚; 60 × 49cm

上海公共租界国籍别土地所有者地图,以不同颜色标示不同国籍。根据 1933 年英国土地登记地图所制,有 4 幅:「中央」比例尺 1:4, 119;「東部左」比例尺 1:5, 861;「東部右」比例尺 1:5,347;「西部」比例尺 1:4, 119-1:5, 861 其他版本: 1947 年重印 .-- 87 × 76cm [V]

[6883] 大上海都市計画鳥瞰図 / 上海恒産.-- 上海恒産，1941

[研]

[6884] 新上海地図（カラー） / 日本堂，1941
彩色新上海地图 [研]

[6885] 最新大上海地図 索引付 / 日本堂書店，1943
[研]

13. 图片中的上海

[6886] [絵葉書帳：中国：満州：風俗ほか].-- [n. p.].-- 1v. (158枚); 32cm

本文献是由照片印制的美术明信片,题名由编目者自拟。内容：大連名勝繪葉書；大連の彩色：燦々たる文化の都市；大連日本橋；済南名所；青島のパノラマ；北京絵ハガキ；上海風景；支那美術風俗片；聖賢將相真像；中国風景淡描画片；中国美戲特別画片；平康里の美妓生活；支那上流の貴婦人；民国婦人；民国風俗；娘々祭。

[6887] 大上海景観.-- [n. p.].-- 7枚; 9 × 14cm
美术明信片。 [东]

[6888] 上海写真帳 / 金丸建二.-- 上海：上海家庭写真会，1916
上海影集 [研]

[6889] 支那大観 / 金丸建二撮影.-- 上海：上海家庭写真会，1920-.-- v.; 27 × 37cm

第一集：中部支那（上海·杭州·蘇州·鎮江·南京·蕪湖·桃冲鉄山·九江·蘆山·大冶鉄山·武昌·漢陽·漢口）。 [东]

[6890] 旧上海黄浦江岸の油絵解説 / 武藤長蔵.-- [n. p.], 1923

题名又作：旧るき上海黄浦江岸の油絵解說。作者武藤长藏（1881-1942）于1905年从东京高等商业学校毕业后,到上海东亚同文书院任讲师,1907年返回日本,任长崎高等商业学校教授。 [研]

[6891] 時局写真帖 = The war disturbances of Shanghai / 長沢写真館撮影.-- 上海：文房洋行，1927.-- 1v.; 20cm

时局影集 [东]

[6892] 御大典記念 / 長沢写真館.-- 文房洋行，1928

[研]

[6893] 最近の上海(写真帖) / 長沢虎雄.-- [n. p.], 1928

[研]

[6894] 上海写真帖.-- 日本堂，1930

[研]

[6895] 大上海 / 佐藤成夫撮影.-- 上海：長沢写真館，1931.-- 1v.; 20cm

[东]

[6896] 上海事件記念写真帳 / 上海派遣軍司令部.-- [n. p.], 1932

[研]

[6897] 上海事変大写真帖：附録大満州国及支那本部大地図 / 林直人編輯.-- 東京：文武書院，1932.-- 16p., 図版34枚; 19 × 27cm

[6898] 上海事変写真全集 / 玉の川写真館.-- [n. p.], 1932

[研]

[6899] 上海事変写真全輯 / 東京朝日新聞社.-- 東京：東京大阪朝日新聞社，1932.-- 68, 68p.; 39cm

アサヒグラブ臨時増刊。 [研]

[6900] 上海事変写真帖 / 長沢写真館撮影.-- 上海：文房洋行，1932.-- 1v.

[上]

[6901] 上海事変写真帳·海軍篇 / 田中良三.-- 東京：尚美堂，1932

[研]

[6902] 上海事変江南之戦繪葉書：昭和七年春出征記念 / 歩兵第三十六聯隊編纂.-- 東京：斎藤與治郎, [1932].-- 絵はがき8枚; 15 × 9cm

上海事变江南之战绘画明信片：1932 年春出征纪念 [日]

[6903] 上海事変記念大写真帖：附·満洲国及支那大地図 / 忠誠堂編.-- 東京：忠誠堂，

1932.-- 86, 16p.; 19 × 26cm

[日]

[6904] 上海事変記念写真帖：昭和7年.-- [東京：第三艦隊司令部，1932].-- 1v.; 27 × 37cm

附録：上海事変経過概要、上海事変戦死者、第3艦隊准士官以上氏名。 [研日]

[6905] 昭和七年 上海事変 = The "Sino-Japanese Disturbances" Souvenir Album Shanghai 1932 / 田中良三著; [菱沼虎彦撮影].-- 東京：尚美堂，1932.-- 1v.; 19 × 27cm

上海事变 (1932 年) 之陆战影集。 [上]

[6906] 満洲·上海事変大写真帖.-- 東京：創造社，1932.-- 1v.; 18 × 26cm

[日]

[6907] 満洲·上海事変写真帖 / 省文社編輯部編.-- 東京：省文社，1932.-- 1v.; 16 × 23cm

[日]

[6908] 満洲上海事変写真帖 / 明治天皇御写真帖刊行会編.-- 東京：明治天皇御写真帖刊行会，1932.-- 1v.; 39cm

[日]

[6909] 満洲事変·上海事変·新満洲国写真大観 / 大日本雄弁会講談社.-- 東京：大日本雄弁会講談社，1932.-- 図版160p., 解説84p.; 26cm

[上日研]

[6910] 上海南京方面のコンクリート工事写真集 / 日本ポルトランドセメント同業会.-- 大阪：日本ポルトランドセメント同業会，1937.-- 18p.; 26cm

上海南京方面的混凝土工程影集。日本港口水泥同业会编。属于丛书：コンクリート叢書; 29。 [日]

[6911] 支那事変写真全輯 / 朝日新聞社編.-- 東京：朝日新聞社，1937-1939.-- 5v.; 35cm

部分目次：上 北支戦線，中 上海戦線 [研日]

[6912] 支那事変写真帖.-- [n. p.].-- 1v.; 20 × 30cm

[东]

[6913] 北支上海戦線画報.-- 東京：東京日日新聞社，1937.-- 1v.; 38cm

[日]

[6914] 昭和十二年度 支那事変上海戦線写真帖 / 長沢虎雄編.-- 上海：尚美堂出張所，1937.-- 1v.

[上]

[6915] 日支事変上海派遣軍司令部記念写真帖 / 上海派遣軍司令部編.-- [上海: 上海派遣軍司令部], 1938.-- 1v.; 28 × 36cm

[研日]

[6916] 大上海誌 / 長沢虎雄.-- 上海：長沢写真館，1939.-- 1v.; 28cm

[研]

[6917] 中支大観写真帖 / 坂口得一郎編.-- 大亞公司，1939.-- 1v.

上海、苏州、南京、武昌、汉口等地战时中国影集。其他版本：昭和 15 年重版

[研]

[6918] 武顕戦跡画集上海編 / 三橋武顕著.-- 東京：塔影社，1939.-- 1v.; 23cm

[研日]

[6919] 中国民衆風俗写真帖.-- 改訂再版.-- 和歌山：坂口得一郎；北京：大亞公司北京支店(発売)，1940.-- 1v.; 23cm

[研]

[6920] 黄包車(わんぽつ)：上海の黄包車に関する木版画六十 / 草野心平説明.-- 南京：太平書局，1942.-- 60枚; 20cm

有关上海黄包车的木版画 [研]

[6921] 轍蹟：支那事変従軍記念写真抄上海より宜昌まで.-- 東京：桧書店，1942.-- 1v.; 30cm

辙迹：支那事变从军纪念摄影集(从上海到宜昌) [日]

[6922] 中国鉄鋼業資料写真集.-- 東京：亞細亞通信社, [1962-1963].-- v.; 28cm

部分目次：4. 上海市，福建省，広東省，広西自治区，陕西省，寧夏自治区，甘肃省，青海省，新疆自治区，四川省，貴州省，雲南省，チベット自治区（写真 55 枚貼布）

[日]

[6923] 懐かしの上海：写真集 / 小堀倫太郎編.-- 東京：国書刊行会，1980.-- 126p.; 31cm

怀念上海(相册)。其他版本：1984；1995 **[研日东]**

[6924] 貴方とならば：上海バンスキング上演写真集 / 井出情児撮影.-- 東京：而立書房，1984.-- 147p.; 22cm

《上海预借王》上演相册 **[日]**

[6925] 桃花幻記：劇衆上海素麺工場「豹の眼」より水崎釉写真集 / 水崎釉著.-- 福岡：葦書房，1985.-- 図版24枚; 19cm

[日]

[6926] 上海：斎藤康一写真集'92～'93 / 斎藤康一著.-- 東京：日本カメラ社，1993.-- 1v. (頁付なし); 31cm

[研日]

[6927] 上海鉄景 / 熊切圭介撮影.-- 東京：川崎製鉄，1993.-- 67p.; 28cm

[研日]

[6928] 上海人：斎門富士男写真集 = Shanghai-jin / 斎門富士男著.-- 京都：光琳社出版，1997.-- 1v. (ページ付なし); 27cm

[研日]

[6929] 上海帰りのアラーキー：荒木経惟写真集 / 荒木経惟著.-- 京都：光琳社出版，1998.-- 1v.; 14cm + 1CD (8cm)

[日]

[6930] 上海の流儀：1994-1999 = Ways of Shanghai / 百々新著.-- 東京：Mole，1999.-- 1v. (ページ付なし); 23 × 26cm

上海流派：1994-1999 **年** **[上日]**

[6931] 上海放生橋故事：英伸三、中国江南を撮る / 英伸三著.-- 東京：アートダイジェスト，2001.-- 166p.; 27cm

[日]

[6932] 東京=上海：百瀬俊哉写真集 / 百瀬俊哉著.-- 福岡：西日本新聞社，2001.-- 1v.(ページ付なし); 27 × 38cm

[研日]

[6933] 混沌を往く：北京·上海·広州·重慶 / 小川節男写真·文.-- 東京：アンドリュース·プレス，2004.-- 1v.; 23 × 23cm

走向混沌：北京、上海、广州、重庆 [研]

[6934] 江南旅情：蘇州·杭州·上海 / 稲葉 一郎.-- 東大阪：遊タイム出版，2005.-- 63p.; 15 × 20cm

摄影集。 [研]

14. 其他

[6935] 西薇山遺稿二巻 / 西虎太.-- [n. p.], 1870

[研]

[6936] 上海の色 / 清水董三.-- 上海日報社，1914

[研]

[6937] 図解上海ステツプ / 林博著.-- 東京：朝日書房，1933.-- 217p. 肖像; 20cm

[日]

[6938] プロトコール.-- 上海政経学会，1938

协议 [研]

[6939] 上海だより / 東亜同文書院支那研究部編.-- 上海：東亜同文書院支那研究部，1939.-- 32p.

上海来信 [上]

[6940] 国際-上海特輯 / 日本国際協会·東亜同文書院.-- [n. p.], 1939

[研]

[6941] 馬と特務兵 / 田村元劭.-- 東京：教材社，1939.-- 278p.; 19cm

[研]

[6942] 長江問題研究所上海調査室調査報告.-- 漢口：新武漢社, [1941]

[上]

[6943] 上海『美しき海戦』：興亞日本 / 木村荘十.-- [n. p.], 1942

[研]

[6944] 上海漫態 / 可東みの助著.-- 上海：上海総領事館，1943.-- 40p.

[上]

[6945] 上海漫態 / 江南展望社編.-- 上海：江南展望社，1943.-- 40p.

[上]

[6946] 上海短歌 / 三浦桂祐編.-- 上海：大陸往來社，1944.-- 190p.

[上]

[6947] 上海雑報.-- [n. p.]，1956.-- 12p.; 26cm

[东]

[6948] 上海通信 / 柴崎鷹児.-- [n. p.], 1959

[研]

[6949] 上海すみれ会句帖 / 上海すみれ会編.-- 楠本憲吉刊行，1960

[研]

[6950] 山路越えて / 島津岬.-- 日本基督教団指宿教会，1968

[研]

[6951] 湖南山河 / 矢野目銀作.-- 時の美術社，1969

[研]

[6952] 上海星屑(スターダスト) / 国貞陽一，小川功.-- ペヨトル工房，1983

[研]

[6953] 当面する上海の再開発 / 杉野明夫.-- 東亞229号（霞山会），1986

[研]

[6954] 上海秘色草紙 / 久掛彦見著.-- 東京：祥伝社，1992.-- 224p.; 19cm

[日]

[6955] ひのえうまのいななき / 岡崎時子.-- 三栄紙製品，1993

[研]

[6956] 上海：1993年、夏 / 山内道雄著.-- 東京：プレイスM，1995.-- 1v.; 30cm

[日]

附.文学艺术作品

[6957] 上海騷擾記 / 井上紅梅等著.-- [n. p.].-- 1v.

[上]

[6958] 魔都 / 村松梢風.-- 東京：小西書店，1924.-- 307p.; 20cm
其他版本：復刻：東京：ゆまに書房，2002 [研]

[6959] 上海 / 村松梢風著.-- 東京：騷人社，1926
其他版本：1927.-- 358p.; 複製：東京：大空社，2000 [研日]

[6960] 荒彫：四十起作品集 / 島津長次郎 [島津四十起] 著.-- 上海：島津長次郎，1926.-- 476p.; 19cm

[研]

[6961] 鱶沈む / 金子光晴，森三千代.-- 東京：有明社，1927.-- 52p.; 20cm

[研]

[6962] 上海夜話 / 井東憲著.-- 東京：平凡社，1929.-- 402p.; 20cm
其他版本：複製：東京：大空社，1998 [研日]

[6963] 悪漢と風景 / 前田河広一郎.-- 東京：改造社，1929.-- 325p.; 19cm

[研]

[6964] 饒舌録 / 谷崎潤一郎.-- 東京：改造社，1929.-- 303p.; 18cm
《饶舌录》。谷崎润一郎散文随笔集。中译本：汪正球译 .-- 中国文联出版社，2000

[研]

[6965] 支那 / 前田河広一郎.-- 東京：改造社，1930.-- 649p.; 19cm
其他版本：東京：春陽堂，1932.-- 222p. [研]

[6966] 支那から手を引け / 前田河広一郎.-- 東京：日本評論社，1930.-- 255p.; 19cm
新作长篇小说选集。 [研]

[6967] 赤い魔窟と血の旗 / 井東憲.-- 東京：世界の動き社，1930.-- 274p.; 19cm
描写 1927 年上海革命的小说。其他版本：復刻：東京：大空社,2000 [研]

[6968] ホテルQ / 中河与一.-- 東京：赤炉閣書房，1931.-- 506 p.; 19cm
[研]

[6969] 上海的日本人：第一作品集 / 明石博臣著.-- 東京：金星堂，1931.-- 146p.; 19cm
诗集。 [研日]

[6970] 猟奇秘話 / 稲田緑二.-- 教材社，1931
其他版本：東京：博正社,1931.-- 905p. [研]

[6971] この支那人を見ろ / 井東憲.-- 東京：内外社，1932.-- 300p.; 20cm
[研]

[6972] 上海：長篇小説 / 横光利一著.-- 東京：改造社，1932.-- 310p.; 20cm
其他版本：東京：書物展望社,1935；東京：三笠書房,1941；東京：岩波書店,1956；東京：福武書店,1983；東京：講談社,1991. 另见：横光利一作品集 .-- 東京：創元社,1952；横光利一全集(第 2 巻).-- 東京：河出書房,1955；横光利一集 .-- 東京：新潮社,1973；定本横光利一全集(第 3 巻) .-- 東京：河出書房新社,1981 [上研日]

[6973] 上海の怒号 / 林疑今著.-- 東京：白揚社，1932.-- 219p.
[上研]

[6974] 赤い銃火 / 日本プロレタリア作家同盟編.-- 日本プロレタリヤ作家同盟出版部，1932
其他版本：複製：東京：戦旗復刻版刊行会,1984 [研]

[6975] 男装の麗人 / 村松梢風.-- 東京：中央公論社，1933.-- 357p.; 20cm
其他版本：東京：大空社,1998 [研]

[6976] 新上海夜話 / 井東憲著.-- 大阪：博栄堂書店，1933.-- 218p.; 17cm
[研日]

[6977] 凡人経 / 西村真琴.-- 東京：書物展望社，1935.-- 176p.; 26cm

[研]

[6978] 魔都上海の戦慄：附·殺人請負業者 / 白須賀六郎著.-- 東京：森田書房，1936.-- 48p.; 19cm

[研日]

[6979] 上海戦線 / 榊山潤著.-- 東京：砂子屋書房，1937.-- 264p.; 20cm

[研日]

[6980] 戦場 / 榊山潤.-- 版画荘，1937

[研]

[6981] 上海陸戦隊：軍事小説 / 福永恭助著.-- 東京：第一書房，1938.-- 378p.; 20cm

[研日]

[6982] 支那事変歌集 / 松村英一編.-- 改造社，1938

[研]

[6983] 夜沈々 / 三好達治.-- 東京：白水社，1938.-- 396p.; 19cm

[研]

[6984] 苦命：短篇集 / 榊山潤.-- 東京：砂子屋書房，1938.-- 300p.; 20cm

榊山潤小説集。 [研]

[6985] 黄浦江 / 相武愛三作.-- 大阪：博文堂，1938.-- 276p.; 19cm

小说。

[6986] 戦火にうたふ / 西条八十.-- 東京：日本書店，1938.-- 221p.; 肖像; 19cm

诗集。 [研]

[6987] 一夜の姑娘 / 丹羽文雄.-- 東京：金星堂，1939.-- 263p.; 20cm

属于丛书：新選随筆感想叢書。 [研]

[6988] 支那点々 / 草野心平.-- 東京：三和書房，1939.-- 257p.; 19cm

[研]

[6989] 呉淞クリーク / 日比野士朗.-- 東京：中央公論社，1939.-- 285p.; 19cm
小说。其他版本：2000 **[研]**

[6990] 長驅強行五百キロ / 西田稔著. **上海戦線** / 林房雄著. **殘花一輪** / 市川禪海著. **飛行基地警備記** / 渡辺正治著.-- 東京：潮文閣，1939.-- 693p., 図版 [15] 枚; 19cm
长驱强行五百公里。属于丛书：戦爭文学全集。 **[研]**

[6991] 怒れる神：従軍詩集 / 佐藤惣之助.-- 東京：足利書房，1939.-- 156p.; 20cm
[研]

[6992] 戦友の歌：黄浦江.-- 東京：日本映画新社, [199-].-- 录像带1卷 (71分)
昭和 14 年作品。

[6993] 上海セレナ-ド / 山田栄一曲.-- 東京：シンフオニー樂譜出版社，1940
[上]

[6994] 上海時間 / 清水桂一著.-- 東京：泉書房，1940.-- 273p.; 20cm
属于丛书：はがため記; 第 1 巻。 **[日]**

[6995] 上海無宿 / 白須賀六郎著.-- 東京：宮越太陽堂書房，1940.-- 225p.; 19cm
[日]

[6996] 殴られた張学良：上海現地実話小説 / 白須賀六郎著.-- 東京：亞細亞出版社，1940.-- 191p.; 18cm
[日东]

[6997] 上海の花束 / 石川達三.-- 改造社，1941
属于丛书：新日本文学全集; 第 20 巻。 **[研]**

[6998] 長江デルタ / 多田裕計.-- 東京：文芸春秋社，1941.-- 318p.; 19cm
长江三角洲。小说。 **[研]**

[6999] 風粛々 / 三好達治.-- 東京：河出書房，1941.-- 375p.; 19cm
[研]

[7000] 風雲 / 佐藤春夫.-- 東京：宝文館，1941.-- 367p.; 19cm

小说。原题名：アジアの子。 [研]

[7001] 愚行集 / 高橋新吉.-- 山雅房，1941
[研]

[7002] 蘇州河：長篇 / 别院一郎.-- 東京：大都書房，1941.-- 364p.; 19cm
[研]

[7003] ちぎれ雲 / 新村出.-- 東京：甲鳥書林，1942.-- 302p.; 19cm
[研]

[7004] 長崎丸船長：海洋小説 / 耶止説夫.-- 東京：新興亞社，1942.-- 240p.; 19cm
[研]

[7005] 風さけぶ / 榊山潤.-- 東京：報国社，1942.-- 319p.; 19cm
小说。 [研]

[7006] 上海の花火 / 丹羽文雄著.-- 東京：金星堂，1943.-- 263p.
其他版本：平凡社，1939 [上研]

[7007] 上海文学－春季作品 / 上海文学研究会.-- 上海：内山書店 (発売)，1943
[研]

[7008] 上海雑草原：詩集 / 池田克己著.-- 東京：八雲書林，1944.-- 201p.; 19cm
[研日]

[7009] 蝮のすえ / 武田泰淳.-- 東京：思索社，1948.-- 208p.; 19cm
小说。 [研]

[7010] 燃える上海 / 村松梢風著.-- 東京：駿河台書房，1953.-- 277p.; 19cm
[日]

[7011] 上海古調：葛岡丈二習作歌集 / 葛岡丈二著.-- 東京：吾妻書房，1957.-- 107p.; 19cm
[研日]

[7012] 黄土の奔流：長編小説 / 生島治郎.-- 東京：光文社，1965.-- 263p.; 18cm

其他版本：東京：中央公論社，1974；東京：講談社，1977；東京：角川書店，1995 [研]

[7013] 紙の城上海篇 / 那智大介著.-- 東京：経済往来社，1975.-- 196p.; 20cm
[研日]

[7014] 上海の螢 / 武田泰淳著.-- 東京：中央公論社，1976.-- 301p.; 20cm
另收录于：文学（1977）/ 日本文芸家協会編 .-- 東京：講談社，1977；武田泰淳全集：増補版（第18卷）.-- 東京：筑摩書房，1978-1979 [研日]

[7015] 桃花流水 / 陳舜臣.-- 東京：朝日新聞社，1976.-- 2v.; 20cm
小说。其他版本：中央公論社，1982；講談社，1987；朝日新聞社，1997；集英社，2001 [研]

[7016] 黒い龍：小説上海人脈 / 森詠著.-- 東京：ダイヤモンド社，1978.-- 264p.; 20cm
其他版本：東京：徳間書店，1982 [日]

[7017] ブランキ殺し上海の春 / 佐藤信著.-- 東京：晶文社，1979.-- 270p.; 19cm
属于丛书：喜劇昭和の世界。 [研日]

[7018] ミッシエルの口紅 / 林京子.-- 東京：中央公論社，1980.-- 229p.; 20cm
小说集。部分目次：黄浦江。其他版本：1983 [研]

[7019] 上海テロ工作76号 / 晴気慶胤著.-- 東京：毎日新聞社，1980.-- 230p.; 19cm
上海恐怖活动76号 [研日]

[7020] 上海バンスキング / 斎藤憐著.-- 東京：而立書房，1980.-- 118p.; 20cm
上海预借王。戏剧作品，1979年初演，其后公演不断，1984年被拍成电影。该剧描写20世纪30年代在上海从事爵士乐的单簧管演奏者波多野和小号演奏者松本的故事。松本经常借钱赌博，因而称为"预借王"。其他版本：斎藤憐戯曲集（3）.-- 1980；新装版：1996. 另收录于：現代日本戯曲大系：第11卷（1978-1980）.-- 東京：三一書房，1997 [研日]

[7021] 大揚子江 / 井上八蔵.-- 東京：叢文社，1980.-- 679p.; 19cm
小说。 [研]

[7022] 破天荒一代 / 小堺昭三.-- 東京：角川書店，1981.-- 2v.; 15cm
小说。上：ごじゃな奴 · 望星編；下：ごじゃな奴 · 怒流編 **[研]**

[7023] 上海のビッグファーザー / 壇誠人著.-- 東京：成甲書房，1982.-- 330p.; 19cm
[日]

[7024] 死仮面 / 横溝正史著.-- 東京：角川書店，1982.-- 225p.; 18cm
部分目次：死仮面 . 上海氏の蒐集品。其他版本：1984 **[日]**

[7025] 朝、上海に立ちつくす：小説東亞同文書院 / 大城立裕著.-- 東京：講談社，1983.-- 261p.; 20cm
其他版本：東京：中央公論社,1988；東京：勉誠出版,2002 **[上研日东]**

[7026] あこがれは上海クルーズ / 佐々木譲著.-- 東京：集英社，1984.-- 253p.; 15cm
其他版本：1997.-- 259p. **[研日]**

[7027] 三界の家 / 林京子.-- 東京：新潮社，1984.-- 237p.; 20cm
小说集。有多种版本。 **[研]**

[7028] 上海スクランブル / 伴野朗著.-- 東京：中央公論社，1984.-- 219p.; 18cm
其他版本：東京：徳間書店,1990 **[研日]**

[7029] 上海ララバイ / 村松友視著.-- 東京：文芸春秋，1984.-- 234p.; 20cm
其他版本：1989. 另收录于：村松友視自選作品集 .-- 東京：アーツアンドクラフツ,2004 **[研日]**

[7030] 上海酔眼 / 村松友視，管洋志著.-- 東京：講談社，1985.-- 164p.; 15cm
[研日]

[7031] 望洋：井植三兄弟 / 邦光史郎.-- 東京：日本経済新聞社，1985.-- 410p.; 20cm
小说。 **[研]**

[7032] 消える上海レディ / 島田荘司著.-- 東京：角川書店，1986.-- 202p.; 18cm
其他版本：1987；1999；東京：光文社,1992 **[日]**

[7033] 上海便り / 伴野朗著.-- 東京：朝日新聞社，1988.-- 240p.; 20cm

上海来信。随笔。其他版本：1990 [研日]

[7034] 上海黙示録殺人事件：長編冒険コメディ / 平野純著.-- 東京：双葉社，1988.-- 222p.; 18cm

长篇冒险喜剧。 [日]

[7035] さらば上海·江南の空：ある見習士官の終戦秘録 / 片岡巍著.-- 東京：光和堂，1989.-- 348p.; 20cm

[研日]

[7036] 輪舞 / 林京子.-- 東京：新潮社，1989.-- 225p.; 20cm

小说集。 [研日]

[7037] 上海物語. 第1部, 顔のない城：1930年上海 / 小泉譲著.-- 東京：批評社，1990.-- 2v.; 20cm

其他版本：1994 [研日]

[7038] 明日に再見 / 森詠著.-- 東京：光風社出版，1990.-- 252p.; 20cm

部分目次：上海に死す。其他版本：東京：徳間書店，1993 [日]

[7039] 馬怒虎：上海魔都市 / 桜井和生著.-- 東京：エニックス出版局，1990.-- 259p.; 15cm

[日]

[7040] シヤンハイ·ムーン / 井上ひさし.-- 東京：集英社，1991.-- 211p.; 18cm

上海月亮。戏剧。 [研]

[7041] 上海ブルース / 岡江多紀著.-- 東京：有楽出版社，1991.-- 263p.; 20cm

上海布鲁斯 [研日]

[7042] 上海香炉の謎 / 太田忠司著.-- 東京：祥伝社，1991.-- 304p.; 18cm

長編本格推理。其他版本：1997 [日]

[7043] 乱の王女：1932·愛と哀しみの魔都·上海 / 生島治郎著.-- 東京：集英社，1991.-- 333p.; 20cm

其他版本：1994；東京：中央公論新社，1999 [研日]

[7044] 異国都市物語 / 海野弘.-- 平凡社，1991.-- 477p.; 22cm

文学作品集。部分目次：上海の宿 / 前田河広一郎著．属于丛书：モダン都市文学。 [研]

[7045] 機神兵团. 2, 上海烈日篇 / 山田正紀著.-- 東京：中央公論社，1991.-- 211p.; 18cm

[日]

[7046] 上海発奪回指令 / 伴野朗著.-- 東京：早川書房，1992.-- 291p.; 20cm

其他版本：1995 [研日]

[7047] 上海遥かなり / 伴野朗著.-- 東京：有楽出版社，1992.-- 290p.; 20cm

其他版本：東京：集英社，1995 [研日]

[7048] 流れてやまず：長流不息 / 大野靖子.-- 東京：講談社，1992.-- 290p.; 20cm

小说。 [研]

[7049] 激突上海市街戦：覇者の戦塵1932 / 谷甲州著.-- 東京：角川書店，1992.-- 232p.; 18cm

另收录于：北満州油田：覇者の戦塵 .-- 東京：中央公論新社，1999 [日]

[7050] 上海リリー：文芸作品 / 胡桃沢耕史著.-- 東京：文芸春秋，1993.-- 342p.; 20cm

其他版本：1997 [研日]

[7051] 上海必殺拳 / 阿木慎太郎著.-- 東京：祥伝社，1993.-- 222p.; 18cm

[日]

[7052] 自由上海支援戦争 / 大石英司著.-- 東京：中央公論社，1993.-- 2v. (222, 220p.); 18cm

其他版本：1997 [日]

[7053] 魔都上海オリエンタル·トパーズ / 山崎洋子著.-- 東京：集英社，1993.-- 328p.; 16cm

[日]

[7054] 上海ノート：句集 / 福本弘明著.-- 東京：東京四季出版，1994.-- 187p.; 20cm

[日]

[7055] 上海悠々 / 伴野朗著.-- 東京：徳間書店，1994.-- 253p.; 16cm

[研日]

[7056] 金子光晴 / 原満三寿編集·評伝；沢木耕太郎エッセイ.-- 東京：新潮社，1994

金子光晴(1895-1975)诗文集。附：略年譜、主要著作目録。属于丛书：新潮日本文学アルバム；45。 [研]

[7057] 流星シャンハイ / 中島らも小説；糸川燿史写真.-- 東京：双葉社，1994.-- 1v.; 16×22cm

[研]

[7058] 偽書幕末伝：秋葉原竜馬がゆく. 3(上海烈風編) / 榊涼介.-- 東京：メディアワークス，1994.-- 375p.; 15cm

[日]

[7059] 横浜現代美術展～横浜之風：横浜·上海友好都市提携20周年記念 / 横浜市民ギャラリー編.-- [横浜]: 横浜市市民局文化事業課，1994.-- 95p.; 30cm

[日]

[7060] 1999年七の月～上海 / 水城せとな著.-- 東京：芳文社，1995.-- 4v.; 19cm

属于丛书：花音漫画。 [日]

[7061] シャンハイ伝説 / 伴野朗著.-- 東京：集英社，1995.-- 233p.; 20cm

上海传说。其他版本改名：上海伝説 .-- 2002 [研日]

[7062] 上海少年 / 長野まゆみ著.-- 東京：集英社，1995.-- 188p.; 20cm

其他版本：1999 [日]

[7063] 上海無宿 / 生島治郎著.-- 東京：中央公論社，1995.-- 261p.; 20cm

其他版本：1997 [研日]

[7064] 東京·上海二重交点の謎 / 深谷忠記著.-- 東京：光文社，1995.-- 280p.; 18cm

其他版本改名：横浜·木曽殺人交点：長編推理小説 .-- 1999 [日]

[7065] 新聖母烈伝上海浪漫ノ巻 / 六道慧著.-- 東京：光文社，1995.-- 308p.; 16cm

小说。 [日]

[7066] 上海カタストロフ / 柏木智光著.-- 東京：講談社，1996.-- 291p.; 20cm

上海灾难 **[研日]**

[7067] 上海トラップ / 内山安雄著.-- 東京：立風書房，1996.-- 289p.; 20cm

上海陷阱。其他版本：東京：角川春樹事務所，1999 **[研日]**

[7068] 樫の木のテーブル / 林京子著.-- 東京：中央公論社，1996.-- 211p.; 20cm

部分目次：老上海 **[日]**

[7069] 上海丐人賊. 2 / 草〔ナギ〕琢仁著.-- 東京：角川書店，1997.-- 194p.; 21cm

[日]

[7070] 吉行エイスケとその時代：モダン都市の光と影 / 編集·吉行和子，斉藤慎爾.-- 東京：東京四季社，1997.-- 200p.; 26cm

包括吉行エイスケ代表作、全集未收录作品等。附：吉行エイスケ（1906-1940）略年譜。 **[研]**

[7071] 金田一少年の事件簿：上海魚人伝説殺人事件 / 天樹征丸著.-- 東京：講談社，1997.-- 342p.; 19cm

[日]

[7072] 上海：うたかたの恋 / かわいゆみこ著.-- 東京：ビブロス，1998.-- 250p.; 19cm

[日]

[7073] 北満の青春：上海の巷·鼓川の辺 / 佐藤福都著.-- 東京：新風舎，1998.-- 240p.; 19cm

[日]

[7074] 上海ゴーストストーリー / 飯野文雄著.-- 東京：小学館，1999.-- 222p.; 15cm

上海鬼怪故事 **[日]**

[7075] 上海デスライン：本格中国警察小説 / 柏木智光著.-- 東京：講談社，1999.-- 293p.; 18cm

上海死线：中国警察小说 **[研日]**

[7076] 武装突入：警視庁国際特捜刑事·上海行：長編ポリティカル·サスペンス / 田

中光二著.-- 東京：祥伝社，1999.-- 224p.; 18cm

长篇政治悬念小说。 [日]

[7077] 上海カサブランカ：長篇冒険小説 / 生島治郎著.-- 東京：双葉社，2001.-- 275p.; 20cm

上海卡萨布兰卡。长篇冒险小说。 [日]

[7078] 上海小夜曲 / 藤原万璃子著.-- 東京：二見書房，2001.-- 272p.; 15cm

小说。 [日]

[7079] 上海幻夜七色の万華鏡篇 / 藤木稟.-- 東京：徳間書店，2001.-- 312p.; 18cm

小说。属于丛书：朱雀十五系列。 [日]

[7080] 上海哀儚 ＝ Blood the last vampire / 藤咲淳一著.-- 東京：富士見書房，2001.-- 260p.; 19cm

其他版本：東京：角川書店，2005 [日]

[7081] 禁じられた旋律：上海ララバイ / 中島その子著.-- 東京：サンウイング，2001.-- 258p.; 19cm

被禁止的旋律：上海摇篮曲。小说。 [日]

[7082] 上海夢人館 / リウ·ミセキ撮影.-- 東京：双葉社，2002.-- 1v. (ページ付なし); 31cm

[日]

[7083] 上海禁書：長編活劇ロマン / 島村匠著.-- 東京：祥伝社，2002.-- 385p.; 18cm

[日]

[7084] 恋する上海!.-- 東京：文芸春秋，2002.-- 146p.; 30cm

[日]

[7085] 上海アンダーグラウンド：上海退魔行 ~ 新撰組異聞 ~ サプリメント / 朱鷺田祐介著.-- 東京：スザク·ゲームズ，2003.-- 126p.; 26cm

上海地下。角色扮演游戏《上海退魔行：新撰組異聞》附录。完整收录游戏中明星三十二杰的数据。 [日]

[7086] 上海金魚 / かわい有美子著.-- 東京：笠倉出版社，2003.-- 231p.; 19cm

[日]

[7087] 上海退魔行：新撰組異聞 / 朱鷺田祐介著.-- 東京：エンターブレイン，2003.-- 319p.; 26cm

角色扮演游戏基本攻略。游戏以 1870 年代魔都上海为背景的各种冒险活动为内容。属于丛书：RPG 游戏系列。 [日]

[7088] 上海夢模様 / 森下薫著.-- 東京：文芸社，2003.-- 125p.; 19cm

随笔。 [日]

[7089] 上海嘘婚の殺人 / 笹倉明著.-- 東京：祥伝社，2003.-- 136p.; 16cm

[日]

[7090] 外地探偵小説集 / 藤田知浩編.-- 三鷹：せらび書房，2003-.-- 2v.; 19cm

两册分别为：満洲篇、上海篇。上海篇目次：探偵小説的上海案内 / 藤田知浩文；グレゴリ青山画 . 詐欺師 / 松本泰 . 掠奪結婚者の死 / 米田華〓 . 九人目の殺人 / 白須賀六郎 . 国際小説上海 / 木村荘十 . 盲腸炎の患者 / 竹村猛児 . 赤靴をはいたリル / 冬村温 . ヘレン·テレスの家 / 戸板康二 . 変貌 / 南條範夫 [著]. 鉄の棺 / 生島治郎 .

[7091] 谷譲次テキサス無宿 / 谷譲次；出口裕弘編.-- 東京：みすず書房，2003.-- 278p.; 20cm

部分目次：上海された男。另收录于：日本推理小説大系（第 6 巻）.-- 東京：東都書房，1961；日本ミステリーの一世紀 .-- 東京：広済堂出版，1995 [日]

[7092] 上海ハニー： bandscore.-- 東京：フェアリー，2004.-- 12p.; 27cm

乐谱。 [日]

[7093] 上海独酌 / 村上知子著.-- 東京：新人物往来社，2004.-- 186p.; 20cm

[研日]

[7094] 上海迷宮 / 内田康夫著.-- 東京：徳間書店，2004.-- 352p.; 20cm

[日]

[7095] 上海特急殺人事件：長編トラベルミステリー / 西村京太郎著.-- 東京：実業之日本社，2004.-- 236p.; 18cm

长篇神秘旅行小说。 [日]

[7096] 上海異人娼館：ダンス·エレマン版 / 寺山修司；宇野亞喜良 [脚本·絵].-- 東京：アートン，2004.-- 45p.; 22cm

另收录于：寺山修司全シナリオ（1）.-- 東京：フィルムアート社,1993；寺山修司の戯曲（8）.-- 新装版 .-- 東京：思潮社,1986 **[日]**

[7097] 沙織のなりゆきで上海紀行：長編ユーモアサスペンス / 村瀬千文著.-- 東京：有楽出版社，2004.-- 198p.; 18cm

长篇幽默悬念小说。 **[日]**

[7098] 上海的瞳 / 蒼青磁著.-- 東京：東洋出版，2005.-- 337p.; 20cm

[研日]

人名与团体名称索引

说明

1. 为方便检索，本书目附人名与团体名称索引。索引项既包括文献的责任者，也酌列文献着重论述的对象。

2. 本索引包含西文条目和日文条目。

3. 西文部分按人名与团体名称的字母顺序排列。个人名称按姓在前、名在后的顺序，中间以逗号分隔，如：Ung, David。团体名称按上级机构、下级机构的顺序，中间以点分隔，如：United States. Army (Washington, D.C.). Army Map Service.

4. 日文部分按人名与团体名称的首字排列，先排假名，再排汉字。汉字依笔画数排列，笔画数相同再按起笔前二个排序，顺序为横、竖、撇、点、折。

4. 索引项后的数字是条目编号，可按此编号在书目正文中找到相应条目。

5. 关于索引项与参见项的说明：

个人名称在不同文献中有时拼写形式有所不同，索引项基本采用文献上的形式，一般不作统一规范处理。

西文文献的华人或华裔作者名以文献中的拼音形式列入西文索引中。文献中采用旧式拼音或其他非汉语拼音的，按文献中的拼音形式做索引项后，如知道姓名汉字或汉语拼音，以汉语拼音做参见项，见其他拼音的索引项，如：Zhou, Caiqin 见 Tsai Chin (周采芹)。

西文文献中，华人或日本人名称如可考，在索引项后用括号标注汉字（华人不知道汉字的附汉语拼音），如：Hou, H C (Hou, Xiangchuan)；又如：Zumoto, Motosada (頭本元貞)。西人如有通用汉语名称，也在其后用括号注明，如：Tarrant, William (笪润特)。索引项还标注有部分大学、医院、洋行等团体的汉语名称。

部分西文地名与团体名称在不同文献中既有拼写形式的差异，也有不同语种名称的差异，索引项基本按原文献形式，不作统一规范处理。如徐家汇天文台 / 观象台，英语形式有 Zikawei China Observatory 或 Zi-Ka-Wei Observatory，法语形式有 Zi-Ka-Wei Observatoire 或 Observatoire de Zi-ka-wei。在不同形式相距较远的情况下，做一些必要的参见，如：Observatoire de Zi-ka-wei 参见 Zi-Ka-Wei Observatoire。

日文汉字的索引项使用目前通用的新字体。日文团体名称一般依文献上出现的形式，极少数团体以各种简称著称，在索引中合并到最常用的简称形式，并为全称做参见项。如：南満洲鉄道株式会社 见 満鉄。

日本或日裔作者撰西文著作，如作者日文原名可考，原名在日文索引中作参见，如：後藤春美 见 Goto-Shibata, Harumi；又如：上海日本商工会議所 参见 Japanese Chamber of Commerce, Shanghai。日文文献如被译为西文，作者的西文名称也在西文索引中作参见，如：Shinobu, J 见 信夫淳平。

少数作品作者用笔名或假名 [pseud.] 等具名的，如真名可考，则同时给真名、笔名等做索引项或参见项，如：井上陈政 见 楢原陈政。

西文索引

A

B

C

D

E

F

G

H

I

J

K

L

M

P

Q

R

S

T

U

V

W

X

Y

Z

日文索引

日文假名

日文汉字1–2画(一 二十丁人八入九)

3画(三下土工大 上小山 千川久夕 丸)

4画（井天王五支木太犬戸 中内日水毛片今刈丹及 六文方 尹孔）

5 画(未末玉古可本辻石平 北四田甲 生矢代白外 市広立玄永 司加台)

6画（邦地吉寺老西在有百至 尖同 朱竹仲伊伍向自全名多 米宇守安江池 那阪阮牟羽糸）

7 画（亞坂志赤杉村杜李甫芥芦来折 別呂呉岐里 伴佐兵近谷 対辛沖沢社 尾阿部）

8画(武青協坪東松林枝耶若英茂范長直 歩国岡岩岸忠明 和依金服 斉河沼波浅 建参)

9画(春南柏柳相查胡茨茶草荒 省星昭 乗秋重香保信泉皇後食 帝前姜美室津神 除)

10画（泰素栗根桂桐桜桧荻莫華連原夏馬 柴峰時蚊 梨租健逓翁島脇 郭高益宮流浜浦海酒 陰陳陸孫納）

11画(堀黄菅菊菱梅 野黒 笠第笹船猫逸 許斎商産鹿麻望曽深清渋 張細経)

12画(喜彭報朝森植葉葛越雄雲 景晴貴 御須創飯勝 曾富淵渡温游湯満滋裕 間)

13画(塙塚遠蒼楢榊楠電竪 虞豊農園 筧勧楽愛鈴鉄 新福 殿)

14画（增趙榎榛樋 稲管徳銭 廣鄭滬窪 関熊維総）

15 画(横権 影 穂魯劉 潮諸慶)

16 画(壇橋頭 興)

17 画(韓戴騣 繁 鴻)

18 画(藤 織)

19 画以上(瀛議鶴鷲)

主要参考文献

三个收藏记述上海的西文书籍的目录 / 胡道静编 . 禹贡（半月刊）第六卷第六期单行本，1936

上海地方资料西文著者目录 . 上海图书馆，1963.7

近代来华外国人名辞典 / 中国社会科学院近代史研究所翻译室编 . 北京 ：中国社会科学出版社，1981

上海研究资料 / 上海通社编 . 上海 ：上海书店，1984.1

近代外国在华文化机构综录 / 郭卫东主编 . 上海 ：上海人民出版社，1993

上海通史 / 熊月之主编　上海 ：上海人民出版社，1999

上海租界志 / 史梅定主编 ;《上海租界志》编纂委员会编 . 上海 ：上海社会科学院出版社，2001

海外上海学 / 熊月之，周武主编　上海 ：上海古籍出版社，2004

美国中国学史研究 ：海外中国学探索的理论与实践 / 朱政惠著　上海 ：上海古籍出版社，2004

后　记

在本书编撰过程中，得到了许多人的帮助，特别要感谢的是上海社科院副院长熊月之先生，他一直支持书目资料的编撰工作，认为它方便了学者的研究。他本人在研究上海历史的过程中，也十分注意文献的收集。一次在苏州召开的地方文化学术研讨会上，我特意就上海书目的编写诸问题请教他，得到了他的热心帮助和鼓励，坚定了我编撰此书的决心。

上海社科院历史研究所的马学强教授对本课题的研究，出了不少好的点子，他曾著有《上海的外国人》等书，对海外上海文献的分布十分熟悉，为我提供了不少好的线索，我和他为数不多的几次聚谈，都能从他那里获得收益。

华东师范大学的王令愉教授是法国史的研究专家，熟悉上海法租界的沿革，本书中部分法文条目经他审阅，有些我们不清楚的问题，他都一一给予解答。

上海师范大学的孙逊教授积极支持都市文化的研究，支持上海地方文献的收集与整理，在本课题的出版过程中，给予我们雪中送炭般的帮助。

上海辞书出版社历史文献编辑室的王有朋先生是中国索引学会的副秘书长，十分热心于书目索引的编制和研究。5 年前在南京的索引学会年会上，我就和他讨论过上海书目的事情，多年以来，他一直对这份书目表示热切的关心。该社王国勇编辑在此书编辑过程中精心细致，不但提供了部分西文机构的通用中文名称，还提出了不少积极的建议，指正了一些失误，使我们受益匪浅。

我的侄女印颖在德国攻读硕士期间，也曾为我收集了德文上海研究的书目。上海图书馆的张晓依同志也给予我们一定的帮助。

华东师大社科处和图书馆的领导，在各方面都给予我们工作上的各种支持。

对以上各位朋友和领导的帮助，我代表编委会在此表示深深的感谢！

在此特别要提出的是，在本书的编撰过程中，尤其是在条目的归类、编排，书目的检索、核对，索引的编制等方面，我的合作者胡小菁同志担负了主要的责任，没有她的辛苦细致工作，这份书目是不能完成的。在此，我对她表示深深的谢意！

由于时间和经费的关系，我们没有条件去国外图书馆逐一核对原始文献，有许多文献来源于图书馆的目录，可能由于极个别图书馆的著录不完善或者有错误，而我们在引用时没有发现，沿袭了原来的错误。个别文献由于年代久远，在字迹和版权页等方面残缺不全，我们除了小心考证外，尽量保持文献的原来面目，不去随意猜测。虽然如此，由于文献的来源渠道不一，文献出版的情况复杂，可能还会出现一些著录或分类不当以及体例不甚统一的条目，敬请读者不吝指教，便于我们随时修正。

印永清于华东师大逸夫楼

2009 年 1 月 25 日

图书在版编目(CIP)数据

海外上海研究书目:1845～2005/印永清,胡小菁主编．—上海:上海辞书出版社,2009.6
ISBN 978－7－5326－2941－1

Ⅰ．海… Ⅱ．①印…②胡… Ⅲ．上海市—地方史—研究—图书目录—世界—1845～2005 Ⅳ．Z88．K295.1

中国版本图书馆 CIP 数据核字(2009)第 148535 号

责任编辑 王国勇
审 订 者 王有朋
装帧设计 杨钟玮

海外上海研究书目(1845—2005)
上海世纪出版股份有限公司
上 海 辞 书 出 版 社 出版、发行
(上海陕西北路 457 号 邮政编码 200040)
电话:021—62472088
www.ewen.cc www.cishu.com.cn
上海书刊印刷有限公司印刷

开本 787×1092 1/18 印张 33 $\frac{12}{18}$ 插页 1 字数 783 000

2009 年 6 月第 1 版 2009 年 6 月第 1 次印刷
ISBN 978－7－5326－2941－1/K·647
定价:120.00 元

如发生印刷、装订质量问题,读者可向工厂调换
联系电话:021—36162648